GEORGE LUCAS
CHRIS CLAREMONT

SCHATTENMOND

Roman

Aus dem Amerikanischen
von
CHRISTIAN QUATMANN

Deutsche Erstausgabe

WILHELM HEYNE VERLAG
MÜNCHEN

HEYNE ALLGEMEINE REIHE
Nr. 01/10285

Titel der Originalausgabe
SHADOWMOON

Umwelthinweis:
Das Buch wurde auf
chlor- und säurefreiem Papier gedruckt.

Redaktion: Dr. Jochen Stremmel

Printed in Germany 1997
Umschlagillustration: Circuelo Cabral
Buch-Design: Carol Malcolm Russo/Signet M. Design, Inc.
Umschlaggestaltung: Atelier Ingrid Schütz, München
Satz: Schaber Satz- und Datentechnik, Wels
Druck und Bindung: Presse-Druck Augsburg

ISBN 3-453-12454-4

Für alle Liebhaber von Fantasy

G. L.

Für Eleanor, Betsy, Lucy und Tom
Für Vertrauen, Zuversicht, Geduld und Geschicklichkeit

C. C.

Prolog

Mitten in der Nacht ritt Willow Ufgood auf dem Rücken eines Drachen dahin.

Es war ein Traum, konnte nicht anders sein. Nach einem schweren Tag auf dem Feld war er ein wenig später als gewöhnlich zu Bett gegangen. Der Frühling war in diesem Jahr erst spät gekommen, und das Wetter war so wechselhaft wie das Kleid einer Kurtisane. Als es schließlich warm wurde, mußten er und die anderen Bauern des Tales sich beeilen, die Felder zu pflügen und für die Aussaat bereitzumachen. Schon vor Sonnenaufgang verließ er jeden Morgen das Haus und kehrte erst nach Einbruch der Dunkelheit zurück. Er säte Weizen, Mais und Hafer und sah nach den Apfelbäumen, die sich in zwei Reihen vom Fluß her hinaufzogen und eine Grenze seines Anwesens markierten. Gleichzeitig war Kiaya in ihrem Küchengarten gleich hinter dem Haus beschäftigt und zog dort Kräuter und Gemüsepflanzen, die nicht nur ihren eigenen Tisch zieren, sondern ihnen auf dem Samstagsmarkt ein kleines Zubrot einbringen sollten.

Die ganze Familie legte mit Hand an, aber die Kinder waren noch zu klein, um das Vieh zu hüten. Und wie es Kiayas besondere Gabe war, die grünen, wachsenden Dinge der Erde gedeihen zu lassen, konnte Willow mit den Tieren sprechen, die darauf einherschritten. Bisweilen freilich betrachtete er diese Gabe mit gemischten Gefühlen – so auch heute, da sein Schwein beschlossen hatte, sich wie ein Schwein zu benehmen, und sich in den Kopf gesetzt hatte, es sei unter seiner Würde, den Pflug zu ziehen. Zwingen konnte er das Tier nicht – es war genauso groß wie er und ihm an Gewicht weit überlegen –, somit blieb ihm nur seine

Überredungskunst. Das Schwein hörte jedoch gar nicht zu und zog es vor, in der Sonne zu liegen und einen Tag zu genießen, der eher an den Sommer als an den Frühling denken ließ.

Willow hätte das Biest am liebsten erwürgt. Er dachte an Schinken und Braten und Koteletts und Speck – o ja, Speck mundete ihm ganz vorzüglich –, aber er wußte, daß sich das Schwein durch eine solche Drohung nicht aus der Ruhe bringen ließe. Denn es war für die Farm als Arbeits- und Zuchttier viel zu wertvoll. In diesem Augenblick sah Willow die Welt plötzlich in einem anderen Licht und dachte an einen Tag vor einem Jahr: Auch damals hatte er sich am selben Platz aufgehalten (obwohl das Schwein sich damals nicht annähernd so widerborstig gebärdet hatte). Er hatte den Acker bestellt, wie schon sein Vater es getan hatte, und dessen Vater und alle übrigen Männer, soweit die Erinnerung im Tal der Nelwyns zurückreichte. Doch plötzlich war er von den Rufen seiner Kinder aufgescheucht worden, die in den Binsen am Fluß einen Säugling entdeckt hatten. Ein ganz gewöhnlicher Tag war das damals gewesen, und doch hatte sich sein Leben seither völlig verändert und das Geschick der Welt obendrein. Denn an jenem Tag hatte er die heilige Prinzessin Elora Danan gerettet.

Auf einmal merkte er, wie er zum Fluß hinunterging und sich an die Stelle hockte, wo er den Säugling an Land gezogen hatte. Das Wasser und die Luft waren so ruhig, daß sich seinen Sinnen jede Einzelheit einprägte, als ob jeder Anblick, jedes Geräusch, jeder Geruch in größter Klarheit einzeln vor ihm stünde und sich ihm nicht in jener kakophonen Mixtur darbot, in dem diese Dinge normalerweise auf uns einwirken. Das Geißblatt duftete fast aufdringlich süß, bis das feinere Aroma der von Kiaya zu einem Laubengang hochgebundenen wildwuchernden Rosen die Oberhand gewann. Er hörte das Surren einer Mücke, das tiefe Summen einer Hummel, das Zirpen einiger Grillen, das zu einem Crescendo anschwoll und dann verklang – das Trillern, Krächzen und Pfeifen zahlloser Vögel. Er sah, wie die sonst unbewegte Wasseroberfläche sich kreisförmig kräuselte, als ein Fisch blitzschnell nach einem unaufmerksamen Insekt schnappte. Er betrachtete das Muster und die Ordnung des Lebens in all seinen Formen um sich her und dachte, wie dieser Anblick ihn noch ein Jahr zuvor mit tiefer Zufriedenheit erfüllt hätte.

Noch immer empfand er Freude dabei, doch Zufriedenheit war ein Wort mit einer scharfen Kante, an der er sich zwar noch nicht geschnitten hatte, die aber gleichwohl so hart gegen ihn drückte, daß er sie spürte.

Das Schwein stand bereits wieder auf den Beinen, als er jetzt zu dem Feld zurückkehrte. Es trat unruhig von einem Fuß auf den anderen und sah ihn vorwurfsvoll an, als ob es Willows Fehler wäre, daß die Arbeit noch nicht erledigt war.

Als dann die Kinder nach dem Abendbrot im Bett lagen, begab er sich in seine halb in den Boden eingelassene Werkstatt auf der Rückseite des Hauses. Er mußte dazu von der Waschküche aus eine kleine Treppe hinabsteigen. Ursprünglich hatte er hier nur seine Werkzeuge verwahrt und Möbel für das Haus getischlert. Jetzt beschäftigte er sich hier außerdem mit magischen Praktiken. Die Wände der Werkstatt wie des Hauses waren aus Naturstein erbaut, so daß das Anwesen sich fast nahtlos in die Landschaft einfügte und darin so gar nicht wie ein Fremdkörper wirkte. In der hinteren Ecke stand ein Herd, den er sowohl zum Heizen verwendete als auch zur Herstellung seiner diversen Gebräue. Ferner gab es einen bequemen Sessel, in dem er sich ausruhen konnte, wenn er nach seinen Experimenten zu müde war, um noch nach oben zu steigen, und neben seiner Werkbank stand ein hölzerner Hocker. Tagsüber wurde der Raum durch die Fenster erhellt, nachts erfüllten Kerzen diesen Zweck. Anders als in dem mit polierten Dielen ausgelegten restlichen Haus war hier der Fußboden nackt. Denn unabhängig von der Jahreszeit arbeitete er am liebsten barfuß; die blanke, nährstoffreiche Erde unter seinen Zehen spendete ihm Trost und nicht wenig Kraft.

Auf dem Tisch lag das Geschenk, das er für die Prinzessin angefertigt hatte. Es handelte sich um einen Stoffbären, der allerdings größer war als die Plüschtiere, die er für seine eigenen Kinder gemacht hatte, als sie so alt gewesen waren wie sie jetzt. Sein Fell war ebenso goldblond wie das Haar der Prinzessin, kurz und dicht wie ein Katzenfell und so kuschelig, daß sie ihr Gesicht darin begraben konnte. Die Arme und Beine waren mit Gelenken ausgestattet, damit Elora, wenn sie das Tier umarmte, das Gefühl hatte, daß ihr kleiner Freund sich ebenfalls an sie schmiegte. Willow war sich von Anfang an darüber im klaren gewesen, daß das Gesicht ihm das härteste Stück Arbeit abverlangen würde. Er saß in seinem weichen Sessel und starrte den Bären an, während er von dem Apfelwein trank, den Kiaya für ihn bereitgestellt hatte, und der Bär starrte zurück. Mehr als einmal im Verlauf der vergangenen Wochen hätte Willow schwören können, daß der Gesichtsausdruck des Bären sich verändert hatte. Die Augen bestanden aus polierten Kristallen, die er selbst der Erde entrissen hatte. Eigentlich hätten sie grün sein sollen wie Eloras eigene Augen, aber jetzt erschienen sie kräftig braun wie schönes altes Holz – und hatten damit die Farbe seiner eigenen Augen. Der Mund des Bären wirkte bald ernst, bald schien ein verschmitztes Lächeln auf dem Gesicht des Plüschtiers zu liegen.

Der Bär war inzwischen seit fast zwei Wochen fertig, so daß sogar ein Bote aus Nelwyn Zeit genug gehabt hätte, ihn zu Eloreas Wohnstatt hinüberzuschaffen, der sagenumwobenen Daikini-Festung Tir Asleen. Ursprünglich hatte Willow das Kuscheltier persönlich dort abliefern wollen, aber die Natur kümmerte sich wenig um solche menschlichen Wünsche und Pläne. Wäre er jetzt nämlich abgereist, so hätte ihn das den Großteil der diesjährigen Ernte gekostet, und einen solchen Verlust hätte sich seine Familie kaum leisten können. Er wollte, sobald das Wetter es zuließ, den Bären zusammen mit Entschuldigungen und den besten Wünschen zur Festung hinüberschicken.

Aber noch immer saß das Tier vor ihm auf dem Tisch.

Er nippte an seinem Apfelwein und wunderte sich darüber, daß er so schnell kalt geworden war. Dabei vergaß er völlig, daß er schon stundenlang so dasaß, und sah dann seine Hände an, die den Krug hielten. Noch vor einem Jahr hatte er die Hände eines Bauern gehabt und war ein einfacher Nelwyn gewesen, der davon geträumt hatte, bei einem Zauberer in die Lehre zu gehen. Inzwischen war er selbst ein Magier und spürte bei jedem Herzschlag die Kraft, die ihn durchpulste. Diese Kraft erfüllte nun sein ganzes Wesen und strahlte von ihm auf alles aus, was er berührte.

»Das ist mir eine schöne Kraft«, sagte er lächelnd zu sich, »und ein schöner Zauberer, der es nicht mal schafft, ein Schwein zur Arbeit anzutreiben.«

Er erhob sich und strich dem Bären auf dem Tisch ganz sanft mit einem Finger über die Stirn, zwischen den Augen hindurch, über die aus schwarzer Wolle gefertigte Nase bis auf die Brust hinab, wo er den Finger in Höhe des Herzens ruhen ließ. Das Stofftier war zwar nicht lebendig, trotzdem ging von ihm eine seltsame Energie aus – fast als habe es Willow im Akt der Schöpfung mit einem Quentchen seines eigenen Geistes beseelt.

»Paß gut auf sie auf, kleiner Bär«, sagte er. »Sorge stets für ihre Sicherheit.«

Als er vorsichtig unter die Bettdecke glitt, achtete er darauf, Kiaya nicht aufzuwecken. Das Bettzeug verströmte ein frisches Blumenaroma, was ihn kaum überraschte, hatte er die Wäsche doch noch am nachmittag draußen auf der Leine gesehen. Sie rekelte sich und murmelte verschlafen seinen Namen. Um sie dafür zu entschädigen, daß er sie aufgestört hatte, streichelte er sanft ihre Schultern. Sofort rollte sie sich auf den Bauch und schmiegte sich der Länge nach wie eine Katze an ihn, um ihn zu weiterem Streicheln zu ermuntern. Und so fuhr er ihr mit den Fingerspitzen am Rückgrat entlang, während sie lächelte und vor Vergnügen schnurrte. Sie zog ihn an sich, und ein Kuß ergab den nächsten. Sie erwiderte seine Liebkosungen, bis die Leidenschaft von ihnen beiden Besitz ergriff.

Hinterher dachte er, daß er noch lange nicht würde einschlafen können. Nur selten hatte er sich so hellwach gefühlt. Aber in dem Augenblick, als er sich lang ausstreckte, fing er bereits an zu gähnen, und wie ein Sonnenuntergang durchflutete Müdigkeit seinen Rücken und seine Schultern.

Er klopfte sein Kopfkissen zurecht und rollte sich auf die Seite …

… und blickte auf die unter ihm ausgebreitete weite Welt hinunter.

Er schrie auf.

Der Drachen lachte.

Ein weiterer Schrei entrang sich ihm. Diesmal noch lauter – wie die Trommel eines Quartiermeisters, die zur Schlacht aufruft.

Er lag hingekauert zwischen zwei Schultern, die so groß waren, daß seine gesamte Farm leicht darauf Platz gefunden hätte, und starrte einen Hals hinauf, der höher war als der gewaltigste Baum, den er je gesehen hatte. Wie weit sich die Kreatur in die andere Richtung erstreckte, wollte er gar nicht erst wissen. Riesige Flügel nahmen von seinem Standort ihren Ausgang und schlugen nur hier und da, während der Drache auf der warmen Abendluft dahinglitt und sich vom Wind hoch durch den Äther tragen ließ.

Das Land unter ihnen lag schon in samtenen Schatten, und die Abenddämmerung ging allmählich in dunkle Nacht über, aber der Drachen schwebte so hoch dahin, daß die letzten Strahlen der über dem Ende der Welt versinkenden Sonne sichtbar blieben und den abendlichen Ozean funkeln ließen.

Ungeachtet seiner Angst stemmte sich Willow auf die Knie, erhob sich dann auf die Füße und hielt sich an einem der Höcker fest, die in einer doppelten Reihe aus dem Rücken des Drachen hervorwuchsen und in ihrer Gestalt an Ahornblätter erinnerten. An der Stelle gleich hinter dem Halsansatz, an der Willow sich befand, erreichten die Höcker leicht die doppelte Höhe eines Daikini, so daß sie viermal so hoch waren wie Willow selbst, der aus dem Staunen gar nicht mehr herauskam. Ein einziges dieser Segmente hätte ausgereicht, um bei den meisten der in seinem Dorf üblichen Häuser eine ganze Seitenwand zu bilden. Auf sein eigenes Haus traf dies freilich nicht zu, denn er hatte es um eine Etage aufgestockt, als die Kinder groß genug für eigene Zimmer gewesen waren. Wegen der Flugbahn des Drachen wurde diese Seite der Höcker von der untergehenden Sonne beleuchtet, doch selbst in diesem schwachen Licht sandten der Körper und die Flügel des Drachen feuerrote Strahlen aus, als ob die Kreatur aus demselben goldglühenden Stoff geschaffen sei wie die Sonne selbst.

Es war eine so ungestüme, elementare Schönheit, daß sie ihm geradezu weh tat.

Nicht weniger wundervoll war die Welt, über die sie hinwegglitten. Normalerweise litt er unter Höhenangst. Seine Frau konnte weit besser oben auf einer Leiter arbeiten als er selbst. Hier oben empfand er dennoch keine Furcht und gelangte zu der Überzeugung, sein Geist vermöge sich wegen der immensen Höhe die Folgen eines Sturzes einfach nicht vorzustellen. Oder besser noch: Ihm konnte ja in Wirklichkeit gar nichts geschehen – schließlich befand er sich in einem Traum –, *ja, es mußte ein Traum sein.* Und da brauchte er sich doch keine Sorgen zu machen und konnte statt dessen den Flug und den Ausblick genießen.

»Ja, warum eigentlich nicht?« sagte der Drache leutselig.

»Du kannst sprechen?«

»Ja, aber du kannst nicht fliegen. Damit habe ich dir etwas voraus.«

Er hatte eine angenehme, wohltönende Baritonstimme, wie man sie im Gasthof zum Widder vor dem prasselnden Kaminfeuer beim Geschichten-Erzählen vielleicht erwartet hätte. Der Drachen hatte seinen Kopf samt Hals wie ein Schwan völlig mühelos nach hinten gedreht und sah ihn an.

»Du hast meine Gedanken gelesen«, protestierte Willow.

»Dann denk gefälligst leiser. Ich wette, mein lieber Nelwyn, es gibt im Gedankenkreis deines Hauses kein Geschöpf, das nicht deine sämtlichen Geheimnisse kennt.«

Willow verfärbte sich vor Wut so tiefrot an wie der Abendhimmel im Hintergrund.

»Das hat mir noch nie jemand gesagt.«

»Hast du denn je gefragt?«

»Warum hätte ich? Es ist mir nie in den Sinn gekommen, daß irgendwer außer mir selbst von meinen Gedanken Kunde hat.«

»Zauberer…«, seufzte der Drachen mit einer nachdenklichen Bestürzung, die durch und durch echt war. »Da haben sie die Macht, Welten zu schaffen, und wissen dann nicht, wie sie damit umzugehen haben.«

»Ich habe viel gelernt«, protestierte Willow abermals.

»Salontricks. Je empfindsamer wir auf die Welt reagieren, kleiner Magier, um so empfindsamer reagiert auch die Welt auf uns. Du hast das Schwert aufgehoben, das dir das Schicksal dargeboten hat. Jetzt mußt du dich an all denen messen lassen, die das gleiche tun.«

Willow wollte sich gerade nach der Bedeutung dieser Worte erkundigen, als er weiter vorne eine Wolkenformation erblickte und angesichts der rasenden Geschwindigkeit des Drachen nach Luft schnappte, bevor sie nur einen Augenblick später durch den Dunst hindurchschwebten. Für eine Sekunde herrschten Dunkelheit und Kälte wie in einer Nebelwand, und dann waren sie schon wieder im offenen, freien Luftraum.

»Ich hatte mir das interessanter vorgestellt«, sann er laut vor sich hin.

»Die Wolken, meinst du? Nein«, und der große Kopf bewegte sich vor und zurück. »Was du siehst, ist zugleich weniger und mehr, als was du bekommst. Übrigens heiße ich Dineer«, sagte der Drachen. »Calan Dineer.«

»Willow Ufgood«, entgegnete der Nelwyn, während das erstaunlich bewegliche Maul des Drachen – mit Zähnen, die größer waren als Willow – sich zu einem gequälten Lächeln verzog.

»Der Retter der Elora Danan, Bezwinger der Dämonischen Hexenkönigin Bavmorda. Dir eilt ein Ruf voraus.«

»Das ist doch heller Wahnsinn«, war alles, was Willow darauf zu erwidern vermochte.

»Ein ungemein spektakulärer Traum«, sagte der Drache glucksend.

»Die Sonne ist ja noch immer nicht untergegangen.« In der Stimme des kleinen Mannes schwang Erstaunen mit.

»Ja und?«

»Wir fliegen jetzt schon so lange, und die Sonne steht im

Westen noch immer genauso hoch wie zu Beginn unserer Reise. Hast du etwa durch einen Zauber die Zeit angehalten?«

»Hübscher Trick – den man allerdings nicht allzuhäufig anwenden sollte. Die Zeit ist wie ein großer Fluß. Je mehr man daran herummanipuliert, um so bedeutendere – und oft unliebsamere – Folgen hat das.«

»Oh«, entgegnete Willow, als ob er verstanden hätte, während er in Wahrheit nicht den geringsten Schimmer hatte, wovon der Drache eigentlich sprach.

»Wie fliegen genauso schnell, wie die Welt sich dreht, und das bedeutet, daß unsere Position im Verhältnis zur Sonne konstant bleibt. Sobald ich langsamer fliege, wird sie hinter dem Horizont versinken. Fliege ich hingegen schneller, scheint es so, als würde sie steigen.«

»Und wenn du ans Ende der Welt kommst, was ist dann?«

»Die Welt hat kein Ende, Nelwyn.«

»Du lügst.«

»Schau dich doch nur mal um – was siehst du?«

»Wasser.« Er hielt sich an einem der Höcker fest und sah sich nach einer Lücke um, durch die er sich hindurchzwängen konnte, um sich eine bessere Aussicht zu verschaffen. »Was hast du mit dem Land gemacht, du Ungeheuer?«

»Blick nur einmal auf den Rand der sichtbaren Welt, Willow. Welchen Eindruck hast du dann? Oder bist du etwa zu feige, genau hinzuschauen?«

Er nahm seinen ganzen Mut zusammen – von einer Riesenechse ließ er sich noch lange nicht blamieren. Der Drachen gluckste, als er diese nur so hingedachten Worte vernahm, was Willow in seiner Entschlossenheit nur mehr bestärkte und jedes Zittern in seiner Stimme ersterben ließ, als er erwiderte: »Der Horizont bildet« – er dachte kurz nach –, »ja, er bildet eine Kurve.«

»Und was ist eine Kurve, die sich immer weiter fortsetzt?«

»Ein Kreis.«

»Und ein Gegenstand, der aus lauter Kreisen besteht?«

»Eine Kugel.«

»Im Großen also eine Welt, gewissermaßen.«

So sehr er sich auch bemühte, Willow konnte das alles nicht sogleich begreifen, und vor lauter Anstrengung ließen ihn seine Beine im Stich, so daß er niedersank und sich mit dem Rücken gegen einen der Höcker lehnte, während er vor lauter Ehrfurcht und Erstaunen den Mund gar nicht mehr zubekam.

»Du mußt dich schon auf mein Wort verlassen«, gluckste Dineer. »Den Beweis kann dir nur die Mathematik bieten.«

»Diese ganze Wissenschaft mag für die Großen Leute ja ihre Richtigkeit haben«, sagte Willow. »Wir Nelwyns haben unsere eigenen Vorstellungen, mit denen die Daikini wahrscheinlich nichts anfangen können.«

»Und trotzdem ist es so.«

»Wie weit reicht sie, Dineer, diese riesige Wasserfläche dort unten?«

»Sie grenzt an ein anderes Land, wo sie allerdings als Morgenmeer bezeichnet wird. Und jenseits dieses Landes gibt es einen weiteren Ozean. Und so geht das immer weiter, bis wir schließlich wieder dort ankommen, von wo wir gestartet sind.«

»Gibt es dort Menschen?«

»Große Reiche dort wie hier, die Domäne des Schleiervolks. Und dann noch was du Daikini nennst, in ihrer wahnsinnigen Vielfalt. Königreiche in Hülle und Fülle, und das größte davon ist Angwyn, das von deiner Heimat, kleiner Magier, so weit wie nur irgend möglich entfernt liegt.«

Wie gerne würde ich dort hinreisen, dachte er und spürte den Stich einer schmerzlichen Sehnsucht wie von einer Messerspitze. Falls der Drachen ihn gehört hatte, ließ er sich nichts anmerken.

»Wußte Bavmorda von alledem«, sagte Willow laut. »Ich meine, von all diesen anderen Ländern?«

»Ein Magier – ein wahrer, mächtiger Zauberer – ist von unstillbarem Wissensdrang erfüllt. Er erforscht alles, was es zu wissen gibt. Und diesem Forscherdrang verdankt er seine Macht. Es gibt innere Welten und jenseitige Welten, Willow. Was du mit deinen fünf Sinnen erfaßt, ist nur eine unter zahllosen Welten.«

»Und warum soll ich mich damit nicht zufrieden geben?«

»Wenn du damit zufrieden wärst, dann wärst du jetzt nicht hier.«

Dineer hatte inzwischen den Kurs geändert – zu spät allerdings, denn Willow bemerkte, daß der Himmel sich inzwischen verdunkelt hatte. Das helle Blau des Tages war zuerst in das Kobaltblau der Abenddämmerung übergegangen, und jetzt leuchtete über ihm bereits der diamantbesetzte Nachthimmel. Die Haut des Drachen strahlte eine willkommene Wärme aus, aber wegen des rasanten Fluges durch den Himmel war die Luft noch immer so frisch, daß Willow seinen eigenen Atem erkennen konnte. Er war dankbar, daß der gewaltige Körper des Drachen ihn vor dem Fahrtwind schützte. Außer den Höckern gab es nichts, woran er sich hätte festhalten können, und er wußte, daß er ohne diesen Halt hilflos gewesen wäre wie ein Blatt in einem Wirbelsturm. Doch diese Gedanken gefielen ihm gar nicht, und so verscheuchte er sie und blickte nach oben durch die Luft, die so klar war, daß er den Eindruck hatte, er könne das Strahlen jedes einzelnen Sternes dort oben deutlich erkennen.

Über die Sterne hatte er bis dahin nie ernsthaft nachgedacht. Sie standen Nacht für Nacht in so unverrückbarer Ordnung am Himmel, daß sie dem Reisenden als Orientierung dienen konnten. Und dann mußte er plötzlich daran denken, daß eine helle Lampe, die sich unmittelbar vor den Augen eines Betrachters befindet, für diesen den Hintergrund des Blickfeldes fast unsichtbar macht.

»Sie stehen immer dort oben, nicht wahr?« fragte er. »Die Sterne, meine ich. Tag und Nacht. Wenn die Welt eine Kugel ist, der durch den Himmel dahintreibt, warum dann nicht auch der Mond oder sogar die Sonne? Und wenn alle diese Gestirne Kugeln sind, was ist dann mit all den kleinen Lichtern dort draußen? Sind sie ebenfalls Kugeln? Erscheinen sie uns klein, weil sie klein oder weil sie so weit von uns entfernt sind? Und wenn die Welt kein Ende hat, was ist dann mit dem Himmel, der sie umgibt – wie weit reicht dann der Himmel, wieviel Raum *gibt* es dann?«

All diese neuen Fragen und Erkenntnisse überstiegen sein

Fassungsvermögen. Und so ließ ihn diese äußerste Anspannung seiner Vorstellungskraft erzittern. Er war in einer Wirklichkeit zu Hause, in der bereits ein ganz normaler Baum riesig war. Himmlische Proportionen hatten keine rechte Bedeutung für ihn.

Wie eine eisige Faust ergriff plötzlich eine Frage von ihm Besitz, so verzehrend wie sonst nur die Furcht, daß seiner Frau oder seinen Kindern etwas zugestoßen sein könnte. »Und warum stürzen wir nicht ab?«

»Du brauchst dich nicht zu ängstigen, Willow«, sagte der Drachen. »Die gute Mutter Erde ist dir eine sichere Heimat.«

»Aber ein Ball hängt doch nicht einfach in der Luft. Man wirft ihn, und dann fällt er wieder runter«, schrie er völlig aufgelöst – wie ein junger Rekrut, der erstmals in die Schlacht geschickt wird. In dem verzweifelten Reflex, sich festzuhalten, schloß sich seine Hand krampfhaft um den nächsten Höcker.

»Dann schließ die Augen. Denk nicht drüber nach. Sei weiterhin ein Bauer und ein Nelwyn.«

Willow packte der Zorn. »Keins von beidem ist ehrenrührig.«

Der Drachen zuckte mit den Achseln, und Willow hatte an seinem Standort auf dem Rücken das Gefühl, in ein kleines Erdbeben geraten zu sein.

»Warum hast du mir das alles erzählt?« Seine Stimme klang ganz rauh, während sein Zorn allmählich in Wut umschlug. »Was haben diese Dinge mit mir zu tun?«

»Du bist ein Zauberer«, lautete die Antwort, als ob diese Auskunft völlig selbstverständlich sei.

Willow keuchte schwer, erglühte innerlich und war schweißgebadet. Seine Wut hatte sich wie ein starkes Fieber selbst verzehrt, bevor es ihm gelang, dasselbe mit ihm zu tun. Mit bewußter Willensanstrengung zwang er sich, den Griff seiner Finger zu lösen. Sie waren ganz weiß und geschwollen von dem kraftvollen Griff, mit dem er den Höcker des Drachen umklammert hatte. Er hoffte nur, daß er dem Drachen dabei nicht weh getan hatte.

Er blickte um sich, ließ die Erscheinung des Drachen, die Nacht und die unten vorüberziehende Welt auf sich wirken.

»Nein, wir stürzen nicht ab«, sagte er verwundert.

Nichts hatte sich verändert, und doch war für ihn alles anders geworden.

»Es ist alles eine Frage der Wahrnehmung«, konstatierte Dineer mit der trockenen Beiläufigkeit des Akademikers. »Ein in die Luft geworfener Ball fällt herunter, im Wasser dagegen schwimmt er oben. Wer weiß schon genau, in welchem Medium die Welt eigentlich dahinsegelt? Aber vielleicht stürzen wir ja auch allesamt immer tiefer« – Dineers Maul verzog sich zu einem Lächeln –, »doch niemand vermag das mit Gewißheit zu sagen, solange wir nicht irgendwo aufprallen.«

»Du verstehst es, einem Mut zu machen.«

»Für eine Ameise ist ein Nelwyn ein Riese, für einen Nelwyn wiederum ein Daikini. Alles und jedes hat seinen Platz in der Ordnung der Dinge, und alles und jedes schmeichelt sich mit der Annahme, genau dieser eigene Platz sei der Mittelpunkt des Universums.«

»Und das gilt auch für Drachen?«

»Aber natürlich, mein Freund. Nur zufällig *wissen* wir, daß wir jener Mittelpunkt sind, um den sich alles dreht.«

»Sehr geistreich. Ich komme um vor Lachen.«

»Du lernst dazu, junger Magier. Gib, wie dir gegeben, und so gut, wie dir gegeben wird.«

»Bei uns Nelwyns heißt es: Gib, wie du möchtest, daß dir gegeben wird. Das ist ein Unterschied.«

»Aber kein grundsätzlicher. Die beiden Regeln schließen sich nicht gegenseitig aus. Die Situation bestimmt unsere Reaktion.«

»Großartig. Bin ich inzwischen geistig so erschöpft, daß meine Träume nicht mehr zu bieten haben als ein philosophisches Gespräch?«

»Würde man eigentlich von einem Bauern oder Nelwyn gar nicht erwarten, was?«

»Warum bin ich hier?«

»Interessante Frage, wenn man bedenkt, wo wir gerade sind?«

Der riesige Körper des Drachen versperrte den Blick auf die Erde direkt unter ihnen, und Willow hatte nicht die Absicht, bis an den Rand des Rippenbogens zu klettern, um von dort aus einen besseren Ausblick zu genießen. Er bahnte sich vielmehr behutsam seinen Weg an den Höckern entlang und stieg vorsichtig den langgestreckten Hals hinauf, bis er sich oben auf Dineers Kopf befand.

Er lehnte sich gegen den Wulst, der über dem rechten Auge des Drachen aufwärts ragte und dort einen vielzackigen Kamm bildete und sich weiter seitlich am Kopf entlangzog. Er konnte einfach nicht begreifen, wie eine so riesige Kreatur sich in der Luft zu halten vermochte. Der Kopf allein hätte den Marktplatz seines Dorfes eingenommen, und er nahm an, daß Tir Asleen im Vergleich mit dem gesamten Drachen geradezu winzig erscheinen mußte.

Sie flogen jetzt durch dunkle Nacht, denn der Mond war noch nicht aufgegangen, aber Willow war auf dessen Licht auch gar nicht angewiesen. Eine der ersten Früchte seines Zaubererdaseins war es gewesen, daß seine Sinne sich immens sensibilisiert hatten. Er konnte besser hören als eine Katze, besser riechen als ein Hund, und sein Sehvermögen hatte nicht seinesgleichen. Magierblick nannte er diese Fähigkeit, die es ihm gestattete, selbst in pechschwarzer Dunkelheit alles genau zu erkennen.

Zunächst erschien ihm alles höchst unvertraut.

Ist das denn überraschend? fragte er sich in dem sarkastischen Tonfall des Drachen. *Übrigens, wann hast* du *die Welt eigentlich zuletzt aus dieser Warte gesehen?*

Vor sich sah er nun ein Gebirge mit Zacken so scharf wie die Zähne eines Hais. Es umschloß die trostlose Höhlung eines uralten Vulkans, der seinerseits in ein häßliches Tal einmündete. Willow bedurfte nicht seines Magierblicks, um sofort zu erkennen, was dort hinten am Ende des Tals das Hochland und die Ebene weiter unterhalb überragte.

»Nockmaar«, sagte er mit rauher Stimme, als er der verfluchten Festung ansichtig wurde.

»Bavmorda ist tot«, fuhr er dann fort. »Jener Vernichtung einheimgefallen, die sie eigentlich Elora Danan zugedacht hatte.«

»Du mußt es ja wissen.«

»Ich bin dort gewesen, Dineer, ich hab es mit eigenen Augen gesehen.« Er hielt inne. »Oder bezweifelst du das?«

»Es gibt zwölf Große Reiche«, sagte der Drachen, »und zwar sowohl im Fleische wie im Geist. Elora Danan ist das Dreizehnte dieser Reiche, das alle übrigen zusammenhält.«

»Ich habe die Ursache und den Zweck von alledem nie verstanden. Weshalb ist sie denn eigentlich so etwas Besonderes?«

»Vielleicht ist es an der Zeit, daß du dich damit mal näher befaßt.«

»Ist irgend etwas nicht in Ordnung? Schwebt sie in Gefahr?«

Als Dineer die Flügel ausbreitete und seine Hinterbeine zur Landung ausfuhr, verspürte Willow eine sanfte Windbö, die so gar nicht zu der riesigen Kreatur passen wollte, die sie erzeugt hatte. Willow sah, daß sie in einem anderen Tal gelandet waren, in einem weiten Hügelland, von dem aus die Gipfel des Nockmaar-Gebirges am fernen Horizont wie winzige Anhöhen erschienen. Während dort ein feuchtes Schiefergrau die vorherrschende Farbe war, dominierten hier kräftige Erdtöne, üppiges Grün und warmes Braun. Ließ das Gestein von Nockmaar nur an Tod und Vernichtung denken, so war der Granit von Tir Asleen die Heimstatt überschäumenden Lebens.

Willow nahm an, der Drache habe die Bewohner des Schlosses verzaubert, um ihnen seine Ankunft zu verbergen. Er fand keine andere Erklärung. Es sei denn, die Wächter hatten es versäumt, Alarm zu schlagen, als Dineer seinen Kopf sanft oben auf die Festungsmauer legte.

Die Bedeutung dieser Geste war unmißverständlich, und Willow kletterte eilends von seinem bisherigen exponierten Ausguck herunter.

Als er zu Boden sprang, stolperte er und holte tief Luft, um einen Sturz zu vermeiden und seine Gedanken zu sammeln.

»Ich frage dich jetzt noch einmal, Dineer«, sagte er, während er sich aufrichtete, »und ich verlange eine Antwort – schwebt sie in Ge ...«

Er sprach zu der Dunkelheit und dem offenen Nachthimmel.

Der Drache war verschwunden, als wäre er nie dagewesen.

Er kam nicht mehr dazu, die Verwünschung auszusprechen, die ihm auf den Lippen lag, denn von einem der tiefergelegenen Wachtürme her hörte er jetzt Schwertklirren.

Überall auf der Ringmauer brannten Fackeln, die auch – an Holzstangen befestigt – die unteren Burghöfe erleuchteten, so daß es dort beinahe taghell war. Es herrschte auch ein dementsprechend buntes Treiben: Menschen und Tiere und vollbeladene Wagen eilten hin und her, um die notwendigen Vorkehrungen für die bevorstehenden Festtage zu treffen. Ein ohrenbetäubender Lärm klang zu ihm herauf. Menschen und Wesen anderer Art schrien durcheinander und versuchten sich inmitten des Klapperns der Hufe auf dem Kopfsteinpflaster Gehör zu verschaffen. Kisten wurden knirschend durch den Hof geschleppt, und Schmiede hämmerten auf Ambossen glühende Eisenstücke zurecht. Inmitten dieses allgemeinen Tumults spielte ein wenig abseits in einer Ecke des Hofes eine muntere Musikkapelle auf. Neben Holztischen, die sich unter der Last der Bier- und Rotweinfässer, Brotlaibe, Fleisch- und Dessertschüsseln nur so bogen, tanzten beschwingte Paare, für die alle diese Leckereien offenbar bestimmt waren. Ob hoher oder niedriger Herkunft, ob geistlich oder weltlich – alle willkürlichen Standesunterschiede waren in dieser Nacht außer Kraft gesetzt; man behandelte einander als seinesgleichen, und alle waren bestrebt, aus dieser außergewöhnlichen Situation zur allgemeinen Freude das Beste zu machen.

Willow wollte es fast so scheinen, als ob alle Geräusche und Klänge, die er bis dahin je gehört hatte – einschließlich des Lärms in jener einzigen großen Schlacht, in der er bis dahin gekämpft hatte –, in den Grenzen dieser Mauern eingefangen und zehnfach verstärkt seien. Es grenzte an ein

Wunder, daß in dem allgemeinen Getümmel eine Verständigung überhaupt noch möglich war.

Und abermals hörte er den reinen Klang der Schwertklingen, scharf und abgehackt, die gebieterisch nach ihm riefen und deren Forderung er sich nicht entziehen konnte.

Während er so dahineilte, überprüfte er noch einmal sein Erscheinungsbild, da er – ob Traum oder Wirklichkeit – darauf bedacht war, so gut wie möglich auszusehen. Er hatte vor dem Schlafengehen sein Nachthemd angezogen, aber das war lange her – und jetzt trug er Stiefel und Kniebundhosen, ein leichtes Wollhemd und eine Jacke aus Leder. Mit dem Gürtel um die Taille und den seitlich daran hängenden Taschen war er gleichsam reisefertig angezogen. Wie alle Nelwyns war er eher kleinwüchsig und reichte einem Daikini-Mann gerade bis zur Hüfte. Dabei hatte er einen langgestreckten Oberkörper und eher kurze Beine, so daß er zwar kräftig war, aber das Gehen eher beschwerlich fand. Sein volles Haar war schulterlang. Auf den ersten Blick erschien es mahagonibraun, doch war es mit feuerroten Strähnen durchsetzt, die freilich nur bei entsprechenden Lichtverhältnissen zu erkennen waren. Er hatte sich nie für besonders hübsch gehalten, egal wie oft Kiaya ihm auch das Gegenteil beteuern mochte – oder für besonders schnell, intelligent oder tapfer, obwohl er das alles und noch einiges mehr in Wahrheit durchaus war. Wenn er in den Spiegel blickte, sah er einen ganz normalen Mann, dessen Hauptanliegen es war, sich gegenüber sich selbst, seiner Familie und seinen Freunden ehrenhaft und rechtschaffen zu verhalten. Das hatte er der Welt zu bieten, und genauso wünschte er auch umgekehrt behandelt zu werden.

Wenn er wirklich so schwerfällig war, wie er meinte, dann waren die beiden Gestalten, die sich dort drüben auf der Brüstung duellierten, reinstes Quecksilber.

Die eine war dunkel, die andere Feuer. Die beiden Daikini, ein Mann und eine Frau, waren rank und schlank, trainierte Krieger, die mit äußerster Eleganz die Klinge führten. Der Mann war einen Kopf größer, was ihm freilich wenig nützte. Die Frau trug schwarz, Wolle, Baumwolle, Leder und ein Kettenhemd – sie war bereit, in die Schlacht zu ziehen. Das einzig Farbige an ihr war ihr Haar. Es hatte das Rot des Herbstlaubs, das dunkle Rosa glühender Kohlen, und machte ihr Gesicht durch den Kontrast noch blasser. Das Haar des Mannes erschien auf den ersten Blick schwarz, obwohl Willow wußte, daß es von dunkelbraunen Strähnen durchzogen war. Die reichen Farben seiner Kleider verliehen seinem sonnengebräunten Gesicht einen um so markanteren Ausdruck. Ganz offensichtlich hatte er keine kriegerischen Gedanken gehegt, als er sich angekleidet hatte. Seine pelzgefütterten Stiefel wären eher am Königlichen Hof am Platze gewesen, waren zum Tanzen und nicht zum Kämpfen geschaffen, und der Schnitt seiner Hose diente weniger der Bequemlichkeit als dem Wunsch, seine prächtig gewachsenen Beine zur Geltung zu bringen. Er trug ein Hemd aus feinster Baumwolle mit bauschigen Ärmeln, dessen Verschnürung sich während des Duells gelöst hatte und jetzt den Blick auf eine wohlgebaute, breite Männerbrust freigab. Darüber hatte er eine ärmellose Weste gestreift. Zweifellos hatte er zuvor ein Wams getragen – wie es gerade in Mode war –, das er jedoch beiseite geworfen hatte, um sich zwangloser bewegen zu können.

Die Schwerter klirrten, und die Frau machte einen blitzschnellen Ausfall, als wolle sie das Herz ihres Gegners durchbohren. Doch dieses Herz hatte sich dem tödlichen Stoß bereits entwunden. Der Mann schoß in einer rasanten Drehung seitlich an ihr vorbei und stand nun in ihrem Rücken. Dabei hatte er mit seiner freien Hand ihr Handgelenk ergriffen, das er zusammen mit ihrem Schwert anhob und verdrehte, um sie an sich zu ziehen. Dann preßte er seine andere Hand, die sein eigenes Schwert hielt, unten gegen ihren Rücken und bewegte sie beide in völligem Einklang mit der Musik, die aus dem Burghof heraufscholl, auf der Brustwehr entlang.

Er lächelte sie an, und sie trat ihm gegen das Knie.

»Sorsha«, schrie er mehr aus Ärger als vor Schmerz.

»Mad*mar*tigan«, imitierte sie neckisch seinen Tonfall und führte abermals einen Stoß mit der Klinge.

Er hüpfte beiseite, und die beiden Klingen kreuzten sich so blitzschnell, daß die einzelnen Stöße und Paraden kaum mehr zu erkennen waren. Willow hockte sich, wo er gerade stand, zu Boden und betrachtete vergnügt das Schauspiel. Er hatte noch nie zwei Menschen gesehen, die einander so zugetan waren, die freilich auch jederzeit aus den absurdesten Gründen auf Leben und Tod miteinander fechten konnten.

»Wir feiern heute abend ein Fest, Weib«, ließ sich Madmartigan mit rauher Stimme vernehmen.

»Genau. Und ich amüsiere mich auch ganz prächtig.«

»Du bist eine Prinzessin, verdammt noch mal. Versuch doch wenigstens mal, deiner Rolle gerecht zu werden. Für den Part des Schurken bin ich zuständig.«

»Oh«, sagte sie, und es war unverkennbar, daß Madmartigan genau das Falsche gesagt hatte, denn sie verdoppelte jetzt ihre ohnehin schon beträchtlichen Anstrengungen noch und zwang ihn vorübergehend, die Maske des Spötters abzulegen und sich wieder auf den Kampf zu konzentrieren. »Verstehe«, fuhr sie dann fort und setzte – immer wieder durch Degenstöße und Abwehrparaden unterbrochen – dann hinzu: »Du möchtest zechen und in bequemen Kleidern herumstolzieren und den ganzen Spaß für dich allein haben, und ich soll lieblich aus dem Fenster winken? Aber nicht mit mir.«

»Es wird dich nicht umbringen, wenn du für einen Abend dein Schwert wegsteckst und statt dessen ein bißchen tanzt.« Um seine Worte zu unterstreichen, durchbrach er abermals ihre Abwehr. Willow sah genau hin, hielt mit all der erstaunlichen Konzentrationsgabe, die ihm zur Verfügung stand, danach Ausschau und konnte doch nicht sagen, wie der Mann das fertigbrachte. Sorsha blieb nichts, als vor Wut zu kochen und sich von ihrem Kontrahenten auf eine Weise über das Steinparkett führen zu lassen, wie Willow es noch nie zuvor gesehen hatte.

Plötzlich versetzte sie ihm einen Hieb mit dem Schwertknauf, und als er aufschrie und sich zusammenkrümmte, zog sie ihm die Füße weg.

Bevor er zu Boden schlug, hatte sie sich schon mit dem

fröhlichsten Lachen der Welt davongemacht und eilte herausfordernd eine Treppe hinauf, bis sie hinter einer Ecke verschwand.

Er taumelte kurz verwirrt umher, als wisse er nicht recht, wohin er sich wenden sollte. Einen Augenblick später bereits schwebte er an einem Seil, mit dem gewöhnlich die Waffen oben auf die Mauer befördert wurden, in einem weiten Halbkreis durch den Burghof. Er wollte ihr zuvorkommen, und bereits oben auf sie warten, wenn sie dort hoffentlich nach ihrem Aufstieg außer Atem auftauchen würde.

Unglücklicherweise landete er genau dort, wo Willow hockte.

Und so kam es zu einem mächtigen Zusammenprall, obwohl der Nelwyn in letzter Sekunde noch verzweifelt versuchte, beseite zu springen.

»Verdammter Nelwyn«, hörte er, als die beiden sich wieder aufrafften, obwohl die Herzlichkeit in der Stimme des Daikini den Worten jede Schärfe nahm. »Welchen Gott habt ihr nur verärgert, als damals die Körpergrößen vergeben wurden? Zu klein, um aufzufallen, aber groß genug, um anderen Leuten im Weg herumzustehen.«

»Freut mich ebenfalls, dich zu sehen, Madmartigan«, murrte er als Entgegnung.

Sorshas Beitrag zu dem Gespräch war ein ausgelassenes Lachen, zu dem sie sich durch den Umstand veranlaßt sah, daß es ihr inzwischen gelungen war, ihr eigenes und das Schwert ihres Mannes vor dessen Kehle zu kreuzen. Er lag mit ausgestreckten Beinen inmitten eines Haufens umgekippter Kisten, während sie rittlings auf ihm hockte. Die kleinste Bewegung ihrer Handgelenke hätte genügt, ihn ins Jenseits zu befördern.

»Das ist nicht fair«, protestierte Madmartigan. »Das ist eine unerlaubte Behinderung.«

»Netter Versuch«, erwiderte sie. »Du solltest besser aufpassen, wo du hinspringst. Ich jedenfalls würde das tun.«

»Verstehst du, was ich an ihr finden soll?« fragte Madmartigan Willow und verdrehte dabei die Augen.

»Eine ebenbürtige Partnerin?«

»Nicht heute abend, mein kleiner Freund.« Sorsha lächelte. Die Schwerter waren noch immer an ihrem Platz.

Madmartigan schlug die Beine unter ihr übereinander, verschränkte die Hände hinter dem Kopf und sah aus wie der sorgloseste Mann der Welt.

»Ich ergebe mich«, ließ er sie wissen. »Können wir jetzt tanzen?«

Ganz vorsichtig, denn die Klingen waren schärfer als Rasiermesser, legte Sorsha die Waffen beiseite, ließ sich gleichzeitig auf die Knie nieder und brachte ihr Gesicht ganz nahe an Madmartigans.

Willow sah beiseite und erinnerte die beiden erst bei ihrem zweiten Kuß durch ein leises Räuspern an seine Gegenwart.

»Was hatte es eigentlich mit all dem auf sich?« fragte sich Willow laut, als die drei auf der Burgmauer zu einer Brücke hinübergingen, die in den Innenhof führte.

»Nur Arbeit und kein Spiel ...«, fing Madmartigan an, wurde aber sogleich von Sorsha unterbrochen, deren Stimme – denn offenbar handelte es sich bei dieser Frage zwischen den beiden um einen alten Streit – so klang, daß Willow schon fürchtete, das Duell werde gleich wieder von vorne beginnen.

»Ich bin eine Kriegerin, Madmartigan, warum fällt es dir nur so schwer, das zu akzeptieren?« Sorsha trank einen kräftigen Schluck aus einem Weinschlauch, den Martigan hervorgezogen hatte, und reichte ihn weiter an Willow.

»Und was bin ich? Schließlich gibt es noch was anderes im Leben, und besonders in *unserm* Leben sollte es noch ein wenig mehr geben.«

»Ich kann es nicht ausstehen, wie ich vom Hofstaat des Königs behandelt werde. Sie wollen aus mir etwas machen, was ich nicht bin, und sind beleidigt, weil ich mich ihren Wünschen widersetze.«

»Kannst du denn nicht einen Mittelweg finden? Ich finde, du siehst in einem Kleid wunderschön aus.«

»Komisch, das hab ich bei unserer ersten Begegnung auch von dir gedacht.«

Der Wein war ein schwerer Roter, wohlschmeckend, aber gnadenlos, besonders wenn man sich daran verschluckte. Willow hustete und prustete und wäre bei der Erinnerung an jenen verrückten Nachmittag fast erstickt, als Madmartigan sich als Dorfmädchen verkleidet hatte. Er wäre beinahe damit durchgekommen, wäre nicht einer der Soldaten zudringlich geworden.

Taktvoll wechselte Madmartigan das Thema.

»Ich dachte, du würdest gar nicht mehr kommen«, sagte er zu Willow.

»Ich bin ja auch nicht gekommen. Ich bin gar nicht hier.« Die beiden Daikini tauschten einen vielsagenden Blick. »Aber ich muß sagen, ich habe noch nie einen so wilden Traum gehabt.«

»Und wie bist du hergekommen?«

»Auf dem Rücken eines Drachen.«

»Klingt tatsächlich wie ein Traum«, sagte Sorsha lächelnd und brach dann in wildes Gekicher aus, als Madmartigan sie in die Arme nahm und mit ihr die Treppe hinuntertanzte. Diesmal schlug sie ihn weder, noch stieß sie ihn weg, sondern versuchte vielmehr, sich dem Takt der Geigen, Flöten und sonstigen Instrumente anzupassen, die von unten fröhlich heraufklangen.

»Ich ziehe heute abend ein Kleid an, wenn du morgen das gleiche tust«, forderte sie ihn heraus.

»Hmm«, überlegte er. »Skandalöser Gedanke. Nur Männer dürfen den Umriß ihrer Beine zeigen.«

»Wahrscheinlich weil sie Angst vor der Konkurrenz haben.«

»Ich verstehe euch Daikini nicht«, grummelte Willow vernehmbar, weil das in den meisten Situationen tatsächlich der Fall war. »Sorsha trägt Hosen, wann immer sie in die Schlacht zieht, dabei kann alle Welt den Umriß ihrer Beine sehen. Was ist daran skandalös?«

»Das hat praktische Gründe, Willow«, erklärte Madmartigan. »Daß man im Kampf Hosen trägt. Dann ist sie ein Krieger, keine Frau.«

»Endlich begreift er«, pflichtete sie ihm bei.

»Aber bei Hofe, auf einem Ball – da handelt es sich um eine ganz andere Art von Schlacht mit ganz eigenen Regeln. Die Männer spielen den Pfau und stellen ihre Reize für ihre Damen zur Schau. Die Frauen ...« Er fand keine Worte, was selten vorkam.

»Männer wählen aus, Frauen werden ausgewählt, so lautet wohl die höfliche Umschreibung«, setzte Sorsha seinen Gedanken fort und tat deutlich ihr Mißfallen an diesen Verhältnissen kund.

»In Tir Asleen, meine Süße, richtet sich ein höflicher Gast nach den in Tir Asleen geltenden Regeln.«

Es war klar, daß diese Auseinandersetzung an diesem Abend kein Ende finden würde, wenn überhaupt.

»Solange ich hier bin«, verkündete Willow, »würde ich noch gerne einen Blick bei Elora Danan hineinwerfen.«

»Du nennst stets ihren Namen, Drumheller«, sagte Sorsha. »Für die meisten anderen hier ist sie ›Ihre Königliche Hoheit die Heilige Prinzessin‹.«

»Für mich ist Elora Danan schlicht, was sie ist. Ich hab ihr zu oft die Windeln gewechselt, um sie als ›Heilige Prinzessin‹ anzusehen – *wie* hast du mich gerade genannt, Sorsha?«

»Drumheller. Das stammt aus der Kriegersprache. Mein Vater hat mir das Wort beigebracht, bevor Bavmorda ihn tötete.« Ein Anflug von Trauer verdüsterte ihre schönen Züge wie eine Windbö, die die glatte Oberfläche eines Sees kräuselt – und war so rasch wieder verschwunden, wie er gekommen war. Dabei half ihr gewiß auch der liebevolle Griff, mit dem Madmartigan ihre Schultern umfaßt hielt. »Das ist eine Art Pfadfinder und Vorposten zugleich, also ein Krieger, der vorausgeschickt wird, um die im Hinterhalt liegenden Feinde hervorzulocken.«

»Wie schön für ihn.«

»Für diese Aufgabe sind nur die Allerbesten geeignet, Willow«, sagte Madmartigan.

»Sprichst du aus Erfahrung?«

»Ja, diese Erfahrung haben Sorsha und ich gemeinsam.«

»Und du meinst, so einer bin *ich*, Sorsha? Einer von uns hat offenbar zuviel Wein getrunken.«

»Vergiß nicht, das hier ist ein Traum. Wein hat darin nichts zu suchen, nur die Wahrheit.«

»Wenn wir hier nichts als die Wahrheit sprechen, dann bin ich wohl zu lange wach gewesen.«

»Verzeih mir, Willow. Aber so denke ich nun mal von dir. Du zeigst uns übrigen den Weg, ob uns das nun gefällt oder nicht.«

»Dann gestattest du dir weit großzügigere Gedanken als ich selbst.«

»Verdammt noch mal, manchmal bist du ein wirklich schwieriger Bursche«, sagte Madmartigan und gab ihm zur Unterstreichung dieser Worte einen sanften Klaps auf die Schulter.

»Bei meiner Größe müssen Worte bisweilen so gut wie Messer als Waffe dienen. Anders als für euch Daikini ist es für uns nicht so leicht, anderen unseren Willen aufzuzwingen. Oder uns körperlich zur Wehr zu setzen, wenn mal was schiefgeht. Deshalb müssen wir uns auf unsere Überredungskunst verlassen und auf Diplomatie, um uns aus schwierigen Situationen herauszuwinden.«

»Und um die ...«, sagte Sorsha nur, nahm Willow mit der Anmut, die der ihres Gefährten entsprach, bei der Hand und zog ihn sanft über die Zugbrücke. Sie übernahm beim nun folgenden Tanz die Führung, wie es ihrem Charakter entsprach, aber sie tat ihren Willen mit solcher Sanftheit und Leichtigkeit kund, daß es ihm keine Mühe bereitete, sich ihr zu fügen. Sie paßte ihre Schritte den seinen an und ließ die Worte im Takt der Musik hervorsprudeln, als seien sie Bestandteil eines einzigen Liedes: »... im Hinterhalt liegenden Feinde hervorzulocken.«

»Du kannst es aber auch nicht lassen«, murrte Willow, konnte jedoch ein breites Grinsen nicht unterdrücken, als sie seinen Arm erhob und ihn eine volle Drehung machen ließ. Nur einen Moment später lachten sie beide laut auf, als Sorsha sich niederkauerte, damit der Nelwyn sie ebenfalls herumdrehen konnte. Das ganze war die reinste Improvisation, jeder Schritt, doch alle, die ihnen zusahen, hatten den Eindruck, die beiden hätten schon ein Leben lang zusammen getanzt.

Sie ließen wieder den Weinschlauch kreisen, plauderten über dies und das und sprachen über den Lauf der Welt.

»Auch wir haben oft Schwierigkeiten, unseren Willen durchzusetzen...«, erklärte Madmartigan so ernst wie Sorsha es erlaubte, »... besonders gegenüber dem Schleiervolk und den Jenseitigen Reichen. Der härteste Stahl vermag nichts gegen Zaubersprüche auszurichten, die einen Mann in Stein verwandeln oder ihn einfach vom Erdboden verschwinden lassen.«

»Da muß ich dir recht geben«, räumte Willow ein. »Der Drachen, auf dem ich geritten bin, könnte diese Festung mit einem Schwung seines Schwanzes in Trümmer legen. Niemand steht in der Welt alleine da, hat er zu mir gesagt. Es gibt stets jemand Größeren, eine stärkere Kraft – wie es auf der Skala der Dinge ja auch Kleineres und Schwächeres gibt.«

»Wenn du solche Sachen von dir gibst, mein Junge, kommt es mir vor, als ob Willow nicht der richtige Name für dich ist. Weiden sind zu biegsam.«

»Alle Nelwyns sind biegsam, Madmartigan, das ist ein Teil unserer Überlebensstrategie. Und nenn mich nicht ›Junge‹. Ich bin älter als du und außerdem Vater.«

»Das erklärt natürlich, warum du plötzlich so widerborstig zu uns bist.«

»Bin ich doch gar nicht. Ich bin ganz wie immer.«

Aber dann dachte er über das nach, was er soeben gesagt hatte, bemerkte das unterdrückte Kichern seiner Freunde und gab sich seufzend geschlagen. Aber nur in diesem einen Punkt.

»Wie dem auch sei.« Madmartigan war ein so überaus großmütiger Sieger, daß Willow ihm am liebsten auf den großen Zeh getreten hätte. »Aber jeder, der so dumm ist, sich mit dir anzulegen, holt sich gewiß eine blutige Nase. Du bist nicht biegsam wie eine Weidenrute, Willow, und auch kein typischer Nelwyn, dazu hast du viel zuviel Stahl in deiner Seele.«

Als Madmartigan diese letzten Worte sprach, wollten sein Tonfall und der Ausdruck seiner Augen so gar nicht zueinander passen. Seine Stimme klang fröhlich, doch in seinen Augen lag ein tiefer Ernst, der Willow blitzartig ernüchterte.

»Ich hab's«, verkündete Sorsha. »Solange dieser Traum dauert ...«

»Sorsha«, flehte Willow. »Hab doch ein wenig Mitleid mit mir.«

»Still, Eloras Liebling. Ich bin Prinzessin, meine Vorfahren waren Könige, und ich habe das Recht, meinen Launen freien Lauf zu lassen. Ich bin befugt und privilegiert, meine königlichen Dekrete zu erlassen.« Ihre Stimme klang jetzt tief und volltönend, als sie mit gespielter Feierlichkeit verkündete: »Der Gestalt nach magst du ein Nelwyn sein, aber in Wahrheit gebietest du über gewaltige Kräfte und verdienst einen entsprechenden Titel.«

»Das ist doch lächerlich.«

»Solange dieser Traum dauert – nein, besser noch, bis Wir«, sie benutzte bewußt den königlichen Plural und sprach feierlich wie der Großkämmerer, der die Liste der Ehrengäste verliest, »belieben, Euch zu entlassen ...« Die von unten heraufschallende Musik war jetzt so mitreißend, daß Willow kaum still stehen konnte. Aber der Blick, mit dem Sorsha ihn ansah, und die Kraft ihrer Stimme ließen ihn wie festgenagelt verharren und übten dieselbe Macht über ihn aus, über die sie auch in der Schlacht gebot, wenn sie ihre Truppen ins Getümmel führte. »... werdet Ihr fortan mit allen diesem Namen zugehörigen Rechten und Pflichten ...«

»Natürlich nur unter uns«, warf Madmartigan verschwörerisch ein, »sonst führt das noch zu einer allgemeinen Verwirrung, und das mögen Könige gar nicht.«

»... als Thorn Drumheller bekannt sein.«

Noch bevor Willow überhaupt wußte, was geschah, hatte sie schon ihr Schwert gezogen und berührte mit der flachen Klinge dreimal seine Schultern. Zuerst rechts, dann links und dann wieder rechts – genau wie beim Ritterschlag.

»Offenbar seid ihr beide wahnsinnig geworden«, sagte Willow.

»Du mußt es ja wissen«, entgegnete Madmartigan.

Diese beiden kämpften ebenso heftig mit Worten wie mit

ihrer Klinge, und das mit einer Geschicklichkeit, die selbst die Brownies in ihrem Gefolge erblassen ließ – was keine leichte Übung war. Und selbst in solchen Wortgefechten gaben sie selten Pardon. Willow tat zwar sein Bestes, um mit ihnen mitzuhalten – und bisweilen sogar seinen eigenen Standpunkt zu behaupten –, doch manchmal blieb ihm keine andere Wahl, als sich zurückzuziehen.

»Ich habe genug von diesen Narreteien und genug von *euch*«, sagte er mit Bestimmtheit. »Ich gehe jetzt zu Elora Danan und dann nach Hause. Und sollte ich euch zwei niemals wiedersehen, so ist das immer noch zu früh.«

Natürlich meinte er das nicht ernst. Aber wie es mit übereilt und hitzig gesprochenen Worten mitunter der Fall ist – man wird von ihnen noch lange verfolgt.

Eloras Wohnräume lagen im Königsturm, also im Zentrum der Burg, um das herum die ganze Festung in Form mehrerer Mauerringe angelegt war. Die Räume waren zwar üppig ausgestattet, gleichwohl war es unverkennbar, daß Tir Asleen zuallererst als militärisches Bollwerk geplant war. Die meisten Mauern und Wände waren dicker, als ein Daikini groß ist, die Türen aus schwerem Holz und mit Eisen beschlagen. Fenster gab es nur in großen Abständen, und sie waren überdies eher für die Zwecke von Scharfschützen geeignet als für beschauliche Ausblicke.

Madmartigan und Sorsha, deren Schlafzimmer an das der Heiligen Prinzessin angrenzten, hatten gemeinsam mit Elora direkt unterhalb der königlichen Gemächer ein ganzes Stockwerk für sich.

»Stehengeblieben«, scholl es ihm entgegen, als er über die Schwelle trat. Unmittelbar darauf verspürte er bereits – wie zur Unterstreichung dieser Worte – die Pfeilspitze eines Brownies in seinem Rücken.

»Netter Empfang«, sagte er bestimmt, aber leise, denn er wollte Elora nicht aufwecken. Der Raum war bis obenhin vollgestopft, obwohl die meisten Spielzeuge nur dekorativen Zwecken dienten, denn die Prinzessin war noch viel zu klein, um sie zu benutzen. Nach jüngsten Berichten hatte sie gerade laufen gelernt. Das Bett, in dem sie lag, war viel zu groß, und das Kind war unter den diversen Daunendecken, Kissen und Stofftieren kaum noch zu erkennen. In dem Raum herrschte eine ungewöhnliche Helligkeit, so daß Willow auf seinen Magierblick verzichten konnte. Ein Teil des Lichtes rührte von den aufgehäuften Holzscheiten im Kamin her, den Rest lieferten die Sterne und der Mond hoch oben, die durch ein großes rundes Oberlicht hineinschienen. Irgendwelche Möbel stachen Willow nicht sonderlich ins Auge, aber auf dem Boden lagen etliche Plüschteppiche, was den Bedürfnissen eines Kleinkindes gewiß entgegenkam, so daß Elora nirgendwo gegenlaufen und sich nicht weh tun konnte, wenn sie dann und wann einmal hinfiel.

Für den oberflächlichen Betrachter war der Raum sonst leer und unbewacht. Doch der Anruf und die Pfeilspitze, die Willow in seinem Rücken spürte, bewiesen eindeutig das Gegenteil.

»Du bist vielleicht ein großer unvorsichtiger Bursche«, sagte ein dünnes Stimmchen hinter ihm, und Rool trat steifbeinig in sein Blickfeld. Der Körper des Brownies versank beinahe im Gewebe des Teppichs.

»Wir sind ziemlich frech heute abend, was?« sagte Willow.

»Sieht zwar genau aus wie immer«, ließ sich eine andere Stimme vernehmen, diesmal ein Brownie, der sich mit Helm und Umhang aus dem Fell einer erschlagenen Maus geschmückt hatte. »Aber spricht anders. Spielt sich hier auf wie ein großer Herr vom Hof und will sich offenbar bei Elora Danan einschmeicheln. Vielleicht ein Hochstapler?«

Willow hatte inzwischen genug von seinem Traum. Er schnipste mit den Fingern und löste damit entsetzte Angstschreie der Brownies aus, unter denen plötzlich Funken aufstoben, die – wie die Blitze eines Sommergewitters – von einem vernehmlichen Grollen und dem Geruch verbrannter Luft begleitet wurden.

»Ihr könnt mir vertrauen«, erklärte er in einem Ton, der keinen Zweifel mehr daran ließ, daß er es ernst meinte. »Ich bin es wirklich.«

»Hättest du auch gleich *sagen* können«, verkündete Rool.

»Ich bin müde. Es ist spät. Ich möchte, daß mein Geist mit dem Rest von mir wieder zu Hause in meinem Bett liegt und dort in Ruhe weiterschlafen kann. Ist das etwa zuviel verlangt?«

Die Brownies sahen sich an, als ob er verrückt geworden wäre, und äußerten sich auch in diesem Sinne, ohne ihn zu beachten. Rool ging das Thema eher pragmatisch an und überließ es Franjean, sich wichtig zu machen.

Während die beiden miteinander stritten, ergriff Willow die Gelegenheit, sich dem Bett seines Patenkindes zu nähern. Das kleine Mädchen war noch immer eines der schönsten Dinge, die er je gesehen hatte, und stand seinen eigenen Kindern in nichts nach. Ihr Haar erinnerte an gesponnenes Gold, das von feuerroten Strähnen durchzogen war, wie sie auch Sorshas Haupt zierten. Sie war rundlich, wie es für Kleinkinder ihres Alters typisch ist, und vermittelte den Eindruck, daß ihr Körper mehr oder weniger ein Arrangement miteinander verbundener Kreise war. Sie hatte einen runden Kopf, einen runden Bauch und Pölsterchen an Armen und Beinen. Sie verbreitete um sich her einen Frieden, strahlte eine Unschuld und Frische aus, die nicht nur mit ihrem Alter zu erklären waren. Sie war ein Wesen, das auf die vor ihr ausgebreitete Welt gleichsam von Natur aus mit einem Lächeln, einem beglückten Staunen reagierte. In dem Raum herrschte eine warme, einladende Atmosphäre, und man fühlte sich dort sogleich behaglich. Durch ihre bloße Gegenwart verwandelte Elora Danan diese alte Festung in einen glücklicheren Ort. Und alle darin zu besseren Menschen.

»Na, mein Kleines«, murmelte Willow. »Wenn du die halsstarrigen, hartherzigen Herrscher der Jenseitigen Reiche durch deinen Charme ebenso bezauberst wie mich, dann gibt es für die Welt vielleicht doch noch ein wenig Hoffnung.«

Er stieß mit dem Fuß gegen etwas auf dem Boden und fand, als er sich bückte, einen Ball, den er bequem in seiner Hand halten konnte. Einem Impuls gehorchend, ließ er den Ball auf der Spitze seines ausgestreckten Zeigefingers kreisen und dachte an das, was der Drache ihm erzählt hatte. Er spürte noch immer das Nachbeben des Entsetzens, das ihn in jenen Augenblicken geschüttelt hatte, doch dieses Gefühl verblaßte rasch, als er sich ganz der Faszination dieser neuen Weltsicht hingab. Er stoppte den Ball und gab der Stelle, auf der seine Fingerspitze zufällig ruhte, ganz willkürlich den Namen Tir Asleen. Dann dreht er den in seiner Hand ruhenden Ball einmal ganz herum, legte seinen Daumen auf den gegenüberliegenden Punkt und nannte die Stelle Angwyn. Und nach Angwyn wollte er reisen, das stand fest.

Freilich lag diese Reise noch in weiter Ferne. Zu viele Pflichten daheim. Doch die Nelwyns waren langlebige Leute, und in Null Komma nichts würden die Kinder erwachsen sein. Und vielleicht ließ sich sein Traum dann verwirklichen.

»Dachten schon, du würdest gar nicht mehr kommen, großer Bursche«, erklärte Rool, der sich elegant auf Eloras Bett geschwungen hatte.

»Das sagen alle«, bemerkte er, als er den Ball beiseite legte.

»Nicht ohne Grund, wo du doch hier bist.«

»Das ist nur ein Traum. In Wahrheit liege ich zu Hause in meinem Bett und schlafe. Das kannst du mir glauben.«

»Wenn du es sagst.«

»Ich«, sagte Franjean, »behaupte, das ist *nicht* richtig.« Er hätte seinen Worten wohl noch mehr Nachdruck verliehen, hätten ihn nicht Rool und Willow durch ein strenges »Psssst« zur Ordnung gerufen. »Morgen vor einem Jahr ist Elora hier nach Tir Asleen gekommen. Deshalb die Feier. Aber wird auch Willow – ihr Retter und Pate – an dem Fest teilnehmen? Er sagt nein, weil er sich um seine kostbaren Felder kümmern muß.«

»Wenn ich jetzt die Felder nicht bestelle, hat meine Familie später nichts zu essen.«

»Du bist doch ein Zauberer, Willow«, sagte Rool, »du wirst das schon irgendwie hinkriegen.«

»Schickt er denn wenigstens ein Geschenk für das kleine Liebchen«, fuhr Franjean gnadenlos fort. »Ich sehe jedenfalls keins.«

»Das«, stimmte der andere Brownie ihm zu, »ist beschämend.«

»Aber ich habe doch ein Geschenk.«

»Bei dir?« wollten beide einstimmig wissen.

Er wollte schon nein sagen, als er instinktiv mit der Hand in die Reisetasche an seiner linken Hüfte faßte. Diese Taschen gehörten nämlich zu den ersten Errungenschaften seiner Magierlaufbahn; denn äußerlich sah man ihnen ihr schier unbegrenztes Fassungsvermögen nicht an. Darin verwahrte Lebensmittel blieben frisch, Wasser lief nicht über. Was immer sich durch die Öffnung hineinschieben ließ, fand darin Platz. Er mußte nur an etwas denken, was er brauchte, und schon konnte er es aus der Tasche hervorziehen. Sämtliche Dinge, die er eingepackt hatte, fand seine Hand auf Anhieb.

Und genau das geschah auch jetzt. Er dachte an den Bären, und schon hielt er ihn in der Hand.

Seltsam genug, denn nach seiner Erinnerung hatte er den Bären auf dem Tisch in seiner Werkstatt zurückgelassen. Und so war dieser Umstand für ihn nur ein weiterer Beleg dafür, daß er träumte.

»Schläft sie wirklich?« fragte er, als er das Haar auf dem Kopf des Bären glattstrich.

»Wie ein Baby«, erwiderte Rool.

»Blödmann«, sagte Franjean, »was hast du denn erwartet. Sie *ist* ein Baby!«

»Warum fragst du, Willow?«

»Nur so, Rool.« Er hielt den Bären vor sich ausgestreckt und schaute ihm direkt in die Kristallaugen. »Also, mein Lieber, jetzt heißt es für uns beide Abschied nehmen. Vielleicht ist das der Grund für all diese seltsamen Vorkommnisse, daß ich wenigstens im Traum das abliefern kann, was zu überbringen mir in Wirklichkeit versagt ist. Verzeih mir, Elora Danan«, sagte er zu dem Mädchen. »Ich weiß nicht, warum ich solange gewartet habe. Aber zweifellos, weil ich dir dieses Geschenk, das unter meinen Händen entstanden ist, persönlich überreichen wollte. Damit niemand zwischen uns steht.

Laß meinen Bären meine Stelle einnehmen, ist das hinnehmbar, Hoheit? Laß ihn all das verkörpern, was ich für dich wäre, wenn ich hier sein könnte.«

»Willow.«

»Ja, Rool.«

»Weißt du eigentlich, was du da tust?«

»Ja, Rool.«

»Das glaube ich nicht. Schau dich an, Zauberer, du glühst ja!«

»Bei den Göttern – ja, tatsächlich.«

»Du sollst in diesem Raum nicht herumzaubern.«

»Beim Reißzahn des Todeshunds«, zischte Franjean, »eigentlich solltest du gar nicht *in der Lage* sein, hier herumzuzaubern. Über diesem Raum liegt ein Abwehrzauber, der stärker ist als die verdammten *Mauern!*«

»Ich hab damit nichts zu tun«, entgegnete Willow. »Es kann sich nur um eine Reflexion, eine Spiegelung von Eloras magischer Energie handeln.«

»Höchst beeindruckend.«

»In der Tat, Rool.«

»Seit wann ist sie denn eine Zauberin?« sagte Franjean fast empört, als hätte man ihn von diesem Umstand zuallererst in Kenntnis setzen müssen.

»Im strikten Wortsinn ist sie das, glaube ich, nicht.«

»Und warum weißt du das nicht genau?«

Willow seufzte. »Franjean, wir reden hier über die Zukunft. Wann hast du schon mal von einem Orakel gehört, das sämtliche Details genau beschreibt? Niemand weiß genau, wozu sie imstande ist, und auch sie selbst hat sich bisher dazu wohl noch nicht äußern können. Ich selbst habe mich schon gefragt, ob sie nicht vielleicht wie die Drachen außerhalb jener Regeln und Gesetzmäßigkeiten steht, von denen unsere Welt ansonsten regiert wird. Das würde auch erklären, warum sich die Drachen so für sie interessieren.«

»Hab noch nie einen Drachen gesehen, Willow«, sagte Rool, und in seiner Stimme klang ein gewisser Neid mit.

»Es war ein Wunder – selbst wenn ich mir das alles nur eingebildet habe.« Willow schüttelte den Kopf, um seine Gedanken wieder auf den gegenwärtigen Augenblick zu konzentrieren. »Was nun Elora Danan angeht, so ist sie, glaube ich, auf Abwehrzauber nicht angewiesen, da sie über eine Art natürlicher Immunität verfügt.«

»Wenn das so ist«, forderte Franjean ihn sarkastisch heraus, »wie konnte die Hexenkönigin Bavmorda hoffen, die Kleine durch den Ritus der Vergessenheit auszulöschen?«

»Elora war damals noch ein Baby, Franjean«, lautete Willows durchaus plausible Erklärung. »Macht ist nutzlos, wenn man nicht weiß, wie man sie anzuwenden hat.«

»Aber sie ist noch immer ein Baby«, sagte Rool.

»Bavmorda ist tot. Und wir haben den Großteil des vergangenen Jahres damit verbracht, ihre Todeshunde zu vernichten.«

»Und deswegen, meinst du, liegt sich jetzt die ganze Welt selig in den Armen? Und was ist mit den Dämonen und Kobolden, mit den Trollen und all den anderen Wesen, die zu böse sind, um auch nur einen Namen zu haben?«

So falsch lag der Brownie damit nicht.

»Ich glaube, das ist kein Problem, Rool. Ich hoffe, daß ich durch meinen Bären ihrer Kraft mein Wissen hinzugefügt habe«, sagte er mit einem unvermittelten scheuen Lächeln, dankbar dafür, daß seine Inspiration ihn nicht im Stich gelassen hatte. »Das wird sie fürs erste so gut schützen, als ob sie bereits erwachsen wäre. Kaum eine Hilfe gegen eine Klinge aus Stahl, zugegeben – darum werden sich Madmartigan und Sorsha kümmern müssen –, aber die reine Hölle für ein magisches Messer. Zufrieden?«

Sie bewegte sich, und er fürchtete schon, daß er sie aufgeweckt hätte. Doch sie drehte sich lediglich so auf den Rücken, daß sie jetzt mit ausgebreiteten Armen dalag. Sie war ganz in ihr Nachtgewand und ihre Bettdecke eingewickelt, nur ein nacktes Beinchen war der Abendkühle ausgesetzt. Der Kamin strahlte zwar eine wohltuende Wärme aus, aber trotz des bereits fortgeschrittenen Frühlings waren die Nächte noch immer deutlich kälter als die Tage. Er hatte ja sogar den Atemhauch der Männer, die draußen Wache schoben, sehen können. Willow legte den Bären vorsichtig in

Eloras Arm. Und als hätte sie schon die ganze Zeit darauf gewartet, rollte die Kleine sich auf die Seite, legte beide Arme um das Stofftier und zog selbst die Beine an, um damit um so sicherer zu umschließen. Ihr Nachthemd war jetzt völlig durcheinander, doch Willow konnte dagegen nichts tun, ohne sie aufzuwecken. So begnügte er sich damit, die Decke zurechtzuzupfen. Er war von dem Liebreiz des Säuglings derart angetan, daß er eine Blitzkonferenz der Brownies versäumte, die kurzerhand beschlossen, daß er unmöglich in seinem derzeitigen Geisteszustand allein nach Hause zurückkehren könne. Bevor er auch nur begriffen hatte, was eigentlich vor sich ging, waren sie auch schon in seine Reisetasche geschlüpft, und so verzweifelt er auch nach ihnen suchte, er konnte sie in ihrem Versteck nicht finden.

»Dann macht es euch bequem«, sagte er zu ihnen. »Ich bin hier jetzt fertig.«

Doch nicht ganz. Er hatte noch eine Pflicht, die er gegenüber Elora mit derselben Beglückung vollzog wie sonst gegenüber seinen eigenen Kindern. Er strich ihr sanft über die Stirn und das Haar, gab ihr einen Kuß und wünschte ihr die süßesten Träume und den glücklichsten aller Morgen. Dann war er soweit.

Als er wieder zu sich kam, war es bereits früh am Tag. Er wachte mit einem Ruck neben seiner Frau auf, wo er – wie er wußte – die ganze Nacht verbracht hatte.

Er war so dankbar für diese Erkenntnis, daß es ein paar lange Augenblicke dauerte, bis er begriff, was sein Blick sogleich registriert hatte – daß es sich nämlich am Fußende seines Bettes einträchtig zwei Brownies bequem gemacht hatten.

Auch die Schönheit des Sonnenaufgangs, der vom Fluß heraufziehende Nebel, die in blaues Licht getauchten Felder, die von Vogelgesang unterbrochene Stille, ja die ganze Morgendämmerung in ihrer schlichten Alltäglichkeit konnten aus seinem Bewußtsein eines nicht mehr verdrängen, nämlich daß, während er schlief …

… die ganze Welt, wie er sie kannte, ihr Ende gefunden hatte.

1. Kapitel

Die Adler berichteten ihnen, daß der Reiter nahe war. Doch Thorn sah nichts.

Die Brownies fühlten sich schon durch die Großen Leute in ihrem eigenen Land reichlich beunruhigt, aber dort gab es wenigstens Wälder und Strauchwerk, in denen sie sich verbergen konnten. Hier jedoch, am Fuße des hohen Gebirgszuges, der diesen Kontinent von oben bis unten zerteilte, gab es weit und breit nichts als ödes Grasland, das sich von den Berghängen bis zum Horizont erstreckte. Sie wollten sich verstecken und ließen Thorn das auch wissen, dabei schrie jeder der beiden lauter und aufgeregter als der andere, und ihr Gezeter ging hin und her wie der Ball bei einem Tennismatch.

Doch Thorn hörte nichts.

Die beschlagenen Hufe des Tieres schlugen einen bleiernen Takt. Jeder seiner Schritte verriet eine abgrundtiefe Müdigkeit. Die Stute war so weit und schnell gerannt, wie sie nur konnte, doch jetzt war sie am Ende. Sie war über und über mit Angstschweiß bedeckt, der angesichts der klaffenden Wunden an ihren Flanken und an ihrem Hinterteil nur allzu verständlich war. Auf ihrem Rücken saß ein Daikini-Krieger, dessen Stiefel von denselben Krallen zerkratzt waren, die auch sein Reittier so übel zugerichtet hatten. Seine schimmernde Rüstung und sein Sattelzeug waren mit einer dicken Staubschicht bedeckt, und seine hängenden Schultern und der krumme Rücken legten beredtes Zeugnis von den Strapazen seiner Reise ab.

Im großen und ganzen war er von derselben Gestalt wie Thorn selbst, nur daß er wie alle Angehörigen seiner Art gut zweimal so groß war wie der Nelwyn, und zwar hauptsächlich wegen der Länge seiner Beine. Ohnehin betrachteten sich die Daikini als Herren der Welt und nahmen kaum Rücksicht auf jene, die – wie die Nelwyns und die noch kleineren Brownies – wesentlich früher dagewesen waren als sie selbst.

Die Armbrust und das Schwert hingen griffbereit am Sattel. Die Augen des jungen Mannes kamen niemals zur Ruhe und tasteten das Gelände vor ihm genauso sorgfältig ab wie seine übrigen Sinne das Terrain in seinem Rücken. Immer wieder streichelte er den schweißbedeckten Hals seiner Stute oder gab ihr einen aufmunternden Klaps auf die mächtigen Schultern. Genau wie er brauchte sie unbedingt Ruhe, und selbst ihre gegenwärtige, eher stolpernde Gangart konnte sie nicht mehr lange durchhalten. Doch Pferd wie Reiter wußten ganz genau, daß jeder Aufenthalt zugleich den Ort ihres letzten Gefechts markieren würde. Der Weg, dem sie folgten, würde sie direkt zu Thorn und seinen Gefährten bringen, und bei gleichbleibendem Tempo mußten sie ihn gegen Abend erreichen.

Doch Thorn kümmerte das nicht.

Seine eigenen Stiefel wirbelten Staubwolken auf, als er zum Rand der Narbe hinüberging. Unendlich feiner Staub, der – bar jeder Feuchtigkeit und jeglichen Lebens – mit dem üblichen Erdreich kaum etwas gemein hatte. Von stumpfen Grau und pulverisiert wie aus einem Grab, legte er sich wie ein Film auf Augen und Zunge und trübte jede Sinnesempfindung. Das einzige Lebenszeichen ringsum war ausgedörrtes Gestrüpp, und jene Samen, die unglücklich genug gewesen waren, Wurzeln zu schlagen, fanden weder Nahrung noch Halt. Die meisten von ihnen wurden vom erstbesten Windstoß davongefegt, und die wenigen verbleibenden waren häßliche Krüppelgewächse, die kaum darauf hoffen konnten, auch nur eine Saison zu überstehen.

Die Kontinentalscheide vor ihm bildete eine unüberwindliche Mauer, die sich nach rechts und links so weit hinzog, wie das Auge nur reichte.

Nur nicht unmittelbar vor ihm.

Noch zwölf Jahre zuvor war hier der höchste Gipfel des ganzen Gebirges aufgeragt. Doch in jener grauenvollen Nacht, als Kataklysmen und Katastrophen die Zwölf Reiche erschüttert hatten, war er ganz einfach … zerstört worden.

Thorn hatte schon alle möglichen Naturkatastrophen gesehen und jedesmal mit Ehrfurcht gesehen, wie rasch und hartnäckig die Natur die ihr geschlagenen Wunden wieder heilte. Doch hier schienen diese üblichen Gesetze nicht zu gelten. Alles, was sich im Umkreis der Explosion aufgehalten hatte, war ausgelöscht worden, als ob es nie gewesen wäre, und nichts war seither an seine Stelle getreten.

»Genau wie bei den andern«, sagte er laut, um die gespenstische Stille zu brechen, und wickelte dabei eine Strähne seines geflochtenen Bartes um den Zeigefinger, während er die Ödnis um sich her betrachtete. »Eine ganze Welt habe ich durchwandert, um Orte wie diesen zu studieren – all diese Schauplätze der Vernichtung, einen nach dem anderen.« Ja, in der Tat konnte man an das Ausmaß dieser Verwüstungen erst glauben, wenn man sie mit eigenen Augen gesehen hatte. Und dieser bisher letzte Ort des Grauens war genauso entsetzlich anzusehen wie alle übrigen zuvor.

Auf den ersten Blick erschienen die Seitenwände der Narbe spiegelglatt, als ob ein grausamer Gott den Berg mit einem riesigen Messer säuberlich aus seiner Umgebung herausgeschnitten und dann zertrümmert hätte. Der Untergrund der so entstandenen Mulde war zu einer glasartigen Schicht geschmolzen und erinnerte fast an eine flache Schale, die freilich einen in Meilen messenden Durchmesser hatte und gut dreißig Meter tief war. Innerhalb dieser Mulde trübte kein Staubkorn die glatte Oberfläche, so daß der Eindruck entstand, der Krater werde allmorgendlich mit einem riesigen Tuch blankgeputzt. Wenn es einmal regnete, floß das außerhalb der Schüssel niedergehende Wasser sogleich nach allen Seiten davon, als wäre jeder Tropfen darauf versessen, möglichst rasch einen gastfreundlicheren Ort aufzusuchen. Im Innern des Gebildes, wo man eigentlich einen See erwartet hätte, in dem sich der leuchtend blaue Himmel dieses Frühlingsvormittags spiegelte, konnte er nicht die geringste Spur von Feuchtigkeit entdecken.

Es lag eine seltsame Schönheit über dem Ort, das mußte er zugeben. Die vorherrschende Farbe war Schwarz. Doch war die Glasur auch von Adern dunklen Gesteins in diversen Schattierungen durchzogen, wie wenn dort ein wahnsinniger Töpfer am Werk gewesen wäre.

Vor seinem geistigen Auge sah Thorn einen anderen Ort unvorstellbarer Schändung, der inmitten bewaldeter Hügel lag, früher einmal für seine Schönheit berühmt gewesen und nun auf immer dahin war. Weder die Stärke ihrer Mauern noch der Mut ihrer Ritter oder die Kunstfertigkeit ihrer Zauberer hatte die sagenumwobene Daikini-Festung Tir Asleen ihrem traurigen Geschick entreißen können. Die Burg und ihre Bewohner waren die Hoffnung der Welt gewesen, und doch war sie in einem einzigen Augenblick ausgelöscht worden.

Damals, vor einem Dutzend Jahren, hatte Thorn den Schauplatz des Grauens nicht aus solcher Nähe betrachtet wie diesen hier. Er hatte mit leeren Augen wie betäubt am Eingang des Tals gestanden, als sei er selbst einer der Toten, und sich der eitlen Hoffnung hingegeben, daß er mit jedem Wimpernschlag jene vergangene Herrlichkeit und insbesondere seine dahingerafften Freunde wiederbeleben könne.

Die Erinnerung brannte wie Eis in seinem Herzen, und er krümmte sich, wie von einem Messer getroffen, zusammen und berührte mit der Stirn den Boden, als er auf den Knien dalag. Er war froh, daß er allein war, denn solches Elend war nicht für fremde Augen bestimmt. Weder die Brownies noch die Adler näherten sich je diesem Ort der Zerstörung – Bastian und Anele flogen nicht einmal darüber hinweg –, sie empfanden zuviel Respekt vor den Toten und vor der unbekannten Kraft, die sie dahingerafft hatte. Thorns Gesicht verzerrte sich, als hätte er einen Schlag erhalten, aber seine Augen blieben trocken. Er hatte seinen Vorrat an Tränen an jenem ungeheuerlichen Tag damals vor Tir Asleen erschöpft. Trotz der seither verstrichenen Zeit und all der Erfahrungen, die er seit damals gemacht hatte, brannte die Wunde in ihm frisch wie am ersten Tag.

Das einzige Vermächtnis dieses Schmerzes war der Drang, von einem dieser Unglücksorte zum nächsten zu wandern und sich von derselben unerbittlichen Anziehung leiten zu lassen, die eine Magnetnadel auf den Pol richtet. Nachdem er einige dieser Plätze besucht und seine angeborene Zauberkraft vervollkommnet hatte, kristallisierte sich für ihn allmählich ein ganz bestimmtes Muster der Zerstörung heraus. Jeder der Schauplätze war ein Ort der Kraft, ein Kreuzungspunkt, wo sich die Energielinien der physischen Welt mit ihren Entsprechungen in den Jenseitigen Reichen, dem Feenland und der Heimat des Schleiervolks, schnitten. Infolgedessen waren die Verwüstungen in diesen Reichen nicht geringer gewesen und die Wunden nicht minder tief. Dort wie hier gab es manche, die in diesen Katastrophen ein natürliches Geschehen sahen, andere interpretierten sie als mystisches Zeichen, wieder andere als kriegerischen Akt. Jede dieser Gruppen hatte eine eigene Erklärung für die Ursachen, jede war mit Schuldzuweisungen rasch bei der Hand. Und das Ergebnis war, daß die – selbst in den besten Tagen nicht gerade herzlichen – Beziehungen zwischen den Zwölf Reichen sich rasant verschlechterten. Der Umstand, daß seit der letzten Katastrophe mehr als ein Jahrzehnt ohne weitere Zwischenfälle vergangen war, hatte erheblich zur Beruhigung der Daikini beigetragen, doch die meisten Schleierleute rechneten in anderen Zeiträumen. Für sie waren die Menschen so etwas wie Eintagsfliegen, und der Kataklysmus brannte in ihrem Gedächtnis noch so lichterloh, daß sie nicht einfach zur Tagesordnung übergehen konnten.

Von dem Offensichtlichen abgesehen – daß nämlich eine unbegreifliche, barbarische Macht in einem einzigen Augenblick an den verschiedensten Orten der Welt ungeheure Zerstörungen angerichtet hatte –, wußte niemand etwas. Bekannt war weder das Wesen dieser Macht noch ihr Ursprung oder ihre Absicht. In den seither vergangenen Jahren hatte Thorn zudem herausgefunden, daß überraschend wenige überhaupt nach Antworten auf diese Fragen suchten, als ob solche Neugier durch ein ähnliches oder gar noch schlimmeres Unglück bestraft würde.

Auch Thorn selbst setzte sich an jedem der Unglücksorte dieser Gefahr aus. Ihm war von Anfang an klar gewesen, was von ihm verlangt wurde, doch vor den Konsequenzen war er stets zurückgeschreckt. Und auch jetzt zögerte er wieder.

»Nein«, sagte er, das Gesicht noch immer von der Welt abgewandt, und seine Stimme klang so hohl, als ob er in eine Bretterkiste eingesperrt wäre. »Das ist nicht richtig. Ich zögere nicht. Ich habe Angst.«

Er erhob sich, trat etliche Schritte von dem Rand der Mulde zurück, bis seine Reaktion allmählich abklang, und blieb dann stehen.

»Soll das alles gewesen sein?« fragte er sich. »Habe ich deshalb etwa all diese Wanderungen unternommen, mich zwölf Jahre in der Welt herumgetrieben und versteckt? Alles umsonst? Das Beste hast du dir bis zuletzt aufgehoben, Gnom.« Er sprach diese Bezeichnung so verächtlich aus wie bisher nur die schlimmsten seiner Feinde. »Die Resonanz des Kataklysmus ist hier nicht minder stark als in Tir Asleen selbst. Wenn also überhaupt Antworten auf all die Fragen möglich sind, dann gibt es keinen geeigneteren Ort.«

Der von ihm als ›gesunder Nelwynverstand‹ etikettierte Teil heulte auf: *Ich will hier weg und nach Hause!* Um sogleich zurechtgewiesen zu werden: *Aber du bist nun einmal hier. Was bleibt dir also anderes übrig?* Und noch grausamer: *Und solange das hier nicht erledigt ist, hast du kein Zuhause.*

Er entblößte seine Zähne. Die Nelwyns waren so klein geraten – behaupteten jedenfalls alle Schöpfungsmythen außer denen der Nelwyns –, weil die Großen Geber sie übergangen hätten, deren Aufmerksamkeit von den wichtigeren Wesen in Anspruch genommen worden sei. Die Nelwyns waren deshalb nicht selten Zielscheibe des Spotts jener Bessergestellten. Aber was Geist, Herz und Mut betraf, so entsprachen die Nelwyns gar nicht ihrem äußeren Erscheinungsbild. Und jede Hand, die sich gegen sie erhob, veranlaßte sie nur, sich in einer für ungleich größere Kreaturen geschaffenen Welt um so hartnäckiger zu behaupten. Sie waren zäh und ausdauernd – und vor allem anpassungsfähig. Und sobald sie einer Bedrohung begegneten, gingen sie ihr aus dem Weg. Wenn sie ihr nicht aus dem Weg gehen konnten, kämpften sie mit einer Stärke und Zähigkeit, die Achtung verdiente. Wenn sie kämpfen mußten – mit Mensch oder Gott, in dieser oder einer anderen Welt –, dann sorgten sie dafür, daß sie aus dem Kampf als Sieger hervorgingen.

Der Kataklysmus hatte Thorn ebenso gezeichnet wie das Land. Der Nelwyn erschien schlanker als früher, und sein Körper war durch die endlose Wanderschaft über den ganzen Globus gestählt. Ja, die Erde war wirklich eine Kugel, das *wußte* er nun, in diesem Punkt brauchte er sich nicht mehr allein auf das Wort des Drachen zu verlassen. Sein wettergegerbtes Gesicht ließ ihn doppelt so alt wirken. Er hatte Haare und Bart wachsen lassen, und von seinem Gesicht waren deshalb nur mehr die Nase, die markanten Wangenknochen und die Augen zu sehen, die ihrerseits von zwei herrlich wilden Augenbrauen überwölbt wurden. Den Bart hatte er – wie sein alter Lehrer, der Hohe Aldwyn – zu kleinen Zöpfen geknüpft, doch das Haar trug er in der Manier eines Daikini-Kriegers. Aber während der Bart inzwischen silbergrau geworden war, hatte das Haupthaar kaum etwas von seiner jugendlichen Farbe eingebüßt. Es hatte vielmehr eine fast herbstliche Tönung angenommen – Rot mit braunen Streifen, während die Farbverteilung früher genau umgekehrt gewesen war. Er war angezogen wie ein Wanderer und erwarb auf den Märkten sämtlicher Kontinente an Kleidung, was ihm gerade gefiel und bequem erschien.

Doch am auffälligsten an ihm waren seine Augen, die ursprünglich einmal braun gewesen, im Laufe der Zeit jedoch zunächst grün und dann graublau geworden waren. War er gutgelaunt, strahlten sie in der Farbe des Himmels, erregte jedoch irgend etwas seinen Unwillen, nahmen sie die Farbe frischgeschmiedeten Stahls an. Freilich erschienen sie irgendwie gehetzt, was nach allem, was sie gesehen hatten, kaum verwunderte. Doch dieser Eindruck war nur vordergründig. Jenseits dieser Oberfläche, die auch Thorn bisweilen erblickte, wenn er zufällig irgendwo sein Spiegelbild sah, lag etwas Härteres und Gefährlicheres verborgen. Jener Teil seines Wesens, dem er seinen Namen verdankte.

Thorn schlug einen Pfosten tief in den Boden und befestigte daran eine lange Leine, die er sich um die Taille schlang und mittels eines Metallrings mit seinem Gürtel verband. Dann streifte er geschmeidige Lederhandschuhe über seine empfindlichen Hände und warf das Seil über den Rand der Mulde. Schon ließ ihn etwas zögern, doch er wußte, wenn er diesem Impuls nachgab, würde er in seiner Entschlossenheit wankend werden und das ganze Gebäude seiner guten Vorsätze zum Einsturz bringen. Es gab Kämpfe, vor denen man nicht davonlaufen konnte.

Eine Art Pfadfinder und Vorposten zugleich, erklang Sorshas Stimme so deutlich in seiner Erinnerung, als stünde sie wieder direkt vor ihm, *also ein Krieger, der vorausgeschickt wird, um die im Hinterhalt liegenden Feinde hervorzulocken.*

»Wie schön für ihn«, murmelte Thorn genau, wie er es damals getan hatte.

Mit dem Rücken zur Narbe ergriff er seine Leine und ließ sich über den Rand in die Mulde hinab.

Als er unten angekommen war und sich des Seiles entledigt hatte, fiel sein Auge sogleich auf einen Stein von der Größe eines Daumennagels. Er hob ihn auf und ließ ihn mit halb geschlossenen Augen ein paarmal zwischen den Handflächen hin- und herrollen. Seine Sinne waren aufs äußerste angespannt, während er vor seinem inneren Auge das Bild des Steines neu erstehen ließ.

Sehr alt, das spürte er, und doch war dieser spezielle Berg, erdgeschichtlich gesehen, noch kaum ein Kind gewesen. Jung und frisch, seine scharfgeschnittenen Konturen von Sonne, Wind und Wasser so gut wie nicht berührt, hatte der Berg eine besondere Energie besessen und einen besonderen Stolz. Ja, die Stelle, an der Thorn jetzt stand, war ein Ort der *Macht*.

Es lag etwas Klagendes in der Luft, eine traurige Dissonanz, die man vielleicht als Wind hätte bezeichnen können.

Aber er wußte es besser, denn er spürte, daß dieses unbestimmte Etwas von dem Stein in seiner Hand ausging. Er steckte den Kiesel in seine Westentasche und ging tiefer in den Krater hinein. Anfangs machte er ganz vorsichtige Schritte, aus Angst, der Untergrund sei womöglich genauso schlüpfrig, wie er aussah, aber diese Befürchtung war bald verschwunden. Ein Zuschauer wäre aus Thorns Vorgehensweise gewiß nicht schlau geworden. Er ging hin und her – vorbei an Steinen, die er erst aufhob, dann wieder wegwarf, nur um plötzlich kehrtzumachen und das soeben fortgeworfene Gebilde abermals aufzuheben und zu den übrigen Steinen in seinen Beutel zu stecken.

Seine etwas bizarre Wanderung über diesen Friedhof der Steine war für ihn eine Offenbarung. Von außen betrachtet, erschien das Kraterinnere spiegelglatt, so daß er geglaubt hatte, er werde dort nichts vorfinden. Doch offenbar war der Berg nicht völlig der Vernichtung anheimgefallen. Jeder Schritt ließ blitzartig ein neues Bild des zermalmten Berges in ihm aufleuchten – von dessen Geburt bis zu seinem plötzlichen, vorzeitigen Tod. Natürlich hatte der Fels kein Bewußtsein und kein *Leben* im strikten Sinne gehabt, trotzdem war er so lebendig gewesen wie er selbst, mit allein ihm eigentümlichen Sehnsüchten und Wünschen.

Als Thorn müde war, blieb er einfach stehen und setzte sich. Er bemerkte, daß er hungrig war und eine ausgedörrte Kehle hatte. Die fast makellos glatte Oberfläche der Narbe wirkte wie ein Spiegel und reflektierte die Hitze, während sie von der dunklen Materie zugleich absorbiert wurde. Thorn fühlte sich inzwischen fast wie auf einem glühendheißen Bratrost. Er befeuchtete seinen Mund mit einem Schluck Wasser aus seiner Feldflasche und stillte mit einem Stück Zwieback den größten Hunger. Seine Augen waren zu Schlitzen verengt, aber auch das half nur wenig. Die Hitze brannte ihm direkt durch die Haut und verursachte in seinem Kopf ein starkes Pochen. Das nächste Mal, schwor er sich verärgert, würde er seinen verdammten Hut nicht vergessen.

Er schob sich ein weiteres Stück in den Mund und spie es

fast augenblicklich wieder aus, bevor er sich beim Zubeißen daran die Zähne ruinieren konnte. Was er in der Hand hielt, war kein Zwieback, sondern einer der Steine, die er gesammelt hatte. Während er den Brocken noch festhielt, wanderten seine Augen ein Stück seitwärts. Er sprang blitzschnell auf und hoppelte, so gut seine kurzen Beine es zuließen, zu einer Stelle hinüber, die im Gedächtnis des Berges gespeichert war. Dabei fiel ihm das alte Sprichwort ein, daß Nelwyns nicht zum Gehen, sondern dafür geschaffen seien, ihre Tage in der Nähe des heimischen Herds zu verbringen. Er hatte sich schon oft gefragt, warum er sich damit nie hatte begnügen können.

Dabei wäre es durchaus ratsam gewesen, wenn er seine Aufmerksamkeit mehr auf die Gegenwart als auf die Vergangenheit gerichtet hätte. Denn plötzlich rutschte er auf dem spiegelglatten Belag aus, schlug der Länge nach hin und lag eine Weile so da, bis er wieder ganz bei Sinnen war.

Er hatte sich zwar bei seinem Sturz an den Knien und Unterarmen die Haut aufgeschürft, ansonsten war er jedoch unverletzt geblieben. Nun richtete er sich so weit auf, daß die Stelle, an der er hockte, von seinem Körper wenigstens teilweise beschattet wurde. Doch als er den Stein in die Luft hielt und dann sogar auf den Boden legte, geschah nichts. Es war nur ein Stück Geröll wie die übrigen Steine, die ihn umgaben.

Doch irgendwie wirkte der Stein merkwürdig, und nicht wegen seiner Lage. Er dachte einen Augenblick nach ohne die geringste Vorstellung davon, was als nächstes passieren würde, und kümmerte sich nicht um die schwachen Rufe, die der Wind ihm zutrug. Plötzlich machte sich seine linke Hand selbständig. Er konnte ein kleines Lächeln nicht unterdrücken, denn bereits die unspektakulärste Manifestation seiner Kraft erfüllte ihn mit Freude.

Als er den Mund spitzte und mit den Fingern den Stein umdrehte und bewegte, gab es weder ein Feuerwerk, noch wurde die geringste Energie freigesetzt... *nichts.*

Er strich sich mit den Fingerspitzen über die Unterlippe und überlegte, was er da eigentlich getan hatte. Fast augenblicklich ließ ein neuer Impuls ihn einen weiteren Stein aus seinem Beutel ziehen. Diesen legte er jedoch nicht direkt neben den ersten, sondern plazierte ihn etwa eine Handbreit davon entfernt. Wieder und wieder kehrte seine Hand in den Beutel zurück und legte Stein um Stein vor ihm auf den Boden.

Als die Tasche schließlich leer war, hatte er vor sich einen hübschen Steinhaufen aufgeschichtet.

»Interessant«, dachte er laut. »Ich hätte gar nicht geglaubt, daß ich so viele gesammelt habe.« Während er dies sagte, fing er an, ein Segment des Haufens neu zu arrangieren.

»Da«, sagte er. »*Das* ist richtig.«

Und das war es auch, davon war er überzeugt. Er betrachtete den Miniaturberg. Der hoch aufragende Zentralgipfel wurde von zwei niedrigeren Bergen eingefaßt, die ihn mit der übrigen Gebirgskette verbanden. Zur Ebene hin liefen die Berge sanft aus. In der Tat handelte es sich bei dem Bergriesen um ein stolzes, ja arrogantes Stück Schöpfung – keine leichte Aufgabe für einen Mann, der dumm genug war, den Gipfel besteigen zu wollen.

Er blickte sich um und vernahm abermals jenes Angstgeheul, das ihm schon früher aufgefallen war.

»Wenn Steine weinen könnten ...« Er atmete tief ein und dann langsam wieder aus, hörte eine ferne Stimme, die ihn rief, und schenkte ihr keine Beachtung.

»Tut mir leid«, sagte er zu dem Steinhügel. »Ich wünschte, ich könnte ungeschehen machen, was passiert ist.«

Ein gewaltiger Energiewirbel schoß aus dem Herzen der Berge durch seine Fußsohlen hindurch und schleuderte ihn zu Boden. Während er wie benommen unter der Wirkung dieses Angriffs – einer wilden Mischung aus Wut und Verrat – niederstürzte, umfaßte er sich selbst schützend mit den Armen wie ein Boxer, der nicht mehr fähig ist, sich zu verteidigen.

Thorn spuckte Blut, sah, wie es seinen Miniaturberg benetzte und von dem knochentrockenen Stein absorbiert wurde. Die Glasur unter dem Hügel fing an zu blubbern und zu kochen, als würde sie von einer aggressiven Säure aufgelöst. Und auch vom Gipfel des Steinhaufens aus fraßen sich Risse in den glänzenden Belag. Der Hügel war jetzt nicht mehr ein Sammelsurium verschiedener Steine, sondern verhärtete sich vor seinen Augen und nahm die Konsistenz und Gestalt jenes Berges an, zu dem diese Steine einmal gehört hatten. Zugleich verband er sich unauflöslich mit jener Erde, die ihn früher einmal aus sich hervorgebracht hatte. Thorn hatte einen Schlackegeschmack im Mund, und während an seinen Zähnen Bimssteinpartikel scheuerten, spürte er, wie plötzlich eine Hitzewelle ihn von unten her mit solcher Macht durchflutete, daß sie ihn bereits verschlungen hatte, bevor er auch nur einen Laut von sich geben konnte. Es war kein Schmerz, jedenfalls nicht von der Art, wie er ihn bei jenen Gelegenheiten gespürt hatte, als er sich tatsächlich verbrannt hatte, aber es war fast mehr, als er ertragen konnte. Er wußte genau, daß er glühte, daß sämtliche Objekte um ihn her entweder zerschmolzen oder augenblicklich lichterloh entflammten, denn das mußte es sein, was auch mit ihm selbst gerade geschah.

Unmittelbar auf diese unglaubliche Hitze folgte eine wundervolle Kühle, die sich von außen her in sein Herz und in seine Knochen senkte und ihn auf der Stelle erstarren ließ. Er hatte eine seltsame zweigleisige Empfindung, wie er sie sonst nur kannte, wenn seine EinSicht sein Bewußtsein mit der Wahrnehmung der Adler verschmolz, so daß er die Welt mit ihren Augen sehen konnte – ein Gefühl, daß er sich zwar bewegen könne, zugleich jedoch wie festgewurzelt an jener Stelle stand. Er wandte zunächst den Kopf zur Seite, der Körper folgte der Bewegung, aber nicht in der üblichen Abfolge dieses Geschehens, sondern er schien zu fließen. Teile von ihm verflüssigten sich und nahmen wieder ihre gewohnte Form an, sobald er wieder zur Ruhe kam. Und wenn er jedesmal ein wenig anders aussah – hier fehlte ein Arm, dort war eines seiner Beine unmöglich verrenkt, oder sein Gesicht hatte alle menschlichen Züge eingebüßt –, so war das egal. Sein Wesen wurde dadurch nicht tangiert.

Aber als er den steinernen Friedhof um sich her abermals betrachtete, erschien ihm seine Umgebung ganz anders als zuvor. Sein Wunsch war in Erfüllung gegangen, und er begriff, daß er jetzt bewußt ausführen konnte, was er instinktiv begonnen hatte. Ja, es gab eine Möglichkeit, die Dinge zu verbessern und wieder richtigzustellen. Er konnte aus den umherliegenden Steinen welche auswählen und aus dem Stückwerk wieder ein ursprüngliches Ganzes bilden. Freilich kein einfache Aufgabe – einen ganzen Berg von Hand wiederaufzubauen, aber er zweifelte nicht daran, daß es ihm gelingen würde. Was die Zeit anbelangte, so fühlte er sich an die den Nelwyns oder sogar dem Schleiervolk gesetzten Grenzen nicht mehr gebunden. Seine Lebensspanne bemaß sich jetzt nach dem zeitlichen Horizont der Welt selbst. Ein Zeitalter galt ihm jetzt als die Spanne, die zwischen der Entstehung und dem Untergang ganzer Kontinente verstrich.

Während er diesen Gedanken nachhing (die sich nicht etwa in rascher Folge einstellten, sondern im Einklang mit den Bewegungen seines Körpers, so daß alle unnötigen Erinnerungen gleichsam ausgeschlossen wurden und lediglich die ihm bevorstehende Aufgabe vor seinen inneren Blick geriet), erblickte er plötzlich den nächsten für seine Konstruktion tauglichen Stein und machte sich auf den Weg dorthin.

Mit jedem Atemzug wuchs seine Zufriedenheit. Das war Friede. Das war Erfüllung.

Er verspürte einen Luftzug, als etwas Riesiges ganz nahe über ihn hinwegflog, und den sanften Abdruck winziger Füße auf seinen Schultern.

Als nächstes wurde ihm bewußt, daß gleichermaßen kleine Hände an seinen Nasenhaaren zogen. Der Brownie zupfte, und Thorn kehrte mit einem Ausruf des Erschrekkens und einem gewaltigen Niesen in seinen eigenen Kopf zurück.

»Ja, ich spreche mit Ihnen, Sir«, schrie Franjean mit einer Elementargewalt, die jener des Berges gleichkam, bevor Thorn auch nur ein Wort sagen konnte.

»Um dich zu *retten*«, ließ sich sein kleiner Gefährte vernehmen und schwenkte mit einer Hand die Trophäe, die er soeben erjagte hatte, während er sich mit der anderen an Thorns Hemdkragen festhielt.

»Bist du völlig verrückt geworden«, fuhr Franjean fort, der inzwischen so nahe vor Thorns Auge gekrabbelt war, daß er dessen ganzes Blickfeld einnahm, obwohl er kaum die Größe der meisten Wiesenblumen erreichte.

»Können wir jetzt bitte gehen?« drängte Rool, der zustimmend nickte. »Wir sind hier wirklich nicht willkommen.«

»Halt dich fest, Rool«, krächzte Franjean, als die Adler im Sturzflug näherkamen.

Zwei große Krallenpaare senkten sich tief in Thorns gefüttertes Oberhemd und schlossen sich dann fest, ohne den Nelwyn zu verletzen. Er spürte den Luftwirbel der riesigen Flügel, die länger waren als ein großer Daikini, und schrie auf, als er in die Luft gerissen wurde. Aber nicht so sehr die physische Trennung bereitete ihm Schmerzen – während seines Aufenthalts dort unten auf dem Grund der Narbe hatte er das Gefühl gehabt zu schmelzen, doch in Wahrheit hatte sich die Gestalt seines Körpers nicht im geringsten verändert –, sondern die Durchtrennung seines psychischen Bandes mit den Bergen.

»Höchst unvorsichtig«, sagte Bastian und bemühte sich nicht, seinen Unwillen zu verbergen, als er seine schwere Last in den Himmel hinauftrug.

»Wie ein Anfänger«, schnaubte seine Gefährtin Anele, die ein wenig unterhalb von Bastians linkem Flügel dahinflog, um für den Fall, daß Thorn zu sehr zappeln sollte, etwaige verlorene Gegenstände aufzufangen. »Ich hätte eigentlich mehr von ihm erwartet.«

»Das könnt ihr leicht sagen«, verteidigte sich Thorn schwach.

»Sprich bitte erst, wenn du wieder bei Verstand bist«, sagte Franjean, der direkt neben Thorns rechtem Ohr hockte.

»Wenn du etwas zu sagen hast, was den Aufwand lohnt«, erklärte Rool auf der anderen Seite.

Thorn fiel nichts Wichtiges ein; deshalb ließ er seine Wahrnehmung mit Aneles verschmelzen, was ihm sicherer erschien, als Bastian abzulenken. In den ersten Augenblicken genoß er die weiche Luft, die seine Haut umschmeichelte, und identifizierte sich mit dieser Empfindung, obwohl er genau wußte, daß es eigentlich ihre war. Er spürte jeden Kit-

zel und jedes Zwicken ihres Gefieders, während sie durch die Lüfte dahinschwebten. Obwohl sie nicht sehr hoch flogen, war die Luft hier oben doch bereits merklich kühler. Als seine Wahrnehmung erstmals mit jener der Raubvögel verschmolzen war, hatte er einen solchen Schock erlitten, als hätte man ihn aus heiterem Himmel in einen eiskalten Fluß geworfen. Er hatte die Verbindung sogleich wieder unterbrochen und wie ein zitterndes Häufchen Elend dagelegen. Sein ganzer Körper hatte sich unter der Angst zusammengekrümmt, daß es mit ihm aus sei, weil er unter dem letzten Atemzug, den er getan hatte, äußerlich und innerlich wie Eis erstarrt war. Paradoxerweise lag jetzt die Sonne wie ein Daunenkissen auf dem rotgoldenen Rücken des Adlers – ein Feuer, das von außen her jene andere in Aneles Herzen brennende Glut verstärkte, die das Blut viel rascher durch ihren Körper jagte, als dies bei Thorn selbst der Fall war.

»Das war nicht sehr nett von euch«, brummelte Thorn und unterdrückte ein weiteres Niesen, als er ohne viel Umstände unweit ihres Lagers auf einer freien Fläche abgesetzt wurde, die bereits im Schatten der untergehenden Sonne lag. Er versuchte zu stehen, schlug aber zunächst mit den Armen und Beinen um sich, als müsse er ihren Gebrauch erst neu erlernen. Anfangs bewegte er sich hilflos wie ein Säugling, aber jede zufällige Bewegung stellte eine neue Verbindung zwischen Geist und Fleisch her, bis die verschiedenen Teile, in die er aufgespalten war, sich nach einiger Zeit – die ihm selbst freilich wie eine Ewigkeit erschien – wieder ordentlich und verläßlich zusammenfügten.

»Im Vergleich wozu, wenn ich fragen darf?« lautete Franjeans rascher Gegenstoß, mit dem er die Manier von Höflingen nachäffte, die er auf ihrer Reise gesehen hatte.

»Schließlich haben wir versucht, uns bemerkbar zu machen«, sagte Rool ein wenig sachlicher.

»Und uns die Kehlen wund geschrien.«

»Aber du hast ja nicht hingehört.«

»Dir war ja alles egal.«

Und dann beide gleichzeitig: »Das war jedenfalls mein Eindruck.«

Thorn verzog das Gesicht. Er hatte Göttinnen gesehen, die weniger von sich eingenommen waren als diese winzigen Knirpse. Sie waren gemeinsam durch die Welt gezogen, diese Brownies und er, und er hatte das sichere Gefühl, daß sie ihn noch immer nicht ganz akzeptiert hatten. Um die Wahrheit zu sagen: Eigentlich fühlte er sich ohnehin den Adlern mehr verbunden; sie töteten zwar, wenn es sein mußte, aber anders als die Brownies ließen sie sich niemals zu verbalen Attacken hinreißen. Die Adler waren gar nicht erst gelandet, sondern hatten sich sogleich wieder in die Lüfte erhoben und waren inzwischen bereits wieder so hoch aufgestiegen, daß man sie vor dem sich allmählich verdunkelnden östlichen Himmel kaum mehr sehen konnte.

»Ich habe nichts gehört«, sagte er – deutlich vernehmbar zu den Brownies und in Gedankensprache zu den Adlern.

»Warst wohl zu beschäftigt mit deinem Geistertanz«, schimpfte Franjean.

»Wir hätten dich da unten sitzen lassen können, Drumheller«, schimpfte Rool.

»Genau.«

»Ohnehin schon der reine Wahnsinn, daß du dich ausgerechnet an einem derart verfluchten Ort herumtreibst.«

»Erwarte bitte nicht, daß wir dir noch mal zur Hilfe kommen.«

»Ich weiß, daß es sehr gefährlich ...«, begann Thorn, doch Rool schnitt ihm das Wort ab.

»Manchmal, Zauberer, verstehst du *gar nichts*«, sagte er scharf. »Davon, was notwendig ist. Und davon, was gefährlich ist.«

Thorn nickte. »Entschuldige bitte, Rool«, sagte er förmlich. »Und du auch, Franjean. Ich bitte euch um Verzeihung – und Anele und Bastian ebenfalls. Ich hätte das nicht tun sollen. Es ist eine Sache, ob ich mein eigenes Leben riskiere, und eine andere, ob ich euch zwinge, das gleiche zu tun.«

»Und hast du gefunden, was du gesucht hast?« fragte Franjean mit einem bösartigen Lächeln.

Er hatte gewußt, daß das kommen würde. Und jetzt stand

er da wie ein vor den Direktor zitierter Schuljunge – eine Situation, wie er sie schon seit vielen Jahren nicht mehr erlebt hatte. »Nein«, lautete seine knappe Entgegnung.

»Das überrascht uns ungemein.« Der Brownie fuchtelte wütend mit den Händen in der Luft umher.

»Franjean, ich mußte es einfach versuchen.«

»Was – weigerst du dich zu glauben, daß Feuer heiß ist, solange du noch nicht brennst?«

»Ich weiß, daß das Feuer heiß ist, aber ich muß herausfinden, wer oder was es entzündet hat.«

»Das versuchst du schon seit zehn Jahren und länger, Drumheller. Wenn du es jetzt nicht weißt, wann denn?«

Da er darauf keine Antwort wußte, hielt er den Mund. Was den Brownie nur zu einem noch schärferen Ausbruch veranlaßte.

»Und wozu ist das alles gut, Drumheller, frage ich dich. Natürlich liegt es *uns* völlig fern, dich etwa zu kritisieren, großer Zauberer, oder deine Suche auch nur im entferntesten zu behindern, aber sollen wir vielleicht ewig so weiterleben? Sind wir dazu verdammt, die Zwölf Reiche zu durchwandern, bis wir umfallen, während du die größten Unglücksorte des Kataklysmus einen nach dem anderen abgrast?«

Franjean hatte Recht. Thorn hatte inzwischen fast die ganze Welt durchwandert, hatte Länder und Völker kennengelernt, von deren Existenz er bis dahin nicht die geringste Ahnung gehabt hatte, und dennoch war er von einer Antwort auf seine Fragen jetzt noch ebensoweit entfernt wie zu Beginn seiner Suche. Schon seit langem hatte sich in ihm allmählich die Erkenntnis Bahn gebrochen – und ihn innerlich vergiftet –, daß er gleich doppelt versagt hatte und daß es ihm weder gelungen war, jene zu retten, die er liebte, noch sie zu rächen.

»Seid ihr endlich fertig?« fragte er.

»Wirst du es jemals sein?«

Rool mischte sich ein. »Hör jetzt auf, Franjean.« Seine Stimme hatte einen anderen Klang angenommen, als ob irgend etwas ihn alarmiert hätte. Thorn entging diese Veränderung nicht, und auch seine Konzentration nahm zu. Nur Franjean bemerkte nichts.

»Wird jemals Schluß sein?« keifte Franjean abermals.

Im Laufe der Jahre hatte sich Franjean immer mehr zu einem veritablen Pfau entwickelt und war stets, egal wo er sich auch befand, wie aus dem Ei gepellt. Thorn wußte nie, worüber er sich mehr wundern sollte: über die schiere Zahl von Franjeans Kostümierungen oder über seine Fähigkeit, noch am Ende der Welt immer neuen modischen Firlefanz aufzutreiben.

Rool dagegen war der praktischere der beiden Knirpse. Die Nüchternheit seines ganzen Charakters drückte sich auch in seiner Kleidung aus, die ihm stets wie angegossen paßte und so wirkte, als ob er noch nie etwas anderes getragen hätte. Im Moment trug er eine Hose und ein Wams aus Wildleder sowie hartsohlige Stiefel, die oben an den Knien eng anlagen. Unter seinem knöchellangen Umhang, der sich mächtig bauschte, wenn der Brownie kräftig ausschritt, war er ferner mit einem Baumwollhemd gegen die Kälte geschützt.

»Der *Daikini*«, erinnerte Rool seinen Gefährten, und zwar in einem Ton, der so scharf war wie die Klinge des Schwertes, das er an seinem Gürtel trug. Ansonsten war er ganz schlicht zurechtgemacht und trug sein nach hinten fallendes und dort mit einer Lederschlaufe zusammengebundenes, wie poliertes Kirschholz glänzendes Haar, viel länger als Franjean.

»Was für ein Daikini?« fragte Thorn.

Franjean hob mißbilligend eine Augenbraue. »Der Kerl, wegen dem wir den ganzen verdammten Tag lang nach dir gerufen haben.« Er wandte sich an Rool. »Wir hätten den Burschen höchstpersönlich davonjagen und den blöden Gaul dieses blöden Daikini davon überzeugen sollen, daß er sich ins Land der wütenden Hornissen verirrt hat.«

»Wenn die beiden einen angenehmeren Weg wüßten«, entgegnete Rool, »dann würden sie kaum hier vorbeikommen. Sie mögen diesen verfluchten Ort hier ganz sicher genausowenig wie wir.« Und dann an Thorn gerichtet: »Ich glaube, du solltest dir den Knaben mal anschauen, Drumheller.«

»Wie du meinst.«

Er bewegte sich ein wenig schwerfällig, als er den Brownies durch das Strauchwerk folgte. Die Erinnerung an seinen Kampf mit den Bergen hatte, ohne daß er sich dessen deutlich bewußt war, zutiefst Besitz von ihm ergriffen. Er konnte sich einfach nicht von den Bildern losreißen, die ihn mit einem so überwältigenden Schmerz erfüllten, daß er keine Worte dafür fand. Die Berge hatten ihn gezeichnet und seinem Herzen eine Wunde beigebracht, die ihrer eigenen in nichts nachstand.

Der Daikini hatte sich in dem kahlen, zerklüfteten Land die denkbar günstigste Verteidigungsstellung ausgesucht, und zwar an dem steilsten Hang – mit einer mächtigen Felswand in seinem Rücken. Davor hatte er weiträumig das Buschwerk abgeräumt und sich auf diese Weise ein ausgedehntes Schußfeld geschaffen. Das Strauchwerk wiederum hatte er zu einem eindrucksvollen Feuer aufgeschichtet, an dem er sich die Knochen wärmte, das ihm zugleich aber auch als Beleuchtung diente.

Thorns EinSicht spürte einen umherschweifenden Zephir, den Hauch einer Brise, die so schwach war, daß sie kaum das Gras leicht erbeben ließ, jedoch oberhalb des hell lodernden Feuers einen wahren Aufruhr entfachte. Der Daikini, der sich auf der anderen Seite der Flammen auf den Boden gesetzt hatte, bemerkte von alledem offenbar nichts, aber Thorn fühlte sich, als ob er von einem sicheren Platz aus eine Straßenschlägerei beobachtete. Dem Zephir war Thorns Aufmerksamkeit nicht entgangen, und so umfing er ihn säuselnd und streichelte ihn sanft von Kopf bis Fuß. Der Nelwyn biß die Zähne zusammen, um nicht angesichts des leichten Kitzels in Gelächter auszubrechen, und spürte, daß diese Anstrengung seinem Gesicht einen beunruhigten Ausdruck verlieh.

Aber der Daikini bemerkte nichts. Noch immer herrschte absolute Stille.

Das Pferd des Mannes schnaubte und trat von einem Huf

auf den anderen – noch nicht wirklich nervös, aber auch nicht mehr ganz entspannt. Ihr Instinkt sagte der Stute wohl, daß sie an einem anderen Ort sicherer aufgehoben wäre, aber sie war zu erschöpft, um sich weiter zu beunruhigen. Überdies hatte sie erst unlängst eine schlimme Wunde erhalten, von der sie sich noch nicht erholt hatte. Ein Blick genügte, und Thorn wußte alles, was er wissen mußte: Todeshunde. Sie waren zwar nicht giftig, aber durch ihre Bisse übertrugen sie bösartige Bakterien. Wem sie eine blutige Wunde geschlagen hatten, der infizierte sich mit Sicherheit. Allzuoft verlief diese Infektion tödlich. Er konnte die Krankheit des Tieres dort unten geradezu riechen, obwohl dessen Abwehrkräfte die Erreger fast neutralisiert hatten. Die bevorstehende Nachtruhe war infolgedessen höchst willkommen. Auch mochte die Stute am folgenden Morgen nochmals auf die Beine kommen, aber bereits der erste ausdauernde Galopp würde unwiderruflich ihr Ende besiegeln. Sie selbst wußte das ebenfalls.

Er wandte sich nach dem Zephir hinter ihm um, doch diese säuselnde Brise war zu schwach und zu launisch, um von Nutzen zu sein. Ohnehin war es bereits zu spät. Sollten es die Todeshunde auf sie abgesehen haben, dann hatten sie durch den Fallwind bereits Witterung von ihnen erhalten.

»Hat es nicht besser verdient, das ist jedenfalls meine Meinung«, flüsterte ihm Franjean ins Ohr, ohne seine Abneigung zu verbergen.

»So rasch mit einem Urteil zur Hand?« entgegnete Thorn, der noch leiser wisperte als der Zephir, dem nahe seinem Ohr hockenden Brownie.

»Sich mit einem Rudel Todeshunde anzulegen und dann zu glauben, daß sie einem nicht folgen. Wer so dumm ist, der hat kein Recht zu leben, wenn du mich fragst.« Der Brownie fuchtelte mißbilligend mit seinen rüschenbesetzten Ärmeln in der Luft herum.

»Todeshunde, sagst du?«

»Nach dem Aussehen der Wunden zu urteilen, ganz eindeutig«, sagte Rool gelassen. »Einmal abgesehen von dem Infektionsgestank.« Seine beiden Schwerter waren aus den

Reißzähnen eines Todeshundes geschnitzt, den sie gemeinsam erlegt hatten. Und unter den Narben, die er im Gesicht und am Körper trug, waren auch einige, die aus jenem Kampf herrührten. Er war vom Hals eines der Hunde abgeschüttelt worden, und ein anderer hatte in der Luft nach ihm geschnappt und ihn mit seinen scharfen Zähnen so übel zugerichtet, daß Rool von Glück sagen konnte, daß er überhaupt noch am Leben war. Daß er überhaupt noch gehen konnte, und sogar noch mit altgewohnter Eleganz und Geschmeidigkeit, verdankte er einzig den Heilkünsten des Nelwyns.

»Offenbar sind die Höllenkreaturen noch aus alten Zeiten übriggeblieben«, sagte Thorn. »Verdammt weit weg von ihrer angestammten Heimat.«

»Genau wie wir«, erwiderte Franjean.

»Ich werd mich mal ein bißchen umsehen«, meldete sich Rool zu Wort und war schon verschwunden, bevor seine Worte verhallt waren. Er eilte am äußersten Rand des Lagerplatzes entlang, um auf der anderen Seite einen höhergelegenen Aussichtspunkt zu erklimmen.

»Ich dachte, wir seien fertig mit ihnen«, sagte Thorn sinnend. »Daß die paar, die Bavmorda überlebt haben, längst niedergemacht sind.« Nach allem, was ihm zu Ohren gekommen war, hatte man eine brutale, blutige Jagd auf die Hunde veranstaltet, und obwohl er für die Höllenmonster alles andere als Sympathie empfand, war er doch froh, daß er an ihrer Ausrottung nicht mitgewirkt hatte.

»Offenbar nicht.«

»Vielleicht ist es aber auch nur eine Gruppe brutaler Herumtreiber.«

»Wie wir, meinst du, Zauberer?«

»Nur daß wir in all den Jahren auf all unseren Reisen nie etwas von ihnen zu Gesicht bekommen haben.«

»Drumheller, in diesem Land hier gibt es Daikini, genau wie bei dir daheim. Sie reiten auf Pferden, sie züchten Vieh, sie bebauen das Land, genau wie bei dir zu Hause. Einige von ihnen sind unter dem Namen Schleiervolk bekannt. Und Cherlindrea hat genau wie bei dir daheim auch in diesem Teil der Welt ihre Wälder. Wenn es aber sonst so viele Gemeinsamkeiten gibt, warum dann nicht auch Todeshunde? Und sollten sie tatsächlich hier sein, dann wünschte ich, ich wäre möglichst weit weg.«

»Du bist ungerecht mit dem Burschen da unten, Franjean. Er weiß, daß sie hinter ihm her sind. Schau doch nur, wo er sein Lager aufgeschlagen hat. Er verteidigt sich, so gut er kann.«

»Und schläft er nicht etwa?«

»Er ist doch nur ein Mensch und daher menschlichen Schwächen unterworfen.«

»Wie wahr, wie wahr, Drumheller.« Ein spöttisches Lächeln huschte über Franjeans Gesicht. »Was für ein Krieger. Hat nicht mal gemerkt, daß Brownie-Finger sich an seinem Haar zu schaffen gemacht und seine Taschen geleert haben.«

Sie waren passionierte Diebe – das hatte er gleich am Anfang entdeckt –, die mit ihrer Geschicklichkeit sogar Elstern oder Packratten in den Schatten stellten. Was immer sie tragen konnten, das stahlen sie auch, und häufig genug stand das, was sie tragen konnten, in keinerlei Verhältnis zu ihrer geringen Körpergröße. In diesem Punkt vollbrachten sie ähnliche Wunderdinge wie die Nelwyns.

»Irgendwas Interessantes entdeckt?«

»Die zwei dort drüben leben von Feldrationen«, lautete die rasche Antwort. »Aber offenbar ist das Zeug mehr für das Pferd als für den Mann bestimmt. Er schlägt sich augenscheinlich mit dem durch, was die Natur ihm bietet.«

»Dann ist bei ihm Schmalhans Küchenmeister, wenn ich an unsere eigenen Erfahrungen denke.«

»Offenbar ein Analphabet.«

»Wieso?«

»Hat weder ein Schreibgerät noch etwas, worauf er schreiben könnte.« Das hätte Thorn nicht passieren können, der ständig irgend etwas in sein eselohriges Notizbuch kritzelte. Er hatte diese Fertigkeit auf ihren gemeinsamen Reisen auch den beiden Brownies beigebracht und zu spät begriffen, daß diese damit allerhand Unsinn trieben. Denn sie kannten weder die geringste Achtung vor fremdem Eigentum noch vor anderen Leuten, und manch einer hatte schon unter ihrem respektlosen Treiben zu leiden gehabt – sei es als Opfer eines Diebstahls oder einer Kompromittierung. »Scheint ziemlich engstirnig zu sein, der Bursche«, fuhr Franjean fort. »Glaubt offenbar nur, was er sieht, und sonst nichts. Fast so wie du.«

»Ich betrachte das als Kompliment, vielen Dank.«

»Wie du meinst. Siehst du das Wappen an seinem Mantel? Hat offenbar jemandem Lehnstreue geschworen.«

»Dem König von Angwyn.« Thorn nickte. »Also noch ein Reisender, den es in die Fremde verschlagen hat.«

»Welche Freude, daß wir soviel mit ihm gemeinsam haben.«

Thorn blickte nicht mehr auf das Feuer und die Berge. »Angwyn liegt südwestlich von hier. Es hat in dieser Gegend hier nie irgendwelche Stützpunkte besessen, und die paar Siedlungen in der Gegend erkennen seine Herrschaft nicht an. Was treibt er hier also?«

»Frag ihn doch selbst.«

»Franjean, meinst du, daß er uns folgt?« Der Brownie gab keine Antwort. Er glaubte nämlich felsenfest, daß es sich genauso verhielt.

»Drumheller.« Der Brownie unternahm nicht den geringsten Versuch, die in dieses eine Wort gelegte Verachtung zu unterdrücken. »Wir sind hier, er ist hier, die Todeshunde sind hier. Reiner Zufall? Das glaub ich nicht.«

»Könnt ihr zwei nicht *still* sein?« schrie Rool, der eilends von seinem Aussichtspunkt zurückkehrte. »Zum Teufel noch mal, ich kann euch meilenweit hören, der verdammte Gaul kann euch hören, und auch der Daikini kann euch hören – es sei denn, er ist zu blöde, um es zu merken, oder gerade in einen schönen Traum versunken. Verdammt noch mal, Franjean, warum mußt du immer gleich eine Rede halten?« Sein Freund hob ungemein beredt die Augenbrauen, als wolle er sagen: *Schaut nur, wer zu euch spricht*. »Du kannst doch mit deinem Gequatsche ohnehin niemanden beeindrucken. Wir haben das alles doch schon tausendmal gehört, und du verschlimmerst die Dinge doch nur. Kannst du nicht ein einziges Mal einfach sagen, was zu sagen ist, und es dabei bewenden lassen.«

Franjean fuhr fort, als hätte niemand sonst auch nur ein Wort gesprochen. Er liebte seinen Text und war fest entschlossen, ihn bis zum letzten Wort zu Ende zu sprechen.

»Ihr seid zwei Narren«, sagte er Thorn ins Gesicht. »Ihr klebt zusammen wie Pech und Schwefel, und ich kann wirklich nicht sagen, wer von euch der größere Tropf ist.«

Thorn erwiderte nichts, bis die Gemüter sich wieder beruhigt hatten. Es war nicht das erstemal, daß einer oder beide Brownies wütend auf ihn waren. Er hatte schon lange begriffen, daß ihre Körpergröße der Intensität ihrer Gefühlsausbrüche keine Grenzen setzte. Ganz im Gegenteil sogar.

»Von den Adlern ist nichts zu hören«, sagte er und versuchte, vorsichtig das Thema zu wechseln.

»Die Adler möchten kein Aufsehen erregen«, ließ Rool sich vernehmen. »Diese Todeshunde folgen nicht nur ihrer Nase.«

»Was soll das heißen?«

»Das ist kein Rudel wilder Köter, Drumheller. Die Viecher verfolgen ihre Beute mit unvorstellbarer Entschlossenheit. Sie sind trainiert. Und sie haben einen Anführer.«

»Einen Vier- oder einen Zweibeiner?« fragte er in der Sprache der Adler.

»Bastian ist sich nicht sicher. Er und Anele kreisen in *großer* Höhe, solange hier unten kein Blut fließt.«

»Befindet sich das Rudel schon in der Nähe?«

»Weiß nicht. Aber diese Bestien sind so geduldig wie hartnäckig und warten vielleicht, bis sie sich vollständig versammelt haben.«

»Erstaunlich gut trainiert also. Warum sind sie hinter dem Daikini her?«

»Wer sagt das, es gibt doch nur diesen einen Weg.«

Thorn verzog den Mund. Schon wieder ein Punkt für das Winzvolk.

»Die Stute kann sich nicht mehr verteidigen«, sagte er.

»So kann's kommen«, erklang Bastians Stimme ganz

ruhig in Thorns Kopf. »Wer weder kämpfen noch fliehen kann …«

»Sie hat was Besseres verdient«, lautete Thorns Antwort, die niemand außer den Adlern verstehen konnte.

»Das geht uns allen so«, stimmte ihm Bastian bei. »Aber wie oft werden solche Wünsche schon erfüllt?«

»Dann hat sie heute vermutlich ihre Glücksnacht.«

»Ausgesprochen unhöflich, wie du dich benimmst«, ließ Franjean verlauten.

»Bastian wollte mit mir sprechen«, versuchte Thorn zu erklären.

»Es ist unhöflich, uns einfach außen vor zu lassen. Wenn diese Locktauben da oben …«

»Sag ihnen das doch mal direkt ins Gesicht.«

»… mit dir sprechen möchten« – er ließ sich durch Thorns Drohung genausowenig einschüchtern wie durch die Schnäbel und die Krallen der Adler –, »sollen sie sich gefälligst hier zu uns begeben und wie anständige Leute ihren großen Schnabel aufmachen. Wir unterhalten uns ja auch nicht in der Gedankensprache.«

Nein, dachte Thorn und hielt glücklicherweise den Mund, *ihr seid zur sehr in den Klang eurer eigenen Stimme verliebt. Die Gedankensprache ist für euch zu diskret, da hättet ihr ja für eure Geistesblitze kein Publikum.*

Er konnte die Gegenwart der Todeshunde noch nicht unmittelbar spüren, aber er wußte, daß das nichts zu bedeuten hatte. Sie hatten gelernt, sich vor Kundigen jeder Art – seien es Jäger, Krieger oder Zauberer – zu verbergen. Deshalb und wegen ihrer unvorstellbaren Grausamkeit galten sie als so furchtbare Raubtiere.

»Wir müssen den Daikini warnen«, sagte er zu seinen Gefährten und trat aus der Felsspalte hervor, in der er sich bis dahin versteckt hatte. Obwohl er sich so leise wie möglich bewegte sprang der Daikini in dem Augenblick, da Thorn sich rührte, sogleich auf und ging mit gezogenem Degen in Kampfstellung. Eine hübsche Klinge, das sah Thorn auf den ersten Blick, aber ebensowenig kampferprobt wie der Mann, der sie in der Hand hielt, und ohne den Hauch einer Blutspur daran. Das gleiche galt für das Messer, jedenfalls soweit es das Kriegshandwerk betraf; etliche Mahlzeiten hatte es im Lauf der Zeit sicher dahingerafft.

»Stehenbleiben«, befahl der Daikini.

»Ihr werdet verfolgt.« Thorn ignorierte den Befehl und ging mit geöffneten Armen und gut sichtbaren Handflächen auf den Krieger zu, um ihn davon zu überzeugen, daß er nichts Böses im Schilde führte.

»Diese verdammten Wölfe.« Der Mann richtete sich jetzt ganz auf. Thorn konnte das nicht ausstehen. Denn es bedeutete, daß er selbst im beiläufigsten Gespräch den Kopf in den Nacken legen mußte. Der andere hatte in ihm zunächst ein potentielle Gefahr gesehen, diesen Gedanken aber inzwischen verworfen. Jetzt konzentrierte er sich wieder auf die eigentliche Bedrohung. »Bin beim erstenmal mit ihnen fertiggeworden und werd's diesmal wieder tun.«

Während er dies sagte, nahm der Daikini seine Armbrust zur Hand. Die tragbare Waffe war offenkundig für Kavalleriezwecke bestimmt. Er hielt sie mit der einen Hand, während er mit der anderen einen Hebel betätigte und die Sehne voll unter Spannung setzte, bevor er einen Sicherungsbolzen einrasten ließ. Die hinten an den Pfeilen angebrachten Federn sollten die Geschosse in eine rasche Drehbewegung versetzen und die tödliche Wirkung der scharfen Metallspitzen verstärken.

Während er mit dieser Prozedur beschäftigt war, warf der Daikini Thorn einen Seitenblick zu und brach dann in ein glucksendes Lachen über sich selbst aus.

»So'n Witz«, sagte er, »das ist wieder mal typisch. Als ich deine Spuren gesehen hab, dachte ich, du bist 'n Junge, der von seiner Familie getrennt worden ist. Hab schon befürchtet, daß die verdammten Wölfe deine Leute fertiggemacht haben, deshalb bin ich hinter dir her. Aber du bist ja nun wirklich kein Kind mehr, Graubart.«

»Ist schon 'ne Weile her. Tut mir leid.«

»Kein Problem, Kleiner«, sagte der Daikini und schwenkte munter seine Armbrust. »Das Schätzchen hier muß nur einmal treffen, dann wirst du schon sehen, was so'n Geschoß anrichtet.«

Alles schön und gut, dachte Thorn, *angenommen, du triffst. Und angenommen, der Todeshund läßt sich davon auch nur im geringsten irritieren.* Die Bestien waren schließlich keine gewöhnlichen Tiere, und Thorn wußte aus eigener schmerzlicher Erfahrung, daß sie auch nicht wie normale Tiere starben.

»Als ich das erstemal mit ihnen gekämpft hab, hatte ich den Eindruck, daß sie nur 'ne Art Vorhut sind oder so was«, fuhr der Daikini fort. »Waren richtige Kampfmaschinen, nicht nur dumme Viecher. Ja, so was wie Kundschafter waren das. Einer hat meinem Mädchen da drüben 'ne böse Wunde geschlagen.« Er klopfte gegen sein linkes Bein. »Mich hätten sie fast auch erwischt. Bin ziemlich sicher, daß ich das Biest getroffen hab, alle beide, aber mein Mädchen wollte nicht warten, um nachzusehn. Haben ihr wahnsinnige Angst eingejagt. Hab noch nie 'n Tier so schnell rennen sehn – konnte mich nur mit Mühe im Sattel halten. Hab sie dann heute den ganzen Tag nur langsam gehn lassen. Aber ich fürchte, daß sie am Ende ist.«

Noch nicht ganz, dachte Thorn. *Sie ist stärker, als du glaubst. Aber es steht tatsächlich sehr schlecht um sie.*

Laut sagte er: »Es sind keine Wölfe.«

»Kommen sie?« wollte Rool wissen, der seine beiden Reißzahnschwerter bereits gezogen hatte.

Thorn antwortete nicht, versuchte aber mit einer Handbewegung weitere Fragen zu unterbinden. Vor seinem inneren Auge sah er jetzt das Bild der Todeshunde, die er getötet hatte. Er versenkte sich im Geiste in dieses Bild und streifte sich das innerste Wesen dieser Kreaturen wie einen Mantel über. Dabei bemerkte er kaum, wie der Daikini das Gleichgewicht verlor und umfiel, als sich Thorns Kehle ein gurgelndes Geheul entrang. Der Nelwyn brauchte keinen Spiegel, um zu wissen, daß seine Augen glühten und wie milchiger Bernstein funkelten. Er wußte, daß es sich dabei um eine Illusion handelte, aber er konnte trotzdem nicht umhin, die Zunge in seinem Mund zurückzuschlagen, als seine Zähne plötzlich wesentlich länger und schärfer erschienen. Gleichzeitig verbog er seine Finger, die nun an böse Krallen erinnerten. Auch sein Herz fing an, rascher zu schlagen – was bedauerlicherweise keine Einbildung war –, und er sah in allem Lebendigen um sich her nur eine willkommene Beute, die eine unersättliche Blut- und Freßgier in ihm erweckte.

Mit raschen, ruckartigen Sprüngen – die so gar nicht zu seinem Körper passen wollten – beschrieb er einen Kreis und beäugte die Lagerstelle. Der Daikini rappelte sich gerade wieder auf, doch Thorn ignorierte ihn, während sich ihm vor seinem inneren Auge Dutzende von Möglichkeiten aufdrängten, wie er den Mann zerfetzen konnte. Doch war seine Wandlung nicht physischer, sondern spiritueller Natur. Sie half ihm zwar nicht dabei, die Hunde aufzuspüren, aber sie gestattete es ihm, ein paar Sekunden lang so zu denken und zu empfinden wie sie, die Welt mit ihren Augen zu sehen und so vielleicht ihre Aktionen vorherzusehen.

Der Mond war jetzt immer wieder hinter Wolken verborgen, so daß die Landschaft abwechselnd hell erleuchtet und in Dunkelheit getaucht war. Das wiederum erschwerte es, zwischen dem, was war, und dem, was nicht war, zu unterscheiden. Jetzt war die Zeit gekommen, das wußte er; alles paßte zusammen: die Stunde, der Himmel, die Kräfte.

Mit einem Ruck löste sich Thorn aus seiner Trance. Während er wie eine der Todesbestien umhergesprungen war, hatte er sich offenbar mit seinen imaginären Reißzähnen von innen die Wange aufgerissen. Jedenfalls hatte er jetzt einen ungewohnten Kupfergeschmack im Mund.

»Sie sind hier«, krächzte er und nutzte dieses Wissen, um sich selbst zum Kampf anzustacheln. Er taumelte um das Feuer herum zu der Stute des Daikini hinüber und verfluchte dabei den Umstand, daß seine kurzen Beine ihn dazu zwangen, Dutzende watschelnder Schritte zu machen, wo der Daikini mit zwei mächtigen Sätzen ausgekommen wäre.

Er war noch nicht an seinem Ziel angelangt, als das arme Tier einen Schrei ausstieß, in dem sich Angst, Entsetzen und vor allem Wut mischten. Dann hörte er, wie die Hinterhufe der Stute einen Volltreffer landeten. Er wußte im selben Moment, daß ihre Hufe auch während des ersten Kampfes den Feind zurückgeschlagen hatten, und nicht etwa die Schießkünste ihres Herrn.

Ein Todeshund sprang in das Blickfeld, kam den Hang geradezu hinaufgeflogen und stieß dabei das für diese Kreaturen so typische bösartig-rollende Knurren aus. Zu der Ausrüstung des Daikini gehörte auch ein Köcher mit kurzen Speeren. Thorn schnappte sich einen davon, rammte den Schaft schräg in die Erde, wie er es Soldaten im Kampf hatte tun sehen, und brachte die Waffe unter Einsatz seines Körpergewichts in Stellung. Der Hund versuchte, mitten im Sprung verzweifelt kehrtzumachen, wand sich wie eine Katze und machte die absurdesten Verrenkungen, so daß Thorn schon glaubte, daß er die Kreatur mit seinem Speer verfehlen werde.

Da kam Bastian herabgeschossen und bremste seinen gewaltigen Sturzflug mit weit ausgebreiteten Schwingen. Seine Flügel peitschten die Luft mit solcher Kraft, daß Thorn die so erzeugten Wirbel nicht nur spüren, sondern auch hören konnte. Gleichzeitig ließ Bastian seine Klauen auf den Hund herabsausen. Kein tödlicher Zugriff, vielmehr ein Ablenkungsmanöver.

Und der Trick funktionierte. Der Todeshund schnappte nach dem Angreifer über ihm, während Bastian sich bereits wieder mit mächtigen Flügelschlägen in die Luft erhob. Als der Hund einen Sekundenbruchteil später seinen Fehler begriff, wurde er bereits von Thorns Speer aufgespießt.

Doch die Bestie hatte noch genug Leben in sich, um nach Thorn zu schnappen. Dieser hatte den Speer jedoch bereits seitlich abgeknickt, so daß der Todeshund mitten ins Feuer stürzte.

Ein Stück entfernt hatte der Daikini soeben eine der Bestien mit einem Pfeil getroffen. Bevor sich das Tier wieder aufrappeln konnte, war Thorn zur Stelle und rammte ihm die Spitze eines weiteren Speers in den Schädel.

»Euer Schwert«, brüllte er den Daikini an. »Haut ihm den Kopf ab!« Er wollte den Mann zur Eile antreiben, doch das erwies sich als überflüssig. Mit einem beidhändigen Schlag erledigte der Fremde seine Aufgabe, und seine Klinge hatte ihr erstes Opfer gefunden.

Ein Großes Rudel bestand aus dreizehn Tieren. Thorn betete, daß sie es nicht mit so vielen zu tun bekommen würden – denn dann hatten sie keine Chance. Zwei weitere Bestien stürzten aus der Dunkelheit hervor, während er zu seinem eigenen Lagerplatz hinüberrannte. Er hörte das *Tung* der Armbrust des Daikini, gefolgt von dem *Kilk-klatch,* mit dem die Waffe wieder gespannt wurde. Thorn konnte nicht genug über die Kaltblütigkeit des jungen Mannes staunen. Der ließ sich nicht beirren und kämpfte, wie er es gelernt hatte – mit einer Gewandheit und Präzision, auf die so mancher kampferprobte Krieger sich etwas hätte einbilden können.

Etwas stürzte sich von hinten auf ihn, und er krümmte sich instinktiv wie ein Igel zusammen und rollte wie ein Ball vor dem wutschnaubenden Todeshund her. Es gelang ihm, das Tier am Kopf so festzuhalten, daß dessen Fänge ihm nichts anhaben konnten. Die Zähne der Kreatur knirschten wie Metall, als sie aufeinanderprallten, und der Hund schlug wie wild mit den Beinen um sich, um wieder festen Halt zu finden. Der Atem des Tieres ließ Thorn würgen, und die Speicheltropfen brannten wie Säure auf seinem Gesicht. Die Bestie hatte sich in eine solche Wut hineingesteigert, daß sie nicht bemerkte, wie Rool über ihren Kopf hinwegmarschierte und ihr seine beiden Reißzahnschwerter in die Augen stieß.

Der geblendete Hund warf Thorn und den Brownie durch die Luft und attackierte in seiner Raserei sogar seine eigenen Gefährten. Thorns Hände ertasteten sein eigenes Schwert, das irgendwo am Boden lag, und stießen es bis zum Heft in die Kehle der tobenden Bestie.

Inzwischen wußte er nicht mehr, wie viele von den Kreaturen sie bereits getötet hatten. Der Kampf war so wild und verzweifelt, daß er kaum denken, geschweige denn überlegt handeln konnte. Jede Bewegung und jede Reaktion ergaben sich wie von selbst aus dem Geschehen, die Abwehr des einen Todeshundes war vielfach zugleich die Attacke auf einen anderen. Bisweilen erwies sich seine geringe Größe sogar als unschätzbarer Vorteil. Er konnte in gleicher Höhe mit den Tieren kämpfen und in der Horizontalen hauen und stechen, wo der Daikini seine Waffen von oben her einsetzen mußte. Mit seinen kurzen starken Armen war er viel flinker als der wesentlich größere Mann; und zudem bot er eine viel geringere Angriffsfläche.

Ein Jaulen zu seiner Seite verriet ihm, daß er eines der Tiere übersehen hatte, das gerade mit durchschnittenen Sehnen zu Boden sank. Obwohl er die Brownies nirgends erblickte, wußte er, daß sie ihm wieder einmal das Leben gerettet hatten, aber er wußte auch, daß sie ihn für den Rest seiner Tage gebührend daran erinnern würden.

Mit seinem Schwert machte er der Bestie den Garaus, doch dann mußte er sich schon wieder in Sicherheit bringen, weil das Pferd des Daikiri sich so hoch über dem Brombeerstrauch aufgebäumt hatte, an dem es festgemacht war, daß es sein Gleichgewicht verlor und der Länge nach seitlich hinschlug. Zwei Todeshunde hatten sich auf sie gestürzt – einer zerrte an ihrem Hals, der andere machte sich an ihrem Bauch zu schaffen und wollte ihr offenbar die Gedärme herausreißen. Die Stute hatte großartig um ihr Leben gekämpft, und jetzt sollte ihr das alles nichts nützen.

Thorn drehte sich um die eigene Achse, um seine Kraft zu verstärken, und schleuderte dann sein Schwert. Ein oder zwei weitere Drehungen hätten die Wirkung gewiß noch verstärkt, aber so lange konnte er die Stute nicht warten lassen. Die glitzernde Klinge hinterließ eine Leuchtspur in der Luft, ein Silberband, in dem sich das Mondlicht spiegelte, und sauste kerzengerade ihrem Ziel entgegen.

Doch sie verfehlte es. Der Todeshund sah das Schwert heranschwirren und wich seitlich aus. Dann rappelte er sich geschwind wieder auf, weil die Stute mit allen Hufen um sich schlug und die akrobatischsten Wendungen vollführte, um wieder auf die Beine zu kommen. Der Hund, der es auf ihre Kehle abgesehen hatte, wurde davon überrascht – wie Thorn hatte er dem Pferd soviel Widerstandskraft gar nicht mehr zugetraut – und durch die Luft geschleudert.

Diesmal ließen die Adler von ihrer Attacke nicht mehr ab. Bastian schoß mit der Macht eines Sturmbocks herab und fügte dem Todeshund klaffende Wunden zu. Die Bestie stieß ein grauenvolles Geheul aus, als sie nun plötzlich immer höher in die Luft hinaufgezogen wurde und völlig hilflos in den Krallen des Adlers hing. Sie wußte, was sie erwartete, konnte dagegen aber nichts unternehmen. Bereits jetzt zuckten ihre schlaffen Beine unkontrolliert. Ein Blick genügte, und Thorn wußte, daß der Höllenhund dem Tod geweiht war. Die Glut seiner Lebenskraft war nicht minder zerrüttet als die in Auflösung befindlichen Teile seines Körpers. Die Adler überließen nichts dem Zufall. Der Nelwyn hatte seine eigene Auffassung von den Vorboten des Todes, doch sie teilten seinen Eindruck offenbar nicht und verließen sich lieber auf ihr eigenes Gefühl. Anele stürzte genauso pfeilschnell und mächtig herab wie zuvor ihr Gefährte und schlitzte den Todeshund mit ihren Krallen von der Brust bis zu den Hinterläufen auf, fügte ihm also genau das zu, was er der Stute eigentlich zugedacht hatte. Sie riß sein Herz heraus und schleuderte es in das Feuer.

Es war ein grandioser Anblick. Thorn konnte die Augen nicht abwenden, was ihn beinahe das Leben gekostet hätte. Die Hunde, die er bis dahin verfehlt hatte, waren nämlich zurückgekehrt, um Vergeltung zu üben. Der Daikini war selbst in Schwierigkeiten, er hatte seine Armbrust, das Schwert und die Speere verloren und wehrte zwei Angreifer mit einer Streitaxt ab, deren Schaft in der Mitte durchgebrochen war. Von den Brownies war wieder nichts zu sehen, aber das war nicht weiter überraschend. Bei dem allgemeinen Körpergewoge hatten sie sich irgendwo am Boden versteckt und warteten nun, bis sie sich wieder hervortrauen konnten. Bisweilen hatte es auch handfeste Nachteile, *zu* klein zu sein. Auch die Adler waren nirgends zu sehen und hatten wahrscheinlich wieder an Höhe zugelegt. Somit war er auf sich allein gestellt.

Er befand sich jetzt nahe dem Feuer. Er schnappte sich einen glühenden Ast, lenkte die Flammen durch einen Willensakt auf die Spitze des Holzes und ließ sie dort mächtig auflodern. Den Todeshund schien das nicht sonderlich zu schrecken, er war im Gegenteil offenbar über die Herausforderung erfreut. Thorn fuchtelte mit seiner Fackel in der Luft herum, um die Bestie auf Abstand zu halten. Sie wich seinen Attacken mühelos aus und schnappte nur ein- oder zweimal lässig mit den Zähnen nach ihm, versuchte jedoch gar nicht erst, seiner habhaft zu werden – fesselte lediglich seine Aufmerksamkeit.

Fast schien es, als ob dieser Gedankenblitz, der durch Thorns Kopf zuckte, eine Art Stichwort gewesen wäre. Die Hunde, die den Daikini attackierten, machten rasche Dreh- und Tauchbewegungen und setzten all ihre fabelhafte Gewandtheit und Arglist ein. Der eine versuchte den Fremden bei der Gurgel zu packen, während der andere wie der Blitz auf Thorn losstürmte. Der Daikini reagierte nicht minder rasch. Er trat mit dem Fuß nach dem Tier, das es auf ihn abgesehen hatte, warf sich zugleich in voller Länge hinter der anderen Bestie her und schlug die Axt – die ihr Ziel verfehlte – tief in den lehmigen Boden. Das einzige Ergebnis seiner Bemühungen war, daß er die Schwanzspitze der Bestie zu fassen bekam, doch gerade dadurch setzte er sich noch ungeschützter einer Attacke aus.

Doch Thorn konnte sich darum nicht kümmern, er hatte alle Hände voll zu tun. Er reicherte seinen Atem mit einem Strom von Energie an und entfachte beim Ausatmen an der Spitze seiner Fackel ein mächtig aufloderndes Feuer. Das hatten seine beiden Angreifer nicht erwartet. Einer von ihnen versuchte verzweifelt rückwärts zu laufen und wurde von seinem nachfolgenden Gefährten überrannt. Sekundenlang bildeten sie ein Knäuel von wild zappelnden Beinen und böse gefletschten Zähnen. Doch sie rappelten sich rasch wieder hoch und nahmen die Verfolgung auf, denn Thorn rannte jetzt, so schnell er nur konnte, davon. Das leicht ansteigende Gelände war zerklüftet und mit Felsbrocken übersät. Ein Daikini konnte sich auf dem unebenen Terrain fortbewegen, ohne langsamer zu werden – nicht so der Nelwyn. Sein knapper Vorsprung schrumpfte mit jedem Schritt.

Sein Vorteil freilich war, daß er nicht weit zu laufen hatte.

Die Berge spürte sein Kommen. Sie wollten ihn noch immer, wollten ihn mehr denn je. Darauf rechnete er.

Er fütterte das Feuer abermals mit Energie, bis die Fackel in seiner Hand so hell leuchtete, daß er die Augen zu Schlitzen verengen mußte, um nicht zu erblinden. Ein weiteres Energiequantum benutzte er dazu, dies Geschehen vor den Todeshunden zu verbergen. Es blieben jetzt kaum mehr sechs Schritte bis zum Rand des Kraters. Er glaubte ihren Atem schon in seinem Nacken zu spüren. Sie waren direkt hinter ihm.

Er drehte sich auf dem Absatz um, löste den Zauber, der seine Fackel unsichtbar machte, und hielt den geifernden Todeshunden das hell strahlende Licht direkt ins Gesicht. Bereits bei seinem nächsten Schritt fand er keinen Boden mehr unter den Füßen. Er hatte die Narbe erreicht.

Er stürzte mitsamt der Fackel hinab und suchte mit den Händen halt, als er gegen die Kraterwand prallte. Die Todeshunde konnten nichts sehen und waren ihm so nahe auf den Fersen, so sehr von ihrem Jagdinstinkt überwältigt, daß sie nicht bemerkten, wie er sie getäuscht hatte. Doch selbst wenn sie es bemerkt hätten, wäre es für Gegenmaßnahmen bereits zu spät gewesen.

Sie hatten ihr Letztes gegeben und machten so riesige Sprünge, daß sie an ihm vorbeiflogen und viel weiter unten in der Kraterwand landeten. Doch sie waren sicher aufgekommen, und er wußte, daß sie im Augenblick des ersten Bodenkontakts erneut zum Angriff übergehen würden. Er hoffte nur, daß sie an der steilen Wand mit den Beinen keinen Halt finden würden.

Seine Sorge war unbegründet.

Natürlich hatte er die anderen Kräfte nicht vergessen, die hier im Spiel waren. Nur war er sich nicht sicher gewesen, ob sie in diesem Fall eingreifen würden. Aber unter der Glasur fingen die Hexenlichter bereits zu flackern an, bevor die Todeshunde auch nur gelandet waren. Doch nun hatten die Lichter eine andere Farbe als bei seinem ersten Besuch. Als sie ihm gegolten hatten, waren sie von Verlangen erfüllt gewesen, doch jetzt strahlten sie nichts als Haß aus. Die Berge spürten den Widerhall jener Kraft, die sie Jahre zuvor zerschmettert hatte, und nutzten die Gelegenheit, um mit all ihrer Macht zurückzuschlagen.

Die Hunde heulten in ihrer bedrängten Lage verzweifelt auf und ahnten wohl schon, was sie erwartete. Und dann versuchten sie zu fliehen. Ihr elendes Gejaule erinnerte an dissonant klingende Hörner. Ihr Jammern ließ Thorns Nerven erzittern und das Herz in seiner Brust wild schlagen. Am klügsten wäre es gewesen, sich abzuwenden, aber er konnte seinen Blick nicht losreißen. Das lag zum Teil an seiner Faszination, an jener unersättlichen Neugier, von der er wußte, daß sie wahrscheinlich eines Tages sein Tod wäre; zum Teil aber auch an seinem Wunsch, dies alles als Zeuge mitanzusehen.

Die Vernichtung der Hunde ging blitzschnell vonstatten, und doch prägte sich jede Phase dieses Geschehens unauslöschlich seinem Gedächtnis ein. Mitten zwischen zwei Sprüngen verwandelten sich ihre Leiber in geschmolzenes Feuer. Ihre Gestalt und ihre Belebtheit blieben noch für einen weiteren Sprung erhalten, bevor sie in vollem Lauf erstarrten und er unversehens zwei unglaublich häßliche Statuen vor sich erblickte. Im selben Augenblick wurden sie gleichsam von ihrer eigenen Sprungkraft eingeholt und von der ganzen Macht ihrer panischen Flucht in tausend Stücke zersprengt, als ob jemand mit einem Hammer auf sie eingeschlagen hätte. Nicht einmal kieselgroße Steinchen blieben zurück – nur Staub, der von denselben wirbelnden Winden und Kräften, die zuvor Thorn in ihren Bann geschlagen hatten, einfach davongetragen wurde.

Er spürte, wie eine Brise sein Gesicht und seinen Nacken umspielte, während er absichtlich beiseite schaute. Er sah überall in seinem Blickfeld Funken aufblitzen, als sich die Berge ihm wieder zuwandten. Er hatte nicht die Kraft, Widerstand zu leisten, und wußte, daß ihm der Daikini nicht helfen konnte, selbst wenn er noch am Leben war.

Er hörte den Ruf und neigte sein Gesicht und hauchte eine Antwort.

»Ich kann nicht«, sagte er, obwohl er Lust hatte. Oh, wie

verführerisch, wie einfach wäre es jetzt gewesen, aus dem Spiel auszusteigen, wieder einen Lebenssinn, eine Heimat zu haben, die Tage mit einer schlichten, unkomplizierten Tätigkeit zu verbringen, ohne sich über die Folgen irgendwelche Gedanken machen zu müssen. Ein Leben innerhalb fester Grenzen.

»Es geht nicht.« In seiner Stimme klang aufrichtiges Bedauern mit – sowohl für sich selbst als auch für die Berge.

»Ich habe mich bereits verpflichtet«, fuhr er dann fort. »Ihr seid nicht allein betroffen, andere haben ebenfalls gelitten – und nicht weniger.« *Und sie alle,* dachte er, *rufen mit gleicher Inbrunst nach Vergeltung.* »Ich biete euch, worauf auch die übrigen ein Anrecht haben, nämlich das Versprechen, der Gerechtigkeit zum Sieg zu verhelfen.«

Er spürte ein Kitzeln an seinen Zehen und hatte plötzlich ernsthaft Angst, daß sie sich mit einem Nein nicht abfinden würden. Aber dann ließ der Druck, den sein Körpergewicht auf seine Finger ausübte, nach, und er entdeckte ein Felsgesims, auf dem er stehen konnte, und ein Stück oberhalb wieder eines, so daß er leicht hinaufklettern und über den Rand der Narbe steigen konnte.

Er setzte sich zunächst hin und stand dann müde auf. Dann holte er tief Luft, um sich zu sammeln und in Gestalt einer Verbeugung seine Ehrerbietung zu bekunden. Schließlich war er mit Freundlichkeit und Achtung behandelt worden, und natürlich wollte er da nicht zurückstehen.

Diese Geste hätte ihm fast den Garaus gemacht. Er hatte die schleichenden Schritte zwar vernommen, die sich von hinten näherten, doch er war so erschöpft, daß sein Gehirn diese Wahrnehmung nicht bewußt registrierte. Das Geräusch war für ihn völlig belanglos, bis es beinahe zu spät war. Seine Reaktion war nicht sehr einfallsreich. Er ließ sich zu Boden fallen und machte eine blitzschnelle Rolle, weil er seinen Angreifer auf diese Weise zu verwirren hoffte. Dieser ging auf zwei Beinen und war nicht wesentlich größer als Thorn selbst, wie der erste flüchtige Eindruck verriet. Thorn schwang sich mit einer raschen Bewegung wieder auf die Beine. Er war nicht ungeschoren davongekommen. Als sein

Gegner über ihn weggesprungen war, hatte er ihm mit seiner Waffe einen Hieb versetzt. Thorn spürte am Rücken eine lange, feuchte Wunde, die der andere ihm mit der Spitze seines Messers zugefügt hatte.

Als Thorn das Gesicht seines Gegners erkannte, hätte das fast erneut seinen Tod bedeutet.

»Faron«, rief er mehr fragend als vorwurfsvoll, denn noch immer konnte er seinen Augen nicht trauen, obwohl auch seine EinSicht ihm bestätigte, daß es sich so verhielt.

Dann blitzte das Messer abermals auf – diesmal zielte der Stich direkt auf sein Herz, und Thorn blieb keine Zeit, weiter nachzudenken. Sein Körper reagierte automatisch. Mit der Linken blockierte er die Messer-Hand, mit der Rechten griff er nach dem Umhang des Jungen, und während er nach hinten fiel, rammte er seinem Gegner die Füße in den Bauch. Der Nelwyn landete auf dem Rücken und schleuderte den Jungen mit den Füßen in hohem Bogen durch die Luft. Faron versuchte wie ein Todeshund mit Blickrichtung auf den Feind auf seinen Füßen zu landen und machte deshalb in der Luft so wilde Verrenkungen, daß Thorn schon glaubte, er werde sich das Rückgrat brechen.

Faron schlug hart mit der Schulter auf und verlor bei dem Aufprall sein Messer, das Thorn sogleich mit dem Fuß über den Rand der Narbe bugsierte. Doch der Junge stand sofort wieder auf den Füßen, schonte zwar seine verletzte Körperseite, war aber fest entschlossen weiterzukämpfen.

Er fletschte die Zähne, und Thorn hatte ein Gefühl, als werde ihm die Brust durchbohrt. Der Junge hatte lange Reißzähne, so daß es so schien, als ob er statt seines eigenen das Gebiß eines Todeshundes im Mund hätte. Als Faron die Finger krümmte, glänzten Krallen, wo einst Nägel gesessen hatten. Was bei Thorn, als dieser die Erscheinung eines Todeshundes angenommen hatte, nur Illusion gewesen war, entsprach bei dem Jungen der Wirklichkeit.

»Faron«, flehte Thorn. »Nein.«

Reine Zeitvergeudung, das wußte er bereits, als er die Worte aussprach. Der Junge sprang und erwartete offenbar, daß Thorn versuchen werde, irgendwie wegzutauchen.

Doch der Nelwyn blieb stehen und umfaßte Farons Hände mit einem Klammergriff. Der Junge versuchte, mit seinen entblößten Zähnen Thorns Kehle zu durchbeißen, aber dieser hatte etwas längere Arme und hielt sich den Angreifer vom Leibe.

Der Atem des Jungen roch nach Blut, nach lustvoll begangenen Morden. Er kreischte und schrie, brachte jedoch keine verständlichen Worte hervor, sondern nur Laute, die an das rasselnde Geheul seiner Hunde erinnerten. Thorn versuchte gar nicht erst, ihn zu verstehen.

Er wußte, daß die Situation des Jungen hoffnungslos war – seit dem Augenblick, da dieser erstmals Blut geleckt, den Tod geschmeckt hatte. Dennoch richtete Thorn die ganze Kraft seiner EinSicht auf den Jungen und suchte verzweifelt nach dem kleinsten Überrest jenes Knaben, den er zehn Jahre zuvor auf die Welt gebracht hatte.

Während er dies tat, verengte er seinen Griff und zwang den Jungen durch eine Drehung der Hände auf die Knie, so daß dieser keine Chance mehr hatte, mit den Füßen nach dem Nelwyn zu treten. Die Verzweiflung des Jungen steigerte sich noch, als er schließlich die Aussichtslosigkeit seiner Lage begriff. Aber er hätte leichter ein paar eiserne Handfesseln aufsprengen können als den Griff des Nelwyns. Er unterlag einer verbreiteten Fehleinschätzung. Besonders die Daikini glaubten meistens, daß Kraft und Größe Hand in Hand gingen. Wo es an Größe fehlte, dort konnte auch keine Kraft sein, und dies galt wegen ihrer etwas seltsamen Körperproportionen besonders für die Nelwyns. Thorn selbst reichte einem erwachsenen Mann kaum bis zur Hüfte hinauf, und deshalb schrieben die ihm die meisten Daikini allenfalls die Kraft und Geschicklichkeit eines Kindes zu. Seinen mächtigen Brustkorb hingegen beachtete kaum jemand, und die Muskelpakete an seinen Armen und Schultern wurden häufig für Polster in seinen Kleidern gehalten. Unter den richtigen Bedingungen freilich konnte er es ohne weiteres mit Gegnern aufnehmen, die dreimal so groß waren wie er selbst.

Thorn beugte den Jungen immer weiter zurück, bis zuletzt mit einem grauenvollen Krachen dessen Rückgrat brach.

Es war, als wenn man die Fäden einer Marionette durchtrennt. Jede Spannung wich aus dem Körper des Jungen. Er brach zusammen – kaum mehr als Bündel unzusammenhängender Gliedmaßen. Doch er war noch nicht tot. Er rollte mit den Augen, und sein Mund verzog sich. Aber er gab keinen Laut mehr von sich, denn seine Lungen waren bereits gelähmt und sein Herz schlug nicht mehr. Thorn sank neben ihm nieder, bettete den Jungen sanft auf seinen Schoß, als ob er es mit einem überaus kostbaren Stück Porzellan zu tun hätte. Aus Farons Augen sprach nur blinder Haß, die nackte Blutgier eines geifernden Todeshundes. Als er einen letzten vergeblichen Versuch unternahm, Thorn mit seinem Gebiß Schaden zuzufügen, schlugen seine Zähne mit einem leichten *Klack* aufeinander. Selbst im Sterben blieb der Junge jener Natur treu, die seiner Seele aufgepfropft worden war.

Das alles war mehr, als Thorn ertragen konnte, mehr als dem Jungen je hätte angetan werden dürfen. Und so aktivierte der Nelwyn seine EinSicht und trat Faron vor das geistige Antlitz. Wie um seinen Körper stand es auch um die Seele des Jungen, und der Glanz, den seine Lebenskraft verstrahlte, wurde mit jedem Augenblick schwächer. Thorn hatte gehofft, wenigstens dort eine letzte Spur von Farons ursprünglichem Wesen wiederzufinden, doch was er vor sich sah, war lediglich ein Todeshund inmitten der zertrümmerten Überreste seiner Taten. Die menschliche Seele des Jungen – schlicht alles, was früher einmal anständig an ihm gewesen war, von alledem war nichts mehr geblieben.

Ja, so verhielt es sich mit den Todeshunden. Zahllose Geschichten wußten zu berichten, daß es sich bei ihnen um Schöpfungen bösester Zauberkräfte handelte. Und wie bei all diesen Geschichten war auch an dieser etwas dran. Die Hunde selbst waren Tiere, Geschöpfe aus Fleisch und Blut, Knochen und Sehnen – wie jene Lebewesen auch, auf die sie Jagd machten. Der Anführer eines solchen Jagdrudels allerdings mußte ein Mensch sein und sich für diesen Weg des Grauens aktiv entscheiden. Jemand, der bereit war, alles abzuwerfen, was einen Zwei- von einem Vierbeiner unterscheidet, besonders sämtliche menschlichen Regungen, um dafür die Macht und die Leidenschaft einzutauschen, die mit der wilden Hatz der Todeshunde einhergingen.

Thorn umfaßte den Hals der Phantombestie und betrachtete Schicht für Schicht ihre Erinnerungen. Denn er wollte wissen, wer sie geschaffen und hierher geschickt hatte. Die Bilder stellten sich leicht ein und beschrieben einen Weg, dem er nur zu folgen brauchte bis in jene labyrinthartigen Katakomben der Seele, die von einer Dunkelheit verhüllt waren, wie er sie nie zuvor gesehen hatte. Es gab dort kein Licht, sondern nur verschiedene Abstufungen der Finsternis.

Körperlich war Faron zwar gewaltsam entführt worden – Thorn spürte den Nachhall von Reitern, so finster und tödlich wie dieses Gewölbe im Gedächtnis des Jungen –, doch den WandlungsZauber hatte er freiwillig akzeptiert. Ohne Fragen, ohne Zögern. Von dem für all dies verantwortlichen Zauberer konnte Thorn kein klares Bild gewinnen, denn das Gesicht und der Geist dieser Gestalt waren vollständig verhüllt. Sehen konnte er einzig die Reaktionen, die dieser Magier in dem Jungen ausgelöst hatte. Faron hatte vor ihm offenbar keine Angst gehabt und war absolut sicher gewesen, daß ihm nichts Böses geschehen werde. Die Täuschung war genauso absolut gewesen wie das Vertrauen des Jungen – ihm war gesagt worden, daß das Böse gut sei, und er machte es sich von ganzem Herzen zu eigen und begriff bis zum allerletzten Augenblick nicht, wie vollständig er betrogen worden war.

Der Phantomhund stieß ein Knurren aus, das wie ein Triumphlachen über die abermalige Unfähigkeit des Nelwyns klang, ein Wesen zu retten, das er liebte. Und Thorn entzog jenem Ort des Grauens die letzten Leuchtspuren und löschte dort ein für allemal das Licht. Als er wieder durch seine eigenen physischen Augen blickte, lag der Körper des Jungen reglos da, und seine Augen hatten ihren Glanz eingebüßt. Thorn schloß die Lider, preßte den Kopf des Kindes an seine Brust und wiegte sich im Rhythmus seines Herzschlags vor und zurück. Er wünschte, aus seinen seit langem ausgetrockneten Augen möchten Tränenströme fließen, und hätte am liebsten wie ein Wahnsinniger aufgeheult. Zugleich sehnte er sich mit einer Leidenschaft, die ihn selbst erschreckte, nach der Macht, diesen Mord tausendfach zu vergelten, und nach einer Gelegenheit, der hierfür verantwortlichen Kreatur schlimmere Schmerzen zu bereiten, als er sie jetzt empfand.

Dann schleppte er sich den endlos scheinenden Weg zum Lager zurück. Der Anblick des Schlachtfeldes hätte ihn eigentlich schockieren müssen. Überall lagen tote Körper umher – aufgespießte oder enthauptete und völlig verbrannte Todeshunde. Freilich zu viele, um allesamt vom Feuer aufgezehrt zu werden. Das Feuer selbst war inzwischen – unter einem Stapel verkohlten Fleisches – zu einer glimmenden Glut heruntergebrannt. Doch der Gestank ließ ihn ungerührt. Seine eigenen Sinnesempfindungen waren ihm plötzlich fremd geworden, und er hatte das Gefühl, daß ein kleiner, aber wichtiger Teil seiner Selbst ausgelöscht worden war, als er den Jungen getötet hatte.

Der Daikini lag unter einer Bestie, die fast genausogroß wie er selbst, aber kräftiger gebaut war. Thorn hatte keine Ahnung, ob der Mann noch lebte und auch kein Verlangen, sich mit Hilfe seiner EinSicht über dessen Zustand zu informieren.

Er brauchte zwei Versuche und mußte sich mächtig anstrengen, bevor er den Hundekörper beiseite geräumt hatte. Was er nun sah und roch, ließ ihn unwillkürlich die Nase rümpfen, und er sprach ein Gebet für den Daikini. Doch dann sah er zu seiner Erleichterung, daß der Mann einigermaßen unversehrt war.

Offensichtlich hatte der Daikini die Bestie nicht selbst getötet. An dem toten Tier hatten unverkennbar die Klingen der Brownies ihre Spuren zurückgelassen.

»Thorn.« Einer der Adler meldete sich in Gedankensprache, und in seiner Stimme mischten sich Bedauern und Tadel. Einen schrecklichen Augenblick lang dachte Thorn, einem der beiden Vögel sei etwas zugestoßen.

Doch es handelte sich um die Stute.

Sie lag reglos auf der Seite, und er wunderte sich, daß sie überhaupt noch die Kraft zum Atmen hatte, daß ihr edles

Herz überhaupt noch Blut in ihrem Körper fand, das es durch ihre Adern pumpen konnte. Sie hatte eine bravouröse Vorstellung gegeben, das zeigten auch die Hunde, die zerschmettert in ihrem Umkreis lagen. Ihre Hufe hatten Beine und Knochen und Köpfe zerschmettert, und die roten Flecken an ihren Nüstern rührten von den Bissen her, die sie ausgeteilt hatte. Aber sie war allein gewesen. Und das war am Ende entscheidend gewesen.

Als er neben ihr niederkniete, reagierte sie. Sie schnaubte leise und versuchte sogar ein Begrüßungswiehern, das freilich in einem gurgelnden Hustenanfall unterging. Er streichelte ihren Hals, bot ihr all die Wärme, die er in sich hatte, um ihre Schmerzen fortzuwischen und dann die letzten dünnen Bande zu durchschneiden, die sie noch an diese Welt gefesselt hielten.

Doch er konnte nicht. Ihr Elend löste in ihm Wut und Empörung aus. Sie hing nicht weniger am Leben als jedes andere Geschöpf, dem er bisher begegnet war, sie hatte mehr als das verdient, und was er ihr dafür zu bieten hatte, sollte rasche und bequeme Vergessenheit sein?

»Eine Gefälligkeit nennt man das«, sagte er mehr zu sich selbst, »einen Gnadenakt.« Er hörte die Verbitterung in seiner Stimme, hörte das Gelächter des Phantomhundes in Farons Seele.

»Ich habe bereits genug Freunde verloren, verdammt noch mal. Sollte es eine Chance geben – und sei sie noch so gering –, *dann nie wieder!*«

Er setzte seinen eigenen Geist in Aktion und versenkte sich mit seinen übersinnlichen Kräften – seiner EinSicht – tief in das Wesen der Stute. In den ersten Augenblicken wünschte er fast, er hätte das nicht getan. Denn im Innern ging es ihr deutlich schlechter, als ihrem äußeren Erscheinungsbild abzulesen war.

»Ich fürchte, es wird ziemlich weh tun«, sagte er und sprach gleichzeitig mit sich selbst und dem Tier. »Aber es ist einfach zuviel zu tun, und ich kann nicht genügend Energie abzweigen, um auch noch die Heilungsschmerzen auszuschalten. Wir müssen das halt gemeinsam durchstehen.«

Sie verschmolzen, und in dem Augenblick verstand er, welche Wonne es sein kann, schnell wie der Wind dahinzurennen. Das war die Quintessenz ihres Daseins, das Zentrum ihrer Lebensfreude – zu galoppieren, Meile um Meile mit trommelnden Hufen hinter sich zu lassen und den selbsterzeugten Wind in der flatternden Mähne zu spüren. In den alten Geschichten hieß es, daß die Geschöpfe mit vorne liegenden Augen Raubtiere seien und die Kreaturen mit seitlichen Augen Beutetiere. Die Stute zählte sich zu keiner dieser beiden Kategorien. Vom ersten bis zum letzten Atemzug war ihr Wesen Geschwindigkeit.

Thorn stieß einen Laut aus, gegen den selbst das Geheul der Todeshunde ein Wimmern gewesen wäre – guttural und hart –, dabei fletschte er die Zähne, während in ihm ein Eisfeuer loderte. Das Leben pochte in seiner Brust wie ein Hammer – mit jedem Atemzug härter und schneller –, forderte von ihm immer dringlicher die Kräftigung der verwundeten Stute, die er retten wollte. Er nahm jene Energie und ließ sie von ihrem eigenen Herzen her ausstrahlen. Dabei weigerte er sich, den Protest bereits überstrapazierter Muskeln zur Kenntnis zu nehmen – seiner eigenen ebenso wie ihrer – und ignorierte den Stachelring, der seine ebenso wie ihre Brust einschnürte. Hier hatte er einen ebenso schweren Kampf durchzustehen wie mit den Todeshunden und mit Faron, und er war entschlossen, auch diesmal zu gewinnen.

Sie gab einen Schrei von sich, wie er ihn noch nie von einem Pferd vernommen hatte, und er begriff, daß es sich um ihre Variante jenes Geheuls handelte, das er soeben selbst von sich gegeben hatte. Ihre Beine zuckten, ihre Augen verdrehten sich, und sein eigener Körper unternahm den schwachen Versuch, es ihr gleichzutun. Ihr Organismus war von einem Gift überschwemmt, das er jetzt entfernte. Etliche ihrer Knochen waren zerbrochen, und er brachte sie wieder in ihre angestammte Ordnung. Ihr Körper war an zahllosen Stellen aufgeschlitzt; er schloß ihre Wunden. Gleichzeitig ließ er ihr heißes Blut durch ihre Adern zirkulieren, bis ihr ganzer Körper im fahlen Licht des untergehenden Mondes zu glühen schien. Weniger Fieber als Feuer, eine reinigende Flamme, die ihr Fleisch so geschmeidig machte wie Metall in einem Schmelztiegel.

Gleichzeitig kühlte er selbst immer mehr ab. Seine Haut erblaßte, die Lippen und Fingerspitzen wurden bläulich, als ob er in Eis gegossen wäre. Sein Herz raste, jeder Schlag eine Explosion. Dennoch verspürte er keinerlei Bewegung in seiner Brust, keinerlei Blutzirkulation an einem der Pulspunkte. Das Leben in ihm verdankte sich jetzt nur noch einem reinen Willensakt, all seine übrigen Energien kamen seiner Patientin zugute. Es war ein höchst gefährlicher Drahtseilakt, der kleinste Fehltritt würde ihrer beider Schicksal besiegeln. Aber er zögerte und strauchelte nicht. Tatsächlich grinste er sogar, von einer Erregung und einem Gefühl der Freude durchflutet, wie er sie schon lange nicht mehr verspürt hatte.

Licht erfüllte sein Blickfeld, und er mußte verzweifelt die Augen zusammenkneifen, um nicht geblendet zu werden. Weit hinten am Horizont ging an dem wolkenlosen Himmel majestätisch die Sonne auf. Die Luft war noch immer bitter kalt, und das würde auch noch eine Weile so bleiben.

Er ließ seinen Kopf nach vorne hängen. Der Kopf der Stute lag in seinem Schoß; ihre Augen waren geschlossen. Er wußte, daß sie nicht tot war. Sie strahlte noch immer seine reinigende Wärme aus, und er machte sich das dankbar zunutze, um seine frierenden Hände mit neuem Leben zu erfüllen. Das Empfinden, daß die vollkommene Balance zwischen ihnen beiden langsam erlosch, weckte die Stute auf. Sie sah ihn schläfrig an, warm und zufrieden und von einem Gefühl der Geborgenheit durchdrungen, wie sie es zuletzt als Fohlen gekannt hatte. Er tat nichts, um sie aus diesem Gefühl aufzuschrecken. Wenn sie erst einmal wieder auf den Beinen stand und in ihr altes Selbst zurückgeschlüpft war, würde sie diese Empfindung nie mehr erleben – das war der Preis, den sie für ihre natürliche Schnelligkeit und Anmut zu entrichten hatte. Ja, in Wahrheit empfand auch er selbst es als ungemein wohltuend, sich von ihrer Glut verwöhnen zu lassen.

Schließlich jedoch fand auch diese Verschmelzung ein Ende. Die Stute schnaubte und regte sich vorsichtig, als ob sie sich vergewissern wolle, daß ihre Beine noch da seien und ihr weiterhin gehorchten. Dann zog sie sie an, wälzte sich von der Seite auf den Bauch und stand auf. Anfangs war sie noch ein wenig wackelig auf den Beinen, und einer ihrer Hufe hätte Thorn beinahe verletzt, wofür sie sich sogleich entschuldigte.

»Sausewind«, sagte Thorn, als ob ihm ihr Name genauso geläufig sei wie sein eigener.

Sie beugte ihren großen Kopf herab und blies ihm Wärme ins Gesicht. Dann ließ sie sich mit gespreizten Vorderbeinen – noch unsicher – soweit nieder, daß er ihren Hals mit den Armen umfassen konnte. Anschließend zog sie ihn sanft hoch, bis er wieder sicher auf seinen eigenen Beinen stand.

Mit einem Kennerblick inspizierte er ihre Flanken. Sie war nicht mehr so hübsch anzuschauen wie zuvor. Zu viele und zu tiefe Wunden hatten sie entstellt, und er hatte nicht mehr die Kraft besessen, zum Abschluß seiner Arbeit auch noch diese Schönheitsfehler zu korrigieren. Aber das kümmerte sie ohnehin nicht. Für sie waren diese Narben Zeichen einer gewonnenen Schlacht und eines frisch geknüpften Freundschaftsbands. Solange sie atmete, würde sie diese Male mit Stolz tragen.

»Prachtvolles Mädchen«, murmelte er und trat ein paar unsichere Schritte zurück, als sie ihre Mähne schüttelte. Seine Beine waren stocksteif und hatten offenbar vergessen, daß sie sich im Kniegelenk beugen konnten. Und so vollführte er zum Vergnügen der Stute ein wahres Stolperballett, um nicht umzufallen.

Sie war an diesem Morgen größer, als er sie in Erinnerung hatte, und er reichte ihr kaum bis zu den Knien hinauf. Auch bewies ihre ganze Haltung, daß sie es kaum erwarten konnte herausfinden, was der neue Tag für sie bereithielt.

Er spürte, wie ihre Stimmung umschlug, als er sich von ihr abwandte, zu dem Daikini hinüberging und unterwegs erschöpft die Überreste ihres Zaumzeugs aufhob. Sausewind war über diesen Anblick gar nicht erfreut. Und als er das aus Leder und Stahl gefertigte Geschirr so in den Händen herumdrehte, bemerkte er plötzlich, wie sich mitfühlend sein ganzer Mund verzog – ein Nachhall jener Verschmelzung mit der Stute, aus der er erst soeben wieder erwacht war. Sie hatte das eiserne Mundstück ebenso hingenommen wie ihren Reiter, weil ihr kaum eine andere Wahl geblieben war. Doch inzwischen hatte sie erfahren, was denen widerfährt, die kämpfen, und sie verspürte nicht das geringste Bedürfnis, sich abermals in Sklaverei zu begeben. Zwar konnte sie den Mann dort drüben recht gut leiden. Er war anständig, hatte eine sanfte Hand und tadellose Manieren. Freilich hatte sie von Anfang an seine Unzufriedenheit gespürt, denn letzten Endes war ihm nichts wirklich gut genug. Was immer er hatte und was immer er *war*, erschien ihm zuwenig. Er wollte stets mehr.

So wie sie jetzt.

Thorn warf das Zaumzeug beiseite und blickte dann achselzuckend und mit fragend erhobenen Händen die Stute an, so als wolle er sagen: *Was, du bist immer noch hier?*

Sie neigte den Kopf ein wenig seitlich mit einem so menschlichen Ausdruck des Erstaunens in ihren Zügen, daß er laut lachen mußte. Er wiederholte seine Geste – diesmal in spielerischer Übertreibung. Sie erhob sich zu voller Größe, und er hörte zu lachen auf und deutete eine Verbeugung an, die sie erwiderte.

Mit einem Aufschrei reiner Glückseligkeit wirbelte sie nun auf den Hinterbeinen herum und rannte in die offene Landschaft hinaus, einem nur ihr selbst sichtbaren Weg folgend, bis sie die große Ebene erreichte. Und er stellte mit Genugtuung fest, daß er ihren Namen gut gewählt hatte.

Er sah ihr nicht allzulange nach, obwohl einer der Adler aus der Höhe sie beobachtete, bis sie hinter dem Horizont verschwunden war und sicher das Grasland erreicht hatte, wo sich ihre wilden Artgenossen tummelten. Dort war ihr ein gutes Leben gewiß. Thorns Magen fing mächtig an zu knurren, aber er wischte diesen Eindruck beiseite. An diesem Ort wollte er keine Mahlzeit zu sich nehmen.

»Brillanter Schachzug. Einfach meisterhaft.«

Er ignorierte die Worte und den Brownie gleichermaßen

und konzentrierte sich statt dessen darauf, seine eigenen Habseligkeiten und die des Daikini einzusammeln.

»In der Tat eine Strategie, auf die *ich* nie gekommen wäre.«

Thorn drehte sich zu Franjean um, der mit gespieltem Desinteresse an einem Stein lehnte. Er stand dort mit gekreuzten Beinen und inspizierte seine Fingernägel, als ob er sich gerade bei Hofe aufhalte und nicht auf einem Schlachtfeld irgendwo in der Wildnis.

»Hast du etwas gesagt?« erkundigte sich Thorn.

»Um Himmels willen – nein.«

Thorn wandte sich erneut seiner Tätigkeit zu. Doch sofort meldete sich Franjean wieder zu Wort.

»Wie käme ich dazu, dich dafür zu kritisieren, daß du soeben unser einziges Transportmittel in die Prärie geschickt hast?«

»Hast du das Gehen verlernt?«

»Wir sind nicht gerade Riesen, Drumheller. In einer Welt, die für solche Figuren geschaffen ist...« Thorn brauchte nicht den vielsagenden Blick zu sehen, von dem diese Worte begleitet wurden, um zu wissen, daß der Brownie den Daikini meinte. »...brauchen wir alle Hilfe, die wir nur irgendwie bekommen können. Ich jedenfalls würde gerne bald möglichst weit von diesem Ort hier entfernt sein.«

»Einverstanden.«

»Wenigstens *fragen* hättest du uns können, verflixt noch mal.«

»Sie brauchte ihre Freiheit, Franjean. Der Daikini hätte das niemals eingesehen. Oder hättest du dich gern auch noch mit ihm rumgeprügelt?«

Der Daikini hustete.

»Schließlich sind wir aus eigener Kraft bis hierher gekommen«, schloß Thorn geduldig seine Ausführungen.

»Man hätte meinen können, daß der eine oder andere von uns unterwegs ein bißchen was dazugelernt hat.«

Der Daikini gähnte. Großer Mund. Viele Zähne. Die meisten davon regelmäßig. Er gab Geräusche von sich, blinzelte müde und nahm keinerlei Notiz von Thorn, der gleich neben ihm hockte. Der Mann kratzte sich und zitterte vor Kälte. Die Sonne war zwar schon aufgegangen, aber am Boden war es noch immer empfindlich kühl.

Der Fremde versuchte zu sprechen, brachte aber wegen seiner ausgedörrten Kehle nur ein Krächzen hervor. Thorn hatte eine Feldflasche zur Hand und hielt sie dem großgewachsenen Mann an die Lippen. Dieser nahm einen gewaltigen Schluck und gab dann einen Seufzer von sich.

»Bei allen Heiligen, *das* habe ich jetzt gebraucht.«

Er drehte sich auf den Bauch, blieb dann so liegen und betastete mit den Händen sein Gesicht und seinen Kopf, als ob er sich vergewissern wollte, daß alles noch dran sei. Dann warf er einen Blick auf die Kreatur, die gleich neben ihm lag.

»Verdammt, was für 'n Riesendackel. Dachte schon, daß ich's hinter mir habe, als das Biest auf mich losgerannt ist. Kam mir vor, als wären meine Schläge alle ins Leere gegangen.«

»Das liegt an der Züchtung. Sie stammen von den Kriegshunden der Schleierleute ab und sind gegen Eisenwaffen fast unempfindlich, damit ihr Daikini ihnen nichts anhaben könnt. Genau wie wir Nelwyns und die Schmiedeleute bearbeitet ihr Stahl. Die Schleierleute können nicht mal die Berührung von Eisen ertragen. Deshalb haben sie Kreaturen gezüchtet, die gegen das Metall so gut wie immun sind.«

Der Daikini setzte sich auf.

»Die Schleierleute haben mit den Biestern zu tun?«

Thorn schüttelte den Kopf. »Die hier stammen aus einer entarteten Nebenlinie. Ich dachte, daß wir sie schon alle erledigt hätten.«

»Oh. Und wer seid Ihr. Ihr habt doch gewiß einen Namen?«

»Thorn«, lautete die Antwort. »Thorn Drumheller.«

2. Kapitel

Der Name des Daikini lautete Geryn Havilhand, Kavallerist und Anhöriger der Königlich-Angwynischen Pfadfinder. Standort: Grenzgarnison Bandicour.

Er war nicht glücklich über die Sache mit dem Pferd.

Seine Stimmung wurde auch nicht besser, als Thorn verkündete, man müsse noch vor Sonnenuntergang von hier verschwinden. Geryn hatte nichts gegen eine Ortsveränderung, er hatte nur keine Lust zu Fuß zu gehen.

Zu Thorns Überraschung bereiteten Geryns Sattelzeug und Gepäck weit weniger Schwierigkeiten, als er vermutet hatte. Der Sattel ließ sich leicht zu einer Art Rucksack umrüsten und paßte dem Mann so gut wie dem Pferd.

»Was?« grummelte der Daikini, als er sah, daß Thorn ihn beobachtete. »Ihr denkt offenbar, daß dies nicht das erste verschwundene oder getötete Pferd ist. Aber das verdammte Sattelzeug ist teuer, und es war auch nicht einfach, es einzureiten. Und das Pferd auch nicht«, schloß er mit Nachdruck.

Thorn sagte nichts. Er hatte selbst genug zu erledigen.

Er verschränkte seine Hände unter den Vorderpfoten des letzten Todeshundes und schleifte die Bestie rückwärts zum Rand der Narbe hinüber. Um Hilfe hatte er nicht gebeten, und als der Daikini sah, was Thorn da tat, hatte er auch von sich aus keine Anstalten gemacht, dem Nelwyn zur Hand zu gehen. Die Anstrengung, das getötete Tier loszuwerden, hatte einen Großteil von Thorns noch verbliebener Kraft aufgezehrt. Alle paar Schritte mußte er innehalten und tief durchatmen, und jedesmal fiel es ihm schwerer, seine Arbeit wiederaufzunehmen.

Seine Kleider, sein Bart und seine Haare waren mit Schmutz und getrocknetem Blut verschmiert, und obwohl seine Nase bereits seit langem ihre Empfindsamkeit eingebüßt hatte, wußte er, daß er erbärmlich stank. Schließlich kam er an die Stelle des Kraterrandes, wo seine Hände in dem weichen Gestein Abdrücke hinterlassen hatten, als er nach dem Kampf wieder aus der Narbe herausgeklettert war. Er versuchte, den Körper der Bestie so gut aufzurichten, wie er es vermochte – was selbst unter normalen Umständen schon schwierig genug gewesen wäre, jetzt aber angesichts der fortgeschrittenen Leichenstarre so gut wie unmöglich war. Er schaffte es trotzdem irgendwie und dachte daran, daß die Sonne bereits relativ hoch am Himmel stand und er noch eine Menge zu tun hatte.

Besondere Worte brauchte er nicht zu sprechen. Er gab der Kreatur ganz einfach einen Stoß, und sie stürzte in die Grube hinab.

Der Körper schlug einmal auf und brannte gleich lichterloh. Er berührte die Erde kein zweites Mal.

Nur eines blieb jetzt noch zu tun.

»Laß ihn liegen, Thorn«, sagte eine kleine Stimme mit ungewöhnlicher Sanftheit.

»Überlaß die Arbeit dem Wind«, stimmte Rool ein.

»Kein ... anständiger ... Wind ... wird ... das ... tun«, entgegnete Thorn keuchend und schnappte nach jedem Wort nach Luft, während er sich auf das Kommende vorbereitete. »Sein Staub wird verunreinigen, was immer er berührt«, schloß er.

»Dann laß ihn doch in *Ruhe*«, schrie Franjean mit einer Leidenschaft, die Thorn noch nie an ihm erlebt hatte.

»Du hast ihn nicht getötet«, sagte Rool jetzt ganz sachlich. »War nicht deine Schuld und ist auch nicht deine Aufgabe.«

»Falsch.«

Der Körper lag noch immer dort, wo er niedergesunken war, eine traurige kleine Gestalt, die ihre Unschuld ebenso wie ihr Leben verloren hatte.

»Ich weiß, daß du es gut meinst, Rool ...«, murmelte er, als er jetzt zu dem Jungen hinüberging.

»Der *Zauberer*, der ihn gemacht hat, ist für seinen Tod verantwortlich, Drumheller«, sagte der Brownie, als ob es sich um eine unumstößliche Gewißheit handle. »Du bist nicht verantwortlich für das, was hier geschehen ist.«

»Spielt keine Rolle. Es ist meine Aufgabe, weil die SchattenKünste in die Sache verwickelt sind und ich vielleicht der einzige bin, der auch nur hoffen kann, den Teufel, der dafür verantwortlich ist, zur Rechenschaft zu ziehen. Und meine Schuld ..., weil meine Hände ihn als erste berührt haben und weil mein Gesicht das erste war, das seine Augen gesehen haben. Ich habe ihm das Leben eingehaucht, Rool. Es gibt nur einen Grund, weshalb ausgerechnet dieser Junge diese grauenhafte Gestalt hat annehmen müssen – nämlich weil er mit mir verbunden ist.«

Er nahm den Jungen in seine Arme, ignorierte den Protest seiner Muskeln und Glieder wie das Gezänk der Brownies und ging zum Rand des Kraters.

»Ich hätte dich früher finden sollen, Faron«, sagte er mit erstickender Stimme. Daß er nicht mehr weinen konnte bedeutete ganz und gar nicht, daß er keine Trauer mehr empfand, ja, genaugenommen, trafen ihn diese Empfindungen jetzt sogar noch tiefer als früher. »Als es noch möglich gewesen wäre, einen Teil deiner Seele zu retten. Das tut mir wirklich leid.«

Doch er konnte einfach nicht loslassen. Eigentlich hätte er den Jungen genau wie die Hunde in die Mulde hinabstoßen müssen, damit nicht einmal Asche zurückblieb, die diese ohnehin schon besudelte Landschaft weiter hätte verderben können. Doch seine Arme und Hände weigerten sich, diesen Befehl auszuführen.

Plötzlich flammte die Luft um ihn her wie in einem Schmelztiegel auf. Ein Glutwind umhüllte sein Gesicht so heiß wie die Luft, die früher einmal von dem Feuer in seiner Schmiedewerkstatt aufgestiegen war, und seine Nase war von einem starken Brandgeruch erfüllt. Ein Aufblitzen seiner EinSicht ließ ihn das Geschehen aus der Perspektive der Brownies erleben, während er ganz in Flammenzungen eingehüllt war, die zu seinen Füßen aus der Erde zu entspringen schienen. Sie loderten seine Beine und seinen Rücken hinauf, über die Schultern, dann nach unten an den Armen entlang und hüllten jetzt den Körper, den er hielt, genauso ein wie Thorn selbst.

Dann gab es plötzlich eine leise Implosion, und das Feuer und die Last waren gleichzeitig verschwunden, und von dem Körper des Jungen blieben nicht einmal Aschespuren zurück – als ob es ihn nie gegeben hätte.

Thorn war unberührt, zumindest körperlich.

Er sank auf die Knie und legte seine Hände auf die Abdrücke, die er hinterlassen hatte; er gab sich wehrlos den Mächten preis, um sie seiner Freundschaft und seines Wohlwollens zu versichern. Doch er spürte keine Reaktion. Die Berggeister hielten Abstand.

Er machte eine hilflose Handbewegung – keine richtige Geste der Entschuldigung, denn er wußte nichts zu sagen, was die Schändung dieses Ortes hätte rückgängig machen können, und er hatte sich bereits geweigert, dem Folge zu leisten, was man von ihm verlangte.

Schließlich sagte er ganz einfach: »Danke.«

Er zwang sich, ein letztes Mal auf die Narbe zu blicken und brachte dabei seine sämtlichen – menschlichen und magischen – Wahrnehmungskräfte ins Spiel. Sein äußeres Auge zeigte ihm eine riesige, spiegelglatte Mulde, die selbst im hellsten Tageslicht so dunkel und unergründlich erschien, daß sie auch das legendäre Schwarze Wasser aus den Kindheitsgeschichten hätte sein können. Er wußte noch, wie sein Vater ihm die Geschichten erzählt und seine Mutter – die empört darüber gewesen war, daß ihr Gatte den Kleinen mit solchen Dingen ängstigte – Thorn in die Arme genommen hatte. Aber obwohl er gekreischt und geschrien und sich unter der Bettdecke verborgen hatte, war er nicht eigentlich verängstigt gewesen – jedenfalls nicht mehr als seine eigenen Kinder, nachdem er selbst ein Geschichtenerzähler geworden war …

Er schob diese Gedanken beiseite, ein Unterfangen, das ihn erschöpft und zitternd wie einen Reiter zurückließ, der soeben mit Mühe und Not sein durchgegangenes Pferd gezügelt hat, und überließ sich wieder rückhaltlos seiner Gabe. Die EinSicht zeigte ihm eine Narbe, die durchaus nicht dunkel war, jedenfalls nicht in Nähe des Randes. Es war, als ob er den Abendhimmel in jenem Augenblick anschaute, da die Nacht endgültig die Herrschaft antritt. Der an der Peripherie der Mulde vorherrschende Farbton war ein kräftiges Violett, das von helleren – meist rötlichen – Streifen durchzogen wurde, verschlungenem Flechtwerk, das auf den ersten Blick rein zufällig wirkte und eine beunruhigende Ähnlichkeit mit jenen Blutgefäßen aufwies, die auch sein eigenes Fleisch durchzogen. Sie wurden immer blasser und geringer an Zahl, je mehr er seine Augen auf das Zentrum der Mulde richtete, bis sie schließlich ganz aufhörten. Die hier losgelassenen Kräfte hatten den Bodenbelag blankgescheuert und reichten tief in das Muttergestein hinab, dabei hatten sie das Land freilich nicht nur von der Verderbnis gereinigt, die sich hier hatte einnisten wollen, sondern auch von allen Lebensspuren.

Weder in seiner Erfahrung noch in seiner *Fantasie* hatte er je eine so absolut tote Wüstenei angetroffen.

Und er dachte: *Welchen Preis hat der Sieg, wenn er alles kostet, was man retten möchte.*

Er war absolut übermüdet, das wußte er. Im Grunde genommen gab es nichts, was er tun konnte, selbst wenn er sich gedrängt fühlte, es zu versuchen.

Er kramte in einer der beiden Taschen herum, die er am Gürtel trug. Er verwahrte darin den Vorrat für seine Wanderungen und die Werkzeuge seines Gewerbes. In der Hand hielt er jetzt einige Samen und eine dicke Eichel.

Interessant, dachte er überrascht, *Bergpappeln oder Ebereschen sind hier am Platze. Aber diese Eiche …*

Er lief im Zickzack am Rande des Kraters hin und her und blieb dann plötzlich stehen – fast so, wie er es auch beim Einsammeln der Steine in der Narbe getan hatte –, ließ sich in die Hocke nieder und steckte seinen Daumen mehrmals in die Erde. In jedes der Löcher legte er einen Samen.

Die Eichel war der Mittelpunkt, Schirmherr der kleinen Neuanpflanzung.

Danach kehrte er auf die Lichtung zurück.

»Gehn wir endlich?« fragte Geryn umgänglich. Thorn ignorierte den harten Unterton in der Stimme des Mannes ganz einfach. Sie alle hatten eine harte Nacht hinter sich, vollendete Umgangsformen waren unter diesen Umständen ohnehin kaum zu erwarten.

»Ich muß nur noch eine Sache erledigen«, entgegnete er.

Der Daikini zeigte kein besonderes Interesse. Mit einem Ruck warf er sich seinen Sattel-Rucksack auf den Rücken und marschierte durch das Gestrüpp davon. Auch wenn er vorher noch anders gesprochen hatte – das Schlachtfeld erfüllte ihn inzwischen mit Unbehagen. Und es war ihm durchaus daran gelegen, diesen Ort so schnell wie möglich zu verlassen.

Das wiederum kam Thorn entgegen, der bei dem, was er zu tun vorhatte, ohnehin lieber allein sein wollte.

Er grub mit beiden Händen ein Loch und murmelte etwas Unverständliches, als er sich jetzt einen Nagel so tief einriß, daß der Finger blutete, und lächelte dann darüber, daß das Schicksal bisweilen mit uns zusammenwirkt und uns genau das gibt, was wir brauchen, wenn auch nicht ganz wie beabsichtigt. Oder gewünscht.

Er rieb ein paar Tropfen Blut in die lehmige Erde, gab ein wenig Wasser aus einer Flasche hinzu, die er aus der anderen seiner beiden Taschen hervorzog, und spürte, wie sich jetzt die Beschaffenheit des Erdreichs im Umkreis seiner Hände veränderte. Natürlich war der Boden hier alles andere als fruchtbar. Kein vernünftiger Bauer würde sich wegen des überaus wechselhaften Wetters auf der windabgewandten Seite eines Gebirges niederlassen. Nur wenige Pflanzen wuchsen hier, und die wenigsten davon gediehen. Natürlich gab es keine Garantie dafür, daß, was er zu pflanzen gedachte, auch überleben würde.

Aber die Möglichkeit bestand. Es bestand die Hoffnung …

Er hatte sein spirituelles Selbst mit dem Boden vereint und spürte, wie alle seine guten Absichten verkümmerten. Das Buschwerk und Gesträuch auf der Lichtung war ebenso verräterisch gewesen wie die dürftigen Grasbüschel, die am

Hang ihr Dasein fristeten. Die elementare Kraft, die über die Narbe hinweggefegt war, hatte auch jenseits des Kraters getobt und mit gnadenloser Wut jede Spur jener Macht ausgelöscht, die den Berg zerstört hatte. Thorn mußte an eine der ersten Heilungen denken, die er versucht hatte. Jetzt da er die Tage zählte, wurde ihm bewußt, daß das alles noch nicht einmal ein Dutzend Jahre her war, obwohl es ihm wie eine Ewigkeit vorkam. Das Opfer war ein junger Mann gewesen, einer der freibeuterischen Cascani, der von einem Rudel Todeshunde übel zugerichtet worden war. Seine Wunden hatten sich sogleich entzündet und seinen ganzen Körper mit Giftstoffen überschwemmt, die ihn bei lebendigem Leibe aufzufressen drohten. Thorn hatte sich damals gerade im Hochgefühl seiner besonderen Gaben gesonnt und war so stark gewesen, wie er es sich niemals hätte träumen lassen, konnte seine Kräfte jedoch noch nicht so recht kontrollieren. Sie hatten sich bei jener Gelegenheit selbständig gemacht, und er hatte zu seinem Entsetzen feststellen müssen, daß sich die Energien, die er freigesetzt hatte, nicht einfach von ihm kommandieren ließen. Und so hatte er nicht nur die Infektionsherde, sondern auch das gesunde Gewebe gereinigt. Das war ein harter Kampf gewesen, der auch Thorn selbst damals beinahe dahingerafft hatte, aber der Mann war am Leben geblieben.

Etwas ähnliches war hier geschehen. Die Berge hatten lediglich das Gift abgestoßen, an dem sie sonst zugrunde gegangen wären, jedoch nicht die Folgen bedacht. Man hatte sie angegriffen, und dieser Angriff bedurfte einer Gegenwehr. Um sich selbst zu retten, hatten sie dabei auch das Land in ihrer Umgebung zerstört.

Die Eichel würde keimen, der Sprößling Wurzeln schlagen, doch es würde nur ein schwächliches Bäumchen daraus hervorgehen. Egal wie tief und weitläufig das Wurzelwerk auch sein mochte, der Boden an dieser Stelle hatte kaum die Kraft, dem Baum eine Verankerung zu geben. Ein paar kräftige Winde waren bereits hinreichend, um ihn loszureißen und davonzuwehen. Das gleiche Schicksal drohte den übrigen Samen, die er gepflanzt hatte.

Er hatte von Anfang an den Verdacht gehegt, daß die Verwüstung jedes Maß überstieg. Doch hatte er diese Befürchtung unterdrückt, weil er Angst hatte, daß ihn die Heilung dieser Wunden überfordern würde. Trotzdem konnte er jetzt nicht einfach davonlaufen – genausowenig wie er das Pferd des Daikini hatte im Stich lassen können.

Er ließ ein wenig mehr Blut von seinem verletzten Finger tropfen und spürte sogleich jenen Nervenkitzel, der die Manifestationen seiner Gabe regelmäßig ankündigte. Er war unendlich müde, all seine Knochen und Glieder taten ihm schrecklich weh, doch er schob diese Gefühle beiseite.

Dann fing er an zu singen, ein Winterlied, das von der stillen, schlafenden Welt erzählte, in der alle Elemente sich vom vergangenen Sommer erholen und ihre Energien für den Frühling sammeln. Er erinnerte die Erde an den fallenden Schnee, obwohl die Stürme, von denen sein Lied berichtete, sanft und heilend waren – von tödlichen Blizzards und Eiseskälte, die den Boden steinhart gefrieren läßt, dagegen kein Wort. Mit jedem Refrain, jeder neuen Strophe ließ er die Tage länger werden, die Sonne höher hinaufsteigen und ihre Strahlen tiefer und tiefer in das Erdreich eindringen. Zuerst schmolz der Schnee, und klares, frisches Wasser benetzte den Boden. Zugleich verteilte er jene Mischung aus Wasser und Blut, die er neben dem kleinen Erdloch angerührt hatte, und legte nach allen Seiten hin Energiekanäle an, als ob er selbst der Baum wäre und die Kraftlinien ein gewaltiges Wurzelgeflecht, an dem sein Leben hing. Nur daß in diesem Fall nicht er Nahrung aus dem Boden bezog, sondern – genau wie bei der Stute – umgekehrt die Essenz seines eigenen Lebens in jene zahllosen Kanäle lenkte. Von Leidenschaft erfüllt, klang seine Stimme jetzt tiefer und dunkler, schwoll ganz natürlich zu einem Crescendo an und erinnerte das Land an den Frühling, wenn es aus dem Winterschlaf erwachte, um eine ungeheure Vielfalt der herrlichsten Lebensformen vorzufinden, den uralten Kreislauf von Leben, Tod und Wiedergeburt. Wie es immer gewesen sei und auf ewig bleiben solle.

Er war von Kopf bis Fuß klitschnaß, als ob ein grausamer

Geist ein Vergrößerungsglas auf seinen Kopf gerichtet und jeden noch so schwachen Sonnenstrahl auf ihn gelenkt hätte. Innen wie außen von einer unvorstellbaren Glut erfüllt – viel, viel schlimmer als das, was er bei Sausewinds Heilung durchgemacht hatte.

Kein Vergleich zwischen den beiden Heilungen, das hatte er von Anfang an gewußt. Die Stute hatte immerhin noch gelebt und mit derselben Entschlossenheit um ihr Leben gekämpft, die sie auch gegenüber den Todeshunden an den Tag gelegt hatte.

Er ballte die Fäuste mit solcher Kraft, daß er ein Stück Kohle zu einem Diamanten zusammengepreßt hätte, dann ließ er plötzlich los. Er spreizte die Finger, soweit es nur eben ging, weiter als die meisten Daikini es vermocht hätten. Dann streichelte er mit den Handflächen so sanft über die feuchte Erde, wie er seine neugeborenen Kinder gebadet hatte, und überließ sich vertrauensvoll dem Glauben, daß sein Instinkt ihn bei seinem Tun schon leiten werde.

Er spürte, wie mächtige Energieströme durch seine Nervenbahnen flossen, und mußte lächeln, weil die Brownies Angstschreie ausstießen, als das Geflecht unter seiner Haut sichtbar wurde. In den Gewürzländern auf der anderen Seite dieses Kontinents gab es einen auf Dorffesten wie bei Hof beliebten Tanz, bei dem die Mitwirkenden farbenprächtige Bänder an Hand- und Fußgelenken befestigten. Solange die Musik spielte, mußten die Tänzer dafür sorgen, daß keines dieser Bänder den Boden berührte oder sonstwie zur Ruhe kam. Kein Problem bei den Bändern an den Handgelenken, um so schwieriger bei denen, die an den Fußgelenken befestigt waren. Die Tänzer hüpften und wirbelten herum, und die Bänder flatterten wie Wimpel hinter ihnen her oder wickelten sich um die ausgestreckten Glieder, bis die Figuren selbst wie wild tanzende Farbbänder erschienen.

Obwohl Thorn sich nicht regte, fühlte er sich wie einer dieser Tänzer und strahlte eine Glut aus, die selbst im hellen Sonnenlicht deutlich sichtbar war. Dann überlegte er, ob wohl der Daikini von diesem Glanz wieder angezogen würde. Denn er konnte weder genügend Energie noch Konzentration aufbringen, um eine SchutzWand zu errichten, die den Mann hätte fernhalten können. Dann überlegte er, warum es überhaupt so wichtig sei, das Geheimnis seiner Gabe nicht völlig preiszugeben. Wieder eine blitzartige Eingebung: Entweder du offenbarst dich niemanden ganz oder der ganzen Welt.

Er ließ die Eichel in den Händen hin- und herrollen, und der kleine Same blinkte und funkelte und versprühte die ersten Vorboten kindlicher Leidenschaft, doch am meisten war der Keimling von Thorns eigener Essenz erfüllt. Ein Spritzer Erstaunen, ein Schuß Freude, eine Prise Entschlossenheit. Von allem, was er für sein Bestes hielt, gab er ein Quentchen diesem Baum und damit zugleich diesem Stückchen Land.

Er blinzelte ungestüm, die Augen von Flecken tiefster Müdigkeit beschattet, die träge durch sein Blickfeld trieben.

Und dann wußte er plötzlich, daß seine Aufgabe erfüllt war.

Er neigte seinen Kopf und blickte auf die Stelle am Boden, der seine Arbeit gegolten hatte. Das Loch war inzwischen wieder vollständig gefüllt und seine Oberfläche kaum von der sonstigen Umgebung zu unterscheiden.

Er machte eine tiefe Verbeugung, bis er mit der Stirn den Boden berührte, und atmete tief ein. Er konnte ein Lächeln nicht unterdrücken. Etwas hatte sich verändert. Das Land hatte zuvor keinen eigenen Geruch verströmt und war nur trocken und staubig gewesen, schlimmer als die ödeste Wüste.

Doch jetzt erinnerte es ihn an seine Heimat.

Eine Chance des Gedeihens immerhin hatte er seiner Saat verschafft.

»Was zum Teufel *macht* Ihr da, Zwerg?« wollte jetzt eine völlig verwirrte Stimme von weiter oben wissen. Diese herablassende Anrede mußten sich die kleineren Leute immer wieder von denen gefallen lassen, deren Grips nicht ausreichte zu begreifen, daß die äußere Erscheinung nicht alles ist. Thorn haßte das.

Er riskierte einen Blick auf das Bein des gehenden, redenden Daikini-Berges.

»Ausruhen«, zischte Franjean aus seinem Versteck.

»Ausruhen«, wiederholte Thorn.

»Ich dachte, daß Ihr hier unbedingt wegwollt?«

»Mußte nur noch ein bißchen Ordnung schaffen«, erklärte er stöhnend. Es fiel ihm leichter, sich aufzusetzen, als er erwartet hatte. Tatsächlich konnte er sich über diesen paradoxen Aspekt seiner Gabe nie genug wundern: Je mehr Kraft eine Heilung erforderte, um so mehr Energie zog sie von ihm ab. Und dennoch fühlte er sich hinterher stets genauso gestärkt wie sein Patient. Was er gab, erhielt er zurück, Gutes für Gutes, die Balance blieb aufrechterhalten.

Schon seit Ewigkeiten hatte er weder so viel und so rückhaltslos von seiner Kraft gegeben noch solche Erfüllung empfunden.

Er kratzte sich und wurde sich wieder schmerzlich bewußt, wie unglaublich schmutzig er war. *Weiß der Himmel*, dachte er, *wie ich* aussehen *muß*. Dann bemerkte er, wie der Daikini auf dem Lagerplatz umherschaute.

»Sieht irgendwie anders aus hier«, stellte Geryn fest.

»So?«

Der Daikini zuckte mit den Achseln: »Schon gut.«

Thorn rappelte sich auf. »Schöner Tag«, sagte er, und so war es.

»Könnte schlechter sein – Tatsache«, lautete Geryns lakonische Antwort. Offenbar ein Mann, der meinte, was er sagte. »Hatte Lebensmittel und Wasser für 'ne Woche, wenn man sparsam damit umging.«

»Wieso ›hatte‹?«

Der Mann seufzte. »Die verdammten Hunde. Hatte meine Rationen gut verpackt und kräftig gesalzen.« Thorn wußte, was das zu bedeuten hatte. Das Standardessen für Reisende: Schmeckte so furchtbar, daß selbst Adler es verschmähten. »Alles verfault über Nacht«, fuhr Geryn mürrisch fort. »Und auch die Wasserschläuche allesamt zerfetzt.«

Natürlich war das Farons Werk. Die völlige Verderbtheit, die den Anführer der Todeshunde kennzeichnete, schreckte vor nichts zurück, das war allgemein bekannt. Wenn man ihm genügend Zeit ließ und eine begehrte Beute in Aussicht stand, dann konnte so eine Bestie angeblich sogar Steine zum Verfaulen und damit ganze Festungsmauern zum Einsturz bringen.

Thorn schnappte sich seinen Rucksack und folgte dem Daikini bis zum Rand des Strauchwerks, wo das Gelände in eine mit Felsen durchsetzte Graslandschaft überging. Dort blieb Geryn stehen. Er hakte seine Daumen in seinen Gürtel und stand ostentativ lässig da, doch seine angespannte Haltung verriet, daß er sich nicht ganz wohl fühlte in seiner Haut. Schwert- und Messerscheide baumelten griffbereit an seinem Gürtel, und er war auf einen Sicherheitsabstand zwischen sich und Thorn bedacht.

»Ich hab genau gesehen, Zwerg, wie Ihr Euch vor dem Angriff verwandelt habt«, sagte Geryn. »Seid Ihr vielleicht ein Geist oder so was?«

»Nur ein Wanderer«, entgegnete Thorn.

»Hab doch Augen im Kopf – Tatsache.«

»Der Schein trügt, glaubt mir.«

»Und was habt Ihr mit den toten Viechern angestellt?«

»Hab sie da drüben in das Loch geworfen, wo vorher der Berg war.«

Der Daikini nickte verständnisvoll. »Hab davon gehört, unten in der Ebene, aber geglaubt hab ich's nicht. Ich meine, Berge lösen sich doch nicht einfach in Wohlgefallen auf.«

Thorn drehte sich halb um und zeigte mit der Hand auf den Ort des Geschehens, als wolle er den Daikini einladen, selbst nachzusehen.

»Na, also gut«, zauderte Geryn, aber seine Körpersprache verriet, daß er den Teufel tun würde.

»Das hier ist ein Ort der *Kraft*«, erklärte Thorn. »Hier geschehen Dinge, hier sind Dinge zu sehen wie nirgendwo sonst.« Der Nelwyn streckte die Hand aus. »Ihr könnt ansonsten glauben, was Ihr wollt, Kavallerist Havilhand, aber ich versichere Euch, ich bin kein Dämon und auch sonst nichts Böses.«

Der junge Mann trat von einem Fuß auf den anderen, als ob seine Stiefel ihn drückten. Streckte dann ebenfalls die Hand aus und gab Thorn den denkbar kürzesten Händedruck, weil er offenbar Angst hatte, allein durch die Berührung einen Fluch auf sich zu laden.

»Also gut, schließlich habt Ihr mir beigestanden«, räumte er ein. »Habt im Kampf zu mir gehalten, muß ich ja zugeben. Und vorzuwerfen hab ich Euch eigentlich auch nichts.«

»Wenn Ihr einen anderen Weg nehmen wollt, Freund«, sagte Thorn, als sie jetzt aufbrachen, »werde ich Euch das nicht verübeln.«

Geryn sah sich überrascht um und machte dann ein entschuldigendes Gesicht. Er war sofort in Soldatenmanier losmarschiert und hatte den Nelwyn bereits nach wenigen Schritten abgehängt.

»In so 'ner Wildnis wie hier«, sagte er, als Thorn zu ihm aufschloß, »sollte man, glaub ich, besser zusammenbleiben.«

»Und noch besser, wenn man sich nicht aus den Augen verliert«, sagte Franjean leise, der sich auf der Schulter des Nelwyn zwischen den Falten von dessen Mantel verborgen hielt.

»Übrigens«, sagte Geryn mit sichtlichem Stolz. »Ich bin Pfadfinder, ich werd den angenehmsten Weg für uns auswählen.«

»Nur daß wir zufällig den Weg bereits *kennen*, besten Dank auch.«

»Franjean«, zischte Thorn, »sei *still*.«

»Habt Ihr was gesagt?« fragte Geryn.

»Wie bitte?«

»Dachte, ich hätte was gehört.«

»Ich spreche manchmal mit mir selbst, fürchte ich. Zu dumm, ich weiß, aber ich hab mir das angewöhnt, seit ich ständig allein unterwegs bin.«

»Schon gut«, sagte Geryn achselzuckend. »Ich werd mal 'n Stück vorausgehen und mich umsehen, okay?«

»Erst ein Daikini in dieser Gegend, wo sich diese Leute sonst kaum blicken lassen«, sagte ihm Franjean ins Ohr, der noch immer auf Thorns Schulter hockte. »Dann ein Großes Rudel von Todeshunden. Interessanter Zufall, denkst du nicht?«

»Ich denke überhaupt nichts, trotzdem besten Dank.«

»Keine Sorge. Dafür sind ja auch Rool und ich in erster Linie zuständig. Ich möchte dich ja nur auf dem laufenden halten.«

Rool hatte es sich im Rucksack bequem gemacht. Er fühlte sich dort wohler als in Thorns Gürteltaschen. Der Rucksack hatte klar begrenzte Dimensionen. Sie beide hatten am Abend vor der Zerstörung von Tir Asleen in Thorns Gürteltasche Zuflucht gefunden. Rool hatte die Tasche hinterher als ein riesiges Lagerhaus beschrieben. Klein genug war er ohnehin schon. Deshalb hatte er keinerlei Verlangen, seine Zeit an einem Ort zu verbringen, der ihn seine Nichtigkeit doppelt spüren ließ. Franjean hingegen hatte sich dort sogleich heimisch gefühlt. Und Thorn vermutete, daß der Brownie dort auch sein eigenes Hab und Gut verwahrte.

»Wie nett von dir.«

»Bitte nicht in diesem Ton, mein Herr. Du wärst doch völlig aufgeschmissen ohne ein paar Aufpasser.«

Das glaube ich nicht, dachte er. Doch seine Müdigkeit verhinderte, daß er den Streit noch weiter fortsetzte.

»Warum so unfreundlich, Thorn«, meldete sich Aneles Stimme aus der Luft, und er wurde sich wieder einmal schmerzlich bewußt, wie wenig er seine Gedanken bisweilen vor seinen Gefährten geheimhalten konnte. Falls der Adler diesen Gedanken ebenfalls aufschnappte und als Affront nahm, ließ er sich davon jedenfalls nichts anmerken. »Du solltest lieber auf ihn hören.«

»Wir standen mit dem Rücken zur Narbe«, fuhr Franjean fort. »Und das ist unser Glück gewesen, an jedem anderen Ort hätten wir natürlich ebenfalls kräftig ausgeteilt, aber wir hätten nicht überlebt.«

Thorn wollte widersprechen, doch er hatte das unangenehme Gefühl, daß der Brownie recht hatte.

»Aber warum nur, Franjean? Wir reisen jetzt schon seit fast einem Dutzend Jahren zusammen. Was hat diesen Feind ausgerechnet jetzt veranlaßt, aktiv nach mir zu suchen?«

»Wenn du meinst, daß ich die *ganze* Arbeit mache ...« Doch Franjeans Ton sagte Thorn, daß die Antwort offensichtlich war.

»Wild gibt es hier auch keins«, sagte Geryn, der Thorn großzügig an seinen Erkenntnissen teilhaben lassen wollte. »Hab weder große noch kleine Tiere gesehn, seit ich in diese Gegend gekommen bin. Wasser hab ich unterwegs ebenfalls keins gesehn, jedenfalls nicht in erreichbarer Nähe.«

»Kennt Ihr die Gegend?« fragte der Nelwyn.

Kopfschütteln. »Warum auch. Keine Siedlungen weit und breit, nicht mal durchreisendes Volk. Nichts zu fürchten und nichts von Interesse für irgendwen.« Er sah sich um. »Nehm an, das hier ist Königsland, wahrscheinlich erhebt Angwyn drauf Anspruch, aber nur weil es nun mal da ist. Ist nicht mal auf Karten richtig verzeichnet.«

»Und warum seid Ihr dann hier?«

»War 'ne Schnapsidee, wie ich jetzt weiß. Hier oben im Hochland soll 'n Heiler rumwandern. Hat unten am Fluß Ärger gegeben – mit den verdammten Hunden und auch sonst. Brauchen dort unbedingt Hilfe, hieß es. Ich bin ein guter Fährtenleser – dachte, ich versuch ihn zu finden.«

»Dann habt Ihr gute Arbeit geleistet, Geryn, jedenfalls in diesem Punkt.«

»Dann seid Ihr der Heiler?«

»Ja, unter anderem.«

»Zu Pferd hätten wir 'ne gute Chance gehabt. Aber wie lange wir zu Fuß in dieser Ödnis brauchen, bis wir die Siedlung erreichen, weiß ich nicht.«

»Wenn wir drei Tage in diese Richtung gehen« – Thorn zeigte in der Ferne auf einen Punkt links des Sonnenaufgangs –, »kommen wir an einen Nebenfluß des Saranye.«

»Nützt nicht viel, es sei denn, Ihr habt ein Boot.«

Thorn gestattete sich ein Lächeln. »Man kann nie wissen«, sagte er.

Maulroon machte wie immer ein säuerliches Gesicht, als ob er schon eine Ewigkeit gewartet hätte. Nicht so groß wie Geryn, aber leicht doppelt so breit, erinnerte er an ein Faß und war ähnlich schwer zu bewegen, wenn es ihm nicht in den Kram paßte. Sein buschiges Kraushaar zeigte auf dem Kopf die ersten lichten Stellen, bot dafür aber auf Brust,

Rücken und an Armen und Beinen reichlich Ersatz. Er trug seinen Bart am Unterkiefer gestutzt, was den Blick auf ein – allen Bemühungen um Reduzierung trotzendes – Doppelkinn freigab. Auch die ersten grauen Haare waren inzwischen nicht mehr zu übersehen. Was den Schnitt ihres Gesichts anging, ließen sich Maulroon und Geryn kaum vergleichen. Der Pfadfinder war fraglos der attraktivere Mann. Aber während Geryn gut aussah, verfügte der Cascani-Kapitän über Charakter und Charme, was die Damen zu schätzen wußten. Ihr erster Blick galt gewiß Geryn, doch Maulroon war der, zu dem sie zurückkamen.

Thorn wußte, daß das glücklichere Gedanken an glücklichere Tage waren. Davon war jetzt nichts zu spüren. Maulroon war mit seinem Kielboot in der Mitte des Stromes vor Anker gegangen. Und schon lange bevor sie den Fluß erreichten, sah Thorn das typische Aufblitzen eines Fernrohrs, das sie von ferne beobachtete. Gewiß waren auch Bögen auf sie gerichtet, solange der Kapitän noch nicht von ihrer Vertrauenswürdigkeit überzeugt war.

Oben auf dem Signalmast des Schiffes streckte Bastian seine großen Flügel aus. Thorn ließ seine EinSicht mit der Wahrnehmung des Adlers verschmelzen, um die Szene aus einer anderen Perspektive zu betrachten. Anschließend begutachtete er die Situation aus der Sicht der hoch oben dahinschwebenden Anele.

»Dann hat der Bursche dich also tatsächlich gefunden, Drumheller«, rief Maulroon.

»Gut für uns beide, daß er Erfolg gehabt hat«, entgegnete Thorn. »Das Große Rudel hatte es genau an jenem Abend auf uns abgesehen.« Maulroon verwendete ein Sprachrohr, um sich über das Wasser und das Ufer hin verständlich zu machen. Thorn hingegen sprach mit normaler Lautstärke, aber der Kapitän konnte ihn ohne weiteres verstehen.

»Und dann, Meister Drumheller?«

»Die Bestien werden niemand sonst mehr behelligen.«

Der Fußmarsch war Geryn nicht sonderlich bekommen, obwohl sie ihr Weg meist durch sanftes Hügelland oder bergab geführt hatte. Da sie sich nirgends hatten waschen können, war der Kavallerist so verschwitzt, daß Thorn kaum zu atmen wagte, wenn der Wind einmal drehte. Freilich roch er selbst kaum angenehmer. Die Uniformen der Pfadfinder waren im allgemeinen wesentlich praktischer als die der übrigen Regimenter der Königlichen Kavallerie. Aber natürlich gab es Kleidungsstücke, die in der glühenden Sonne bequemer zu tragen waren als ausgerechnet ein Kettenhemd, vor allem im Hochland, wo ihre Strahlen noch intensiver brannten als unten auf Meereshöhe. Auch war der Glanz seiner Stiefel verschwunden, und nach seinem Gang zu urteilen, hatte Geryn Blasen an den Füßen.

Maulroon und die Ruderer blieben sitzen, als die Jolle jetzt am Ufer anlegte. Sie wollten die an Bord des Flußschiffs bereitstehenden Bogenschützen möglichst nicht behindern.

»Wie hast du es nur geschafft, mit deinem Schiff von Saginak so rasch hier herzukommen«, sagte Thorn, als er sich jetzt neben dem Kapitän niederließ. Dabei kam ihm zur Abwechslung wieder einmal seine geringe Größe zugute, denn außer ihm hätte niemand neben dem gewichtigen Seemann Platz auf der Ruderbank gefunden.

»Du hast deinen Adler ganz um sonst nach Süden geschickt. Wir waren nämlich schon hier.«

Die Ruderer arbeiteten hart, um die Jolle in das offene Wasser zurückzubringen. Sie beugten sich immer wieder tief nach vorne und beobachteten gleichzeitig das langsam zurückweichende Ufer. Thorn sah, wie sich das Boot jetzt quer zur Strömung kraftvoll vorwärtsschob.

»Seit wann bieten dir die Wyrn Flankenschutz?« fragte er.

»Schien mir unter den gegebenen Umständen klüger. Schließlich haben wir es nicht nur mit diesen verdammten Hunden zu tun.«

»Ich weiß«, zischte Thorn und schlug sich mit der Faust aufs Knie.

»Tja.« Maulroon nickte. »Höchst unangenehme Sache, die ganze Geschichte. Bin vor rund drei Wochen in Saginak gewesen, kurz vor Neumond. Habe dort Tote und Schlimmeres zurückgelassen.«

»Kann ich etwas ...?«

»Was sinnvoll war, haben wir schon getan, Thorn, aber danke für das Angebot. Ich hab dir den Kavalleristen hauptsächlich zur Vorsicht hinterhergeschickt. Bin froh, daß das wenigstens gutgegangen ist.«

»Hast du dich in dem Kampf verletzt?« Maulroon hatte am Unterarm einen Verband und ein paar noch nicht ganz verheilte Wunden unter seinem Rock. »Nichts Gravierendes, nur die Wundränder jucken noch 'n bißchen. Andere hat's schlimmer erwischt. Den Bruder meiner Schwester haben wir dort begraben. Du weißt doch, der Bursche, der uns damals miteinander bekannt gemacht hat.«

»Tut mir leid.«

»War 'n guter Mann. Wir werden ihn vermissen. Aber das war noch nicht mal das schlimmste.«

»Ich weiß. Faron.«

»In dem ganzen Durcheinander hat es eine Weile gedauert, bis irgendwer gemerkt hat, daß er nicht mehr da ist. Wir wollten schon ein Aufgebot zusammenstellen, als die Wyrn ausgestiegen sind. Hab sie noch nie so völlig außer sich gesehen. Eigentlich sollte der Kavallerist nur mit den anderen mitreiten, aber der war so naiv, daß er angeboten hat, den Job allein zu machen. Bei allen Heiligen, er hat sein Wort gehalten.«

»Ich bin ein Pfadfinder«, fühlte sich Geryn jetzt bemüßigt zu sagen, und sein Gesicht strahlte vor Stolz. Maulroon machte solche Komplimente nicht sehr häufig, und Geryn war sich dessen bewußt.

»Ich wollte ja eigentlich nicht fragen, Thorn«, fuhr Maulroon dann fort, »aber seine Frau, sie möchte vielleicht ...«

»Es ist nichts mehr von ihm übrig, alter Freund. Er war völlig verwandelt, sie hatten aus ihm den Anführer eines Großen Rudels gemacht.«

»Verdammt.« Die Lippen des Mannes blieben fast reglos, er sprach das Wort so leise, daß niemand außer Thorn es hörte. Doch Thorn wußte, daß der Seemann bis ins Mark getroffen war.

»Ist schon 'ne Weile her«, sagte Maulroon nach einer Weile, »daß wir mit solchem Elend zu tun hatten.«

Die Cascani reisten viel umher, wenn nötig auch zu Lande, aber nach Möglichkeit auf dem Wasser. Sie stammten von einer Gruppe rauher Inseln vor der Westküste des Kontinents und hatten sich bereits vor undenklichen Zeiten mit den Wyrn verbündet, die an der Felsküste des Ozeans zu Hause waren. Gemeinsam bereisten die beiden Völker den ganzen Globus und trugen durch ihren Handel viel zur internationalen Verständigung bei. Die Struktur der beiden Gesellschaften war sehr ähnlich. Deshalb war es nichts Ungewöhnliches, daß Kinder aus Wyr in Cascani-Haushalten aufwuchsen und umgekehrt. Freilich bedurfte es geeigneter Zaubersprüche, um die luftatmenden Daikini für das Unterwasserleben tauglich zu machen. Die Wyrn waren auf solche Hilfe nicht angewiesen, da sie in beiden Sphären zu Hause waren. Bei den Cascani nannte jeder Große Clan eine Flotte von Handelsschiffen sein eigen und kontrollierte so ein ganzes Netzwerk von Handelsposten. Heiraten zwischen den Clans waren kaum Beschränkungen unterworfen, was im Laufe der Zeit dazu führte, daß fast sämtliche Cascani miteinander verwandt waren und in der Nachbarschaft ebenso wie in den entferntesten Teilen der Welt Hilfe und Unterstützung fanden. Sie waren zwar ausgefuchste Händler, doch die Ehre ging ihnen über alles. Gegenüber einem Klienten oder Kunden oder gar einem Freund sein Wort zu brechen, brachte bei ihnen nicht nur Schande über den Missetäter, sondern über den ganzen Clan. In einer von zahllosen Piraten und Dieben bevölkerten Welt galten sie deshalb als Inbegriff der Vertrauenswürdigkeit und der Fairneß.

Solange Thorn zurückdenken konnte, hatte Bavmordas wachsende Macht die Cascani von Tir Asleen und den angrenzenden Königreichen ferngehalten. Doch nach ihrer Vernichtung und der Wiederherstellung allgemeiner politischer Stabilität hatte Maulroons Schwager eine Möglichkeit gesehen, seine Handelsaktivitäten weiter auszudehnen. Auf dem Weg nach Tir Asleen war er jedoch rein zufällig einem Rudel Todeshunde begegnet. Madmartigan und Sorsha machten die Bestien nieder. Thorn nutzte seine Heilkräfte, um den Mann zu retten und hatte später durch ihn Maulroon kennengelernt. Seitdem waren die beiden die besten Freunde.

»Jetzt wird mir manches klar«, sagte Maulroon und bugsierte die Jolle seitlich neben das größere Schiff, »offenbar hatten sie es von vornherein auf Farons Haus abgesehen.«

»Nur Hunde, Jasso?« Und als Maulroon nickte: »Wie viele?«

»Keine Ahnung. Haben keins von den Viechern erwischt.« Er verzog das Gesicht. »Bei 'ner gestandenen Keilerei hätten wir sicher besser abgeschnitten, soviel ist klar.«

»Die waren hinter mir her«, sagte Thorn ruhig, als Maulroon jetzt eine Leine vom Deck aus zugeworfen wurde, mit der er die Jolle längsseits festmachen konnte. »Deshalb haben sie Faron mitgenommen.«

»Razi«, brüllte Maulroon zu seinem weiter vorn auf dem Schiff beschäftigten Maat hinauf. »Anker lichten. Wir wollen noch bei Tageslicht aufbrechen.« Dann beugte er sich vor und gab einige Töne von sich, die wie eine Mischung aus Delphin-Schnattern und Seehundbellen klangen. Ein glattes, glänzendes Gesicht erschien an der Wasseroberfläche. »Zwei von euch müssen immer vorausschwimmen, Daquise. Sucht mir eine sichere Fahrrinne und macht sofort Meldung, wenn ihr irgendwelche Schatten wahrnehmt.«

»Wie Ihr befehlt, Gemahl der älteren Cousine meiner Schwester.« Das eng am Schädel anliegende dunkelbraune Fell des Wyr glänzte wie frischer Lack und ließ seine dunklen Augen noch größer erschienen, als sie ohnehin schon waren. Diese Geschöpfe waren etwa so groß wie Daikini und an Land wie im Wasser – ihrer eigentlichen Heimat – gleichermaßen zu Hause. Von allen Lebewesen der Welt waren sie am wenigsten von Ehrgeiz zerfressen, zeichneten sich vielmehr durch ein generöses, aufrichtiges Interesse an den übrigen fühlenden Wesen aus. Sie freundeten sich rasch mit jedem an, dem sie begegneten, und wenn das einmal nicht funktionierte, gingen sie ihrer Wege. Viele hielten diesen Zug fälschlicherweise für ein Zeichen von Feigheit, ein Fehlurteil, das nur solange Bestand hatte, bis sie es mit einem Wyr im Kampf zu tun bekamen. Bedauerlicherweise überlebte meistens nur der Wyr solche Auseinandersetzungen, und über diese Dinge sprachen sie nicht.

Maulroon hielt kurz inne, um Thorn zu helfen, als er jetzt an Bord des Schiffes stieg.

»Warum?« wollte er wissen.

»Das hab ich mich in den letzten Tagen auch immer wieder gefragt«, entgegnete Thorn. »Die Brownies weigern sich hartnäckig, sich dazu zu äußern.«

»Dann verfüttere sie doch an die Fische. Was, zum Teufel, nützen sie dir dann?«

Thorn ignorierte das Protestgeschrei, das ihm jetzt aus seinen diversen Taschen entgegenscholl, ebenso wie die Drohung, was alles geschehen werde, sollte jemand eine solche Dummheit begehen. Doch er mußte lächeln. Es war seit der Narbe das erste Mal, daß er wieder einen Anflug von Fröhlichkeit empfand.

»Es macht mich rasend zu wissen, daß ich die Antwort im Grunde genommen kenne, daß sie wahrscheinlich so klar ist wie der hellichte Tag und daß ich trotzdem nicht darauf komme.«

»Da hilft nur Geduld«, grunzte Maulroon, der dabei zusah, wie Razi das Einholen des Ankers überwachte. Dann wurde das Schiff von der Strömung vorwärtsgetrieben. »Wenn du zuviel drüber nachdenkst, kommst du nie auf die Antwort.«

Thorn zuckte mit den Achseln und kletterte auf seinen Lieblingsplatz oben auf der Hauptkabine mit dem Rücken zum Signalmast, wo er, ohne zu stören, die Sonnenstrahlen genießen konnte. Er verspürte einen dumpfen Schmerz in der Hüfte, von dem er wußte, daß er sich damit noch eine Weile würde herumschlagen müssen. Denn sein Wille war zu schwach, um die nötigen Heilungsanstrengungen zu unternehmen. Er war einfach nicht für lange Märsche gebaut.

»Ich hab Faron in die Welt gebracht«, sann er laut.

»Wie bitte?« fragte Maulroon, obwohl seine Aufmerksamkeit hauptsächlich dem Schiff galt und er das Ruder jetzt von seinem Steuermann übernahm, um es auf Kurs zu halten.

»Die Hunde.«

»Ja, und?«

»Durch Faron konnte das Große Rudel mir folgen und mich aufspüren.«

»Wenn du meinst, Drumheller. Aber wer hätte davon etwas wissen sollen?«

»Das frag ich mich auch. Jemand, nehm ich an, der in meinem Leben genausogut Bescheid weiß wie ich selbst.«

»Und der«, ließ sich Rool aus einer Taschenfalte vernehmen, »genügend Macht hat, eine heilige Zitadelle zu zerstören.«

»Ich hab's gehört«, sagte Maulroon.

»Ich wünschte, ich nicht.«

»Dann wirst du also schon die ganze Zeit verfolgt? Seit Tir Asleen?«

Thorn schüttelte den Kopf. »Glaub ich nicht. Erstens hätten wir sie dann schon viel früher am Hals gehabt. Und zweitens« – er hielt kurz inne, um ein paar Gedanken zu sortieren – »waren sie noch zu jung, wie übrigens Faron auch.«

»Was soll das heißen?«

»Ein kleiner Junge würde einen solchen Fluch nicht überleben. Sein Körper kann eine derartige Belastung noch nicht ertragen. Aber Faron war inzwischen soweit herangewachsen, daß er die Bedingungen erfüllte. Trotzdem war er noch zu jung. Wäre er nur ein bißchen älter, ein bißchen größer, ein bißchen stärker gewesen, dann hätte ich ihn vielleicht nicht mehr besiegen können. Warum also haben sie nicht gewartet? Seit dem Kataklysmus sind immerhin bereits zwölf Jahre vergangen, was hätte da ein weiteres Jahr ausgemacht? Aber weshalb sind sie überhaupt hinter mir her? Ich weiß nicht einmal, gegen wen ich kämpfe oder wer sich durch mich bedroht fühlt.«

»'tschuldigung, Schiffsherr«, sagte Geryn, der nicht genau wußte, wie er diesen großen bärtigen Brummbären mit dem Auftreten und den Manieren eines Piraten anreden sollte. Es konnte zwar kein Zweifel daran bestehen, wer auf dem Schiff das Kommando führte, aber der unzeremonielle Umgangston zwischen Kapitän und Mannschaft brachte den jungen Mann sichtlich aus der Fassung. In seiner Welt war solche Lockerheit schlicht nicht vorgesehen. »Habt Ihr Tir Asleen gesagt?«

»Was wißt Ihr davon?«

Ein Achselzucken. »Hab davon gehört, das ist alles.«

»Von Tir Asleen?« Thorn konnte die Skepsis in seiner Stimme nicht ganz unterdrücken.

»Mein Feldwebel in Bandicour, der ist mal dort gewesen.«

Thorn und Maulroon tauschten Blicke aus und sahen dann wieder den Kavalleristen an, der inzwischen offenbar wünschte, er hätte geschwiegen.

»Auf der anderen Seite der Welt«, polterte Maulroon. »Muß ja mächtig gut zu Fuß sein.«

Der Pfadfinder verzog ein wenig verschämt das Gesicht und tat so, als ob er mit seinen Sporen spielte. »Ist ja nicht allein dort gewesen«, erklärte er. »Waren damals dreihundert Mann, sagt er, die der König dort hingesandt hat.«

»Und wieso?«

»Sollten dort einen – hmmm – Nelwyn oder so was suchen«, sagte er schließlich.

Thorn versuchte desinteressiert zu klingen. »Der König von Angwyn hat also einen Trupp von Pfadfindern nach Tir Asleen geschickt?«

»Und noch an einen anderen Ort, wo angeblich die Dämonenkönigin Bavmorda herrschte.«

»Nockmaar.«

»Ja, so hieß es. Habt offenbar von diesen Orten schon mal gehört, oder? Dachte, daß das nur irgendwelche Geschichten sind. Daß dieser Feldwebel mich auf den Arm nehmen will.«

»Und was haben sie dort gefunden?«

»Die Festung Tir Asleen jedenfalls nicht. Komisch, aber mehr wollte er nicht sagen, wie sehr wir ihn auch gelöchert haben. Hatte offenbar Angst, wenn ich so nachdenke. Der Nelwyn war auch nicht dort. Haben ein Tal und ein Dorf entdeckt, behauptet er, das aber schon seit Jahren unbewohnt gewesen war. Großenteils sehr gutes Land, aber kein Mensch weit und breit. Als ob die ganze Bevölkerung auf einen Rutsch ausgewandert wär.«

»So ähnlich ist es ja auch gewesen«, sagte Thorn mehr zu sich selbst und dachte an die endlose Karawane von Wagen, Ziegen und Menschen, die mit ihren sämtlichen beweglichen Besitztümern zur Grenze geströmt waren. Selbst das Schleiervolk hatte die Flucht ergriffen oder seine Hügel gegen jeden Eindringling verschanzt. Als er schließlich selbst nach Tir Asleen gekommen war und die Katastrophe mit eigenen Augen gesehen hatte, war außer ihm selbst und seinen Brownies in dem alten Land niemand mehr anzutreffen gewesen.

»Dieser Feldwebel«, sagte Geryn, »hat behauptet, das Land wär verflucht.«

»Nicht mehr als irgendein anderes. Aber wozu die Expedition?«

»Woher soll ich das wissen? Ich bin ja nicht dort gewesen. Und Seine Königliche Majestät hat es nicht für angebracht gehalten, mich in seine Pläne einzuweihen.« Doch dann lenkte Geryn ein und gab ihnen die einzige Antwort, die er kannte. »Soweit ich weiß, haben sie Willow gesucht.«

»Wie bitte?« sagte Thorn.

»Den nelwynischen Zauberer, nie davon gehört? Willow Ufgood.«

»Willow Ufgood«, wiederholte Thorn. »Also, den Namen hab ich … schon sehr lange nicht mehr gehört.«

»Ihr *kennt* ihn?« rief Geryn mächtig beeindruckt. »Verdammt! Ich wünschte, daß *ich* ihn kenne. Ich würde ihn zum König bringen und, wie es in der Proklamation heißt« – er grinste scheu, als ob es ihm seine eigene Vermessenheit peinlich sei –, »zur Belohnung ein Vermögen erhalten. Und dann würden sie mich bestimmt zu den Roten Löwen versetzen.« So hieß die Königliche Hofgarde, für die nur die besten Soldaten der Königlichen Streitkräfte gut genug waren und die deshalb als beste Truppe der Welt galt.

»Was will er denn von diesem Willow?« fragte Thorn.

»Wißt Ihr denn *gar nichts?*«

»Nein, offenbar nicht.«

»Die Inthronisation! Demnächst ist doch die Feier des dreizehnten Geburtstags der Heiligen Prinzessin Elora – ein

Lebensjahr für jedes der Großen Reiche. Er ist, glaub ich, ihr Pate oder so was, dieser Willow. Er hat sie vor den Dunklen Mächten gerettet und die Dämonenkönigin Bavmorda vernichtet, er muß einfach dabei sein.« Dies letzte schien für ihn so unumstößlich gewiß zu sein, wie wenn er gesagt hätte: *Die Sonne geht morgen wieder auf.*

»Oh«, sagte Thorn nur. Dann einigermaßen erstaunt mehr zu sich selbst: »Das hatte ich ganz vergessen.«

Das war also die Antwort, nach der er so lange vergeblich gesucht hatte. Er hörte, wie die Brownies lachten und konnte ihnen das nicht mal verübeln. Ja, das hätte er wirklich wissen müssen.

»Ist schon so lange her«, sagte er nachdenklich.

»Ich dachte, du wüßtest das«, sagte Maulroon.

»Hab offensichtlich im Laufe der Jahre den Überblick über die Zeit verloren. Was wißt Ihr von Willow?« fragte Thorn den Pfadfinder jetzt ganz unvermittelt.

»Ist 'n Zauberer«, erklärte der schulterzuckend, als bräuchte er sonst nichts zu wissen. »Und ein Nelwyn ...«

»So, so.«

»Hat der Schiffsherr nicht gesagt, daß *Ihr* ein Nelwyn seid?«

»Ja.«

»Da stimmt doch irgendwas nicht. Ich mein, Willow ist 'n großer Zauberer, eine Legende, ein *Held*. Er kann doch nicht so was wie Ihr sein. Nicht daß es Euch an Mut oder so fehlt«, fuhr er eilends fort, aus Angst, Anstoß erregt zu haben, »überhaupt nicht. Ich mein nur ...«

»Ihr hattet jemand Größeren erwartet?« warf Maulroon ein, der sich vor unterdrücktem Vergnügen kugelte.

»Also, genaugenommen – ja.« Geryn war dem Kapitän dankbar für diesen Rettungsring.

»Sag's ihm doch«, zischte ein empörter Franjean Thorn ins Ohr.

»Er glaubt's ohnehin nicht.«

»Was glaub ich nicht?« wollte der Daikini wissen.

»Was die Nelwyns angeht, bin ich so gut wie irgendeiner von ihnen. Und Willow war ein Nelwyn.«

»Dann hat sich der Hof wohl irgendwie getäuscht.«
»Jedenfalls rechnet der König offenbar mit reichlich Ärger.«
»Das ist doch Quatsch. Hat seit Anbeginn der Welt nie einen solchen Festtag gegeben, sagt man.« Der junge Mann war völlig hingerissen. Er wollte unbedingt Zeuge dieses Ereignisses werden. »Die Gesandten aller Großen Reiche werden da sein und sogar die Repräsentanten der Jenseitigen Reiche.«
»Wird bestimmt ein großartiger Anblick werden.«
»Mit Sicherheit.«
»Also ein Glückstag für Euch, Herr Kavallerist«, warf Maulroon ein. »Ihr seid doch aus der Garnison in Bandicour, sagt Ihr?« Der junge Mann nickte. »Wenn Ihr mit uns fahrt, wird es eine Weile dauern, bis wir einen Stützpunkt erreichen, wo Ihr ein Ersatzpferd requirieren könnt. Und dann müßt Ihr fast durch sämtliche Nordprovinzen reiten, bevor Ihr wieder zu Hause seid. Wär viel einfacher und schneller, Ihr würdet bis zur Bucht mit uns kommen und dort ein anderes Schiff nehmen, das Euch hinbringt, wo Ihr gebraucht werdet. Und bestimmt wird es Euch niemand verübeln, wenn Ihr unterwegs für 'n paar Tage in Angwyn Station macht – liegt doch ohnehin am Weg. Wenn Ihr wollt, könnt Ihr mit mir bis Maraguay fahren. Dort werd ich Euch dann an einen Kapitän meines Vertrauens weiterempfehlen.«
Damit war die Angelegenheit und zugleich auch das Gespräch für ihn erledigt. Geryn quittierte den Bescheid des Kapitäns mit einem leichten Nicken, suchte seine Habseligkeiten zusammen und hielt Ausschau nach einem anderen Verbleib.
»Razi«, rief Maulroon jetzt, »sorg dafür, daß der Bursche anständig untergebracht wird. Zeig ihm die Kombüse im Bug und den Waschraum, wo er sich selbst und seine Sachen saubermachen kann. Hier auf diesem Schiff wird gearbeitet, vergeßt das nicht, junger Mann«, rief er dem Kavalleristen noch hinterher, »paßt also auf, wo Ihr hingeht, und steht nicht im Weg rum, es sei denn, Ihr werdet gebraucht. Wenn Ihr eine Frage habt, tut Euch keinen Zwang an. Ansonsten wollen wir sehen, daß wir gut miteinander auskommen.«

»Ich hab kein Geld, um eine solche Passage zu bezahlen, Schiffsherr.«

Maulroon wischte diese Worte beiseite. »Ihr habt mir 'nen Gefallen getan und mir geholfen, einen Freund zu retten. Das hier ist der mindeste Dank, den ich Euch abstatten kann. Nun geht schon, mein Freund, und macht es Euch bequem.«

Geryn hätte beinahe vor Maulroon salutiert. Offensichtlich fühlte er sich durch diese Worte irgendwie an den Exerzierplatz seiner Garnison erinnert. Dann folgte er eilends dem Maat.

»Bißchen brüsk, wie du mit dem Kavalleristen umgesprungen bist, meinst du nicht?« sagte Thorn etwas später in Maulroons Kabine, als er sich abtrocknete. Ungeachtet seiner magischen Abwehrkräfte zitterte er noch immer am ganzen Körper von dem Bad in dem eiskalten Flußwasser, das mit der Schneeschmelze aus den Bergen herabgeströmt war. Glücklicherweise war das Handtuch zuvor in der Kombüse vorgewärmt worden. Er wickelte sich sorgfältig darin ein, bis von ihm nur mehr sein zu sehr behaartes Gesicht zu sehen war, und genoß die Wärme dieser Hülle.

»So bin ich nun mal, weißt du doch.«

»Ich hatte gehofft, wir könnten den ganzen Weg mit dir fahren, Jasso.«

Der große Mann goß sich aus einem Gefäß auf dem Tisch einen Becher dampfenden Tee ein und schob dann eine weitere Tasse zu Thorn hinüber. Das Getränk war fast zu heiß zum Trinken und mit Zitrone aromatisiert und schmeckte besser als das Gebräu, das Thorn in seiner Tasche mit sich herumtrug. Um sich zu revanchieren, kramte Thorn in seinem Beutel und förderte ein Sandwich zutage, das noch genauso frisch war wie zu dem Zeitpunkt, da er es hineingesteckt hatte ..., wobei ihm siedend heiß bewußt wurde, daß er sich an diesen Zeitpunkt gar nicht mehr erinnern konnte. Er gab Maulroon ein Stück von dem Brot, reichte Franjean und Rool je einen kleinen Happen und tat sich an dem Rest gütlich. In seinem eigenen Garten gezogene Tomaten, dazu Käse und marinierte Fleischstreifen. Am schwierigsten war immer die Maisernte, dachte er. Die Pflanzen wuchsen zwar prächtig in dem fruchtbaren Tiefland, in dem er einmal zu Hause gewesen war, aber in guten Jahren standen sie so hoch, daß er die Kolben kaum erreichen konnte.

Er schüttelte den Kopf. Früher einmal hatte er seine Erinnerungen genausowenig zu unterdrücken vermocht wie Schmerzempfindungen, aber inzwischen hatte er eine gewisse Meisterschaft darin entwickelt, beides gründlich zu verdrängen. Maulroon sagte jetzt etwas, und Thorn beschloß, sich ganz auf dessen Worte zu konzentrieren.

»Du bist in einer seltsamen Stimmung, Drumheller.«

»Was willst du damit sagen?«

»Genau das. Ich glaub, ich hab dich schon seit ewigen Zeiten, ja – verdammt noch mal – seit unserer ersten Begegnung nicht mehr so erlebt.«

»Das ist schon länger als zwölf Jahre her.«

»Richtig.«

»Und worauf willst du hinaus?«

»Du bist so *lebendig*, mein Lieber, von Kopf bis Fuß, und deine Augen strahlen, daß es eine Freude ist, dich – Thorn Drumheller – zu betrachten.«

»Jetzt reicht's.«

»Ist mein völliger Ernst, Mann. Seit dem Kataklysmus bist du doch nur noch ein Schatten deiner selbst. Nur wenn du mal jemand geheilt hast, bist du gelegentlich wieder der alte gewesen, aber sonst... Hab noch nie jemand gekannt, der sich so hinter einer Mauer verschanzt hat wie du.« Er seufzte und sah Thorn voll Wohlwollen und Mitgefühl an. »Natürlich hab ich auch noch nie einen Menschen gesehen, der so gelitten« – eine kurze Pause, um den Worten Nachdruck zu verleihen – »und soviel Angst ausgestanden hat.«

»So schlimm?«

»Dazu möchte ich nichts sagen.«

»So schlimm. Die Mauer niedergerissen haben erst die Heilungen, Jasso. Zuerst das Pferd des Kavalleristen, dann das Land in der Umgebung der Narbe. Ich glaube nicht, daß ich je zuvor soviel Energie verausgabt und so viel von meinem *Selbst* gegeben habe. Es stand einfach zuviel auf dem Spiel. Und ich konnte mich nicht länger zurückhalten – mußte *alles* preisgeben.«

»Gute Therapie, find ich. Du heilst die Kranken und dich selbst in einem Abwasch.«

»Sie waren meine besten Freunde. Ich hätte sie retten müssen.«

»Mag ja sein, aber du wußtest doch nicht, wie. Ist doch kein Verbrechen, Drumheller, nicht mal 'n Grund, sich zu schämen. Ich erwarte ja auch nicht von einem jungen Kerl, der erstmals zur See fährt, daß er weiß, was in einem schweren Sturm zu tun ist. Muß erst mal die Augen offenhalten und lernen. Das gleiche gilt für Zauberer, nehm ich an. Wenn das alles aber für dich nicht gut genug ist« – mit einem lässigen Griff zauberte er ein Stilett hervor und warf es so, daß die Klinge direkt vor Thorn tief in die Tischplatte eindrang –, »also wenn du deine Freunde so über alle Maßen vermißt, dann mußt du deinem Leben ebenfalls ein Ende setzen.«

»Offenbar bin ich heute nicht allein in einer etwas seltsamen Stimmung.«

»Ist ja schon viel besser – deine Stimmung. Aber Thorn, eins ist klar: Entweder du nimmst am Treiben dieser Welt wieder teil, oder aber du mußt dir eine bessere suchen. Deine Freunde brauchen dich *ganz*.«

»Und weiter?«

»Über der Bucht von Angwyn liegt etwas in der Luft. Irgendwas Schreckliches braut sich da zusammen. Und die verdammten Hunde gehören irgendwie dazu.«

Thorn ließ sich etwas Tee nachschenken, sagte aber nichts.

»Auch wenn der Angriff auf Saginak nicht stattgefunden hätte«, fuhr Maulroon fort, öffnete die rückwärtige Kabinentür und trat aufs Deck hinaus. Dort stützte er sich mit verschränkten Armen auf das Kabinendach und nahm eine demonstrativ lässige Haltung ein. Thorn sah, wie der Blick des Kapitäns erst das eine, dann das andere Ufer absuchte, danach das Wasser weiter vorne. Selbst die kleinsten Wellen entgingen seinem Auge nicht. Jede noch so unscheinbare Bewegung studierte er mit einer Intensität, wie sie sonst nur im Krieg üblich ist. »Ich hätte ohnehin nach dir gesucht. Und dann den Handelsposten dichtgemacht.«

»Wieso – wirft er nichts mehr ab?«

»Doch, doch. Ist sogar von Jahr zu Jahr besser gelaufen. Aber ich zieh mich von hier zurück.«

»Hast du etwa Angst?«

Maulroon wirkte aufrichtig überrascht. Der Gedanke war ihm offenbar noch gar nicht gekommen. »Ja«, sagte er dann zustimmend.

»Das hätte ich nicht für möglich gehalten.«

»Du hast ja noch nicht gesehen, was eigentlich los ist.« Und als Thorn mehr wissen wollte: »Der Wind hat sich gedreht. Jeder, der ein bißchen Gespür dafür hat, kann es wahrnehmen. All dieses verdammte Geschwätz über Elora Danan.« Er lächelte, aber sein Ausdruck war alles andere als fröhlich. »Nehme an, ich bin kein bißchen anders als die Leute, die dein Land nach der Zerstörung von Tir Asleen verlassen haben, nur daß ich die Katastrophe nicht erst abwarte.«

»Hast du kein Vertrauen in die Heilige Prinzessin?«

»Ein Arbeiter vertraut nur auf das, was er sieht und was er anfassen kann. Das Wissen hat er im Kopf, die Geschicklichkeit in den Händen. Ich bin Seemann: Ich kenne die See, und ich kenne den Himmel. Ich bin Kaufmann: Ich kenn mich mit Gütern und Waren aus. Ich bin der Chef meines Clans: Das heißt vor allem, ich kenne mich mit Menschen aus. Und ich habe in den vergangenen Monaten erfahren müssen, daß auf *nichts* von alledem mehr Verlaß ist. Wenn demnächst der große Sturm losbricht, Drumheller, möchte ich meine Leute aus allem heraushalten, sie in einen sicheren Hafen bringen und dort abwarten, bis alles vorüber ist.«

»Und wenn es keinen sicheren Hafen gibt?«

»Ich bete, daß wir das Schlimmste unbeschadet überstehen. Sie ist ein *Mädchen*, sonst nichts, hat ihr ganzes Leben in dem verdammten Turm zugebracht, den der König von Angwyn für sie erbaut hat. Und nur bei offiziellen Anlässen und dergleichen wird sie vorgeführt. Ich weiß, was ein Sturm ist, mein Freund, und ich weiß, welches Schiff für solche Gelegenheiten am besten geeignet ist.

Sie mag für ihre Rolle genau richtig aussehen, Drumheller, und schön sein wie gesponnenes Gold, aber ich würde mich nicht darauf verlassen, daß sie mich heil durch eine abendliche Brise bringt.«

3. Kapitel

In der ganzen Welt gebe es, erklärte Geryn mit verzeihlichem Stolz, keinen Ort, der sich mit der herrlichen Stadt Angwyn messen könne.

Und gewiß keinen schöneren Hafen, räumte Maulroon ein. Vom Sonnenuntergangs-Ozean aus kommend, mußte man durch das von zwei gebirgigen Landzungen gebildete Königstor hindurchfahren und gelangte dann in eine Bucht, der viele den Status eines selbständigen kleinen Meeres zuerkannten. Die etwa zwanzig Meilen in das von einer hohen Bergkette begrenzte Festland hineinragende Bucht war rund hundert Meilen breit und bekannt für ihr tiefes Wasser. Drei große Flüsse mündeten hier ins Meer – einer jenseits des Tores, die anderen innerhalb der Bucht, so daß von hier aus fast der gesamte Kontinent westlich der Großen Wasserscheide zugänglich war. Auch schützte die erhebliche Wassertiefe die Bucht vor Versandung, so daß die Schiffe jahrzehntelang dieselben Fahrrinnen benutzen konnten.

Diese Nahtstelle zwischen Ozean und Festland bildete gleichsam einen natürlichen Handelsplatz. Seit Anbeginn der Geschichte hatte es dort bereits Ansiedlungen gegeben, und die Daikini waren lediglich die letzten, die dort Wurzeln geschlagen und Fundamente gelegt hatten. Mindestens ein Dutzend Städte – neu und alt, groß und klein, reich bevölkert oder seit langem schon verlassen – lagen an der Bucht und zudem unzählige Dörfer, und dennoch konnte man fast überall Küstenstreifen entdecken, die noch so unberührt waren wie am ersten Schöpfungstag.

Angwyn war ein großer Schmelztiegel. Seinen Namen verdankte es einer legendären alten Festung, die früher einmal auf der gegenüberliegenden Landzunge gestanden haben sollte. Ein besonderer Vorzug der Stadt war ihre für Land- wie Seereisende gleichermaßen günstige Lage auf der südlichen der beiden Halbinseln zwischen Ozean und Bucht. Die nördliche Halbinsel hingegen war wesentlich zerklüfteter und fiel zum Meer hin steil ab, oft Hunderte von Metern tief. Sie war dicht bewaldet und galt als heilig, und die riesigen Bäume waren nicht minder beeindruckend als der alte Boden, auf dem sie standen. Es gab in dieser Wildnis keine vom Menschen angelegten Wege, und nur bisweilen erhielt jemand die Erlaubnis, einen der Trampelpfade zu benutzen, die hindurchführten. Die (nichtmenschlichen) Bewohner dieses Landes liebten ihre Abgeschiedenheit und brachten nur wenig Interesse für das Treiben der geschäftigen Daikini auf, die sie noch immer als Neuankömmlinge betrachteten.

Damit übte der Herrscher von Angwyn praktisch die Kontrolle über das Tor und die Bucht aus. Im Laufe der Generationen hatte die königliche Familie diesen Vorteil genutzt, um einen Staat zu errichten, der an Reichtum und Macht seinesgleichen suchte und in allen Daikini-Reichen auf dieser Seite der Welt berühmt war. Sie bezeichneten sich selbst als Hochkönig von Land und Meer, aber mochte dies auch in den Augen mancher an Hybris grenzen, so hatte es gleichwohl noch nie jemand gewagt, sich mit ihnen anzulegen.

Thorn und seine Gefährten kamen flußab rasch vorwärts und legten in einer Woche eine größere Strecke zurück, als Geryn per Pferd in drei Wochen geschafft hatte. Der Kavallerist erwies sich als liebenswerter Kamerad. Schon am zweiten Tag erledigte er allerlei kleine Arbeiten – so konnte er etwa, nachdem man es ihm einmal gezeigt hatte, genausogut Kartoffeln schälen wie irgendeiner der Seeleute –, und Maulroon hatte auch nichts dagegen, daß ein weiteres Paar geschulter Augen Wachdienste übernahm. In den oberen Flußabschnitten, das heißt bis weit jenseits der zerstörten Handelsstadt Saginak, hielt der Kapitän das Schiff möglichst mitten im Strom. Auch ließ er nachts nicht den Anker auswerfen, sondern vertraute vielmehr auf die Lotsendienste der Wyrn.

Thorn nutzte die Gelegenheit der Reise, um seine seit langem vernachlässigten persönlichen Dinge in Ordnung zu bringen, was seinen Gefährten genauso willkommen war wie ihm selbst. Zuerst mußte der Bart daran glauben, und Thorn war höchst verwirrt, als er erstmals wieder seine bloßen Wangen und sein nacktes Kinn erblickte, die mehr als zehn Jahre unter seinem haarigen Gesichtsschmuck verborgen gewesen waren. Er entdeckte in seinem Gesicht Falten, an die er sich nicht erinnern konnte, fand aber auch, daß seine Wangen- und Kieferknochen jetzt kräftiger wirkten als früher. An seinen Haaren nahm er keine größeren Veränderungen vor. Er schnitt sie ein wenig bei und bürstete und kämmte sie regelmäßig, um einige störende Knoten aufzulösen. Zur Erinnerung an einen seiner verlorenen Freunde behielt er seine Zöpfe bei, während die Herbstfarbe seines Haares dem Gedächtnis eines anderen geliebten Menschen galt, der nicht mehr unter den Lebenden weilte. Und zum erstenmal seit einer Ewigkeit mußte er aufrichtig lächeln, als er an die beiden dachte.

Doch dachte er nicht an vergangene Schlachten, wenn er sich allein in Maulroons Kabine aufhielt.

Der Abendwind ließ das Schiff quietschen und knarren – Geräusche, die an einen alten Mann erinnerten, der sich nachts ächzend zu Bett legt. Der Fluß plätscherte und gurgelte, und am Heck wurde weiß schäumendes Kielwasser aufgewirbelt. Besonders gut konnte er sich an das Gelächter der beiden erinnern, an ihre Neckereien und ihre Schlagfertigkeit nicht nur mit Worten, sondern auch mit dem Schwert. Madmartigan hatte die Klinge vielleicht ein wenig geschickter geführt, dafür war Sorsha eine unvergleichliche Reiterin gewesen. Madmartigan war ein begnadeter Tänzer gewesen, während sie einen ganzen Raum mit ihrem leidenschaftlichen oder wehmütigen Gesang erfüllen konnte. Madmartigans Entschlossenheit hatte eine solche Ausstrahlung gehabt, daß für Schatten in ihm kein Platz war, obwohl er durchaus die dunklen Seiten des Lebens kannte. Der Schatten, der auf Sorshas Seele lag, war für jedermann klar zu erkennen. Außenstehenden erschienen die beiden meist wie polare Gegensätze ohne jede Gemeinsamkeit. Doch Thorn wußte genau, daß sie sich in Wahrheit sehr ähnlich und ganz erfüllt und getragen von der Liebe waren, die sie füreinander empfanden. Sie hatten nicht nur viele fröhliche Stunden miteinander verbracht, sie waren glücklich gewesen.

Er vermißte sie schrecklich. Und dennoch: Als er jetzt jenen Erinnerungen voll ins Gesicht sah, die er so lange unterdrückt hatte, wurde ihm plötzlich klar, was er eigentlich schon lange hätte begreifen müssen, daß er sie nämlich nicht wirklich verloren hatte.

Er träumte in jener Nacht von ihnen und von Kiaya und den Kindern und schlief tiefer und friedvoller als je, seit er sie alle zuletzt gesehen hatte.

Wie versprochen, übergab Maulroon sie in gute Hände, eine Kusine, die eine erfahrene Schiffsführerin aus seinem Clan war. Dank günstiger Winde und einer nicht minder vorteilhaften Strömung verlief dieser Teil der Reise von der Maraguay Gabelung an genauso reibungslos wie die erste Etappe ihrer Schiffspassage. Seltsamerweise war auf dem Schiff, auf dem sie sich jetzt befanden, nur ein einziger Wyr beschäftigt – ein junger Mann, der nach Thorns Einschätzung ungefähr in Geryns Alter sein mußte und auf den Namen Ryn Taksemanyin hörte. Thorn fiel überdies auf, daß sich auf dem weiteren Weg bis zur Bucht kaum andere Angehörige dieser im Meer lebenden Gattung im Wasser tummelten. Die Brownies beobachteten, wie Ryn und Daquise, der auf Maulroons Schiff eine Führungsposition innehatte, miteinander sprachen, während Thorn und Geryn ihre Sachen von einem Schiff auf das andere brachten. Im Verlauf dieser Unterhaltung warfen die beiden Wyrn immer wieder vielsagende Blicke in Thorns Richtung. Hinterher bot sich natürlich keine Gelegenheit mehr herauszufinden, worüber sich die beiden so angeregt ausgetauscht hatten. Denn als die Brownies Thorn schließlich von ihren Beobachtungen berichteten, waren die beiden Schiffe bereits durch eine erhebliche Distanz voneinander getrennt, und zudem war Ryn im weiteren Verlauf der Fahrt gegenüber dem Nelwyn auf Abstand bedacht. Trotzdem war der Wyr immer irgendwie in Sichtweite, und Thorn fühlte sich von ihm beobachtet.

Ryn stand meistens ein wenig gebeugt da, so daß es nicht ganz einfach war, seine wahre Größe richtig einzuschätzen. Doch Thorn schätzte ihn etwa so groß wie Geryn. Sein glattes, glänzend dunkelbraunes Fell ließ seinen Körperbau und seine Muskulatur kaum erkennen. Seine Extremitäten waren im übrigen menschlichen Armen und Beinen sehr ähnlich – mit Ausnahme der etwas überproportional großen Finger. In seinem Kopf blitzten zwei wache, aufmerksame Augen. Nach Auffassung der Brownies war er – ebenso wie sie selbst – ein geborener Taschendieb, nur nicht ganz so ausgefuchst wie sie selbst natürlich. Er trug keine Kleider und, soweit Thorn erkennen konnte, auch keine Waffen bei sich. Sein einziger Schmuck war eine Tasche mit einem langen Riemen daran, die er diagonal über die Brust gehängt hatte. Er war nicht sonderlich kräftig gebaut – und der Daikini-Pfadfinder machte eine bei weitem beeindruckendere Figur –, aber Ryn bewegte sich mit der Leichtigkeit eines trainierten Langstreckenschwimmers, und seine Kraft war hauptsächlich in seinen Schultern und Armen konzentriert. Er war in der Takelage oder auf Deck eines Segelschiffs ebenso zu Hause wie im Wasser selbst, und der Ausdruck jugendlichen Überschwangs, den er auf den ersten Blick erweckte, entsprach überhaupt nicht der Durchdachtheit, mit der er zu Werke ging. Er hatte auf dem Schiff offiziell den Status eines gewöhnlichen Seemanns, aber nach seinem Auftreten zu urteilen, hätte Thorn ihn für einen Schiffsführer oder Maat gehalten.

Der Nelwyn trank auch des öfteren von dem Flußwasser oder schnupperte in den Wind hinein – mit seiner eigenen Nase, aber auch mit den Riechorganen der Adler –, konnte aber von der Verunreinigung nichts entdecken, über die Maulroon berichtet hatte. Doch zweifelte er weder das Wort noch die Sensibilität seines Freundes auch nur für einen Augenblick an. Doch sein eigenes Wahrnehmungsvermögen war gewiß besser entwickelt. Was Maulroon als Verunreinigung empfand, hätte Thorn wie ein unerträglicher Gestank erscheinen müssen …

… aber seine Sinne verrieten ihm gar nichts.

Zwar war ihm bereits Maulroons Kielboot groß erschienen, doch konnte es sich nicht annähernd mit dem hochseetauglichen Segler vergleichen, auf dem sie jetzt die Reise fortsetzten. Dreimal so lang wie Maulroons Schiff, verdrängte dieser Kutter Hunderte von Tonnen, und an jedem seiner beiden Masten war ein riesiges dreieckiges Lateinsegel aufgehängt, deren Rahen länger waren als die Masten hoch. Von seiner ganzen Anlage her war das Schiff geeignet, selbst in rauhester See gewaltige Lasten zu transportieren. Der Rumpf war geschwungen wie ein Krummsäbel – von dem eleganten geschnitzten niedrigen Bug bis zu dem hoch aufragenden Heckaufbau. Hier wie auf dem Fluß erledigten normalerweise Wyrn alle anfallenden Aufgaben. Sie dienten als Lotsen, sie beobachteten den Wind und das Wasser, warnten rechtzeitig vor Unwettern und Flauten, und sie hielten den Rumpf von Meerestieren und -pflanzen sauber. Ihnen war die Verteidigung des Schiffes anvertraut, und dank ihrer außerordentlichen Kraft übernahmen sie meist auch das Löschen der Fracht. Sie waren im Wasser ebenso zu Hause wie die Cascani – die einen lebten in diesem Element, und die anderen verdankten ihm ihren Lebensunterhalt. Es war die klügste Entscheidung der beiden Völker gewesen, daß sie sich schon vor langer Zeit miteinander verbündet hatten.

Die Frau, die an Bord des Kutters das Kommando hatte, hieß Morag. Sie fuhr bereits zur See, seit sie auf einem Deck aufrecht stehen konnte. Sie kannte die Bucht besser als die Zimmer in ihrem eigenen Haus (»Kein Wunder«, hörte Thorn ihren Ehemann einmal murmeln, »schließlich verbringt sie mehr Zeit auf dem verdammten Wasser als zu Hause.«).

»Hätte mich Maulroon nicht eigens gebeten«, sagte sie zu Thorn, »dann wär ich schon lange weg gewesen.« Ihr eher quadratisches Gesicht wäre gewiß von Leuten, die nur das klassische Schönheitsideal gelten lassen, als unscheinbar bezeichnet worden. Die Sonne und das Meer hatten ihre Spuren auf ihrer Haut hinterlassen, was die bernsteinfarbenen Augen nur um so deutlicher hervorhob.

»Dafür bin ich Euch dankbar.« Er warf ein paar Knöchelchen in die Luft und sammelte sie wieder ein.

»Schon 'ne Ewigkeit her, seit ich zuletzt zu Hause war.« Sie meinte den Cascani-Archipel, eine Ansammlung zerklüfteter Felseninseln, die zwei Tagesreisen weiter nördlich an der Küste lagen und sich bis jenseits des Eislandes hoch oben im Norden hinzogen. Ein hartes Land, das ungestüme Leute hervorbrachte, Seeräuber und Plünderer, die in allen Reichen respektiert und mancherorts sogar gefürchtet wurden. »Mein Besuch ist längst überfällig.«

»Das gleiche hat Maulroon auch gesagt.« Wieder schüttelte er ein paar Knöchelchen in seinen hohlen Händen und warf sie dann auf das polierte Holz des Kabinendaches, auf dem sie saßen.

»Ich hab nicht sein Gespür für aufziehende Unwetter, trotzdem hab ich sehr viel von ihm gelernt. Wir werden noch vor Sonnenuntergang durch das Tor hindurchfahren.«

»Und wann werdet Ihr wieder zurück sein?«

»Das wißt Ihr wahrscheinlich besser als ich.«

»Wegen dieser kleinen Dinger hier, meint Ihr?« Er schüttelte die Knöchelchen abermals in den hohlen Händen und warf sie dann wieder aus. »Hat absolut nichts zu bedeuten.«

»Die Wahrsagerinnen auf den Märkten erzählen alle was anderes.« Morags Lächeln verriet ihm, wieviel Vertrauen sie in solche Auskünfte setzte.

»Der Hohe Aldwyner hat sie mir gegeben. Er war ein echter Zauberer, der Schamane unseres Tals. Konnte mit solchen Sachen auch nichts anfangen, aber die Knöchelchen haben immer mächtig Eindruck gemacht, wenn er einer seiner Kundgebungen besonderen Nachdruck verleihen wollte.«

»Alles nur Humbug, oder?«

»Braucht ein König eine Krone, um ein richtiger Monarch zu sein? Die Kraft kommt von innen, hat er immer zu mir gesagt. Manchmal braucht ein Magier einen Talisman, um seine Kraft zu bündeln – wie Cherlindrea ihren Stab. Mitunter brauchen aber auch die Zuschauer einen Anker für ihren Glauben.«

»Die Leute achten also mehr auf solche Kinkerlitzchen als die Zauberer selbst?«

»Der Magier verfügt über die Mittel seiner Kunst« – Thorn und Morga lächelten sich vielsagend an –, »und er muß sein Geschäft verstehen. Hab mal 'nen Mann gesehen, der die schönste Rüstung trug, die man sich nur vorstellen kann. Dazu ein wundervolles Schwert. Sah aus wie ein junger Gott. Trotzdem konnte er, wenn es nicht unbedingt sein mußte, keiner Fliege was zuleide tun. Der feinste Ritter, den ich je gekannt habe, und ein wundervoller Freund.«

»Ich persönlich, Nelwyn, lebe am liebsten in einer Welt, in der die Dinge sind, was sie zu sein scheinen.«

»Das geht mir genauso.«

»Und welche Rolle spielt Euer Mädchen in alledem?«

Thorn blickte auf, da er plötzlich Ryns Augen auf sich ruhen fühlte – übrigens nicht zum erstenmal auf der Reise. Der Wyr sprach wenig und hörte meist zu, aber noch mehr beobachtete er alles, und Thorn fühlte sich unter seinen Blicken unbehaglich.

Ihre Blicke trafen sich, und der Wyr stieg zum Krähennest hinauf, als ob er dies schon die ganze Zeit beabsichtigt hätte.

»Geschmeidig wie eine Katze«, murmelte Thorn nicht ohne Bewunderung, »und doppelt soviel Selbstbeherrschung.«

»Manchmal möchte man ihn umbringen«, stimmte Morag ihm bei. »Aber er geht gut mit der Mannschaft um, kümmert sich um die Fracht und ist sein Geld allemal wert.«

»Und trotzdem nur einfacher Seemann?«

»So 'ne Art Taglöhner«, sagte sie verächtlich. »Bleibt nie lange genug auf einem Schiff, um dort in Amt und Würden zu gelangen. Arbeitet, wann er Lust hat, und das ist nicht allzuoft der Fall. Ein Maat braucht mehr Beständigkeit und muß sich in die Mannschaft einfügen. Er ist für einen solchen Job einfach zu unstet.« Dann ohne Pause oder Überleitung: »Ihr habt meine Frage noch nicht beantwortet, Drumheller – ich meine, was es mit Eurem Mädchen auf sich hat.«

»Nein, hab ich noch nicht.« Aber Morag war nicht bereit, sich mit einem Nein abspeisen zu lassen. »Sie ist der Stoff von Legenden.« Ein verächtliches Lachen war die Reaktion. »Ein Dutzend Reiche im Fleisch und im Geist, im Sonnenlicht und im Schleier, sterblich oder unsterblich, erheben Anspruch auf Teile dieses Lebens oder wollen die ganze Welt für sich.«

»Ist doch schon immer so gewesen, Nelwyn – was also soll's?«

»Manche Gattungen kommen in die Jahre, andere wachsen nach. Wird allmählich ein bißchen eng hier.«

»Die Welt ist doch groß genug, Mann.«

»Ihr sprecht von der Realität, ich meine die Wahrnehmung. In den Hügelgräbern ist die Rede von zu vielen Daikini. Die Daikini wiederum fragen: Warum müssen die Schleierleute uns Grenzen wie Käfigstangen setzen? Maulroon hat gesagt, daß der Vorgeschmack großer Umstürze in der Luft liegt, und das macht den Leuten Angst. Nur allzu viele« – und er lächelte freudlos – »werfen Knochen ... und sehen nichts anderes als Knochen.«

»Und Euer Mädchen« – sie blickte ruckartig auf die noch ferne Silhouette der Königsstadt Angwyn, aus der ein oben abgeflachter Turm hervorstach – »kann die Kleine an alledem etwas ändern?«

»So sagt jedenfalls eine alte Prophezeiung.«

»Das ist ja schön, vorausgesetzt, daß sich alle Parteien an diesen Spruch gebunden fühlen.«

Er hörte zwar hin, aber er achtete nicht wirklich auf ihre Worte. Er dachte an die Saatzeit, die arbeitsreichsten Tage des Jahres. Schon vor dem Morgengrauen mußte er während dieser Zeit aufstehen, und lange nach Sonnenuntergang erst sank er ins Bett. Mit seinem Pflug brach er Furche um Furche die Erde – pflanzte und säte. Ein Teil von ihm wünschte, seine zunehmende magische Kraft könne ihm diese Arbeit abnehmen oder den Unterhalt seiner Familie ganz ohne Arbeit gewährleisten. Eine schöne Vorstellung – nur mit der Hand zu winken, die richtigen Worte zu sprechen und so das Haus mit einem Goldschatz anzufüllen, der für Dutzende von Lebensspannen ausreichen würde.

»Und das alles hier einfach wegwerfen?« hatte er damals

gedacht, als er schmutzig und verschwitzt hinter dem Pflug herging, den das Schwein zog.

Es war schon spät gewesen an jenem Abend, der Nacht des Kataklysmus (doch wer wußte zu diesem Zeitpunkt schon davon?). Er saß im Mondschein unter einem Baum vor dem Haus, zu müde, um aufzustehen und hineinzugehen, als er aufsah und den Hohen Aldwyn erblickte, der hinter ihm stand. Er hatte nicht geglaubt, daß der alte Nelwyn sich so lautlos bewegen oder daß er selbst überrascht werden könne.

»Du bist nicht nach Tir Asleen gegangen«, sagte der Aldwyn ohne weitere Einleitung. Er meinte anläßlich Elora Danans Geburtstag.

»Nein.«

»Aber du warst doch eingeladen.«

»Ich habe bestimmte Pflichten.« Er zeigte mit der Hand auf seine Felder.

»Bist du nun ein Zauberer oder ein Bauer?«

Es war noch ein wenig Bier im Krug. Thorn schenkte dem Aldwyn einen Becher davon ein und bat ihn, Platz zu nehmen. Es war eine schöne Nacht, der Himmel über und über mit Sternen besät, die so hell leuchteten, wie er es noch nie zuvor gesehen hatte. Die Luft war warm, doch nicht schwül, und ein sanfter Luftzug wehte aus Kiayas Garten und dem angrenzenden Wald die herrlichsten Düfte zu ihnen herüber.

»Ich bin, was ich bin«, sagte er schließlich, weil er zwar in seinem Herzen wußte, daß er das eine war, während er noch nicht bereit war einzuräumen, daß er dann das andere nicht länger sein konnte.

»Ah« – nickte der Aldwyn verständnisvoll –, »also ein Rechtsgelehrter.«

»Ist die Antwort denn so wichtig?«

»Wenn du dir nicht selbst treu bist, wie kannst du dann der Kraft in dir treu sein? Und der Verantwortung gerecht werden, die damit einhergeht.«

»Aber ich bin doch treu.«

»Du bist Elora Danans Pate.«

»Ich war schon lange vorher Ehemann und Vater.«

»Als du noch Bauer warst. Und kein Zauberer.«

»Was wollt Ihr hier? Was wollt Ihr von mir?«

Der Aldwyn hielt einen Stoffetzen in die Luft, der an den Rändern ganz ausgefranst war, als sei er nicht richtig zu Ende gewebt worden. Vor Thorns Augen zogen sich nun sämtliche Fäden zusammen, lösten sich voneinander und verblaßten dann, bis in der Hand des Aldwyn nichts zurückgeblieben war als Luft.

»Das Gewebe unserer Welt hält nicht mehr«, sagte der alte Nelwyn ruhig. »*Unserer* Welt, junger Zauberer. Der Welt der Handelnden und Tatkräftigen. Sie ist verschlissen, sie zerreißt und hört auf zu sein.« Die Stimme des Aldwyn klang so hohl, als hätte er in einen Abgrund geblickt und dort etwas so Grauenhaftes gesehen, daß er es weder klar beschreiben noch begreifen konnte. Denn bereits der Versuch, es beim Namen zu nennen, hätte jede lebende Seele restlos überfordert.

»Wir Nelwyns sind kleine Leute, wir beanspruchen nur wenig Platz – auf dieser Erde, aber auch im großen Plan. Wir fügen niemandem ein Leid zu und hoffen, mit gleicher Freundlichkeit behandelt zu werden.« Die Stimme und die weit aufgerissenen Augen des Aldwyn verrieten die Furcht, daß diese Tage ein für allemal vorbei sein könnten. »Wenn uns das nicht länger Schutz gewährt, dann können wir gleich darauf verzichten, uns hier überhaupt heimisch einzurichten.«

»Was soll das heißen?«

»Der Bauer hat seine Aufgabe, der Zauberer eine andere. Jeder dieser Wege bietet seine Freuden und kostet seinen Preis.«

»Warum sagt Ihr mir das. Ich habe meine Wahl doch getroffen.«

»Ich weiß.« Der Aldwyn lehnte sich zu ihm hinüber, tätschelte ihm die Hand und zog dann seine Rechte blitzartig zurück, als ob er sie in eine lodernde Glut gehalten hätte. »Ich wollte dich nur daran erinnern«, sagte er schließlich, als eine Stimme aus dem Haus erklang. Thorns Frau, die sich wegen der späten Stunde Sorgen machte, bat ihren Mann endlich ins Bett zu kommen.

Als er sich umsah, war er wieder allein, und nichts als das Stück Tuch, das er in der Hand hielt, erinnerte mehr an die Anwesenheit des Aldwyn. Das Gewebe war makellos – ja, er hielt ein perfekt eingefaßtes und mit einem magischen Siegel geschmücktes Taschentuch in der Hand.

Später in jener Nacht ereignete sich am Himmel eine so gigantische Explosion, daß alle im Dorf glaubten, die Welt gehe unter. Seltsame Lichter, wütende Stürme – ein Schauspiel, das keiner der Augenzeugen je wieder vergessen sollte.

Thorn sah nichts von alledem. Nur Augenblicke nach dem Erwachen wurde sein Herz von einem so furchtbaren Schmerz durchzuckt, daß er schon glaubte, es sei um ihn geschehen. Sein Mund öffnete sich, soweit es nur eben ging, und seine Lippen stülpten sich nach vorne wie bei einem wildgewordenen Tier. Er gab keinen Ton von sich, und seine Lunge war so starr vor Entsetzen wie sein Herz. Er konnte sich nicht bewegen. Kiaya, die gleich neben ihm lag, spürte von alledem nichts – auch dann nicht, als er die Bettdecke beiseite warf und wie ein Greis zum Fenster hinüberhinkte. Die Morgendämmerung verbreitete ein fast bösartiges Licht, das den Nebel über dem Fluß wie den Rauch eines großen Feuers erscheinen ließ.

Er wußte, daß Tir Asleen dahin war. Er wußte, daß seine Freunde verloren waren, und er wußte, daß er schon bald auch seine Familie verlieren würde.

Der Hohe Aldwyn wartete unten an der Tür.

»Alle haben Angst«, sagte der alte Nelwyn zur Begrüßung.

»Außer den Meinen«, entgegnete Thorn, »denn die wissen noch nichts davon. Könnt Ihr es fühlen? Die Erde …« Sein Gesicht verzerrte sich, als er sich abmühte, Worte für Erfahrungen zu finden, die alle Vorstellungen sprengten. »Bei allem, was heilig ist – sie ist so sehr verletzt, daß sie nicht einmal mehr *schreien* kann.«

»Das gilt auch für dich.«

»Was ist geschehen?«

Der Aldwyn beugte den Kopf, seine kurzen Finger betasteten die Knotenzöpfe seines Bartes wie Gebetsperlen. »Ich weiß es nicht«, räumte er schließlich ein. »Und ich bin froh darüber.«

»Ich muß es wissen.« Und dann mit derselben betäubten Stimme, mit jener falschen Ruhe, die nur zu deutlich zeigte, daß er den Schmerz und den Kummer noch gar nicht fassen konnte: »Ich hätte dort sein sollen.«

»Um den Friedhof um ein weiteres Grab zu bereichern. Wahrlich ein frommer Wunsch.«

»Ich *war verpflichtet,* dort zu sein.« Seine Stimme versagte, und er klang wie ein Schuljunge, der nach Ausflüchten sucht: »Es war doch nur, weil die Ernte länger gedauert hat, als ich erwartet hatte. Ich wußte, daß die anderen mich verstehen würden, und habe gehofft, daß Elora mir verzeiht.«

Er trat über die Schwelle, blickte auf seine Felder und die Bäume, die sie auf der einen Seite säumten, dann auf den Fluß, der sie auf der anderen Seite begrenzte, und auf das Haus, das den Mittelpunkt seines kleinen Besitzes und – wie er bis zu diesem Augenblick geglaubt hatte – seines Lebens bildete.

»Ich dachte, es wäre ein Traum«, sagte er, nachdem er seine Lungen bis obenhin mit herrlich frischer Luft angefüllt hatte. Er sah seinen Lehrer an. »Ich war letzte Nacht in Tir Asleen. Ich bin auf dem Rücken eines Drachen dorthin geflogen. Ich dachte, es wäre ein Traum.«

»Sie repräsentieren die größte aller Kräfte, die Drachen, die Quintessenz alles Magischen«, sagte der Aldwyn. »Wenn man einen von ihnen sieht, so ist das entweder der größte Segen oder aber der größte Fluch.«

»Ich muß jetzt gehen«, sagte Thorn.

»Nein«, entgegnete der andere, und im Dämmerlicht des Morgens erschien er Thorn nicht mehr alt, sondern ewig, als ob eine der Urkräfte der Natur plötzlich Fleisch geworden wäre. »Nein, du bleibst.«

»Ich habe Pflichten …«

»Für Heim und Herd vor allem – so ist das bei den Nelwyns Brauch. Wir sind kleine Leute, wir führen ein kleines Leben und wir begnügen uns mit kleiner Magie.«

»So kann ich nicht denken.«

»Unsere Stärke ist unser Zusammenhalt.«

»Ich habe …«, begann Thorn. »Ich glaube, ich habe eine … höhere Vorstellung davon, was diesem Zusammenhalt dienlich ist. Der Drache hat mir das wahre Gesicht der Welt gezeigt.«

»Seiner Welt, die nicht mit deiner identisch zu sein braucht.«

»Wie kann ich verleugnen, was meine Augen gesehen haben? Was mein Herz und meine Seele erfahren haben? Ein Freund ist ein Freund. Wer einen Freund im Stich läßt, läßt sich selbst im Stich.«

»Eine noble Denkungsart, die freilich ihren Preis kostet.«

»Ist bereits geschehen.«

»Du hättest dich mit kleinen Kunststückchen begnügen sollen.«

»Dann wäre ich lieber gar nicht erst geboren worden. Ich bin ein Zauberer.« Sein Mund blieb noch ein paar Augenblicke in Bewegung, brachte aber keine Worte mehr hervor. Er hatte alles gesagt, was es zu sagen gab.

»Deiner Familie wird nichts geschehen, in dem Punkt brauchst du dir keine Sorgen zu machen.« Als Thorn seine nächste Frage stellen wollte, gebot ihm der Aldwyn durch ein Handzeichen Schweigen. »Am besten, du weißt nicht, wie und weshalb. Deine Unwissenheit ist unser bester Schutz.«

Der alte Nelwyn streckte eine Hand aus, in der er einen Gürtel mit zwei mittelgroßen Taschen hielt, Thorns Reiseausrüstung – dazu noch einen Beutel mit Kleidern. Thorn blickte noch einmal über die Schulter zurück auf sein Haus und wünschte sich, noch ein letztes Mal seine Frau zu umarmen.

»Bist du Bauer oder Zauberer?« fragte der Aldwyn mit mitleidloser Stimme. »Wenn du das erste bist, dann verknüpfe dein Schicksal mit dem unseren. Akzeptiere das alltägliche Einerlei unseres Lebens, wie es seit …«

»Nein.«

»Dann ist hier kein Platz mehr für dich.« Er sprach diese Worte mit der Kraft einer rituellen Verkündung, seine Miene erinnerte an einen Richter, der sein Urteil spricht. »Und je länger du zögerst, um so größer die Gefahr für all jene, die dir am teuersten sind.«

»Sagt ihnen, daß ich sie liebe«, murmelte Thorn, als er den Gürtel nahm.

»Und wenn sie nichts anderes von dir in Erinnerung behalten, junger Zauberer, diese Worte werden sie nie vergessen.«

»Verdammt will ich sein«, erklang Geryns Stimme und unterbrach Thorns Tagtraum in einem Ton, in dem sich Staunen und Ungläubigkeit mischten. Thorn zwinkerte ein paarmal rasch mit den Augen, die von Tränen erfüllt waren, und war dankbar, als einer der Brownies ihm ein Taschentuch in die Hand drückte. Er wußte ohne einen Blick, daß es sich um das Tuch handelte, das der Aldwyn ihm gegeben hatte, und war froh darüber, als er sich die Tränen abwischte und sich schneuzte. Er hatte diese Erinnerungen seit vielen Jahren unterdrückt und wohl gehofft, daß er zugleich mit der Verleugnung dieser Phase seines Lebens auch das Geschehene selbst ungeschehen machen oder wenigstens seine schrecklichen Schmerzen betäuben könne. Er hatte in seinem Herzen eine große Leere geschaffen und dort all jene Gedanken und Gefühle, die er nicht ertragen konnte, wie alten Plunder abgelegt, dabei jedoch den Umstand vergessen, daß die Zeit zugleich mit jenen verleugneten Erinnerungen auch ihn selbst von innen her verfaulen ließ. Wie schon Maulroon gesagt hatte, hatte er sich innerlich getötet, während er in seinem tiefsten Innern gehofft hatte, daß der Tod eines Tages ganz Besitz von ihm ergreifen werde. Ja, er hatte solche Wände um sich herum errichtet, daß weder Freunde noch irgendwelche Mächte ihn je wieder verletzen konnten.

Jetzt war er um so überraschter, als er entdeckte, daß er die alten Schmerzen ertragen konnte und daß sie von freudigen Erinnerungen begleitet wurden.

»Ich war nicht nur verrückt«, murmelte er vor sich hin, »nein, ich war auch ein Narr.«

»Und wir«, erklärte Franjean fröhlich, »durften das beides miterleben.«

»Dann hat mein Leben ja doch einen Sinn. Was hat denn Geryn eigentlich für Probleme?«

Bevor der Brownie antworten konnte, sprach Morag den Daikini an.

»Hey, Reitersmann!« Sie sprach genauso leise wie zuvor mit Thorn, doch Geryn – der sich auf der anderen Seite des Decks befand und wie gebannt zum Ufer hinüberstarrte – fuhr herum, als hinge er wie ein Fisch an ihrer Angel.

»Ma'am!«

»Keine Ahnung, wie ihr auf dem Pferderücken es damit haltet, aber wenn Ihr auf den Wellen unterwegs seid, dann achtet auf Eure Sprache. Es gibt genug Mächte, die solche Flüche nur allzu gern wahr werden lassen. Auch wenn Ihr das vielleicht gar nicht so meint.«

»Mächte, die ich für so groß gehalten habe, daß sie sich um die Worte eines Sterblichen kaum scheren«, sagte Thorn sinnend.

»Ja, so hab ich früher auch mal gedacht. Aber ich sage Euch, Maulroons Freund, es liegt etwas Ungeheuerliches in der Luft, das allem Lebendigen abhold ist.« Thorn wußte nicht genau, was sie damit meinte, ob es sich dabei um eine Person oder eine Kraft handelte – jedenfalls hatte sie offenbar Angst vor einer Bedrohung. Die große Frau schüttelte den Kopf. »Vielleicht ist es aber auch gar nichts, und ich bilde mir das alles nur ein.«

»›Ich lebe am liebsten in einer Welt, in der die Dinge sind, was sie scheinen‹«, erinnerte er sie an ihre eigenen Worte.

»Also, junger Mann, was gibt's?« fragte sie Geryn, der sogleich Haltung annahm. »Weshalb flucht Ihr hier so herum?«

»Die Reiter dort drüben auf der Uferstraße, ich dachte, ich traue meinen Augen nicht.«

»Donnerreiter«, zischte Morag voll Abscheu.

»Hier?« sagte Thorn trocken. »Offenbar ist in diesen Tagen kein Mensch mehr dort, wo man ihn eigentlich erwarten würde.«

»Hab schon von ihnen gehört«, erklärte Geryn. »Sie sind auf den Ebenen jenseits der Himmelsstufen zu Hause.«

Die Gegend, durch die sie fuhren, wurde von drei großen Flüssen durchzogen und von zwei Bergketten. Eine dieser Ketten war die Große Wasserscheide, wo Geryn Thorn gefunden hatte. Dann gab es an der Küste eine weitere – nicht ganz so hohe – Bergkette, die den Eindruck erweckte, daß vor Urzeiten eine Riesenwelle hier gegen das Meeresufer geprallt wäre und das Land zu einem langgestreckten Höhenzug zusammengeschoben hätte. Der dritte und beeindruckendste Bergzug jedoch folgte, im rechten Winkel zur Wasserscheide, der Sonnenstraße von Ost nach West. Diese Gipfel wurden allgemein Himmelsstufen genannt, weil sie so hoch waren, daß ihre schiere Größe menschliches Vorstellungsvermögen überstieg. Im Herzen dieses Landes entsprang denn auch der legendäre Gillabraie, der größte Fluß der Welt. Die in dieser durch zahllose Superlative charakterisierten Gegend heimische Kriegerkaste fühlte sich allen übrigen Rittern und Kämpfern der Welt weit überlegen.

»Wie die Legende berichtet«, fuhr Geryn fort, »haben sie keine richtigen Wohnstätten und kommen auf dem Rücken ihrer Pferde zur Welt. Sie besitzen nichts, als was sie mit sich tragen können. ›Wenn der Donner reitet, läßt er eine Spur der Verwüstung zurück‹«, erklärte er dann feierlich.

Sie tragen Adlerfedern, Drumheller, meldete sich plötzlich nüchtern und emotionslos Aneles Stimme in Thorns Kopf.

»Das haben andere auch schon getan, denen wir begegnet sind«, entgegnete er in stummer Zwiesprache.

Er vernahm ihren wegen des Windes und ihrer großen Höhe kaum hörbaren – leidenschaftlichen – Schrei. Trauer und Wut waren darin eng verschwistert. Er sah eine blitzartige Bewegung, nicht mehr als einen dunklen Punkt vor dem azurblauen Himmelszelt, konnte jedoch ohne sein Fernglas nichts Genaues erkennen, und als er sich in ihren Geist einschalten wollte, fühlte er sich gewaltsam ausgeschlossen. Er sprang auf und eilte zum Bug des Schiffes hinüber. Dabei ließ er den Adler keine Sekunde aus den Augen und vertraute darauf, daß die auf Deck beschäftigten Seeleute ihm den Weg freimachten. Er spürte vage den Zusammenprall mit einem Körper und hörte dunkel ein paar Flüche, aber das alles interessierte ihn nicht. Er konzentrierte sich ganz auf Anele, als diese ihre Flügel eng an den Körper anlegte und wie ein Pfeil nach unten schoß.

Sie griff an wie ein Falke – nur daß sie die Größe eines Daikini-Kindes hatte und eine ihrer Geschwindigkeit entsprechende Kraft. Ein Schlag mit ihrem Flügel konnte Knochen zertrümmern, und ihre Krallen waren scharf wie das Schwert eines Kriegers.

Thorn richtete seine Aufmerksamkeit auf das Ufer und hoffte inständig, daß das alles nichts wirklich Schlimmes zu bedeuten habe. Aber als er dann seine EinSicht auf den Reitertrupp richten wollte, fühlte er sich abermals zurückgestoßen.

»Verdammte Axt«, keuchte er erstaunt. *Die haben einen Schutzschild*, dachte er, *und dazu noch einen verdammt guten.*

Er zweifelte nicht, daß er in der Lage wäre, den Schild zu durchbrechen. Ebensowenig freilich zweifelte er daran, daß er in dem Fall die Aufmerksamkeit von Kräften auf sich ziehen würde, auf deren Bekämpfung er im Augenblick noch nicht eingerichtet war. Glücklicherweise hatte der kurze Kontakt genügt, um ihm einen ausreichenden Eindruck von den Gesichtern der Reiter zu verschaffen. Sie hatten den Adler inzwischen gesehen, seinen Schrei gehört und beobachteten nun seinen irrsinnigen Sturzflug. Sie hatten ihre Bögen schon gespannt. Der Trupp hatte sich in drei Abteilungen aufgeteilt, die sich voneinander entfernten. Die eine sollte sich der tödlichen Gefahr von Aneles Angriff aussetzen und die beiden anderen auf diese Weise zum Schuß kommen lassen, wenn der Adler sich wieder in die Luft erhob. Ungeachtet all ihrer Kraft war Anele natürlich im Augenblick ihres Wiederaufstiegs – wenn sie mit ihren Flügeln gegen die Schwerkraft ankämpfte – am meisten gefährdet. Die Reiter waren sich ihres Triumphes bereits im voraus gewiß und freuten sich auf weitere Adlerfedern.

Doch sie hatten nicht mit Bastian gerechnet.

Er und Anele hatten sich bereits jung zu einer lebenslangen Gemeinschaft zusammengefunden, und er hatte nicht die Absicht, sie zu verlieren. Er öffnete seine Flügel so nahe vor ihr, daß alle, die zusahen, annehmen mußten, ein Zusammenprall beider Vögel, der sie dann wie Steine in das Wasser stürzen ließe, sei ganz unvermeidlich. Doch sie breitete nur einen ihrer Flügel aus und umschlang damit Bastian. Und genau das hatte dieser gewollt, denn dieses Manöver verringerte nicht nur das Tempo ihres Sturzflugs, es gestattete den beiden Adlern auch in den Gleitflug überzugehen und sich vom Ufer zu entfernen.

Den unten wartenden Reitern gefiel das gar nicht. Ein paar versuchten ihr Glück mit Pfeilen, die ihr Ziel jedoch bei weitem nicht erreichten. Als Geryn dann aber mit rauher Stimme in Jubel über die gelungene Flucht der Adler ausbrach, ging eine Salve von Pfeilen über Moragş Schiff nieder, von denen einer nur eine Armlänge von Thorn entfernt mit der Spitze in die Reling einschlug.

»Dreckskerle!« knurrte Geryn, und dann wesentlich lauter: »Verdammte Dreckskerle!«

»Wer andere Leute in Ruhe läßt«, ließ Thorn ihn wissen, »hat bessere Chancen, von ihnen nicht behelligt zu werden.«

»Ich hab vor diesen Typen doch keine Angst.«

»Um so dümmer. Aber es geht hier ohnehin nicht um Angst, Pfadfinder, sondern um Respekt.« Thorn wog den Pfeil in seiner Hand. Eisenholz, ein naher Verwandter der Eiche. Ideal für Lanzenschäfte und Armbrüste. Eine breite Spitze, die auch Brustpanzer und Kettenhemden durchschlagen konnte. Die Spitze war zudem unregelmäßig mit Stacheln besetzt, die besonders bösartige Verletzungen zufügen konnten. Doch den eigentlichen Schaden richteten diese Widerhaken erst an, wenn man das Geschoß aus der Wunde herauszog.

»Krise überstanden«, erklärte Morag, als er nach achtern zurückkehrte und sie beide zusahen, wie die Adler an Höhe zulegten, wobei Bastian sich stets zwischen seiner Gefährtin und den Objekten ihrer zuvor geplanten Attacke hielt. »Obwohl er, wenn ich die Sache richtig sehe, in nächster Zeit bei ihr keine guten Karten haben wird.«

»Die Typen hätten sie umgebracht«, sagte Thorn. »Die kennen sich mit so was aus. Die haben Übung. All das konnte sie *sehen*...«

»Trotzdem hat es sie offenbar einen feuchten Kehricht gekümmert. Verrückte Zeiten, Drumheller. Wir alle sind davon betroffen, auch wenn wir uns noch gar keine Vorstellung davon machen können. Wenn der König diese Figuren da drüben angefordert hat« – sie wies mit dem Gesicht zum Ufer hinüber, wo der Trupp sich inzwischen neu gesammelt hatte und ihnen jetzt wieder folgte – »für seine wundervolle Feier, dann bin ich froh, wenn ich sobald wie möglich wieder aus seinem herrlichen Angwyn abreisen kann. Könnte sonst genausogut in ein Haifischbecken springen. Sollten sie aber von selbst gekommen sein – dann weiß ich nicht, was von beidem schlimmer ist.«

Drumheller!

»Ja, Bastian.« Der Adler klang angestrengt, als ob er in einen Kampf verwickelt wäre. Und das war vermutlich tatsächlich der Fall.

Ich fliege mit Anele über das Tor zum Wald von Alt Angwyn hinüber. Dort gibt es alte Nester, gute Jagdgründe und klares Wasser. Wir hören dich, wenn du uns rufst.

»Ist Anele in Ordnung?«

Er hörte ein wehmütiges Glucksen. *So kämpferisch, wie ich sie selten erlebt habe.*

»Ich hab sie noch nie so wütend gesehen.«

Diese Zweibeiner schmücken ihre Standarten mit unseresgleichen.

»Das ist doch fast überall auf der Welt üblich. Schließlich sei ihr edle Geschöpfe.«

Aber sie verwenden nicht nur unser Bild, Drumheller. Sie nehmen uns in der Blüte unserer Jahre, sie nehmen unser Blut und wollen mit diesem Blut unseren Mut und unsern Kampfgeist an sich binden, etwa wie die Todeshunde das Daikini-Kind an sich gefesselt haben. Wenn einer von ihnen eine Feder haben möchte, muß er zunächst einen von unserer Art lebendig fangen und dann rituell schlachten. Keine einfache Aufgabe, das garantier ich dir. Nur einige wenige von ihnen würden überhaupt einen solchen

Versuch unternehmen, und Erfolg ist ihnen nur ganz selten beschieden. Deshalb sind wir äußerst vorsichtig und sorgen dafür, daß wir ihren Weg nur selten kreuzen. In den letzten hundert Jahren hat nur ein einziger Maizan einen von uns lebend gefangen, und zwar der derzeitige Kastellan Mohdri. Ein ganzes Nest hat er an sich gebracht, Eltern und Junge und dann unter Anwendung von Zauberei abgeschlachtet. Seit er sein Amt angetreten hat, jagen sie uns mit der Unerbittlichkeit von Todeshunden, und jedes Mittel ist ihnen recht, um uns zu zermürben.

Du wunderst dich vielleicht, warum es plötzlich nur mehr so wenige von uns gibt. Der Grund sind diese Reiter dort.

»Tut mir leid.«

Für die Donnerreiter, Drumheller, gibt es von unserer Seite keine Gnade und keinen Pardon.

»Ich verstehe. Ich werde eure Gesellschaft vermissen, meine Freunde, und mir Mühe geben, möglichst ohne euch auszukommen.«

Dafür danken wir dir.

»Idiot«, fauchte Franjean aus seinem Versteck unter Thorns Kragen, als dieser das Gespräch beendet hatte. »Du hättest sie lieber fragen sollen, ob sie uns nicht mitnehmen können.«

»Ich werde sie zurückrufen, Franjean, für dich und Rool.«

»Du willst unbedingt den Helden spielen.« Der Brownie ließ an seiner Verärgerung keinen Zweifel.

»Ich muß herausfinden, was inzwischen aus Elora geworden ist.«

»Ausgerechnet jetzt nach über einem halben Jahrzehnt? Deine Sorge ist rührend, Meister Drumheller.«

»Und deine Zunge ist weit verletzender als sonst.«

»Diese Reiter dort haben es auf *dich* abgesehen, selbst wenn du zu blind bist, das zu bemerken. Unser junger Freund da drüben hat zwar ein großes Geschrei angestimmt, doch in Wahrheit waren ihre Augen auf *dich* gerichtet.«

»Hast du das gesehen?«

»Die Adler«, sagte Franjean mit verletztem Stolz, »sind nicht die einzigen, die scharfe Augen haben. Folge ihnen oder bleib bei Morag«, setzte er dann eilends hinzu, »das ist uns egal, solange wir nur nicht nach Angwyn reisen.«

»Hast du auch Angst?«

»Ich bin nur vorsichtig«, lautete die Antwort. »Wachsam. Bei unserer Größe überlebenswichtig. Du selbst bist auch nicht gerade ein Riese, halte dich lieber an unser Beispiel.«

»Ich hab dich noch nie so reden hören.«

»Du bist auch noch nie so nahe daran gewesen, einen Bären aus dem Winterschlaf zu reißen.«

»Elora ist für mich genauso wichtig wie für alle anderen auch. Ich muß sie unbedingt sehen.«

»Wenn du nicht mal auf deine eigene innere Stimme hörst, Drumheller, warum solltest du dich dann von uns umstimmen lassen?«

»Ich verstehe nicht.«

»Was für eine Offenbarung.« Der Brownie faßte einen von Thorns Zöpfen und kletterte daran zu dessen Kinn hinauf, wobei er sich mit einer Hand an dem Haar festhielt, während er die andere zu einer Faust ballte. Er war so nahe, daß Thorn ihn nicht deutlich erkennen konnte, aber die geballte Energie des eleganten kleinen Geschöpfs ließ ihn wie gebannt zuhören.

»Sag mir, Thorn Allmächtiger, Thorn der Magier«, forderte Franjean ihn in jenem Singsang heraus, in dem damals auch der Hohe Aldwyn mit ihm gesprochen hatte.

»Hör auf.« Doch Thorn hätte genausogut der Sonne verbieten können aufzugehen.

»In welchem Finger ist die Kraft des Universums versammelt?«

»Hör endlich auf!« Er pflückte den Brownie mit der Hand von seinem Kinn, und die beiden tauschten wutentbrannte Blicke aus.

»Du tust mir weh, Thorn«, sagte Franjean leise.

»Sei froh, daß ich nichts Schlimmeres mit dir mache.«

Morag hatte das Schiff inzwischen weiter vom Ufer weggesteuert. Vielleicht war der eine Schuß ja nur ein Glückstreffer gewesen, doch sie hatte allem Anschein nach ganz und gar keine Lust, sich auf schmerzliche Weise eines Besseren belehren zu lassen. Auch der Wind hatte sich inzwischen gedreht und zugleich damit die Lateinsegel, so daß Thorn von seinem Platz oben auf der Heckkabine aus das Ufer nicht mehr sehen konnte, als er seinen kleinen Reisegefährten zu Boden setzte. Er hätte zur Reling hinübergehen können, doch die war höher als er selbst. Auch gab es nichts, worauf er sich hätte stellen können, und wie ein Möchtegern-Affe an den Armen baumeln wollte er auch nicht. Deshalb ging er zum Ruder, wo sich auch Morag aufhielt.

»Wenn wir 'n bißchen mehr Steuerbord halten«, sagte sie beiläufig, »lassen wir den Hafen links liegen. Und dann brauchen wir nur noch durch das Tor Richtung Heimat zu segeln.«

Er wußte, daß Morag seinen Streit mit Franjean mitbekommen hatte, und war dankbar, daß sie unparteiisch geblieben war. Im allgemeinen waren Seeleute auf die Winzlinge genausogut zu sprechen wie diese auf das offene Meer – will sagen, überhaupt nicht –, aber aus Respekt und Höflichkeit hatte Maulroon ihr wahrscheinlich von Thorns Gefährten erzählt. Falls es also je Probleme gegeben hatte, war davon nichts mehr zu spüren gewesen, als Thorn an Bord gekommen war. Und das hatte allen Beteiligten natürlich unnötige Peinlichkeiten erspart. Aus dem gleichen Grund aber hatte Thorn seine beiden kleinen Begleiter bisher verborgen gehalten. Das verstieß zwar eigentlich gegen die Regeln der Höflichkeit, doch wußte er nicht, was er sonst hätte tun sollen.

»Könntet Ihr mir ein Beiboot überlassen? Das würde Euch vielleicht manche Schwierigkeit ersparen.«

Sie sah ihn geradeheraus an – mit einer Direktheit, die für ihre Familie wie für ihren Berufsstand gleichermaßen typisch war. Diesen Blick hatte Thorn auch schon bei Maulroon und anderen Schiffsführern gesehen.

»Könnte ich schon«, sagte sie. »Werde ich aber nicht. Shando«, rief sie ihren Maat, der zugleich ihr Ehemann war, »laß unsere Flagge hissen.«

»Warum, Morag?« fragte Thorn.

»Ich möchte nicht, daß es zu einem Mißverständnis oder einem ›Unfall‹ kommt. Jeder soll wissen, wer wir sind. Wenn diese Reiter da drüben also etwas im Schilde führen, dann wissen sie gleich, mit wem sie es zu tun haben.«

Es wehte eine steife Brise. Und als die beiden riesigen Flaggen aufgezogen wurden, flatterten sie steif im Wind.

»Wollen wir sie angreifen?« fragte Geryn.

»Völlig andere Lappen«, ließ Shando ihn wissen. »Richtung Heimat, Morag?«

»Ja. Ihr seid an meinem Tisch genauso willkommen wie bei Maulroon, Drumheller.«

»Ich weiß das zu schätzen.«

»Ihr kommt also mit?«

Er lächelte und schüttelte den Kopf.

»Dann seid Ihr dumm.«

»Ja, wirklich so dumm, daß er nichts begreift«, ließ sich Franjean mit seiner dünnen Stimme deutlich vernehmen.

»Kann sein, daß der Winzling diesmal Recht hat«, sagte Morag, aber ihr Lächeln verschwand – alle Fröhlichkeit fiel von ihr ab –, als Thorn sie ansah.

»Ich habe gesehen, wie die größte Festung seit undenkbaren Zeiten – vielleicht die größte seit dem Untergang des alten Angwyn – sich in nichts aufgelöst hat. Ich habe ein Dutzend anderer Schauplätze auf dieser Welt gesehen, *allesamt* Orte der Kraft, an denen die Energiefelder zusammentreffen. Und jeder dieser Orte war völlig verwüstet. Während all der Jahre hatte ich keine Ahnung, warum das alles geschehen ist oder ob überhaupt jemand die Verantwortung dafür trägt. Ich wußte nur, daß es passiert ist. In der natürlichen Welt gibt es Vulkane und Erdbeben und Unwetter, warum sollte es etwas ähnliches nicht auch in der magischen Welt geben? Eine Tragödie – aber so etwas geschieht nun mal.«

»Ihr seid umhergezogen, Ihr habt das alles gesehen, und Ihr habt nichts getan?« Eine neue volle und warme Stimme – diesmal aus dem Mund des Wyr. Thorn warf Ryn einen Blick zu, obwohl er sich hauptsächlich darüber ärgerte, daß er so unbedacht gesprochen hatte. Dann sah er Morag scharf an, weil sie den ungebetenen Zuhörer nicht fortgeschickt hatte. Doch erstaunlicherweise erklärte sie ihm jetzt, der Wyr sei genauso vertrauenswürdig wie sie selbst, dafür verbürge sie sich.

»Nein, ich habe nichts getan«, räumte Thorn ohne Umschweife ein. Er wurde innerlich von den widersprüchlichsten Impulsen durchzuckt. So lange war er inzwischen allein gewesen, daß er es nicht mehr gewohnt war, anderen Vertrauen entgegenzubringen. Irgendwie fühlte er sich von dem Wyr angesprochen, doch zugleich blieb ein Mißklang zurück. »Die Mauern von Tir Asleen waren nicht nur aus Stein, und die Verteidiger der Festung waren nicht nur mit Holz und Stahl ausgerüstet. Der König gebot über einen Kreis von Zauberern, der von Fin Raziel angeführt wurde. Außerdem gab es dort Amulette und magische Schutzwände zuhauf – und zwar für das Bauwerk insgesamt wie für jeden einzelnen der Bewohner. Auch das Schleiervolk hat seinen Teil zum Schutz der Festung beigetragen. Und trotzdem wurde das alles im Bruchteil einer Sekunde hinweggefegt.«

Er holte Luft. »Es hat gerade so lange gedauert, daß alle noch gemerkt haben, wie völlig hilflos sie sind.« Wieder atmete er schaudernd ein und hielt die Augen geschlossen, um seinen Schmerz zu verbergen. »Zum Untergang verurteilt.«

»Und was hat sich seither geändert?«

»Was bedeutet das alles für Euch?«

Ein Achselzucken. Das Aufblitzen eines Gefühls tief in seinem Innern – wie eine Strömung am Meeresgrund. Seine glatte Oberfläche ließ nur erahnen, welch dunkle Leidenschaften ihn innerlich bewegten.

»Die Todeshunde«, sagte Thorn an Ryn und Morag gleichzeitig gewandt. »Sie sind weder natürlicher noch zufälliger Herkunft. Sie waren alle noch jung, wißt Ihr, in der Blüte ihrer Jahre. Sie sind keine Relikte aus den alten Zeiten. Jemand hat sie erzeugt, aufgezogen, trainiert und dann als Großes Rudel losgeschickt. Jemand hat Faron durch ein magisches Gift dazu gebracht, sie anzuführen und jemand ganz Bestimmten zu suchen. Dieser ›Jemand‹ ist zwar bisher noch nicht aus den Kulissen getreten, aber ich weiß, daß es ihn gibt ...«

»Und natürlich machst du dir gar keine Gedanken darüber«, ertönte es laut vernehmbar aus seiner Jackentasche, »was dann passiert.«

»Vielleicht hat er ja recht«, warf Ryn ein.

»Ganz sicher sogar«, nickte Thorn. »Aber das ist jetzt egal.« Er dachte laut und sprach mehr mit sich selbst als mit seinen Gefährten. »Todeshunde, die hinter mir her sind, und Maizan, die die Adler mit einer an die Todeshunde gemahnenden Hartnäckigkeit und Wut verfolgen. Beide verfügen über magische Kräfte. Die Maizan in Angwyn. Und Elora in Angwyn. Irgend etwas hat das Verhalten der Maizan verändert. Sie waren zwar schon immer grausam, aber jetzt sind sie offenbar noch wilder als zuvor. Ich wüßte zu gerne, warum oder wer dahintersteckt.«

»Ihr habt nichts in den Händen, Reisender«, spottete Ryn, der auf Thorns Reaktion gespannt war. Doch dieser zuckte nur gleichgültig mit den Achseln. »Nur Bruchstücke ohne inneren Zusammenhang.«

»Elemente eines Puzzles«, korrigierte ihn Thorn. »Ob sie jedoch zu ein und demselben Puzzle gehören und was das Puzzle bedeutet, das freilich bleibt noch festzustellen. Was mir ganz sicher nicht gelingen wird, wenn ich auf diesem Schiff bleibe, so gerne ich das vielleicht auch möchte.«

»Dann packt Eure Sachen, Drumheller«, sagte Morag. »Wenn wir im Hafen anlegen, beginnt gerade die Ebbe. Wenn wir nicht schnell wieder fortkommen, liegen wir bis morgen fest.«

Niemand war von dieser Idee angetan, und er machte sich an die Arbeit.

Der Abschied war kurz, und Thorn bemerkte, daß Morag und ihr Ehemann und der Wyr den geschäftigen Kai mit derselben Intensität und Aufmerksamkeit betrachteten wie Maulroon ein paar Tage zuvor die Flußufer. Niemand trug ein Schwert, aber er sah reichlich Messer und wußte, daß größere Waffen jederzeit griffbereit waren. Die Segel waren nur locker aufgerollt, zudem war das Schiff lediglich mit wenigen Leinen vertäut, die voll bemannt waren. Ein Kommando, und das Schiff konnte wieder ablegen.

Er hatte kaum den Fuß an Land gesetzt, da ertönte auch schon der entsprechende Befehl. Als er sich noch einmal umdrehte, hatte das Schiff bereits losgemacht. Morag hatte die

Augen nach vorne gerichtet, während Shando den Hafen beobachtete – jederzeit bereit, einen möglichen Angriff zu melden.

Was immer die Befürchtungen der Seeleute auch ausgelöst haben mochte, auf dem Kai war keine Spur davon zu erkennen. Absolut gar nichts. Die Menschenmenge wogte geschäftig und hektisch hin und her. Zugleich lag über der Szene eine Atmosphäre freudigster Erwartung. Wohin Thorn auch blickte, überall wurden Andenken verkauft: Flaggen und Wimpel, Krüge und Hemden mit in Seide gestickten Aufschriften und Siegeln. Besonderer Beliebtheit erfreute sich offenbar ein Hemd mit der Aufschrift HEILIGE PRINZESSIN ELORA. Plunder jeglicher Größe und Beschaffenheit wurde feilgeboten. Es gab überall Lebensmittelstände und Schausteller, die von den Leuten begafft wurden, während die Taschendiebe ungerührt ihrem uralten Gewerbe nachgingen.

Der Kai wurde hinten von einer Reihe riesiger Lagerhäuser begrenzt. Dahinter lag ein nicht minder eindrucksvoller Marktplatz, der von breiten Straßen gesäumt wurde, auf denen Gespanne mit acht, zehn oder zwölf Maultieren unterwegs waren und schwere Lasten zwischen der Stadt und dem Hafen hin- und hertransportierten. An diesen Straßen standen vierstöckige Backsteinhäuser, die damit den Grundriß des Platzes bildeten. In den Gebäuden ansässig waren alte Handelsfirmen, während die übrigen Händler ihre Waren in langen Budenstraßen anboten, die den Platz wie ein Gitternetz überzogen. In seiner Mitte erhob sich eine erhöhte Plattform, auf der im Augenblick gerade grellbunte, schimmernde Stoffballen versteigert wurden.

»Alle Achtung«, sagte Geryn, als sie sich geduldig ihren Weg durch das Gedränge bahnten.

»Muß man sich erst dran gewöhnen«, entgegnete Thorn zustimmend.

»Schon mal hiergewesen?«

»Nein, hier noch nicht. Aber ich hab so was schon mal gesehen, ja.«

»Auf diesem Platz könnte man leicht ganz Bandicour – Garnison samt Stadt – unterbringen, mit Sicherheit.«

»Scheint fast so, als müßte in Angwyn alles riesig sein.«
»Und wo ist der Palast?«
»Welcher?«
»Sehr witzig.«

Thorn mußte lächeln und beschloß, an einem der Stände ein Stück Braten zu kaufen. Schon der erste Bissen bestätigte ihm, was seine Nase ihm verheißen hatte. Das Fleisch war frisch, köstlich mariniert und mit einer cremigen Erdnußsauce bestrichen. Dazu trank er eine Limonade, die ihm kräftig auf der Zunge prickelte. Geryn dagegen gab einem Krug Bier den Vorzug und verzog sogleich das Gesicht.

»Ist doch kein Bier«, protestierte er.

»Was sagt Ihr da?!« rief der Verkäufer empört und hielt Geryn seine Lizenz unter die Nase. »Ich habe Dokumente, die es beweisen.«

Geryn machte eine besänftigende Geste. »Ist kein *richtiges* Bier, schmeckt jedenfalls anders als bei uns draußen an den Grenze.«

»Dann kehrt am besten möglichst schnell dorthin zurück, Saufbruder. Wir brauen hier für Leute mit empfindlicherem Gaumen.«

»Der möchte wohl den Arsch voll kriegen«, schimpfte Geryn, als Thorn ihn beiseite zog.

»Die Geschmäcker sind halt verschieden. Und ihr dort draußen seid ja auch nicht gerade für eure feinen Manieren oder eure Braukunst berühmt.«

Geryn lachte laut los und sagte zur Abwechslung mal wieder: »Tatsache, Zwerg. Aber was habt Ihr da gesagt – von mehreren Palästen?«

»Es gibt mindestens einen auf jedem Hügel, hat Morag mir erzählt, und die Stadt ist auf Hügeln erbaut.«

»Wenn ich sehe, wie die Leute mich hier anschauen, komme ich mir vor wie 'n ausgewachsener Hinterwäldler.«

»Pfadfinder sind hier im Herzen des Königreichs ein seltener Anblick, besonders solche, die ihren Sattel mit sich herumschleppen. Aber Euer Regiment ist genauso alt und vornehm wie die Löwen, Geryn …«

»Dann fragt Ihr Euch wahrscheinlich, weshalb ich die Löwen so sehr bewundere?«

»Ja, ganz recht. Ich meine, schließlich waren es nicht die Roten Löwen, die man nach Tir Asleen geschickt hat.«

»Mit Sicherheit nicht. Aber mein Großvater war ein Löwe, versteht Ihr. Wir hatten 'n bißchen Grund oben am Madarine, kein gutes Ackerland, nur Steine und Knochenarbeit. Mein Vater war geschickt mit den Händen, das muß man ihm lassen. Hat sich als Flickschuster durchgeschlagen, Stiefel repariert und so was. Hat nicht mal so schlecht verdient und uns gut versorgt. Aber Großvater ...«

Geryn verstummte und wischte sich den Schaum von der Oberlippe. Die heiße Mittagssonne hatte das Pflaster des Marktplatzes in einen glühenden Bratenrost verwandelt, so daß sie unter dem Zeltdach einer Freilufttaverne Zuflucht suchten. Thorn legte seine Gürteltaschen zu Boden, als sie sich in zwei Segeltuch-Stühle sinken ließen, machte sich an den Schnüren zu schaffen, damit die Brownies ungesehen aus den Falten seiner Kleider hervorkrabbeln konnten und stellte eine Tasse Wasser auf die Tasche. Er mußte lächeln, als er sie zum Mund führen wollte und dabei feststellen mußte, daß sie fast leergetrunken war. Er wußte, daß ihnen Bier lieber gewesen wäre, aber auf diese Annehmlichkeit mußten die kleinen Kerle noch warten, bis man sich irgendwo häuslich niedergelassen hatte. Seit er an Land gegangen war, hatte er von keinem der beiden auch nur den geringsten Muckser gehört, und ihm war das ganz recht so.

»Euer Großvater?« drängte Thorn aufrichtig interessiert.

»Na ja. Wenn Großvater zu Besuch kam, das war wunderbar. Sein Uniform war ein prächtiger Anblick, und noch beeindruckender waren die Geschichten, die er zu erzählen wußte. Brachte immer irgendwelche Geschenke mit und gab uns das Gefühl, 'ne richtige Familie zu sein, wenn wir so zusammensaßen. Ich war richtig stolz auf ihn.«

»Er und Euer Vater – die beiden haben sich wohl nicht verstanden?«

Geryn sah ihn scharf an. »Woher wißt Ihr das?«

»Hab nur geraten. Euer Tonfall ...«

»Er kam nie, wenn mein Vater zu Hause war. In meinem ganzen Leben hab ich sie nie zusammen gesehen. Er wollte, daß mein Pa ebenfalls in das Regiment eintritt – wie es in unserer Familie schon seit fünf Generationen üblich gewesen war. Mein Pa war sein einziger Sohn, aber er wollte diese Tradition nicht fortführen. Sagte, er hätte keine Lust, sich rumkommandieren zu lassen, wollte sein eigener Herr sein und zu niemandem aufblicken. Wenn der König angegriffen würde, ja das wäre was anderes, aber sonst könnte er keinen Sinn darin sehen. Für ihn kam die Familie zuerst, so einfach war das. Großvater dachte, daß mein Pa ein Feigling ist.«

»Und Ihr selbst?«

Ein Achselzucken. Aber die Antwort war klar.

»Trotzdem, Geryn, auf ihre Weise sind die Pfadfinder genauso angesehen, genauso eine Elitetruppe...«

»Das versteht Ihr nicht.« Geryn klang fast resigniert, als hätte er sich über diese Frage schon tausendmal gestritten. »Mein Pa wurde schon als Junge dem Dienst des Königs verpflichtet. Sollte später mal bei den Löwen eintreten. Fünf Generationen, und Großvater war der erste in unserer Familie, der sich mit dem Wappen des Regiments schmücken durfte. Und er hatte sich so hervorgetan, daß auch mein Pa beste Aufstiegschancen gehabt hätte. Aber als er dann den Eid ablegen sollte, hat mein Pa sich geweigert. Großvater hat ihm diese Schande nie verziehen.«

»Tut mir leid.«

»Nicht Eure Familie, Zwerg. Nicht Euer Problem. Weiß nicht mal, warum ich Euch davon erzählt habe. Egal – sind ohnehin inzwischen beide tot.« Er grinste. »Ist nur ein närrischer Traum, ich weiß schon, aber ich dachte, wenn ich die Stelle einnehmen könnte, die mein Vater abgelehnt hat...«

»Vielleicht kann ich helfen.«

»Ihr wollt mir doch nicht etwa den Bären mit den Nelwyns und dem Magier aufbinden. Das ist doch alles völliger Blödsinn.«

»Vertraut mir. Ich bin Nelwyn, der Magier ist Nelwyn. Ihr braucht nichts weiter zu tun, als mich zur richtigen Adresse zu führen.«

»Um dann während meines restlichen Lebens die Ställe auszumisten.«

»Wer nichts riskiert ...«

»Hab gesehen, wie Ihr auf dem Schiff die Knochen geworfen habt. Was sagen sie?«

Thorn zog sogleich das winzige Päckchen hervor und öffnete die Leder-Ölzeug-Hülle. Mit durch lange Übung erworbener Geschicklichkeit schüttelte er die Knochen in seinen hohlen Händen und starrte, ohne etwas zu sehen, ins Leere. Dann hielt er inne und saß reglos da.

»He«, meldete sich Geryn nach einer Weile. Als dies nichts nützte, versuchte er es ein bißchen lauter: »*He!* Drumheller! Seid Ihr auf Geisterfahrt oder was?«

Der Nelwyn zwinkerte mit den Augen und blickte den Daikini wieder an, aber er nahm ihn noch gar nicht richtig wahr, als er langsam die Hände bewegte. Er fühlte sich wie ein verrosteter Automat, der seit langem erstmals wieder in Aktion tritt und zu zerbrechen droht.

»Meine Hände sind kalt«, sagte Thorn mehr zu sich selbst. Auf diese Feststellung folgte unvermittelt die unausgesprochene Erkenntnis: *Meine Hände sind tatsächlich* steifgefroren!

Er legte die Knochen vorsichtig auf die Hülle, streckte und dehnte seine Finger, um sie wieder geschmeidig zu machen. Die Knochen waren mit Rauhreif bedeckt, dessen Kristalle hell aufleuchteten, bevor sie in der Sonne dahinschmolzen. Seine Hände fühlten sich an, als hätte er sie nackt in einen eisigen Strom getaucht. Er war fast überrascht, daß er seinen Atem nicht sehen konnte, so sicher war sein Körper, daß es Winter sei.

»Alles in Ordnung, Zwerg?«

»Ich weiß, es ist eine gebräuchliche Anrede, Kavallerist«, sagte er mit rauher Stimme, die wegen seines körperlichen Unbehagens schärfer klang, als er es eigentlich wollte, »und ich weiß, daß Ihr es nicht böse meint, aber ich kann dieses Wort einfach nicht ausstehen.«

Zunächst schien es fast so, als sei der junge Daikini nicht bereit, diese Belehrung hinzunehmen, doch dann besann er sich eines Besseren und nickte nur.

»Hab nie drüber nachgedacht, wißt Ihr«, sagte Geryn. »Ist schließlich nur 'n Wort.«

»Worte können mitunter genauso verletzen wie ein Schwert.«

»Also, wie steht es um Euch – alles in Ordnung?«

Thorn sah sich nach allen Seiten um, als wolle er den ganzen Platz überblicken. Nichts hatte sich im geringsten verändert. Nach wie vor drängten sich die Leute dicht an dicht und wirkten freudig erregt. Falls irgendwelche Befürchtungen sich breitmachten, so war davon jedenfalls noch nichts zu spüren. Am Himmel schien strahlend die Sonne, und der Tag war fast unerträglich heiß.

Aber als er die Knochen in den Händen gehalten hatte, war um ihn her alles grau und froststarr gewesen, eine unendliche Ödnis bar jeden Lebens.

»Schlechte Vorahnung?«

Thorn schüttelte den Kopf und sagte: »Überhaupt keine konkrete Vorahnung. Nur ein Körper, der vor seiner Zeit altert. Gehen wir weiter?«

Ein Teil seiner EinSicht blieb stets empfänglich für die Stimmungen um ihn her. Sollte sich ihm abermals dieses oder ein anderes Bild aufdrängen, dann würde ihn das nicht unvorbereitet treffen.

»Welche Richtung?«

»Zum höchsten Hügel mit dem größten Palast.«

Geryn stöhnte. Dann warf er ein paar Münzen auf den Schanktisch, erhob sich aus seinem Stuhl und schulterte sein Gepäck.

»Dann also los. Brauchen vielleicht den ganzen Tag, bis wir dort sind, in diesem Straßengewirr.«

Er sollte recht behalten. Nicht daß der Königspalast schwer zu finden gewesen wäre, aber es war kompliziert, dort hinzugelangen. Angwyn war auf einem Dutzend oder mehr unterschiedlich hohen Hügeln auf einer Landzunge errichtet. Die meisten dieser Anhöhen waren so steil, daß die beiden immer wieder verschnaufen mußten, während sie zur Orientierung auf das Häusermeer an den Hängen blickten.

Zwei Hauptverkehrsstraßen führten vom Hafen aus in die Stadt. Die Königspromenade, die den Kai pfeilgerade mit dem landseitigen Stadttor verband, und weiter hinten die Hauptstraße, auf der die Reisenden dahinzogen, deren Ziel die Spitze der Halbinsel war. Dazu im rechten Winkel verlief am Ufer des Meeres entlang die Esplanade, auf der die Leute bei schönem Wetter bummeln gingen, den spektakulären Ausblick auf die Bucht von Angwyn genossen und die Auslagen der zahllosen Geschäfte bestaunten, von denen die große Straße gesäumt wurde. Beide Straßen waren gepflastert, was im übrigen, zu Geryns nicht gelinder Überraschung, für die meisten Straßen und Gassen der Stadt galt.

Gleich in der Nachbarschaft des Marktplatzes lag das Geschäftsviertel. Hier beherrschten Banken und Handelshäuser die Szene, stattliche, schlichte Gebäude, die potentiellen Kunden und Investoren Vertrauen einflößen sollten. Ferner gab es in dieser Gegend zahllose Etablissements, die sich auf Matrosen und Reisende aus dem Hafen spezialisiert hatten: einerseits Bars und Vergnügungsstätten (die sich damit brüsteten, daß bei ihnen – anders als unten in den Hafenkaschemmen – nur ›besseres Publikum‹ bedient werde), andererseits Händler, Lebensmittelläden und Schiffsbauer. Die Gegend war auch als Silberviertel bekannt, denn innerhalb des etwa eine Quadratmeile großen legendären Quartiers gab es praktisch nichts, was man nicht kaufen konnte. Offene Kriminalität gab es in der Gegend kaum, dafür sorgte schon die Gendarmerie, was freilich nicht bedeutete, daß hier Wucherer und andere Halsabschneider kein gutes Auskommen gefunden hätten.

Die meisten einfachen Leute wohnten südlich der Promenade. Die rauhere Gesellschaft dagegen gab sich weiter unten im Hafen ein Stelldichein. Deshalb stieg die Lebenserwartung, je weiter landeinwärts man gelangte. Freilich gab es dort auch nicht so viel zu erleben. Die Straßen wurden hier von meist vier-, mitunter auch sechsstöckigen Mietshäusern gesäumt, in denen glückliche Familien vielfach eine ganze Etage bewohnten. Die gewundenen Straßen bildeten ein unübersichtliches Wirrwarr, und die wenigen Hinweisschilder, die dort aufgestellt waren, trugen zur allgemeinen Konfusion noch das Ihre bei. Der Anlage des Quartiers lag kein Plan zugrunde, vielmehr herrschte ein allgemeiner architektonischer Wildwuchs, der auf die Bequemlichkeit der Bürger nur wenig Rücksicht nahm.

An den weniger steilen Hängen der Hügel nördlich der Promenade hatte sich vor allen Dingen die Oberschicht angesiedelt: Landjunker, die zur eigenen Bequemlichkeit ein Stadthaus unterhielten, vornehme Mitglieder der Hocharistokratie und reiche Bürger, die ihre Ehrentitel den Diensten verdankten, die sie dem Löwenthron geleistet hatten. Auch die Regierung samt den Ministerien war hier ansässig. Wenn man am Meer entlang Richtung Oberstadt hinaufwanderte, wurden die Hügel und die Gebäude immer beeindruckender.

Überragt wurde dies alles natürlich vom Königshügel. Eines der eindrucksvollsten Bauwerke, die diesen Berg zierten, war der Elora-Turm, das Allerheiligste der Heiligen Prinzessin. Das erfuhren sie von einem Troubadour, dessen Kostüm so über und über mit Pailletten besetzt war, daß er im Sonnenlicht in allen nur denkbaren Farben glitzerte und funkelte. Er ließ sich bereitwilligst mit jedem, der bei ihm stehenblieb, auf ein Schwätzchen ein und erklärte ratlosen Fremden den Weg. Zwischendurch sang er in der Hoffnung auf ein paar Münzen, die die Passanten in seinen bereitliegenden Hut werfen konnten, mehr oder weniger pikante Lieder. Der junge Mann wirkte zwar durchaus sympathisch, aber irgend etwas an seinem Lächeln irritierten Thorn, und er hatte den Eindruck, daß der Sänger sich irgendwie über ihn lustig machte. Er dachte schon daran, sich mittels seiner EinSicht in den Troubadour hineinzuversetzen, verwarf die Idee aber sogleich wieder. Ein Instinkt sagte ihm, daß solche magischen Praktiken hier fehl am Platze wären. Er wußte zwar nicht recht warum, und er wußte auch nicht, wie er die Richtigkeit dieser Eingebung überprüfen sollte, deshalb beschloß er, die Sache auf sich beruhen zu lassen.

»Manche«, sagte der Bursche jetzt, »halten den Turm für das Allerheiligste. Andere«, er machte eine wegwerfende Handbewegung, »für ein Gefängnis.«

»Was soll das heißen, du Schuft?« meldete sich Geryn sofort aufgebracht zu Wort. Doch den Troubadour schien Geryns Attacke nicht weiter zu interessieren, offenbar hatte er solche Kommentare schon des öfteren gehört.

Thorn hatte mit seinem jungen Begleiter den Weg über die Esplanade eingeschlagen – teils um seine kurzen Beine zu schonen, vornehmlich jedoch um den unglaublichen Menschenauflauf aus der Nähe zu betrachten. So eilig es Maulroon und Morag auch gehabt hatten, sich wieder aus Angwyns Dunstkreis davonzumachen, alle anderen Bewohner des Landes waren offenbar von dem genau gegenteiligen Gefühl beseelt, und so waren sie aus allen Himmelsrichtungen zusammengeströmt.

»Ein Käfig ist ein Käfig, mein Freund, auch wenn die Stäbe vergoldet sind«, sagte der Troubadour und untermalte diesen Kommentar mit ein paar kräftigen Akkorden auf seiner Gitarre. »Verhätschelt und verpäppelt und sich trotzdem *niemals* frei umherbewegen dürfen? Das mag ja 'ne Zeitlang ganz lustig sein …«

»Was, Elora wird festgehalten?« fragte Thorn.

»Seid Ihr blöde, Drumheller?« schrie Geryn entsetzt. »Sie ist doch die *Heilige Prinzessin*, um alles in der Welt. Sie ist *heilig*. Solche Hoheiten haben natürlich keinen Umgang mit unseresgleichen, das gehört sich nicht. Und warum sollte sie auch? Es heißt, ihr Turm ist luxuriöser als das Schloß des Königs selbst, und sie wird bestens versorgt, und keiner ihrer Wünsche bleibt unerfüllt.«

»Nur daß sie nicht frei ist«, konstatierte der Sänger.

»Wüßte nur zu gerne, was Ihr für ein solches Leben geben würdet«, sagte Geryn empört und unterstrich seine Worte mit einer rüden Geste. Thorn warf dem Sänger ein Goldstück zu.

»Und sie tritt niemals öffentlich in Erscheinung?« fragte er.

»Vor die Öffentlichkeit tritt sie erstmals bei ihrer Inthronisation. Und an Eurer Stelle würde ich mich schleunigst aus dem Staub machen«, sagte der Troubadour plötzlich mit leiser Stimme.

»Wie bitte?«

»Die Maizan. Donnerreiter.«

Er hatte sich bereits in Bewegung gesetzt, und Thorn lief, so schnell er konnte, hinter ihm her. Die Esplanade war breit genug für eine Phalanx von mindestens zwölf Reitern. Doch der Trupp, der jetzt näher kam, bestand aus etwa zwanzig Reitern, deren Pferde mit den Hufen auf dem Pflaster Funken schlugen, so daß man den Eindruck haben konnte, es kämen zehnmal so viele Berittene daher.

»Jetzt verstehe ich, wie sie zu ihrem Namen gekommen sind«, sagte Thorn, zog wie zufällig einen breitkrempigen Hut aus seiner Tasche hervor und setzte ihn auf. Angesichts der brennend heißen Sonne war daran nichts Besonderes.

Der Troubadour nickte. »Ja, sie selbst nennen sich Maizan.«

Dunkle Gestalten auf prächtigen Rappen – Erscheinungen wie aus tiefschwarzer Kohle geschnitzt. Dunkle Rüstung. Gehörnte Helme. Mit Stahlplatten besetztes Leder, das genauso bequem wie praktisch erschien. Die Männer waren kräftig gebaut und hatten alle ungefähr die gleiche Figur, im krassen Gegensatz zu der schlanken Gestalt, von der sie angeführt wurden.

An ihrer Spitze ritt eine Frau, die es hinsichtlich Größe und vor allem Breite mit ihnen nicht aufnehmen konnte. Freilich machte sie diese Nachteile durch die Kraft ihrer Persönlichkeit mehr als wett. Sie trug keine Rüstung und erweckte den Eindruck, auf einen solchen Schutz nicht angewiesen zu sein, weil sie auch so auf sich aufpassen konnte. Ihr schlicht geschnittenes sandfarbenes Gewand war aus kostbarem Gewebe gearbeitet und erinnerte zugleich an elegant fließende Seide und widerstandsfähige Baumwolle. Sie trug eine oben in ihre Schaftstiefel gesteckte Hose und über dem Hemd einen braunen Waffenrock aus weichstem Leder, der ihr bis auf die Oberschenkel hinabreichte und seitlich bis zur Taille hinauf geschlitzt war, um völlige Bewegungsfreiheit zu gewährleisten. Er war ärmellos, und die aufgebauschten Ärmel ihrer Bluse flatterten im Wind, als sie auf ihrem Pferd in leichtem Galopp dahinritt. An ihrem Gürtel trug sie zwei Dolche und ein Schwert. Die Waffen waren das einzige an ihr, was nicht auf Wirkung berechnet war. Das Leder des Waffengürtels glänzte und zeigte zugleich die Spuren vielmaligen Gebrauchs; ihre Waffen hingen griffbereit wie bei einem Krieger, der in die Schlacht zieht. Sie trug ihr dunkles langes Haar hinter einer Stirnlocke zusammengerafft und hinten zu einem Zopf geflochten, der bis auf ihre Schultern herabfiel. Bis auf einen silbernen Stirnreif, der wie angegossen ihren Kopf zierte, trug sie keinen Schmuck.

Doch trotz ihrer ungemein sorgfältigen Aufmachung konnte sie nicht als besonders hübsch gelten. Als er so über die Menge hinsah, fielen Thorn sogleich etliche junge Frauen ins Auge, die die Frau auf dem Rappen an Schönheit bei weitem übertrafen. Auch die Kommentare einiger der Umstehenden bestätigten ihn in dieser Auffassung. Dennoch beeindruckte die Reiterin durch ihre schiere Gegenwart, und die Art und Weise, wie sich in ihrem Gesicht völlig ungebrochen ihr Charakter spiegelte, garantierte, daß sie in jeder Menschenmenge sogleich sämtliche Augen auf sich zog. Und tatsächlich erregte sie wesentlich mehr Aufmerksamkeit als der Kastellan, der neben ihr ritt. Selbst Thorns Blicke, die eigentlich dem Mann hätten gelten sollen, wurden immer wieder von der Frau angezogen wie von einem Magneten.

Zwar gehörte sie nicht zu den Maizan, doch sie war ihnen mehr als gewachsen.

»Anakerie«, verkündete der Troubadour, ohne sich an jemand Bestimmten zu wenden. »Königliche Prinzessin und seit dem Verschwinden ihres Bruders legitime Erbin ihres Vaters.«

»Ist das alles, was Ihr zu sagen habt?« fragte Thorn ermunternd, als der Sänger in Schweigen verfiel. Die Donnerreiter waren inzwischen an ihnen vorbeigeritten, und die Menge machte sich wieder auf der Esplanade breit.

»Ja, das ist alles, was ich weiß. Ist schon 'n Dutzend Jahre her, daß der Junge verschwunden und die Königin gestorben ist. Damals in der Kataklymus-Nacht ist das gewesen, und in jener Nacht ist auch die Heilige Prinzessin wie aus heiterem Himmel mitten im Schloßhof des Königs gelandet. Manche sprechen auch von einem Wechselbalg-Tausch, die eine gegen den andern, und meinen, daß Angwyn dabei schlecht abgeschnitten hat.«

»Was soll das heißen?«

»Hat Tir Asleen ja auch nicht sehr viel Glück gebracht oder?«

»Ach so.« Eine Sekunde lang fühlte sich das Herz in seiner Brust genauso eiskalt an wie zuvor die Knochen, die er in der Hand gehalten hatte.

»Und wer verschweigt jetzt was?«

»Kein Stück«, protestierte Thorn.

Der Troubadour verzog das Gesicht. »Was immer Ihr auch sagt, Herr. Ich habe Euer Goldstück und darf mich nicht beklagen. Euer Freund hat inzwischen offenbar Anschluß gefunden.«

Thorn blickte in die gleiche Richtung wie der Mann und sah, wie Geryn in Begleitung von drei prächtig uniformierten Roten Löwen durch die Menge dahinschlenderte. Der Pfadfinder machte ein Gesicht wie jemand, den man soeben der Lüge bezichtigt hat, und seine Begleiter schienen sich köstlich zu amüsieren.

Thorn wandte sich noch einmal nach dem Troubadour um, um zu fragen, was eine angwynische Prinzessin an der Spitze eines Maizan-Reitertrupps zu suchen habe, doch der Mann war wie vom Erdboden verschluckt.

»Der ist weg«, ertönte Rools Stimme aus Thorns Reisetasche – die ersten Worte, die der Brownie an diesem Tag mit dem Nelwyn gesprochen hatte.

»Alle Achtung. Der ist wirklich spurlos verschwunden.«

»Das hat nicht viel zu sagen, Drumheller. Aus unserer Perspektive betrachtet, sehen diese Daikini ohnehin alle gleich aus. Hol uns lieber hier raus«, sagte er, bevor Thorn etwas erwidern konnte.

»Wir möchten dir ganz nahe sein«, fuhr er dann fort, als Thorn ihn und Franjean unter seine Jacke steckte.

»Hat das 'nen bestimmten Grund?«

»Deinen Rock wirst du wohl nicht so schnell verlieren wie

deine Tasche. Aber fang bloß nicht an zu lachen, wenn wir an dir herumkrabbeln.«

»Wenn ihr nicht auf die Idee kommt, mich zu kitzeln, werd ich schon klarkommen.«

»Drumheller!« meldete sich Geryn militärisch knapp. »Thorn Drumheller.«

»Hab mich schon gewundert, wo Ihr steckt, Pfadfinder Havilhand. Freut mich, daß Ihr inzwischen Kameraden gefunden habt.«

»Seht ihr«, sagte Geryn triumphierend und wies mit dem ausgestreckten Arm auf Thorn. »Ein Nelwyn.«

Die Soldaten sahen einander ungläubig an.

»Kann ich bestätigen«, sagte Thorn. »Mein Ehrenwort. Und ich kann euch sogar dabei helfen, den Magier zu finden.«

Wieder befremdete Blicke, und Thorn hatte auf einmal das bedrückende Gefühl, daß er zuviel und dazu noch das Falsche gesagt hatte.

»Ihr kennt den Magier?« wollte einer von ihnen wissen.

»Haben 'nen verdammt weiten Weg hinter uns«, sagte Geryn mit stolzgeschwellter Brust. »Hab ihn weit draußen unweit der Narbe gefunden.«

Hätte er nur längere Beine gehabt, wäre Thorn sofort losgerannt. Aber er kannte sich in der Stadt nicht aus, wußte die Situation nicht einzuschätzen. Doch da ihm kein geeignetes Versteck bekannt war, beschloß er, nichts weiter von sich preiszugeben und seine prekäre Lage so gut es ging durchzustehen.

»Also gut«, stöhnte einer der Löwen. »Unser Hauptmann wird sich bestimmt für euch beide interessieren.« Er hatte seine Entscheidung getroffen, und damit basta. Widerstand war ohnehin zwecklos.

Der Hauptmann war schon zu lange Hauptmann gewesen, und mit diesem Rang mußte er sich wohl bis zum Ende seiner Tage begnügen. Klein von Statur und Auffassungsvermögen, war er mit einer Nase für schlechten Wein und einem Bauch für schlechtes Essen ausgestattet. Das einzige, worauf er sich etwas zugute halten konnte, war seine Stellung. Schließlich war er Hauptmann bei den Roten Löwen, auch wenn nur der Himmel wußte, wie er diese Position erlangt hatte. Und diesen Umstand wußte er weidlich auszuschlachten.

»So, so«, sagte er und beäugte Geryn und Thorn. Der Pfadfinder hatte Haltung angenommen und stand steif wie eine Bohnenstange da.

»Nimm gefälligst deinen verdammten Hut ab, Zwerg, wenn du vor einem Offizier stehst – noch nie was von Manieren gehört?« raunzte der Unteroffizier, dessen Abteilung die beiden Fremden hergebracht hatte, und schlug Thorn den Hut vom Kopf.

Doch ehe der Hut zu Boden segelte, konnte Thorn ihn noch auffangen.

»Also ein Nelwyn«, schnaufte der Hauptmann.

»Sieht wie 'n verdammter Zwerg aus, wenn Ihr mich fragt«, sagte einer der Männer.

»Wer zum Teufel hat dich denn gefragt?« giftete Geryn. Dann fiel ihm plötzlich wieder ein, wo er sich befand. »Verzeihung, Herr Hauptmann. Aber es gibt keinen Grund, so mit uns zu sprechen. Schließlich hab ich nur meine Pflicht getan.«

»Gut gemacht, Pfadfinder. Werd in meinem Bericht darauf hinweisen. Also ein Nelwyn«, wiederholte er fragend und richtete seine rotgeäderten Augen auf Thorn. »Hier bei uns ist er in guten Händen. Wir werden uns um ihn kümmern.«

»Herr Hauptmann, ich dachte ...«

»Du wirst nicht fürs Denken bezahlt, mein Junge. Das Denken überläßt du am besten uns Offizieren. Wenn wir dich brauchen, erfährst du es schon rechtzeitig. Unteroffizier, sorgen Sie dafür, daß der junge Mann anständig untergebracht wird. In unserer Kaserne natürlich. Sein Regiment hat ja kein Quartier hier in Angwyn. Und geben Sie ihm Bier aus meinem eigenen Vorrat, und behandeln Sie ihn gut.«

»Jawohl, Herr Hauptmann.«

»Und ... was ist mit Meister Drumheller?« fragte Geryn.

»Hab ich doch schon gesagt, Junge. Jetzt kümmere dich

um deine eigenen Angelegenheiten und überlaß den Rest mir. Oder wißt ihr Pfadfinder nicht mehr, was ein *Befehl* ist?«

»Nein, Herr Hauptmann, ich meine ...«

»Wegtreten.«

Er ging.

Der Hauptmann war für einen Mann seines Gewichts und seiner kräftezehrenden Lebensweise noch erstaunlich fit. Er schoß überraschend flink hinter seinem Schreibtisch hervor und knallte Thorn mit voller Wucht gegen die Wand. Zufällig fiel just in diesem Augenblick die Tür zu seinem Büro von außen ins Schloß. Thorn glaubte nicht, daß man draußen von den Geschehnissen in dem Raum etwas hören konnte oder daß er von dort Hilfe zu erwarten habe. Der Hauptmann hatte ihn vorne am Rock gepackt und schüttelte ihn kräftig durch. Der Körpergeruch und der schlechte Atem des Mannes verursachten Thorn Übelkeit. Der Offizier sah den Nelwyn an, als ob er ein schädliches Insekt vor sich habe, das es möglichst gründlich zu zerquetschen galt.

»Ein Nelwyn bist du also?« höhnte er.

»Ist das ein Verbrechen?«

Der Hauptmann schlug ihm mit dem Handrücken ins Gesicht – aus seiner Sicht vermutlich sogar noch sanft, doch so kräftig, daß das Blut spritzte und Thorns Kiefer schmerzte. Vermutlich war das erst ein Vorgeschmack auf das, was noch zu befürchten stand, sollte die Stimmung des Hauptmanns umschlagen. Dann sah Thorn das Messer.

»Was immer du diesem Hinterwälder auch weisgemacht hast«, sagte der Hauptmann, »bei mir zieht das nicht. Du stehst bis zur Nase im Treibsand, mein kleiner Mann.« Er hielt Thorn die Messerspitze unter das Kinn und versetzte ihm einen leichten Stich, bis weiteres Blut floß.

»Was hab ich denn getan?« protestierte dieser.

»In Angwyn gibt es nur einen Nelwyn, Zwerg. Nur einen auf der ganzen Welt – und das ist der Magier. Aber er hat uns schon einen Betrüger angekündigt, einen hinterhältigen Feind, der ihm und der Heiligen Prinzessin nachstellt.«

»Wovon redet Ihr überhaupt?«

Der Hauptmann ließ die Messerspitze tiefer eindringen, bis reichlich Blut floß.

»Dein Glück, daß du deine Kehle und deine Stimme noch brauchst, um deine Geschichte zu erzählen. Sonst würde ich dir wegen deiner Frechheit die Gurgel durchschneiden. Wir werden dich eine Weile schmoren lassen, Freundchen. Ein oder zwei Nächte im Verlies, und du wirst reden wie ein Wasserfall, darauf wette ich. Geister und Dämonen gibt es da unten. Die wirken besser als jede Folter.«

Er stieß Thorn beiseite, der in den Armen einer der Wachen landete.

»Bitte«, schrie Thorn, »ich verstehe nicht – von welchem Nelwyn redet Ihr denn überhaupt?«

»Jedenfalls nicht von einem Betrüger. Du glaubst wohl, daß du ungeschoren davonkommst, wenn du dich dumm stellst. Gute Idee, Zwerg, aber auf so was fallen wir hier nicht rein. ›Welcher Nelwyn‹ – was für eine Frechheit. Ein Nelwyn. Ein Magier. Wer zum Teufel anders sollte das sein als der Pate der Heiligen Prinzessin Elora? Obwohl ich nicht weiß, warum er vor deinesgleichen solche Angst hat.«

»Ihr Pate?« So absurd das alles auch klang, diesen Titel konnte nur einer für sich in Anspruch nehmen. »Ihr meint Willow Ufgood?«

»Genau den, Zwerg. Was für ein Lichtblick: Offenbar bist du doch nicht so dumm, wie du dich stellst! Der Magier möchte dich lebend, und danach – falls ich mich nicht irre, und das tue ich nicht – schickt er dich zur Hölle.«

4. Kapitel

Er hatte auch früher schon einmal Bekanntschaft mit einem Verlies gemacht – und schon damals hatte ihm das genausowenig gefallen wie jetzt. Sie waren alle gleich, diese Löcher, und das galt offenbar auch für die Scheusale, die dort ihren Dienst versahen. Graue, dumpfe Gestalten, die zwischen grau-feuchtem Gestein hausten und deren Manieren genauso bedrückend wirkten wie die Steinmauern. Viele dieser Gefängniswärter hatten überdies eine Vorliebe für Schmutz und Ungeziefer – diese hier hielten wenigstens auf persönliche Sauberkeit. Ihre Uniformen waren sauber, die Zellen freilich nicht.

Am Anfang ging es über breite Stufen, als sie dann jedoch tiefer und tiefer in die unterirdischen Gewölbe gelangten, wurde der Weg immer schwieriger, freilich nicht so sehr wegen der Architektur des Bauwerks, sondern wegen des hohen Alters der Anlage. Die unteren Teile des Gebäudes waren nämlich wesentlich älter als die oberen. Im Laufe der Zeit hatten die Monarchen nämlich immer neue Paläste auf den Grundmauern ihrer Vorgänger errichtet. Und so hasteten Thorn und seine Begleiter gleichsam durch verschiedene Stilepochen, bis sie zum Schluß eine Wendeltreppe hinuntereilten, die kaum zwei Männern nebeneinander Platz bot. Er mußte seine ganze Konzentration aufbieten, um nicht zu stolpern. Glücklicherweise waren die Stufen selbst so ausgetreten und wegen einer von den Wänden herabtropfenden schleimigen Flüssigkeit so glitschig, daß seine Wächter selbst aufpassen mußten, daß sie nicht ausglitten. Er schloß daraus, daß schon lange niemand mehr hier unten gewesen sein konnte. Auch seine relativ geringe Größe kam Thorn zugute.

Da sein Schwerpunkt niedriger lag und seine Füße klein waren, kam er auf den Stufen deutlich besser zurecht als seine Begleiter.

Die Wächter hatten eigene Fackeln dabei, unten gab es nämlich keinerlei Beleuchtung. So hell diese Lichter aber auch waren, konnten sie gleichwohl nicht den Eindruck einer tiefen Dunkelheit vertreiben, die so überwältigend war, daß sie das Licht regelrecht zu schlucken schien. Die abgestandene Luft schmeckte irgendwie salzig und war so feucht, daß ein längerer Aufenthalt hier unten notwendig in Krankheit und Siechtum enden mußte. Ursache dafür war die Bucht hoch oben, deren Wasser in das Erdreich sickerte. Denn inzwischen befanden sie sich tief unter dem Meeresspiegel.

»Die meisten Leute wissen gar nichts mehr von den Katakomben hier unten«, sagte der Hauptmann fröhlich. Von allen Anwesenden schien ihn die Atmosphäre des Ortes am wenigsten zu berühren. Er trat aus dem Licht, bis die Finsternis seine Züge völlig entstellte und sein Gesicht an ein Monster erinnerte. Thorn, der es schon oft genug mit echten Ungeheuern zu tun gehabt hatte, war nicht sonderlich beeindruckt, ließ sich das aber nicht anmerken.

»Aber das gilt nicht für mich«, fuhr der Hauptmann fort. »Ich kenne hier unten jeden Zentimeter. Könnte meinen Job als Hauptmann der Garde ja überhaupt nicht anständig machen, wenn ich mich hier unten nicht genau auskennen würde.«

»Sehr löblich.«

»Du spottest, Zwerg. An deiner Stelle würde ich mich in acht nehmen, sonst vergesse ich vielleicht zu erwähnen, daß wir dich hier unten eingelocht haben.« Dann wandte er sich an die Wächter: »Fesselt ihn an Händen und Füßen. Möchte nicht, daß der kleine Mann anfängt, hier herumzuspazieren. Könnte sich sonst verirren. Oder über etwas stolpern, was ihn gerne auffressen möchte.«

Drei Wächter bildeten die Eskorte. Sie überreichten dem Hauptmann, der in der Passage stehenblieb, eine Fackel. Einer der Männer nahm dann mit einer Fackel und gezogenem Schwert Aufstellung vor der Tür. Freilich erinnerte sein Schwert ganz und gar nicht an die langen, eleganten Klingen der Roten Löwen oder der Pfadfinder, es sah vielmehr aus wie ein großes Messer.

Die zwei übrigen Wächter kümmerten sich derweil um Thorn. Einer hielt den Nelwyn und die dritte Fackel, während sein Kamerad die Fesseln anbrachte. Sie gingen nicht gerade zimperlich mit ihm um, dazu hatten sie es zu eilig, und es war ihnen auch völlig egal, ob sie ihm weh taten oder nicht. Thorn legte keinen Protest ein, das erübrigte sich, weil seine Ansichten ohnehin egal waren.

»Jetzt ist es wohl vorbei mit deiner Klugscheißerei, Zwerg – was?« Der Hauptmann fand die Situation offenbar lustig und hielt Thorns Schweigen für Angst. »Hab 'ne gute Nachricht für dich. Brauchst keine Angst zu haben, daß dich heute Nacht die Ratten auffressen.«

Und warum nicht? dachte Thorn der Form halber und bemerkte zugleich, wie der Wächter, der sich an den Ketten zu schaffen machte, stöhnte, weil er mit dem Schloß nicht zurecht kam.

»Es gibt hier unten nämlich kein Ungeziefer. Hat alles der Dämon höchstpersönlich verspeist oder weggejagt. In der Überlieferung heißt es, daß diese Gewölbe schon seit Menschengedenken von einem Dämon heimgesucht werden. Muß eine so furchterregende Kreatur sein, daß es dir vor lauter Angst das Fleisch von den Knochen und die Seele aus dem Leibe reißt.«

»Verdammtes Miststück«, zischte der Wächter, als er das Schloß schließlich geöffnet hatte, und Thorn wußte, daß der Fluch nichts mit dem rostigen Metall zu tun hatte.

»Schlimm genug, daß sie uns hier runtergeschickt haben – hoffentlich verflucht er uns nicht alle. Glotz *ihn* nicht die ganze Zeit an«, schrie der Mann seinen Kameraden an. »Der Zwerg da kann ohnehin nichts tun. Schau lieber auf *meinen* verdammten Rücken, verflucht noch mal.«

»Entschuldige«, sagte der andere beschämt.

Die Wände bestanden vorwiegend aus glatten Steinen. In dem riesigen Gewölbe hätten die Stimmen eigentlich widerhallen müssen. Doch wurden die Geräusche von der Umgebung ebenso verschluckt wie das Licht der Fackeln.

Mit einem dumpfen *Klick* schnappte die letzte Fessel zu.

»Seid Ihr sicher, daß der Magier dies tatsächlich will?« rief Thorn.

Der Hauptmann drehte sich um. Die Flammen seiner Fackel beleuchteten die Pölsterchen und Falten in seinem Gesicht und ließen es scheußlich und einfältig erscheinen.

»Ja, in der Tat«, sagte er mit höhnischem Grinsen, »wir haben eindeutige Befehle. Und genau das hat er angeordnet.«

Er trat beiseite, und einer der Wächter zog die Tür zu.

Sofort herrschte absolute Dunkelheit.

Aber das war Thorn egal. Seine Aufmerksamkeit galt den rasch sich entfernenden Schritten, und er dachte: *Die haben es ja mächtig eilig – glauben offenbar wirklich, daß es hier unten irgend etwas gibt.* Als nächstes fiel ihm ein, daß er überhaupt nicht gehört hatte, wie der Türmechanismus eingerastet und der Schlüssel umgedreht worden war. Und zuletzt gestand er sich ein: *Auf so was war ich ja nun überhaupt nicht gefaßt.*

Er stellte seine Sinne voll auf Empfang und ließ seine Wahrnehmung durch den Raum schweifen. Dabei biß er sich mit den Zähnen auf die Unterlippe, als es ihm nicht gelingen wollte, die Umrisse des Gewölbes zu erspüren, in dem er sich befand.

»Also gut«, sagte er laut – nur um sich zu beweisen, daß noch sprechen und hören konnte.

Er vernahm um sich her nicht das geringste Lebenszeichen. Offenbar gab es hier unten tatsächlich keines der zahllosen kleineren oder größeren Tiere, wie man sie sonst in feuchten, tiefgelegenen Gewölben findet, und auch nicht die geringsten Spuren vergangenen Lebens. Allem Anschein nach waren diese unterirdischen Hallen schon seit langem im wahrsten Sinne des Wortes völlig *leer*.

»Drumheller«, sagte Franjean leise neben seinem Ohr.

»Uns gefällt es hier gar nicht«, flüsterte ihm Rool in das andere Ohr.

Die beiden sprachen mit angespannter Stimme und hielten sich kampfbereit, denn eine Fluchtmöglichkeit gab es ja ohnehin nicht. Nicht daß die Brownies sich nicht in tausend Verstecken hätten verbergen können, aber sie sahen darin offensichtlich keinen Sinn. Was immer hier unten auch hausen mochte, konnte sie gewiß auch an den geheimsten Plätzen aufspüren. Doch nach Thorns Empfinden gab es hier unten einfach *nichts*.

Das sagte er jetzt auch, was sie freilich genausowenig beruhigte wie ihn selbst.

»Franjean«, sagte er dann. »Ich brauche ein paar Steine aus meiner Tasche.« Die Wachen hatten ihn durchsucht, bevor sie ihn hier hinuntergeführt hatten, und ihn fast bis auf die Haut ausgezogen. Jedenfalls hatten sie das geglaubt. Doch er hatte seine Gürteltaschen durch einen kleinen Lichtzauber unsichtbar gemacht. »Greif nur hinein. Eigentlich müßte sich rund ein halbes Dutzend in einem der Fächer befinden.«

Der Brownie kletterte behende wie eine Spinne an Thorns Seite hinab, so daß dieser ihn kaum spürte. Kurz darauf tauchte Franjean mit dem Gewünschten wieder auf.

»Bitte in den Mund«, sagte Thorn. Im Idealfall hätte er die Steine lieber in den Händen gehalten, aber die Fesseln waren so eng, daß er die Handflächen nicht nach oben drehen konnte, um die Kiesel in Empfang zu nehmen.

Sie lagen kühl auf seiner Zunge – manche eher rauh, andere glatt wie eine Glasoberfläche. Er schluckte seinen Speichel hinunter und kämpfte gleichzeitig mit einem Husten- und einem Würgereiz und fing dann im Geiste an zu singen. Es war eine einfache kleine Melodie. Was er wollte, war nicht sehr kompliziert – nicht annähernd so aufwendig wie die Zauberarbeit, die er dort oben in den Bergen verrichtet hatte. Die Steine stammten aus einem Feuerloch, das er unterwegs gegraben hatte. Jetzt erinnerte sein Gesang sie daran, wie sie innen und außen vom Feuer gewärmt worden waren und dann zu glühen begonnen hatten. Er bat sie deshalb, die Hitze und das Licht zurückzugeben, das sie damals in sich aufgenommen hatten. Zugleich aktivierte er eine Art Gegenzauber, um sich selbst vor Verbrennungen zu schützen.

Das alles gelang sehr rasch, da die Steine noch in der letzten Nacht vor Thorns Begegnung mit Maulroon von den Flammen beleckt worden waren und dieser Eindruck somit noch frisch war. Der Vor- und zugleich Nachteil der Arbeit mit Steinen bestand nämlich darin, daß man ihnen ewig erklären mußte, was man eigentlich von ihnen wollte, und daß es eine Weile dauerte, bis sie mitspielten. Hatte man sie jedoch einmal soweit überzeugt, blieben die entsprechenden Erinnerungsspuren lange in ihrem Gedächtnis haften.

Er spie die Steine einen nach dem anderen aus. Sie zogen Leuchtspuren hinter sich her, als sie zu Boden fielen – wie Meteore, die in der Erdatmosphäre verglühen. Er hatte gut gezielt, und sie blieben etwa eine Körperlänge von ihm entfernt vor ihm liegen und bildeten eine kleine Gruppe. Von Sekunde zu Sekunde erstrahlten sie heller, bis alle sechs weiß glühten.

»Interessant«, sagte er, als er wieder sprechen konnte.

»Wir sind ja so froh, daß du beeindruckt bist«, murrte Franjean, der sich erst gar nicht Mühe gab, seinen Zorn zu verbergen.

»Eigentlich müßten diese Steine genügend Energie erzeugen, um einen Gutteil dieses Raumes zu erleuchten und zu beheizen.«

»Vielleicht hast du ihnen ja das falsche Lied vorgesungen«, giftete Rool nicht minder aggressiv. »Mir ist nämlich noch immer schrecklich kalt.«

»Nein, sie funktionieren prächtig, schaut doch nur, wie sie glühen. Es liegt an etwas anderem.«

»Äußerst angenehmer Gedanke.«

»Und trotzdem ist nichts hier.«

»Man könnte eine ganze Armee in dieser Dunkelheit verstecken«, sagte Franjean nur.

»Das würde ich spüren. Oder ihr. Ich meine, es ist tatsächlich *nichts* hier. Eine große Leere, als ob es in diesem Vakuum außer uns nichts gäbe – geschweige denn Leben.«

»Um so ratsamer scheint es mir, möglichst rasch von hier zu verschwinden, findest du nicht?«

»Würdet ihr jetzt bitte das Schloß aufmachen? Die Fessel ist so eng, daß ich dazu selbst nicht imstande bin.«

Die Brownies enthielten sich abfälliger Kommentare, was allein schon bewies, daß sie mächtig Angst hatten, und machten sich schleunigst an die Arbeit. Sie schmierten den Mechanismus zunächst mit einer Öl-Graphit-Mischung, bevor sie ihn mit Hilfe kleiner Brechstangen öffneten. Das Schloß war eigentlich ganz einfach gebaut, sperrig war es nur, weil es so lange nicht mehr benutzt worden war. Doch nach einiger Anstrengung sprang es schließlich quietschend auf.

Man sah Rool die Mühe an, denn er zitterte vor Erschöpfung. Thorn hatte dem Geschehen mit den Augen der Brownies zugesehen, so daß er genau wußte, wie der Mechanismus funktionierte. Die andere Handfessel war in einem nicht ganz so schlechten Zustand, und er hatte sie rasch geöffnet – ebenso die Fußfesseln.

»Ich weiß noch«, sagte Thorn leise, während er sich mit den Fesseln beschäftigte – als ob er mit seinen beiden kleinen Freunden irgendwo an einem Lagerfeuer säße, nur daß *er* zur Abwechslung einmal die Gespenstergeschichten zum besten gab und nicht die Brownies, »also, ich weiß noch, wie der alte Spanyo Duguay einmal von der Begegnung mit einem Dämon erzählt hat.«

»Und er will eine solche Begegnung lebend überstanden haben?« spottete Franjean. »Das glaub ich niemals.«

»Die Erscheinung habe ihn an die Tonmasse auf einer sich drehenden Töpferscheibe erinnert, hat er im Gasthof Zum Widder in Nelwyn-Tal damals vor dem Kaminfeuer berichtet, nur daß alles viel schneller gegangen sei. Konnte seine Gestalt kaum länger als eine Sekunde beibehalten, der Dämon. Wie Quecksilber oder geschmolzenes Wachs sei ihm der Geist vorgekommen – wie riesige blubbernde Blasen, die vor ihm in der Luft schwebten.«

»Wenn du uns das zur Beruhigung erzählst …«, zischte Rool.

»Nur so zum Zeitvertreib – *aha.*« Man hörte ein Klicken. »Endlich – jetzt ist auch die letzte auf.«

»Sollen wir abhauen?«

»Bringt nichts, Franjean, wir sehen doch gar nicht, wo wir hinlaufen. Mit meinem Zauberblick kann ich zwar vage Konturen ausmachen, aber meine räumliche Wahrnehmung funktioniert nicht richtig. Kann einer von euch besser sehen?« Schweigen. Offensichtlich nicht. »Falls wir uns nicht allein hier aufhalten, dann hat unser Mitbewohner inzwischen mehr als eine Gelegenheit gehabt, uns anzugreifen.«

»Könnte ja seine Meinung ändern.«

»Das Risiko müssen wir eingehen. Das ist immer noch besser, als wenn wir uns auf den glatten Treppenstufen die Köpfe einschlagen oder – was noch schlimmer wäre – in eine Fallgrube oder einen sonstigen hinterhältigen Mechanismus geraten.«

Er sah in die Passage hinein, durch die sie gekommen waren. Die Leuchtkraft seiner Steine reichte fast aus, um die Treppe, die man ihn hinuntergeführt hatte, zu erhellen, und die Dunkelheit jenseits davon würde er gewiß mit seinem magischen Blick durchdringen. Wenn er sich hingegen umwandte, sah er lediglich eine so totale Finsternis, daß er genauso hätte blind sein können. Diese Erfahrung wiederum bestärkte ihn in dem Gefühl: Wenn ich der Wand den Rücken zukehre und aus dem Lichtkreis heraustrete, werden sich die Mauern meiner Berührung ebenso wie meinen Blicken entziehen.

Er bückte sich, um seine Steine aufzuheben, besann sich dann jedoch eines Besseren, weil er von einem plötzlichen Geistesblitz durchzuckt wurde, dessen Herkunft ihm selbst verborgen war. Doch offenbar stammte diese Intuition aus jener Sphäre, in der seine Gabe mit den Großen Mächten dieser und der Jenseitswelten zusammenwirkte.

Verglichen mit der bedrückenden Finsternis in dem Gewölbe war das Licht, das seine Steine erzeugten, gänzlich unbedeutend – wie ein dem sicheren Verderben preisgegebener kleiner Baum am Fuße eines riesigen Gletschers. Dennoch verbreiteten sie ein freundliches Glühen und wenigstens ein Minimum von Wärme.

Dann nahm er Abschied von den kleinen Lichtern und

sagte zu seiner eigenen Überraschung an die Finsternis gerichtet:

»Und auch dir meine besten Wünsche.«

»Bist du *völlig verrückt* geworden?« flüsterte Franjean, wobei seinem Tonfall zu entnehmen war, daß er die Antwort auf diese Frage bereits kannte.

»Können wir endlich *gehen*«, sagte Rool ungeduldig.

»Reine Höflichkeit, das ist alles«, murmelte Thorn, als sie die ersten Stufen hinaufstiegen, doch Franjean unterbrach ihn.

»Bitte.« Thorn wunderte sich darüber, wie eine so leise Stimme in dieses eine Wort soviel Verachtung legen konnte. »Das nächste Mal beglückwünschst du noch den Henker zu seiner guten Arbeit, während dein Kopf schon vom Hinrichtungsblock rollt.«

»Wenn er gute Arbeit leistet, hat er ein solches Kompliment durchaus verdient.«

Damit war der Wortwechsel beendet, denn Thorn verfehlte ausgerechnet die letzte Stufe mit dem Fuß und trat mit der Spitze seines Stiefels statt mit dem Ballen auf. Der von zahllosen Schritten im Laufe ebenfalls zahlloser Generationen ausgetretene Stein war wegen der hier unten herrschenden Feuchtigkeit zugleich mürbe und glitschig. Ein Stück von der Stufe brach unter Thorns Gewicht ab, und als er reflexartig sein Gleichgewicht wiederzugewinnen versuchte, geriet er ins Rutschen. Sein Fuß entglitt ihm seitwärts, und seine Hände schnellten nach vorne, um sein Gesicht zu schützen. Dies alles geschah innerhalb von Sekundenbruchteilen.

Als er mit den bloßen Händen auf dem Stein aufschlug, brannten sie plötzlich lichterloh.

Eine unvorstellbare Hitzewelle durchpulste ihn, und sein Blut verwandelte sich in trockenes Präriegras, das irgendein Narr angezündet hatte. Die Flammen rasten wie ein Buschfeuer seine Arme hinauf und hüllten ihn im Bruchteil einer Sekunde von Kopf bis Fuß ein.

Eine Frau war hier vor langer, langer Zeit gestorben. Stolz und wütend, widerspenstig bis zum Ende und ungeachtet der geringen Erfolgsaussichten bis zum Letzten kampfentschlossen. Offenbar hatte sie sich mit solch ungeheurer Vehemenz zur Wehr gesetzt, daß selbst die Zeit es nicht vermocht hatte, die Spuren ihrer Persönlichkeit auszulöschen.

Thorn ging noch einmal die schwach beleuchtete Treppe hinunter, bis er wieder im Eingang des Gewölbes stand.

»Hier hat sie gelegen«, sagte er laut.

»Ist schon lange her, Drumheller«, sagte Rool, der bemüht war, seines Grauens Herr zu werden, mit dünner Stimme. Die Brownies hatten die Vision genauso deutlich erlebt wie Thorn selbst.

»Selbst Aasfresser hätten irgendwelche Spuren hinterlassen.«

»Schon so lange her, daß ihr Körper längst zu Staub zerfallen ist.«

»Nicht der kleinste Überrest, Rool. Weder körperlich noch psychisch. Ihre Seele hat sich oben am Treppenabsatz in den Stein gebrannt, aber hier unten ist schlicht gar nichts von ihr zurückgeblieben. Als ob jemand sämtliche Spuren verwischt hätte.«

»Also gut«, knurrte Franjean. »Der Dämon hat sie verschlungen. Können wir bitte wenigstens den Versuch unternehmen, nicht die nächsten zu sein?«

»Sie war eine edle Seele«, erklärte Thorn den beiden, als er wieder hinaufging und sorgfältig die Stelle vermied, an der er gestürzt war. In seiner Stimme klang Zorn mit, nicht so sehr weil sie ums Leben gekommen war – sie war eine Kriegerin gewesen, das spürte er genau, und hatte ein solches Schicksal schon lange zuvor akzeptiert –, sondern weil ihrer Ermordung ein Verrat vorausgegangen war.

Wie erwartet, hatten die Wächter die Tür nicht abgeschlossen, und obwohl es in der Halle ebenfalls dunkel war, konnte Thorn hier weit besser sehen als unten in dem Gewölbe.

»Was nun?« fragte Franjean. »Gehen wir zu Elora?«

»Muß ich noch eigens darauf hinweisen, daß hier etwas ganz und gar nicht stimmt?«

»Mußt du nicht, aber du hast ja schon getan.«

Thorn lächelte. Wenn Franjean solche Sprüche machte, ging es mit ihm offenbar wieder bergauf.

»Interessant«, sagte er, als sie weitergingen, »diese wiederholten Hinweise auf Eloras Beschützer.«

»Was für eine Vorstellung, Rool«, rief Franjean, »eine Welt, in der kein Platz für zwei Nelwyns ist!«

»Hab das Fahndungsschreiben auf dem Schreibtisch des Hauptmanns gesehen«, entgegnete Rool leise und ohne den geringsten Anflug von Ironie. »Die suchen wirklich schon lange nach einem Nelwyn. Unser Glück, daß wir uns die ganze Zeit außerhalb der Reichsgrenzen rumgetrieben haben und dann unter dem Schutz von Freunden hier hergekommen sind.«

»Schöne Freunde«, nörgelte Franjean, »die uns nicht mal gewarnt haben.«

»In dem Schreiben war von einer Geheimfahndung die Rede.«

»Um so drängender stellt sich die Frage, was hinter alledem steckt«, sagte Thorn.

Franjean schnaubte verächtlich.

»Wie bitte?« fragte Thorn herausfordernd, obwohl er eigentlich keine Lust hatte, sich schon wieder zu streiten. Doch er wollte auch nicht in diesem Ton mit sich reden lassen.

»Du vergißt offensichtlich«, entgegnete Franjean ernst, »daß die richtige Antwort von der Frage abhängt.«

»Wenn du etwas *weißt*, Franjean ...«

»Ich wünschte, es wäre so einfach, das kannst du mir glauben. Aber entscheidend ist, was *du* weißt. *Du* bist schließlich der Magier, vergiß das bitte nicht.«

Als ob du mich das je vergessen lassen würdest, brummelte Thorn für sich.

Als sie fast oben auf dem Treppenabsatz nahe der Zellentür angekommen waren, legte Thorn einen magischen Schutzmantel um sich selbst und die Brownies. Nur ein Abwehrzauber – wie das meiste, was er bis dahin angewandt hatte –, der ihn mit seiner Umgebung verschmelzen ließ. Wer immer ihm fortan begegnete, mußte den Eindruck haben, daß Thorn irgendwie Bestandteil des allgemeinen Hintergrunds sei.

Als er wieder in die Zelle schaute, wurde Thorn plötzlich von einem Gefühl völliger Desorientierung erfaßt. Sein Intellekt und sein gesunder Menschenverstand sagten ihm zwar, wo er sich befand und was er vor sich sah. Aber zugleich hatte er den Eindruck, den Nachthimmel anzuschauen – eine absolute Finsternis, die kein Ende zu nehmen schien. Er konnte weder irgendwelche Konturen noch Grenzen ausmachen. Auch den Steinchen, die er ausgeworfen hatte, kam in dieser pechschwarzen Leere kein bestimmter Platz zu, sie glimmten wie Sterne und schienen unendlich weit weg.

Thorn trat schaudernd über die Schwelle wieder in jene anheimelnd vertraute Sphäre, in der Schatten durch die Abwesenheit von Licht und nicht etwa des Lebens selbst erzeugt wurden.

Rool übernahm die Führung, und so gingen die drei wachsam die Wendeltreppe hinauf.

»Mir ist etwas aufgefallen«, sagte Franjean ganz geschäftsmäßig und ohne das übliche Imponiergehabe.

»Ist mir auch schon aufgefallen. Bemerkenswert sauber hier in diesem Knast.«

Thorn hörte ein geringschätziges Schnaufen. »Bei allem gebotenen Respekt« – der, wie dem Tonfall des Brownies zu entnehmen war, inzwischen stark gegen Null tendierte – »würde es unsere Situation erheblich erleichtern, wenn du daraus weder voreilige noch irrige Schlußfolgerungen ziehen würdest.«

»Vielleicht hab ich mich ja auch getäuscht.«

»Nicht zum erstenmal, wenn du mich fragst. Dachte, daß du inzwischen wenigstens ein bißchen dazugelernt hast.«

»Sonst ist niemand hier«, zischte Rool, der bereits ein Stück vorausgegangen war, als er ihnen auf den ausgetretenen Stufen wieder entgegeneilte.

»Sind die Wärter etwa weg?«

»Nein. Die hocken mürrisch über ihrem Bier. Aber sie sind die einzigen. Sonst sind sämtliche Zellen und Gänge leer.«

»Hab ich doch gesagt«, entgegnete Franjean triumphierend. Thorn setzte ein Tigerlächeln auf und hoffte, seine Gefährten würden dies nicht bemerken. Er unterdrückte einen plötzlichen Mordimpuls.

»Habt ihr 'ne Ahnung, seit wann?« fragte er.

»Schon lange, *sehr* lange. Ich kann hier keine Seele riechen, hier ist schon seit Urzeiten niemand mehr gewesen – außer den beiden Pennern eine Etage höher.«

»Ich auch nicht«, sagte Thorn mit einem gedankenverlorenen Nicken.

»Ein Dämon«, sagte Franjean.

»Wieso?«

»Heißen doch nicht zufällig SeelenEsser. Der hier muß 'ne wahre Freßorgie veranstaltet haben.«

Thorn sagte nichts, was die Brownies noch nervöser machte.

»Was ist los?« drängte Rool schließlich. »Ich mag es gar nicht, Drumheller, wenn du so schweigst.«

»SeelenEsser sind von Grund auf böse.«

»Kreaturen des Schattens.« Franjean hatte den Oberbegriff gewählt, mit dem die Dunklen Sphären und Mächte gemeinhin bezeichnet wurden. »Und was herrscht in dem Raum dort unten anderes als die totale Dunkelheit. Das eine verrät das andere.«

»Ich bin mir da nicht so sicher ...«

»Braucht uns doch unter den gegebenen Umständen gar nicht zu interessieren.«

Sie alle schwiegen, als sie an der Wachstube vorbeischlichen. Rool hatte die Wächter richtig eingeschätzt. Das Bier war ihr bester Freund, und ihre Wertschätzung für den gemütlichsten Job im ganzen Königreich wurde lediglich durch allerlei Befürchtungen hinsichtlich der Vorgänge weiter unten in dem Gewölbe getrübt. Seit Beginn ihrer Dienstzeit waren sie heute zum erstenmal dort unten in den Katakomben gewesen, und das hatte ihre Stimmung nicht gerade aufgemöbelt. Auch die Aussicht, daß sie früher oder später wieder dort hinuntergehen mußten, behagte ihnen gar nicht. Deshalb beteten sie, daß zu diesem Zeitpunkt eine andere Schicht Dienst haben möge.

»Schiß haben sie«, sagte Rool, »daß sie da unten ein schlafendes Ungeheuer aufgeweckt haben.«

»Arme Häschen«, sagte Thorn ohne Mitgefühl.

»Du scheinst solche Befürchtungen nicht zu hegen, Drumheller.«

»Ich bin mir noch nicht sicher, Rool. Tut mir leid. Das Böse hat einen ganz eigenen Geschmack …«

»Vielleicht ist es verborgen. Vielleicht bist du nicht sensibel genug, es zu bemerken.«

»Vielleicht.«

»Wie lautet doch unser Lieblingsspruch: ›Vorsicht ist die Mutter der Porzellankiste.‹«

»Du sprichst wie ein Nelwyn.«

Franjean fiel ihm scharf ins Wort: »Und du fängst allmählich an, dich wie ein Daikini zu verhalten.«

»Wie darf ich das verstehen.«

Franjean zog es vor, nicht zu antworten, und Thorn ließ die Sache deshalb auf sich beruhen. Das Burgverlies, in dem sie sich befanden, war das mit Abstand älteste Bauwerk auf dem gesamten Palastgelände. Es stand allein auf einem Hügel und war vom Hauptgebäude durch allerlei Pferdestallungen und Kutschenremisen getrennt und bot einen atemberaubenden Ausblick auf die Stadt und die Bucht weiter hinten. Das Gebäude war derart solide gebaut, daß seine Mauern wie eine natürliche Fortsetzung des Hügels erschienen. Der Hang, an dem es stand, ragte so hoch und so steil auf, daß etwaige Angreifer schon zermürbt oben ankommen mußten. Die Rückseite des Hügels hingegen fiel wesentlich sanfter ab und hatte ursprünglich zu einer weiteren Anhöhe hinübergeführt. Im Lauf der Generationen hatte man dann jedoch massiv in die natürlichen Gegebenheiten eingegriffen. Die Vertiefung zwischen den beiden Hügeln war gefüllt und selbst zu einer Erhöhung aufgeschichtet worden, die ihrerseits halb so hoch war wie der Hügel, auf dem die ursprüngliche Zitadelle stand. Auf dieser Anhöhe hatte man dann einen prächtigen Palast errichtet, dessen Befestigungsmauern zwar wehrhaft aussahen, jedoch in erster Linie eine ästhetische Funktion erfüllten. Zum einen waren die Mauern zu hoch und zum anderen durch zu zahlreiche Fenster unterbrochen, um für Verteidigungszwecke brauchbar zu sein. Man hatte von dort aus einen spektakulären Ausblick, und an klaren Abenden mußte der Anblick des voll erleuchteten Palastes vor dem Hintergrund der Stadtsilhouette atemberaubend sein.

»*He!*« rief plötzlich eine Stimme, und Thorn und seine beiden kleinen Begleiter bekamen einen Riesenschrecken. Im ersten Augenblick dachte Thorn, einer der Wächter habe gerufen, und wollte schon zum Tor hechten. Aber seine Erfahrung siegte über diesen Impuls, und er ließ sich noch ein paar Sekunden Zeit, um sich ein Bild von der Situation zu verschaffen.

»Du da!« Der Daikini war von ähnlichem Schlag wie die Wächter, groß und kräftig, doch mit einem wesentlich dickeren Bauch. Thorn beschloß, sich dumm zu stellen, und blickte über die Schulter, als ob der Mann nach jemand anderem gerufen hätte. Dann richtete er fragend seinen Daumen auf sich selbst.

»Ja«, schrie der Mann aufgebracht. »Du da, kleiner Mann, komm mal her. *Los, komm schon!*« brüllte er, als Thorn den Innenhof nicht rasch genug überquerte. Offenbar war der Mann augenblicklichen Gehorsam gewohnt. Und als Thorn neben ihm stand, kam er sich vor wie neben einer Lawine, die jeden Augenblick zu Tal gehen kann.

»Verdammter Mist«, klagte der Mann. »Wie soll ich mit den Helfern, die man mir zugewiesen hat, nur eine solche Feier vorbereiten? Wenn du hier weiter so herumtrödelst, kleiner Mann, wird die Heilige Prinzessin Elora an Altersschwäche sterben, bevor wir fertig sind.«

»Tut mir leid«, war alles, was Thorn herausbrachte, als er neben dem Mann auf den Wagen stieg.

»Hoffentlich bist du stärker, als du aussiehst. Ich hab nämlich keine Geduld mit Drückebergern, besonders nicht heute.«

»Ich kann ganz schön was schleppen«, versicherte ihm Thorn.

Der Blick, den er daraufhin erhielt, war nicht sonderlich ermutigend.

Der Wagen bildete das Schlußlicht eines Güter-Konvois, der sich vom alten Burgverlies her – also auf der Rückseite des Palastes – den Hügel hinaufwand. Dort wurden die Vorräte angeliefert, während das auf der Vorderseite des Schlosses gelegene Tor auf dem Königsberg offiziellen Gästen vorbehalten war. Dieser rückwärtige Flügel der Palastanlage entsprach zwar in seinen architektonischen Grundzügen dem übrigen Gebäude, war aber schlichter und funktionaler gehalten. Denn hier wohnte und arbeitete das Schloß-Personal. Deshalb hatte man auf aufwendige Verzierungen verzichtet. Die Fenster waren hier kleiner und auch nicht so zahlreich. Von der Laderampe aus führten drei Türen ins Innere, die zwar nicht so hoch, dafür jedoch beträchtlich breiter waren als der Haupteingang auf der Vorderseite. Während dieser Eingang die Besucher beeindrucken sollte, die von hier aus in die hoch aufragende Vorhalle des Palastes traten, dienten die rückwärtigen Türen lediglich praktischen Zwecken. Als der Fahrer seinen Wagen gekonnt rückwärts an die Rampe manövrierte, schufen einige Helfer Platz, während Bedienstete bereits nebenan Wein- und Bierfässer von einem anderen Wagen rollten. Offenbar waren an diesem Tag bereits etliche Lieferungen eingetroffen, und Thorn hatte den Eindruck, daß die Lagerarbeiter noch einiges zu tun hatten. Die Männer mit ihren aufgerollten Hemdsärmeln wirkten müde und gingen mit schweren Schritten ihrer Arbeit nach. Als der Fahrer sich auf seinem Sitz umdrehte und nach ihm Ausschau hielt, stellte Thorn sich hinter einen halbwüchsigen, ihn gleichwohl um Haupteslänge überragenden Pagen und aktivierte abermals seinen magischen Schutzschild. In den Augen des Fahrers war der Page jetzt jener ›kleine Mann‹, den er auf seinem Wagen mitgenommen hatte. Tatsächlich hatte er zuviel zu tun, um sich darüber überhaupt einen weiteren Gedanken zu machen. Er erteilte Befehle, und der Junge gehorchte, alles weitere interessierte ihn nicht.

Währenddessen schlich sich Thorn durch das Menschengewimmel in einen angrenzenden Korridor. Unterwegs schnappte er sich eine Livree und ein silbernes Tablett, das er vor sich hertrug, als hätte er einen höchst wichtigen Auftrag zu erledigen.

Der Gang, in dem er sich jetzt befand, war so breit, daß er leicht sechs Männern nebeneinander Platz geboten hätte. Gleichwohl hatte Thorn wegen der vielen Bediensteten, die ihm entgegeneilten, alle Mühe, sich seinen Weg zu bahnen. Linkerhand befand sich ein geräumiger Bogengang, der durch Türen mit weiteren Lagerräumen verbunden war. Auf den angrenzenden Rampen türmten sich zahlreiche Kisten, die zum Teil bedrohlich hoch aufgestapelt waren. Das Ganze erinnerte an einen Riesenumzug, nur daß noch nicht alles verstaut war und zu viele Leute sich darum stritten, wo die einzelnen Sachen eigentlich hingehörten. Es herrschte ein heilloses Durcheinander. Männer rempelten gegeneinander und versuchten sich laut brüllend verständlich zu machen, was angesichts des allgemeinen Lärms einige Mühe kostete, und gestikulierten mit hochrotem Gesicht wie wild mit den Armen herum.

»Erzähl du mir nicht, wo ich meine Kisten abzuliefern habe, du Blödmann«, beschimpfte ein Bediensteter einen Kollegen, als Thorn sich unter Aufbietung all seiner Kraft durch das Gewühl der Beine vorwärtsdrängte.

»Du versperrst uns den Weg mit deinem Krempel«, schrie der andere zurück.

»Dann halt gefälligst die Augen offen, verdammt noch mal« – breitester Inseldialekt, an dem Maulroon seine Freude gehabt hätte –, »merkst du nicht, daß du den Zugang blockierst? Wo soll ich denn mit dem Zeug hin?«

»Das ist deine Sache. Laß dir doch was einfallen. Wir erwarten die Gesandten der dreizehn Reiche. Noch nie in der Geschichte hat es eine solche Zusammenkunft gegeben. Seine Majestät möchte, daß alles bestens vorbereitet ist. Und dafür sind wir verantwortlich, das ist unser Job – und damit basta.«

»Ist doch alles totaler Quatsch.«

»Also gut. Dann geh doch hin und sag ihm das persönlich. Ich kann ja schon mal die Beileidsschreiben an deine nächsten Verwandten aufsetzen.«

»Die Pest soll …«

»Sag das nicht!« Der Inspektor schrie so laut, daß seine Stimme sich an den Mauern und der Decke brach. Augenblicklich herrschte eine gespenstische Stille. Der Mann war offensichtlich selbst von der Gewalt seine Stimme überrascht. »Um *Himmels* willen«, fuhr er dann zwar leiser aber nicht minder leidenschaftlich fort. Seine Stimme zitterte, und als sein Kontrahent sich der Bedeutung der Worte bewußt wurde, erbleichte er.

»Das gilt für euch alle«, sagte der Inspektor und wandte sich an alle Anwesenden. »Worte haben eine Bedeutung. Und Flüche haben Macht, besonders wenn Leute zugegen sind, die sie vielleicht nur zu gerne in die Tat umsetzen würden. Deshalb bitte ich euch, in den nächsten Tagen – das heißt, solange die Vertreter der Dreizehn Reiche hier sind – Zurückhaltung zu üben. Und zwar sowohl mit euren Worten wie mit euren *Gedanken.*«

»Was für ein Segen, wenn dieser Zirkus endlich vorbei ist«, sagte eine Stimme aus der Menge. Thorn konnte nicht genau erkennen, woher die Stimme kam und wer so gesprochen hatte.

»Falls wir dann noch leben«, murmelte einer der Brownies. Und erst später begriff Thorn, daß das nicht als Witz gemeint war.

Er schlüpfte nun unter einem der Bögen hindurch und landete in einer Küche, wie er noch nie zuvor eine gesehen hatte. Sie nahm die ganze Breite des rückwärtigen Palastflügels ein und war mit einer ganzen Phalanx von Steinherden ausgestattet, zu denen jeweils ein Arbeitstisch und ein großes Hackbrett gehörte. Auf der gegenüberliegenden Seite des Raumes waren an mächtigen Pfeilern große Spülbecken mit fließendem heißen und kalten Wasser angebracht. Es gab Regale für Töpfe, Pfannen und Schnittwerkzeuge und andere, in denen die bereits fertiggestellten Speisen verwahrt wurden. In einer Ecke wurde eine ganze Kuh fachgerecht in ihre Bestandteile zerlegt, und ein Stück weiter war eine Schar halbwüchsiger Kinder damit beschäftigt, alle Arten von Geflügel zu rupfen. Durch einen Bogen trat man dann in einen Bereich, der einzig und allein der Reinigung der Kochwerkzeuge vorbehalten war. Zwischen den beiden Abteilungen herrschte ein beständiges Kommen und Gehen, denn unentwegt brachten Spüler schmutzige Kochutensilien, während andere bereits gereinigtes Gerät zurück in die Küche brachten.

Auf den ersten Blick erschien es, als ob innen ein ähnliches Chaos herrsche wie draußen, doch bei näherem Hinsehen erwies sich dieser Eindruck als falsch. Thorn hatte das Gefühl, einer gigantischen menschlichen Maschine bei der Arbeit zuzusehen. Jeder Handgriff hatte seinen Zweck, sei es das Wenden der Fleischstücke auf dem Grillrost oder die Überprüfung der Zutaten für das abendliche Festmahl. Das Personal bewegte sich mit der Präzision eines militärischen Verbandes. Jeder Arbeitstisch war für bestimmte Aufgabenbereiche zuständig, und in jeder Sektion des Raumes wurde ein anderer Gang des abendlichen Menüs zubereitet. Eine Abteilung war für die Suppe zuständig, eine andere für das Geflügel und die drei verschiedenen Fleischsorten. Ferner gab es Fisch und Schalentiere sowie eine Fülle von Salaten und Gemüsen und schließlich noch die entsprechenden Saucen, Dressings und Garnierungen. Die Luft war erfüllt von Basilikum-, Koriander-, Pfeffer-, Hickory-, Zimt- und Schokoladenduft. Wieder eine andere Abteilung war für die Herstellung der Vor- und Nachspeisen zuständig, und aus einem weitläufigen Weinkeller wurde gleich kistenweise Wein für das Bankett hervorgeholt. Fleisch wurde geröstet und gebraten, gegrillt und sautiert, aus Backöfen wurde knusprig braunes Geflügel hervorgezogen, während auf Eisengestellen große Pfannen standen, in denen in einer Wein-Kräuter-Sauce prächtige Fische vor sich hinköchelten. Auf der Kopfseite des Raumes waren auf einem langen Tisch Modelle der verschiedenen Gerichte aufgebaut, mit denen die Hilfskräfte, Köche und Oberköche ihre Kreationen vergleichen konnten.

Thorn hatte noch nie einen solchen Tumult erlebt und dachte kurz daran, wie schön es wäre, oben in dem Bankettsaal an einem der Tische zu sitzen und wenigstens von einigen dieser Köstlichkeiten zu probieren. Er war von den Anblicken, dem Lärm und den Gerüchen, die von allen Seiten auf ihn eindrangen, völlig hingerissen. Deshalb hatte er schon völlig vergessen, daß er ja ein ungebetener Eindringling war. In der Halle war er nur eine Gestalt unter vielen gewesen, und niemand hatte sonderlich auf ihn geachtet, weil niemand genau wußte, was eigentlich vor sich ging und wer für was zuständig war. Doch hier fiel er wegen seiner Inkompetenz sofort auf.

Und wurde auch sogleich entsprechend zurechtgewiesen.

»Was machst du denn hier?« erscholl eine Frauenstimme neben ihm, während ihn eine Hand kräftig am Ohr zog.

»Tut mir leid, Gnädigste«, stotterte er. »War nicht böse gemeint. Wollte mich nur nützlich machen.«

»Wer ist dein Herr?« Sie schob ihn Richtung Halle vor sich her.

»Minh!« rief eine Stimme auf der gegenüberliegenden Seite der Küche. »Was gibt es?« Eine noch furchterregendere Frau in einem gestärkten Rock, mit unten zugeknöpften Ärmeln, einem geschnürten Oberteil und hochgesteckten Haaren trat jetzt auf den Plan. Sie trug eine Schürze, die ihr von der Brust bis auf die Füße hinabreichte. Als sie mit den entschlossenen Schritten eines Soldaten näher kam, klopfte sie sich Mehl von den Händen. Sie hatte die Schürzenbänder einmal um den Leib geschlungen und vorne zugebunden. In die Schürzenbänder hatte sie sich zwei Geschirrtücher gesteckt, an denen sie sich die Hände abwischte.

»Alles in Ordnung, Köchin«, entgegnete die erste Frau, während sie Thorn noch einmal kräftig am Ohr zog. »Ich kümmere mich hier gerade um jemanden, der hier nichts zu suchen hat.«

»Ordentlich angezogen ist er ja, und sauber offenbar auch«, sagte die Köchin, und Thorn überlegte schon, wie er ihr dank seines Zaubers wohl erscheinen mochte. Vermutlich so, wie sie ihn am liebsten sehen wollte. »Ja, er ist brauchbar.«

»Wie bitte?« fragten Thorn und Minh gleichzeitig.

»Ist schon spät.« Die Köchin ging bereits zu ihrem Arbeitsplatz zurück. »Bring ihn mal her.« Diesem Wunsch kam Minh bereitwillig nach. »Hier unten ist soviel zu tun, und wir haben sowenig Leute, daß wir dem Zeitplan ohnehin schon hoffnungslos hinterherhinken. Schlimm genug, daß Seine Majestät auf das Essen warten muß, und Sie hat sich auch schon beschwert.«

»Ich versteh nicht ganz«, versuchte Thorn sich bemerkbar zu machen.

»Hier ist der Servierwagen«, sagte die Köchin, eine ausführlichere Erklärung hatte sie ihm offensichtlich nicht zugedacht. Noch während sie zu ihm sprach, war sie im Geiste schon wieder mit dem nächsten und übernächsten Problem beschäftigt. Es interessierte sie nicht, was er sagen wollte, solange er nur ihre Befehle ausführte.

»Da, durch die Tür«, sagte sie und zeigte in die entsprechende Richtung. »Durch den Gang, und dann nimmst du den Aufzug. Und entschuldige dich dafür, daß die Suppe inzwischen kalt ist. Wenn sie tätlich wird, mein Junge, werde ich mich erkenntlich zeigen.«

»Und für wen sind die Speisen?« fragte er.

»Für die Heilige Prinzessin Elora natürlich.«

Der Wagen war genauso hoch wie er selbst und wesentlich schwerer und mit drei übervollen Tabletts beladen. Genug zu essen für eine ganze Familie, aber nur ein Gedeck. Die Speisen waren äußerst kunstvoll hergerichtet und von erlesener Qualität.

In dem Korridor steckten an den Wänden in gewissen Abständen Fackeln in glänzenden Metallhaltern und ließen den Gang hell erstrahlen. Man erkannte sofort, daß der Turm, in den er jetzt trat, erst vor relativ kurzer Zeit an den Palast angebaut worden war. Der glatte Steinfußboden unter seinen Füßen war frisch poliert, und die gutgeölten Räder des Servierwagens liefen völlig gleichmäßig und ohne das geringste Quietschen. Die Speisen auf dem Wagen waren zudem sorgfältig und stoßfest verpackt. Was auch nötig war, denn das Porzellan war so hauchzart, das Kristallglas so zerbrechlich, daß schon ein böser Blick genügt hätte, beides zu zerstören. Thorn mußte lächeln, als er daran dachte, daß selbst der

König höchstpersönlich wohl kaum von so kostbarem Geschirr aß. Und dann fiel ihm das praktische Zinngeschirr ein, das er normalerweise benutzte, und sein Mund verzog sich zu einem breiten Grinsen.

Schließlich gelangte er in ein schlichtes Vorzimmer mit Backsteinwänden und einer zweiten Tür, die offenstand und durch die ein Daikini bequem hindurchgehen konnte. Oben in dem runden Deckengewölbe waren Belüftungsschächte angebracht, die für ihn selbst (im Gegensatz zu den Brownies) jedoch zu klein und ohnehin unerreichbar waren. Sonst gab es weder einen anderen Ausgang noch irgendwelche weiteren Öffnungen.

Er trat durch die zweite Tür.

Der ganze Raum schwebte nach oben.

»Ein Aufzug«, murmelte er entzückt, nachdem der erste Schrecken verflogen war. »Einfach genial.«

»Freut mich, daß *du* das findest«, nörgelte Franjean.

»Sie wohnt in einem Turm, mein Freund. Ich hab schon überlegt, wie ich den Wagen zu ihr hochschaffen soll.«

Er angelte einen Kamm aus seiner Gürteltasche und fuhr sich damit ein paarmal durch sein rötliches Haar, um es wenigstens einigermaßen in Ordnung zu bringen. Dann raffte er es im Nacken zu einem dicken Zopf zusammen. Anschließend steckte er den Kamm zurück in die Tasche und zog daraus eine silberne Schmucknadel hervor, die er sich ansteckte. Bedauerlicherweise konnte er am Zustand seiner Kleider nichts ändern; in dieser Hinsicht mußte Elora Danan so mit ihm vorlieb nehmen, wie er war.

»Der Himmel verhüte« meldete sich Franjean abermals, »daß die ›Heilige Prinzessin‹ die Demütigung auf sich nimmt, zu uns Irdischen herabzusteigen.«

»Muß doch trotzdem eine Treppe geben«, mischte sich Rool ein, »falls dies Ding hier mal defekt ist.«

»Wahrscheinlich auch einen zweiten Aufzug«, pflichtete Thorn ihm bei, »der direkt mit dem Palast verbunden ist. Für Elora persönlich. Einen für die Königlichen Hoheiten und einen zweiten für das Personal.«

»Verdammt hoch, das Gemäuer hier«, sagte Rool. »Wir

fahren schon 'ne ganze Weile mit ziemlichem Tempo und sind immer noch nicht da.«

Thorn wollte gerade antworten, als ihm eine Kältewelle ins Gesicht schlug, die jedoch nicht von Wind und Wetter herrührte. Sein jahrelanges Vagabundieren in freier Natur und die bewußte Anwendung seiner magischen Kräfte hatten ihn gegen solche Temperaturen bereits immunisiert. Doch dieser Kälteschock durchfuhr sein Fleisch und hüllte seine Seele in einen Mantel aus Rauhreif.

Er legte seine Hand flach gegen die Wand, spürte jedoch nichts von einer feindlichen Kraft. Sie fuhren immer noch aufwärts, und von Augenblick zu Augenblick wurde die Empfindung wieder schwächer.

»So ein Mist«, krächzte Rool. »Franjean hat recht, Drumheller. Am besten, wir machen uns schleunigst aus dem Staub.«

Die Brownies standen mit der Waffe in der Hand Rücken an Rücken, wie sie es auch unten im Kerker getan hatten.

»Das ist kein Dämon«, murmelte Thorn und bemerkte erst jetzt, daß er sein Messer ebenfalls gezogen hatte.

»Ein Horst«, sagte er dann und steckte das Messer zurück in die Scheide. Dann goß er sich aus Eloras Karaffe einen Becher Wasser ein. Es war mit Zitrone aromatisiert und schmeckte deshalb herb und süß zugleich. Er nahm einen kräftigen Schluck, gab den Brownies ebenfalls zu trinken und sprach laut dann aus, was sie alle drei bereits wußten. »Nachtreiher.«

»Höllenzähne«, zischte Rool.

»Dämonen in den Katakomben«, lautete Franjeans Beitrag, »und Nachtreiher hier im Turm, eine schöne Wohnung hat sich die Heilige Prinzessin da ausgesucht.«

»Sie ist noch nicht mal dreizehn, Franjean«, blaffte Thorn ihn an, »und in Anbetracht dessen, was ihrem ersten Heim widerfahren ist, hat sie nicht sehr viele Wahlmöglichkeiten gehabt.« *Oder*, fügte er mit einer plötzlich in ihm aufsteigenden, bitteren und völlig unerwarteten Wut hinzu, die ihn bis ins Mark erschütterte, *Freunde, die ihr in diesen furchtbaren Zeiten beigestanden hätten.* Und das gilt insbesondere für eine Person.

Ich hatte selbst genug Kummer, versuchte er sich einzureden. Vielleicht eine Erklärung, aber schon lange keine hinreichende Entschuldigung mehr. *Sie war besser dran ohne mich.*

Das hatte er jedenfalls während all dieser Jahre geglaubt. Jetzt war er sich dessen nicht mehr so sicher.

Die Reiher erfüllten in den Lüften dieselbe Funktion wie die Todeshunde am Boden. In der Hülle halbwegs normaler Lebewesen verkörperten sie etwas durch und durch Verworfenes. Sie waren von bedrückend majestätischer Erscheinung, pechschwarz mit scharlachrotem Schnabel und ebensolchen Beinen und sahen deshalb, wenn sie – mit einer Geschwindigkeit und Wildheit, mit der es selbst die Adler nicht aufnehmen konnten – im Sturzflug herabschossen, wie blutige Speere aus. Aber noch schlimmer war ihre unglaubliche Intelligenz, die in allen ihren Aktivitäten und Jagdmanövern sichtbar wurde. Die Todeshunde wurden immerhin in ihre Rolle hineingeboren, während sich die Reiher aus freiem Entschluß für ihr Tun entschieden. Es machte ihnen einfach Spaß. Wenn sie töteten, dann so sehr zu ihrem eigenen Vergnügen wie aus Notwendigkeit. Und während sie das Fleisch ihrer vielfach noch lebenden Opfer hinunterschlangen, ergötzten sie sich zugleich an deren körperlichen und seelischen Qualen. Hinter der glitzernden, vor Stolz und Wohlstand beinahe berstenden Fassade war Angwyn also ein im Innersten absolut verdorbenes Gemeinwesen.

Der Fahrstuhl hielt an, und eine Tür öffnete sich.

Der Anblick, der sich ihnen bot, sollte dem Besucher offensichtlich den Atem rauben. Aber Thorn hatte schon Eindrucksvolleres gesehen und im Augenblick andere Sorgen, als er seinen Wagen zwischen diversen Dienern hindurch Richtung Balkon rollte. Ein Blick über dessen Rand machte ihn auch nicht schlauer, denn die oberen Geschosse des Turmes waren wesentlich ausladender gebaut als die unteren, tragenden Teile, so daß die Konstruktion an einen Teller auf einem Stock erinnerte. Die oberen Etagen ragten daher so weit vor, daß die unmittelbar unterhalb dieser Plattform gelegenen Teile des Turmes nicht einsehbar waren. Doch er war sicher, daß sich dort der Reiherhorst befand. Vielleicht gab es dort ohnehin nichts zu sehen, weil die Reiher, wie ihr Name schon sagte, Nachtvögel waren.

»Was spielt sich hier eigentlich ab?« murmelte er vor sich hin. Todeshunde, Maizan, Nachtreiher. Er war selbst überrascht, daß er den angeblichen Kerkerdämon in diese Aufzählung nicht einbezogen hatte. Was immer dieser Dämon auch an bösen Absichten hegen mochte, jedenfalls hatte er augenscheinlich schon lange vor dem Eintreffen der Daikini an diesem Ort und der Gründung der jetzt herrschenden Dynastie seine Macht eingebüßt. Die übrigen in seiner Aufzählung genannten Wesen indes waren kraftvolle, hungrige Beutejäger, und er wußte, daß ihre Anwesenheit am Vorabend von Eloras Inthronisierung kein Zufall war.

»Man müßte den König davon in Kenntnis setzen«, fuhr er dann fort und spürte, wie sein Gesicht erstarrte, als er eingehender über die Situation nachdachte. »Aber er weiß ja Bescheid, und es scheint ihn nicht zu interessieren. Doch was ist mit all den Gesandtschaften? Es gibt etliche Reiche, denen die bloße Gegenwart eines Nachtreihers ein absolutes Greuel ist. Warum aber haben sie nichts unternommen? Und dann die Maizan. Wenn ich deutlich spüren kann, daß sie den Makel des Schattens tragen, warum dann sonst niemand?« Die Erinnerung an Tir Asleen stieg in ihm auf und an all die großen Mächte, die dort vor einem Dutzend Jahren versammelt gewesen waren, und dennoch hatte niemand vorhergesehen, was geschehen würde.

Er hörte Schritte.

Das letzte Mal, als er sie gesehen hatte, hatte sie kaum laufen können, gleichwohl waren ihm ihre Schritte so vertraut wie seine eigenen. Sie hatte damals noch wie ein Baby vornehmlich nach saurer Milch gerochen. Doch als sie näher kam, verriet ihm sogar der kaum merkliche Duft, den sie verströmte, daß sie es war. Er hörte das Klackern ihrer Schuhe auf dem Steinfußboden und das Rascheln ihrer Kleider.

Er wußte nicht, was er sagen, geschweige denn tun sollte, aber weglaufen konnte er ebensowenig.

Und so drehte er sich um. Er konnte ein schüchternes,

hoffnungsvolles Lächeln genausowenig unterdrücken wie die Worte, die aus seinem Mund hervorsprudelten.

»Elora Danan«, sagte er.

»Das soll ich essen?« fauchte sie. Sie nahm einen Teller von dem Servierwagen. »Das soll ein anständiges *Menü* sein?«

Und dann warf sie mit dem Teller nach ihm.

5. Kapitel

Die Brownies hatten bessere Reflexe. Sie duckten sich, doch er stand nur wie erstarrt da, weil er nicht glauben konnte, was seine Augen sahen. Glücklicherweise befand sich auf dem Teller nur kaltes Fleisch, so daß sich die Bescherung in Grenzen hielt.

Doch Elora gab sich alle Mühe, diesen Zustand möglichst rasch zu beenden. Sie hatte den Wagen hinter sich hergezogen und griff jetzt nach den Gewürzgläsern. Er konnte gerade noch einer Sauce ausweichen und zuckte zusammen, als Kristall auf dem Boden zerbarst. Gewiß hatte ein Kunsthandwerker einen Teil seines Lebens und seiner Seele in die Gestaltung des Gefäßes investiert, so daß es ein besseres Schicksal verdient gehabt hätte.

Im übrigen war er inzwischen gründlich mit Senf bekleckert. Elora hatte eine gute Wurftechnik und offenbar eine Menge Übung. Ihm wurde jetzt auch schlagartig klar, warum er so wenige Bedienstete erblickt hatte, als er aus dem Lift gestiegen war. Er erlebte lediglich zum erstenmal, was für das übrige Personal vermutlich zur Routine gehörte.

Die Brownies machten sich die Gelegenheit zunutze, um ihrerseits ein wenig Unsinn anzustellen. Aus den Augenwinkeln sah er, wie Franjean und Rool fröhlich allerlei Pampe in die Richtung zurückwarfen, aus der die klebrigen Sachen geflogen kam, so daß Elora unerwartet selbst in ein heftiges Kreuzfeuer geriet und völlig konsterniert ein paar Schritte zurücktrat.

Thorn ergriff dankbar die Gelegenheit zur Flucht, mußte jedoch feststellen, daß der Boden wegen des Lebensmittel-Bombardements spiegelglatt war. Als er mit den Füßen voran der Länge nach neben dem Servierwagen hinschlug, entrang sich seiner Kehle ein gänseartiges Krächzen. Elora nahm dies zum Anlaß, eine Terrine kalter Suppe über seinem Kopf zu entleeren. Er konnte sich noch kurz an der – im übrigen köstlichen – Flüssigkeit laben, bevor Elora ihm auch die Schüssel auf den Kopf fallenließ.

Doch dann besann er sich auf seine eigenen Kräfte und umfaßte mit den Händen eine bis obenhin mit Sprudelwasser gefüllte Karaffe. Elora glaubte wohl, daß die Suppe ihm die Augen verklebt hatte, wußte freilich nicht, daß seine Ein-Sicht ihm einen schmerzlich klaren Überblick über die Szene erlaubte, während sie sich nach neuen Dingen umsah, mit denen sie ihn bewerfen konnte. Die Brownies kamen ihm abermals zur Hilfe und bombardierten Elora mit allerlei Fisch- und Käsehappen, während er die Karaffe oben mit dem Daumen verschloß und sie mehrmals kräftig schüttelte.

Als Elora sich ihm wieder zuwandte, nahm er den Daumen etwas zurück, so daß ihr das Wasser wie aus einem Feuerwehrschlauch voll ins Gesicht spritzte. Sie schloß reflexartig die Augen und streckte vergeblich die Hände aus, um die Wasserattacke abzuwehren, während sie mit weit aufgerissenem Mund nach Luft schnappte. Das war ein zu verlockendes Ziel. Ein weiteres Schütteln der Karaffe, dann schoß Thorn ihr das letzte darin befindliche Wasser zwischen die Zähne. Sie gab seltsam glucksende Laute von sich, als ob er sie unter Wasser getaucht hätte, und ging dann selbst zu Boden, als Franjean und Rool an je einem ihrer Beine zogen – was angesichts des durch Speisereste und diverse Flüssigkeiten spiegelglatten Bodens gar nicht so schwierig war. Als sie unsanft auf ihrem Hinterteil landete, entrang sich ihrer Kehle zunächst ein katzenhaftes Wutgeheul, das rasch in artikulierte Hilferufe überging.

»Wachen!« schrie sie. »*Vizards! Zu Hilfe!*«

Thorn nahm dies Geschrei als Stichwort für einen eiligen Abgang. Das Mädchen erholte sich mit beängstigender Geschwindigkeit von seinem Schock. Obwohl Thorn für nelwynische Verhältnisse geradezu mit Windeseile davonhastete, traf sie ihn mit einem Tranchierbrett im Rücken und verfehlte ihn nur knapp mit einer weiteren Karaffe. Er fing das Kristallgefäß in der Luft auf, kurz bevor es an der Wand zerschellen konnte, und versuchte sich dann in gebückter Haltung irgendwie aus der Schußlinie zu bringen. Dabei preßte er das Kristallgefäß schützend an seinen Körper, als sei es ein Kind. Er entdeckte eine Nische, in der niemand ihn über den Haufen rennen konnte und hüllte sich dann in seinen Mantel. Wer immer nach ihm Ausschau hielt, würde an dieser Stelle nichts entdecken als nackten Stein.

Die Karaffe war noch fast voll, deshalb nahm er daraus rasch einen Erfrischungstrunk. Sein Gesicht brannte, und im Mund verspürte er einen beißenden Essiggeschmack. Er zog es vor, nicht darüber nachzudenken, was sich alles in seinem Haar verfangen haben mochte.

Elora war ihm nicht nachgelaufen. War ihr vermutlich zu anstrengend. Was die Zielscheiben ihrer Attacken anging, hielt sie sich anscheinend an das Motto: aus den Augen aus dem Sinn.

»Hat dich gut erwischt«, sagte Rool lachend. Und obwohl er sich selbst mitten im Getümmel aufgehalten hatte, erschien der Brownie auch jetzt noch wie aus dem Ei gepellt.

»Wär wohl noch schlimmer geworden ohne euch. Vielen Dank.«

Er wollte schon seine EinSicht aktivieren, um sich einen Eindruck von Eloras Situation zu verschaffen, doch die Worte des Brownies ersparten ihm diesen Aufwand.

»Die Kleine ist beleidigt und gibt seltsame Laute von sich – hätte nie geglaubt, daß jemand ein solches Geheul anstimmen kann.« Thorn nickte. Seine eigenen Kinder hatten selbst als Säuglinge niemals so geschrieen. »Kein Wunder, daß die Nachtreiher sich in ihrer Nähe so wohl fühlen. Glauben offenbar, daß die Kleine zu ihnen gehört.«

»Das ist gar nicht witzig.«

»Die Kleine aber auch nicht, Drumheller, obwohl die Situation einer gewissen Komik nicht entbehrte.«

»Warum reagiert denn niemand auf ihre Hilferufe?«

»Das fragst du noch nach allem, was wir gerade erlebt haben?«

»Wenn man bedenkt, daß sie in den nächsten Tagen inthronisiert wird, könnte sie sich schon bald als das größte kleine Biest erweisen, das je das Licht der Welt erblickt hat...«

»In meinen Augen eine maßlose Untertreibung, Drumheller.«

»... wäre aber auch nicht weiter schlimm. Da soviel auf dem Spiel steht, werden ihre Berater und Aufpasser schon dafür sorgen, daß sie keinen allzu großen Schaden anrichtet.«

Das kleine Männlein entblößte die Zähne, als er einen Sack auf Thorns Schoß hievte. »Franjean hält Wache und gibt uns Bescheid, falls die Kleine oder sonstwer hier auftauchen sollte. Aber du brauchst dir ja ohnehin keine Sorgen zu machen, du hast ja deinen Mantel.«

»Klingt fast wie 'ne Begräbnisrede.«

»Wir haben dir in der Zwischenzeit 'ne kleine Mahlzeit zusammengestellt.«

Bei dem Sack handelte es sich in Wahrheit um eine Serviette, die oben von einem silbernen Ring zusammengehalten wurde. Darin befand sich ein matschiges Sandwich, also zwei verrutschte Scheiben Brot, die ein halbes Dutzend Fleischspezialitäten umschlossen, und etwas Käse und Salat sowie ein paar Tomaten.

»Keine besonders schöner Anblick«, räumte Tool ein. »Aber das ist nur Schmutz. Wird uns schon nicht umbringen.«

»Was, ihr habt das Zeug einfach vom Boden aufgeklaubt?«

Das Achselzucken des Brownies sagte alles. Thorn zog sein Messer, teilte das Sandwich in zwei Stücke, von denen er eines abermals durchschnitt. Dann tat er bis auf ein Viertel alles zurück in die Serviette und verstaute diese dann in seiner Gürteltasche.

»Immer machst du das.«

»Wie bitte?«

»Wenn wir mal was Gutes zu essen haben, steckst du regelmäßig den größten Teil davon in deine blöde Gürteltasche.«

»Könnte ja sein, daß wir später mal Hunger haben, wir *alle.*« Sollte dieser Fall eintreten, dann wäre es nicht das erstemal, daß er etwas Eßbares aus seiner Tasche hervorzaubern konnte. Seine Gürteltaschen waren für ihn die erste praktische Nutzanwendung seiner Gabe gewesen. Er hatte sie an dem Tag angefertigt, als der Hohe Aldwyn ihm die Knochen überreicht und ihn gesegnet hatte. An jenem Tag hatte Kiaya auch begriffen, daß er endgültig von daheim fortgehen und sie verlassen werde. Er hatte ihre Melancholie an jenem Nachmittag bemerkt und gespürt, daß sie zum erstenmal das Vertrauen in ihn verloren hatte. Mit Hilfe seiner Gabe hätte er ihr die Wahrheit leicht entreißen können, und er war sich noch immer nicht sicher, ob er damals mehr über die Versuchung selbst als darüber entsetzt gewesen war, daß er ihr beinahe nachgegeben hätte. Und so mußte er erfahren, daß selbst das reinste Licht, die edelste Absicht, einen Schatten wirft und zum Mißbrauch einlädt. Das war die wirkliche Lektion gewesen, die er an jenem Tag gelernt hatte.

»Schmeckt ausgezeichnet«, sagte Thorn und sprach gegen seine Gewohnheit mit vollem Mund, »besonders das Brot.«

»Tu mir bitte einen Gefallen«, bat er dann, nachdem er zuvor seinen Mund mit einem kräftigen Schluck Wasser ausgespült hatte. »Während Franjean Elora im Auge behält, kannst dich doch mal umsehen und feststellen, ob sich hier oben noch irgendwelche Bediensteten herumtreiben, mit denen wir es zu tun bekommen könnten.«

»Reicht die Kleine etwa noch nicht aus?«

»Ich warte solange hier.«

»Wieder mal müssen wir die ganze Arbeit machen, während unser grausamer, mitleidloser Herr und Meister …«

Rool verstummte. Irgend etwas in Thorns Gesicht sagte ihm, daß jetzt nicht der geeignete Augenblick für Scherze sei.

»So schlimm ist es nun auch wieder nicht«, ließ sich der Brownie vorsichtig vernehmen.

»Daß du nicht mal genug Grips für 'ne anständige Lüge hast, macht's keinen Deut besser.«

»Und was willst du tun?«

»Nachdenken.« Eine winzige Pause. Ein kurzes Zögern. »In meiner Erinnerung kramen.«

Als er Elora Danan zuletzt gesehen hatte, war er noch doppelt so groß gewesen wie sie. Unter ihrem rotgoldenen Wuschelhaar hatte ein rundes, rosiges Gesicht hervorgeschaut. Sie hatte jedoch weniger Babyspeck gehabt als die meisten Säuglinge, und ihr erstes schicksalhaftes Lebensjahr war zudem ganz anders verlaufen, als dies bei Kindern gemeinhin der Fall ist. Zwei Dinge jedoch waren auf den ersten Blick erkennbar gewesen: eine ehrfurchtgebietende Kraft – freilich hauptsächlich des Willens, denn ihr Körper war damals seiner Funktionen noch nicht mächtig gewesen – und ein nicht minder beeindruckendes Lachen. An allem und jedem, was der Kleinen damals begegnet war, hatte sie ihre helle Freude gehabt, und keiner, der sie erlebte, konnte ihrem überwältigenden Liebreiz widerstehen.

Thorn hatte sie vom ersten Augenblick an so geliebt, als wäre sie sein eigenes Kind.

Die Stärke war ihr geblieben, das bezeugten die blauen Flecken an seinem ganzen Körper. Von dem Lachen allerdings keine Spur mehr. Sie hatten es mit einer kleinen Furie zu tun, der die Bedeutung dieses Wortes unbekannt war. Er hörte ein lautes Krachen und ließ seine EinSicht für einen kurzen Augenblick mit Franjeans Wahrnehmung verschmelzen, um sich einen Überblick über die Situation zu verschaffen. Das Mädchen hatte den Servierwagen umgeworfen und trampelte auf den Lebensmitteln herum. Dann zerschmetterte sie systematisch jeden einzelnen Teller und jedes Kristallteil. Zugleich kreischte sie pausenlos so laut sie nur konnte.

Inzwischen war sie fast doppelt so groß wie er und schien in ihrem Wachstum ungebrochen. Ja, sie versprach selbst für Daikini-Verhältnisse zu einer stattlichen Frau heranzuwachsen. Allerdings war sie derzeit pummelig. Ihr Babyspeck hatte nicht nur der Zeit standgehalten, sondern sich sogar noch vermehrt. Sie hatte ein rundes Gesicht, einen kräftig gepolsterten Oberkörper und ließ körperlich wie geistig jede Anmut vermissen. Auch verriet ihr Gesicht, daß sie viel häufiger weinte als lachte, und zwar aus Gründen, die – wie Thorn annahm – öfter ihrer Einbildung als der Realität entsprangen. Ihre Augen waren zu Schlitzen verengt, und ihr Mund war zu einem ewigen Schmollen verzerrt.

Anders als Anakeries Kleidung, die vornehmlich der Bequemlichkeit diente, war Eloras Kostümierung ausschließlich auf Wirkung bedacht. Sie war in so viele Textilschichten eingewickelt, daß sie sich kaum noch bewegen konnte.

Puppenkleider, dachte er, *für eine Puppenprinzessin.*

»Ich hätte dich nicht gehen lassen dürfen«, sagte er dann laut voll tiefen Bedauerns. Er lehnte den Kopf gegen die Wand. »Ja, ich habe damals getan, was mir aufgetragen war, und ich war der Meinung, daß meine Aufgabe damit erledigt ist und du in Sicherheit seist. Ja, ich habe geglaubt, ich könnte wieder heimgehen und mein gewohntes Leben fortsetzen – wer hätte das auch ahnen sollen?«

Er brauchte sich nicht auf Franjeans Ohren zu verlassen, um Eloras Kreischen zu hören. Bei günstigem Wind war sie zweifellos sogar unten am Boden zu hören.

»Ich hasse euch«, schrie sie. *»Ich hasse euch alle.«*

»Das ist die Erklärung für den Turm«, erklärte Franjean plötzlich. Thorn, dessen EinSicht noch immer aktiviert war, sah sich einen beunruhigenden Augenblick lang von unten mit Franjeans Augen.

»Weshalb beobachtest du sie nicht mehr?«

»Ich kann den Anblick nicht mehr ertragen. Sie wälzt sich im Dreck, so gut ihre seltsame Kostümierung das zuläßt, und hat einen ihrer Wutanfälle. Im Augenblick erscheinst du mir nicht annähernd so furchterregend wie sie.« Der Brownie schüttelte den Kopf und tat sich an einem Radieschen gütlich. Nach dem ersten Bissen hielt er inne und streute ein wenig Salz darauf. »Wenn sie sich immer so benimmt, dann können wir nur zusehen, daß wir so schnell wie möglich von hier fortkommen.«

»Ich frage mich, wen sie haßt.«

»Kann uns doch egal sein, Drumheller.«

»Sie hat eine Bestimmung, Franjean.«

»Die Bestimmung eines Menschen ist nicht aktenkundig,

dokumentiert wird im allgemeinen nur die Geschichte. Und solche Überlieferungen sind meistens erstunken und erlogen, das kannst du mir glauben.«

»Ein kleiner Zyniker, was?«

»Wie beobachten den Lauf der Welt. Du würdest überrascht sein, wenn du sehen könntest, was wir sehen. Niemand schenkt unseresgleichen seine Aufmerksamkeit. Wie Insekten werden wir nur zerdrückt, wenn man uns sieht, und wir verstehen es ausgezeichnet, dafür zu sorgen, daß das möglichst niemals geschieht. Hab schon immer meine Zweifel gehabt. Ein einziges Mädchen, dazu noch von Daikini-Herkunft, soll das Schicksal aller Reiche in den Händen halten? Also *bitte.*«

»Und warum schicken sie alle Gesandte, um ihr Reverenz zu erweisen?«

»Meinst du nicht, daß diese Leute eine herbe Überraschung erleben?«

Als Thorn schwieg, fügte er noch hinzu: »Nur weil manche Leute größer sind als unsereiner, Drumheller, müssen sie noch nicht sonderlich klug im Kopf sein. Ganz im Gegenteil. Die *Arroganz* der Macht verdirbt den Charakter – der Glaube, man brauche sich über die Konsequenzen des eigenen Handelns keine Gedanken zu machen, wenn man alles tun kann. Wenn eine Macht wie, sagen wir, Bavmorda hinter dir steht, brauchst du kein sonderlich guter Kämpfer zu sein. Sie wird die Arbeit schon für dich tun – oder besser noch: die *Furcht* vor ihr tut das. Und damit fährt man vielleicht ganz gut, solange man es nicht mit einem Feind zu tun bekommt, der wirklich was auf dem Kasten hat. Weißt du, wieso ich die Daikini respektiere – und fürchte?«

»Nein.«

»Sie haben keine Macht, die diesen Namen verdiente – jedenfalls nicht in der Form, wie man dieses Wort in den Jenseitsreichen auffaßt. Bei den Schleierleuten gibt es Wesen aus Luft und Erde, Feuer und Wasser, die diese Elemente ihrem Willen untertan machen können. Feuerdrachen, die einen Berg aus härtestem Stahl mit einem einzigen Atemhauch in Nichts auflösen können. Trolle, die den Boden unter deinen Füßen aufbrechen und einen Spalt öffnen können, der bis zum Mittelpunkt der Erde hinabreicht. Elfen, Feen, Kobolde und eine Vielzahl anderer Geschöpfe, die allesamt mit jedem Menschen leicht fertig werden. Eine einzige Nacht würde ausreichen, um das Antlitz der Erde von sämtlichen Daikini zu befreien, und glaub ja nicht, wir hätten diesen Vorschlag nicht schon gehört. Letzten Endes interessiert sich jedoch niemand dafür, weil es allen gleichgültig ist und weil die Schleierleute in den Daikini keine besondere Bedrohung sehen. Die Schleierleute könnten den Menschen soviel Böses antun, wie diese es umgekehrt nicht annähernd vermögen.«

»Du bist offenbar anderer Meinung.«

»Wir beobachten den Lauf der Welt, Drumheller. Wir haben ein gutes Gedächtnis. Man sollte Feinde besser nicht in eine Herde Schweine verwandeln, solange man nicht sicher ist, daß man sie schon am Abend verspeisen wird. Bavmorda hat einen Fehler gemacht, der sie Kopf und Kragen gekostet hat.«

»Und die Konsequenzen, Franjean?« fragte Thorn kaum hörbar.

Der Brownie breitete die Arme weit aus, als wolle er den ganzen Turm und die weiter unten gelegene Stadt umfassen.

Dann schrie er.

Was der Brownie sah, konnte Thorn nur spüren. Ein Blubbern unterhalb seiner Schultern, als ob die Wand sich in eine gasförmige Masse aufgelöst hätte. Unversehens war nichts mehr da, wogegen er sich stützen konnte, so daß er das Gefühl hatte, am Rande eines Abgrunds entlangzutaumeln. Thorn warf sich nach vorn und stolperte auf seinen Beinen dahin – dankbar, daß wenigstens sie noch einen festen Halt fanden, zugleich entsetzt über die Vorstellung, daß nach der Wand jeden Augenblick auch der Fußboden nachgeben werde.

Er drehte sich seitwärts, warf sich der Länge nach zu Boden und registrierte trotz alledem, daß der Stein unter ihm seine Temperatur verändert hatte. Er war nicht mehr kühl, sondern glühte wie ein von der Sonne stundenlang erhitzter Felsen. Immerhin hatte er jetzt einen Halt und rollte, so schnell er nur konnte, auf dem Boden dahin – bis er mit etwas zusammenstieß.

Er dachte, er sei gegen die gegenüberliegende Wand geprallt, an die er sich noch dunkel erinnern konnte, doch tatsächlich war er mit einer menschlichen Gestalt zusammengestoßen, die jetzt zu Boden stürzte. Während sein Kontrahent noch lang ausgestreckt dalag, rappelte er sich wieder auf, jederzeit bereit, die Flucht zu ergreifen.

Nur gab es weit und breit nichts, wovor er hätte fliehen müssen. Die Wand vor ihm war nichts als normales Mauerwerk. Die Gestalt, die er umgestoßen hatte, freilich war alles andere als normal.

»Elora Danan«, sagte er wieder.

Sie schlug ihn.

Er fing sich einen schwerfälligen, ungelenken Schlag mit dem Handrücken ein, der ihn voll an der Wange traf und niederschleuderte, so daß er ein paarmal blinzeln mußte, bevor er wieder klar sehen konnte. Er erwartete schon beinahe weitere Schläge oder gar Fußtritte, doch statt dessen hörte er ein hemmungsloses Schluchzen.

Sie hatte sich ein Stück von ihm entfernt hingekauert und stützte sich auf ihre Hände. Der Anlaß für ihre Tränen war offensichtlich: Sie befand sich in einem so furchtbaren Zustand, daß er einen spontanen Lachanfall unterdrücken mußte. Sie sah aus, als hätte sie sich durch eine ganze Großküche hindurchgekämpft und sich dabei mit allen dort vorrätigen Speisen und Zutaten besudelt. Sie war mit Suppe und Limonade übergossen, mit Gewürzen, Eiern, Kartoffeln und Senf beschmiert, das Haar verfilzt und das Kleid starr vor Schmutz. Offenbar war ihr bei alledem überdies noch eine besonders intensive Gewürzmischung in die unablässig triefende Nase geraten. Rote und braune Ketchup-, beziehungsweise Senfspuren verliehen ihrem Gesicht eine veritable Kriegsbemalung und hatten auch auf ihren Ärmeln, die sie vergeblich zu Reinigungszwecken eingesetzt hatte, eine klebrige Masse hinterlassen. Sie wollte etwas sagen, doch geriet ihr offenbar Pfeffer in die Nase, und so nieste sie erst einmal kräftig.

»Tut mir leid«, begann er. »Ich wollte dich nicht ...«

»Dreckiger kleiner Wicht!« Ihre durch jahrelange Wutausbrüche arg mitgenommene Stimme klang rauh und keuchend. »Das hast du mit Absicht getan!«

Er wollte schon protestieren, daß er sie *niemals* absichtlich verletzen würde, doch während ein Teil seines Bewußtseins diese offenkundige Lüge erdachte, murmelte eine andere Stimme in ihm dunkel: *Das hast du dir selbst zuzuschreiben, mein Mädchen.*

»Wer bist du?« fragte sie scharf. »Du bist keiner meiner Diener, und du bist nicht gekleidet wie das Personal hier im Palast. Überhaupt hab ich noch nie jemanden wie dich gesehen.«

Zunächst glaubte er schon, daß die Wirkung seines Mantels nachgelassen habe, doch dann wurde ihm klar, daß der Zauber noch genauso wirkte wie zu dem Zeitpunkt, als er die Zelle verlassen hatte. Allerdings konnte sie natürlich durch seinen magischen Schutzschirm hindurchsehen.

Sie stürzte sich auf ihn und umfaßte seinen Arm so heftig, daß ihre Fingernägel sich tief in sein Fleisch gruben.

»Wache«, schrie sie.

»Elora, bitte ...«, protestierte er, was sie jedoch nicht daran hinderte, ihm eine Ohrfeige zu verpassen, um ihn zum Schweigen zu bringen. Bei jedem anderen hätte er zurückgeschlagen oder einen kleinen Zauber eingesetzt, um sich Respekt zu verschaffen, doch in diesem Fall brachte er so etwas einfach nicht über sich. Denn trotz ihres schlechten Benehmens war sie für ihn noch immer jenes Kind, für das er einmal alles riskiert hatte.

Und so übernahm Franjean dankenswerterweise diese Aufgabe.

Die Dolche der Brownies waren kaum länger als Rosendornen, aber dafür waren sie viel, *viel* schärfer, und die Krieger, die mit diesen Waffen umgingen, hatten gelernt, noch die kleinste Ritze in einer feindlichen Rüstung zu erspähen. Auch bot ihr dick gefüttertes Kleid keinen Schutz, als Franjeans Klinge sich durch Schichten feinsten Gewebes in Eloras Allerwertesten bohrte. Sie heulte auf. Einen Augenblick später verpaßte Rool ihr einen Stich in die Ferse. Natürlich wollten die beiden die Kleine nicht verletzen, ihre Attacken hatten vielmehr den Charakter von Insektenstichen. Dieses Spiel spielten die Brownies auch in ihren heimischen Wäldern mit sorglosen, unerwünschten Eindringlingen, die bei solchen Gelegenheiten den Eindruck hatten, sie seien über ein Nest besonders rachsüchtiger Hornissen gestolpert.

Elora fuchtelte wie wild mit den Händen herum und versuchte sich gegen diesen neuerlichen Angriff zur Wehr zu setzen, konnte sich jedoch wegen ihrer schweren Kleider kaum bewegen. Sie war so eng eingewickelt, daß ihre Wirbelsäule keinerlei Spiel hatte und sie sich nur in der Hüfte beugen konnte, was ihre Standfestigkeit nicht eben verbesserte, besonders als Franjean ihr zwei weitere Stiche versetzte – einen in das Hinterteil und einen zweiten in die Handfläche, als sie wie von Sinnen um sich schlug. Dabei verlor sie das Gleichgewicht und stürzte zu Boden, wobei sie sich durch den Aufprall ihrer beiden Knie und eines Ellbogens selbst mehr Schmerzen zufügte, als alle Stiche der Brownies zusammen es vermocht hatten.

Thorn wollte sie nicht so zurücklassen, doch sie stieß derart gellende Schreie aus – nicht mehr ihr gewöhnliches theatralisches Lamento, sondern ein echtes Angstgeheul –, daß ihre Wachen jeden Augenblick aufmerksam werden mußten. Sie hatte offensichtlich vergessen, wer er war, und sein Instinkt sagte ihm, daß dies weder der richtige Ort noch die rechte Zeit sei, ihr oder sonst jemandem seine aufrichtigen Motive zu beweisen. Er überlegte kurz, ob er sie durch einen Zauber einschläfern und ihr die Geschehnisse der vergangenen Minuten wie einen Traum erscheinen lassen solle, doch er befürchtete, daß sie gegen solche Maßnahmen immun sei. Das war eine ihrer Gaben: schwächere Zauber perlten von ihr ab wie Wasser von einer Ente. Ohnehin traute sich wegen ihres hohen Status niemand, ihr gegenüber einen Großen Zauber anzuwenden, um festzustellen, ob auch ein so massiver Übergriff an ihr abprallen würde. Und sollten die Roten Löwen tatsächlich so gut sein wie ihr Ruf, würden sie in Anbetracht der besonderen Zeitumstände sowieso als erstes überprüfen, ob irgendwer durch magische Praktiken auf Elora einzuwirken versucht hatte.

»Tut mir leid«, sagte er leise, und dann rannte er los.

Die Brownies führten ihn mit einem solch halsbrecherischen Tempo um so viele Ecken, daß er keine Ahnung hatte, wohin sie überhaupt liefen, bis er plötzlich an eine Tür gelangte, die in ein kleines Wäldchen hinausführte. Die Bäume standen an einem flachen Hang mit einem munter plätschernden Bach, der weiter unten in einen Weiher einmündete. Thorn blickte auf den üppigen Grasteppich vor sich, der nur hier und da von farblich kunstvoll arrangierten Blumenbeeten unterbrochen wurde. Trotzdem erweckte die Anlage nicht den Eindruck einer besonderen Planmäßigkeit, sondern schien eher wie ein spontaner Einfall.

Er trat einen Schritt ins Freie, sprang dann jedoch sofort zurück in den Eingang, als ein großer geflügelter Schatten über die Szene hinwegstrich. Der Nachtreiher schlug mit den Flügeln und fuhr die Beine aus, als er sich auf einem der höchsten Äste niederließ. Thorn hatte sich soweit wie möglich in den Schatten zurückgezogen, war sich jedoch trotzdem sicher, daß der Reiher ihn schon lange gesehen hatte. Der Vogel warf ihm mit seitlich geneigtem Kopf einen kurzen Blick zu und erinnerte beängstigend an eine Gottesanbeterin, die ihrer Beute auflauert.

Thorn spürte Elora, bevor er sie sah – seine seit der ersten Begegnung mit ihr vor über zehn Jahren ausgeprägte Sensibilität für sie machte sich auch jetzt wieder geltend –, und er wußte, daß das gleiche auch umgekehrt galt. Vielleicht war sie sich über ihre eigenen Empfindungen nicht im klaren, dennoch waren sie in ihr lebendig und würden sich fortan nach jeder Begegnung mit Thorn stärker bemerkbar machen. Er hätte fast seine Deckung verlassen, als sie zu dem Baum hinüberging, und es zerriß ihm beinahe das Herz, als der Reiher zu ihr herabschwebte. Sie schenkte dem Vogel zur Begrüßung ein beglücktes Lächeln, und dieser legte wie ein bevorzugter Freund seinen Kopf an ihre Brust. Das Tier gab ein Krächzen von sich, das für Thorn schlimmer war als

Krallen, die an einer Fensterscheibe kratzen, das Elora jedoch mit einem freundlichen Lachen beantwortete. Dann blickten beide zu seinem Versteck hinüber. Elora erhob eine Hand, und dann stießen der Vogel und das Mädchen gleichzeitig ein schauriges Geheul aus.

Er warf sich mit solcher Gewalt gegen die Tür, das sie nach innen aufflog und stolperte eine Wendeltreppe hinab.

»Rool!« rief er. »Franjean! Zeigt mir den richtigen Weg!«

Sie können dir nicht helfen, Kleiner.

Die Wand vor ihm war verschwunden, statt dessen herrschte dort jetzt unergründliche Dunkelheit.

»Drumheller!« rief Rool vom hinteren Ende des Korridors, von wo aus er mit weit aufgerissenen Augen und schneeweißem Gesicht in die Dunkelheit starrte, die die gegenüberliegende Wand verschlungen hatte. Thorn wollte schon instinktiv an einer der übrigen Wände Schutz suchen, bis ihm aufging, daß jenes Gemäuer sich ebensogut augenblicklich in nichts auflösen konnte.

Dir bleibt nur wenig Zeit.

»Wer oder was bist du?«

Dein Retter? Die Stimme klang amüsiert, und man spürte, daß der Sprecher den Sinn seiner eigenen Worte nicht richtig verstand.

Thorn zwinkerte und traute seinen Augen nicht, als er eine Prozession von Körpern erblickte, die – von Fackeln gespenstisch beleuchtet – eine endlos scheinende Treppe hinabzog. Mit letzter Anstrengung kappte er die Verbindung, die der Andere zwischen ihnen beiden geschmiedet hatte.

»Der Kerker!« sagte er am ganzen Leib bebend, doch seltsamerweise mit völlig ruhiger Stimme. In all den Jahren, seit seine EinSicht sich erstmals manifestiert hatte, war stets er es gewesen, der solche Kontakte aufgenommen hatte. Daß ihm jetzt auch noch dieses Vermögen abhanden gekommen war, war schon schlimm genug, doch die Leichtigkeit, mit der das geschehen war, entsetzte ihn.

Sie sind hinter dir her, und dich müssen sie finden, wie du zurückgeblieben bist, sonst bist du verloren.

»Franjean!« japste er und sah sich nach seinen Gefährten um. »Rool, wir müssen jetzt *gehen*!«

Keiner der beiden rührte sich von der Stelle. Sie waren auf Abstand bedacht.

»Drumheller«, rief Rool, »der SeelenEsser! Das ist ein *Dämon!*«

Glaubst du vielleicht, daß ich *das nicht weiß?* kreischte Thorn in der Abgeschiedenheit seiner eigenen Gedanken. Die Gegenwart des Dämons überwältigte seine sämtlichen Sinne. Er hatte den Eindruck, zwischen zwei Leichengruben zu stehen und sowohl soeben verstorbene als auch ihrer eigenen Verwesung preisgegebene Körper vor sich zu sehen, deren Seelen ihn wie Haie mit ihren Zähnen gierig bis auf die Knochen zerfleischten.

Er spürte Gelächter und stellte mit Entsetzen fest, wie das Bild auf ihn zurückstrahlte.

Nicht so grauenhaft, wie ich einmal war!

»Verschwinde, Scheusal, laß mich in Ruhe!« Seine inneren Wächter waren alle an ihrem Platz, seine Abwehr so gewaltig wie nie zuvor, doch diese Monstrosität hier machte sich über all das nur lustig.

Diesem Wunsch kann ich nicht willfahren. Verbergen kannst du dich vielleicht vor denen, die dich oben suchen, aber vor den Mächten hier unten kann allein ich dich schützen.

»Wir werden ja sehen.«

Bist du ein solcher Narr?

»Jedenfalls nicht so närrisch, deinesgleichen zu vertrauen.«

Der Korridor um ihn her veränderte sich jetzt, und er zuckte zusammen, als er eine Horde von Daikini erblickte, die auf ihn zu marschierten. Er konnte den Hauptmann erkennen, der ihn festgenommen hatte, und eine ganz in Weiß gekleidete Frau, die die Prinzessin Anakerie sein mußte, und einen wesentlich älteren Mann, der so groß war, daß er bei jeder Tür den Kopf einziehen mußte. Neben ihm ging ohne Kette und brav wie ein Schoßhündchen ein riesiger Todeshund. Einen Augenblick später waren sie bereits ganz nahe bei ihm, und nur der Hund bemerkte, daß irgend etwas nicht stimmte. Er blieb stehen, sah sich um und stieß dann ein furchtbares Geheul aus, um seine Beunruhigung kundzutun. Der Mann nahm davon keine Notiz und brachte das Tier durch ein Fingerschnalzen wieder an seine Seite.

Entscheide dich, ich werde dich kein zweites Mal fragen.

Er spürte einen schmerzhaften Stich an seinem Oberschenkel und sah plötzlich Rool neben sich, an dessen Klinge Thorns eigenes Blut klebte. Der Brownie bebte am ganzen Körper. Weder an der Narbe, als sie es mit dem Rudel Todeshunde zu tun gehabt hatten, noch sonst in all den Jahren ihrer gemeinsamen Reisen hatte Thorn seinen Freund jemals so erschrocken gesehen. Auch hatte er noch nie einen so klaren Beweis dafür erhalten, wie innig die Freundschaft war, die ihn mit seinem winzigen Begleiter verband.

»Das ist ein SeelenEsser, Drumheller«, klagte Rool, als ob allein seine Worte ausreichten, den Nelwyn in Sicherheit zu bringen. »Jede seiner Versprechungen ist gelogen, jedes seiner Worte ein Betrug. Um unserer Seele willen, *komm endlich.*«

»Um unserer Seele willen, Rool, ich kann nicht.«

Diese Worte sprudelten ohne sein Zutun wie von selbst aus seinem Mund hervor, als ob seine Seele das Kommando über sein Gehirn übernommen hätte und ihm diktierte, was er als nächstes zu sagen hatte. Es gab keinen einzigen Grund, dem Dämon zu trauen, ein ganzes Leben lang hatte man ihm stets geraten, das genaue Gegenteil zu tun.

Er hörte, wie der Brownie aufschrie, als er in die Dunkelheit hinabstürzte …

… und dann fand er sich in seiner Zelle wieder.

Seine glühenden Steine lagen vor ihm auf dem Boden, wo er sie hingeworfen hatte; gleich dahinter befand sich die Wand mit den Ketten, mit denen man ihn gefesselt hatte.

Er wandte sich um und sah in die Richtung zurück, aus der er gekommen war, wußte zwar nicht genau, was er dort sehen würde, erwartete aber das Allerschlimmste.

Beeil dich, Magier, hörte er, und er beeilte sich.

Er blies seine Steine aus und verstaute sie wieder in seiner Tasche. Irgendwo in der Ferne hörte er krachende Stiefelschritte und das Klirren von Kettenhemden. Das konnten nur seine Gefängniswärter sein. Überdies spürte er die in sich zerrissenen Gefühle eines Todeshundes. Das Tier hatte ihn schon gewittert und konnte es gar nicht abwarten, ihn zwischen die Zähne zu bekommen. Zugleich verspürte es aber auch die Gegenwart einer anderen Kraft in diesen alten Gewölben – einer Kraft, die bewirkte, daß sich ihm die Nackenhaare sträubten und er die Zähne fletschte.

Die Fußfesseln waren rasch angelegt. Erst nachdem er das erledigt hatte, tauchte in ihm plötzlich der Gedanke auf, daß er womöglich getäuscht worden war und sich bereitwillig in die Hände seiner Feinde begeben hatte.

»Trotzdem«, sagte er laut, nicht zuletzt, um eine freundliche Stimme zu hören, »glaube ich das nicht.« Und er ließ klickend eine Schelle sein Handgelenk umschließen.

Genauso überraschend und geheimnisvoll wie der Impuls gewesen war, dem Dämon zu vertrauen, überkam ihn jetzt ein Gefühl, das ihn drängte, mit der freien Hand zu seinem Gürtel hinabzureichen. Mit raschen, sicheren Bewegungen öffnete er die Schnalle und schleuderte seine kostbaren Taschen so weit in die Dunkelheit hinein, wie er nur konnte.

Der Todeshund hatte sich inzwischen von seinem Führer losgerissen und stürzte, durch keine noch so lauten Zurufe zurückzuhalten, mit seinem gierigen Hetzlaut auf die Zelle los. Den Tieren war ihre eigene Furcht unbegreiflich. Gerade wenn sie sich fürchteten, reagierten sie besonders wütend. Wo andere Lebewesen mit einem Funken Verstand den Schwanz eingezogen und Reißaus genommen hätten, gingen Todeshunde erst recht zum Angriff über. Je größer die Bedrohung, der sie sich ausgesetzt sahen, um so wilder ihre Attacke.

Thorn zischte frustriert. Seine Finger waren zu kurz, um die Handschelle wieder zu öffnen. Er richtete seine ganze Aufmerksamkeit auf den heranstürzenden Hund und sandte ein kleines Energiequantum durch seinen Arm in die Kette. Bläulich flackernde Flämmchen züngelten von Glied zu

Glied. Doch sonst geschah nichts. Schweiß rann ihm in die Augen – wie vor einem der Riesenherde in der Palastküche, dessen Hitze selbst Eisen zum Schmelzen bringen konnte. Die knisternden Flammen hatten inzwischen an Kraft gewonnen, und der Todeshund war fast bei ihm angelangt.

Er hörte ein *schnapp* und dann einen kleinen Donnerschlag. Seine Augen registrierten das Zucken eines Blitzes, der die Luft zwischen den beiden Hälften der geschlossenen Handschelle zerteilte. Er blinzelte abermals und sah oben auf den Stufen eine verschwommene, dunkle Gestalt. Sie stand keinen Augenblick still und taumelte von einer zur anderen Seite, tauchte dann nieder und scharrte frustriert mit den Vorderpfoten, als ob sie zu ihm hinunterstürzen und ihn zerfleischen wolle, sich jedoch nicht traute. Das Geheul, das das Tier ausstieß, hatte mit dem Winseln, Jaulen oder Bellen normaler Hunde nichts gemein. Es war eine Art Gurgeln und schriller als der Lärm einer sich durch Holz hindurchfressenden Säge – ein Kreischen, das seine eigenen Nerven aufschreien ließ. Er lehnte seinen Kopf gegen die Wand hinter ihm und hoffte inständig, doch vergeblich, daß ihre Kühle den Schweiß vertreiben werde, den er vor Anstrengung vergossen hatte. Dann schloß er die Augen, um den Anblick des Todeshundes nicht länger ertragen zu müssen.

Als er sie wieder öffnete, befand er sich in Gesellschaft. Die ganze Versammlung seiner Inquisitoren war inzwischen eingetroffen.

6. Kapitel

»Also, Zwerg«, sagte der große Daikini mit dem Lächeln eines Jägers, der seine Beute gestellt hat, »was hast du zu deinen Gunsten auszusagen?«

Er wurde von hinten von Fackellicht beleuchtet, so daß sein perfekt geschnittenes Gesicht hauptsächlich aus zerklüfteten Höhlen und Ebenen zu bestehen schien und nur seine Zähne deutlich zu erkennen waren. Doch Thorn erkannte an der Haltung und Rüstung des Mannes, daß er es mit dem Offizier zu tun hatte, der auf der Esplanade neben Anakerie geritten war. Er nahm an, daß der Mann der Anführer der Maizan, ihr Kastellan, war.

»Mein Herr«, erwiderte Thorn mit übertriebener Verzweiflung und spielte die verwirrte, furchtsame Unschuld, »es muß sich hier um ein Mißverständnis handeln.«

Er sah nicht einmal den Handschuh, die Bewegung war blitzschnell, kam völlig unerwartet. Das Leder an seiner Wange war das erste, was er wahrnahm. Offenbar wollte der andere ihm nicht weh tun, sondern ihn nur wie ein ungezogenes Kind daran erinnern, daß er sich zu benehmen habe. Das Schlimmste stand ihm also noch bevor.

»Schlechte Antwort, Zwerg«, sagte der Mann wieder in jenem leichten, kultivierten Ton.

»Verzeihung, mein Herr. Welche Antwort würdet Ihr vorziehen?«

Er hörte, wie jemand im Hintergrund glucksend lachte, eine Gestalt, die Thorns Anblick durch den Körper des Mannes entzogen war. Gleichzeitig verfluchte er sich innerlich selbst. Zu durchschaubar, was er da von sich gegeben hatte, zu gewitzt. Er überlegte, welchen Preis er für diese Unbedachtheit würde entrichten müssen.

Der Handschuh klatschte gegen Thorns andere Wange, aber nicht stärker als zuvor.

»Möchtest du Ärger machen, Zwerg?«

»Überlaßt ihn mir, Herr Kastellan...«, fing der Hauptmann an.

»Möchtest du das?« Eine schlichte Frage, die offensichtlich Thorn galt, dennoch fing der Hauptmann plötzlich zu schwitzen an und bedauerte aus tiefster Seele, daß er den Mund geöffnet und die Aufmerksamkeit auf sich gezogen hatte. Thorn sagte kein Wort und hoffte, sein Schweigen werde ihm als Angst ausgelegt.

Nervös fuhr er sich mit der Zunge über die Lippen und warf einen verstohlenen Blick auf den Todeshund. Doch der Hund hatte Thorns Blick aufgefangen und fletschte die Zähne mit einem wütenden Knurren, bevor er sein Maul wieder schloß. Die Bestie würde sich nicht beruhigen, das war Thorn von Anfang an klar gewesen, und der Grund dafür war nicht etwa ihr nervöses Temperament. Das Tier spürte die Präsenz einer anderen Kraft in der Zelle, selbst wenn seine menschlichen Begleiter davon nichts mitbekommen hatten. Der Hund tänzelte auf dem Steinfußboden umher und erzeugte dabei mit seinen Krallen ein Geräusch, das an den Klang von Kastagnetten erinnerte. Dieser Rhythmus wurde immer wieder unterbrochen, wenn die Bestie zwischendurch zum Sprung ansetzte und dabei im Boden Kerben hinterließ, wie man sie sonst wohl nur mit einem Schwert in den Stein hätte einritzen können. Der Hauptmann fand diesen Lärm offenbar nicht sonderlich angenehm, die beiden anderen Anwesenden nahmen von alledem augenscheinlich keine Notiz.

»Mein Hündchen mag dich nicht, Zwerg.«

»Ihr scheint was von Hunden zu verstehen, mein Herr.«

»Und du sprichst wie ein geborener Diplomat, Zwerg.«

»Wie heißt du?« fragte die Frau, die zum erstenmal sprach, als sie sich aus dem Schatten des Maizan löste und vortrat. Es war noch eine weitere Person in dem Raum, und zwar ein schwerbewaffneter Mann mit den Farben der Roten Löwen und dem Rangabzeichen eines Hauptfeldwebels, der in einer beeindruckenden Rüstung steckte. Er war ein erfahrener Krieger und offenbar für den Fall mitgekommen, daß es Ärger geben sollte.

»Thorn Drumheller, meine Dame.«

»Erzähl uns von Willow.«

»Ich« – er schluckte –, »ich verstehe nicht ganz, was Ihr meint.«

»Natürlich nicht.« Ihre Stimme klang hart und gebieterisch. Sie war an sofortigen Gehorsam ebenso gewöhnt wie der Kastellan, doch irgendwie spürte man, daß sie für diese Position weit härter hatte arbeiten müssen als er. Sie hatte nicht soviel Geduld wie der Maizan, vielleicht fühlte sie sich aber auch genau wie der Todeshund durch die Atmosphäre in der Zelle irritiert. »Willow Ufgood. Bezwinger der bösen Zauberin Königin Bavmorda, Pate und eidlich gebundener Beschützer der Heiligen Prinzessin Elora. Der Magier. Muß ich noch mehr sagen?«

»Da Ihr offensichtlich über alles bestens informiert seid, wie kann ich Euch da noch helfen, meine Dame?«

Abermals der Handschuh des Maizan, diesmal schmerzhafter.

»Du kannst dir deine Witze sparen, Zwerg«, stellte der Kastellan fest.

»Ich habe nicht die Absicht, mich ungebührlich zu betragen, mein Herr, glaubt mir. Ich werde mich nach besten Kräften bemühen, Euren Wünschen zu genügen. Ich führe nichts Böses im Schilde, das schwöre ich.«

»Und warum bist du dann hier?«

»Das frage ich mich auch schon die ganze Zeit, seit man mich hier in dieses Verlies geschleppt hat. Mein Herr, meine Dame, ich habe *nichts* getan«, fügte er dann eilends hinzu, um einen weiteren Schlag abzuwenden.

»Es ist unsere Aufgabe«, sagte Anakerie, und eine plötzliche EinSicht offenbarte Thorn, daß sie Elora nicht sonderlich ausstehen konnte, »das Königreich und die Heilige Prinzessin zu beschützen.«

»Ich stelle für beide keine Bedrohung dar.«

»Wir leben in gefährlichen Zeiten. Noch nie in der Geschichte haben sich die Herrscher sämtlicher Jenseits-Reiche um den Tisch eines menschlichen Königreiches versammelt. Nach einer alten Prophezeiung ist die Heilige Prinzessin die Retterin dieser Reiche, die einzige Person, die vielleicht einen aufrichtigen, dauerhaften Frieden gewährleisten kann. Deshalb werden wir eine Störung der Zeremonien unter gar keinen Umständen zulassen. Ich frage dich deshalb noch einmal: Weshalb bist du nach Angwyn gekommen?«

»Weil ich noch nie hier gewesen bin. Auf der ganzen Welt kennt man Eure Stadt, meine Dame, und da hier in den nächsten Tagen die Inthronisation stattfindet, wollte ich mich einmal umsehen.«

»Der Kavallerist sagt etwas anderes«, mischte der Kastellan sich ein. »Er sagt, daß du ein Nelwyn bist.«

»Das habe ich ja auch nie geleugnet.«

»Aber der Magier sagt, daß *er* der einzige Nelwyn ist.«

»Dann irrt sich der Magier.«

Wieder ein Schlag.

»Möchtest du streiten, Zwerg?«

»Verzeiht mir, Herr, aber Ihr seid falsch informiert.«

»Kennst du den Magier?«

»Wie bitte?«

»Sei nicht so langweilig, Zwerg, du hast doch gesagt, daß du uns helfen willst.«

»Ich hab ihn gekannt, als er noch ein Bauer war, Herr.«

»Ah. In den Tagen seiner bescheidenen Anfänge also. Das ist schon ziemlich lange her, mußt du zugeben. Diese Information nützt uns heute kaum etwas.«

»Ich habe keine Ahnung, Herr, was heute von Nutzen ist. Ich habe nur an Elora Danan gedacht…«

Der Schlag, der ihn traf, war alles andere als sanft, der Handschuh klatschte wie eine Peitsche gegen Thorns Haut und ließ seine Lippe aufplatzen.

»Verzeiht mir, Herr«, sagte er rasch. »Ich wollte es nicht an der gebührenden Achtung fehlen lassen. Ich wollte nur der Heiligen Prinzessin Elora meine Dienste anbieten, wie mein Volk es auch schon in früheren Jahren getan hat. Was ist daran Böses?«

»Der Magier erzählt eine ganz andere Geschichte«, erklärte Anakerie mit ihrer eintönigen, kalten Stimme. »Er berichtet von Nelwyns, die sich mit den dunkelsten Mächten verbündet haben, von nächtlichen Morden und von schändlichem Verrat. Die Nelwyns sind die Ursache für den Untergang Tir Asleens, behauptet er. Hast du etwa geglaubt, bloß weil Angwyn eine halbe Welt von euch entfernt ist, würden wir die Wahrheit nicht erfahren?«

»Das ist nicht die Wahrheit, meine Dame.«

»Du nennst den Magier einen Lügner?«

»Ich weiß, was ich weiß.«

»Und genau deshalb sind wir hier, Zwerg.« Der Maizan setzte ein breites Lächeln auf, und Thorn machte sich auf Schlimmes gefaßt. »Damit *wir* erfahren können, was du weißt, *alles* erfahren, was du weißt. Den Jungen hast du vielleicht getäuscht, aber wir sind aus härterem Holz geschnitzt.«

»Soll ich die nötigen Vorkehrungen für das Verhör veranlassen, Herr?« fragte der Hauptmann.

»Uns kommt es auf Antworten an, du Dummkopf«, giftete Anakerie, »nicht auf ein Blutbad.« Sie war gar nicht erfreut darüber, daß der Hauptmann sich mit allen seinen Fragen an den Kastellan wandte.

»Ich glaube«, sagte der Kastellan, »diese Situation erfordert die speziellen Fähigkeiten der Prinzessin. Ich danke Euch für Eure Dienste, Herr Hauptmann, aber Ihr könnt gehen. Falls wir Eure… Spielzeuge brauchen sollten, werden wir Euch davon unterrichten.«

»Wie mein Gebieter befiehlt.«

Der Hauptmann eilte schon die Treppe hinauf, während er diese Worte sprach und hatte alle Mühe, bei seinem überstürzten Abgang die Form zu wahren. Erst als der Mann oben zur Tür hinaus war, fiel Thorn auf, daß auch der Todeshund verschwunden war. Der Hauptfeldwebel hatte das ebenfalls bemerkt und schaute abwechselnd den Kastellan und die Prinzessin an, die ihm nur leicht zunickte. Völlig geräuschlos trat der Soldat ein paar Schritte zurück, bis er mit dem Rücken direkt unterhalb der Treppe an der Wand stand, wo ihn der Todeshund, sollte er oben zur Tür hineinstürzen, nicht so leicht erreichen konnte. Er hatte seinen Gürtel gelockert, damit er sein Schwert rasch ziehen konnte, und hielt mit beiden Händen eine Streitaxt umklammert. Thorn fragte sich unwillkürlich, wem der erste Hieb wohl gelten würde: ihm selbst oder dem Kastellan.

»Hast wohl Sehnsucht nach dem Hündchen, Zwerg?« Der Kastellan sprach in Thorns Ohr, so daß sonst niemand seine Worte verstehen konnte.

»Der Kavallerist und ich sind in den Bergen von einem Rudel dieser Bestien angegriffen worden«, sagte er.

»Das hat er uns erzählt. Eine höchst beeindruckende Leistung. Zwei Männer gegen ein Großes Rudel, das hätte ich nicht für möglich gehalten.«

»Ist schon Jahre her, daß ich zuletzt welche gesehen habe. Ich dachte, es gäbe keine mehr.«

»Wo hast du sie gesehen, Zwerg?«

»Sie haben Nelwyn-Tal angegriffen, weil sie die Heilige Prinzessin holen wollten, als sie noch ein Säugling war.«

»Das ist eine Wahrheit. Soviel weiß ich. Aber *die* Wahrheit?«

»Die Wahrheit, mein Herr« – die Worte richteten sich an den Kastellan, aber Thorns Blick fixierte Anakerie –, »ist, daß die Tiere böse sind.«

»Und folglich auch jene, die sie einsetzen?«

»Das habt Ihr gesagt, mein Herr.«

»Dein Pech, Zwerg, wenn es wahr ist.«

»Genug Geplänkel, Mohdri«, sagte Anakeri und trat zu den beiden heran. »Bringen wir es hinter uns.«

Während der Kastellan und Thorn geredet hatten, hatte sie ein paar Gläser aus einer Tasche gezogen und diverse Substanzen vermischt. Dabei hatte sie sich so sehr auf ihre Aufgabe konzentriert, daß sie nach Thorns Empfinden nichts von dem mitbekommen haben konnte, was er mit ihrem Gefährten gesprochen hatte. Jetzt tauchte sie die drei mittleren Finger ihrer rechten Hand in die Schale und ließ sie darin im Uhrzeigersinn kreisen. Als sie sie wieder herauszog, tropften von ihren Fingern winzige Sterne in einer glitzernden Kaskade.

Dann zog sie mit zwei Fingern quer über Thorns Stirn eine Linie, danach eine zweite, die die erste kreuzte und von der Stirn über seine Nase bis zu seinem Kinn hinabführte. Am Schnittpunkt der beiden Linien zeichnete sie dann – wie ein magisches Seelenfenster – ein geöffnetes Auge ein. Danach strich sie ihm über die Lippen, um ihn daran zu hindern, auch nur ein Wort zurückzuhalten. Anschließend tat sie dasselbe mit seinen Ohren, damit er auf nichts anderes als auf ihre Worte lauschte. Auch über seine Nase strich sie hin, um jeden seiner Atemzüge ihrer Herrschaft zu unterwerfen.

Weitere Symbole brachte sie an seinen Arm- und Beingelenken an, so daß jedes Gefühl aus ihnen wich. Dann entblößte sie seine Brust und brachte dort oberhalb seines Herzens weitere Sterne an.

Während sie all dies tat, erschien jede der Markierungen, die sie an seinem Körper anbrachte, auch an ihrem eigenen. Sie atmeten in völligem Einklang, ihre Herzen schlugen in einem Takt. Einmal abgesehen davon, daß sie sich im Gegensatz zu Thorn bewegen konnte, verschmolzen die beiden zu einer Einheit.

Er setzte sich nicht zur Wehr, zum Teil weil er sich gar nicht sicher war, ob er das überhaupt konnte. Er kannte dieses magische Ritual und hatte es selbst bereits mehrfach angewandt. Seine Wirkung verdankte sich ebensosehr dem Geist desjenigen, der das Ritual praktizierte, wie den äußeren Kräften, die dabei mitwirkten. In Anakeris Fall kam überraschenderweise ein Herz zum Vorschein, das so rein war wie das Licht der Sterne.

»Wie heißt du?« fragte der Maizan leise.

»Thorn Drumheller«, lautete die Antwort, die seine Lippen formten, die jedoch aus Anakeris Mund erklang. Das überraschte ihn, bezeugte es doch, daß zwischen den beiden Daikini eine ebenso enge Verbundenheit herrschte wie jene, die Anakeri zu ihm selbst hergestellt hatte.

Die Fragen waren einfach: wer er sei, woher er komme,

warum er hier sei? Er wählte seine Antworten mit Bedacht und beförderte sie aus jenen Tiefen seiner selbst zutage, über die er noch die Herrschaft besaß. Sie erkundigten sich nach der Schlacht und nach seinen Freunden. Nach Tagen, die er am liebsten längst vergessen hätte, und nach jenen Gefährten, um die er trauerte. Er ließ Anakeri spüren, welchen Verlust er erfahren hatte, ohne die Ursache dafür zu offenbaren, und wurde durch ein kurzes Stocken belohnt, das den ansonsten ebenmäßigen Rhythmus ihres koordinierten Atems unterbrach, als sein Schmerz einen heftigen Widerhall in ihrer eigenen Erinnerung erzeugte.

»Anakerie?« Die Stimme des Kastellans klang überraschend mild. Thorn hatte nicht geglaubt, daß der Mann über soviel Herzlichkeit oder Leidenschaft verfügte.

»Einen Augenblick, Mohdri.« Ihre Stimme zitterte, und Thorn war froh, daß die Verbindung zwischen ihnen vornehmlich eine Einbahnstraße war. Er wollte gar nicht wissen, welche Schleusen er in ihr geöffnet hatte und was ihr solche Schmerzen bereitete. Vielmehr benutzte er die Pause, um seine eigene innere Abwehr zu stärken. Ohnehin war es bereits schwierig genug, ihr standzuhalten, aber er mußte zudem dafür Sorge tragen, daß sie nicht das geringste davon mitbekam, daß er sich ihr aktiv und ungestüm widersetzte. Schließlich handelte es sich bei der ganzen Aktion um einen Willenskampf, ein Schachspiel der Seelen, das mit rasendem Tempo geführt wurde und in Sekundenbruchteilen die richtige Reaktion verlangte. Zehn Jahre zuvor wäre er dazu noch nicht in der Lage gewesen. Das Potential war zwar auch damals schon – genaugenommen seit seiner Geburt – in ihm angelegt gewesen, das hatte er bereits gewußt, bevor er es noch richtig ausdrücken konnte. Die Kraft in ihm war damals wie ein kleiner Schößling gewesen, der noch nicht wirklich zu einer Eiche herangewachsen ist, oder wie ein soeben der Gußform entnommenes unförmiges Stück Stahl, das vor seiner Verwendung als Schwert noch gehärtet und geschliffen werden muß. Er hatte damals soviel Angst vor seinen Instinkten gehabt, weil er in dieser geheimen Bastion seiner selbst schon geahnt hatte, was er für die Erfüllung seines Herzenswunsches würde bezahlen müssen. Tatsächlich war er damals in seiner Unwissenheit ein glücklicherer Mann gewesen.

Das grauenhafteste und das wundervollste zugleich war natürlich die Erkenntnis, daß er – sollte er im klarsten Bewußtsein dessen, was ihn erwartete, eine zweite Chance bekommen – dieselbe Wahl noch einmal treffen würde. Denn so glücklich er sich damals auch gefühlt haben mochte, war er doch nichts weiter als ein Schatten seiner selbst gewesen.

Er hatte jedes normale Zeitgefühl verloren und erkannte nur an den Falten der Erschöpfung, die auf dem Gesicht der Prinzessin sichtbar wurden, daß das Verhör schon eine ganze Weile dauerte. Er hatte seine Seele hinter einer undurchdringlichen Maske verborgen. Jede seiner Antworten enthielt ein Element der Wahrheit, freilich war das Gesamtergebnis des Verhörs eine Lüge.

Zu guter Letzt wischte sie den Sternenstaub von seiner Brust und seiner Nase und entfernte das dritte Auge von seiner Stirn, bis das enge Band zwischen ihnen zerrissen war. Während sie das tat, verschwanden die entsprechenden Markierungen auch von ihrem eigenen Körper.

»Und?« fragte der Kastellan.

»Ein Reisender«, entgegnete sie nach einer langen gedankenverlorenen Pause. »Kein Zuhause, keine Familie, nichts weiter als das, was er selbst gesagt hat.«

»Du klingst nicht sehr überzeugt.«

»Schmerz.«

»Wie bitte?«

»Zuviel Schmerz in ihm.«

»Vielleicht eine Vorspiegelung?«

Sie schüttelte den Kopf, entfernte die Silberspange von ihrem Haarband. Dann fuhr sie sich mit den Fingern durch das Haar, um die dicken dunkelbraunen Zöpfe zu öffnen, als ob sie diese Beengung nicht länger ertragen könne.

»Kaum. Sein Herz ist durch einen Verlust gestählt, der jene, die er nicht tötet, zumeist zerbricht – durch einen Schmerz, wie ich ihn selbst erlebt habe.«

»Ja und?«

»Manche gehen aus dieser Prüfung gestärkt hervor.«

»Und so einer ist also dieser Zwerg da drüben?«

»Das würde man vielleicht nicht meinen, wenn man ihn so anschaut.«

»Ist er eine Bedrohung, gefürchtete Dame?« Der Rote Löwe sprach zum erstenmal – mit tiefer Stimme, die eher für das Schlachtfeld geeignet schien als für Paraden. »Soll ich ihn töten?«

Sie sah ihn mit dem wehmütigen Lächeln alter Waffenkameradschaft an. »Ist das die einzige Lösung, die Ihr für alles anzubieten habt, Jalaby?«

»Sie hat den Vorteil der Endgültigkeit, Hoheit.«

Sie waren ein paar Schritte von der Wand zurückgetreten, an der er stand, aber Thorn ließ sich nicht täuschen. Ihre kleine Unterhaltung war genauso Bestandteil des Verhörs wie alles, was sie zuvor getan hatten. Die erste falsche Reaktion, und sie würden sich wie Todeshunde auf ihn stürzen. Er konnte nur handeln, falls und sobald sie beschließen würden, ihren Worten Taten folgen zu lassen – und darauf vertrauen, daß er genügend Kraft und Geschicklichkeit besaß, sie aufzuhalten.

Anakerie schüttelte den Kopf. Ihr Rücken und ihre Schultern waren leicht gebeugt, so daß sich in ihrer ganzen Haltung der harte Kampf verriet, den sich durchfochten hatte. Sie hatte all ihre Energie in ihr Duell mit Thorn investiert und dabei soviel Kraft verloren, wie wenn sie mit ihm tatsächlich einen Kampf ausgefochten hätte.

»Die Inthronisation steht unmittelbar bevor, und ich möchte kein Blutvergießen mehr.«

»Wer erfährt denn davon, Keri, wer nimmt auch nur Notiz davon?« Jetzt ließ Mohdri sich wieder vernehmen und spielte offenbar die Rolle des Hauptfeldwebels weiter, aber Thorn entnahm der Stimme und der Haltung des Kastellans, daß der Mann nur bluffte. Er versuchte, sich zu konzentrieren, um sich tiefer in den anderen hineinzuversetzen, doch er war noch zu eng mit Anakerie verbunden und sah sein Vorhaben vereitelt durch ihre tiefe Zuneigung für den Mann. Es war ein brutales Paradox: Sie wußte, daß der

Mann gefährlich war, und dennoch fühlte sie sich ihm verbunden.

»Das fragst du noch angesichts der Kräfte und Personen, die gegenwärtig in diesen Mauern weilen?«

»Ist das der einzige Grund?«

Thorn sah, wie auf ihrem Gesicht ein kurzes Lächeln aufblitzte, das so gar nicht zu der Situation zu passen schien. Sie umfaßte sich selbst mit den Armen, als ob sie bis ins Mark von Kältewellen geschüttelt werde.

»Nein«, sagte sie nachdenklich. »Er ist nicht gerade eine beeindruckende Erscheinung. Aber der Magier will ihn.«

»Dann kann er von Glück sagen, daß der Hauptmann zu uns gekommen ist. Darf ich mir mit der Annahme schmeicheln, daß du mir vertraust, weil meine Donnerreiter und ich den Magier an den Hof gebracht haben? Oder handelt es sich darum, daß du zwar die Nähe deiner Freunde suchst, dich aber noch intensiver um deine Feinde kümmerst?«

Sie hörte dem Mann kaum zu und dachte an etwas völlig anderes, als sie ihren Blick auf Thorn richtete. Ein paar Sekunden lang blickten sich der Nelwyn und die Frau in die Augen, und Thorn blinzelte, als ihm seine EinSicht nun einen ganz neuen Eindruck von ihr vermittelte; das Band, das sie zwischen ihnen beiden geschmiedet hatte, war noch immer nicht ganz verschwunden. Er sah einen Jungen und ein Mädchen, die einander so ähnlich waren, daß man sie fast hätte verwechseln können, nur daß sie durch etwa zehn Jahre Altersunterschied getrennt waren. Das Haar des Jungen war kurzgeschnitten und bedeckte seinen Kopf wie dichtes Buschwerk. Die beiden Kinder hatten dasselbe ansteckende Lachen. Sie hatte das ihre seither verloren.

Und auch jetzt wieder erstarb ihr das Lächeln auf den Lippen, und sie erschauderte. Und er wußte, daß sie in seinen Augen dasselbe Knabengesicht gesehen hatte wie er selbst. Er mußte vorsichtiger sein. Sie waren noch immer durch zu viele Bande aneinandergekettet. Egal, was er auch unternehmen würde, um sich davon zu befreien, einige würden für alle Zeit bestehen bleiben. Sie hatte sich in seine Seele eingehüllt, obwohl er einen Gutteil davon verborgen gehalten hatte. Und so waren sie gleichsam im Geiste Zwillinge geworden, wie Anakerie und ihr lange verlorener Bruder es im Fleische gewesen waren.

»Vielleicht eine alte Rivalität«, hörte er den Kastellan sagen, »eine Fehde, von der wir nichts wissen.«

»Vielleicht«, räumte Anakerie ein, während sie sich bemühte, die Fassung zurückzugewinnen. Die Intensität des Widerhalls, den sie in Thorn erzeugt hatte, hatte sie genauso tief erschüttert wie diesen, doch sagte sie zu Mohdri davon kein Wort. »Ich möchte sicher sein, bevor ich handle.«

»Wie Eure Hoheit befehlen.«

»Zu viele Fragen, Mohdri. Wenn der Magier so mächtig ist, warum bereitet ihm dieser Nelwyn hier dann soviel Kopfzerbrechen?«

»Frag ihn.«

»Dazu habe ich bisher keinen Anlaß gesehen.«

»Möchtest du in dieser Sache vielleicht lieber durch Schaden klug werden?«

»Lassen wir den Nelwyn in Ruhe, Mohdri, bis die Feierlichkeiten vorüber sind.«

»Das, Hoheit, wäre nicht klug.«

Mit einem blitzschnellen Schritt trat der Kastellan plötzlich vor Thorn hin. Zu spät erkannte dieser, daß der Mann aus einer Tasche eine Handvoll schwarzen, kristallinen Staubes hervorholte, der in seinen Händen zu einer schlanken Stilettklinge aus glänzendem Obsidian verschmolz. Und dann ließ er diese Klinge ohne den geringsten Kraftaufwand an jener Stelle in Thorn Schädel verschwinden, auf die Anakerie zuvor das dritte Auge gezeichnet hatte.

Wie vom Blitz getroffen, zuckte Thorn zusammen, seine Lippen wölbten sich soweit von seinen Zähnen zurück, daß er schon glaubte, das Fleisch werde zerreißen. Und trotz seines mit rasender Geschwindigkeit in Auflösung begriffenen Bewußtseins konnte er noch so klar denken, daß er froh war, angekettet zu sein. So konnte er sich vielleicht durch seine wilden Verrenkungen sämtliche Glieder auskugeln, doch andernfalls hätte er sich wahrscheinlich selbst in tausend Stücke zerrissen. Er stieß unsinnige Laute aus wie ein Todeshund und begriff in jenen schrecklichen Sekunden, daß er von demselben Zauber ergriffen war, der auch Faron dahingerafft hatte.

Dann stieß Anakerie den größeren Mann mit einer Vehemenz und Wut beiseite, die diesen ebenso überraschte wie amüsierte, obwohl ihm die gute Laune augenblicklich verging, als Jalaby sich zwischen ihn und die Prinzessin stellte.

»*Verdammt*, Mohdri, das habe ich dir nicht gestattet.«

»Ein guter Soldat weiß, wann er die Initiative ergreifen muß, mein Täubchen.«

Sie war über diese Anrede nicht erfreut, soviel war klar auf ihrem Gesicht zu erkennen. Aber der Kastellan Mohdri konnte diese Reaktion nicht erkennen, denn sein Blick wurde nicht nur durch Anakeries Begleiter blockiert, sie stand auch zu nahe bei Thorn, und aus ihrer Antwort ließ sich nichts entnehmen. Sie hätte den Gefangenen gerne festgehalten, doch seine Zuckungen waren zu wild und unvorhersehbar. Von dem Stilett war nichts mehr zu sehen, es war mitsamt seiner bösen Kraft komplett von Thorns Körper absorbiert worden.

»Er nützt niemandem etwas, wenn wir ihn zu Hackfleisch verarbeiten.«

»Am wenigstens sich selbst, und genau das wollte ich ja erreichen. Verzeih mir, Keri, du selbst hast gesagt, daß diese Nacht zu wichtig ist, um auch nur das geringste Risiko einzugehen. Sollte hier irgendwas faul sein, dann ist es jedenfalls jetzt gebannt.« Er wartete auf eine Antwort, als sie jedoch stumm blieb, fuhr er fort: »Können wir gehen, Prinzessin? Ich glaube, wir haben uns für heute abend mit diesem Zwerg dort drüben hinreichend beschäftigt.« Zwar blieben seine Stimme und seine Haltung bei diesen Worten unverändert, trotzdem ließ er nicht den Hauch eines Zweifels daran, wer hier das Sagen hatte. Thorn war der zuckende Beweis dafür, was jene zu erwarten hatten, die sich Mohdri widersetzten, und dieser hoffte inständig, daß Jalaby dumm genug wäre, es ebenfalls zu versuchen.

Noch immer Mohdris Blicken entzogen, benetzte Anakeri die Fingerspitzen ihrer rechten Hand mit ihrem Atem, berührte dann Thorns Lippen und verabreichte ihm so den Geisterkuß. Als sie ihre Hand zurückzog, blitzten auf seinen Lippen winzige Funken auf, und an einem ihrer Finger, den sie sich an einem Zahn aufgeritzt hatte, erschien ein Blutstropfen. Dann erhob sie sich wieder und streifte einen Handschuh über, um die kleine Wunde zu verbergen.

Mohdri begleitete sie jetzt die Treppe hinauf, blieb jedoch, nachdem sie bereits hinausgegangen war, oben auf dem Treppenabsatz noch einmal stehen und sagte leise: »Du sitzt in der Falle, Zwerg. Genau wie der Magier gesagt hat: Laß die Prinzessin mit Freundlichkeit seine harte Schale erweichen, und dann stoße mit der Klinge zu, bevor er seine Abwehr neu errichten kann.« Er lächelte und zeigte dabei seine vollkommenen Zähne. »Armer Zwerg. Hättest du gedacht, daß ein WandlungsZauber so leicht durchzuführen ist? Der Magier meint, daß du dagegen gefeit bist. Vielleicht bring ich deinen Kameraden Geryn mit, wenn ich wiederkomme, damit du ihn zerfleischen kannst. Dann sehen wir, ob der Magier recht hat. Aber was auch geschehen mag, in jedem Fall hast du Narben davongetragen, die keine Macht der Welt mehr entfernen kann. Ob tot, gebrochen oder verwandelt – für mich und meinesgleichen kommt das alles auf dasselbe hinaus. Was zählt, ist nur, daß du geschlagen bist.«

Und dann war Thorn allein.

Er schrie, wie er damals vor den zu Staub zerfallenen riesigen Mauern von Tir Asleen geschrien hatte – rundum nichts als Tod und Vernichtung. Alles, was ihn schmerzte, verwandelte er in Wut und brüllte es hinaus. In seiner Brust explodierte eine Feuersglut, die sich ihren Weg durch sein Nervensystem brannte und an den Grenzen seines Körpers mit solcher Gewalt hervorschoß, daß sie die Ketten, an denen er hing, aus der Wand sprengte. Ein Teil der Wand stürzte über ihm zusammen, aber sein Körper wurde von so heftigen Zuckungen geschüttelt, daß er das Mauerwerk einfach abschüttelte, mochte seine Haut auch geplatzt und der eine oder andere Knochen zerschmettert sein.

So würde das immer weitergehen, das wußte er, bis er wie eine zähe Masse zwischen Leben und Tod ausgespannt wäre, zum einen nicht mehr, zum andern noch nicht gehörig. Es war der gleiche Zauber, der auch Faron vernichtet hatte, und zu spät hatte er erkannte, daß Mohdri der Anführer jener dunklen Gestalten gewesen war, die er in der Erinnerung des Jungen gesehen hatte. Aber was ihn selbst betraf, hatte der WandlungsZauber eine andere Wirkung. Er würde seinen Körper und seine Seele zerbröseln und ihn dann nach dem Bilde eines Todeshundes neu erstehen lassen. Mit dem Intellekt eines Menschen, der Macht eines Zauberers und der brutalen Kraft eines Todeshundes würde er ganz und gar dem Magier untertan sein, der ihn mit diesem Zauber infiziert hatte. Endgültig verwandelt, im Fleische wie im Geist verflucht, war das Opfer eines solchen Zaubers jedoch erst, wenn es seine erste Bluttat begangen hatte. Und für diesen Zweck am besten geeignet war ein Freund des Verwandelten, je unschuldiger desto besser.

Er kämpfte, wie er noch nie zuvor gekämpft hatte. Er schmiedete ein Schwert aus dem Stoff seiner Seele und verwendete es mit einer Geschicklichkeit, zu der seine Hände und Arme niemals imstande gewesen wären. Geleitet wurde er dabei von einer unvorstellbaren Wut, die an Wahnsinn grenzte. Allerdings verlor seine Klinge nach jedem Stoß an Glanz. Er war zu schwach zum Angriff und wich nur immer zurück, wobei der Schatten ihn von allen Seiten bedrängte. Hatte er in Anakerie anfangs die höchste Bedrohung gesehen, erschien sie ihm nach der Verschmelzung fast schon wie eine Freundin. Ja, seine Abwehr war tatsächlich schwach gewesen, und so hatte man ihn ebenso unerbittlich und vollständig zermalmt wie Tir Asleen. Die Schlacht wäre bereits verloren, hätte nicht Anakeris Abschiedskuß einen Großteil ihres eigenen Zaubers weggenommen, der ihn physisch lähmte, und ihm wenigstens einen Teil seiner eigenen Kraft zurückgegeben.

Doch der gefährlichste seiner Feinde war natürlich der Magier. Thorn hatte schon so manche Gefahr bestanden. Auf seinen Reisen hatte er einem Schwertkämpfer gleich immer wieder seine magischen Fähigkeiten geschliffen und sich gegen alle möglichen Angriffe zu verteidigen gelernt. Aber gegen diesen Zauber vermochten selbst seine größten Bemühungen und seine raffiniertesten und schlauesten Strategien rein gar nichts. Der Magier schien ihn besser zu kennen als er sich selbst. Jede Abwehrmaßnahme hatte er offenbar vorausgesehen, jeder Gegenschlag traf ins Leere. Je härter er kämpfte, um so schneller raste er seiner endgültigen Niederlage entgegen.

Vertraue mir, hörte er und wünschte taub zu sein.

Du bist ein Dämon, kreischte er in seinem Geiste, seine Zähne, von denen nur mehr Ruinen geblieben waren, hatten seine Zunge und die Wangen so zerfetzt, daß er nicht mehr sprechen konnte.

Du wirst nicht sterben, das lassen sie nicht zu. Sie haben dich hier sicher verwahrt und zugleich mit dir auch das Kind außer Gefecht gesetzt. Wenn du nicht mal dich selbst retten kannst, Zwerg, wie willst du dann das Mädchen retten?

Du bist ein Dämon!

Deine einzige Hoffnung – jetzt wie zuvor.

Ihm blieb nicht mehr viel Zeit. Der Zauber griff den Geist noch vor dem Körper an, und er hatte plötzlich ein abscheuliches Bild seiner Seele vor sich, die auf Schatten einschlug, lange nachdem alles, was sie einmal verkörpert hatte, ganz und gar aufgezehrt war. Selbst wenn er wie durch ein Wunder überleben sollte, würde von ihm nichts als eine hohle Schale zurückbleiben.

Er spuckte Blut und Schlimmeres, zwang sich jedoch, laut die Worte zu sprechen: »Hilf mir. Bitte.«

Alles Licht war plötzlich verschwunden. Die Fackeln, die Mohdri zurückgelassen hatte, damit Thorn sehen konnte, was mit ihm geschah, erloschen einfach. Der Boden um ihn her geriet in Bewegung, als ob er zu Teer geworden wäre …

… und dann war *er selbst* der Boden.

In jener Sekunde reichte seine EinSicht über ihre äußersten Grenzen hinaus und schleuderte ihn von jener Wahrnehmungssphäre, die er schon immer gekannt hatte, in Dimensionen, in denen sein bisheriges Wissen völlig ohne Belang war. Er war ein Stein, und zwar jeder einzelne Stein – vom tiefsten Fundament in der Erde bis hin zum höchsten Punkt des Gebäudes. Ihm fehlten die Worte für diese Erfahrung, die Fähigkeit, die überwältigende Vielzahl und Verschiedenartigkeit seiner Empfindungen zu katalogisieren. Es war, als ob er im Zentrum eines Spiegelsaales stünde und wüßte, daß selbst der zufälligste Blick noch eine fast unendliche Zahl von Reflexionen verursache, von denen nicht einmal zwei ganz gleich waren.

Von seinem menschlichen Instinkt geleitet, wollte er sich bewegen, aber er war unverrückbar fest verankert, die Steine klebten durch Mörtel verbunden fest aneinander, und das ganze Gebäude stand auf einem mächtigen Felsen, der wie ein Berg in der Erde aufragte. Er erblickte in ein und demselben Augenblick das Verlies, in dem er lag, die riesigen Küchen im eigentlichen Palast und sämtliche übrigen Räume dazu, ferner Eloras Turm, die eigens für die bevorstehende Feier erbaute Zeremonienhalle und das Porzellan und die Kleider, die nur bei diesem einen Anlaß und dann nie mehr benutzt werden sollten.

Überall herrschte reges Treiben, und er hatte das Gefühl, daß unentwegt auf seinem Körper herumgetreten werde. Die Räume waren lärmerfüllt, doch konnte er zwischen den Geräuschen genausowenig unterschieden wie zwischen den zahllosen Anblicken – sein Gehirn war durch den Ansturm schlicht überfordert. Er ertrank in Empfindungen wie in einem tiefen Wasser, nur daß ihn dabei nicht der Tod, sondern der Wahnsinn ereilte.

Dann hatte er plötzlich nicht mehr das Gefühl zu ertrinken, sondern zu schwimmen. Er war ein Ausnahme-Nelwyn, denn er hatte eine Vorliebe für das Wasser. Er bewegte sich darin zwar nicht sonderlich elegant – Rool hatte einmal gesagt, Thorn schwimme wie ein lahmer Frosch, und Bastian und Anele hatten ihn sogar mehrmals dazu verwandt, ihre Fischkünste wieder aufzufrischen. Er machte sich keine Gedanken mehr um das, was um ihn her vor sich ging, sondern akzeptierte es einfach. Ja, er bewegte sich in dieser Kakophonie aus Klängen und Bildern wie im Wasser, und seine geistige Gesundheit hing einzig davon ab, daß es ihm gelang, das Treiben um ihn her in den Hintergrund seines Bewußtseins zu drängen und zu ignorieren.

Vielleicht war es der Gedanke an die Brownies, der ihn die kleinen Kerle plötzlich aus Dutzenden von Perspektiven sehen und ihre Stimmen mit überwältigendem Echo hören ließ.

»Hab ich's nicht gesagt! *Hab ich's nicht gesagt!*« Franjean hatte sich in einen Wutanfall hineingesteigert. Sie befanden sich noch immer in Eloras Turm und hatten dort – so weit von jeder Mauer entfernt wie eben möglich – in dem Baum, der dort in der Mitte des Gartens aufragte, Zuflucht gesucht. »Wir hätten niemals hierherkommen dürfen, und noch weniger hätten wir zulassen dürfen, daß er diesen verfluchten Ort hier aufsucht, als es noch Möglichkeiten gab, in die Freiheit zu entkommen.«

»Und was schlägst du vor«, lautete Rools matte Entgegnung, »daß wir ihm eins über den Schädel hauen und ihn dann auf unserem Rücken von hier forttragen?«

»Er ist an einen Dämon geraten, und wir sitzen in der Patsche.«

Der Brownie hatte recht und unrecht zugleich. Thorn wollte Franjean davon in Kenntnis setzen, aber er fühlte sich völlig körperlos und konnte infolgedessen seine Gedanken auch nicht in Sprache übersetzen. Er konnte seine Vorstellungen nicht einmal in ihre Gedanken einschleusen, weil das Bewußtsein, an dem er teilhatte, sie nur zutiefst entsetzt hätte. Sie würden jede Kontaktaufnahme als Angriff werten und jeden Kommunikationsversuch als Hinterhalt. Er war jetzt in gleichem Maße ein Dämon, wie er ein Adler war, wenn er mittels seiner EinSicht mit Aneles Seele verschmolz, und sein derzeitiger Zustand war nicht weniger staunenerregend.

Als ob sein Gedanke an die Adler ein Stichwort gewesen wäre, schrie Franjean plötzlich: »Bei allen Göttern, wir können uns wegen der verfluchten Nachtreiher nicht mal von den Adlern abholen lassen.«

»Wenn du noch lange hier herumschreist, wirst du sie ganz sicher wieder hier heraufiocken – oder Schlimmeres.«

»Eine angenehme Lage würde ich das hier nicht unbedingt nennen.«

»Und was erwartest du von mir, Franjean?«

Franjean machte ein höchst unfreundliches Gesicht. »Absolut gar nichts.« Und dann begab er sich auf die andere Seite des Baumstammes, wo er einen Ast zu finden hoffte, auf den er sich alleine hocken konnte.

Der Garten erschien Thorn irgendwie unbegreiflich. Er war zwar voller üppig wuchernder Dinge und wurde ganz offensichtlich von einer liebevollen, fleißigen Hand gepflegt. Aber anders als die übrigen Elemente des Turmes erweckte er einen überraschend ungezwungenen Eindruck. An diesem Ort konnte man barfuß laufen und respektlos in der Sonne herumlümmeln, und das in einer Umgebung, in der alles, was mit Spiel zu tun hatte, geächtet war. Auch die Reiher gaben ihm Rätsel auf. Genau wie Todeshunde überzogen sie normalerweise alles, was sie berührten, mit einem Todeshauch, doch davon war hier keine Spur zu erkennen. Weder der Garten noch der Baum schien verunreinigt, sonst hätten die Brownies dort gewiß nicht Zuflucht gesucht.

Wie gerne hätte er seine Gefährten beim Namen gerufen und ihnen versichert, daß mit ihm alles in Ordnung sei, doch in Wahrheit wußte er selbst nicht genau, ob das überhaupt so war.

Er hörte Eloras Namen ...

... und entdeckte zwei stattlich gebaute, prächtig gekleidete Daikini, die auf einer der unteren Galerien dahinschlenderten. Er hatte kein Empfinden mehr für Bewegungen, ihm war, als ob er alles, was sich innerhalb der Grenzen der Schloßanlage abspielte, mit den zahllosen Partikeln, in die er zerfallen war, wahrnehmen könne, so daß er sich – mit Hilfe des Dämons – nach Belieben an die verschiedensten Schauplätze versetzen konnte.

»Ihr macht Euch zu viele Sorgen, mein Freund«, sagte der eine der Männer.

»Als Staatsminister muß ich an alles denken«, entgegnete der andere.

»Der König weiß, was er tut.«

»Das hab ich auch geglaubt, bis er diese verdammten Maizan in die Stadt geholt hat.«

»Ihr Kommandant ist ebenfalls ein Prinz, genau der Richtige, um Anakerie zu zähmen. Wenn wir mit ihnen verbündet sind, schützen sie unsere Südgrenze, das könnt Ihr nicht leugnen. Außerdem handelt es sich ja nur um eine Eskorte. Ich glaube nicht, daß die Roten Löwen von ein paar Dutzend Männern etwas zu befürchten haben. Auch nicht von Donnerreitern.«

»Was werde ich dankbar sein, wenn das alles hier vorüber ist.«

»Das hab ich schon öfter gehört, das versichere ich Euch. Viel Arbeit, viel Streß, aber vergeßt nicht die Belohnung. Ein neues Gleichgewicht zwischen den Reichen.«

»Glaubt Ihr daran?«

»Ihr etwa nicht? Es kann einfach nicht so weitergehen wie bisher, das ist jedenfalls sicher. Wir haben uns den Schleierleuten gefügt, seit ich denken kann, und in den Tagen meines Vaters und Großvaters war das auch nicht anders, und so geht das nun schon seit Anbeginn der Geschichte. Das Land gehört uns so gut wie ihnen, und es ist eine Schande, daß sie nicht bereit sind, es mit uns zu teilen.«

»Sprecht leiser, schließlich haltet Ihr hier keine Rede.«

»Ich versuche ja nur, Euch etwas klarzumachen, warum hört Ihr mir denn nicht zu?«

»Weil ich es tagein tagaus mit zehn Botschaftern zu tun habe, die sich darüber beklagen, daß sie uns ohnehin schon zu viele Rechte eingeräumt haben und daß wir Daikini *nie* genug bekommen können.«

»Habt Ihr meine Pläne angeschaut. Mit dampfgetriebenen Lokomotiven könnten wir in kürzerer Zeit mehr Güter transportieren. Wir sind auch gerne bereit, Steuern und Zölle zu bezahlen«, sagte der Kaufmann, »vorausgesetzt, sie sind vernünftig.«

Der Minister gluckste. »Was für den einen ›vernünftig‹ ist, betrachtet der andere schon als Tyrannei. Die Schienen, auf denen Eure Züge fahren, verändern überall das Gesicht der Erde …«

»Und tun Straßen das etwa nicht?«

»Nein, nicht in diesem Maße. Und trotzdem gibt es immer wieder Ärger. Warum würde sonst der größte Teil des Güter- und Passagierverkehrs zu Wasser abgewickelt?«

»Also gut – Ihr könnt meine Motoren ja auch zum Antrieb von Schiffen verwenden.«

»Ich bin gespannt, was passiert, wenn Ihr die Wyr-Clans von dieser Idee überzeugen wollt.«

»Sie sind mächtig, und wir haben die guten Einfälle – nur erlauben sie uns nicht, unsere Fähigkeiten richtig einzusetzen. Ich sage Euch, das muß endlich anders werden. Warum, zum Teufel, sollten wir unter ihren Ängsten leiden?«

»Weil ihre Ängste unseren Untergang bedeuten könnten.«

»Vielleicht sollten wir dieses Risiko eingehen?«

»Sie ist doch nur ein Kind, mein Freund. Ihr verlangt zuviel von ihr.«

»Entweder wir riskieren es, oder aber wir gehen unter. Was haben wir da zu verlieren?«

Gleichzeitig hörte Thorn, wie in einem anderen Teil des Palastes eine Gruppe von Botschaftern ein ganz ähnliches Gespräch führte – freilich unter umgekehrten Vorzeichen. Die Männer gelangten fast zu dem gleichen Ergebnis, und Thorns Herz setzte beinahe aus, als er jetzt plötzlich den Aufschrei eines völlig aus der Fassung geratenen Menschen hörte.

»Ich bringe diese bösartige kleine Hexe um!«

Das war Eloras Schneider, der mit einem blauen Auge, das sie ihm mit dem nackten Fuß verpaßt hatte, inmitten eines wirren Kleiderhaufens stand.

Niemand mochte sie.

Viele hatten Angst vor ihr, alle waren stolz darauf, daß sie hier residierte, doch niemand wollte jenseits der offiziellen Pflichten auch nur das geringste mit ihr zu tun haben.

Er öffnete die Augen – dankbar, wieder eine körperliche Reaktion zu verspüren.

Mit der Wange berührte er Stein, doch schon eine Armlänge von der Stelle entfernt, wo er zusammengebrochen war, begann tiefste Dunkelheit. Sein ganzer Körper schmerzte ihn, aber als er seine Gliedmaßen bewegte, ging dies immerhin ohne größere Beschwerden. Die Schmerzen, die er zu ertragen hatte, waren kaum stärker als jene, unter denen man vielleicht nach einer schlecht durchschlafenen Nacht leidet.

Er setzte sich auf und sah, daß noch immer große Brocken in der Wand fehlten und daß er inmitten eines Haufens zerbrochener Steine lag. Einige davon trugen frische Flecken, aber er ging der Ursache nicht weiter nach. Seine Kleider hingen ihm in Fetzen vom Leibe, und er fing an, sich auszuziehen.

»Nun gut«, sagte er.

Mein Teil der Abmachung ist damit erfüllt.

»Was hast du getan?« fragte er und versuchte, in der Dunkelheit irgendein Gegenüber auszumachen.

Etwas von mir gegeben.

»Ich wußte gar nicht, daß Dämonen so etwas tun.«

Vielleicht weißt du ja nicht besonders viel.

»Sieht ganz so aus. Danke«, sagte er schlicht. »Ich schulde dir mehr als mein Leben.«

Der Dämon schwieg.

»Wer bist du?« überlegte Thorn laut. »Was bist du?«

Ich bin, entgegnete der Dämon ein wenig konsterniert, als ob er sich solche Fragen selbst noch nie gestellt hätte. **Wie ich entstanden bin … weiß ich nicht. Ich bin schon immer an diesem Ort gewesen.**

»Das habe ich gespürt.« Ja, der Dämon war mit diesen Steinen schon verbunden gewesen, als sie noch Teil einer Felswand gewesen waren, und hatte weiter in ihnen gewohnt, als sie herausgebrochen und zu einem Fundament ausgelegt worden waren. Niemand wußte mehr, wer das Wesen eingefangen hatte oder warum oder wann, nur daß dies geschehen sein mußte, bevor noch die Geschlechter, die jetzt die Erde beherrschten, ins Dasein getreten waren.

»Ich muß gehen«, sagte Thorn, konnte sich jedoch zunächst nicht erheben.

Das kannst du nicht.

Diese Entgegnung versetzte ihm einen solchen Schock,

daß er wie vom Blitz getroffen aufsprang. Doch mußte er sich gegen einen der Steinblöcke lehnen, um nicht umzufallen.

»Ich werde gebraucht.«

Nirgends mehr als hier.

»Ich verstehe nicht ganz. Was meinst du damit?«

Es besteht eine Schuld. Die Ehre verlangt, daß sie beglichen wird.

»Ich hab mich schon gefragt, wann wir darauf zu sprechen kommen. Wenn es Freiheit ist, wonach du verlangst, dann kann ich dir wohl nicht dienen. Die Fesseln zu lösen, die dich binden, übersteigt meine Kraft.«

Freiheit, ja. Aber nicht für mich.

Die Dunkelheit bewegte sich jetzt und gab den Blick auf Thorns Gürteltaschen frei, die er dankbar an sich nahm. Er zog daraus eine Feldflasche hervor und sprengte sich kostbares Wasser auf das Gesicht. Auch frische Kleider entdeckte er darin, deren modischer Zuschnitt ihn an Rool erinnerte. Ein dickes Baumwollhemd, das so dunkelgrün gefärbt war, daß es fast schwarz erschien, und in der Nacht wie im Wald gleichermaßen Tarnung bot. Dazu Wollhosen und Lederstiefel, die auch Überlandmärsche vertragen konnten. Dann noch ein dunkler Pullover, der so eng gestrickt war, daß er auch ohne magische Rituale wasserdicht war. Schließlich noch eine Weste mit großen Taschen. Den Pullover und die Weste ließ er zunächst noch an ihrem Platz, da ihm im Augenblick das Hemd allein genügend Wärme spendete. Aus der anderen Tasche zog er etwas Eßbares und eine Wasserflasche hervor, aber am meisten vermißte er seine Reisetasche und sein Schwert. Er nahm an, daß er sie verloren hatte und daß sie sich jetzt im Besitz des Hauptmanns oder der Prinzessin befanden. Doch dann entdeckte er sie zu seiner Überraschung in der Gürteltasche.

»Du bist fleißig gewesen«, sagte er anerkennend zu dem Dämon, während er seine Gürteltaschen festschnallte. Er erhielt keine Antwort. Als er wieder aufblickte, lag eine Frau vor ihm.

Sie schwebte in Hüfthöhe, auf allen Seiten von Dunkelheit

umfangen. Sie war groß und kräftig gebaut und hatte nichts Sanftes oder Elegantes an sich. Breite Schultern, lange Arme und Beine und tiefschwarzes, kurzgeschorenes Haar, das an den Bart eines Mannes erinnerte, der sich zwei Tage nicht rasiert hat. An ihrem Bizeps und am Oberschenkel waren Tätowierungen zu erkennen und einige Narben. Zwischen ihren weit auseinander stehenden Augen und den hohen Wangenknochen, die in einen kräftigen Unterkiefer einmündeten, ragte eine Nase aus ihrem Gesicht, die offenbar gebrochen war. Ihre Augen waren nach oben weggedreht, und ihre goldbraune Haut erinnerte an die Menschen in den Gewürzländern. Die straffe Muskulatur und die Schwielen an ihren Händen sprachen dafür, daß sie ihren Lebensunterhalt mit dem Schwert bestritt.

Sie atmete nicht, war aber auch nicht tot.

Er strich sich mit dem Finger über die Unterlippe und starrte auf die schwachen Funken, die auf seiner Haut sprühten. Sie hatte genau wie er selbst einen Flecken in der Mitte der Stirn, und zwar an jener Stelle, an der die Kristallklinge in ihren Kopf eingedrungen war.

Dasselbe Schicksal, derselbe Kampf. Und sie hatte auf ihre Weise sogar gewonnen. Denn sie hatte ihre Seele und ihre menschlichen Züge nicht verloren, obwohl sie für diesen Sieg mit fast sämtlichen übrigen Aspekten ihres Selbst hatte zahlen müssen.

»Wer ist sie?«

Fleisch. Wie auch du Fleisch bist. Was macht das für einen Unterschied?

»Für deinesgleichen wohl keinen.«

Sie ist vor jenen geflohen, die sie versklaven wollten. Sie haben nach ihr gesucht, sie aber nicht gefunden.

»Dafür hast du gesorgt, nehme ich an.«

Von einem Sklaven zum andern.

Es überraschte ihn, von dem Dämon solche Worte zu hören. Er hatte einer solchen Kreatur soviel Selbsterkenntnis gar nicht zugetraut.

»Es gibt einen alten Spruch, der lautet: Wer sich mit einem Dämon auf einen Handel einläßt, der wird verdammt.«

Das fällt dir ein bißchen spät ein.

Thorn konnte ein Kichern nicht unterdrücken.

»Was willst du von mir?«

Freiheit für mein Kind.

»Dämonen haben Kinder?«

Wir sind, was wir sind. Ihr seid es, die uns Namen geben und uns durch diese Namen definieren.

»Ich nehme alles zurück.«

Ihr wißt so wenig.

Darauf fiel Thorn keine Entgegnung ein, deshalb tat er sein Einverständnis nur durch ein stummes Nicken kund.

Wer an diesen Ort hier geführt wird, ist genauso gefangen, wie ich es bin. Ich habe dir das Leben und die Freiheit geschenkt und verlange von dir das gleiche für mein Kind.

Thorn schüttelte unwillkürlich den Kopf und starrte zunächst auf den Körper vor ihm und dann in die unergründliche Finsternis.

»Nein«, sagte er. »Ich kann und ich will nicht. Das ist gegen die Natur.«

Gleicht nicht das eine Geschenk das andere aus?

»Sie hatte ein eigenes Leben und ein eigenes Sein, du hast kein Recht, ihr das wegzunehmen.«

Sowohl ihr Leben als auch ihr Sein ist dahin, was spricht dagegen, das zu benutzen, was von ihr noch geblieben ist?

»Wie soll ich dir das nur begreiflich machen …? Selbst wenn das wahr wäre, so bin ich trotzdem nicht verrückt oder verzweifelt genug, einen Dämon aus seinem Gefängnis zu befreien. Ihr verbreitet schon unter den herrschenden Umständen genug Entsetzen.«

Soll ich dir sagen, was dich unter diesen Umständen erwartet, ›Zwerg‹? Nirgends in diesem Palast kannst du dich vor mir verbergen. Ich werde dich genau denen in die Arme treiben, die dich jagen, und lachen, wenn du den Wesen die Knochen brichst, die du am meisten liebst.

»Dann tu es doch, und sei verdammt.«

Das bin ich bereits, Zauberer, warum sollte ich sonst deiner Hilfe bedürfen? Du fürchtest zwar das Schlimmste, Drumheller, aber was ist mit der Hoffnung?

»Ich muß wahnsinnig sein, das Wort aus dem Mund eines Dämons zu hören.«

Ich biete dir meinen kostbarsten Schatz, damit du ihn formst und damit tust, was du willst. Wenn es bessere Wege gibt zu leben, als wir sie bisher gekannt haben, dann lehre mein Kind dieses Verhalten.

»Ich habe noch nie einen von euch so sprechen hören. Warum sollte dir das am Herzen liegen? Weshalb ist das für dich von Belang?«

Dasein heißt leben. Aber sich seiner selbst bewußt zu sein ..., das ist noch viel mehr. Ich hatte keinerlei Achtung vor euch gehenden Wesen, bis das Kind hier eintraf.

»Dein Kind?«

Nein. Die Kleine in dem Turm. Sie war allein und hatte Angst, fast noch ein Säugling, als man sie rußgeschwärzt und zerschunden in jenem Hof fand, in dem jetzt der Turm steht. Sie bewegte sich zwar, sie atmete, aber vorwiegend war sie genauso hohl wie diese weibliche Form, die vor dir schwebt. Nur Anakerie traute sich, sie anzufassen, die anderen hatten zuviel Furcht. Sie sprach mit keinem von ihnen, aber mit mir hat sie gesprochen.

Ich war für sie ... etwas Besonderes. Sie nannte mich ... Freund. Ich kannte zwar das Wort, aber verstand die Bedeutung nicht. Zunächst habe ich auf ihre Rufe nur geantwortet, weil mich das amüsiert hat. Sie sprach aus aufrichtigem Herzen, etwas anderes kannte sie nicht. Besser hätte ich ihr nicht zugehört, besser hätte ich die Steine unter ihr geöffnet und sie in das ewige Feuer stürzen lassen. Aber sie bezauberte mich mit Worten und brachte Licht in die Finsternis. Das war mehr, als ich ertragen konnte, und zu meiner Schande und zu meinem Bedauern floh ich vor ihr.

Aber da ich das Licht einmal, wenn auch nur für einen kurzen Augenblick, gesehen habe, kann ich den Gedanken nicht mehr ertragen, mein Kind weiterhin der Finsternis preiszugeben.

»Ich hätte früher kommen sollen«, hauchte Thorn. Aber seine innere Stimme erwiderte darauf ohne Gnade: *Du wuß-*

test doch nichts davon, und du hattest genügend eigenen Kummer, mit dem du dich herumschlagen mußtest.

Vor seinem geistigen Auge rollten nun eine Reihe von Bildern ab – ob sie der Dämon oder seine eigene Fantasie erzeugt hatte, wußte er nicht, es interessierte ihn aber auch nicht. Er sah ein Kind, dessen Geist so hell erstrahlte wie sein flammenblondes Haar, das nach den Dingen seiner Umgebung ebenso die Hände ausstreckte wie nach den Menschen. Inmitten von Blut und Feuer war sie um die halbe Welt in ein völlig fremdes Land entrückt worden. Niemand hatte dort auf ihre Rufe geantwortet, niemand ihre ausgestreckte Hand ergriffen. Überdies hatte man sie nicht wie ein bedürftiges heranwachsendes Mädchen behandelt, sondern wie einen Gegenstand der Verehrung und Furcht. Ein Idol. Zuerst von den Freunden im Fleische und dann von ihrem geistigen Gefährten im Stich gelassen.

Aber ungeachtet all dessen hatte sie einen Garten angelegt (er war sich absolut sicher, daß der Garten ihr Werk war), der einen solchen Frieden ausstrahlte, daß selbst Nachtreiher ihn nicht entweihen konnten. Und hier war ein Dämon, der zu ihm von Hoffnung und Träumen sprach, eine Kreatur, die eigentlich ihre eigenen Jungen hätte verschlingen müssen und statt dessen ein besseres Leben für jenes Kind erbat.

Er sah auf dem Fußboden ein schwaches Glitzern, bückte sich rasch und hob Anakeries Haarspange auf. Instinktiv griff er nach seiner eigenen Spange, obwohl er spürte, daß er sie schon längst irgendwo am Fuße von Eloras Turm oder während seiner Gefangenschaft verloren hatte. Er strich sanft mit dem Daumen über die ovale Oberfläche des Gebildes, das offenbar von der Hand eines Mannes geschaffen worden war, der Höheres erstrebt hatte, als seine Fähigkeiten erlaubten. Wieder sah er jenes andere Antlitz, das sich vor Anakeries Gesicht geschoben hatte. Ein letztes Geschenk an ihrem gemeinsamen Geburtstag, bevor ihre Welt in tausend Stücke zersprungen war.

Die Prinzessin liebte kaum etwas so sehr wie diese Spange. *Warum also,* überlegte er, *hat sie das Stück hier zurückgelassen?*

Wieder einmal ließ er sich in seinem Verhalten von seinem Instinkt leiten. Er raffte sein Haar, mehr aus praktischen als aus ästhetischen Gründen, hinten am Kopf zusammen und befestigte es mit Anakeries Spange.

»Vielleicht gibt es doch noch Hoffnung«, flüsterte er.

Deine Antwort, Drumheller.

»Wenn es in meiner Macht steht«, sagte er zu dem Dämon, »werde ich dein Kind retten.«

7. Kapitel

Um die notwendigen Schritte zu unternehmen, mußte Thorn sich jetzt in ähnlicher Weise mit dem Dämon verbinden, wie Anakerie das mit ihm selbst getan hatte. Zwar nahmen seine Zauberkräfte im Verlaufe dieses Prozesses exponentiell zu, aber die Kontrolle, die er über sie ausübte, wurde immer schwächer. Es gab in seiner Zelle kein Licht, aber das war belanglos. Thorn konnte weder sich selbst sehen noch die Frau, von der er wußte, daß sie vor ihm schwebte. Ringsum herrschte eine solche Finsternis, wie sie vor dem ersten Schöpfungstag das All erfüllt haben mochte. Er konnte seinen eigenen Atem hören, der von einem Beben begleitet war, das nichts mit körperlichem Unwohlsein zu tun hatte. Magie erforderte normalerweise eine ungetrübte innere Harmonie, aber so sehr er sich auch bemühte, konnte er diesen Zustand nicht erreichen.

Mit einer Riesenanstrengung, die seine Schläfen pochen ließ, konzentrierte er seine EinSicht und schloß sämtliche Fenster, die ihm einen Ausblick auf die unendlich facettenreiche Welt des Dämonen eröffneten, bis die Dunkelheit in der Zelle sich belebte. Auf der einen Ebene ist die Dunkelheit nichts weiter als die Abwesenheit von Licht, aber als Farbe ist Schwarz die Summe aller übrigen Farben. Je mehr man von ihnen zusammenmischt, um so dunkler wird es.

Thorn fühlte sich, als ob er plötzlich in einen riesigen Ozean eingetaucht und unversehens imstande wäre, all dessen zahllose Elemente zu beobachten, kleine und große Strömungen, die wie Flüsse die Tiefen durchzogen und nicht nur durch ihre Kraft und Richtung, sondern auch durch ihre Temperatur charakterisiert waren. Sie erzeugten Strudel, die das Wasser in ähnlicher Weise durchzogen wie Mineraladern das Gestein in einem Berg. In dem Raum, in dem er sich aufhielt, sah Thorn schwarze Energiemuster, aber der Unterschied war, daß einige dieser Muster zuvor rot, andere zartrosa gewesen waren. Im Gewebe der Kammer waren mehr Farben, mehr Arten des Seins enthalten, als er benennen konnte. Natürlich war nichts von alledem auf den ersten Blick unterscheidbar, nur Blitze im entferntesten Winkel seines Blickfeldes – wie die Streifen, die an einem strahlenden Sonnentag auf der Innenseite der Augenlider sichtbar werden, wenn man diese ganz fest schließt.

Natürlich war seine Wahrnehmung viel konkreter und konzentrierter, Ordnung gegenüber dem für den Dämon natürlichen Chaos, und er stieß einen leisen Pfiff der Bewunderung aus für die Kraft, die die Kreatur in dieses Gefängnis gebannt hatte. Es gab keinen stärkeren Stein als diesen uralten Granit, der bereits in den Kindertagen der Welt entstanden war und den ersten Bergen als Fundament gedient hatte. Die Zeit hatte ihn lediglich verwittern lassen, bis nichts als seine Essenz zurückgeblieben war. Im Gegensatz dazu gab es keine anarchischere Form der Existenz – er wußte nicht einmal, ob das Wort ›Leben‹ in diesem Zusammenhang passend war – als das Dasein der Dämonen. Ihnen war jede Art von Struktur, moralischer oder physischer Natur, verhaßt. Und so glaubten sie offenbar, wenn es ihnen möglich sei, in einer ungeordneten Welt ihr Dasein zu fristen, so müsse das für jeden anderen ebenso gelten. Die Zauberer fürchteten und bekämpften sie, weil ihre eigenen Kräfte an bestimmte Strukturen gebunden waren, die sogenannte natürliche Ordnung der Dinge. Ihre Stärke bestand in der Fähigkeit, den großen Strukturen des Seins kleinere Muster einzuschreiben. Dämonen hingegen machten sich ein Vergnügen daraus, sämtliche derartigen Muster in Stücke zu reißen. Je stärker ein Magier, um so magnetischer fühlten sich die Dämonen durch sein Werk angezogen. Sie gingen sogleich zum Angriff über, und der Magier betete, daß seine Abwehrkräfte ausreichen möchten, sie in Schach zu halten. Wegen der daran beteiligten Kräfte schwappten solche Konflikte mitunter in die Alltagswelt über, und wie es in solchen Situationen nun einmal der Fall ist, waren diese Folgewirkungen meist recht unangenehm. Deshalb hatten auch die Normalsterblichen so große Furcht vor Dämonen, daß diesen selbst ganz natürliche Katastrophen angelastet wurden. Ganz sicher war dies auch nach dem Kataklysmus geschehen, obwohl Thorn diese Lesart stets bezweifelt hatte. Denn ein Dämon mit der Macht, eine solche Weltkatastrophe anzurichten, hätte es dabei nicht bewenden lassen, sondern den ganzen Globus mit Freuden in Schutt und Asche gelegt.

Und trotzdem, sagte Thorn zu sich selbst, *nach allem zu urteilen, was ich je gehört habe, müßten die Fundamente dieses Bauwerks höchst instabil sein, wenn in dem Gemäuer ein Dämon gefangen wäre.*

Da bist du aber überrascht, kleiner Magier, was?

»Zum Teufel! Hältst du dich bitte aus meinen Gedanken heraus, ich versuche mich zu konzentrieren.«

Du denkst zuviel. Handeln wäre besser.

»Wenn ich soweit bin.«

Deine Zeit gehört nicht dir.

»Was darf ich darunter nun wieder verstehen?«

Er hätte nicht laut sprechen, den Dämon nicht im mindesten beachten sollen. Denn die Ablenkung reichte bereits aus, um ihn in seiner Konzentration nachhaltig zu stören.

Er hörte ein Schwingenschlagen, ein so gewaltiges Sausen, wie es sonst nur ein Hurrikan zu erzeugen vermag, und sah vor seinem geistigen Auge eine so unbeschreiblich reine Herrlichkeit, die in ein und demselben Augenblick zugleich der Inbegriff des dämonischen Chaos und dessen genaues Gegenteil war. Er blickte auf seine Träume, und auch dort sah er die Erscheinung, blickte auf seine Vorstellungskraft und fand sie dort ebenfalls. Er fühlte sich im Herzen eines unbändigen Lachens, sah einen Glanz, der die Schatten des Kummers von ihm nahm. Das Blut, das in der Brust der Erscheinung brannte, durchpulste auch ihn selbst. Doch während er an die Grenzen des Fleisches gebunden war, von den Mächten überragt, die ihm gleichwohl zu Gebote standen, handelte es sich bei der Erscheinung um ein durch und durch magisches, die Kategorien der physikalischen Welt beinahe sprengendes Geschöpf.

Der Drache lächelte.

Der Dämon sprach.

Drumheller.

Zum erstenmal seit mehr als zehn Jahren vergoß Thorn Ströme von Tränen. Doch war es nicht mehr Schmerz, was ihn weinen ließ, sondern Ehrfurcht und ein dankbares Erstaunen, das die Ödnis seiner Seele wie ein Frühlingsregen benetzte. Er fühlte sich fast wieder wie ein Bauer, der nach der Aussaat seine Felder inspiziert, dabei jedoch nicht lediglich die Dinge als Dinge betrachtet, sondern jenes Zusammenspiel der verschiedensten Elemente, das neues Leben hervorbringt. Er hatte nicht einmal geahnt, wie tief seine Wunden gewesen waren, oder daß er sie unter einer so dicken Schorfschicht verborgen hatte, um die furchtbaren Schmerzen zu besänftigen. Den besten Teil seines Wesens hatte er so lange der Welt und sich selbst verheimlicht. Offenbar war er auf dem Weg, den sein Leben genommen hatte, irgendwo in die Irre gegangen.

Mein Kind, Drumheller.

»Ich weiß«, sagte er, während sein ganzer Körper wie nach einem Blitzschlag vor Anspannung erbebte.

Du hast mir dein Wort gegeben.

»Ich weiß.«

Er blinzelte, um sich in die Realität der Zelle zurückzuholen und die vor ihm liegende Aufgabe in den Blick zu nehmen, doch statt dessen geriet seine Seele abermals in einen stürmischen Ozean, der nichts anderes war als die Macht des Dämons. Diesmal freilich handelte es sich um einen veritablen Strudel, gegen den er trotz all seiner Kraft und Geschicklichkeit völlig machtlos war. Er konnte zwar wie ein normaler Mensch schwimmen, aber in diesem Element war er absolut hilflos, und so wurde er wie eine Feder in das Obergeschoß von Eloras Turm geschwemmt:

Am letzten Abend von Eloras zwölftem Lebensjahr statten ihr um Schlag zwölf Uhr die Vizards einen Besuch ab. Sie sind ihre Wächter, die Hohenpriester einer offiziell gar nicht existierenden

Religion, denen – bei Gefahr für ihr Leben und ihre Seele in sämtlichen Zwölf Reichen – der Schutz der Prinzessin obliegt. Jedes der Reiche entsendet hierzu alljährlich einen neuen Vertreter, so daß Elora an diesem speziellen Tag zwölfmal zwölf Beschützer zur Seite stehen. Doch sie sieht keinen von ihnen länger als einen Monat. Mit jedem Neumond erscheint ihr ein neues Gesicht, jedenfalls glaubt sie das. Doch jenseits der auffälligsten Gattungsmerkmale kann sie nichts über ihre Beschützer in Erfahrung bringen, denn sie sind allesamt maskiert (daher auch ihr Name, der sich von dem Visier der Ritter herleitet) und treten ihr tagein tagaus mit demselben unveränderlichen Gesicht gegenüber.

Jetzt plötzlich befindet sich Thorn in den Gemächern der Prinzessin Anakerie:

Anakerie steht vor ihrer Wohnung auf einem langgestreckten Balkon und starrt zu Eloras Turm hinauf. Dabei gibt sie sich keinerlei Mühe, die Gefühle zu verbergen, die ihre Wangen erbleichen und die Farbe ihrer Augen wie blutigen Sand erscheinen lassen.

Thorn erschauderte angesichts der alten, verbitterten Haßgefühle, die – wie Steine aus einem Feuerloch – von der Frau wie von dem Mädchen gleichermaßen ausstrahlten. Mochten diese Steine sich auch im ersten Augenblick täuschend kühl anfühlen, so wußten sie dennoch sehr gut, wie sie früher einmal geglüht hatten, und brauchten nur eines geringen Anstoßes, um abermals zu voller Hitze zu entbrennen. Er saß mit gekreuzten Beinen in der Dunkelheit seiner Zelle und mühte sich mit wilder Verzweiflung, die Türen und Fenster seiner Wahrnehmung zu verschließen – in dem quälenden Bewußtsein, daß alle Anstrengung vergeblich war. Je mehr er sich seine Gabe zunutze machte, besonders jetzt unter dem Einfluß des Dämons und anscheinend auch des Drachen, um so weiter reichte seine EinSicht, insbesondere im Hinblick auf Elora und Anakerie, mit denen er durch enge Bande verknüpft war. Ihre Gefühle strömten in ihm zusammen und trafen dort auf kräftigen Widerhall. So entstand ein bewegtes Spiel der Kräfte, das er weder zu fliehen noch zu kontrollieren vermochte.

»Es ist mir eine Ehre«, hört er den König sagen und blickt umher, bevor er diesen Impuls noch unterdrücken kann. Plötz-

lich – wenn auch zu spät – wird ihm klar, daß sowohl die Stimme als auch die Szene insgesamt Bestandteil von Anakeries Erinnerung sind. Und er überlegt, ob sie mit den Geheimnissen seiner Vergangenheit ebenso vertraut ist.

Zwischen Vater und Tochter liegt auf einem von Rangabzeichen eingefaßten Seidenkissen eine Maske. Sie ist wunderschön und zeigt ein von den besten Künstlern des Schleiervolks gemaltes menschliches Gesicht. Aber so absolut vollkommen das Gesicht auch erscheint, ist es gleichwohl völlig substanzlos und so ausdruckslos und unergründlich wie eine Statue. Anakerie will das Abbild nicht einmal berühren, da sie spürt, daß die Maske wie ein Brandeisen sie auf ewig zeichnen wird, falls sie sie auch nur einmal aufsetzt.

»Ich will sie nicht«, sagt sie, und jene, die dem Geschehen beiwohnen, schauen sich bestürzt an. Der König hat einen gewissen Ton, in dem er spricht, wenn er nicht einzulenken bereit ist, und wehe dem, der es wagt, ihm in einer solchen Situation zu widersprechen. Doch bereits mit ihren dreizehn Jahren ist seine Tochter ihm an Starrköpfigkeit ebenbürtig.

Doch da er ein Vater ist, der sie herzlich liebt, bemerkt er nichts von alledem.

»Das hier müssen jene tragen, die der Heiligen Prinzessin Elora dienen«, erklärt er, obwohl seine ganze Haltung verrät, daß er schlichten Gehorsam bei weitem bevorzugen würde. »Man hat sie für dich gemacht. Du wirst die erste sein, die ihr aufwartet.«

»Aber ich will nicht«, sagt sie abermals in demselben bestimmten Ton.

»Es ist eine Ehre.«

»Ich will nicht. Ich bin eine Prinzessin.«

»Ich bin dein König. Es ist mein Wille.«

»Ist mir egal.«

»Ich bitte dich nicht um dein Verständnis, Anakerie, nicht einmal um deine Billigung. Ich verlange lediglich deinen Gehorsam.«

Er hat schon Menschen aus weniger wichtigen Gründen umgebracht. Er entstammt noch einer rauheren Zeit, obwohl auch die Gegenwart blutig genug ist. Selbst an seinem Hochzeitstag hat er eine blutige Schlacht geschlagen und wäre zugrunde gegangen, wäre ihm nicht seine Braut vom Altar aus mit eigenen Truppen zur Hilfe geeilt. Sie war so mutig wie er und nicht minder bewandert in der Kriegskunst und ritt oftmals neben ihm in den Kampf. Aber ihre wahre Berufung war die Regierung, und so teilten sie ihre Rollen untereinander auf. Er verteidigte das Reich, und sie leitete es. Bis zu dem Kataklysmus, als der König heimgerufen wurde und seine Frau und seinen Sohn – Anakeries Zwillingsbruder – unter den Opfern fand. Seine Frau war tot und sein Sohn verschollen. Statt seiner Lieben entdeckte er in seinem Haushalt eine verlorene Seele, die an einen Wechselbalg erinnerte und auch so behandelt wurde. In den zehn Jahren seither ist er meist daheim geblieben und hat versucht, seine Hand an die Schreibfeder statt an das Schwert zu gewöhnen. Er erlernt die Staatskunst und die Kunst der Überredung. Aber er verliert nie die Aura des Kriegers. Alle, die mit ihm zu tun haben, wissen, daß man lediglich seine Oberfläche ankratzen muß, und schon gelangt unter der Seide der Stahl zum Vorschein.

In diesen frühen Tagen freilich, als man allmählich Klarheit über Eloras Herkunft erhält und ihre Zukunft betreffende Entscheidungen unerläßlich sind, ist der Verlust noch zu frisch. Er hat keine Geduld, besonders nicht mit denen, die er liebt.

Sie ist die Tochter ihres Vaters und ihm in jeder Hinsicht ebenbürtig, doch sie ist noch sehr jung und er von unerbittlicher Entschlossenheit. Sie wird die Maske tragen und Elora einen Monat lang aufwarten.

Statt dessen ergreift sie die Flucht.

Thorn verfolgte im Geiste Anakeries Weg, bis sie die Mauern des Palastes verließ, wo auch der Machtbereich des Dämons endete. Was außerhalb dieser Mauern geschah, war dem Dämon völlig einerlei, und dafür war Thorn jetzt sogar zutiefst dankbar. Die verrückte Kakophonie, deren Zeuge er geworden war, hatte ihn ohnehin fast verrückt gemacht.

Elora ist nicht in ihrem Zimmer.

Und noch immer von Anakeries Erinnerungen erfüllt, wurde Thorn jäh von der unwiderstehlichen Furcht ergriffen, daß auch Elora vor ihrer Bestimmung davongelaufen sein könne.

Die Bediensteten des Palastes sind in heller Aufregung, als ob innerhalb der Mauern plötzlich eine marodierende Armee aufge-

taucht wäre. Sollten die Vizards von ähnlichen Gefühlen ergriffen sein, bleiben diese Befürchtungen jedenfalls hinter ihren Masken verborgen. Sie brauchen auch nicht lange nach ihr zu suchen, denn sie versucht gar nicht erst, sich zu verstecken. Sie hat lediglich ihr Bett mit dem Garten vertauscht und es sich dort auf einem der dicken Äste einer Eiche bequem gemacht. Die Vizards umringen sie und halten untereinander zwei Armlängen Abstand, als ob es sich bei dem ganzen Geschehen um ein Zeremoniell handle. Sie sind sorgfältigst auf Abstand bedacht, keiner von ihnen wagt es auch nur einen Schritt auf sie zuzugehen oder auch nur die Fußspitze auf den Rasen zu setzen. Sie stehen dort und starren sie an. Sie starrt eine Zeitlang zurück und schläft dann weiter.

Thorn konnte sich bei diesem Anblick ein Lächeln nicht verkneifen und überlegte, wie lange diese Pattsituation wohl andauern werde. Dann erlosch sein Lächeln, und er sah …

… einen Bürger in einem öffentlichen Aufenthaltsraum, der ein Stück von seinem Daumennagel abbeißt. Der ein wenig breite Daikini – jener Kaufmann, den Thorn schon zuvor mit dem Staatsminister des Königs gesehen hat – spuckt das Stück Nagel in ein Feuer, und der Widerhall dieses Geschehens und die zugehörigen Hintergedanken durchpulsen das Gemäuer des Palastes und benebeln Thorns Blick wie ein Wasserschwall, der eine Fensterscheibe eintrübt.

»Das ist doch nicht belanglos, verdammt noch mal«, sagt der Daikini. »Daß sie hier ist, die Heilige Prinzessin, erfüllt doch einen Zweck.«

»Das hat man vermutlich auch an dem Ort geglaubt, wo sie vorher gelebt hat«, entgegnet sein ebenfalls angetrunkener Begleiter. Da sie weder schlafen können noch gehen wollen, vertreiben sich die beiden Männer auf die übliche Weise bis zur morgigen Zeremonie die Zeit. »Schaut Euch nur an, was dort passiert ist.«

»Das hier ist unser Land, verdammt noch mal, unser Land!*«*

»Nicht, wenn wir das Gegenteil behaupten«, mischt sich eine weitere Stimme ein, Silberglöckchen, die zu Schwertklingen verarbeitet worden sind.

Der Herrscher des Schleierreichs hat eine komische Figur. Für seine ungewöhnliche Größe ist er bei weitem zu schmal geraten. Er ist dünn wie eine Bohnenstange und so lang, daß er durch die mei-

sten Türen nicht gehen kann, ohne den Kopf einzuziehen. Nur die hohen Flügeltüren in offiziellen Empfangsräumen vermag er aufrecht zu durchschreiten.

»Immerhin haben wir Rechte«, murrt der Bürger, ohne sich um das »Pssst« *seines Begleiters zu scheren.*

»Die wir anerkennen«, erwidert der Herrscher, »wie wir es im umgekehrten Fall ebenfalls erwarten. Wodurch behindern wir denn Euren Handel?«

»Es gibt bessere Verkehrswege, das ist alles, was ich behaupte.«

»Für Euch mag das richtig sein, dessen bin ich mir sicher. Aber für uns? Seid dankbar, Kaufmann, daß Ihr unsere Gebiete durchqueren dürft. Aber genau wie Ihr für Eure Güter und Dienste etwas verlangt, müssen auch wir eine Gegenleistung einfordern.«

»Sie iss 'ne Daikini«, sagt der Bürger und steht ein wenig wackelig auf, »sie iss 'n Mensch! *Sie gehör zu uns un muß zu uns halt'n.«*

Thorn wurde gewaltsam aus dieser Szene fortgerissen, war plötzlich wieder in seinem eigenen Körper und stieß keuchend seinen Atem aus, bis er sich vor Schmerzen krümmte.

»Sind die wahnsinnig geworden?« flüsterte er, weil er nicht lauter sprechen konnte.

Sie sind, was sie sind, und tun, was sie tun. Das alles geht dich nichts an.

»Aber Elora geht mich etwas an.« Diesmal sprach er wieder deutlich lauter.

Wenn du wieder frei bist. Sobald mein Kind gerettet ist.

»Dann sorg dafür, daß mir nicht ständig diese verdammten Visionen den Verstand rauben!«

Ignorier sie doch.

»Leicht gesagt, Dämon.«

Du brauchst ja nicht hinzuschauen.

Das wußte er selbst, aber er war neugierig, und es bot sich ihm ständig irgendein Anblick, ein Gesprächsfetzen, der sein Interesse erregte.

»Werd mir Mühe geben.«

Wenn du erst mal angefangen hast, kleiner Magier, liegt das Schicksal meiner Tochter allein in deiner Hand.

Das wußte er selbst. Ein weiterer Grund, Zurückhaltung zu üben. Jeder Fehler, das geringste Zaudern konnte den Tod des Mädchens bedeuten. Er mochte gar nicht daran denken, wie der Dämon in einem solchen Fall reagieren würde.

Wieder das Geräusch schlagender Schwingen, doch diesmal offenbart sich die Herrlichkeit in Gestalt eines Menschenkindes, das an den geöffneten Balkontüren eines privaten Salons steht. Mehr als ein Knabe, weniger als ein Mädchen, die Gestalt und das Alter erschweren die Beantwortung dieser Frage. Die Kleider des rätselhaften Wesens umschließen seinen Körper wie eine zweite Haut und brechen die Glut des Kaminfeuers und der Kerzen wie ein Kristallgewebe. Ein wundervoller Anblick, selbst jetzt noch, als Thorn das Kind als den Troubadour erkennt, der auf der Esplanade zu ihm gesprochen hat, doch er rätselt geradezu zwanghaft, wie das Kind wohl im strahlenden Sonnenlicht aussehen mag, und er weiß, daß eine solch schreckliche Schönheit seinen sicheren Tod bedeuten würde. Ferner weiß er, daß er nicht zufällig Zeuge dieses Gespräches wird, daß irgendwie dies Kind die Ursache dafür ist.

»Du bist nicht, was Wir erwartet haben, Kieron Dineer«, sagt eine andere Stimme wie Glockengeläut zur Begrüßung. Die Gemahlin des Herrschers der Schleierleute verwandelt einzig durch die Kraft ihrer Persönlichkeit den Stuhl, auf dem sie sitzt, in einen Thron und ihr Gefolge in einen Abglanz ihres überirdischen Palastes. Sie ist schon für die Nacht zurechtgemacht, und während ein Diener ihr Apfelwein in einem kunstvoll gearbeiteten goldenen Becher reicht, kämmen und flechten zwei Mädchen ihr Haar. Keine leichte Aufgabe, denn es ist doppelt so lang, wie sie groß ist. Und wie alle Angehörigen ihres Volks ist sie sehr groß. Das Kind bläst einmal in seinen eigenen Becher, und sogleich sondert die fast kochend heiße Flüssigkeit Dampf ab.

»Seid froh, daß ich überhaupt gekommen bin, meine Dame.« Das Haar des Kindes bildet eine Masse widerspenstiger Borsten, als ob jemand mit einem Messer versucht hätte, es nur irgendwie kurz zu schneiden. Auch das Hemd ist offenbar aus dem gleichen Grund ärmellos.

»Ich bin Regierende Königin der Jenseitsreiche«, sagt die Frau, wobei die Kälte in ihrer Stimme die besten Bemühungen des

flackernden Feuers zunichte macht. »Und nehme in dieser Versammlung nach Cherlindrea selbst den zweiten Rang ein. Werde also nicht unverschämt.«

»Und ich bin, wie meine Brüder von unseren Gastgebern gesehen werden möchten, den Daikini in Namen und Gestalt angeglichen. Ihr seid nur ein einziger Aspekt des Schleiervolks, wir dagegen stammen von der Erde, der Luft, dem Feuer und dem Wasser her. Fleisch und Geist vereint, Seele und Leidenschaft, Realität und Traum, überschreiten wir alle Grenzen und machen aus allem Eins. Wir sind zu dieser Versammlung in Freiheit und Freundschaft gekommen ...«

»Du bist zu vertrauensselig. Eure Macht hat dich überheblich gemacht.«

»Vielleicht. Doch keiner von uns wird den Frieden brechen, den wir alle bei Elora Danans Geburt geschworen haben.«

»Mein Gatte wurde provoziert.«

»Eurer Gatte sollte es besser wissen.«

»Und was ist mit dem Daikini, der meinen Gatten in Wort und Tat angegriffen hat? Wird niemand ihn dafür tadeln?«

»Darum hat Euer Gatte sich schon selbst gekümmert. Ich bezweifle, daß nochmals irgendwer die Hand gegen Euch und Euresgleichen erheben wird.«

»Vielleicht jetzt. Aber was wird sein, wenn erst einmal dieser verfluchte Fratz an ihrer Spitze steht?«

Das Kind kostet von seinem Apfelwein, und obwohl seine Augen niedergeschlagen, fast geschlossen sind, ist Thorn von dem Blick wie gebannt.

»Nach Auskunft einer Prophezeiung«, lautet die beängstigend ruhige Antwort, »soll Elora Danan an unser aller Spitze stehen.«

Die Königin kann eine rüde Bemerkung nicht unterdrücken.

»Wir sind Narren«, murmelt sie grollend und fauchend zugleich, »die alles, was sie haben, was sie sind, aufs Spiel setzen. Und weshalb? Weil man uns bessere Zeiten verspricht. Aber vielleicht sind die Zeiten, so wie sie sind, ja schon gut genug? Vielleicht sollten wir alle die Dinge ja besser beim alten belassen?«

Sie erhebt sich und rauscht an dem Kind vorbei auf den Balkon *hinaus, wo der Nachtwind mit ihrem Gewand und ihrem Haar spielt und wo sie ihre Erregung abzukühlen hofft.*

»Der Kataklysmus hat in sämtlichen Reichen schwerwiegende Folgen gehabt«, erklärt ihr Kieron und läßt sich mit einem so bezaubernden Lächeln von einer Dienerin Apfelwein nachschenken, daß das Mädchen mit Verzückung reagiert. »Tir Asleen ist so vollständig zugrunde gegangen, daß kein Stein auf dem anderen geblieben und alles zu Staub zerfallen ist. Nur Elora Danan hat überlebt. Was immer es sein mag, das es auf ihre Vernichtung abgesehen hatte, meine Dame, ist genau jene Macht, mit der wir zu rechnen haben.«

»Eine Macht, die seither nicht mehr in Erscheinung getreten ist. Wie du selbst am besten weißt, zwickt nur ein Tor den schlafenden Drachen in den Schwanz.«

Kieron nickt in amüsiertem Einverständnis mit dem Kopf. »Ich kenne den Spruch«, sagt er.

Die Königin schaut jetzt vom Balkon her in den Raum hinein und stützt sich hinten mit den Händen an der Brüstung ab. Ihr Gewand umspielt verführerisch ihre hohe, schlanke Gestalt. »Was, glaubst du, wird heute nacht geschehen?«

»Keine Ahnung.«

»Das kann ich kaum glauben. Ich dachte, du und deinesgleichen wissen alles?« Ihr Ton ist sanft spottend und bedauernd zugleich. Ihr Herz hängt mehr an diesem Kind, als sie zuzugeben bereit ist. »Verbündete, denen wir nicht vertrauen, eine Anführerin, an die wir nicht glauben, ein Zeremoniell, dessen Ausgang wir nicht kennen …« Sie verstummt.

»Und eine Prophezeiung, meine Dame, die in allen Reichen Bestandteil der Überlieferung ist. Sämtliche Seher, wo auch immer, haben ein und dieselbe Vision von einem Wesen, das kommen und den Schatten und das Licht wieder miteinander ins Gleichgewicht bringen wird.«

»Ich weiß. Ich habe dieselben Worte aus dem Mund unseres Weisen gehört – wie schon meine Mutter und die Mutter meiner Mutter und deren Mutter. Doch angenommen, sie haben sich allesamt getäuscht? Oder es handelt sich um eine Lüge? Oder der Widerstand ist zu groß? Unsere Hoffnungen sind zu hoch, unsere Notlage ist zu verzweifelt.«

»Haben wir eine Alternative?«

»Zu Elora Danan?« *Sie läßt an ihrer Geringschätzung keinen Zweifel.*

»Und doch seid Ihr gekommen, meine Dame. Und dennoch bleibt Ihr.«

»Sie haben Angst«, flüsterte Thorn, als wenn er fürchtete, daß man ihn hören könne. Der Klang seiner eigenen Stimme zerriß das Band, das ihn mit den Gemächern der Schleier-Königin verbunden hatte und brachte ihn in die Wirklichkeit seiner Zelle zurück.

»*Ich* habe Angst.« Diesmal schon ein wenig lauter.

Der Dämon schwieg, was Thorn erzürnte. Er wollte Kontakt, brauchte ein Ziel für seinen Zorn. Plötzlich fielen ihm Dutzende leidenschaftliche, spitzfindige Argumente dafür ein, weshalb die geplante Zauberei ein scheußliches Verbrechen sei. Ein ums andere Mal öffnete er den Mund, um zu sagen: *Nein, ich tue das nicht.* Doch brachte er keinen Ton, nicht einmal einen Lufthauch hervor.

Von sämtlichen Türmen des Palastes erscholl nun Trompetenklang, Takt um Takt, bis die Luft über der Stadt und der Bucht von Fanfaren widerhallte.

Sonnenaufgang.

Wo war die Nacht nur geblieben?

Thorn blickte auf seine Hände, die auf seinen übereinandergeschlagenen Beinen ruhten. Er ballte sie zu Fäusten und preßte sie gegen seine Brust. Als er sie dann nach vorne ausstreckte, geriet sein Geist in Bewegung, während sein Fleisch an seinem Platz verharrte.

Die Gestalt, die vor ihm lag, hatte keinerlei Aura. Soweit er beurteilen konnte, gab es außer der Kontur ihres Gesichtes und den Formen ihres Körpers nichts, was sie mit jener Frau verband, die sie einmal gewesen war.

Im selben Augenblick war er mit seiner EinSicht an allen Orten des Palastes zugleich und sah, was auch der Dämon wahrnahm. Er stand im Geiste am Kopf der Frau.

Er stand neben Elora Danan.

Sie erwacht wie eine Katze, mit großen Augen und wachsam, jeder Zoll Alarmbereitschaft. Die Vizards stehen in drei Reihen schweigend neben ihr wie Statuen in einem Steingarten, die eine Mauer um sie bilden. Dahinter warten unbehaglich ihre Zofen. Sie streckt sich gemächlich und kostet jeden Augenblick aus und lächelt bei dem Gedanken, den ganzen Tag und die folgende Nacht einfach hier oben zu bleiben. Das Zeremoniell kann ohne sie nicht stattfinden, das macht sie wichtig. Aber wenn sie wirklich so wichtig ist, dann werden die anderen auch einen Weg finden, sie zu holen, und dabei vielleicht ihren Garten zerstören, soviel ist sicher.

Aus dieser Erkenntnis zieht sie sogleich ihre Schlüsse, als sie mit der herrlichen Geschmeidigkeit eines Kindes zu Boden springt. Sie liebt es, barfuß im Gras zu gehen, besonders wenn die Halme ihre Fußsohlen kitzeln, aber da sie an diesem Tag die Achtung der anderen ersehnt, muß sie mit gleicher Münze heimzahlen. Sie kniet nieder, streicht mit den Handflächen über den Boden und flüstert rasch ein Lebwohl. Dann steht sie wieder auf den Füßen und schreitet den Steinweg entlang, den sie von der Grenze des Gartens bis zu dem Baum in der Mitte hat anlegen lassen, um die neugesetzten Pflanzen nicht zu zertreten.

Die Vizards weichen mit einer Präzion, die wie einstudiert wirkt, zur Seite, als ob jeder Augenblick des Geschehens geplant wäre. Ihrem Alter entsprechend stehen sie ihr zur Seite, zwölf zu ihrer Rechten, zwölf zu ihrer Linken, und bilden eine Gasse für sie. In gemessenen, fast feierlichem Schritt begleiten sie Elora zu ihrem Badezimmer.

Dieses Bad befindet sich natürlich nicht in ihren eigenen Gemächern, man hat es vielmehr mitsamt allen Einrichtungsgegenständen und Utensilien eigens für diesen Tag hergerichtet.

Dort wird sie von einer neuen Gruppe von Bediensteten erwartet, die sie weder je zuvor gesehen hat noch in Zukunft wiedersehen wird. Nur diejenigen, die sie tatsächlich berühren, sind echte Diener, die übrigen Adelige. Sie halten sich respektvoll im Hintergrund und schauen zu, wie Elora geschrubbt wird, bis ihre Haut aufglüht, und dann auf einen gepolsterten Tisch gelegt und massiert wird. Zuletzt wird sie in ein mit Rosenblüten aromatisiertes Wasserbad getaucht. Ihre Haut wird eingerieben und geölt, bis sie so weich ist wie eine frisch erblühte Blume. Dann wird ihr Haar gewaschen, gekämmt und gebürstet, bevor es in stundenlanger Arbeit zu einem mit kostbaren Gemmen geschmückten Kunstwerk aufgetürmt wird. Ihre Hände und ihre Füße werden von vier Bediensteten mani- beziehungsweise pedikürt, die ihr die Nägel schneiden, feilen und lackieren. Als diese mit ihrer Aufgabe fertig sind, treten andere Mädchen heran, um Elora zu schminken. Sobald die Prinzessin auch nur die geringste Regung zeigt, zucken die Mädchen furchtsam zusammen. Des Schicksals des Garderobenmeisters eingedenk, erwarten sie das Schlimmste. Aber Elora spricht kein Wort und regt sich nur bisweilen, um es sich ein wenig bequemer zu machen. Es scheint fast so, als würde sie selbst eine Maske tragen.

Er stand neben Anakerie.

Als das letzte Echo der Fanfaren verklingt, entkleidet sich die Prinzessin bis auf die Haut und nimmt allein ein Bad. Das Wasser ist kaum wärmer als draußen in der Bucht, so daß ihr ganzer Körper sogleich von einer Gänsehaut bedeckt ist, doch sie schert sich nicht darum und zieht methodisch ihre Bahnen in dem Becken. Dann läßt sie sich rücklings auf dem Wasser treiben, bevor sie mit einem mühelosen Schwung zum Boden des Beckens hinabtaucht. Sie bleibt viel länger unter Wasser, als dies möglich erscheint, taucht dann rasch wieder auf, stützt sich auf den Beckenrand und hievt sich mit raschem Schwung ins Trockene. Bei alledem bietet sie einen herrlichen Anblick, aber sie ist sich an diesem Tag deutlicher als seit Jahren bewußt, daß sie zwar das Wasser genießt, ihr Bruder aber damit eins gewesen ist.

Er steht neben Elora Danan.

Eloras Gewand besteht aus zwölf Teilen, die mit zeremoniellem Pomp vor ihr ausgebreitet werden. Zuerst die Strümpfe samt dem Hüftgürtel, der sie an ihrem Platz hält. Dann die Schuhe, danach ein seidenes Untergewand. Der Vormittag ist schon fast vorüber. Bis sie vollständig angekleidet ist, wird die Sonne fast untergegangen sein.

Thorn schüttelte den Kopf, um das Gefühl loszuwerden, daß ein immer größeres Gewicht auf seinen Schultern lastete, als ob jedes neue Kleidungsstück an Elora schwer wie Stein sei und sie beide zu erdrücken drohte.

Anakerie hat keinerlei Interesse an dem Kostüm, das ihr zugedacht ist. Ein Blick genügt, und die Kleider verschwinden wieder aus dem Raum, und zwar gemeinsam mit den zur Herrichtung der

Prinzessin abgestellten Lakaien. Ein Kammerherr erhebt dagegen Protest, wird aber durch einen Blick rasch in seine Schranken gewiesen. Der Kanzler tritt mit dem Zepter ihres Vaters ein, um sie zum Einlenken zu bewegen, doch sie hat bereits ihre Uniform angezogen und legt soeben ihr Schwert an.

»Hoheit«, hebt er an. Er kennt sie seit ihrer Geburt und hat ihre Achtung gewonnen, weil er sie von Anfang an ernst genommen hat. »Das könnt Ihr nicht tun«, sagt er.

»Ihr könnt mich davon nicht abhalten.« Sie hat ihr Haar zu einem Zopf geflochten und greift automatisch nach ihrer Silberspange, um ihn damit zu befestigen. Doch die Spange befindet sich nicht an dem gewohnten Platz auf ihrer Kommode. Nach kurzem Zögern entscheidet sie sich für eine andere. »Ich bin Kommandantin der Roten Löwen, Kanzler, mein Platz ist bei der Truppe.«

»Bei allem gebührenden Respekt, aber Euer Platz ist, wo Euer Vater Euch hinstellt.«

»Ihr meint, an seiner Seite, während er sich vor allerlei Herrschern verneigt, von denen kaum einer ihm das Wasser reichen kann? Mit dieser erbärmlichen Karikatur von einem Mädchen Staat machen will?«

»Glaubt Ihr etwa nicht an die Prophezeiung, Anakerie?«

»Wie viele Gäste meines Vaters, Philemon, glaube ich nicht an sie, *an die Heilige Prinzessin. Und ich traue in diesen Mauern keinem, den ich nicht genau kenne. Zum Teufel« – ihr Mund verzieht sich –, »hätte ich aus der Geschichte gelernt, sollte ich gerade denen am wenigsten trauen, die ich am besten kenne. Wenn mein Vater mich akzeptiert, muß er mich schon nehmen, wie ich bin – immerhin bin ich sein bester Krieger.«*

»Ihr wollt also bei der Inthronisierung geschliffenen Stahl tragen?« Der alte Mann ist empört. »Für manche Angehörige des Schleiervolks ist bereits die Berührung von Eisen tödlich. Überdies, so die Übereinkunft, werden die zu dem Zeremoniell Geladenen allesamt unbewaffnet erscheinen.«

»Dann werd ich ihm die Peinlichkeit ersparen und gar nicht erst kommen.«

»Kind, Ihr seid so eigensinnig.«

»Vorsicht, Kanzler.« Sie spricht ganz leise, und ihre Augen glit-

zern wie Eiskristalle in der Wintersonne. »Vergeßt nicht, mit wem Ihr sprecht.«

»Und Ihr, Königliche Hoheit, vergeßt nicht, für wen ich spreche.«

»Mein Vater und ich haben dies Spiel schon des öfteren gespielt. Vielleicht hätte er seine Lektion besser lernen sollen.«

»Bitte, Anakerie. Der König erweist Euch die Ehre, Euch um Eure Anwesenheit zu bitten.«

»Selbst wenn das ein Befehl wäre, Kanzler, würde ich mich weigern. Mein Platz heute abend ist anderswo.«

Thorn sehnte sich nach dem Drachen, nach der Freude und der Zuversicht, mit der dieser ihn erfüllt hatte. Aber er konnte sich an jene Empfindungen kaum mehr erinnern, und dieser Verlust hinterließ in seinem Mund einen Aschegeschmack, als ob das Brennen in seiner Brust ihn verzehrt hätte.

Du wanderst umher.

Die Stimme des Dämons klang vorwurfsvoll, als ob er sich verraten fühle.

»Ich weiß«, sagte Thorn lahm. »Tut mir leid.« Dann kam ihm ein Gedanke, den er mit überraschendem Nachdruck aussprach: »Du siehst alles, was sich innerhalb der Palastmauern abspielt, stimmt's? Du *bist* die Palastwände.«

Na und?

»Kannst du mir denjenigen zeigen, den sie den Magier nennen? Den Beschützer Eloras?«

Einen anderen als dich selbst, kleiner Magier?

»Ja, einen anderen.«

Und wenn ich das tue?

»Ich hab dir mein Wort gegeben. Aber wenn der Anführer der Maizan ein falsches Spiel spielt, was sollen wir dann von dem Magier halten, den er nach Angwyn gebracht hat? Wenn Elora Danan sich in Gefahr befindet, muß ich das wissen. Du hast sie schon einmal allein gelassen, Dämon«, sagte er schließlich. »Tu das bitte nicht noch einmal.«

Du hast mir dein Wort gegeben, Kleiner. Jetzt halte dich daran.

Mit den Händen seiner Geistform berührte er oberhalb

des mystischen dritten Auges den Kopf der Frau – wie Anakerie es auch bei ihm getan hatte – und stellte fest, daß ihre Stirn kühl war. Auch das Glühen, das er dort auslöste, war sehr schwach. Zwar spürte er noch einen letzten Rest mechanischen Lebens, aber kein eigentliches *Sein*.

Er berührte mit den Fingerspitzen seine eigenen Augenbrauen, seine Lippen, zuletzt sein Herz. Er spreizte seine Hände von der Brust, bis zwischen ihnen ein Faden silbrig glitzernden Sternenstaubes erschien. Seine Atmung verlangsamte sich, während sie weiterhin völlig reglos dalag. Dann beugte er sich vor und fuhr ihr sanft mit dem Finger von der Stirn über die Lippen zum Herzen und zum Unterleib hinab. Dabei markierte er auf ihrem Körper sämtliche wichtigen Eintrittstellen der KRAFT. Als er damit fertig war, hatte er eine stilisierte menschliche Gestalt auf ihr Fleisch gezeichnet, und seine eigene Haut war eiskalt.

Er spürte ihr Herz und bemerkte auch ohne EinSicht, wie kräftig es schlug.

Er legte seine rechte Hand auf ihre Schläfe und die Linke so sanft wie ein Liebhaber auf ihre linke Brust. Dann beugte er sich vor, berührte ihren Mund mit seinen Lippen und hauchte ihr ein wenig Atem ein.

Hinter seinen Augen zuckten Energieströme und sandten Impulse durch das riesige Nervennetz, das sein eigenes Fleisch durchzog. Einen Teil dieser Energie ließ er durch seine Hände in sie entweichen. Es war, wie wenn man Wasser mit einem Schöpflöffel in einen Strudel gießt. Die ganze Kraft, die er zu bieten hatte, wurde augenblicklich – ohne sichtbare Wirkung – verschluckt. Dann hauchte er ihr abermals von seinem Atem ein und gab ihr wiederum von seiner Energie. Dann noch einmal. Und noch einmal.

Er hielt inne, schwankend und ein wenig schwindelig, freilich ohne seine Hände auch nur einen Sekundenbruchteil von dem Mädchen zu lösen. Sein Puls brauste, und blutrote Wolkengebilde, die auf seiner Iris dahintrieben, trübten ihm den Blick. Seine Muskeln brannten so sehr, daß er kaum selbst richtig atmen konnte. Sein ganzer Körper wurde von Zuckungen durchpulst. Und er wünschte nichts mehr, als loszulassen und einfach davonzugehen. Er schüttelte den Kopf, von Ehrfurcht und blankem Entsetzen gleichzeitig geschüttelt. Denn dies war noch der vergleichsweise harmlosere Teil seiner Arbeit gewesen; viel Schlimmeres stand ihm noch bevor.

Sein Herz schien stillzustehen und setzte dann unversehens mit einem so kräftigen Schlag wieder ein, daß es ihm fast die Brust zerrissen hätte. Das gleiche geschah mit dem Mädchen.

Er keuchte. Sie tat es ihm gleich.

Er mußte sein Gesicht rasch abwenden, denn die in ihrer Lunge zurückgebliebene Luft war so abgestanden, daß er den Geruch nicht ertragen konnte.

Er atmete so tief wie nur irgend möglich ein und spürte, daß auch ihre Brust sich anhob. Durch die rechte Hand fühlte seine EinSicht, wie unter ihrer Haut – von ihrem Kopf ausgehend – ein ganzes Netzwerk von Glühwürmchenspuren lebendig wurde. Zugleich pumpte jeder Schlag ihres Herzens Blut durch ihren Körper, das schon zu lange im Ruhezustand ausgeharrt hatte. Es bahnte sich zuerst zäh wie Schlamm seinen Weg, verflüssigte sich dann jedoch mit jedem Herzschlag. Unter den oberen Schichten ihrer weißbläulichen Haut wurde je länger desto deutlicher ein frisches Rosa sichtbar.

Beeindruckend.

»Belanglos.« Er antwortete geradezu beleidigend knapp, denn er brauchte seine Energie zu dringend, um sich auf eine nutzlose Konversation einzulassen.

Die Gestalt lebt, sie atmet.

»*Ich* lebe, Dämon. *Ich* atme. Insofern sind wir beide eins. Was immer sie auch hat, stammt bis jetzt noch von mir. Was ist mit dem Magier, Dämon? Was ist mit Elora Danan?«

Elora fragt sich unterdessen, ob es der eigentliche Zweck des Tages ist, sie umzubringen. Schlimm genug, daß sie überhaupt neue Schuhe tragen muß, aber diese hier wölben ihre Füße in einem Maß, das sie noch nie hat ausstehen können, und sie trägt sie schon eine Ewigkeit. Auch zu essen gibt man ihr nichts, und der gelegentliche Schluck Wasser verstärkt ihren Durst sogar noch, statt ihn zu lindern. Ihre Kleider sind zu reich geschmückt, und es sind einfach zu viele, als daß sie damit auf die Toilette gehen könnte. Darauf hat man sie, seit sie denken kann, immer wieder hingewiesen. Sie hat keine andere Wahl, als die Prozedur zu erdulden.

Freilich begreift sie von alledem heute auch nicht mehr als damals. Aber sie hat zu gehorchen gelernt. Nicht daß es darauf ankäme. Sie ist so eng geschnürt, daß sie nicht einmal sitzen kann. In den seltenen Augenblicken, in denen sie sich entspannen darf, lehnt sie sich deshalb an ein Brett, das man für sie bereitgestellt hat. Ihre Brüste sind noch kaum entwickelt, ohnehin ist sie noch immer viel mehr Mädchen als Frau, aber ein Korsett sorgt für die Illusion üppiger Formen. Darüber trägt sie ein Untergewand, das ihr bis zu den Knöcheln hinabreicht und sie buchstäblich fesselt. Sie kann genausowenig einen richtigen Schritt tun wie tief durchatmen und überlegt schon, ob die Vizards sie womöglich zum Altar tragen müssen.

Thorn hatte das Gefühl, seine Augen wären jetzt Prismen, facettenreicher als jeder Diamant, und sie gäben wie Fenster den Blick auf die unterschiedlichsten Szenen frei. Und je mehr er sich mühte, *nicht* hinzusehen, um so unwiderstehlicher fühlte er sich von der Bilderflut angezogen.

Anakerie durchquert den Burghof mit löwenhaften Schritten, ganz Gebieterin ihrer selbst und ihrer Umgebung. In den Stallungen und den Kasernen herrscht emsiges Treiben. Einige Pferde werden noch gestriegelt, während andere bereits voll aufgezäumt und gesattelt dastehen. Die Löwen werden an diesem Tag in Galauniform reiten, wie sie es sonst nur bei Krönungen und großen Staatsakten tun.

Sie schreitet vom Licht in den Schatten und wirft einen Blick auf Eloras hoch aufragenden Turm – wie auf eine Festung, die zu erobern sie fest entschlossen ist.

»Jalaby«, ruft sie und übertönt mit ihrer schlachterprobten Stimme den Alltagslärm.

»Gefürchtete Herrin«, ruft er zurück, während er von den Stallungen herüberläuft.

»Ich mag diese Anrede nicht, das hab ich dir schon tausendmal gesagt. ›Hoheit‹ ist völlig ausreichend.« Ein alter Scherz zwischen

den beiden. Er darf sie sogar ungeachtet der Etikette beim Namen nennen, obwohl er das niemals tut. »Eine Änderung des Tagesbefehls.«

»Herrin?«

»Die Abteilungen mit gerader Zahl reiten wie befohlen. Die mit ungerader Zahl in Patrouillenausrüstung. Sorg dafür, daß sie ordentlich aussehen, ich möchte, daß sie einen guten Eindruck machen. Bewaffne sie aber auch mit Lanzen und Schilden.«

»Habt Ihr bestimmte Informationen, von denen wir wissen sollten?«

»Nur meinen angeborenen Instinkt, Hauptfeldwebel. Mir macht das ganze Theater hier genausoviel Spaß wie allen anderen auch. Wenn es meinem Vater beliebt, seine Untertanen und Gäste mit einer großen Parade zu beglücken, so ist das sein gutes Recht. Ich möchte lediglich dafür sorgen, daß wir unterwegs nur angenehme Überraschungen erleben. Kümmern Sie sich darum, okay?«

»Wie Eure Hoheit befehlen.« Und fort ist er.

»Vertrauensselig kann man dich nicht gerade nennen.« Diese neue Stimme zaubert ein überraschend scheues Lächeln auf ihre Lippen.

»Du würdest doch unter ähnlichen Umständen das gleiche tun, Mohdri.«

Der Kastellan ist genauso lässig gekleidet wie sie – feingesponnene Wolle, butterweiches Leder und ganz in Schwarz –, aber sie weiß, daß das Kettenhemd unter seinem Umhang selbst die schärfsten Pfeil- oder Lanzenspitzen abweist. Seine einzige sichtbare Waffe ist ein Schwert, das an seiner linken Hüfte hängt.

Ihr Aufzug dagegen ist weniger martialisch, Wolle und Baumwolle gearbeitet, doch außer den Handschuhen und den Stiefeln trägt sie kein Leder. Ihre Hosenbeine liegen eng an und sind unten oberhalb des Fußes mit Sporen befestigt. Normalerweise trägt sie Weiß, doch nicht an diesem Tag. Die Farbe ihrer königsblauen Uniform erinnert mehr an den tiefen Ozean als an den Himmel. Die Hosenbeine werden seitlich von einem leuchtend roten Streifen gesäumt. Die Uniformjacke bedeckt ihre Hüften und sitzt ebenfalls sehr eng. Sie ist mit einem dunkelblauen Schnurbesatz geschmückt, der von ihrem Stehkragen aus im Zickzack über ihre Brust nach unten verläuft. Auf ihrem Kragen prangen lediglich die scharlachrot gestickten Regimentszeichen eines steigenden Löwen sowie ein Lorbeerkranz, die Krone und die gekreuzten Schwerter ihres Ranges in Silber. Auch sie trägt ein Kettenhemd unter der Jacke und hat weit mehr Waffen am Leib als auf den ersten Blick erkennbar. Ein zufälliger Beobachter könnte vielleicht glauben, daß sie ihrem Gefährten nicht gewachsen ist, doch dieser Eindruck täuscht, und das weiß Mohdri so gut wie sie selbst.

»Wir begehen heute einen Festtag, Prinzessin«, sagt er und verkürzt seinen Schritt, um sich auf ihrem Inspektionsgang durch den Hof ihrem Tempo anzupassen, »aber ich habe bemerkt, daß du meine persönliche Eskorte von deinen Truppen in der Kaserne bewachen läßt.«

»Sie haben gestern auf ein Adlerpaar geschossen.«

»Wir jagen Adler.«

»Vielleicht bei euch zu Hause, aber nicht in Angwyn.«

»Eines der Tiere hat uns angegriffen, meine Männer haben sich nur verteidigt.«

»Und haben außerdem auf ein Handelsschiff geschossen.«

»Sie wurden herausgefordert.«

»Deine Männer sind unsere Gäste, Herr Kastellan.«

»Und werden mit Gewalt daran erinnert, sich als solche zu benehmen, das sag ich dir. Meine liebe Anakerie, ich glaube nicht, daß ihr von meinen zwanzig Männern etwas zu befürchten habt.«

»Ich hab sie kämpfen sehen.«

»Und neben ihnen gekämpft.« Sein Ton wird nun liebevoller, und er nimmt zärtlich ihre Hand. »Du hättest bei uns bleiben sollen. Du bist eine von uns – zu ungebärdig, um hier in diesem Käfig dein Dasein zu fristen.«

Sie entzieht ihm ebenso sanft ihre Hand. »Das hier sind meine Leute, hier bin ich zu Hause.«

»Sind sie es auch wert, daß du ihnen dein Leben opferst?«

Seine Worte sind frivol, ihre Antwort nicht. Sie fixiert ihn mit einem ruhigen Blick und sagt dann in voller Aufrichtigkeit: »Ja, Kastellan, das sind sie.«

»Glaubst du, daß sie die gleiche Verpflichtung auch dir gegenüber empfinden?«

»Das eine hat mit dem anderen nichts zu tun.«

»Du bist schon mal weggegangen.«

»... und zurückgekommen.«

Sie durchschreiten den Schatten, den der Turm wirft, und der Kastellan bleibt plötzlich stehen, ohne etwas Bestimmtes anzusehen. Doch neigt er seinen Kopf, um einem Geräusch zu lauschen, das nur er allein hören kann. Er ist unversehens so wachsam, als wenn er in feindlichem Gelände als Kundschafter unterwegs wäre.

»Unmöglich«, keucht er. »Der Gefangene ...«

»Was ist mit ihm?« Ihre Stimme fröstelt.

»Ich könnte schwören ...«

»Spann uns nicht auf die Folter, Kastellan, sprich weiter.«

Er blinzelt und schaut sie an, als hätte er sie vorher überhaupt nicht bemerkt.

»Warum bist du so böse, mein Täubchen?«

»Ich bin dein verdammtes gar nichts, Kastellan. Ich dachte, das wäre von Anfang an zwischen uns klar gewesen.«

»Bisweilen bist du mir unbegreiflich, Keri.«

»Anakerie bitte. Mein Bruder war der einzige, der mich so nennen durfte.«

»Aber bisher hat es dir doch nie etwas ausgemacht.«

»Du hast es nur nicht bemerkt.«

»Hast du mich deshalb verlassen? Hast du wirklich geglaubt, daß ich deiner so sicher war?«

»Was heißt geglaubt, Mohdri, das war doch eine schlichte Tatsache – so wie Pferde vier Beine haben. Was ist mit dem Gefangenen?«

»Ich hatte das Gefühl, beobachtet zu werden.«

»Das ist angesichts der Gäste hier im Haus und der Kräfte, über die sie gebieten, nicht weiter verwunderlich.«

»Ich kenne die Schleier-Leute. Das hier war anders.«

»Die Legende berichtet, daß es in diesem Schloß spukt.«

»Aber das war kein Geist.«

»Ich meine ja auch nicht Geister. Wir haben hier Dämonen, wußtest du das etwa nicht?«

»Aber es war auch kein Dämon.«

»Der Nelwyn ist in sicherem Gewahrsam, Kastellan, und dank dir wahrscheinlich schon in tausend Stücke zersprungen.«

»Was ich getan habe, Prinzessin, war zu deinem Schutz.«

»Wie beruhigend.«

»Wir hegen dir und den Deinen gegenüber keinerlei unlautere Absichten. Die Maizan sind als Freunde hierher gekommen.«

»Und der Magier?«

»Aus genau den gleichen Gründen.«

»Nenn mich nie wieder ›mein Täubchen‹. Ich hab das Gefühl, du versuchst an mir einen WandlungsZauber.«

»Ich wünschte, daß du so leicht zu zähmen wärst – verzeih mir, ich hab das doch nur im Scherz gesagt.« Er erhebt demonstrativ die Hände und erwidert Anakeries wütenden Blick mit einem unwiderstehlich bezaubernden Lächeln. »Vergib mir.«

Als sie nichts entgegnet, versucht er das Thema zu wechseln. »Und der Gefangene?«

Sie fährt ihn an: »Kastellan, ich habe wichtigere Dinge im Kopf als die erbärmliche kleine Kreatur, die du offenbar unbedingt quälen möchtest. Du glaubst also, daß er uns beobachtet. Bring mir einen Seher, der diese Annahme bestätigt, dann können wir entsprechende Maßnahmen ergreifen. Bis dahin hab ich zuviel anderes zu tun. Und bei allem gebührenden Respekt, du bist mir im Weg.«

Er eilt ihr noch ein paar Schritte hinterher, doch in diesem Augenblick jagt Hauptfeldwebel Jalaby gerade eine ganze Abteilung samt Pferden zum Appell aus den Stallungen, und im Hof wimmelt es augenblicklich von Reitern und Tieren, deren Hufe auf dem Kopfsteinpflaster klappern. Die Luft ist von Pferdeschnaufen und -wiehern und von Kommandos und Flüchen erfüllt. Wohin der Kastellan sich auch wendet, stößt er auf ein Hindernis, und mit jedem seiner Versuche wächst der Abstand zwischen Anakerie und ihm.

Mohdri und Jalaby starren sich an. Ohne den Blickkontakt abzubrechen, neigt der alte Kämpe den Kopf zur Seite, spuckt aus und lächelt.

Mohdri lächelt zurück, und als die Männer in der Umgebung des Hauptfeldwebels den Ausdruck in seinen Augen sehen, greifen sie nach ihren Schwertern und Lanzen.

Der Kastellan macht auf dem Absatz kehrt und schreitet von dannen.

»Er weiß«, sagte Thorn ein wenig klagend, »daß ich ihn beobachte.«

Hegt den Verdacht.

»Für einen wie ihn ist ein Verdacht schon Gewißheit.«

Um so mehr Grund, kleiner Magier, dich auf deine unmittelbare Aufgabe zu konzentrieren.

»Wahnsinn«, rief er. »Das hier *und* ich selbst!«

Schweiß strömte über sein Gesicht, aber er konnte keine seiner beiden Hände von dem Mädchen wegnehmen, um ihn abzuwischen. Je länger er zauderte, um so schwächer wurde er und um so größer wurde die Wahrscheinlichkeit, daß er den Zauber weder überleben noch erfolgreich zu Ende führen werde.

Als ob dieser Gedanke ein Stichwort gewesen wäre, wurde die Zelle um ihn her plötzlich eng und drückend – fast wie die Atmosphäre vor einem sich zusammenbrauenden Gewitter. Es herrschte ein saurer Brandgeruch, der hinten auf seiner Zunge einen metallischen Geschmack zurückließ, der Vorbote eines Blitzschlags. Sein Mund war trocken, aber auch, als er die Lippen mit der Zunge befeuchtete, brachte dies keine Erleichterung. Seine Zunge fühlte sich rauh an wie Sandpapier, und sein ganzer Körper war plötzlich aufgedunsen und angeschwollen. Ja, so war es im Sommer bei ihm daheim manchmal gewesen – so schwül, daß jeder Gedanke eine Anstrengung erforderte und jede Bewegung die reinste Strapaze war. Die einzige Erleichterung an solchen Tagen war es gewesen, ein Bad in dem Fluß hinter seinem Haus zu nehmen und auf eine erfrischende Brise am Abend zu hoffen.

Der Geruch verursachte ihm Übelkeit. Ihm fehlten die Worte dafür, er wußte nur, daß es grauenhaft stank. Er war ein Bauer gewesen, er kannte den Gestank der Natur. Er war ein Krieger gewesen, und er kannte den der Schlachtfelder. Er hatte dem Bösen – damals hatte er gedacht, dem *Absolut* Bösen – ins Gesicht geschaut, und hatte auch von diesem Gestank eine Probe genommen.

Doch das war gar nichts gewesen im Vergleich zu dem hier.

Er versuchte, durch den Mund zu atmen, doch ohne Erfolg. Er wußte aus langer Erfahrung, daß die Nase sich rasch an Gerüche gewöhnt. Er brauchte also bloß zu warten, bis er sich auch an diesen hier gewöhnt hatte. Nur daß nichts dergleichen geschah. Eher wurde alles nur noch schlimmer. Der Gifthauch umklammerte ihn wie eine Geliebte, preßte sich gegen seinen ganzen Körper, durchdrang seine Kleider und dann zu seinem Entsetzen auch noch sein Fleisch.

Äußerlich blieb er zwar unverändert.

Doch was seine EinSicht ihm zeigte, erregte Thorns blankes Entsetzen. Das Fleisch kochte an seinen Knochen, Ströme von Eiter ergossen sich aus fauchenden und blubbernden Schwären über seinen ganzen Körper. Nichts in ihm hatte mehr seinen angestammten Platz: Er spürte, wie seine inneren Organe verrutschten, wie sein Fleisch von seinen Knochen abfiel und die Knochen selbst in Verwesung übergingen. Sein Mund, sein Herz, ja seine Seele gingen in Fäulnis über. Doch erinnerte sie nicht etwa an die Zersetzungsprozesse in der Natur – nein, sie war vielmehr deren absolute Perversion, als ob die Bestandteile seines Körpers lediglich Demonstrationsobjekte seien und keinem anderen Zweck dienten.

Und trotzdem: Als jetzt auch seine Augen in Auflösung übergingen, entdeckte er andere Möglichkeiten der visuellen Wahrnehmung. Das Gefühl in einer einzigen, festen, *körperlichen* Form präsent zu sein, wich dem Empfinden, aus einer quecksilbrigen Substanz zu bestehen, wo kein Zustand länger als einen Sekundenbruchteil stabil blieb. Zunächst glaubte er, er sei in einen Strudel geraten, doch schon bald begriff er, daß er sich getäuscht hatte. Denn in einem Strudel bewegen sich die Dinge immerhin noch in eine allgemeine Richtung und fügen sich einem Muster und einem Zweck. Doch nichts von alledem galt hier.

Er kämpfte um seine Identität, konnte jedoch kein Selbst entdecken, auf das er sich hätte konzentrieren können. Er hatte einen unberührten, unverletzten Körper, von dem jetzt wie bei der Frau vor ihm nichts mehr geblieben war als eine leere Hülle. Die Bande, die sein Fleisch und seinen Geist zusammenhielten, hatten sich in nichts aufgelöst.

Zu spät dachte er an die Möglichkeit einer Falle. Hatte er nicht dem Dämon bereitwillig die Möglichkeit verschafft, sich in zwei menschliche Körper zugleich einzunisten?

Oh, du Kleingläubiger.

Ob dies seine eigene oder die Stimme des Dämons war, wußte er nicht.

Er haßte die Steine um sich her, wünschte sich Krallen, um sie zu zerfetzen, lachte bei dem Gedanken, das große Schloß über ihm werde genauso zu Schutt und Staub zerfallen wie einst Tir Asleen.

Ob dies sein eigener oder der Traum des Dämons war, wollte er nicht wissen.

Er sah den Faden seiner Seele, das einzige Ding, das von seiner Transformation unberührt geblieben war. Aber jetzt wurde er Zeuge, wie etwas Dunkles sich um diesen Faden schlang und sich damit unauflöslich vereinigte. Die Verbindung knüpfte sich immer enger, bis sich ihm das Gebilde als ein einziges Band darbot, in dem Licht und Dunkel sich gleichmäßig mischten. In seiner Verzweiflung machte er einen hektischen Versuch, seine Seele zu ergreifen und festzuhalten. Dabei vergaß er, daß er nichts mehr besaß, was an Hände erinnerte.

Das Gebilde zerbrach.

Wie ein Gewebe aus Seifenblasen, wie zerbrechlichstes Kristall, wie das Leben selbst. Stob vor seinen Augen in alle Richtungen auseinander, und er konnte nicht ein einziges der Teile fassen.

Er heulte auf.

Elora wimmert und krümmt sich soweit zusammen, wie ihre Kleider es erlauben. Ihre Garderobendamen, die Angst haben, daß die Prinzessin die kunstvolle Kostümierung zerstören und es an ihnen auslassen könnte, sind entsetzt.

Im gleichen Augenblick ...

... zieht Anakerie so heftig an den Zügeln, daß ihr Pferd nervös zu tänzeln beginnt und sich fast aufbäumt.

»Anakerie?« fragt Jalaby und spricht sie zum erstenmal mit ihrem Vornamen an.

»Wie viele verdammte Fanfaren sind das?« fragt sie mit knirschenden Zähnen und täuscht zur Beruhigung des Tieres eine Ruhe vor, die sie ganz und gar nicht empfindet.

»Zehn oder zwölf, glaub ich. Muß gleich vorbei sein.«

»Der Tag ist bald vorüber. Der Umzug beginnt bei Sonnenuntergang, und um Mitternacht wird dann das Zeremoniell begangen.«

»Fürchtet Ihr Verrat, Hoheit?«

Sie lächelt und schüttelt den Kopf. »Glücklicherweise nicht. Alle haben zuviel zu verlieren, wenn am heutigen Tag etwas schiefgeht. Ich würde nur gerne besser verstehen, was es zu bedeuten hat, wenn alles reibungslos abläuft.«

»Die Leute sehen den Dingen vertrauensvoll entgegen.«

»Das wird in Tir Asleen nicht anders gewesen sein. Schick zwei Abteilungen zur Kontrolle der Stadttore los. Ich wünsche, daß sämtliche Wächter auf ihrem Posten sind.«

»Zu Befehl, Hoheit. Ich werde mich persönlich darum kümmern.«

Als Jalaby mit zwanzig Berittenen im Galopp davonsprengt, erscheint vor ihr ein anderer Offizier und salutiert.

»Ich habe die Ehre, Hoheit zu melden, daß die Roten Löwen an der Promenade, der Esplanade und der Königsmeile wie gewünscht in Stellung gegangen sind.«

Von der Richtigkeit dieser Worte kann Anakerie sich sogar ohne ihren Feldstecher überzeugen. Auf der Seepromenade und der Hauptstraße haben sich inzwischen große Menschenmassen versammelt und ebenso in den Parks der Stadt. Alles, was Beine hat, ist an diesem Abend unterwegs. Für Einbrecher ein Glückstag, für die Feuerwehr ein Alptraum.

»Und was ist mit den Maizan, Hauptmann?«

»Der Kastellan ist mit zwei Leibwächtern in den Palast gegangen, um den Magier zu dem Zeremoniell zu geleiten. Die übrigen Donnerreiter sind in ihren Quartieren und werden, wie Ihr befohlen habt, diskret und aufmerksam bewacht.«

Thorn schmeckte Blut, nicht sein eigenes, sondern Blutströme, die an den Steinen herabliefen und aus den Ritzen zwischen den schweren Steinblöcken hervorquollen – das Blut so vieler Männer, die so rasch den Tod gefunden hatten.

Irgend etwas stimmt hier nicht, dachte er und richtete den Blick auf die Kasernengebäude. Der Burghof lag verlassen da, überall in der Stadt waren Truppen aufgestellt, im Palast gingen die Diener ihren Pflichten nach – auf den ersten Blick herrschte vollkommene Normalität. Er sah ein Schimmern in der Luft, ein schwaches Funkeln, das an Hitzeflimmern erinnerte, und wußte sofort, daß es sich um einen Glanz handelte, der ähnliches bewirkte wie sein Mantel. Niemandem, der den Hof durchquerte oder von den Befestigungen herabsah, wäre an den Kasernengebäuden etwas Besonderes aufgefallen. Aber er blickte durch die Augen des Dämons und spürte instinktiv, daß diese Erscheinung unendlich viel heimtückischer war, ein so außerordentlich raffiniertes magisches Komplott, das Laien wie Zauberer gleichermaßen hinters Licht führte. Alle würden nur sehen, was sie ohnehin zu sehen erwarteten, und sonst nichts.

Aus seinem tiefsten Innern durchschoß ihn ein Schmerz, als ob eine große Macht Besitz von ihm ergriffen und ihn entzweigebrochen hätte. Die Wände waren blutüberströmt, die Luft war blutig, er war nichts als Blut, darin schwimmend, darin lebend. Um ihn her lagen verstreut die Scherben seiner Seele, aber er wußte nicht länger zu sagen, was davon ihm und was dem Dämon zugehörte. Überall leuchtendes Rot, überall derselbe Anblick.

Der zweite Schmerz war noch stärker als der erste. Er dachte an die grausame Wirkung des WandlungsZaubers, aber das war noch gar nichts gewesen.

Der dritte Krampf zerbrach sein Bewußtsein, wie er selbst seine Seele zerschmettert hatte. Von ihm blieb nichts zurück als die *Idee* des Lebens – die abstrakteste Form des Daseins. Nicht ›Ich denke, also bin ich‹ oder auch nur ›Ich bin‹. Überhaupt kein ›Ich‹, sondern einzig ein ›bin‹.

Er wußte, daß noch ein vierter und ein fünfter Krampf folgen würden. Und so würde es immer weiter gehen, bis das Dämonenkind entweder zum Leben erwachen oder aber er selbst endgültig verlöschen würde.

In diesem Nichts gelang es ihm, abermals eine Art Selbstgefühl zu erwecken, ein ›Ich‹, das allen übrigen Dingen vorausging. Einen Namen, der zu dem Pronomen paßte.

Ich bin

Und dann

Ich bin Thorn Drumheller

Es war, wie wenn er erwachte, nur daß alles viel langsamer ging. Am Anfang steht das Nichts, eine vorübergehende Vergessenheit – so erscheint es jedenfalls Menschen, die nicht die Begabung (oder das traurige Geschick) haben, sich an alle ihre Träume zu erinnern –, eine Vergessenheit, die aufhört, wenn wir die Augen aufschlagen. Mit dem ersten Blick kommt eine Offenbarung, gewissermaßen eine Wiedergeburt. Identität, Erinnerung, Bewußtsein, Antworten auf sämtliche Urfragen: Wer bin ich? Wo bin ich? Was bin ich?

Scherbe um Scherbe entdeckte er sich wieder, erreichte durch aktive Entscheidungen, was sich normalerweise von selbst verstand. Er machte sich all die verstreuten, verschiedenartigen Elemente wieder zu eigen und kümmerte sich dabei nicht darum, was nun im einzelnen zu ihm selbst und was zum Dämon gehörte.

Er spürte, wie ein Beben die Grundmauern des Gebäudes erschütterte, als ob zugleich mit ihm selbst auch der Palast erwachte. Er bemerkte die Resonanzen seit langem in Schlaf gesunkener Mächte. Doch sie vermochten nichts auszurichten. Zu lange schon hatten sie geschlafen, um aktiv an der Zeremonie teilzunehmen. Aber sie waren erwacht …

… wie schon seit Menschengedenken nicht mehr.

Narren, schrie er in seinen Gedanken. Narren! *Was habt ihr dort oben zu suchen?*

Er wollte sich sputen, fühlte sich von dem Bewußtsein eines Kutschers durchdrungen, der sein säumiges Zugpferd antreibt. Er hörte eine letzte Fanfare. Es war genau der Augenblick des Sonnenuntergangs.

Gleichzeitig spürt Thorn, wie die Türen zu Eloras großer Halle aufgestoßen werden. Innen wird der Raum von zahllosen Kerzen erleuchtet, die sich in der glänzenden Deckenbemalung widerspiegeln und den Eindruck erwecken, als beträten die Gäste das Gewölbe eines rasch sich verdunkelnden Himmels.

Der Raum bildet ein symmetrisches Oval, das von einem Längs- und einem Quergang durchschnitten wird, die an ihrem Treffpunkt einen Kreis bilden. An den Außenwänden des Saales sind die Großen Siegel der Reiche angebracht. Dieses Muster wiederholt sich am Rand des Kreises, in dessen Zentrum Eloras eigenes Wap-

pen abgebildet ist. Zwischen den einzelnen Siegeln sind die Sitze für die Repräsentanten des zugehörigen Reiches aufgestellt, drei für jedes der vier Viertel.

Als erste treten mit feierlichen, würdevollen Schritten die Vizards ein, zwei Reihen in Roben gehüllter und maskierter Gestalten, die je ein Zepter durch den Mittelgang tragen, das Kreisgebilde im Zentrum umschreiten und dann den Gang bis zum Ende der Halle nehmen, wo sie kehrtmachen, um dann an den Außenwänden des Raumes entlang zum Eingang zurückzugehen und dort in den hinteren Gängen stehenzubleiben. Sie alle kehren das Gesicht dem Podest in der Mitte zu.

Als nächstes kommen dann die Vertreter der Reiche, bis auf eine Ausnahme der jeweilige Herrscher, und diese Ausnahme ist Kieron Dineer. Alle anderen haben ihre Plätze eingenommen, nur Kierons Sektion ist leer. Die Souveräne der Urelemente Erde, Feuer, Luft und Wasser sind anwesend; ebenso die Herrscher der Urzustände des Daseins, also des Fleisches und des Geistes, ferner die Repräsentanten der Urmysterien. Etliche von ihnen erscheinen in menschlicher Gestalt, weil das ihrem Wesen entspricht. Andere tun dies lediglich aus Höflichkeit. Wieder andere zeigen – stolz und widerwillig – in diesem Punkt nicht das geringste Entgegenkommen. Es herrscht allgemeine Erregung mit einem Beigeschmack von Gefahr, denn keiner der Anwesenden ist sicher, ob die Nacht freudig oder katastrophal enden wird, doch ein jeder möchte die Feier am Ende als Triumphator verlassen. Thorn kommt es so vor, als sähe er eine jubelnde Masse vor sich, und er fragt sich, was geschehen muß, um sie in einen wilden Mob und ihre Feier in einen Tumult zu verwandeln.

In dem Raum herrscht Schweigen. Zwei Abteilungen bleiben stehen und bilden neben dem Eingang ein Spalier.

Dann fangen die Kerzenflammen plötzlich zu tanzen an. Winzige Licht- und Farbflecken, die aufgeregt durch die Luft sausen und mit Rufen des Entzückens aufeinanderprallen. Dabei bilden sie zusammen mit den Lichtstreifen, die sie hinter sich herziehen, immer verschlungenere Muster. Einige der Zuschauer reagieren begeistert, andere betrachten die schon vielfach präsentierte Darbietung mit mürrischer Resignation. Die Feen sehen in diesen negativen Reaktionen eine persönliche Herausforderung und verdop-

peln ihre Anstrengungen. Je finsterer die Stirnfalten, um so furioser das Lächeln, das sie aufsetzen.

Als dann der Chor aus Licht und Klängen seinen jubelnden Höhepunkt erreicht, richten sich alle Augen plötzlich gleichzeitig auf den Eingang.

Die Feen sind etwa so groß wie ein menschlicher Finger. Ihre Königin läßt sie geradezu winzig erscheinen, obwohl auch sie nicht einmal die Größe eines Daikini-Kindes erreicht. Cherlindreas Haar ist gesponnenes Gold, so hell, daß es kaum von ihrem silbernen Gewand zu unterscheiden ist, ihr Gesicht und ihre Gestalt von übermenschlicher Vollkommenheit. Immer wieder scheint sie zu verschwimmen, wie wenn sie im Wasser dahinschwebte. Ihr Gewand besteht aus zahllosen durchsichtigen Schleiern, die erahnen lassen, was sie verbergen, ohne auch nur das geringste zu offenbaren. Ihre Flügel sind nicht minder filigran und weder groß noch stark genug, sie emporzuheben – und dennoch tun sie genau dies, und zwar ohne die geringste Anstrengung. Als sie so durch den Gang dahinschreitet mit dem stolzgeschwellten, stattlichen König von Angwyn an ihrer Seite, eilen ihre sämtlichen Gefährtinnen zu ihr und nehmen hinter ihr Aufstellung. Die Formation erweckt die Illusion einer riesigen Schleppe, in der alle sichtbaren Licht- und Farbschattierungen changieren. Ein atemberaubender Anblick, neben dem selbst das herrlichste Feuerwerk völlig verblaßt. Als sie ihren Sitzplatz erreicht und sich niederläßt, löst die Prozession sich plötzlich auf, und die Feen entschweben zu ihren angewiesenen Plätzen.

Als im Raum nun abermals Schweigen herrscht und die Augen sich langsam wieder an das weniger dramatische Kerzenlicht gewöhnen, erblickt Thorn Willow Ufgood, der im Eingang steht.

8. Kapitel

Durch die ›Augen‹ des Dämons wurde Thorn Zeuge der prachtvollsten Lüge.

Die Gestalt ist hochgewachsen, wie Willow es nie war, und sieht auf eine Art gut aus, wie Willow es nie erträumte. Im großen und ganzen sind es zwar seine Gesichtszüge, allerdings mit gewissen Glättungen und Nuancierungen, wie sie für die Daikini typisch sind, für die meisten Menschenaugen sieht er auf eine schroffe Weise attraktiv aus. Auf den Lippen des Mannes dort spielt ein von Schüchternheit völlig freies Willkommenslächeln, seine lachenden Augen betrachten die Versammlung mit wahrem Entzücken, und jede seiner Bewegungen und Gesten bekundet eine mit sanfter Stärke gepaarte Großzügigkeit. Das Gesicht ist von mehr Falten gezeichnet, als man bei einem Mann seines Alters erwarten würde: Sie sind der Preis für das Wissen und die Macht, die ihn wie ein kostbarer Umhang einhüllen.

Seine Farben sind ein so reines Weiß und ein so glänzendes Gold, daß es weh tut, ihn anzusehen. Sein Rock betont seine mächtige Brust, die enggeschnittenen Hosen zeigen wohlgeformte Beine. Seine Stiefel schmiegen sich an die kräftig ausgebildeten Waden – ein weiteres dynamisches Element einer Bekleidung, die den Rahmen der üblichen Mode sprengt. Der Stoff seiner Gewänder ist mit Goldfäden durchwirkt, die das Licht reflektieren, so daß der Zauberer bei jedem Schritt ein wahres Lichtgewitter entfacht, das es leicht mit dem für den Abschluß der Inthronisationsfeier geplanten Feuerwerk aufnehmen kann.

Als Willow vom Eingang her zu dem Altar hinüberschreitet, will es Thorn so scheinen, als würden selbst die Staubkörnchen in verzweifelter Hast den Weg freimachen, um nicht durch ihre Berührung die Vollkommenheit seines Kostüms zu beeinträchtigen.

Thorn kann den Anblick nicht ertragen. Und dennoch kann er seine Augen nicht abwenden. Dieser falsche Willow strahlt einen solchen Glanz aus, daß kein lebendes Wesen – sterblich oder nicht – sich der Wirkung entziehen kann.

Hätte er nur auf seine eigenen Kräfte bauen können, dann wäre er gewiß der Faszination erlegen. Doch glücklicherweise definiert der Dämon sein eigenes Wesen, indem er die innersten Strukturen von allem und jedem aufspürt und sie dann auflöst.

Die Fäden, *durchzuckt es ihn plötzlich mit einem Schauder des Entsetzens,* die Blitze! Das Perverse ist die Art und Weise, wie sie bei jeder seiner Bewegungen das Licht einfangen.

Es handelt sich um eine Variante jenes Zaubers, der die Kaserne abschirmt. Von außen betrachtet, ist daran auch diesmal eigentlich nichts Besonderes. Ein schlichter Lichtzauber, wie ihn reisende Zauberkünstler verwenden, um ihr Publikum einzulullen, der sich von jedem halbwegs begabten Magier durch ein Fingerschnipsen auflösen läßt. Schon in den ersten Lektionen, die jeder, der die magischen Künste vernünftig praktiziert, seinem Schüler erteilt, bringt er diesem bei, wie er sich gegen solche Manipulationen wappnen kann. Jeder Kundige macht das ganz automatisch. Aber hier wird ein solches Meisterwerk der Täuschung gesponnen, daß allein der Anblick des Betrügers – Thorn weigert sich, den Mann als Willow zu bezeichnen und nennt ihn statt dessen von nun an einfach den Betrüger – schon ausreicht, den Betrachter zu umgarnen. Und wer dem Zauber einmal erlegen ist, verschwendet nicht einmal einen Gedanken darauf, sich selbst zu schützen. Es ist, als hätte der Betrüger Zugang zu den geheimsten Seelenregionen seiner Opfer, als ob er alle hier Anwesenden besser kennen würde als diese sich selbst.

Die Vision verschwamm, die Halle hoch oben verschwand aus Thorns Bewußtsein, und er suchte verzweifelt einen Halt, als seine innere und äußere Realität rascher zerfranste als die Fäden jener Serviette, die der Aldwyn ihm vor langer Zeit einmal gegeben hatte. Er war dreigeteilt, wo nur ein Bewußtsein hätte herrschen sollen, und entdeckte rasch, daß es, verglichen mit der Anstrengung, die es ihn kostete, die Verbindung mit Elora und Anakerie aufrechtzuerhalten, ein Kinderspiel war, auf einem Wirbelsturm zu reiten.

Der Dämon hatte keinen Begriff von Struktur und versuchte deshalb unverdrossen, Thorn in seine eigene Form des Daseins zu pressen. Auch wenn das, was der Nelwyn sah, nur eine Illusion war, ein Abbild seines von seinem Körper losgelösten Geistes, erschien es ihm gleichwohl als wirklich. Als sich sein Leib streckte und wand wie ein geschmolzenes Sahnebonbon, entrang sich ihm ein qualvolles Gurgeln. Er spürte schmerzhaft, wie ihm Flügel wuchsen, wie seine Knochen krachten und sich zu seltsamen Formen umbildeten. Dabei vermischten sich Drachen und Wyrn und verwandelten sich dann in Wesen, die er weder benennen konnte noch wollte. Die Zeit riß ihn hinab zu ihrem Urbeginn und schleuderte ihn heulend an ihr Ende, dazwischen ließ sie ihn mit Blitzgeschwindigkeit alle nur denkbaren Inkarnationen durchlaufen. Er stand am geschmolzenen Herzen der Welt und war Zeuge ihrer Geburt. Er glühte in einer Hitze, die ausgereicht hätte, das stärkste Metall verdampfen zu lassen, und sah ihren Tod, sah, wie sie unter seinen Füßen zu altem Staub zerfiel. Er sah die Dunkelheit, die den Anfang aller Dinge markiert, und die Finsternis, die ihr Ende begleitet. Eine unvorstellbare Fülle von Eindrücken überflutete seinen Geist – mehr Aspekte seiner selbst und seiner Welt, als er in Lichtjahren hätte zählen können.

Aber nur ein Bild dieses Ortes, dieses Augenblicks.

Unter all den unzähligen Möglichkeiten der Vergangenheit und Zukunft gab es absolut nichts, was dieser Zelle und dieser Frau glich.

»Warum nur?« flüsterte er, unfähig zu begreifen, unwillig, diesen Umstand hinzunehmen.

Besonderer Mann, besonderer Ort, besonderer Augenblick.

»Sei ruhig!« schrie er und verfiel vor Entsetzen in ein Kindergekreische. *Laß mich in Ruhe,* wollte er sagen. *Ich will mit alledem nichts mehr zu tun haben! Ich kann dich nicht ausstehen, ich kann mich nicht ausstehen, laß mich gehen!*

Er spürte, wie in ihm etwas ins Gleiten geriet, sich seinem Zugriff entzog und unternahm eine verzweifelte Anstrengung, es wieder zu fassen zu bekommen. Es war das Dämonenkind. Er war dabei, es zu verlieren.

Er umfing den Dämon von ganzem Herzen und mit all seiner Kraft, und in jenem Augenblick …

… wurde er selbst der Dämon.

Sein Blick zerfällt in zahllose Facetten, und in einer dieser Facetten sieht er den Betrüger, der vor dem Altar als Held posiert. Klein von Statur im Vergleich zu einem Daikini, stellt er gleichwohl mühelos alle übrigen Anwesenden in den Schatten. Er steht dort und erwartet Elora fast wie ein Bräutigam und so gar nicht wie ein Festgast. Seine Aura ist völlig farblos – als seien alle seine menschlichen Züge verblaßt –, und in seinen Augen glimmt eine beunruhigende Gier.

Gleichzeitig wirft Thorn durch ein anderes Fenster des dämonischen Bewußtseins einen Blick auf die vollbesetzte Halle, und sofort wird ihm der Unterschied zwischen seiner früheren und seiner jetzigen Wahrnehmung bewußt. Während der Nelwyn Thorn Männer und Frauen gesehen hatte, einzelne klar umrissene Gestalten, betrachtet der zum Dämon mutierte Thorn körperlose Energiegebilde, mit mehr oder weniger Macht durchwobene Lebensgeister, von denen manche – meist Daikini – ihre Konturen wahren, während andere sich in einem wilden Tanz mit den übrigen Wesen verknäulen. Doch eines haben sie alle gemeinsam, den fundamentalen Glauben an das Licht.

Freilich sind sämtliche der Versammelten eingewoben in die Lichtfäden des Betrügers, der wie die Spinne inmitten seines Netzes sitzt und auf eine letzte Fliege wartet.

Thorn wandte sich dem Eingang von Eloras großer Halle zu, als gerade die letzte Fanfare ertönte.

Er spürt Anakerie, die – weil ihr Pferd, durch ihre Befürchtungen so beunruhigt wie sie von Thorns, sie nicht mehr auf dem Rücken tragen will – zu Fuß durch den Burghof eilt. Die Härchen in ihrem Nacken sträuben sich vor Entsetzen, und ihr ganzes Wesen wird von einer Panik durchflammt, die weder durch Logik noch durch Aktivitäten zu beruhigen ist. Sie blickt zum östlichen Horizont hinüber, an dem gerade der Vollmond aufgeht. Sobald das Nachtgestirn ganz zu sehen ist, wird das Inthronisierungsritual beginnen.

Hände, die zugleich keine Hände waren, rutschten erneut ab, und Thorn wurde von zwei Forderungen zugleich durchzuckt: der Gefahr, in der Elora, und der, in der die Dämonentochter schwebt.

Jetzt öffnen sich die Türen. Er weiß so gewiß wie nur irgend etwas, daß Eloras Schicksal besiegelt ist, wenn sie die große Halle betritt.

Genausogut aber wußte er, daß das Schicksal des Dämonenkinds besiegelt war, wenn er nicht sofort den Wiederbelebungszauber zu Ende führte.

Schweigen in der Halle, ein noch tieferes Schweigen draußen auf den Straßen, während das ganze Volk in ehrfürchtiger Erwartung den Atem anhält.

Stille auch unten in dem Gewölbe, bis auf Thorns hämmerndes Herz, das Schlag um Schlag wie ein wildes Tier das Blut durch seine Adern peitschte – wie ein Kapitän, der seine Galeerensklaven antreibt, indem er sich selbst mit einem Schlegel auf die Brust schlägt.

Er hatte keine Wahl.

Er spaltete sich selbst, das Kind von dem Dämon, und dann schüttelte er den Dämon selbst von sich ab.

Er beugte sich über den Körper der Frau, preßte seine Lippen auf ihren Mund und ließ seinen Geist in alle Hohlräume in ihr einströmen.

Noch eine letzte Spaltung, und zugleich nahm er seine Hände von dem Kind. Für das Kind kein leichter Akt, er spürte den Griff des Mädchens, wie er damals das Klammern seines eigenen Babys gespürt hatte – wie jedes kleine Wesen sich in der Not an seine Mutter oder seinen Vater klammert.

»Es ist alles in Ordnung«, wollte er sagen, »dir geht es gut, und du bist in Sicherheit.« Aber die Worte blieben ihm im Halse stecken, denn trotz all seiner Anstrengung war er nicht sicher, ob sie der Wahrheit entsprachen.

Ihr Mund zuckte unter seinen Lippen, und eine ihrer Hände ahmte das in ihr erwachte Leben nach und klammerte sich an ihn. Ihm standen die Tränen ebenso in den Augen wie ihr.

»Alles in Ordnung«, hauchte er und trat einen Schritt zurück, um den Kontakt zwischen ihnen abzubrechen, denn sie atmeten noch immer gemeinsam. »Dir geht es gut, du bist in Sicherheit.« Und diesmal glaubte er selbst daran.

»Schau mal an, Zwerg, dir scheint es hier ja prächtig zu gehen.«

Sein Geist sagte ihm, wie er hätte reagieren müssen, doch sein Körper vermochte die nötigen Aktivitäten noch nicht wieder zu koordinieren. Er war noch zu sehr mit dem Dämon verschmolzen, seine Muskeln, seine Sehnen und seine Knochen waren ihm noch zu unvertraut, er hatte gleichsam den Umgang mit ihnen verlernt. Und so wurde aus der geplanten raschen Drehung eine plumpe Bewegung, die ihn umwarf, so daß er auf den Händen und Knien landete. Schlimmer noch. Er hatte seine Kräfte derart verausgabt, daß seine Arme unter seinem Gewicht erzitterten. Offenbar hatte er auch das Atmen verlernt, jedenfalls betätigte er seine Lunge wie einen Blasebalg, mußte sich – verzweifelt nach Luft schnappend – jedes Ein- und Ausatmen selbst befehlen. Doch all seine Anstrengungen waren vergeblich, und er hatte das Gefühl, daß Eisenringe seine Brust und sein Denken einschnürten. Er vernahm nur gurgelnde Laute aus seiner Kehle und fühlte sich wie ein Ertrinkender.

Nicht einmal den Kopf konnte er heben, um zur Tür hinüberzublicken, aber das erübrigte sich ohnehin, als ein Todeshund – das ›Hündchen‹ des Kastellans – die Stufen hinabstürzte und ihn über den Haufen rannte.

Zwei Maizan, einer davon mit der Armbrust im Anschlag, der andere mit einer bereits bluttriefenden Axt, betraten den Raum.

»Der Kastellan wird beeindruckt sein, Zwerg«, fuhr der Maizan fort. »Hätte es nicht für möglich gehalten, daß ein Mensch – oder Magier – einem WandlungsZauber widerstehen kann. Vielleicht wird er diesen Zauber das nächste Mal an der Prinzessin ausprobieren und Anakerie lehren, sich nicht in anderer Leute Angelegenheiten einzumischen.« Sein Kamerad lachte rauh und beifällig, offenbar freute er sich schon auf Anakeries Anblick. »Schade, daß du das nicht mehr erleben wirst. Was immer du auch sein magst, Knirps, jedenfalls bist du lebendig für uns zu gefährlich.«

Er schnalzte mit den Fingern, und der Todeshund griff an.

Aber so übermenschlich flink die Bestie auch war, die Frau war noch viel schneller und kräftiger. Sie wirbelte herum, faßte den Hund beim Halsband und schleuderte ihn Richtung Eingang. Einer der Maizan stolperte bei dem reflexartigen Versuch, dem Tier auszuweichen, rückwärts durch die Tür, als der Hund mit solcher Macht gegen den Pfosten prallte, daß alle sofort wußten, daß er tot war. Der andere verlor das Gleichgewicht und stürzte von dem Treppenabsatz aus zu Boden, wo er unglücklich landete und blutend liegen blieb, während seine Axt wie auf Befehl zu der Frau hinüberschlidderte.

Sie wußte, an welchem Ende sie die Waffe fassen mußte, aber das war offensichtlich auch schon alles. Denn sie versuchte jetzt auf die Beine zu kommen und mußte allerlei Verrenkungen machen, um sich an diesen Zustand wieder zu gewöhnen, wobei sie an einen Menschen erinnerte, der nach langer Schiffsreise erstmals wieder festen Boden betritt. Der Maizan grinste böse, als er sich wieder aufgerappelt hatte und sich mit einer Hand die Augen rieb, während er in der anderen bereits den Säbel hielt.

Er machte einen Ausfall. Sie wich zurück und schlug ihm dabei mit der Axt die Klinge aus der Hand. Dann wirbelte sie herum – immer noch als sei sie kaum in der Lage, richtig auf den Beinen zu stehen – und stieß mit dem Fuß den Säbel aus seiner Reichweite. Der Bursche wußte, daß er in ihrer Gewalt war.

»Nein!«

Thorns Schrei war für sie alle eine Überraschung, am meisten jedoch für die Frau. Sie zauderte und hielt mitten in der Bewegung inne, und ihr Gegner machte sich die Gelegenheit sogleich zunutze und rammte ihr das Knie in den Leib, so daß sie sich nach vorne krümmte. Dann versetzte er ihr mit dem Knie einen weiteren Stoß ins Gesicht, und sie stürzte rücklings zu Boden. Jetzt hatte er die Axt in der Hand.

Doch er konnte seine Chance nicht mehr nutzen. Denn in

dem Augenblick als er die Waffe erhob, stieß ihm Thorn durch einen Ritz im Brustharnisch das Messer seitlich in den Leib. Der Mann trug unter seinem Panzer noch ein Kettenhemd. Und normalerweise hätte das Messer daran abgleiten müssen. Doch Thorn hatte die Klinge selbst geschmiedet, als er einmal fast ein Jahr lang unter der Erde bei dem Bergvolk – einer auf die Metallbearbeitung spezialisierten Unterart der Nelwyns – eine Art Schmiedelehre absolviert hatte. Er hatte sich damals ein Stilett gemacht, das so dünn war wie eine Stricknadel und durch jede Ritze in einer Rüstung und jedes Glied eines Kettenhemds hindurchpaßte. Und so fuhr die Klinge dem Maizan bis an das Heft in die Seite. Zwar war der Stich nicht tödlich, dafür war Thorns Position zu ungünstig, doch reichte er aus, um den Mann abzulenken. Also verpaßte dieser dem Nelwyn einen kräftigen Fausthieb seitlich gegen den Kopf, gefolgt von einem Schlag mit der Breitseite seiner Axt. Thorn stürzte zu Boden, und der Maizan widmete sich wieder der Frau, die aus seiner Sicht die Hauptbedrohung darstellte. Als er abermals die Axt schwang, um das Mädchen zu erledigen, explodierte Dunkelheit rings um ihn. Er schrie nicht auf, sondern wußte offenbar überhaupt nicht, was geschehen war. In dem einen Augenblick war er noch zu sehen, im nächsten schon nicht mehr. Nur Thorns Messer, das am Boden lag, gab Kunde vom Verschwinden des Maizan.

Thorn saß noch immer glotzend da, als die Frau ihm mit der flachen Hand gegen die Brust schlug und ihn beiseite stieß. Das Klatschen ihrer Hand verschmolz mit dem *Zisch*, mit dem der Armbrust-Bolzen des anderen Maizan an ihm vorbeisauste. Der Mann stand – hinter dem Türpfosten Schutz suchend – oben am Eingang und legte gerade ein weiteres Geschoß in seine Waffe ein. Er hatte ein so ideales Schußfeld, wie es sich ein Schütze nur wünschen konnte, und angesichts der Geschicklichkeit, die er im Umgang mit seiner Armbrust zeigte, schien es höchst zweifelhaft, ob Thorn oder die Frau einen Angriff über die Treppe lebend überstehen würde.

Der Maizan hob die Armbrust.

Und sein Kopf trennte sich unversehens von seinem übrigen Körper.

Blutbesudelt sank zugleich mit dem Körper des Mannes auch dessen Armbrust hin.

Wo zuvor der Maizan gestanden hatte, erschien jetzt Geryn Havilhand und hielt mit beiden Händen sein Schwert umklammert. Sein Lederwams war zerrissen und sein Gesicht blut- und schweißverschmiert.

»Du Schwein!« schrie er und dann mit aufwärts gerichtetem Gesicht, als wolle er den ganzen Palast dort oben verfluchen: »Ihr verdammten Schweine!«

Er sah den Todeshund und hackte wie ein Holzfäller mit seinem Schwert auf ihn ein, bis Stein und Stahl erheblichen Schaden genommen hatten. Er war von seiner Wut so mitgerissen, daß überhaupt nicht bemerkte, wie sich neben dem Hund ein dunkler Fleck bildete. Als er seinen letzten Hieb geführt und zu erschöpft war, um weiterzumachen, verschwand die Bestie einfach und zugleich mit ihr die Überreste des zweiten Maizan.

Thorn hatte einen leichten Beigeschmack jenes Wohlgefühls, das dieses Mahl dem Dämon bereitete. In ihm erwachte zugleich Übelkeit und der Wunsch nach mehr.

»Sie bringen die Löwen um«, sagte Geryn heiser und stolperte über die eigenen Füße, als er die Treppe hinunterkam und sich an der Wand abstützen mußte. »Fallen über sie her wie die Metzger, sie und ihre verfluchten Vögel.«

»Die Reiher.«

»Drumheller, was ist hier eigentlich los, was bedeutet das alles?«

»Jedenfalls nichts Gutes, fürchte ich. Hat schon jemand Alarm geschlagen?«

»Von den Unseren gibt es keinen mehr, der das könnte. Und auch ich lebe nur noch, weil ich diesen Dreckskerlen hier in das alte Verlies gefolgt bin. Tut mir leid, Zwerg – wußte nicht, was sie mit Euch angestellt haben. Ich dachte, sie würden Euch besser behandeln.«

»Hätte schlimmer kommen können, Pfadfinder. Seid Ihr verletzt?«

»Nur 'n paar Schrammen und Beulen, nicht der Rede wert. Doch dem Ding hier ist das Ganze offenbar nicht so gut bekommen.« Er hielt sein Schwert in die Höhe und betrachtete die Narben an dessen Klinge. »Hat mir gute Dienste geleistet, muß ich sagen. Hätte 'n besseres Schicksal verdient.«

»Solche Überlegungen könnt Ihr ein andermal anstellen, mein Lieber, dazu ist jetzt keine Zeit. Kümmert Euch um die Dame hier.«

Der junge Daikini spähte in das von den herabgestürzten Fackeln erzeugte Halbdunkel und errötete dann bis zu den Haarwurzeln.

»Gesegnete Elora«, kreischte er, »die hat ja gar keine Kleider an.«

»Dann besorgt ihr welche«, entgegnete Thorn knapp, »und zwar rasch. Und auch Pferde, am Tor der Fuhrleute.«

»Kommt Ihr nicht mit?«

»Ich habe andere Verpflichtungen.«

»Und wie lange sollen wir warten?«

»Solange Ihr es nach dem Mondaufgang für ratsam haltet. Ich wünschte, ich könnte Euch Genaueres sagen, Geryn, aber um ehrlich zu sein, ich habe selbst nicht die geringste Ahnung. Aber nehmt lieber zu früh als zu spät Reißaus.«

»Können wir nicht mit Euch kommen?«

»Da, wo ich hingehe, und bei dem, was ich zu tun habe, ist es besser, wenn ich allein bin. Vertraut mir in diesem Punkt. Und seid vorsichtig.«

»Ihr aber auch. Habt Ihr vielleicht 'nen Namen, Fräulein?«

Thorn hatte von seiten des Mädchens keine Antwort erwartet, freilich hatte sie ihn kurz zuvor auch mit ihrer Kampferprobtheit überrascht.

»Khory«, hörte er und drehte sich erstaunt um. Sie hatte eine heisere Altstimme, die noch rauher klang, weil sie so lange nicht mehr benutzt worden war. Überhaupt war das Sprechen für die Dämonentochter ungewohnt, denn Wesen ihrer Art kommunizieren ja für gewöhnlich in Gedankensprache. Aber sie wußte, was sie sagen wollte, soviel war immerhin klar, auch wenn es ihr noch schwerfiel, mit ihren Stimmbändern und Lippen Worte zu bilden.

»Khory … Bannefin.«

»Geryn Havilhand. Angenehm.«

»Bleibt«, sagte sie stockend zu Thorn, als ob sie nach den richtigen Worten genauso suchen mußte wie nach der korrekten Aussprache. »Ihr.«

»Nein«, erwiderte Thorn genauso knapp. Er sprach mit ihr so schlicht und bestimmt wie mit einem Kind. »Bleib bei *ihm!*« Dabei zeigte er auf Geryn und machte ihr klar, daß er keine Widerrede duldete. Eine Sekunde lang glaubte er schon, daß sie mit ihm streiten wollte, jedenfalls deuteten die Haltung ihres Kinns und das Funkeln in ihren Augen auf eine Entschlossenheit, die so unnachgiebig war wie seine eigene. Aber für diesmal ließ sie es dabei bewenden und leistete ihm Folge. Die beiden Soldaten machten sich auf den Weg.

Bei dem Gedanken an die zusätzlichen Elternpflichten, die da auf ihn warteten, konnte er einen Seufzer nicht unterdrücken.

»Dämon!« Er sprach das Wort so bestimmt, als wollte er einen Geist in einen magischen Kreis bannen.

Das hast du gut gemacht, kleiner Magier.

»Ich habe noch nicht mal richtig angefangen, besten Dank. Wenn die Maizan den Palast besetzt haben …«

Ja, das ist eine Tatsache, obwohl niemand in Eloras Halle davon etwas weiß und auch außerhalb der Mauern keine Seele.

»Und was ist mit Elora?«

Spürst du die Glut des Mondes, Drumheller?

Ja, tatsächlich spürte er, wie eine Art kaltes Feuer oben auf den höchsten Türmen Energieentladungen entfachte. Überall in dem großen Schloß standen Trompeter bereit, um die letzte Fanfare zu blasen – und Thorn spürte überall in dem Gebäude die Maizan-Mörder, die auf dies Signal warteten, um dann in Aktion zu treten.

»Gibt es denn gar nichts, was wir tun können?« jammerte er. »Kannst du diese Maizan nicht ebenfalls verschlingen?«

Er hörte ein aufrichtig amüsiertes Lachen, das als Äußerung eines Dämons alles andere als angenehm klang.

Dummer kleiner Mann. Wenn meine Macht soweit reichte, welches lebende Wesen würde dann noch in diesen Mauern wandeln? Warum sonst, glaubst du, sind mir so enge Grenzen gesetzt, und weshalb sonst sollte ich wohl hier unten hausen?

»Und wie hast du mich dann in Eloras Turm erreicht?«

Ich hab dir nur den Weg gezeigt. Die Macht, ihn zu gehen, hattest nur du allein.

»Was?«

Sprich mit den Steinen, wie du es damals getan hast, dann werden sie dir einen Weg bahnen.

Er spürte, wie das tief in der Erde verankerte Gestein auf ihm lastete, als er aufwärts schwebte. Es war fast so wie damals, als er seine – ihm selbst noch unbekannte – EinSicht auf das Holz seines Bettes gerichtet hatte. Er empfand in den Steinen den Nachhall jener Berge, aus denen sie stammten. Alte Strukturen waren zerborsten, als die rohen Felsen aus den Bergen gebrochen und behauen worden waren, und ganz neue Muster hatten sich gebildet, als sie später Block für Block in diese Mauern eingesetzt worden waren.

Er dachte, daß er schon von jeher die Wesensart der Dinge verstanden hatte, ihre Gestalt und die Art ihres Seins. Manche waren aus Luft, andere aus Wasser, manche aus Feuer, andere aus Erde. Manche waren fest, andere nicht. Aber der Dämon hatte ihn eine ganz neue Art der Wahrnehmung gelehrt, die seine eigenen Überzeugungen zutiefst erschüttert hatte. Steine waren so fest, daß das Gemäuer dieses Gewölbes ein sich hoch auftürmendes Gebäude tragen konnten. Trotzdem ließ Stein sich zerschlagen, konnte unter dem Einfluß übermäßiger Hitze oder Kälte zerbröseln oder durch fließendes Wasser langsam ausgehöhlt werden. Wie die äußere Erscheinung eines Menschen die wundervolle Vielfalt in seinem Inneren verhüllte, war auch die starre Außenseite eines Steines lediglich eine Maske. Der Aufbau eines solchen Gebildes war vielleicht schlichter, als dies bei aktiveren, beweglicheren Gestalten des Daseins der Fall ist, aber wenn man nur gründlich genug hinschaute, waren die fundamentalen Aspekte dieselben.

Alles war Energie. Alles war formbar und durchlässig.

Die Welt, in der er lebte, sein eigener Körper, erschienen ihm nur deshalb beständig, weil sie ihm in ihrem wahren Sein verschlossen waren. Jetzt sah er mit klareren Augen …

… und wünschte, dem wäre nicht so.

Auf den ersten Blick schienen sich zwischen den kleinsten Partikeln der Steine große Lücken aufzutun, wie er sie plötzlich auch in sich selbst entdeckte. Es war deshalb ganz einfach für ihn, zwischen diesen Teilchen hindurchzuschlüpfen.

Doch eine gewisse Vorsicht und eine angeborene Höflichkeit nötigten ihn, noch einmal genauer hinzuschauen, seine Wahrnehmung zugleich ein wenig mehr zu öffnen und zu konzentrieren. Von Anziehung und Abstoßung beherrschte Kraftfelder erschienen vor ihm und ließen ihn an die Muster denken, die seine Frau auf dem Webstuhl erzeugt hatte. Einzeln mochten diese Gebilde zerbrechlich sein, doch in ihrem Zusammenwirken ergaben sie ein sich wechselseitig stützendes Ganzes. Nur daß die Verbindungsfäden hier an in himmlischem Licht funkelnden Diamantstaub erinnerten und die Knötchen, die sie hielten, an kristalline Schneeflocken. Sie alle waren sich im großen und ganzen ähnlich und doch zugleich einzigartig.

Die Schönheit machte ihn traurig – nicht nur wegen all der Herrlichkeiten, die er innerhalb und außerhalb seiner selbst schaute, sondern auch wegen der unzähligen Wesen, die dies alles niemals sehen und begreifen konnten.

Der Dämon war in seinem Machtbereich durch keinerlei Grenzen behindert, Substanz ohne Form, die glatte Umkehrung jener Welt, die Thorn kannte. Und so mußten diese beiden Sphären notwendig miteinander in Konflikt kommen und einander als feindlich und böse gelten.

Er gab sich ganz den Steinen hin und begegnete ihnen als Bittsteller, der um eine sichere Passage ersuchte. Er versprach, ihnen nichts Böses zu tun, und bat sie um das gleiche Entgegenkommen. Die Kommunikation mit den Steinen gestaltete sich ein wenig umständlich, denn sie waren von Natur aus bedächtig, und diese Eigenschaft hatte sich in den Jahrhunderten, seit sie geruhsam in dem Gemäuer dahinschlummerten, sogar noch verstärkt. Natürlich hätten seine Kraft und sein Begehren auch so ausgereicht, sich seinen Weg zu bahnen, aber so dringend sein Anliegen auch sein mochte, wußte er dennoch, daß ein solches Vorgehen falsch gewesen wäre.

Er hörte weder die Fanfare, noch spürte er den Mondaufgang. Doch er empfand den Widerhall dieser beiden Ereignisse.

Sie ließen Elora erzittern, und dank des doppelten Bandes, das Thorn mit dem Dämon und dem Palast verknüpfte, war es, als befinde er sich an ihrer Seite.

Sie steht vollkommen aufrecht da, weil ihr keine andere Wahl bleibt. Ihre Kleider umschließen ihren Körper so eng, daß sie sich kaum bewegen kann, aber dieses Problem hatte offenbar niemand vorhergesehen. In ihr flackert kurz die Erinnerung an eine Zeit auf, die sie längst vergessen glaubte, und sie sieht einen dunklen Ort vor sich, an dem die Flammen den Dingen jegliche Wärme entziehen, statt sie zu erhitzen. Kein Freund steht ihr in dieser Situation zur Seite, die Luft ist von scharfem Blutgeruch, Schwertklirren und den Schreien der Sterbenden erfüllt. Sie war damals noch sehr klein und konnte die Dinge noch kaum benennen. Ihr Geist war in jenen Tagen noch vorwiegend damit beschäftigt gewesen, zwischen sich und ihrem Körper Verbindungen herzustellen. In diesen schrecklichen Träumen ist der Hintergrund nicht ausgeführt, und sie sieht nur eine alles verzehrende Dunkelheit, aus der gräßliche Masken hervorstürmen: überlange, schmale Gesichter, die an Pfeile erinnern, mit breiter Stirn und bösartig spitzem Kinn und wie Stacheln hervorstehenden Wangenknochen. Mit so schlechten Zähnen und gierigen Augen, daß selbst ein hungriger Wolf verglichen damit der Inbegriff des Mitgefühls ist.

Eine rotgekleidete Gestalt führt das Kommando. Sie ist unter ihrem Umhang von Kopf bis Fuß in ein Seidengewand eingewickelt, dem jede Farbe fremd zu sein scheint. Elora ist ganz in schwarzen Stoff eingewickelt, doch im Unterschied zu ihr selbst kann sich die Frau bewegen.

Sie spürt, wie ihre Zähne klappern, und beißt sie zusammen, ballt auch die Fäuste und nimmt diese Unbequemlichkeiten auf sich, um zwischen sich selbst und diesen unerwünschten Erinne-

rungen eine willkommene Schutzmauer aufzurichten. Jedes der Reiche hat eine Erkennungsfarbe; zusammen decken diese Farben das optische Spektrum ab. Jede Domäne hat einen eigenen Stoff und ein eigenes Design beigesteuert. Eloras Kostüm ist genauso schwer wie sie selbst, und obwohl es ihr in jeder Hinsicht vollkommen paßt, hat sie das Kleid noch nie zuvor getragen und noch keine Gelegenheit gehabt, sich daran zu gewöhnen.

Ihre Aufmachung läßt Elora viel erwachsener erscheinen, als sie in Wahrheit ist. Als sie jetzt im Eingang steht, muß sie immer wieder denken, wie ähnlich doch die Vizards jenen puppenartigen Gestalten aus ihren Träumen sind und wie sehr sie sich durch ihr eigenes Gewand an jenes Wickelkostüm von damals erinnert fühlt.

»Das ist heute dein Ehrentag«, will sie gerade laut aussprechen, bevor ihr siedend heiß die Instruktionen ihrer Ankleidedamen wieder einfallen. Sie haben ihren Mund perfekt geschminkt und wollen nicht, daß dieses Kunstwerk auch nur durch einen Hauch, geschweige denn ein Wort ruiniert wird.

Ich wollte, es wäre vorbei, *denkt sie,* warum kann es nicht zu Ende sein? Warum kann ich es nicht selbst beenden? *Sie stellt sich vor, wie sie auf dem Absatz kehrtmacht und rasch dort wieder Zuflucht sucht, woher sie gekommen ist, nämlich in ihrem Baum. Nur mit Mühe kann sie ein Kichern unterdrücken, und den Majordomus triff beinahe der Schlag, als er sie in diesem Zustand sieht.*

Andererseits: Erst wenn die Inthronisation zu Ende ist und alle Gäste ihr gehuldigt haben, ist sie wahrhaft die Heilige Prinzessin. Die Herrscher der Zwölf Reiche sind gekommen, um ihr ewige Lehenstreue zu schwören. Danach, so überlegt sie jetzt, kann ihr nie mehr jemand vorschreiben, was sie zu tun hat. Sie wird wahrhaft frei sein. Eine kurzzeitige Unbequemlichkeit ist in der Tat nur ein kleiner Preis für so ein Privileg.

Es sei denn, man hat sie belogen.

Man hat sie in ihrem Leben schon in so vielen Dingen belogen, daß eine weitere Unwahrheit sie nicht weiter überraschen würde.

Die Türflügel öffnen sich.

Ihr erster Impuls ist es wegzurennen, aber die Schleppe ihres Gewandes nagelt sie gleichsam fest. Auch läßt ihr Kleid nur Schritte von der Länge ihres Fußes zu, und so bringt sie nichts weiter zustande als ein Schrittchen zurück. Sie kennt das Gesicht, das sie dort drüben auf dem Podium erwartet, obwohl sie es seit den frühen Tagen ihrer Kindheit nie mehr erblickt hat. Er scheint größer als in ihrer Erinnerung, aber schließlich ist sie selbst ja auch gewachsen. Sein Willkommenslächeln erfüllt alle Anforderungen, und als er die Arme weit ausbreitet, um sie in Empfang zu nehmen, fällt ihr unwillkürlich ein, wie warm und sicher sie sich immer darin gefühlt hat.

Er ist von Kopf bis Fuß in Weiß gekleidet.

Sie blinzelt und blinzelt dann abermals, als sich die Vizards vor ihr in Reih und Glied in Bewegung setzen. Wie von selbst fangen auch Eloras Füße zu gehen an, trippeln hinter ihrer ruhig und gravitätisch dahinschreitenden Eskorte her und lassen sie zerbrechlich wie eine Puppe erscheinen. Die Schleppe, die doppelt so lang wie Elora groß ist, nimmt die ganze Breite des Ganges ein und zwingt die Prinzessin, sich wie ein Ochse vor einem vollbeladenen Wagen mit aller Macht ins Zeug zu legen. Die Anstrengung läßt sie den Kopf ein wenig nach vorne beugen. Gleichzeitig senkt sie die Augenlider, um den Anblick des Altars zu vermeiden. Ja, jetzt ist sie sogar für den kunstvollen Kopfschmuck dankbar, den sie noch Augenblicke zuvor bereitwillig von der Spitze ihres Turmes herabgeworfen hätte. Sie kann Willow, der dort auf sie wartet, nicht anschauen, sein Anblick bereitet ihr Kopfweh – ein Gefühl, als ob ihr Sand in die Augen gestreut würde. Sie mag ihn nicht in seinem Festaufzug, bequeme selbstgemachte Kleider stehen ihm besser – ein schlichtes Gewand für eine schlichte Seele.

Alle Augen ruhen nun auf ihr, und in der hohen Halle herrscht eine solch erwartungsvolle Spannung, daß sie es körperlich spüren kann. Für den Bruchteil einer Sekunde fühlt sie sich wie die prachtvoll dekorierte Hauptspeise bei einem Staatsbankett. Manche Delikatessen, das weiß sie, werden am besten bei lebendigem Leibe verzehrt, und das Können des Küchenchefs wird in solchen Fällen danach bemessen, ob es ihm gelingt, die Köstlichkeiten lebendig auf den Tisch zu bringen. Die Vorstellung bereitet ihr Übelkeit, und sie fragt sich, woher diese Bilder sich ihr ausgerechnet in diesem Augenblick aufdrängen. Sie möchte sich Kratzen, am ganzen Körper verspürt sie ein unerträgliches Jucken, als ob ihr jemand einen Sack Flöhe in die Kleider geschmuggelt hätte.

Inzwischen hat sie kaum noch einen Gedanken für das vor ihr liegende Zeremoniell, aber auch das tut der Sache keinen Abbruch. Immerhin hat man sie auf diesen Augenblick vorbereitet, seit sie überhaupt etwas aufzunehmen vermag. Aber sie weiß, daß sie sich auf ihren Körper verlassen kann, auch wenn sie im Geiste immer weiter abschweift. Während eine letzte, von einem Trommelwirbel begleitete Fanfare erschallt, nimmt sie den ihr vorbehaltenen Platz ein.

Sie und Willow sind etwa gleich groß, aber er hat auf dem Podest Aufstellung genommen, da er Wert darauf legt, sie um Hauptеslänge zu überragen.

»Elora Danan«, hört sie ihn sagen, und in seiner Stimme klingen all die Herzlichkeit und Fürsorglichkeit auf, die Elora aus ihren Träumen und Erinnerungen kennt, »Im Namen der Zwölf Reiche heiße ich Euch willkommen.«

Sie möchte ihn anschreien, möchte ihn fragen: Wo bist du gewesen? Warum bist du nicht früher gekommen? *Aber sie bleibt stumm und verhält sich genau so, wie man es ihr in all den Jahren beigebracht hat.*

Über eine sanft ansteigende flache Rampe umschreitet sie das große Podest in der Mitte des Raumes – vorbei an den Repräsentanten sämtlicher Reiche. Nicht, daß diese Rampe besonders hoch wäre, aber ihre Kleider sind so eng, daß sie die Füße nicht hoch genug heben kann, um vom Boden aus direkt auf die Erhöhung zu steigen. Auch ihr Thron ist eigens für diesen Anlaß angefertigt, so daß sie nicht eigentlich darauf sitzen, sondern in einem bestimmten Winkel darauf ruhen wird.

Während sie im Uhrzeigersinn das Podest umschreitet, wirft sie lange Blicke in die ersten Reihen der Gäste, um zu sehen, wer alles erschienen ist. Auf der einen Seite empfindet sie eine eitle Befriedigung darüber, daß so zahlreiche bedeutende Persönlichkeiten erschienen sind. Egal, wer ihr auch seid, *ertönt es mit boshafter Freude in ihrem Innern,* ich bin Eure Herrscherin! *Ein anderer Teil von ihr fragt sich gleichzeitig, was diese Auskunft denn eigentlich bedeutet. Sie kann es kaum erwarten, endlich mit dem Rang und den Machtbefugnissen bekleidet zu werden, die sie alle ihr anbieten, und alte Rechnungen zu begleichen (sie wirft dem König von Angwyn einen Dolch-Blick zu, doch der alte Dumm-*

kopf ist zu unsensibel, um davon etwas zu bemerken). Zugleich möchte sie mit alledem am liebsten nichts zu tun haben. Ihre Wünsche erscheinen ihr irgendwie falsch und der derzeitige Augenblick weit schlimmer. Der ganze äußere Rahmen des Zeremoniells stößt sie ab. Die Musik klirrt in ihren Ohren, die visuelle Pracht beleidigt ihre Augen. Ihr ist heiß und kalt zugleich, als ob sie ernsthaft krank würde, und sie wird von der entsetzlichen (und zugleich angenehmen) Vorstellung verfolgt, wie tot vor Willows Füßen zusammenzubrechen.

Ein Teil der Sitzplätze ist leer, und sie schaut noch einmal für einen Moment dorthin, wobei sie (so gut es eben geht) den Eindruck zu erwecken sucht, ihre Augen seien niedergeschlagen und geradeaus gerichtet. Nur eine Gestalt, ein Junge (oder ein Mädchen, so genau kann sie das nicht erkennen) sitzt allein in der Mitte der ersten Reihe. Er ist von einem solchen Glanz umgeben, daß sein ganzer Körper in Flammen zu stehen scheint. Sie zuckt kaum merklich zusammen und gerät fast ins Stolpern, als sie bemerkt, daß ihr Blick mit Aufmerksamkeit heischender Intensität erwidert wird. Sie schürzt die Lippen, ohne sich weiter über ihr sorgfältig geschminktes Gesicht Gedanken zu machen und rätselt über die Doppelerscheinung der Gestalt vor ihr. Denn einerseits ist der Junge lediglich eine einzelne kleine Figur, die allein in einer Stuhlreihe sitzt, doch andererseits scheint er den ganzen Raum einzunehmen, und plötzlich hat sie den Eindruck, daß sich über seinem majestätischen Leib, der bis zur Decke hinaufreicht, große Schwingen entfalten.

»Ein Wandlungswesen«, keucht sie, als ein Blitz der Erkenntnis sie durchzuckt, das übliche Wort für metamorphe Wesen benutzend, und dann von Ehrfurcht und Staunen erfüllt, »um Himmels willen, ein Drache!«

Sämtliche Gäste, fällt ihr jetzt auf, sind durch feinste Goldfäden miteinander verbunden, die sich ihr entgegendrängen und sich vor ihr in glitzernden Staub auflösen, als sie die verschiedenen Sitzreihen abschreitet. Doch den Jungen berühren die Fäden nicht. Sie umkreisen ihn, als ob er gar nicht da wäre, und halten zueinander auf Abstand, während sie die übrigen Gäste mehr und mehr umschlingen. Sie muß an Larven denken, die sich in einem monströsen Netz verfangen haben.

Völlige Stille senkt sich über die Halle, und das Licht fängt an sich zu verändern. Das warme, zarte Leuchten der Fackeln und Kerzen wird allmählich – dann jedoch immer rascher – von oben her durch einen Silberglanz verdrängt. Elora kann das Geschehen nicht richtig verfolgen. Ihre gestärkte Halskrause läßt zwar geringe Seitwärts- und Abwärtsbewegungen des Kopfes zu, doch keinen Blick nach oben. Aber selbst wenn sie mit den Augen nach oben schaut, wird ihr Blick durch den Rand ihres Kopfschmucks behindert. Sie weiß trotzdem, was dort oben scheint: der Vollmond, Eloras Mond.

Das Kuppeldach der Halle mündet oben in ein großes Dachfenster ein. In das teils klare, teils bunte Kristallglas sind die Siegel der Zwölf Reiche eingraviert und so miteinander verwoben, daß sie in ihrer Gesamtheit das fabelhafte, langersehnte Dreizehnte bilden. Ihres.

Sie möchte, daß niemand sie mehr anschaut, möchte in Ruhe gelassen werden. Und dann erscheint ihr in einer weiteren Vision ihr künftiges Leben so schrecklich, daß alles Gewesene dagegen verblaßt. Jahr für Jahr in ihren Turm eingesperrt und solch uneingeschränkter Verehrung preisgegeben, daß niemand mehr auch nur auf die Idee kommt, in ihr auch einen lebenden, atmenden Menschen mit Bedürfnissen *zu sehen. Die Blicke der Freude und Bewunderung verändern plötzlich vor Eloras Augen ihren Charakter. Diese Leute interessieren sich nicht für* sie, *die Prinzessin, sondern nur dafür, was sie für sie tun kann. Jeder von ihnen will etwas haben und sieht in Elora ein Mittel zum Zweck.*

Sie erschaudert und beobachtet, wie der Raum von dem Mondlicht, das oben durch das Fenster herein- und – durch das Kristallglas gebündelt – auf das Podest fällt, in einen Silberglanz getaucht wird. Plötzlich ist es in der ganzen Halle taghell. Aber das Licht ist anders als sonst, und sie erkennt sogleich, ohne den Grund dafür zu wissen, daß dieser Unterschied von entscheidender Bedeutung ist. Die Sonnenstrahlen erleuchten eine Welt farbiger Dinge, das blasse Licht des Mondes hingegen läßt noch die leuchtendsten Farben erbleichen und leugnet selbst den Kontrast von Licht und Schatten. Kein Schwarz, kein Weiß, sondern nur unbestimmte Zwischentöne. Die Konturen verschwimmen, und das fahle Licht des Mondes läßt selbst die vertrautesten Objekte und

Menschen fremd erscheinen, so daß nichts mehr zu sein scheint, was es wirklich ist.

Sie hatte nie viel über das Licht nachgedacht, ja – und diese Erkenntnis bringt ihr urplötzlich zu Bewußtsein, wie viele Gelegenheiten überhaupt sie hat verstreichen lassen – im Grunde genommen hat sie sich bisher über gar nichts Gedanken gemacht. Wenn die Dinge vom Licht erleuchtet werden, findet sie sich leicht zurecht, kann sie sehen, was sie tut und wohin sie geht. Ist das Licht hingegen nicht da, gerät sie schon mal ins Stolpern. Aber dieses Licht hier ist ganz anders als sonst. Es ist greifbar, hat ein Gewicht, eine Präsenz, die sie nicht mag. Sie hat das Gefühl, ihr Kopfputz sei ein Oberlicht wie das Fenster oben im Dach, nur daß diese Öffnung ihre Seele entblößt. Wie das Fenster oben im Dach den Raum erhellt, so läßt jene andere Öffnung das Licht des Mondes noch in die geheimsten Regionen ihrer Seele dringen.

Es tut weh. Niemand hat ihr gesagt, daß sie während der Zeremonie Schmerzen erleiden werde. Natürlich hat diese Zeremonie noch nie zuvor stattgefunden, woher sollte da jemand Bescheid wissen? Doch sie ist an dieser Art von Spekulation nicht interessiert. Sie spürt ein Pochen in den Schläfen, tief hinten im Schädel, und ein Zucken in der Kehle. Ihre Fingerspitzen sind taub, und in der Brust fühlt sie einen Schmerz. Sie hat die Augenlider fast geschlossen, weil sie fürchtet, daß ihr Innerstes sich nach außen kehren und sie mitreißen wird, falls sie die Dinge auch nur einmal richtig anblickt. Auch ihr Magen krampft sich immer wieder zusammen, und mehr als einmal muß sie die Galle, die in ihr aufsteigt, wieder hinunterschlucken.

Sie glaubt, daß sie etwas sagt, ist sicher, daß sie eine Stimme hört, die seltsam an ihre eigene erinnert, doch nur Willow spricht und blinzelt ihr aufmunternd zu, als er ihren Blick sieht – um die förmlichen Worte, die die Zeremonie erfordert, durch eine Freundlichkeit aufzuheben. Worte, die sie schon zuvor gehört hat, die sie jedoch nicht richtig einordnen kann, weil ihr ganzer Kopf von diesem verdammten Licht erfüllt ist. Sie kommt sich vor, als ob sie im Gewölbe ihrer eigenen Erinnerungen blind würde.

»Agthuar duatha kedthel endrai …«

Ein Brandgeruch dringt ihr in die Nase. Sie öffnet – zum Teufel mit dem Protokoll – die Augen weit, kann jedoch in dem Raum nichts Auffälliges entdecken – nur daß die Konturen und Gesichtszüge der Gäste verschwommen und paradoxerweise nur mehr die Fäden, die sie verbinden, deutlich zu erkennen sind.

Dann wendet sie sich wieder ihren eigenen Gedanken zu, öffnet im Geiste Tür um Tür und hält verzweifelt Ausschau nach der Ursache des Brandes. Dabei stößt sie zu ihrem Entsetzen auf eine Tür, die ins Nichts führt, dorthin, wo – wie sie weiß – früher einmal die Erinnerungen an ihre früheste Kindheit gespeichert waren.

Alles ist in Silber, sie selbst ist in Silber getaucht, und dadurch werden ihr von innen die gleichen Fesseln angelegt, die sie außen in Gestalt ihres Kostüms binden. Wenigstens in ihrem eigenen Kopf hat sie bis dahin volle Freiheit genossen – in jenem Selbst, das viel schlanker und stärker ist als ihr äußerer Körper, den sie verachtet. Nur daß jene angebliche Stärke ihr jetzt nichts mehr nützt, da ihr Fleisch zu erstarren scheint und jede Bewegung zu einer übermenschlichen Anstrengung wird. Zu Beginn der Zeremonie hat sie sich wie eine Statue gefühlt, jetzt erstarrt sie tatsächlich immer rascher zum Standbild, und das Entsetzen spült wie eine Flutwelle über sie hinweg, als sie sich vorstellt, wie hilflos sie am Ende jener Verwandlung sein wird und wie leicht ein anderer ihre Gestalt dann nach seinen eigenen Wünschen umgestalten kann. Nie in ihrem bisherigen Leben hat sie auf ihr Schicksal auch nur den geringsten Einfluß ausgeübt. Erst war sie ein Kind, dann eine Fremde in einem fremden Land, all ihrer Freunde und Helden beraubt und unfähig, sie durch andere zu ersetzen. Doch ihr innerstes Wesen hat sie dennoch hartnäckig für sich selbst behauptet.

Bis jetzt.

Sieht *so* etwa das Zeremoniell aus? *fragt sie sich mit einem Entsetzensschrei.* Ist das der ganze Inhalt der Prophezeiung? Daß ich alles verlieren soll, was mich selbst ausmacht?

Die Antwort bricht mit markerschütternder Wut aus ihr hervor, und sie ist zutiefst erschüttert, weil sie sich selbst niemals eines solchen Trotzes für fähig gehalten hätte.

»Nein«, sagt sie und bemerkt gar nicht, daß sie laut spricht, daß jenes kleine, schlichte Wort sich wie ein Speer in das Herz jenes verschlungenen Bauwerks der Macht bohrt, das Willow gerade um sie herum entstehen läßt.

Er traut seinen Ohren nicht und fängt im nächsten Satz zu

stottern an, muß sich wiederholen, und als er sie durch Blicke zum Schweigen auffordert, ist in seinen Augen gar nichts Freundliches oder Sanftes mehr zu erkennen.

Doch sie ballt die Fäuste, beißt die Zähne zusammen und öffnet die Lippen weit in dem Bemühen, dieses eine Wort abermals auszusprechen.

»Nein!«

Er schlägt sie.

Sie starrt ihn mit offenem Mund an. In ihrem ganzen Leben hat noch nie jemand sie geschlagen. Schließlich ist sie die Heilige Prinzessin Elora, und so etwas ist einfach undenkbar. Tränen glänzen in ihren Augen. Willow ignoriert diese Tränen und würdigt Elora keines Blicks. Er fährt nur in seinem Singsang fort, als ob er hofft, daß seine Worte allein ausreichen, den Widerstand zu brechen. Elora schaut um sich, soweit ihr Kostüm das zuläßt, und wirkt wie eine von einer Hundemeute in die Enge getriebene Hirschkuh. Sie blickt nur in lächelnde Gesichter und fühlt sich von aller Welt verlassen. Keiner der Anwesenden wird ihr helfen.

All die Versprechungen, all die Versicherungen der Liebe und der Verehrung – nichts als Lügen.

Nur auf dem Gesicht des Drachen spiegelt sich etwas anderes. Er betrachtet die Szene wie ein Richter und wartet, ob Elora sich an die ihr zugewiesene Rolle halten oder etwas Eigenmächtiges unternehmen wird.

In seinen Augen ist Enttäuschung zu erkennen, denn er glaubt nicht, daß sie aus der Reihe tanzen wird.

Silberne Feuerstreifen fallen durch das Oberlicht in den Raum, umzüngeln das Podium und umschließen Elora wie brennende Käfigstangen. Auch sie haben im Mondlicht jede Farbe eingebüßt und verdanken ihre Sichtbarkeit mehr der Abwesenheit der Dunkelheit als ihrer eigenen Leuchtkraft. Langsam ziehen sie ihre Bahn um die Heilige Prinzessin, wie wenn diese das Auge eines Orkans wäre. Immer enger ziehen sie ihre Kreise, bis sie Elora schließlich wie eine Feuerwand umschließen.

Sie zittert, und in ihr steigt ächzend eine Erinnerung auf, die – anders als der gegenwärtige Augenblick – von Farben und Leben übersprüht. Sie liegt, unfähig sich zu bewegen, in Seidentücher eingehüllt in einer Schale. Um sie her lodern die Flammen mit sol-

cher Gewalt, daß sie alles Leben verzehren. Jemand außerhalb ihres Blickfeldes ruft machtgeladene Worte, deren Kraft sich – wie Donner und Blitz – geradezu körperlich mitteilt. Doch der Blitz sprengt alle Kategorien des Lichtes und der Donner alle des Tons, so daß ihre Wahrnehmung wie ein Schlag wirkt und nicht etwa wie ein optischer oder akustischer Reiz. Die Worte sind von einer schmerzlichen Begierde erfüllt, einem verzweifelten Verlangen, das alle Vorstellungen übersteigt – wie Todeshunde, die an ihrer Leine zerren und nichts im Sinn haben, als zu jagen, zu töten und zu verschlingen.

»Nein!« *schreit sie, und ihre Stimme überschlägt sich und läßt zu ihrer eigenen Verwunderung den Feuervorhang wie ein vom Wind bewegtes kostbares Gewand schimmern.*

Aber noch überraschter sind Willow und sie selbst, als dem Wort eine Tat folgt und Eloras ausgestreckte Hand nach vorne schnellt und die Flammen beiseiteschlägt.

Das ist ein Fehler. Da die Flammen Kinder des Mondes sind, brennen sie zwar kalt, fügen jedoch nicht minder schmerzliche Wunden zu. Mit einem Schrei, in dem sich Erschrecken und Schmerz mischen, zieht Elora ihre Hand zurück und preßt sie gegen die Brust. Der Ballen ihrer Hand ist schwarz und voller Blasen, und die Hand selbst und der Unterarm fühlen sich so taub an, daß Elora schon denkt, daß das Blut in ihren Adern gefroren sei.

Was dann als nächstes geschieht, vermag Elora nicht genau zu sagen. Sie handelt ganz von ihren Instinkten geleitet. Noch während sie die verletzte Hand an sich preßt und bei der Vorstellung aufwimmert, daß als nächstes der ganze Feuervorhang auf sie herabstürzen wird, setzt sich ihr Körper automatisch mit vorgestrecktem Kopf in Bewegung. Sie hechtet ohne jegliche Eleganz vorwärts wie ein Läufer nach dem Startschuß und spürt sogleich entsetzt, daß ihre Kleider und ihr Haar brennen und ein Kälteschock ihren Rücken erstarren läßt …

… und dann hat sie die Feuerwand durchbrochen und sieht Willow vor sich, der sie entgeistert und ungläubig anstarrt, bevor sie ihn von seinem Platz stößt und gemeinsam mit ihm vom Podium stürzt.

»Du egozentrische, dickköpfige, blöde kleine Kuh«, *schreit ihr Pate und Beschützer wieder mit einer Stimme, an die sie sich nicht*

erinnern kann, die jedoch gleichwohl unheimlich vertraut klingt. Dabei fassen seine Hände nach ihrem glimmenden Gewand und versuchen, sie in das Feuer zurückzustoßen. »Du wirst alles *verderben!«*

»Laß mich los!« schreit sie ihn außer sich an. »Laß mich in Ruhe!«

Sie hat ihr Letztes gegeben, doch das ist nicht genug. Von einem Ziel getrieben, das menschliches Begreifen übersteigt, entwickelt er eine unvorstellbare Kraft. Noch immer wird sie von ihren Kleidern gefesselt und kann sich nicht richtig bewegen, aber selbst wenn sie es könnte, fehlte ihre jede Kampferfahrung.

Er stellt sie wie eine umgefallene Puppe auf die Füße, und sie weiß, daß er sie in der nächsten Sekunde in den Glutofen zurückschleudern wird. Sie wird verbrennen, er jedoch nicht.

»Warum?« schluchzt sie. »Bitte«, bettelt sie.

»Für eine Welt, die nie entstehen darf«, lautet seine Antwort. »Das Opfer einer Einzigen für die Rettung Aller.«

»Hast du nicht gehört, was Elora Danan gesagt hat, Betrüger«, sagt eine neue Stimme, scheinbar aus dem Nichts. »Also, laß sie in Ruhe.«

Und mit einemmal waren sie auf dem Podium zu dritt. Elora sah nur, wie Thorn aus dem harten Gestein auftauchte. Doch alles ging so schnell, daß ihr keine Zeit blieb, den dunklen Flecken zu beachten, der auf dem in Silberlicht getauchten Boden aufblühte. Thorn trat Willow in die Kniekehlen, und als sein Widersacher ins Stolpern geriet, schlug er ihm mit den Fäusten gegen die Ohren, damit er das Mädchen losließ. Dann griff er nach ihr und stellte sich vor sie. Um dem Teufel einen Geschmack von seiner eigenen Medizin zu geben, packte er ihn mit der einen Hand am Kragen und mit der anderen am Gürtel und schleuderte ihn in die Flammen.

Er stürzte in die Flammen und tauchte auf der anderen Seite nicht wieder auf.

Thorns Augen leuchteten vor Erregung und von der Anstrengung, die es ihn gekostet hatte, sich in dem Gestein vorwärtszubewegen. Und als er jetzt vor dem Mädchen stand, hatte er das Gefühl, mehr als nur ein wenig verstört auszusehen.

»Elora Danan«, sagte er.

»Ich *kenne* dich«, entgegnete sie, aber die Verwirrung in ihrer Stimme verriet, daß sie noch nicht genau wußte, mit wem sie es zu tun hatte.

»Ich bin ein Freund. Ich bin hier, um dir zu helfen.«

»Kleiner nelwynischer Narr«, schrie die Stimme eines Gottes, der Armaggedon ankündigte, »du hast mehr Schaden angerichtet, als du dir vorstellen kannst.«

Die Feuersäule war verschwunden und zugleich damit auch Willow Ufgoods menschliche Erscheinung. Die Gesichtszüge und die Gestalt hatten sich zwar nicht wesentlich verändert, doch wo vorher Fleisch gewesen war, loderten jetzt Flammen, und entsetzt und fasziniert zugleich dachte Thorn, daß er nun einem weiteren Dämon gegenüberstehe.

»Und jetzt«, ließ der Betrüger ihn mit einem Lächeln wissen, das fürchterliche Qualen verhieß, »zahlst du den Preis dafür.«

9. Kapitel

Ich werde nicht zulassen, daß du ihr etwas antust«, sagte Thorn und stellte eine Entschlossenheit zur Schau, die er nicht wirklich empfand. Offenbar spürte der Betrüger diesen Mangel an Entschiedenheit, denn er erwiderte nur …

»Als ob deine Wünsche von Bedeutung wären, Zwerg.«

… und ließ eine Flamme aufschießen, die den Stein in Staub verwandelte und auch Thorn selbst dahingerafft hätte, wäre er nicht rechtzeitig mit Elora seitlich weggetaucht. Thorn blickte zu der Öffnung hinüber, durch die er gekommen war, sah jedoch, daß sie durch dieselbe Feuerattacke versiegelt war.

Der Betrüger gönnte ihnen keine Atempause. Diesmal waren es zwei Flammenpfeile, einer für Thorn, der andere für Elora. Thorn wich dem ihm zugedachten aus, indem er sich nach hinten über die am Boden liegende Elora fallenließ, um dabei diese und sich selbst in die riesige Schleppe einzuwickeln. Freilich konnte er unter diesen Umständen den zweiten Blitz nicht aufhalten, der jetzt die Prinzessin von oben bis unten durchzuckte, bis nur mehr eine leere Kleiderhülle zurückblieb.

Der Betrüger schien aufrichtig amüsiert, und auch die Zuschauer jauchzten auf und brachen in Jubel aus.

»Kümmre dich nicht um die Leute, Zwerg«, sagte er mit einer abschätzigen Handbewegung. »Sie sehen nur Eloras angebliche Inthronisierung.«

»Du bist wahrhaftig ein begabter Betrüger.«

»Das mußt du gerade sagen! Ich hab den Trick mit dem verschwundenen Schwein schon gesehen, alter Freund, damit kannst du mich nicht hinters Licht führen. Mit dem Feuer wollte ich sie nur fangen, nicht zerstören. Bring dich also nicht in Teufels Küche und zeig mir, wo du sie versteckt hast.«

Thorn stützte sich wie eine sprungbereite Katze auf Finger und Zehen und bewegte sich dann ein Stück zur Seite, um den Abstand zwischen sich und dem Betrüger zu vergrößern. Seine Gedanken jagten durch seinen Kopf. Gleichzeitig nahm er in Sekundenbruchteilen sämtliche verfügbaren Informationen auf und versuchte sich so rasch wie möglich ein umfassendes Bild von seinem Gegner zu verschaffen. Er war anscheinend über Thorns Zaubertricks im Bilde, wußte jedoch nicht, wo das Mädchen geblieben war. Also hatte er immerhin seine Grenzen.

Die Luft war inzwischen so deutlich abgekühlt, daß Thorn seinen eigenen Atem sehen konnte und über und über von einer Gänsehaut bedeckt war. Je ungezügelter die Flammen des Betrügers brannten, um so kälter wurde es in dem Raum. Es war fast, als wolle er diese Halle nach dem Bilde des Mondes neu erschaffen und in ein froststarres Ödland verwandeln, in dem das Leben nur noch als leere Hülle vorkam.

»Ich habe keine Zeit, Zwerg, und noch weniger Geduld. Gib mir das Kind zurück. Ihr Schicksal wurde verfügt, bevor noch die Welt geboren war. Gib sie frei, es anzunehmen.«

»Nein.«

»Ich bin ihr Beschützer, Nelwyn.«

»Wieder eine Lüge! Ich weiß, mit welchem Zauber du hier arbeitest, Betrüger, du willst ihr Leben und ihre Seele.«

»Und wenn schon? Ist beides nicht ein geringes Opfer für die Zukunft? Es steht mehr auf dem Spiel, als du begreifen kannst. Deine Einmischung ist die *Ursache* ewiger Trostlosigkeit, nicht etwa deren Ende.«

Thorn wandte sich den Gästen zu und blickte den König von Angwyn und Cherlindrea an.

»Majestäten der Erde und der Lüfte«, schrie er. »Diesen Verlauf darf das hier nicht nehmen!«

»Sagt wer?« höhnte der Betrüger. »Bist du etwa die höchste Autorität in Sachen Prophezeiung?«

»Ich weiß, was recht ist«, fauchte Thorn, von seiner eigenen Heftigkeit verblüfft, »und das hier ist es *nicht.* Ihr werdet allesamt betrogen.« Er wandte sich abermals an das Publikum und kehrte der Flammengestalt auf dem Podium den Rücken zu. »Elora ist das Opfer eines Verrats.«

»Vergebliche Liebesmüh, Zwerg. Sie hören dich ebensowenig wie das Kind. *Ich* bin die Rettung, nicht Elora.«

Ganz gegen seinen Willen mußte er hinsehen – von einem Kommandoton gezwungen, den er noch nie zuvor gehört hatte, und von einer so unerbittlichen und unwiderstehlichen Anziehungskraft verführt, wie sie die Welt zusammenhält. Die Stimme war honigsüß, Wasser für den Dürstenden und Liebe für den, der sie nie erfahren hatte. Die Flammen zehrten in der Tat alles auf, doch sie versprachen, aus der Asche etwas Besseres neu entstehen zu lassen. Der alte Haß, die alten Rivalitäten und Konflikte würden im Feuer geläutert, selbst die ältesten Wertvorstellungen würden auf ihre Essenz reduziert werden, formloser Ton, der auf die Hände eines Schöpfers wartet, die ihm die angemessene Form geben. Für Augen und Ohren ohne Fehl und Tadel; für Herz und Seele ein Traum, für den es sich zu sterben lohnte.

Er sah ein betörendes Lächeln, das mit dem Gesicht drumherum nichts zu tun hatte, und mußte einfach zurücklächeln. Als er in den Raum gekommen war, hatte das erdige Braun seiner Kleider noch einen starken Kontrast zu dem Silberglanz gebildet, von dem die restliche Halle erfüllt war. Inzwischen war aus ihm selbst eine blasse Gestalt geworden, und er spürte, wie ihn seine Willenskraft verließ. Er wußte, daß er einen wichtigen Zweck zu erfüllen hatte, doch das zählte anscheinend nicht mehr.

Schritt für Schritt taumelte er der Vergessenheit entgegen und erblickte um sich her nur noch die größte Pracht und Herrlichkeit, und auch der Betrüger hatte nur noch Augen für ihn. Infolgedessen war sich keiner von ihnen der Gegenwart eines Dritten bewußt, bis Elora wie ein wütender Widder Thorn über den Haufen rannte, gemeinsam mit ihm vom Podium stürzte und sie beide vor den Füßen Kieron Dineers landeten.

»Noch besteht Hoffnung für euch«, sagte dieser mit einem scheuen Lächeln, das ihnen beiden galt.

»Wer?« plapperte Thorn, dem trotz seiner Erschütterung darüber, wie leicht er sich hatte umgarnen lassen, einfiel, wo er das Gesicht des jungen Burschen schon gesehen hatte: in den Gemächern der Schleier-Königin. »Was? Wo?«

»Ihr solltet jetzt besser gehen«, lautete die Antwort. »Hier wird schon bald die Hölle los sein, nehme ich an. In der Stadt jedenfalls seid ihr nicht sicher.«

»Wer bist du?« wollte Elora wissen.

»Jemand, der euer Bestes will. Du hast mich schon früher gesehen und als den erkannt, der ich bin. Das ist eine deiner Gaben. Kein Betrug vermag dich auf Dauer hinters Licht zu führen. Jetzt tut, was ich gesagt habe, und zwar rasch.«

Er stand da und wehrte die nächste Feuer-Attacke des Betrügers mit der Brust ab, während Thorn und Elora hinter ihm Schutz suchten und sich instinktiv so klein wie möglich machten. Als er jetzt im Feuer stand, fiel Kierons menschliche Gestalt wie die Schalen einer Zwiebel Stück für Stück von ihm ab. Sein Körper wuchs mächtig in die Höhe und Breite, und seine klauenbewehrten Vorderbeine hinterließen tiefe Abdrücke in dem alten Gemäuer, während er mit dem Kamm oben auf seinem Kopf an die Decke stieß. Dieser Kopf wurde von einem gebogenen Hals auf einem so riesigen Körper gehalten, daß ein einziger Schlag mit seinen Schwingen genügt hätte, ausgewachsene Eichen zu entwurzeln. Was Thorn und Elora bis dahin für eine Kostümierung gehalten hatten, erwies sich nun als die Haut des prächtigen Geschöpfs. Sie glitzerte und strahlte so wunderschön, daß ein wahres Feuerwerk an Farben entstand. Thorn mußte an eine große Wiese denken, die sich im Winde wiegt, wo sich Form und Beschaffenheit der Grashalme je nach Stärke und Richtung der Brise zu ändern scheinen. Ähnlich war auch die Wirkung dieses Anblicks, nur daß es sich hier nicht nur um die Variation einer einzigen, sondern um die einer ganzen Flut von Farben handelte. Noch nie hatte er eine solche Schönheit gesehen. Und neben ihm stand Elora, die dasselbe sah und empfand, und lächelte entzückt und staunend.

Doch durften sie diesen Anblick nur einen kurzen Moment genießen. Denn als der Drache sich jetzt entpuppte, wurde ihnen zugleich bewußt, daß er sich in einem genauso verzweifelten Überlebenskampf befand wie sie selbst und daß das Ergebnis dieses Kampfes noch nicht entschieden war.

Durch die Gänge stürmten jetzt schon die Vizards mit gesenkten Hellebarden heran, und Thorn stellte sich schützend vor Elora, während der Drache mit dem Kopf und dem Schwanz ausschlug und je ein Dutzend der maskierten Figuren gleichzeitig beiseite fegte, so daß sie ungehindert zum Haupteingang eilen konnten. Thorn brauchte dazu keine weitere Aufforderung, sondern stürmte – Elora an der Hand – durch das Leibergewühl Richtung Ausgang.

Doch der Betrüger war nicht bereit, sie so leicht entkommen zu lassen. Thorn hörte, wie er von hinten mit einem ganzen Schwall von Worten bombardiert wurde, und ihm stockte beinahe das Herz, als er die Bedeutung des Zauberspruchs begriff. Voller Verzweiflung schob er Elora hinter sich, stellte sich schützend zwischen sie und das Podium und sprach einen Abwehrzauber, der sie beide schützen sollte.

Doch ebensogut hätte er versuchen können, sich mit einem Blatt Papier gegen die Lanze eines anstürmenden Ritters zu verteidigen.

Eis schlug ihm ins Gesicht; die Flammen ließen die Luftfeuchtigkeit gefrieren und schleuderten diese Partikelchen in einem Wirbel umher, der sie so gefährlich machte wie winzige Rasierklingen. Gegen diesen Angriff konnte er sich glücklicherweise schützen, aber die Kraft der Eispartikel war so groß, daß sie ihm blutende Wunden schlugen, bevor er sie abblocken konnte. Der Betrüger erhob die Hand, und Thorn machte sich bereits auf das Schlimmste gefaßt.

Doch jetzt schrie Elora plötzlich auf.

Ihre Augen strahlten dieselben schrecklichen Funken aus wie die Gestalt auf dem Podest. Ihre weit ausgestreckten Arme waren über ihrem Kopf nach rückwärts gebogen, so daß sie auf den Zehenspitzen stand. Thorn wußte sofort, woran er war: Der Betrüger hatte durch seinen Zauber die Kräfte aktiviert und ließ sie nun – aus Gründen, die der Nelwyn nicht verstand – mit voller Wucht auf Elora los. Die Energie, die von Elora ausging, war von so ungezügelter, ursprünglicher Gewalt, daß ihr Anblick seine Augen fast verbrennen ließ. Instinktiv versuchte er, die Energieblitze mit magischen Schlingen einzufangen, aber sie entzogen sich seinem Zugriff mit teuflischer Leichtigkeit. Nicht daß jene Energie stärker gewesen wäre als seine eigene Macht, aber die Kreatur dort drüben auf dem Podest war Thorn an Kenntnissen und Geschicklichkeit derart überlegen, daß dessen Fähigkeiten dagegen völlig verblaßten. Der Betrüger agierte auf einer Ebene, von deren Existenz Thorn vor seiner Begegnung mit dem Dämon nicht die geringste Vorstellung gehabt hatte. Auch hätte er bis dahin niemals geglaubt, daß er sich in dieser magischen Dimension behaupten könnte.

Elora schrie abermals auf und verursachte dadurch weitere Energieausbrüche. Thorn wußte, daß sein Schicksal besiegelt wäre, wenn ihn einer dieser Blitze traf, und sann auf ein Mittel, die Attacke abzuwehren, während ihn die Flammen wie zum Todesstoß bereite Schlangen umzüngelten. Doch er ließ sich seine Verzweiflung nicht anmerken, noch gab er ihr nach.

Doch dann waren die Feuerblitze unversehens verschwunden, und während Thorn noch mit offenem Mund zuschaute, richtete sich die Attacke des Betrügers plötzlich gegen den Drachen, der keinerlei Anstrengung unternahm, die Blitze von sich abzulenken, als sie jetzt tief wie Speere in ihn eindrangen. So rasch der Betrüger seine höllischen Energien auf Elora losgelassen hatte, so schnell hatte Kieron die Attacke auf sich gezogen.

Thorn versuchte verzweifelt, das Mädchen fortzureißen. Doch dabei geriet er selbst in einen Flammenwirbel und mußte seine letzten Abwehrkräfte darauf verwenden, dieses Feuer zu löschen, bevor es ihn verzehren konnte.

»Was hast du mit ihr gemacht?« kreischte Thorn wie ein Kapitän, der in einen sein Schiff in den Untergang reißenden Sturm hineinbrüllt.

»Ich habe ihr, und du wirst selbst noch erleben, was das heißt, Zwerg, den wahren Pfad des Schicksals gezeigt«, lautete die selbstzufriedene Antwort. Der Kampf erforderte zwar mehr Anstrengung, als der Betrüger erwartet hatte, doch hegte er keinen Zweifel an seinem Ausgang.

Das Strahlenkleid des Drachen wurde immer blasser und hatte inzwischen wie alles übrige in der Halle einen matten Silberglanz angenommen. Doch als Kieron Thorn und auch Elora ein letztes Mal anblickte, blitzte in seinen Augen ein erschreckendes Lächeln auf, und sein Mund verzog sich amüsiert. Er war offenbar sicher, daß doch noch nicht alles verloren war, daß noch Hoffnung bestand.

Der große Kopf des Drachen stieß nach vorn und spie eine ehrliche Flamme aus, um dem kalten Mondlicht Einhalt zu gebieten, eine Hitze ausstrahlend, die selbst die des geschmolzenen Kerns der Erde in den Schatten stellte, als ob er sämtliche Energien, die er von Elora abgezogen hatte, sich zunutze gemacht hätte. Jetzt endlich befand sich der Betrüger in der Defensive, als leuchtend rote Flammen die silbernen umtanzten. Doch das schien ihn nicht weiter zu beirren. Er schien diese Prüfung seiner Fähigkeiten sogar noch zu genießen und war begierig, seinen wahren Wert an den Fähigkeiten seines Widersachers zu messen. Für den Bruchteil einer Sekunde war er völlig verhüllt, denn der Feueratem des Drachen verfärbte das von oben hereinströmende Licht, so daß selbst der Mond rot über der Halle erglühte. Doch seine Anstrengung war wie eine Kerze, die im letzten Augenblick vor dem Erlöschen am hellsten erstrahlt. Ein helles Licht explodierte in dem Körper der riesigen Kreatur, und ihr Kopf bäumte sich auf, als ob eine gewaltige Kraft mit ihrem Hals wie mit einer Peitsche geknallt hätte. Flammen schossen zur Decke hinauf und hüllten die Wappen der Zwölf Reiche ein – zuerst rotglühend, dann silbern, anfangs glühend heiß, dann unvorstellbar kalt, und das mit einer Macht und Intensität, daß das Kristall des Deckenfensters mit ohrenbetäubendem Krachen barst. Dann richtete Kieron, dessen Körper bis auf die Augen völlig in Silberglanz gehüllt war, den Blick voll Mitgefühl und Trauer auf den Betrüger, nicht um sein eigenes Schicksal, sondern um die Seele seines Schlächters.

Der Drache brach mit einer Wucht, die den ganzen Turm bis in die Fundamente erbeben ließ, zusammen, so daß die Menschen, die in den unteren Räumen der Dinge harrten, schon an ein Erdbeben glaubten. Als er in sich zusammensackte, nahm der Drache auch die Reste jener Energie mit sich, die sich durch Elora manifestiert hatte, so daß sie ebenfalls wie ein kraftloses Bündel zusammensank, das Thorn auffing, bevor es zu Boden schlug.

Zunächst war der Betrüger von seinem eigenen Triumph zu sehr erfüllt, um zu begreifen, was eigentlich geschehen war. Thorn freilich war sofort im Bilde. Der Kamm von Kierons Kopf ragte so hoch auf, daß der Betrüger die beiden nicht sehen konnte.

Ihm blieben zum Handeln bestenfalls ein paar Sekunden.

Er nahm Elora so gut es ging auf die Arme und preßte dann seine flache Hand gegen den Plattenboden. Dabei sandte er eine Ladung Wärme in den Stein, um diesen an sein früheres Dasein zu erinnern. Sofort veränderten sich die Farbe und das Erscheinungsbild des Bodens.

Er sprach hastig und hoffte, der Stein werde für seine Eile Verständnis haben. Die Struktur des Bodens veränderte sich jetzt, und Thorn wußte, daß sich für ihn ein Durchlaß geöffnet hatte. Er schaute sich nicht um, zögerte keinen Augenblick – andernfalls wären er und Elora verloren gewesen – und tauchte dann in der Steinmasse wie in einem Wasserbecken unter.

Gut gemacht.

»Wohin führst du mich?« wollte er von dem Dämon wissen, da er sofort spürte, daß er nicht auf diesem Weg gekommen war. Er kam diesmal weit schneller voran als zuvor, aber nicht etwa weil die steinernen Festungsmauern der Burg jetzt entgegenkommender gewesen wären.

Glaubst du etwa, daß dein Gegner deine Spur nicht verfolgen kann? Vielleicht nicht den Weg, den du jetzt gehst, aber gewiß den, auf dem du gekommen bist.

»Dann bist du also doch nicht so hilflos, wie du immer tust.«

Warum an Ketten rütteln, wenn man sich dadurch nur um so schwerere einhandelt? Je weniger sie von mir wußten, um so mehr konnte ich tun.

»Aber jetzt wissen sie Bescheid.«

Ja, das tun sie.

»Ich kann nicht ohne meine Freunde von hier fortgehen«, sagte er hastig.

Ein großes Risiko für einen kleinen Lohn.

»Laß mich das beurteilen. Weißt du, wo sie sind?«

Du begehst einen Fehler.

»Bring mich zu ihnen«, fauchte er. Und dann: »Bitte.«

Wir sind schon dort.

Sie waren in Eloras Garten. Es ging alles blitzschnell. Zuerst herrschte Dunkelheit, und er hatte das Gefühl, über und über mit Daunenkissen bedeckt zu sein. Dabei wurde auf jeden Zentimeter seines Körpers Druck ausgeübt und jeder seiner Bewegungen Widerstand entgegengesetzt. Dann plötzlich waren sie wieder frei, und wo kurz zuvor noch Stein gewesen war, war jetzt Luft. Der Unterschied war so elementar, daß Thorn wie eine Rakete ins Freie schoß und fast auf dem Bauch gelandet wäre.

»Franjean«, rief er. »Rool!«

»Bei allen Mächten«, ertönte Franjeans Stimme, »mit wem hast du dich da nur eingelassen?«

»Hatten dich schon fast aufgegeben, Drumheller«, sagte Rool.

Sie traten in sein Blickfeld, blieben stehen und starrten ihn an.

»Los, macht schon«, flüsterte er und wagte es nicht, einen Blick nach hinten auf Eloras Halle zu werfen, als ob er durch Wegschauen das Schlimmste verhindern könnte. »Wir haben keine Zeit, wir müssen *abhauen!*«

Franjean machte ein angewidertes Gesicht und schrie dann voller Haß, sein Wort wie eine Waffe einsetzend: »Dämon!«

»Nein«, protestierte Thorn und versuchte, sie mit seiner EinSicht zu erreichen.

Rool sagte nichts. Er griff zu seinen echten Waffen, und Thorn mußte deshalb mit Hilfe seiner Kraft einen Dornenpfeil abwehren, der sein Herz treffen sollte. Er hechtete vorwärts, aber Rool sprang beiseite und schlitzte Thorns zupackende Hand mit einem seiner Knochenschwerter auf. Dann waren die beiden Brownies auch schon in einem Blumenbeet verschwunden.

»Was macht ihr da?« schrie er. »Ich bin es doch, Thorn.«

Er wollte nach ihnen suchen, doch der Dämon verhinderte das, indem er den Boden unter seinen Füßen öffnete, so daß Thorn sich unversehens inmitten des Burggemäuers wiederfand.

»Sie haben mich nicht erkannt«, stammelte er, als er durch das Gestein dahinglitt.

Haben dich nur zu gut erkannt.

»Verdammt, Monster, was hast du mit mir gemacht?«

Hab dich mit ein paar Seinszuständen bekannt gemacht, das macht das Leben schließlich erst interessant.

»Das ist keine Antwort.«

Was ich gemacht habe, kleiner Magier? Nichts. Du hast dich freiwillig für das entschieden, was dir freiwillig angeboten wurde – sowohl für die Macht als auch für den Preis. In deiner Seele wird jetzt und für alle Zeit ein Dämon wohnen, Drumheller...

Der Dämon hielt kurz inne, und als er dann fortfuhr, vernahm Thorn ein Lächeln in seiner Stimme.

...und in meinem Innersten ein Nelwyn. Wer von uns beiden dabei besser abschneidet, möchtest du wissen?

»Es muß einen Weg geben, die beiden Brownies freizubekommen.«

Sie sind für ihr Geschick selbst verantwortlich. Sorge du dich lieber um dein eigenes.

»Und was ist mit dir? Wird der Betrüger dir etwas antun?«

Spielt das eine Rolle für dich?

Thorn war nicht überrascht festzustellen, daß das so war.

Solange mein Kind in Sicherheit ist, bin ich zufrieden.

»Ich wünschte, ich könnte dir das versprechen, aber selbst Elora Danan konnte ich nicht beschützen.«

Verbitterung steht dir nicht gut zu Gesicht, Magier.

»Ich verliere nun mal nicht gern. Und ich mag es auch nicht, wenn ich gezwungen bin, die Flucht zu ergreifen.«

Ich dachte, es sei Sache der Daikini, standzuhalten und zu kämpfen. Die Nelwyns hatte ich für schlauer gehalten.

»Jetzt ist keine Zeit für Epigramme, tut mir leid.«

Immerhin sind dir das Leben, die Freiheit und Elora geblieben. Hätte schlimmer kommen können. Baue darauf und versuch es noch einmal. Fin Raziel ist auch nicht an einem Tag wiedergeboren worden, vergiß das nicht.

»Und was hat uns das schon genützt? Wie sehr wir uns anstrengen und wie viele Siege wir auch erringen, das Böse ist einfach nicht totzukriegen.«

Gilt das nicht ebenso für das Gute, dummer kleiner Magier?

Im nächsten Augenblick schon befand Thorn sich wieder in freier Luft, und ihn umfing wieder klirrende Kälte – fast wie in Eloras Halle. Er geriet auf dem Kopfsteinpflaster ins Rutschen und verdrehte sich dabei den Knöchel, so daß er Elora auf die Füße stellen mußte, damit sie nicht beide zu Boden stürzten.

Hände packten sie auf beiden Seiten, und im ersten Augenblick glaubte er, sie seien wieder gefangen worden.

»Gesegnete Braut«, sagte Geryn, »wo kommt *ihr* denn her? Keine Sorge«, fuhr er dann eilends fort und hielt Elora im Arm, »ich hab das Mädchen.«

Thorn konnte wegen der Kälte jeden Atemhauch erkennen. Seine Augen folgten der Hand auf seinem Arm, sahen eine Schulter und blickten dann in ein weibliches Gesicht. Geryn hatte Wort gehalten und Khory ein paar anständige Kleider besorgt: kniehohe Reitstiefel, eine lederne Kniebundhose, ein Baumwollhemd, dazu eine Lederjacke und eine mit Schafsfell gefütterte Weste. Das alles wurde an der Taille von einem Gürtel zusammengehalten. Über dem linken Auge trug das Mädchen eine so farbenprächtige Tätowierung, daß Torn nicht begreifen konnte, wieso er das vorher übersehen hatte. Dieser Hautschmuck verlief von der Nasenwurzel kammartig in mehreren Zacken bis zum Haaransatz, so daß Thorn sich an einen großen Raubvogel erinnert fühlte.

»Danke«, sagte er zu ihr und löste sich sanft aus ihrem Griff. Sie beschied ihn mit einem raschen Lächeln, das ihn beunruhigend an sein eigenes erinnerte.

»Warum ist es so kalt hier?« fragte er, als sie durch einen Gang zu einigen Pferden hinübereilten, die bereits unruhig mit den Hufen scharrten.

Khory berührte ihn am Arm und machte mit dem Kinn eine seitliche Bewegung, doch in Wahrheit hatte er die Antwort schon geahnt, als er die Frage noch formuliert hatte. Und die Richtung, in die sie wies, bestätigte nur seine Vermutung.

Eloras Turm brannte. Es sah ganz so aus, als hätte der Betrüger das Gebäude mit denselben Zauberflammen in Brand gesetzt, die auch die anderen Teile des Palastes einhüllten. Die magische Glut hatte bisher vielleicht ein Viertel des Gebäudes erfaßt, aber die Flammen hatten bereits eine wahrnehmbare Wirkung auf die übrige Stadt. Und das Feuer würde sich auch nicht mit dem unteren Teil des Turmes begnügen, das wußte er genau. Wie schon zuvor in Eloras Halle spendeten die schrecklichen Flammen auch hier nicht die geringste Wärme, schlangen jedes laue Lüftchen vielmehr in sich hinein und ließen die Temperatur im Umkreis des Palastes steil abstürzen.

»Wir müssen weg hier«, sagte er.

»Einverstanden«, entgegnete Geryn. »Aber wohin?«

»So weit und so schnell von hier weg wie möglich.«

Lobenswerte Absicht, aber sie in die Tat umzusetzen war nicht so einfach. Geryn hatte vier Daikini-Kavalleriepferde organisiert, die mit weit aufgerissenen Augen und angelegten Ohren nervös bereitstanden und nichts lieber wollten, als in gestrecktem Galopp davonrennen. Das Problem war nur, daß der Pfadfinder der einzige von ihnen war, der anständig reiten konnte. Thorn fühlte sich am wohlsten auf einem Pony, konnte aber bei entsprechenden Anpassungsmaßnahmen am Sattelzeug zur Not auch mit einem größeren Pferd zurechtkommen. Aber die Tiere hier waren so groß, daß er aufrecht unter ihnen hergehen konnte. Und Khory hatte keine Ahnung, was von ihr erwartet wurde.

Er übergab die glücklicherweise noch ohnmächtige Elora Geryns Obhut, und der junge Mann setzte sie vor sich in den Sattel und befestigte die Zügel des anderen Pferdes an seinem Knauf. Thorn ließ sich derweil von Khory auf sein Roß heben und spürte mit Hilfe seiner EinSicht sofort, daß das Tier so erregt war, wie er selbst es inmitten eines fürchterlichen Gewitters gewesen wäre, wenn der Himmel mit Energie so gesättigt war wie mit Regen.

Kein Wunder, daß die Tiere außer sich sind, dachte er, *wenn die Nacht so auf sie wirkt.*

Dann vermittelte er Khory ein Gedankenbild davon, was sie zu tun hatte, und war entzückt, als sie sich völlig mühelos hinter ihm in den Sattel schwang. Sie gab sich alle Mühe, ihre Füße in die Steigbügel zu schieben und sich mit den Beinen im Gleichgewicht zu halten, doch beides wollte ihr nicht so recht gelingen. Deshalb zügelte Thorn sein Pferd, so daß Khory sich an ihm und am Sattelknauf festhalten konnte.

Dann gab Geryn seinem Roß die Sporen, und es flog davon wie aus der Kanone geschossen. Thorns Pferd schloß sich dem ersten Tier sofort an. Tatsächlich mußte er es sogar kräftig zügeln und ihm immer wieder beruhigende Gedanken einflößen, um es von einer panischen Fluchtreaktion abzuhalten. Die zwei reiterlosen Pferde folgten ihnen bereitwillig und waren offenbar froh, von diesem schrecklichen Ort endlich fortzukommen.

In der Stadt herrschte Chaos. Eine solche Wendung der Dinge hatten sich die Leute von Eloras Thronbesteigung wahrlich nicht versprochen, und sie nahmen es nicht besonders gut auf. Die Hauptverkehrsstraßen waren blockiert, und in den Geschäftsvierteln nutzte so mancher die Gelegenheit, um sich selbst zu bedienen. Eines der Lagerhäuser brannte lichterloh. Doch die Flammen hatten nicht annähernd die Leuchtkraft der silbernen Feuersbrunst, die Eloras Turm von allen Seiten einschloß. Geryn führte seine Begleiter auf einem Umweg um das Zentrum des Aufruhrs herum, und so zog der kleine Trupp bei gemäßigtem Tempo hauptsächlich durch Wohngebiete.

»Tempo können wir erst zulegen, wenn wir eine freie Landstraße erreicht haben«, rief er seinen Begleitern über die Schulter zu. »Wir dürfen die Pferde nicht zu früh erschöpfen, schließlich brauchen wir sie noch 'ne Weile. Außerdem können sie auf dem Pflaster leicht ausrutschen, wenn sie in Panik geraten.«

Thorn blickte nicht zurück, wollte nicht wissen, was sich hinter ihm abspielte, und war dankbar, daß er sich darauf konzentrieren mußte, daß er und seine Gefährtin nicht vom Pferd fielen. Als Elora einmal laut aufstöhnte, fand Geryn sogleich beruhigende Worte.

»Ich glaub, mit ihr ist alles in Ordnung, Thorn«, sagte der Kavallerist. »Offenbar hat sie 'n Alptraum oder so was.«

Thorn war sich über den Grund im klaren und spürte den Schmerz, den Elora erlitt, als die Flammen des Betrügers ihren Garten zerstörten. Auch er selbst verspürte ganz unabhängig von ihr ein Stechen in den Augen, als er an die beiden Brownies dachte. Seit der Trennung von seiner Familie damals war er stets in ihrer Begleitung gereist. Was für ein Jammer, sie ausgerechnet in dem Augenblick zu verlieren, da er Elora wiedergefunden hatte.

Der ganze Schloßberg stand in Flammen und beleuchtete die Stadt so grell, daß man fast glauben konnte, der Mond selbst sei dort niedergegangen. Thorn hatte noch nie zuvor einen derart reinen Glanz gesehen. Die Welt ringsum schien sich aufzulösen, und das einzige, was übrigblieb, waren gespensterhafte Silhouetten.

Er dachte, die Straßen müßten von flüchtenden Menschen überquellen, doch unterwegs trafen sie nicht mehr Leute als an einem ganz normalen Werktag, und so hatten sie kaum Probleme durchzukommen. Selbst jene, die sich im Laufschritt fortbewegten, hatten es offenbar nicht sonderlich eilig, und Thorn wußte mit schmerzlicher Gewißheit, daß keiner von ihnen der Katastrophe entkommen würde. Die ganze Stadt hatte offenbar begriffen, daß sie zum Untergang verurteilt war, und die Leute reagierten gewissermaßen automatisch, wie es in einer solchen Lage von ihnen erwartet wurde.

Nicht anders als den erschrockenen Pferden, auf denen sie saßen, erging es offensichtlich auch den übrigen Tieren in der Stadt. Thorn sah Katzen und Hunde, Haus und Lasttiere, Ungeziefer aller Art, Pferde und Maultiere, Schafe und Kühe. Aus den Stallungen der Schlachthöfe waren zahllose Tiere ausgebrochen, die jetzt in einem riesigen Zug dahintrabten. Sie ergossen sich durch die Straßen wie eine Springflut und trampelten alles nieder, was ihnen im Weg lag. Der Tod war immer noch besser als jene gräßlichen Eisflammen, die sich in der Stadt mit rasender Geschwindigkeit ausbreiteten. Und da die armen Kreaturen spürten, daß ein direkter Kampf aussichtslos war, zeigten sie ihren Widerstand durch das einzige Mittel, das ihnen geblieben war: die Flucht.

Die Ratten erreichten als erste die Stadttore und schwärmten wie eine pelzige Flutwelle über die Körper der vor kurzem Getöteten hinweg, an denen sie sich noch Stunden zuvor gütlich getan hätten. Die Tore selbst waren geschlossen, aber das konnte sie nicht aufhalten, als sie in Windeseile über die Mauer kletterten. Die Tiere, die ihnen folgen konnten, taten dies, die übrigen füllten die Plätze auf der Innenseite der Stadttore, rannten dort in wilder Verzweiflung umher und stießen Klagelaute aus.

Angwyn war auf Hügeln errichtet. Diese Anhöhen erwuchsen aus einer vom Meeresufer her allmählich ansteigenden Landschaft, die weiter landeinwärts in Bergland überging. Von seinem derzeitigen Standort aus hatte Thorn einen Ausblick auf die ganze Stadt. Nur der Hügel mit der Königsburg darauf war noch höher. Zwar konnte er nur wenige Sekunden an dieser Stelle verweilen, doch selbst dieser kurze Ausblick zeigte überdeutlich, daß das Feuer sich ausbreitete, und zwar von Augenblick zu Augenblick mit immer größerer Geschwindigkeit. Noch war es ein gutes Stück von ihnen entfernt, aber dieser Zustand würde nicht mehr lange anhalten.

»Wir müssen einen anderen Weg suchen!« schrie Geryn in dem Versuch, sich über den allgemeinen Lärm hinweg verständlich zu machen.

»An den anderen Toren wird es auch nicht besser sein«, entgegnete Thorn. »Auf flüchtende Tiere werden wir überall treffen. Hier können wir unser Glück so gut versuchen wie anderswo. Und je mehr Zeit wir verschwenden, um so größer ist das Risiko, daß das Feuer uns doch noch erreicht.«

»Nehmt's mir nicht übel, Zwerg, aber das bringt uns auch nicht weiter.«

Thorn erwiderte nichts. Statt dessen packte er die Zügel fester und gab der Stute gleichzeitig mit den Fersen einen sanften Stoß. Er wollte dafür sorgen, daß sie eine ruhige Gangart beibehielt, damit sie keinen Fehltritt tat und ihre beiden Reiter auch weiterhin sicher trug.

Bei jedem Schritt, den die Stute zwischen den zahllosen Tierleibern tat, blähte sie nervös die Nüstern. Sie war so erregt, daß Thorn selbst inmitten der allgemeinen Klagelaute auf dem Platz ihr Schnaufen hören konnte. Ihre Brust war mit einer dicken Schweißschicht bedeckt, als ob sie meilenweit gerannt wäre, und die Kraft, die er aufwenden mußte, um sie unter Kontrolle zu halten, ließ seine Arme bis zu den Schultern hinauf schmerzen. Er selbst keuchte ebenfalls und war nicht weniger schweißnaß. Überdies fühlte er sich, als ob ihm eine gezackte Eisenspitze zwischen den Augen hindurch direkt durch den Kopf getrieben würde. Doch er war viel zu erschöpft, um noch so etwas wie Übelkeit zu verspüren, und absolut unfähig, sich vorzustellen, wie er sich am Ende dieses Abenteuers wohl fühlen mochte.

»Khory«, sagte er zu seiner Begleiterin, »ist alles in Ordnung mit dir?«

Er erhielt keine Antwort.

Vergiß nicht, sie ist wie ein Neugeborenes, murmelte er vor sich hin, *und eine Dämonin obendrein. Warum sollte sie die blasseste Ahnung haben, wovon ich spreche? Besonders wo ich nicht mal selbst genau weiß, was ich meine.*

»Benehmen sich die Leute und die Tiere so seltsam, weil sie Angst haben, Drumheller?«

»Du lernst immer besser sprechen.«

Sie zuckte mit den Schultern. »Die Worte kommen wie von selbst.«

»Die Menschen haben Angst«, sagte er. »Die Tiere sind in erster Linie wütend. Sie wollen kämpfen, all ihre Instinkte sagen ihnen, daß das die einzig richtige Reaktion ist. Aber diese Instinkte sagen ihnen gleichzeitig auch, daß ein solcher Kampf hoffnungslos ist. Hier handelt es sich nicht um einen Feind, der mit Zähnen und Klauen zu erledigen wäre. Am besten macht man sich deshalb aus dem Staub, bis die Bedrohung vorüber ist, und nimmt anschließend sein gewohntes Leben wieder auf.«

»Drumheller?«

»Ja?«

»Der Krieger in der Zelle trachtete uns nach dem Leben. Warum hast du mich daran gehindert, ihm seins zu nehmen?«

»Manche behaupten, der Augenblick und die Umstände, unter denen ein Mensch geboren wird, stellen die Weichen für sein restliches Leben. Ich wollte nicht, daß du dich so früh mit Blut befleckst. Es ist eine harte Sache, das Töten. Nichts, das man schnell lernen oder das einem leicht von der Hand gehen sollte. Hilf mir jetzt bitte runter.«

Den ersten Toten fanden sie mit aufgeschlitzter Kehle im Wachhaus. Freilich hatte Hauptfeldwebel Jalaby noch sein Schwert gezogen, und nach dem Aussehen der Klinge zu urteilen, hatte er seinen Mann gestanden, bevor die Maizan ihn schließlich niedergemacht hatten.

»Verdammt«, murmelte Thorn traurig, als er den Mann erkannte, und wiederholte diesen Fluch noch viel wütender, als er den Türriegel sah.

Die Donnerreiter hatten sich nicht damit begnügt, die Wachen umzubringen, sie hatten auch das Türschloß des Stadttores so gründlich demoliert, daß Thorn kaum Hoffnung hatte, den Mechanismus in der verbleibenden Zeit wieder in Ordnung zu bringen.

»*Verdammt!*«

Er ließ sich neben Jalaby auf ein Knie nieder. Er hielt nach seinem Schwert Ausschau und wandte sich um, als er Metall durch die Luft zischen hörte. Dann sah er, daß Khory es bereits in der Hand hielt, als wären sie füreinander geschaffen.

Mit einem leichten Nicken akzeptierte er diese Entscheidung und nahm eine kleinere Waffe an sich, die der Tote in der anderen Hand hielt.

»Ich erbitte eine Gunst, alter Kämpe«, sagte er, »mit Eurem Segen hoffe ich, die Dinge wieder in Ordnung zu bringen, dem Verrat Trotz zu bieten und vielleicht die Samen für den künftigen Sieg zu legen.«

»Glaubst du, was du da sagst?« wollte das Dämonenkind wissen.

»Ja, natürlich. Das ist Hoffnung.«

Er ging zur Tür hinüber und hielt inne, als Khorys rauhe, volltönende Stimme hinter ihm erklang.

»Ich erbitte ebenfalls eine Gunst, alter Kämpe«, sagte sie. »Und zwar diese Waffen und mit ihnen die Chance, die Dinge wieder in Ordnung zu bringen.«

Inzwischen herrschte im Umkreis des Tores eine gespenstische Stille, und plötzlich begriff er, daß Zehntausende – nichtmenschlicher – Augenpaare ihn erwartungsvoll anstarrten. Zuvor war ›Hoffnung‹ nur ein Wort gewesen, hier hatte sie Gestalt angenommen.

»Höchst eindrucksvoll«, sagte Havilhand.

»Allerdings«, entgegnete Thorn und sah zu, wie die Tiere eine Gasse für ihn bildeten. »Wie geht's dem Kind?«

»Schläft noch, gesegnet sei sie. Braucht neue Kleider, falls wir je hier wegkommen. Hat nur noch Fetzen am Leibe.«

»Ja, leider. Macht Euch reitfertig.«

»Ich bin Pfadfinder, kleiner Freund. Wir sind im Sattel zur Welt gekommen. Natürlich ist es auch ganz schön zu wissen, *wohin* man reiten könnte, wenn Ihr wißt, was ich meine.«

»Habt noch ein wenig Geduld.«

»Und Ihr solltet Euch beeilen.«

»Drumheller!« Khory stand oben auf der Mauer, und er starrte sie erstaunt an: *Wie war sie nur dort oben hinaufgekommen?*

Er wollte sie gerade laut danach fragen, aber sie schnitt ihm das Wort ab.

»Auf der Landseite sind Reiter im Anmarsch.«

»Wie viele?« fragte Geryn.

»Mehr jedenfalls, als wir bewältigen können«, entgegnete Thorn für sie, der inzwischen mittels seiner EinSicht einen Blick durch Khorys Augen getan hatte, und sie nun zu sich herabwinkte, während er zu dem Tor hinübereilte.

Thorn war jetzt ganz bei der Sache, wie es gewiß auch der ausgestreckt daliegende alte Krieger in seinem letzten Kampf gewesen war. Er zog die Klinge durch seine Hand, bis die Schneide blutbedeckt war. Dann schlug er gegen den schweren Balken, der die große Doppeltür verriegelte, und hinterließ dabei einen dunklen Flecken auf dem Holz, das – wie die Leute in Eloras Halle – durch den Strahlenglanz des Betrügers jegliche Farbe eingebüßt hatte. Jetzt war zwischen den drei wichtigsten Elementen der Situation – ihm selbst, der Klinge und dem Tor – eine Verbindung hergestellt. Und so bündelte er seine ganze Willenskraft und aktivierte all den Kummer und die Wut, die den ganzen Abend in ihm getobt hatten. Plötzlich stürzte eine Flutwelle der Kraft aus seinem tiefsten Innern hervor. Ein Teil von ihm verankerte sich in der guten Erde unter seinen Füßen, damit die von ihm ausgesandte Kraft ihn nicht selbst zerstören konnte. Mit einem anderen, viel größeren Teil seines Wesens griff er weit auf den an das Tor angrenzenden Platz hinaus und machte sich die Energie der dort versammelten Kreaturen für seine Attacke zunutze.

Geryn, dessen Blick immer wieder zwischen Thorn und den näherkommenden Flammen hin- und herwanderte, fand das Betragen des Nelwyns höchst absonderlich. Da stand also ein kleiner Mann, dessen Kopf dem Pfadfinder kaum bis an die Taille reichte, vor den beiden Flügeln eines Tores, das jedes Stadthaus an Höhe und Breite übertraf und Rammböcken ebenso wie dem verbotenen Sprengstoff aus schwarzem Pulver standzuhalten vermochte, und ruderte wie wild mit den Armen. Der Pfadfinder begriff auch nicht, was Thorn da mit seinem Messer anstellte, und hielt dessen ganzes Getue für völlig sinnlos. Er wußte aus eigener Erfahrung, wie unvorstellbar hart Eisenholz sein konnte, und hatte schon selbst erlebt, wie Armbrustpfeile, die leicht eine

Rüstung durchschlugen, davon schlicht abgetropft waren. Diese Torflügel waren massiver als der Körper eines kräftigen Mannes. Überdies waren sie unbrennbar und unzerbrechlich.

Thorns ganze Kraft und Wut verschmolzen, als er mit der Klinge einen weiten Bogen beschrieb und sie fast bis an Heft in das von seinem Blut markierte Holz stieß. Als sich der Stahl in das Holz bohrte, stieß er einen markerschütternden Schrei aus, der in Geryns Ohren wie ein unartikuliertes Brüllen klang. Doch Khory war sogleich im Bilde, ihre Nasenflügel bebten, und sie fletschte ein wenig die Zähne, als sich die Energien des Nelwyns entluden.

Das Echo von Thorns Stimme pflanzte sich auf der Plaza fort, und dann breitete sich plötzlich eine tiefe, alles verschlingende Stille aus. Geryn zog den Kopf zwischen die Schultern und beugte sich schützend über Elora, weil sein Instinkt ihm sagte, daß jeden Augenblick etwas Gewaltiges geschehen mußte.

Es war ein Wunder.

Die Türflügel rissen aus ihren Beschlägen und sprangen unter dem Ansturm einer unsichtbaren Macht weit auf. Die Explosion war von einem Geräusch begleitet, das menschliche Begriffe soweit überstieg, daß Geryn nicht wußte, was es war. Er konnte diesen Lärm ebensowenig beschreiben, als wenn er taub gewesen wäre.

Draußen vor dem Tor wurden die Maizan-Reiter von der gigantischen Schockwelle erfaßt. Pferde stürzten zu Boden, andere warfen ihre Reiter ab oder rannten in wilder Flucht davon. Nur Anakerie behielt die Herrschaft über ihr Pferd, was ihr freilich nicht allzuviel nützte, da jetzt die auf der Innenseite der Mauer versammelten Tiere ins Freie strömten.

Thorn und seine Gefährten begaben sich ebenfalls durch das Tor hinaus. Khory brauchte keine Anweisungen. Sie hob Thorn in den Sattel, noch bevor der Knall verklungen war. Und er setzte sein Pferd in Bewegung, sobald er oben saß, und gab Geryns Tier den stummen Befehl, ihm zu folgen.

Die Maizan sahen sie zwar, vermochten den kleinen Trupp aber nicht aufzuhalten. Denn sie wurden auf allen

Seiten von Tierleibern so massiv bedrängt, daß jeder derartige Versuch von vornherein zum Scheitern verurteilt war. Die Reiter beobachteten den Abzug der Flüchtlinge und beschlossen, sie später wieder einzufangen.

Anakerie hingegen hatte kein Interesse an den Flüchtenden. Sie sprang von ihrem Pferd, nachdem sich dieses wieder einigermaßen beruhigt hatte, und bahnte sich mit unerbittlicher Entschlossenheit durch den Strom der Tierleiber ihren Weg zu dem aufgesprengten Stadttor.

Als sie die zum Wachhaus hinaufführenden Stufen schließlich erreichte, war sie erschöpft. Während sie an der Wand lehnte und um Luft rang, musterte sie den Strom der an ihr vorüberziehenden Tiere. Sie traute ihren Augen kaum, denn der Zug schien kein Ende zu nehmen. Vor ihr strömten unzählige Tiere jeder Gestalt und Größe vorbei, doch in dem ganzen Gewimmel sah sie weit und breit keinen Menschen. Weiter hinten tobte das Feuer, vor dem die Kreaturen davonliefen, und loderte auf allen Seiten, soweit das Auge reichte, zum Himmel auf.

Sie stolperte durch die Tür in das Gebäude, um den schrecklichen Anblick nicht länger ertragen zu müssen, und schüttelte durch reine Willenskraft die Müdigkeit ab, die wie Blei auf ihr lag. Doch drinnen sah es nicht besser aus. Sie brauchte nur einen Blick, um die Situation zu erfassen, doch ihr wahres Interesse galt Jalaby. Sein Kettenhemd und seine Lederjacke waren nicht mehr da, und auch seine Waffen sah sie nirgends. Er erschien ihr seltsam klein, wie er da mit ausgestreckten Armen und Beinen jämmerlich an der Wand kauerte, und bedrückend alt. Sie fand seinen Anblick geradezu unanständig, und das regte sie am meisten auf. Alles hatte er sie gelehrt, war für sie mehr wie ein Vater gewesen als der König, und sie hatte geglaubt, er werde so ewig und unwandelbar bleiben wie die Mauern selbst. Doch jetzt, nach seinem plötzlichen gewaltsamen Tod, sah er aus wie jeder andere Mann auch.

Instinktiv steckte sie das Messer zurück in die Scheide, sank voller Trauer neben ihm auf die Knie. Gerade wollte sie ihn in die Arme nehmen und mit ihren Tränen seine Wunden benetzen. Doch in diesem Augenblick umfaßten zwei behandschuhte Hände ihre Oberarme und zogen sie hoch.

Mohdris Berührung war ihr wohlvertraut. Trotzdem versuchte sie ihn abzuschütteln, um zu Ende zu führen, womit sie soeben begonnen hatte. Doch er hatte anderes im Sinn.

»Verdammt noch mal, Keri«, schrie er aufgebracht, »hier gibt es für dich nichts mehr zu tun.«

»Laß mich in Frieden!«

»Wir haben keine Zeit, Weib. Die Flammen haben schon den Vorplatz erreicht. Wir müssen *gehen!*«

Sie war nicht in der Stimmung für Wortgefechte, deshalb versetzte sie ihm einen Schlag, der die meisten Männer zu Boden gestreckt hätte. Doch er schlug zurück, zwei Hiebe, die ihr den Atem und fast das Bewußtsein raubten. Dann warf er sie alles andere als sanft über seine Schulter, hielt sie mit eisernem Griff fest und rannte zur Tür hinaus.

Anakerie hatte schon etliche Winterfeldzüge miterlebt und war noch spät im Jahr am Ende der Welt durch gebirgige Gegenden gezogen. Doch in ihrer Erinnerung gab es nichts, was der Kälte geglichen hätte, die ihr entgegenschlug. Sie spürte, wie der Schleim in ihrer Nase gefror, und band sich aus Angst, ihre Lungen könnten verbrennen, einen Schal um das Gesicht. Ihre Gesichtshaut wurde sogleich völlig steif, und ihr war völlig klar, daß bereits ein paar Minuten in dieser Kälte ausreichten, um sich Erfrierungen und Entstellungen zuzuziehen. Deshalb vergrub sie das Gesicht in Mohdris Umhang und betete, daß er keinen Fehltritt tun möge, denn die Flammen rasten mit solcher Geschwindigkeit heran, daß ein Sturz ihr Ende besiegelt hätte. Aber selbst hinter ihrem Gesichtsschutz wurde sie noch von dem unerträglichen Licht überflutet und hatte das Gefühl, daß ihr Schädel aus reinstem Glas bestehe und ihr nicht den geringsten Schutz bieten konnte.

Sie hörte Hufgeklapper, das rasch näher kam, und staunte über die Disziplin der Maizan – und ihrer Pferde –, die nicht einmal davor zurückscheuten, in den Rachen der Hölle hineinzujagen, um ihren Kastellan zu retten. Mohdri warf sie auf den Rücken eines Pferdes, wo Anakeri sich verzweifelt strampelnd in eine angemessene Sitzposition zu bringen versuchte, obwohl sie selbst an den Sinn ihrer Bemühungen nicht mehr glaubte. Wie sollte es ihnen denn gelingen, sich vor einem so mörderischen Feuer in Sicherheit zu bringen?

»Einfach unglaublich«, hörte sie hinter sich eine erstaunte Stimme und versuchte sich zu sammeln, als der Trupp nach kaum begonnener Flucht schon wieder haltmachte.

»Mohdri?«

Sie wollte sich nicht umdrehen. Schlimm genug, daß die Landschaft taghell vor ihr lag, aber wegen des schauerlichen Lichtes kaum wiederzuerkennen war.

»Es hat aufgehört«, sagte er mit Geisterstimme – ein Mann, der Zeuge eines Wunders wird.

»Was?«

»Schaut doch selbst, Hoheit. Die Flammen haben die Stadtmauer erreicht und sind dann erloschen. Das Feuer hört an der Stadtmauer einfach zu brennen auf.«

Sie versuchte nicht erst, ihr Pferd zu wenden, sondern zog nur die Zügel straff an, um es am Ausbrechen zu hindern. Dann richtete sie sich in den Steigbügeln auf und blickte sich um.

Weit und breit waren keine Flammen mehr zu erkennen, nur hier und da ein letztes Aufflackern. Aber die ganze Stadt schien zu glühen – wie ein Lagerfeuer, das bis auf die Glut abgebrannt ist. Sie dachte an Eis und Diamanten, sah im Geiste Bilder des Winters, der Verwüstung und der Trostlosigkeit.

»Du hättest den Zwerg mir überlassen sollen«, sagte Mohdri.

Sie hatte eine Menge Erwiderungen auf der Zunge, traute sich aber nicht zu, auch nur einer Ausdruck zu geben. Statt dessen saß sie nur schweigend und reglos auf ihrem Pferd und starrte die Überreste der Stadt an. Das Leuchten war leichter zu ertragen, wenn sie die Augen zu Schlitzen verengte – wie in der gleißenden Wüstensonne oder im ewigen Schnee, aber die Kälte war fast unerträglich. Sie sah, wie sich in den Wagenspuren und den Pfützen Eis bildete. Binnen kurzem würde auch die Erde hart wie Stein sein, soviel war klar.

»Wir müssen Patrouillen zu den anderen Toren schicken, um herauszufinden, ob sich irgendwer hat retten können«, sagte sie mit einer Stimme, die so unwirklich klang, wie es die Ereignisse der Nacht gewesen waren.

»Wenn du nicht mit mir unser Lager vor der Stadt inspiziert hättest ...«

Bei diesen Worten sackte Anakerie in sich zusammen. Sie hatte erst jetzt so richtig begriffen, daß sie ganz allein auf der Welt zurückblieb, wenn ihre schlimmsten Befürchtungen sich bestätigen sollten und die übrigen Tore geschlossen waren. Ganz allein – ohne Familie, ohne Mitbürger, ohne Zuhause.

»Glaubst du, das alles haben wir Eloras Inthronisation zu verdanken?«

Sie lachte freudlos. »Wie es sich auch verhalten mag, Mohdri, jedenfalls werden jetzt eine Menge Rechnungen zu begleichen sein. Die Reiche waren sich auch vorher schon spinnefeind, und das hier wird die Situation ganz sicher nicht verbessern. Wie in Tir Asleen, nur daß dort lediglich ein König und ein Hofstaat daran glauben mußten. Heute nacht sind alle Herrscher samt Gefolge ausgelöscht worden. Die ganze Welt ist auf den Kopf gestellt worden.«

»Verzeiht mir meine Anmaßung, Hoheit«, sagte Mohdri, der wegen des unermeßlichen Verlustes, den sie erlitten hatte, ganz leise sprach, »aber darf ich Euch daran erinnern, daß Ihr Euch schon lange einen Platz bei den Maizan verdient habt – wie übrigens auch in meinem eigenen Herzen.« Sie sah ihm gerade ins Gesicht. »Befehlt uns, wie Ihr Euren eigenen Leuten befohlen habt, und wir werden Euch mit Freuden folgen.«

»Laßt uns als erstes diesem Ort den Rücken kehren, mein Herr«, entgegnete sie förmlich und zügelte ihre Emotionen mit derselben Strenge wie ihr Pferd. Wie großzügig er sich ihr gegenüber auch geben mochte, sie hatte alles verloren, und sie beide wußten das. »Laßt uns den Sonnenaufgang erwarten, vielleicht können wir uns dann Klarheit darüber verschaffen, was meiner Stadt widerfahren ist.«

»Und die andern, die wir gesehen haben, Keri?«

»Drei Pferde«, erinnerte sie sich laut, »und vier Reiter: zwei Männer, zwei weibliche Gestalten. Ein Mann in den Königlich-Angwynischen Farben und ein Nelwyn.«

»Scharfe Augen.«

»Ich kenne den Mann nicht, und auch die Frau kenne ich nicht – doch vor der Frau im Sattel saß der Bursche, der sich selbst Drumheller nennt. Die Frau trug Jalabys Schwert. Das Mädchen war Elora Danan.«

»Entführt, meinst du?«

»Oder an dieser Katastrophe beteiligt. Ich will, daß wir sie uns schnappen, Mohdri.«

»Ich dachte mir so was.«

»Und zwar lebend.« Das war ein klarer Befehl, wie man ihn eigentlich von jemandem, dessen Stadt soeben einem magischen Feuer zum Opfer gefallen ist, nicht erwarten würde. Einige der Maizan waren offensichtlich gekränkt, und auch der Kastellan reagierte auf diese Worte wie versteinert.

»Wie Euer Gnaden befehlen«, erwiderte er mit unbewegter Stimme.

»Beschafft mir einen Drucker. Ihr müßtet einen in Bocamel finden, dem Dorf, wo ihr euer Lager aufgeschlagen habt. Ich möchte, daß Boten an jeder Straßenkreuzung, in jedem Gasthof, in jeder Poststation, auf der ganzen Halbinsel und auch in den Städten auf der Ostseite der Bucht Flugblätter verteilen.«

»Belohnung?«

»Einhunderttausend Kronen.« Soviel Geld mußte allgemeine Aufmerksamkeit erregen, eine wahrhaft königliche Summe. »Aber nur, wenn wir sie lebend und im wesentlichen unverletzt zu fassen bekommen. Tot sind sie für uns völlig nutzlos.«

»Du hast doch gesehen, was dieser verdammte Zauberer anrichten kann, Anakerie!«

»Und ich will sehen, wie er es wieder in Ordnung bringt, Mohdri. Vielleicht gibt es ja in der Stadt noch Überlebende – meinen Vater, die anderen Mitglieder der Königlichen Familie und ganz normale Bürger. Solange mir niemand das Gegenteil beweist, halte ich an dieser Hoffnung fest. Ich brauche einen Ort, wo ich arbeiten kann, und einen von euren Zauberern. Außerdem werde ich mit den Jenseitsreichen in Verbindung treten. Wer immer er auch sein mag, dieser gerissene kleine Mann, was immer er auch vorhat, schon morgen früh soll er entdecken, daß er auf allen Seiten von Feinden umgeben ist. Wohin er sich auch wendet, wo immer er sich auch verbergen möchte, jede Tür und jeder Fluchtweg sollen ihm verschlossen sein. Was immer es auch kosten mag, Herr Kastellan, ich wünsche, daß ihr Thorn Drumheller findet.«

10. Kapitel

»Niemand, der uns folgt!« rief Geryn, als sein erschöpftes Pferd mühsam die letzten Meter bis zum Kamm der Bergkette erklomm.

»Ihr klingt nicht gerade glücklich«, entgegnete Thorn, der neben Elora hockte. Sie war noch immer bewußtlos, was ihm allmählich Sorgen bereitete. Doch war sie nicht etwa in ein Koma gefallen, und verletzt war sie auch nicht, soviel konnte er mit Hilfe seiner EinSicht immerhin feststellen. Aber daß sie einfach nur schlief, konnte man auch nicht behaupten. Vielmehr befand sie sich offenbar in einem Zustand des Nicht-Seins, der bei Thorn die Erinnerung daran weckte, wie er Khory vorgefunden hatte. Das Dämonenkind versorgte derweil die Pferde, und auch das überraschte ihn. Denn eigentlich hätte die Gegenwart einer Dämonin die Tiere in Panik versetzen müssen. Aber sie akzeptierten sie genau wie einen normalen Menschen.

Er zog eine weitere Karotte aus seiner Tasche und kaute gedankenverloren daran herum.

»Kann die verschiedensten Gründe haben«, brummelte der Pfadfinder, während er ein Handtuch aus seiner Satteltasche hervorzog und damit seinem Pferd den Schweiß von Brust und Hals wischte. »Haben wahrscheinlich selbst genug Probleme – nach allem, was passiert ist.«

»Klingt gut, aber das glaub ich nicht.« Thorn stand auf und streckte sich. Seine Oberschenkelmuskeln und sein Rücken waren von dem Ritt derart mitgenommen, daß er sie durch Dehnübungen erst einmal wieder entspannen mußte. »Wenn sie uns nicht verfolgen, dann glauben sie offenbar, daß das nicht nötig ist.«

»Vielleicht könnt Ihr uns ja durch Eure magischen Kräfte an einen anderen Ort versetzen. Wir haben die armen Gäule hier mächtig hergenommen, und die Angst steckt ihnen genauso in den Knochen wie die übermäßige Anstrengung.«

»So einfach geht das nicht, mein Freund, fürchte ich. Außerdem müßten wir vorher wissen, wohin wir eigentlich wollen.«

»Möglichst weit weg von Angwyn, dann wär ich schon zufrieden.«

Sie beide blickten jetzt nach Norden, wo eine Glut auszumachen war, die die Sterne am Himmel verblassen ließ. Es war eine frische, klare, angenehme Nacht ohne das geringste Anzeichen von Dunst oder Nebel, und eigentlich hätte man am Himmel deutlich die verschiedenen Konstellationen erblicken müssen. Doch selbst am gegenüberliegenden Horizont waren gerade mal die hellsten Gestirne zu erkennen.

»Hab noch nie einen so spektakulären Waldbrand gesehen«, sagte Geryn und seufzte tief. »Aber vorhin war die Glut noch heller. Hat sich offenbar verzehrt, das Feuer, meint Ihr nicht?«

»Möglich ist alles.«

»Tja, eigentlich glaub ich's auch nicht. Verdammt noch mal, Zwerg, was ist eigentlich *passiert?*«

»Keine Ahnung.«

»Meint Ihr, daß in Angwyn alle tot sind?«

»Keine Ahnung.«

»Ihr wißt nicht viel, was?« Geryn wartete Thorns Antwort nicht ab. »Ich hab die Stander gesehen. Waren nicht nur jede Menge Monarchen in der Stadt, sondern auch fast der gesamte Adel. Und nicht nur aus Angwyn, sondern auch aus den Jenseitsreichen. Hab in der Kaserne einiges aufgeschnappt.« Er klang, als könne er die Ungeheuerlichkeiten nicht glauben, die ihm zu Ohren gekommen waren. »Sollen während der Festwochen mehr als doppelt so viele Menschen in der Stadt gewesen sein wie sonst. Heiliger Himmel. Das Königreich hat seinen Kopf und sein Herz zugleich verloren.«

»Aber Anakerie ist frei«, bemerkte Thorn beiläufig und

spielte mit ihrem Haarclip, bevor er ihn sich wieder ansteckte. Er hatte sie absichtlich aus seinen Gedanken verdrängt, da sie durch ein wechselseitiges Band miteinander in Kontakt standen, und selbst wenn sie nicht sensibel genug war, sich von diesem Band zu ihm hinführen zu lassen, konnte jeder Zauberer dies für sie bewerkstelligen.

Geryn nickte. »Ja. Hab gesehen, wie sie bei dem Maizan-Trupp stand, als wir aus der Stadt geritten sind. Meint Ihr, daß sie an dem beteiligt war, was die Burschen angestellt haben?«

»Nein.«

»Trotzdem reitet sie mit ihnen.«

»Man braucht keine Ketten zu tragen, um gefangen zu sein. Man kann durch äußere Umstände genauso leicht in Gefangenschaft geraten. Genauso grausam.«

»Wer seid Ihr?« rief eine Mädchenstimme, und die beiden Männer wandten ihre Augen dem Lager zu, auf dem Elora Danan ruhte. »Das hier ist nicht mein Turm, was habt Ihr mit mir angestellt?« Sie war ganz und gar nicht verängstigt, und ihre Stimme klang vor allem wütend.

»Du bist bei uns in guten Händen, Elora…«, fing Thorn an, aber sie ließ ihn nicht aussprechen.

»Ich *kenne* dich!«

Er lächelte und dachte daran, wie sie als Baby fröhlich geplappert hatte, wenn er sie in den Armen hielt.

»Du bist der Zwerg, der mir die Nase blutig geschlagen hat! Wache! Vizards!« Ihre Stimme klang schrill und fordernd und durchschnitt die Nacht wie ein Messer; sie schrie so laut, daß es geradezu körperlich weh tat.

»Es ist niemand hier draußen außer uns, Mädchen«, sagte Geryn, der noch nicht wußte, wen er eigentlich vor sich hatte.

»Ich bin kein Mädchen, elender Kerl.« Sie sprach mit einem durch lebenslange Praxis eingeschliffenen Hochmut. »Ich bin die Heilige Prinzessin Elora Danan, und wer mit mir spricht, sollte auf den Knien liegen.«

»Sei meiner Seele gnädig«, murmelte Geryn in reinem, unverfälschtem Staunen. Die Art und Weise wie sie sprach hatte ihn von der Wahrheit ihrer Worte überzeugt. Bevor sie noch zu Ende gesprochen hatte, war er bereits vor ihr auf die Knie gesunken.

»Die korrekte Anrede«, fuhr sie fort, »lautet ›Eure Allerdurchlauchtigste Hoheit‹. Und meine Gnade werde ich Euch gewähren, wenn Ihr es verdient habt. Was *Euch* anbelangt« – und mit diesen Worten wandte sie sich an Thorn, der nicht annähernd so beeindruckt wirkte –, »so habt Ihr keine Chance, nicht die geringste. Wenn Ihr mir den Eingang zur Hölle zeigt, werde ich Euch gerne dort hineinstoßen.«

Thorn überlegte kurz, ob er dort nicht bereits angelangt sei.

»Kannst du dich nicht erinnern?« fragte er sie.

»Davon habt Ihr mir nichts gesagt, Zwerg«, sagte Geryn mit feindseligem Unterton.

»Das Ritual der Inthronisation? Die Zaubersprüche des Betrügers?«

»Der einzige ›Betrüger‹, den ich kenne, steht vor mir.«

»Die Heilige Prinzessin zu entführen – seid Ihr verrückt geworden?«

»Deinen hübschen Turm gibt es nicht mehr, Elora«, sagte Thorn mit schlichter Grausamkeit. »Und die Stadt des Königs ebensowenig. Selbst die Herrscher der Zwölf Reiche sind nicht mehr unter uns.«

»Heiliger Himmel. Sie werden uns bis ans Ende der Welt jagen.«

Thorn wandte sich an Geryn. »Könntet Ihr bitte mal den Mund halten.«

»Ich meine ja nur.«

»Dann spart Euch Eure Meinung bis später auf. Und in der Zwischenzeit solltet Ihr vielleicht mal darüber nachdenken, was passiert wäre, wenn wir Elora *nicht* mitgenommen hätten.«

»Lügner!« schrie sie und streckte Thorn mit einem Faustschlag nieder. Sie wollte sich schon auf ihn stürzen, als die Spitze von Khorys Schwert sie eines Besseren belehrte. Das Dämonenkind stand mit finsterem Gesicht über Thorn und hielt das Schwert so starr in der Hand, als ob sie selbst aus Stahl wäre.

»Hört auf«, schrie Thorn, der an sich selbst auf einmal die Anzeichen eines Stotterns bemerkte, das er seit vielen Jahren überwunden glaubte. »Alle *beide*, das ist mein *Ernst*, und zwar sofort!«

Er blickte Khory an, bis sie mit einem Schnauben zurückwich, das zum Ausdruck bringen sollte, daß er sich künftige Schwierigkeiten selbst zuzuschreiben habe. Thorn rappelte sich auf und stand direkt vor Elora, die sich zu seiner Überraschung nicht einschüchtern ließ.

»Du kennst mich also nicht?« fragte er.

»Doch, aus dem Turm«, entgegnete sie selbst leicht stotternd. Sein forschender Blick hatte sie ein wenig aus der Fassung gebracht, außerdem spürte sie jetzt auch die Kälte. »Du und diese zwei schrecklichen kleinen« – sie verzog angewidert den Mund, was ihrer Erscheinung nicht unbedingt zugute kam – »Wanzenmänner.«

Sie war unkonzentriert, aber selbst wenn dies nicht der Fall gewesen wäre, hätte ihre Abwehr nicht ausgereicht, ihn daran zu hindern, sich mit Hilfe seiner EinSicht einen Einblick in ihre Erinnerungen zu verschaffen.

»Dreckskerl«, sagte er mit einem wütenden Knurren, das selbst dem wildesten Raubtier gut zu Gesicht gestanden hätte. Elora zuckte erschrocken zusammen, als ob sie erwartete, daß er sie schlagen werde, was ihn nur noch wütender machte. Er wandte sich nach Norden und blickte auf die Glut, die dort den Horizont erhellte, und schrie abermals, diesmal freilich wesentlich lauter: *»Dreckskerl!«*

Ihr Gedächtnis war das reinste Chaos. Wie bei einem mit Kreide auf eine Wandtafel gemalten Schema, an dem sich irgendein Witzbold zu schaffen gemacht und aufs Geratewohl mit einem Lappen einzelne Partien ausgewischt hat, so daß willkürliche Lücken zwischen den miteinander verbundenen Elementen auftreten, obwohl die Struktur im wesentlichen erhalten geblieben ist. Selbst wenn ein Bild existierte, war der Kontext genauso verschwunden, wie der Zugang zu ihm verschüttet war. Vielleicht kannte sie sein Gesicht, aber sie wußte nicht, wohin damit. Vielleicht erinnerte sie sich an ein bestimmtes Ereignis, aber nicht, wer darin verwickelt war.

»Der Fluch der Inthronisation«, sagte er trotz seiner inneren Erregung jetzt äußerlich ruhiger.

»Was?« fragte Elora geringschätzig.

»Erinnerst du dich noch an die Flammen?«

Ein Windstoß fegte über den Bergkamm hin und brachte einen Kälteschwall mit sich, der für die Jahreszeit völlig untypisch war. Elora schützte instinktiv ihren Oberkörper mit den Armen und stellte dabei fest, daß sie völlig entblößt war, wo sie sich eigentlich von ihrem Festkostüm bedeckt geglaubt hatte. Sie blickte an sich herab, bemerkte ihr ruiniertes Festgewand und verzog das Gesicht zu einer häßlichen Grimasse.

»Du steckst bis über beide Ohren in Schwierigkeiten«, verkündete sie dann wie eine Richterin, die das endgültige Urteil fällt.

»Hab ich ja die ganze Zeit gesagt, Allerdurchlauchtigste Hoheit«, ließ Geryn sich vernehmen.

»Schau dir deine Hand an«, sagte Thorn.

Er hatte die Wunde bei der ersten Rast, die sie eingelegt hatten, verbunden und mit Heilkräutern und Pudern aus seiner Tasche behandelt.

»Du hast das getan!« Das war eine Anklage, keine Frage, und er wußte, der sie ihn für den Verursacher der Wunde hielt.

»Der Betrüger …«, begann er.

»Welcher ›Betrüger‹, Zwerg?«

»Die Kreatur, die sich für Willow ausgegeben hat …«

»Du lügst und lügst und lügst, und ich will von alledem *nichts* mehr hören. Willow Ufgood ist mein Beschützer! Mein Pate! Mein *Freund!*«

»Der Fluch der Inthronisation«, fuhr er sie an, »weidet die Seele des betreffenden Menschen aus, wie ein Fischer es mit seinem Fang macht. Er brennt alles von dir weg, was du warst – jede Erinnerung, jeden einzelnen Aspekt deiner Persönlichkeit –, und läßt dich als ein hohles, völlig leeres Gefäß zurück.« Wie von selbst suchten seine Augen die Khorys. Sie saß abseits auf einem Felsvorsprung und war damit beschäftigt, mit geübter Hand ihre Klinge zu schärfen.

»Ich glaube dir nicht. Ich kann mich an nichts Derartiges erinnern.« Sie gab sich Mühe, tapfer zu klingen, während in ihrer Stimme die Unsicherheit angesichts der auch von ihr bemerkten Gedächtnislücken mitschwang, von denen Thorn gesprochen hatte.

»Und die Ursache dafür ist der Betrüger.« Er sprach jetzt leiser, fast als würde er nur laut denken. »Er braucht einen Menschen, um sich in dieser Welt zu verkörpern, er ist also überhaupt nicht, was er zu sein scheint. Er hat von Anfang an mit einem Lichtzauber gearbeitet. Keine besondere Kunst, das war mir in dem Augenblick klar, als ich ihn zum erstenmal gesehen habe. Aber hinreichend, um die ganze Versammlung zu täuschen ... Doch das ist lediglich ein Ausweis von Geschicklichkeit, nicht von Macht. Und es verlangt lediglich eine genaue Kenntnis davon, wie man die Leute hinters Licht führen kann.«

»Ich hab jetzt genug von diesem Geschwafel«, verkündete Elora.

Er sah sie an, ohne sie richtig wahrzunehmen, weil er noch immer zu sehr mit seinen Gedanken beschäftigt war. »Deshalb ist er auch am Ende erst richtig in Erscheinung getreten, als er bereit war, den entscheidenden Schlag zu führen. Er weiß von deiner Fähigkeit, Falschheit zu durchschauen. Aber er hätte auch wissen müssen, daß du gegen magische Manipulationen immun bist. Warum aber hat er dann nur einen so offensichtlichen Fehler gemacht?«

»Ich will, daß du mich zurückbringst.«

Der Nachdruck, mit dem sie diese Forderung vorbrachte, riß ihn aus seinen Gedanken, und so entgegnete er nur knapp: »Es gibt nichts, wohin du zurückkehren könntest.«

»Das sagst *du*. Soll ich mich auf dein Wort verlassen?«

»Das spielt keine Rolle. An der Wahrheit jedenfalls läßt sich nicht rütteln.«

Sie streckte ihm die Zunge entgegen und wandte sich dann an Geryn.

»Ihr da«, fauchte sie. Er nahm Haltung an. »Ich will nach Hause. Und Ihr bringt mich hin.«

Der Pfadfinder sah aus wie ein Mensch, den man vor

die Wahl stellt, sich entweder pfählen oder vierteilen zu lassen.

»Ist schon furchtbar spät, Hoheit.«

»Durchlauchtigste Hoheit.«

»Verzeihung, Durchlauchtigste Hoheit. Aber die Pferde sind für einen solchen Ritt zu müde, besonders um diese Tageszeit. Es gibt keinen ordentlichen Weg dorthin, und die Pferde brauchen genau wie wir erst mal Ruhe. Und dann brauchen wir Tageslicht.«

»Ich bin aufgewacht, weil ich Euch habe reiten hören.«

»Ja, das Reiten ist meine zweite Natur«, erklärte er ihr mit einem scheuen, stolzen Lächeln. »Und wie sieht es mit Euch aus?« Er nahm seine ganze Kraft zusammen und schlug ihr Begehren rundheraus ab. »Ihr habt bis heute noch nie in Eurem Leben in einem Sattel gesessen. Ihr habt weder die Kondition noch die Kraft für einen langen Ritt. Ihr werdet Euch gewiß in kürzester Zeit etwas antun, oder aber Euer Pferd verletzt sich. Verzeiht mir, Allerdurchlauchtigste Hoheit, morgen sieht alles vielleicht schon ganz anders aus. Aber im Dunkeln lasse ich Euch nicht von hier fort. Das ist einfach zu gefährlich.«

Es war die längste Ansprache, die Thorn je von dem jungen Mann gehört hatte, vielleicht sogar die längste, zu der Geryn sich in seinem ganzen Leben hatte hinreißen lassen. Er schichtete die Worte wie Ziegel eines nach dem anderen sorgfältig aufeinander, bis sie gleichsam eine hübsche, stabile, unerschütterliche Mauer bildeten.

»Außerdem«, schloß er dann, »hat der Zwerg recht. Angwyn ist tatsächlich verflucht.«

»Abscheulicher Kerl«, fauchte sie, als ob sie ihn mit ihren Worten zu Boden strecken wollte. »Ich hasse euch beide!« Dann kreischte sie noch einmal mit sich überschlagender Stimme: *»Ich hasse euch!«* und warf sich tränenüberströmt auf ihr Lager.

»Gut, daß niemand uns gefolgt ist«, bemerkte Geryn, als er näher an Thorn heranrückte. »Wenn man bedenkt, wie weit Geräusche in der Nacht zu hören sind, würden sie uns sonst sicher finden.«

»Was habt ihr mit mir gemacht?«

Thorn hatte das Gekreisch kaum registriert, als das Kind sich auch schon auf ihn stürzte und immer wieder wie eine Besessene auf ihn einprügelte. Er versuchte, sich irgendwie zu schützen, doch dazu hätte er schon wach genug sein müssen, um seinem Körper die nötigen Anweisungen zu geben. Er bekam zwar irgendwie mit, was los war, aber noch war er nicht Herr seiner selbst. Es war, wie wenn er die Pferde bereits eingespannt hätte, aber noch keine Zügel in der Hand hielt, um sie zu lenken. Eloras Gefühlsausbruch machte die Dinge auch nicht gerade einfacher. Sie keifte wie ein Kesselflicker und prügelte so unentwegt auf ihn ein, daß zu den blauen Flecken und Schwellungen, die er sich auf der Flucht zugezogen hatte, noch etliche hinzukamen.

Er stieß Elora von sich, so fest er konnte. Doch sie war schon wieder über ihm, bevor er sich noch berappelt hatte. Diesmal war er freilich nicht mehr ganz so unvorbereitet, und als sie sich wieder auf ihn stürzte, faßte er sie vorne am Kleid und riß sie zu Boden. Dabei machte er eine rasche Drehung und hoffte, daß er obenauf zu liegen komme.

Er spürte überall auf seinem Gesicht eine eiskalte Feuchtigkeit. Dann setzte er seine Knie auf Eloras Schultern, um sie bewegungsunfähig zu machen, und schaute sich um, weil er wissen wollte, was sich verändert hatte.

Die Böschung war mit einer Schicht matschigen Schnees bedeckt, der bei Bodenberührung sofort zu schmelzen anfing, deshalb war der Boden inzwischen völlig durchnäßt, denn unentwegt gingen neue Flocken nieder. Der Himmel hatte sich bewölkt, während sie schliefen, und war jetzt auf allen Seiten grau verhangen, wie wenn ein Riese seine Daunendecke über die ganze Welt gebreitet hätte.

Als er dann auf den noch immer ungebärdig zappelnden Wildfang unter sich niedersah, dachte er im ersten Augenblick, ihr Gewaltausbruch habe ihm den Verstand geraubt – oder daß es dem Betrüger gelungen sei, den Tag ebenso aller Farben zu entkleiden wie die Nacht.

»Hör auf!« schrie er, und sie spuckte ihm ins Gesicht. Er hatte noch nie ein Kind so völlig außer Rand und Band gesehen, konnte sich kaum vorstellen, daß er eine Königliche Prinzessin – oder auch nur ein anständig erzogenes Kind –, geschweige denn Elora vor sich hatte, die früher einmal selbst unter widrigen Umständen der Inbegriff der Freude gewesen war.

»Hör auf!« sagte er noch einmal, ohne auf seine magischen Fähigkeiten zurückzugreifen, vielmehr wie ein erfahrener Vater.

Sie verstummte und bekam einen Schluckauf, und ihr Tobsuchtsanfall war mit einem Mal zu Ende.

»Was hast du mit mir gemacht?« fragte sie abermals, doch diesmal mit einem herzzerreißenden Schluchzen, das die Tiefe ihres Schmerzes zu erkennen gab.

Er wollte sie durch ein Streicheln besänftigen, und es versetzte ihm einen Stich, als er sah, wie sie zurückzuckte, als hätte er an den Fingern Messerspitzen, mit denen er sie zerfleischen wollte. Zärtlich wischte er ein paar Schneeflocken von ihrer Silberhaut.

Sie fühlte sich warm an, und auch mit ihrer körperlichen Beschaffenheit schien sonst alles in Ordnung. Nur ihre Farbe hatte sich verändert. Er erhob sich und betrachtete dann alle Teile ihres Körpers, die unbekleidet waren, und fand dabei bestätigt, was er ohnehin schon vermutet hatte, nämlich daß sie sich am ganzen Leib verändert hatte.

Sie strahlte, als sei gerade aus der Werkstatt eines Goldschmieds entsprungen, nur reiner als selbst das edelste Metall. Auch aus ihren Haaren war jede Farbe gewichen. Es war jetzt noch blasser als ihre Haut und funkelte bisweilen bläulich auf wie die Kristalle eines Eisfeldes. Nur ihre Augen hatten die Farbe beibehalten – ein Blau von solcher Tiefe, daß es schon fast schwarz wirkte. Sie wollten so gar nicht zu ihrem Gesicht passen und konnten den Schmerz nicht verbergen, der ihre Seele folterte.

Das war das Werk des Betrügers, doch gab es keine Möglichkeit, sie davon zu überzeugen. Eine Nebenwirkung des Fluchs der Inthronisierung, nahm er an. Vielleicht aber auch eine Folge des Zusammenwirkens von Eloras eigenen

Kräften mit den Energien, die der Betrüger durch sie hindurchgelenkt hatte, als er den Drachen attackierte.

Aber das dürfte eigentlich nicht möglich sein? dachte er. *Wie konnte er sie sich nur so völlig gefügig machen, sie so vollkommen beherrschen? Und wenn er tatsächlich über soviel Macht verfügt, wie ist es Elora dann gelungen, ihn abzuschütteln? Das falsche Gesicht hat zu mir gesagt, daß es mich kenne, als ob wir Freunde wären. Der Talisman des Betrügers ist offenbar der Mond. Sowohl das Licht als auch das Feuer, das dieses Gestirn aussendet, sind kalt. Da er es darauf abgesehen hatte, Eloras Seele durch seine eigene zu ersetzen, hat er vielleicht auf diese Weise versucht, sie psychisch nach seinem Bilde umzuschaffen.*

Er schüttelte verärgert den Kopf, denn er wußte genau, wohin ihn dieser logische Salto führen würde. *Abgesehen davon,* dachte er frustriert, *daß sie gegen magische Praktiken resistent ist und solche Zauber ihr langfristig nichts anhaben können; ich dachte, dafür hätten Fin Raziel und ich gesorgt.*

Sie stand unbeholfen auf; ihr Bauch war zu dick, und sie hatte keine Kraftreserven. Thorn dachte, wie recht Geryn doch letzte Nacht gehabt hatte. Sie war noch weniger imstande, auf einem Pferd zu sitzen als er selbst.

»Dafür wirst du mir büßen«, sagte sie mit rauher Stimme. »Für das, was du mir angetan hast.«

Er konnte ihr keine Antwort geben, ganz sicher jedenfalls keine, die sie akzeptiert hätte, und wich ihr aus, indem er sich nach Geryn Havilhand umsah. Keine Spur von dem Pfadfinder. Er sah nur Khory, die es sich unter einem Felsvorsprung bequem gemacht hatte, wo sie der Schnee nicht erreichen konnte.

»Khory«, rief er darüber verärgert, daß das Dämonenkind ihn in seinem Streit alleingelassen hatte. Noch ein paar Stunden zuvor war sie ihm blitzschnell zur Hilfe geeilt, doch jetzt wirkte sie, als ob ihr das alles völlig egal sei. Sein nächster Gedanke war, daß irgend etwas schiefgegangen sein mußte. Offenbar paßten ihr Körper und ihre Seele nicht zusammen, und sein Zauber hatte kein dauerhaftes Band zwischen ihnen hergestellt.

Er machte nur ein paar Schritte, bevor er Hufgetrappel

hörte und das metallische Klirren eines Zaumzeugs, das die Rückkehr des Pfadfinders ankündigte.

Thorn hatte mit dieser Annahme zwar recht, aber anders als er sich das vorgestellt hatte – denn in diesem Augenblick wurde der gefesselte und malträtierte junge Mann über den Bergkamm gestoßen und schlitterte den Hang hinab, bis er vor Thorns Füßen liegenblieb.

Ein Fremder saß auf Geryns Pferd, doch er war nicht allein gekommen. Etwa zehn Banditen standen oben auf dem Bergkamm und hielten ein Sammelsurium von Waffen bereit. Unangenehme Typen, auf die Geryn – wie Thorn rasch folgerte – offenbar in einer Taverne gestoßen war.

»Unser Glück ist gemacht, Jungs«, brüllte der Reiter unter dem beifälligen Gemurmel seiner Gefährten. »Wir sind jetzt reiche Leute, soviel ist klar!«

Die Luft in dem Gasthaus an der Landstraße war so verraucht und von Schweißgeruch erfüllt, daß das Atmen die reinste Qual war, aber Thorn hatte schon auf unangenehme Weise erfahren, wohin es führte, wenn er sich beklagte. Für die Männer, mit denen er es hier zu tun hatte, war Gewalt das Selbstverständlichste auf der Welt – Typen, die stets darauf aus waren, ihren Mut und ihre Kühnheit gegenüber Schwächeren zu beweisen. Wie sich herausstellte, hatten sich die Kerls an Geryn nur herangetraut, weil der Pfadfinder so erschöpft gewesen war, daß er die Gefahr nicht erkannte, bis sie ihm einen Holzknüppel über den Kopf gehauen hatten.

Geryn war von ähnlicher Statur wie sie selbst, deshalb stellte er in ihren Augen die einzige ernstliche Bedrohung dar. Thorn war zu klein gewachsen, und so galt er ihnen vornehmlich als Zielscheibe ihrer groben Scherze, und Khory war schließlich nur eine Frau. Sie hatte noch kein Wort gesagt, seit die Typen sie überwältigt hatten, und auch ihr Gesicht war völlig ausdruckslos. Wenn man sie aufforderte, sich in Bewegung zu setzen, ging sie, bis man sie wieder anhielt oder bis sie auf ein Hindernis stieß. Deshalb machten sich die Burschen ein grausames Vergnügen daraus, sie immer wieder auf eine Wand zumarschieren zu lassen. Und so lief sie mehrmals mit dem Gesichtsausdruck einer Idiotin, mit weit aufgerissenen Augen gegen die Wand und preßte dann ihr Gesicht und ihren Körper gegen die groben Bretter und wartete auf weitere Befehle.

Doch wurde dieser Spaß rasch langweilig, und einer der Banditen schob sie in eine Ecke, wo sie sich einfach auf den Boden setzte. Thorn hätte sich nur zu gern mittels seiner Ein-Sicht mit ihr in Verbindung gesetzt, aber er wollte nicht, daß sie sich verriet, falls sie nur simulierte, und war noch weniger bereit festzustellen, daß sie es nicht tat.

Um Elora hingegen machten sie einen großen Bogen. Keiner der Burschen berührte sie, die meisten hielten sich sogar deutlich von ihr fern. Sie trugen sie auf einem an einer Holzstange befestigten Gurt den Abhang hinunter – eine Vorrichtung, die normalerweise dazu diente, Tiere einzufangen oder festzuhalten.

Natürlich war sie wieder einmal völlig außer sich und ließ die Männer darüber nicht im geringsten Zweifel. Doch brachten diese nicht soviel Geduld auf wie Thorn. Bevor das Kind überhaupt wußte, was eigentlich geschah, hatten die Ganoven ihr schon eine Ledermaske vor das Gesicht gebunden, die ihr zwar das Atmen, aber nicht das Sprechen oder Sehen gestattete. Ihre Hände banden sie ihr mit einem breiten Gurt auf den Rücken, und als sie später in der Taverne angelangt waren, wurde sie an einen Eisenring an der Wand gekettet und noch zusätzlich an den Füßen gefesselt. Geryn wurde außer Gefecht gesetzt, indem ihn zwei kräftige Burschen, wann immer er sich auch nur bewegte, durch kräftige Tritte wieder ins Jenseits beförderten. Was Thorn selbst betraf, so wurde er mit einer Halsfessel an einen weiteren Eisenring gekettet, und die Hände banden ihm die Banditen hinter dem Rücken mit Lederriemen zusammen.

Viel Aufhebens wurde von einem Flugblatt gemacht, das ein Postreiter noch während der Nacht abgeliefert hatte. Es war so frisch aus der Druckerpresse gekommen, daß die Schwärze unterwegs teilweise zerlaufen war; dennoch war leicht zu entziffern, daß es sich bei den Gesuchten um ein Mädchen, einen Nelwyn, einen abtrünnigen Pfadfinder und eine unbekannte Frau handelte. Die Belohnung war astronomisch – eine Summe, wie sie das ganze Dorf, in dem sie jetzt gefangen saßen, in Dutzenden von Generationen nicht würde erwirtschaften können. Deswegen hatten die Banditen es auch vorgezogen, die Gefangenen zu demütigen, ohne ihnen – von Geryn vielleicht abgesehen – ernsthaften Schaden zuzufügen. Keiner der Anwesenden wollte durch etwaige Übergriffe den Geldsegen gefährden.

Doch als einer der Männer Geryns Pferd nehmen wollte, um der Königlichen Prinzessin Mitteilung von dem Fang zu machen, schickte ihn sein Anführer auf Schusters Rappen los. Obwohl ein Vermögen auf dem Spiel stand, wollte der Räuberhauptmann unter gar keinen Umständen auf das Pferd verzichten.

»Vielleicht ist sie ja 'ne Zauberin«, sagte einer der Männer und zeigte mit dem Daumen auf Elora, die zusammengekauert in der Ecke hockte. »Die sieht nicht nur wie Silber aus, sag ich, die ist massiv aus Silber gemacht.«

»Und wenn schon«, sagte ein anderer und blies den Schaum von seinem Bier.

»Dann ist sie bestimmt viel mehr wert als die ausgeschriebene Belohnung.«

»Du bist doch ein ausgemachter Blödmann, Mallow«, sagte der Anführer und lachte warnend.

Mallow verstand den Wink. »Hab ja nur laut gedacht, Simya, weiter nichts.«

»Kannst mir glauben, Mallow, daß ich den Hals auch nie vollkriegen kann, aber ich möchte noch Gelegenheit haben, das Geld auszugeben, wenn ich es erst mal in den Händen halte. Hast doch gehört, was der Bote gesagt hat. Das Flugblatt trägt das Siegel des Königs von Angwyn, und die Prinzessin will sie lebendig, und zwar *alle.*« Er leckte sich den Schaum von der Oberlippe und spielte großspurig mit Khorys Schwert herum, obwohl er mit der Waffe überhaupt nicht umzugehen wußte. »Außerdem – an wen willst du sie denn verhökern? Glaubst du, die Korsaren schleppen soviel Knete in der Haushaltskasse mit sich herum? Und wie willst du *die* daran hindern, uns die Kleine einfach wegzunehmen?

Sie wird amtlich gesucht, und die Behörden sind bereit zu zahlen. Übergeben wir sie also den Behörden. Das ist unsere Pflicht als Bürger, oder etwa nicht?«

Beifälliges Stimmengemurmel auf seiten der übrigen Banditen, die sich diebisch darüber freuten, daß sich das Glück ihnen auch einmal zugewandt hatte. Mallow beugte sich noch tiefer über seinen Bierkrug und machte ein Gesicht wie sieben Tage Regenwetter, während Thorn damit beschäftigt war, seine Fesseln davon zu überzeugen, daß es besser für sie sei, sich zu entknoten. Tatsächlich zog er in solchen Situationen Materialien vor, die früher einmal lebendig gewesen waren. Anders als Eisen hatte nämlich beispielsweise ein Hanfstrick eine Art Erinnerung an sein pflanzliches Dasein und war deshalb für die richtige Suggestion viel empfänglicher. Stahl konnte man nur mit Willenskraft wie in einer Esse umformen, während Leder wiederum von allein nachgab.

Bedauerlicherweise bedeutete seine eigene Freiheit gar nichts, solange er den anderen nicht zu helfen vermochte. Er war noch immer müde, und das war auch der Hauptgrund dafür gewesen, daß die Banditen ihn hatten überrumpeln können. Nicht nur waren seine Sinne betäubt, er war auch zu erschöpft gewesen, ihre Meldungen wahrzunehmen. Überdies durfte er in dieser Situation nicht zuviel von jener Energie verausgaben, die er später womöglich noch viel dringender brauchen würde.

Er verspürte ein brennendes Stechen, als er an die Brownies dachte. Gerade in solchen Situationen hatten sie sich stets bestens bewährt. Wären sie jetzt zur Stelle gewesen, hätten sie in dem Schankraum ein solches Chaos angerichtet, daß Thorn und die übrigen sich unbemerkt hätten davonschleichen können.

Mallow sah Khory immer wieder von der Seite an und gab sich keine Mühe, seine Absichten zu verbergen.

»Wenn ich die Schlampe sonst nicht beschädige, Simya«, erklärte er, während er sich auf seinem Hocker herumdrehte und sich rückwärts mit den Ellbogen an der Theke abstützte, »was spricht dann dagegen, daß ich 'n bißchen Spaß mit ihr hab?«

Simya fand die Frage so belanglos, daß er nicht einmal antwortete. Er winkte vielmehr zustimmend mit der Hand. Thorn sagte nichts. Das hätte auch keinen Sinn gehabt, da ihm ohnehin niemand zugehört hätte.

Doch Mallow hatte offenbar seine Gedanken gelesen, denn er faßte Thorn vorne an der Brust am Hemd und zog ihn zu sich hinauf, bis ihre Gesichter auf gleicher Höhe waren. Thorns Halsfessel wurde bei dieser Gelegenheit so gestrafft, daß er kaum mehr Luft bekam.

»Irgendwas dagegen, Zwerg?« Die Zähne des Mannes waren faulig, sein Atem stank zum Himmel. Thorn steckte sämtliche Zeichen des Widerwillens und der Wut hinter Schloß und Riegel und machte ein so argloses Gesicht wie nur irgend möglich, so daß der Mann weiterhin glaubte, der Nelwyn sei ein Lamm unter Löwen.

»Bitte, mein Herr, wir führen nichts Böses im Schilde. Plagt Euch doch nicht mit der Kleinen herum, sie hat den Verstand verloren und wird sowieso nichts mitbekommen, und dann habt Ihr doch auch nichts davon.« Er plapperte, ein Wort stolperte über das andere, wie Ladenschwengel, die sich vor lauter Hast gegenseitig in die Hacken traten.

Mallows Lächeln war ein Anblick, dem man manchen Schweinestall vorgezogen hätte. Der Mann war schmutzig, innen wie außen.

»Irrtum, Zwerg. Ich werd mich großartig amüsieren.«

Er ließ Thorn wieder zu Boden fallen, und dieser verspürte einen stechenden Schmerz in einem Knöchel. Der Daikini zog seine Hose hoch und stolzierte unter dem Jubel und Beifall seiner Spießgesellen an der gesamten Theke entlang. Selbst Simya machte sich nun mit ihm gemein und zog Khory auf die Füße. Mallow hielt seine Hände triumphierend empor und machte eine Drehung, bevor er Khory mit einer Hand in die Bluse und mit der anderen unter die Hose griff, während er seine Lippen auf ihren Mund preßte.

Der Kuß dauerte sehr lange, und als er schließlich vorbei war, sah Khory noch schlimmer aus als zuvor. Doch zeigte sie während der ganzen Prozedur nicht die geringste Reaktion. Sie starrte nur mit ausdruckslosem Gesicht geradeaus.

Sollte sie bei alledem Spaß oder – was wahrscheinlicher war – Schmerz empfinden, so schien sie von alledem wenigstens nichts zu bemerken.

Wieder allgemeines Gelächter, das jedoch eher Mallow als der Situation zu gelten schien. Der Daikini selbst blickte ein wenig verwirrt, fast verlegen drein. Er wollte gerade zurücktreten, als Geryns rauhe Stimme den Lärm übertönte.

»Laß sie in Ruhe, verdammtes Schwein!«

Eines seiner Augen war völlig zugeschwollen und um das andere war es nicht viel besser bestellt. Bei jedem Atemzug spuckte er Blut, weil er einen üblen Rippenbruch davongetragen hatte.

Geryns Zwischenruf war offenbar genau das, worauf Mallow gewartet hatte. Er grinste den Kavalleristen höhnisch an und riß Khorys Bluse auf, so daß eine ihrer Brüste zum Vorschein kam, während er sie an der Theke entlang zu einer Tür hinüberschob, die in einen der Schlafräume führte.

Simya hockte sich neben Geryn nieder und riß den Kopf des jungen Mannes an den Haaren empor, während er ihm mit dem Finger vor der Nase herumfuchtelte und mit der Zunge schnalzte.

»Hättest die Schnauze halten sollen, Freundchen«, sagte er dann vorwurfsvoll. »Mallow hätte sich mit dem zufriedengegeben, was er hatte. Hätte vielleicht mehr Spaß daran gehabt, mit sich selbst zu spielen als mit einem so blöden Weibsstück. Aber du mußtest ihn ja unbedingt reizen und ihn bei seinem Stolz packen. Er ist nicht verantwortlich für das, was jetzt passiert. Schade für die Kleine.«

»Und angenommen« – Geryn spuckte Blut und Schaum auf den Boden, seine gebrochene Rippe machte ihm das Sprechen fast unmöglich –, »angenommen …, die Prinzessin möchte sie … unberührt.«

Dieser Gedanke war Simya noch nicht gekommen, und die möglichen Konsequenzen waren ihm ausgesprochen unangenehm.

Er ließ Geryn wie einen Stein fallen – Thorn zuckte zusammen, als der Kopf des Pfadfinders auf dem Boden aufschlug – und bahnte sich seinen Weg zu dem Hinterzimmer der Taverne, wobei er Mallows Namen brüllte und ihm befahl, sofort mit seinem Treiben aufzuhören, sonst habe er die Folgen selbst zu tragen.

Als er schließlich bei den Schlafräumen anlangte, versetzte ihm Khory mit dem Stiefel einen Tritt gegen das Nasenbein. Wie von der Axt getroffen, stolperte er blutüberströmt zurück. Auch Khory trat jetzt, den zappelnden Mallow fest im Griff, in das Blickfeld und warf ihn dann im hohen Bogen in das Gedränge der übrigen Banditen. Als diese kreuz und quer übereinanderstürzten, sprang sie katzengleich über die Theke und schnappte sich einen Hammer, der normalerweise dazu diente, die Zapfen in die Bierfässer zu schlagen. Der erste Mann, der sich ihr näherte, bekam einen kurzen Schlag auf den Kopf, dem nächsten versetzte sie einen so gewaltigen Schwinger, daß er rücklings zu Boden ging.

Thorn zog seine Hände just in dem Augenblick aus den Lederriemen, als Khory in Aktion trat, entfernte seine Halsfessel, und ließ sich flach zu Boden fallen, als der erste der Schurken auf ihn losgestürmt kam. Während der Mann noch um sein Gleichgewicht kämpfte, machte Thorn eine Seitwärtsrolle und holte ihn von den Beinen. Als der Kerl auf dem Boden landete, kletterte Thorn auf seinen Rücken und klemmte dem Daikini die Halsfessel um den Hals. Einen hatte er immerhin erledigt, aber es blieb noch eine Menge zu tun.

Er holte ein wenig Pulver aus seiner anderen Tasche hervor, wo er seine Arbeitsutensilien verwahrte, und blies es in die Richtung der Männer, die Geryn bewachten. Die Pulverkörnchen erwachten nun plötzlich zum Leben und entwickelten eine Wildheit, die selbst Hornissen vor Neid hätte erblassen lassen. Als Thorn bei Geryn ankam, hopsten und brüllten die Daikini bereits wie verrückt herum und schlugen wie wild nach den bösartigen kleinen Angreifern, deren Aggressivität und Effizienz im umgekehrten Verhältnis zu ihrer Größe standen. Thorn sah, wie sich einer der Männer verzweifelt mit den Händen zwischen die Beine fuhr, und ein anderer stimmte ein entsetzliches Geheul an, als ein Schwarm seinen Hintern attackierte.

»Ich kann Euch nicht hochheben, Pfadfinder«, sagte er zu Geryn. »Und noch weniger kann ich Euch tragen. Tut mir leid, aber Ihr müßt schon sehen, wie Ihr alleine hier rauskommt.«

»Nicht ohne meine Waffen«, zischte der junge Mann.

»Zum Teufel damit! Wichtig ist nur Elora Danan.«

Khory war wirklich ein Phänomen. Sie hatte sich die halbe Nacht die Brutalitäten der Banditen mit angesehen und sich von ihnen erniedrigen lassen, doch offenbar hatte sie dabei selbst eine Menge gelernt. Denn Thorn konnte erkennen, wie sie mit jedem Schlagabtausch besser wurde. Sie eignete sich die notwendigen Kenntnisse während der Kampfes an und sog das, was sie sah, wie ein ausgetrockneter Schwamm auf.

Aber so gut sie auch war und so rasch sie auch hinzulernte, war sie bisher doch ganz auf sich allein gestellt. Als sie einem der Männer gerade einen kräftigen Hieb versetzen wollte, warf sich Simya – der sich ja bereits einen kräftigen Tritt eingefangen hatte – mit einer für seine mächtige Gestalt erstaunlichen Wendigkeit dazwischen und rammte ihr seine riesige Faust unterhalb der Rippen in die Seite. Die Kraft dieses Schlages hätte jeden normalen Menschen ins Jenseits befördert. Doch Khory ging lediglich mit einem erstaunten »Oohh« zu Boden und schnappte verzweifelt nach Luft. Thorn hatte weder Zeit noch viele Alternativen. Er zog eine Eichel aus seiner Tasche, die den Fußboden und jedes ungeschützte Ding darauf für immer in Stein verwandeln konnte, und machte sich bereit, sie zu werfen.

Dann brach Ryn Taksemanyin von oben durch die Decke herein und stürzte mitsamt einem ganzen Hagel von splitternden Brettern und Dachstroh mitten in die Rauferei. Der Wyr landete in geduckter Haltung neben Simya und riß ihm, ehe der große Mann reagieren konnte, die Beine weg, so daß dieser mit voller Gewalt auf dem Fußboden hinschlug. Ryn hatte zwar Krallen, aber er benutzte lieber Messer, von denen er je drei zwischen die Finger beider Hände geklemmt hatte, die er mit wilder Gewandtheit einsetzte. Doch er war nicht darauf aus, Blut zu vergießen, das sah Thorn sofort. Die meisten Verletzungen rührten vielmehr davon her, daß die Banditen sich aus Versehen gegenseitig verletzten. Ryn hielt sich nie so lange an einer Stelle auf, daß man ihn deutlich hätte erkennen oder gar mit einer Waffe oder der Faust hätte treffen können. Wann immer einer seiner Gegner gerade reagieren wollte, war es bereits passiert, ihre Schnürsenkel zerschnitten, ihre Hosen heruntergerutscht, ihre Jacken über die Köpfe gezogen. Bauernlümmel traten gegen Quecksilber an, hatten nicht den Hauch einer Chance gegen den Wyr, der mit solcher Behendigkeit und solchem Witz kämpfte, daß Thorn ein Lächeln nicht unterdrücken konnte.

Er bat Khory, Geryn behilflich zu sein, und eilte dann zu Elora hinüber, zuckte jedoch erschreckt zusammen, als ihn nun etwas glühend Heißes im Nacken traf. Ein Blick nach oben zeigte ihm, daß die Lage ernst war. Eine Fackel hatte die Zimmerdecke in Brand gesetzt, und obwohl draußen dichter Schneeregen fiel, war das Strohdach größtenteils knochentrocken. Deshalb stand es sofort lichterloh in Flammen, und Thorn wußte, daß ihm nur sehr wenig Zeit blieb, bis das ganze Gebäude in Flammen stand.

Deshalb verschwendete er keine Zeit mit Nebensächlichkeiten. Er befreite die an die Wand gefesselte Elora und hielt dann Ausschau nach einem Weg ins Freie. Wie aus dem Nichts stand plötzlich Ryn vor ihm und zeigte ihm, wo es langging.

Erst als er schon ein ganzes Stück von der Taverne entfernt war, fiel Thorn auf, daß er und Elora allein waren.

»Khory«, schrie er und lief den ganzen Weg zurück.

Das Haus war inzwischen nicht mehr zu retten. Das ganze Dach brannte und ließ die schneebeckte Landschaft ringsum rosarot aufleuchten. Aus allen Öffnungen stolperten schreiende Gestalten, die es in erster Linie auf ihre eigene Rettung abgesehen hatten. Nur einige versuchten noch irgendwelche Gegenstände mitzunehmen.

Von Ryn angeführt, stürmten jetzt auch Khory und Geryn Havilhand aus dem Haus, während hinter ihnen unter lautem Getöse der Türstock und die halbe Wand einstürzten.

»Pferde!« schrie Thorn, hatte jedoch wenig Hoffnung, die Tiere zurückzubekommen. Die Ställe waren auf der anderen

Seite der Taverne, und dazwischen befanden sich so viele Menschen, daß einfach kein Durchkommen war.

»Schon erledigt«, sagte Ryn und entschädigte Thorn durch die Freundlichkeit seiner Stimme für das Lächeln, das er mit seinem Mund offenbar nicht zustandebringen konnte. »Stehen gesattelt bereit. Und ich hab auch alles mitgenommen, was ich von euren Habseligkeiten noch finden konnte.«

Freilich machte es kaum einen Sinn zu reiten, dazu war Geryn zu schwer verletzt. Deshalb faßte Thorn zwei der Pferde bei den Zügeln und bat Khory, die beiden anderen zu führen. Er wollte sich gerade Elora zuwenden, um ihr die Maske abzunehmen, als er feststellen mußte, daß Ryn ihm auch hierin zuvorgekommen war und die Schnallen und Bänder bereits mit der Behendigkeit eines geborenen Taschendiebes geöffnet hatte.

Sie befanden sich jetzt zwischen Bäumen auf einem Trampelpfad, der offenbar hauptsächlich von den Tieren des Waldes frequentiert wurde, doch weiterhin so nahe an der Taverne, daß Thorn noch immer beunruhigt war. Allerdings ließen die Glut, die sie durch den Dunst und das Schneetreiben noch immer erkennen konnten, und die durch die Nacht gellenden Schreie es wenig wahrscheinlich erscheinen, daß jemand ihre Verfolgung aufgenommen hatte. Jedenfalls im Augenblick noch nicht. Das würde sich natürlich in dem Moment ändern, sobald der von der Taverne aus entsandte Bote die Prinzessin und ihre Maizan-Verbündeten informiert hatte, und Thorn wollte vor deren Eintreffen möglichst weit entfernt sein.

Elora hustete, als ihr der Knebel vorsichtig entfernt wurde, und riß die Augen weit auf, als Ryn ihr eine Hand auf den Mund legte und ihr zu verstehen gab, sie möge bitte keinen Lärm machen. Thorn hatte einen Tobsuchtsanfall erwartet, doch sie überraschte ihn mit einem Zucken der Mundwinkel, das man für den Vorboten eines echten Lächelns halten konnte. Er hatte diesen Ausdruck schon einmal gesehen, als eine Fee auf der Nase der kleinen Elora getanzt hatte.

Dann hält die Welt also für dich doch noch Wunder bereit,

Kind, dachte er, *so sehr du dich auch bemühst, das zu verleugnen. Vielleicht ist dein Fall ja nicht ganz hoffnungslos.*

»Ich bin ein Freund«, sagte Ryn zu Elora und sah ihr direkt in die Augen, obwohl seine Worte ihnen allen galten.

»Und wir sind dir sehr dankbar«, entgegnete Thorn.

»Ich kenne Euch doch«, rief Geryn. »Wart Ihr nicht auf dem Flußschiff?«

Der Wyr nickte und beantwortete dann Thorns unausgesprochene Frage. »Morag hat mich in einer kleinen Bucht an der Küste abgesetzt.«

»Und warum?«

»Hat im Traum so eine Vorahnung gehabt. Aber wir sollten besser gehen, Drumheller.«

»Geryn muß zuerst geheilt werden«, erwiderte Thorn.

»Ich komm schon klar«, protestierte der Pfadfinder und hievte sich wie zum Beweis in den Sattel. »Magier«, sagte er dann zu Thorn, »könnt Ihr nicht unsere Spur einfach wegzaubern?«

Thorn schüttelte den Kopf. »Das ist das erste, worauf die Maizan achten werden. Und ich wette, daß ihre Fährtenleser gegen Zauber resistent sind und jede Täuschung durchschauen. Unsere einzige Hoffnung ist, daß wir schnell von hier wegkommen, aber das wird uns nur gelingen, wenn ich Euch zuerst wieder in Ordnung bringe.«

»Wenn Ihr bis Tagesanbruch durchhalten könnt«, sagte Ryn, »dann machen wir ohnehin eine Pause. Wenigstens fällt soviel Schnee, daß unsere Spuren bald zugeschneit sein werden. Wenn sie uns finden wollen, müssen sie schon sehr gut hinschauen.«

»Das werden sie tun«, sagte Thorn grimmig.

Sie kamen gut vorwärts. Ryn hatte einen Instinkt für den schnellsten Weg durch den Wald, doch er schlug ihn nicht immer ein. Wenn das Gelände ihm besonders einladend erschien, nahmen sie bisweilen einen schwierigeren Weg, um ihre Verfolger zu täuschen. In Anbetracht von Geryns Zustand und der relativen Unerfahrenheit der beiden Frauen kamen sie recht zügig voran. Ryn bildete die Spitze und Thorn die Nachhut. Der Nelwyn strengte seine sämtlichen

Sinne an, um etwaige Verfolger rechtzeitig auszumachen. Bisher war ihm noch nichts Verdächtiges aufgefallen, aber die Anstrengung ging nicht spurlos an ihm vorbei. Diese Art äußerster Wachsamkeit war genauso ermüdend wie jede körperliche Strapaze, und so näherte er sich bald beinahe dem Ende seiner Kräfte. Auch der Schnee machte die Dinge nicht gerade einfacher. So hübsch er anzuschauen war, so erschwerte er doch das Gehen ungemein. Und selbst der auf den ersten Blick eher gedrungen wirkende Ryn hatte im Vergleich zu Thorn noch relativ lange Beine.

Die Halbinsel wurde auf der gesamten Länge – also von Angwyn bis zu der Stelle, wo sie in das eigentliche Festland überging – von einer Reihe von Bergketten durchzogen, von denen die am höchsten aufragende gleichsam das Rückgrat der Landschaft bildete. Je nach der Beschaffenheit der Hänge wechselte das Gelände zwischen Wäldern und offenen Wiesen ab. Sie hatten also die Wahl, entweder im Schutz der Bäume langsam und sicher oder aber auf dem Grasland rasch vorwärtszukommen. Das Problem war nur, Thorn hatte keine Ahnung, für welche dieser beiden Möglichkeiten mehr sprach.

Ryn entdeckte einen schmalen Hohlweg, der gerade innerhalb des Waldes entlangführte, und so gelangten sie an eine von überhängenden Felsen geschützte Stelle mit einem Teich, dessen Wasser überraschenderweise warm war.

»Heiße Quelle«, sagte er, was auch erklärte, warum hier kein Schnee lag und weshalb in der Umgebung die Vegetation so üppig war. Egal wie niedrig die Lufttemperatur auch war, der Boden hier kühlte niemals richtig aus.

»Das ist neu«, stellte Thorn fest.

»Heiße Quellen im allgemeinen«, gurgelte Ryn, der das munter zwischen den Steinen plätschernde Wasser imitierte, »oder diese hier im besonderen?«

»Beides. In dieser Gegend hat es so etwas früher nicht gegeben.«

»Das Land ist in letzter Zeit ganz schön aktiv gewesen. Wollte vielleicht auch irgendwie an Eloras Inthronisation mitwirken.«

»So kann nur jemand sprechen, der noch nie erlebt hat, wie die Erde unter seinen Füßen zu tanzen anfängt.«

»Stimmt haargenau. Wir Wyrn sind mit den Gegebenheiten der Erde nicht so vertraut.«

Noch während Ryn sprach, lösten seine Worte in Thorn ein Unbehagen aus, und zwar aus dem offensichtlichsten aller Gründe: Denn für ein Wesen, das mit der See wesentlich vertrauter war als mit dem Land, führte dieser spezielle Wyr sie mit schier unglaublicher Sicherheit durch das waldreiche Gelände. Und trotzdem hatte er nicht gelogen. Vielleicht war er selbst die einzige Ausnahme von der Regel, eines jener seltenen Geschöpfe, die in beiden Elementen zu Hause sind. Und noch etwas kam Thorn irgendwie bekannt vor: nämlich die Art und Weise wie der Wyr sprach und dessen Körperhaltung. Aber so angestrengt er auch nachdachte, er kam nicht darauf, woran ihn dies beides erinnerte. Da er jedoch mit seiner gesamten Sensibilität nicht die geringste Bedrohung oder Gefahr erspüren konnte, beschloß er, Ryns Intimsphäre zu respektieren und dieses Geheimnis auf sich beruhen zu lassen.

Khory hob Geryn aus dem Sattel und ließ ihn vorsichtig auf dem Boden nieder, während Ryn die Pferde absattelte und ihnen Futter besorgte. Dann breiteten sie die Pferdedecken aus, um den Pfadfinder bequem und trocken zu betten. Thorn bereitete derweil aus dem heißen Mineralwasser eine Suppe und eine Breipackung für Geryns Verletzung.

Khory verzog anerkennend den Mund, als sie erstmals von der heißen, reichhaltigen Suppe kostete.

»Gut«, sagte sie.

»Ich hatte einen guten Lehrer.« Er sprach sanft, doch empfand er bei diesen Worten eine tiefe Wehmut, als er an die ersten Wochen zurückdachte, die er damals auf Wanderschaft verbracht hatte. Zwar hatte er auch daheim am Herd regelmäßig Speisen zubereitet und sich für einen relativ ordentlichen Koch gehalten – bis er die Brownies kennengelernt hatte. Franjean war am schlimmsten. Dieser selbsternannte Gourmet von höchsten Graden konnte sich gar nicht oft genug über die Abgründe von Thorns kulinarischer Unwissenheit mokieren. Es gab einfach gar nichts, woran Thorn sich versuchen konnte, ohne Franjeans und Rools Kritik herauszufordern. Aber als Thorn seine kleinen Gefährten dann einmal aufgefordert hatte, ihre eigenen Kochkünste unter Beweis zu stellen, zeigte sich sogleich, daß sie mit ihrer hohen Selbsteinschätzung völlig recht gehabt hatten. Und an jenes erste Essen der Brownies dachte er bis heute mit Verzückung zurück.

Er spürte, wie ihm ein Daumen über den Wangenknochen strich, und sah Khory, als er nach oben schaute.

»Meine Freunde«, sagte er, nicht sicher und nicht wirklich interessiert, ob sie ihn verstand, »ich vermisse sie.«

»Deine Freunde«, sagte sie ernst, »brauchen dich.«

Geryn hatte sich zwei Rippen gebrochen. Sie mußten also wieder in Position gebracht und daran erinnert werden, wie sie selbst und die Lungenflügel, die sie stützten, sich vor ihrer Verletzung einmal angefühlt hatten. Ansonsten hatte der Pfadfinder hauptsächlich kosmetische Schäden davongetragen: Prellungen und Abschürfungen, die nach solchen Tritten und Schlägen unvermeidlich waren. Thorn verteilte den Brei auf Geryns ganzer Brust, um die natürliche Abwehr des Körpers gegen Infektionen zu stärken.

Die Sonne stand schon fast im Zenith, als er schließlich fertig war, doch wegen des grauen, verhangenen Himmels blieb sie unsichtbar. Die Landschaft war auf allen Seiten von Dunst- und Nebelschwaden dicht eingehüllt, so daß sie fast unwirklich erschien.

Thorn streckte sich, bis seine Glieder knackten, rieb sich dann mit den Händen das Gesicht und fuhr sich immer wieder mit den Fingern über den Kopf. Zu gerne hätte er sich – wie Geryn neben ihm – dem Schlaf überlassen.

Doch ein Kribbeln tief in seinem Schädel veranlaßte ihn, sich nach Elora umzuwenden, die sich möglichst weit von den übrigen entfernt unter einem Felsvorsprung niedergelassen hatte und sich auch durch Ryns charmanteste Annäherungsversuche nicht zu einer Antwort bewegen ließ. Sie hielt den Ellbogen gegen den Leib gepreßt und hatte die Beine so eng geschlossen, daß sie wie aus einem Guß erschienen.

Er fragte einfach: »Kann ich dir helfen?«

»Ich ...«, fing sie nach etlichen vergeblichen Sprechversuchen an. Dabei preßte sie ihre noch unberührte Suppenschale an sich. Er überlegte, was es wohl für sie bedeuten mochte, zum erstenmal seit ihrer frühesten Kindheit eine Nacht im Freien zu verbringen.

Er faßte sie bei einer Hand und stellte mit der anderen die Suppenschale beiseite.

»Wohin bringst du mich?« fragte sie widerstrebend, als sie unter dem schützenden Felsvorsprung hervortraten.

»Vertraue mir«, sagte er nur und hoffte, daß sie ihm diesmal glaubte.

»Es ist kalt und naß.«

Er nahm seinen Umhang von den Schultern, legte ihn ihr um und zog die Kapuze über ihren Kopf.

»Besser so?«

»Trotzdem will ich wissen, wohin wir gehen.« Sie sprach noch immer mit gewohnt patziger Stimme. Gewiß hatten ihre Wachen im Palast nicht selten den Wunsch verspürt, ihr einmal so richtig den Hintern zu versohlen.

»Ich nehme an, daß es dir lieber ist, wenn wir uns allein unterhalten. Deshalb ist es praktischer und höflicher, wenn wir uns ein Stück von den anderen entfernen, statt von ihnen zu verlangen, daß sie uns alleine lassen.«

Aus dem Blick, mit dem sie ihn ansah, schloß Thorn, daß dieser Gedanke ihr genauso revolutionär wie unakzeptabel erschien. Schließlich war sie die Heilige Prinzessin Elora, und die Leute hatten sich *ihren* Wünschen zu fügen. So war nun einmal die natürliche Ordnung der Dinge.

Nur daß nach der natürlichen Ordnung der Dinge Schnee eigentlich nur im Winter hätte fallen dürfen.

Gleich unterhalb der Quelle befand sich eine kleine Felsnische, die ebenfalls Schutz bot. Er lenkte einen Strom warmer Luft, die von dem Wasser aufstieg, in das Innere der Höhle. Gewiß nicht so gemütlich wie daheim in Eloras Turm, aber unter den gegebenen Umständen konnte man sich kaum etwas Besseres wünschen.

Elora stand nur völlig steif und verkrampft da, die Notwendigkeit, sich auszusprechen, schien genauso groß zu sein wie ihre Entschlossenheit, es nicht zu tun. Er fragte sich plötzlich, ob sie überhaupt wisse, was in einer solchen Situation zu tun sei. *Beim Allmächtigen,* dachte er entsetzt, *es kann doch nicht angehen, daß sie ein derart isoliertes Leben geführt hat.*

»Mein Gewand«, sagte sie schließlich, als ob diese Worte eine hinreichende Erklärung wären.

Als er nichts entgegnete, fixierte sie ihn mit eisigem Blick. »Mein *Gewand!*«

Er ging zu ihr hinüber, und da erst begriff er, was sie überhaupt meinte. Das Kind war tatsächlich an manchen Stellen in das Kleid hineingenäht worden, so daß es sich nicht ohne Hilfe ausziehen konnte.

Es war ein harter Kampf, und mehr als einmal war er nahe daran, Ryn zur Hilfe zu rufen, da die Finger des Wyr für diese Aufgabe weit besser geeignet waren. Hatte er sich bis dahin für geschickt gehalten und seine Fingerfertigkeit stets hoch eingeschätzt, so kam er sich bei dieser Arbeit vor, als ob seine Hände in Fäustlingen steckten.

Aber noch aus einem anderen Grund hätte er sich am liebsten aus dem Staub gemacht. Denn Eloras Nähe aktivierte seine EinSicht, und jede Berührung ihres Gewandes stürzte ihn in eine wahre Bilderflut. Für das Mädchen war diese Kostümierung eine Qual gewesen, und so erlebte er durch die intime geistige Verbindung, die zwischen ihnen beiden bestand, gleichsam noch einmal die Erinnerungen an jene grauenhafte Nacht auf dem Opferaltar in Nockmaar. In ihrem Gedächtnis waren die Opferung, für die Bavmorda sie damals ausersehen hatte, und ihre Inthronisation unauflöslich miteinander verschmolzen. Doch ganz anders die Schneider und Näherinnen, die ihr Kostüm gefertigt hatten. Jedes kleine Stück Gewebe, jeder Schnitt und jeder Stich waren von der Liebe und den Gebeten einer ganzen Generation erfüllt. Und so hatten die Menschen, die dies Kleid mit ihrer Kunst und Geschicklichkeit geschaffen hatten, all ihre Hoffnungen auf das Ende ihrer Leiden in Elora gesetzt.

Thorn sah ihre Gesichter vor sich, und je länger er sich an

dem Kostüm zu schaffen machte, um so deutlicher erschienen sie ihm.

Elora wußte nichts von alledem und war völlig desinteressiert. Für sie handelte es sich lediglich um ein Kleid und eine jener Unannehmlichkeiten, aus denen ihr Leben bestand.

Ihr Hemd ließ sich ganz einfach über den Kopf ziehen. Deshalb ließ er sie damit alleine zurechtkommen.

»Na und?« sagte sie, als sie ihre Toilette beendet hatte, in ihrem unerträglich herrischen Tonfall.

Er riskierte einen Blick. Sie trug ihr Hemd. Ihre restliche Kleidung lag da, wo er sie hingelegt hatte.

»Na und was?« fragte er. Sie starrte ihn an, als ob er nicht ganz bei Trost sei. Und als das nichts bewirkte, erklärte sie: »Die hier hab ich schon einmal getragen.« Sie zeigte auf ihr Gewand. »Ich trage Kleider nie zweimal.«

Aha, dachte er.

»Dann ist das für dich heute eine Premiere«, sagte er und beging den Fehler, ihr den Rücken zuzukehren.

Sie warf mit ihren Kleidern nach ihm und kreischte: »Man sollte dich auspeitschen.«

»Und du solltest dir ein besseres Benehmen zulegen.« Er hob die Kleider so schnell wie möglich auf, damit sie nicht zu naß wurden – denn einige waren im Schnee, andere in dem Bach gelandet –, und wünschte sehnlichst, er könnte Elora die gefühlsgeladenen Bilder zeigen, die er gesehen hatte. Aber sie hatte sich völlig abgeschottet, und die geistige Kommunikation zwischen ihnen war nur einseitig. Doch brauchte er nicht erst seine EinSicht zu befragen, um zu spüren, daß er mit Zwangsmaßnahmen nur noch größeren Schaden anrichten würde.

Er langte in seine Tasche und holte einige Kleidungsstücke hervor, die er ihr anbot.

»Unter den gegebenen Umständen können wir dir leider nichts Besseres offerieren, Elora Danan.«

»Mein Titel lautet …«

»Und ich werde dich so wie früher mit deinem Namen anreden«, unterbrach er sie schärfer, als er eigentlich beabsichtigt hatte. Der Tonfall ihrer Stimme machte ihn aggressiv.

»Ich finde die Kleider furchtbar häßlich«, erklärte sie und machte zur Unterstreichung ihrer Worte ein überaus häßliches Gesicht. Freilich unterschied sich diese Grimasse nicht sonderlich von dem beleidigten Gesicht, das sie normalerweise aufgesetzt hatte.

»Eigentlich gehören sie mir. Aber wir haben noch ungefähr dieselbe Größe ...«

Jetzt war es an ihr, ihn zu unterbrechen, aber nicht mit Worten, sondern indem sie ihm die dargebotenen Kleidungsstücke mit solcher Wucht an den Kopf warf, daß er das Gleichgewicht verlor und alle Mühe hatte, nicht auf dem felsigen Untergrund abzurutschen.

»Von dir will ich nichts«, fauchte sie, »außer daß du mir nie mehr unter die Augen trittst, verstanden!«

Sie schnappte sich ihre eigenen Kleider und rannte an dem Wasserlauf entlang zurück zur Haupthöhle. Thorn verkniff sich eine Erwiderung und unterdrückte seinen Zorn. Als er sich wieder aufrappelte, ließ ein plötzlicher Energieschub seine Fingerspitzen kribbeln. Er verharrte auf den Knien und streckte die Finger beider Hände so weit aus, wie es nur eben ging. Dann berührte er den felsigen Boden so sanft wie ein dünnes Blatt Reispapier, das ein heftiger Atemzug zerreißen würde. Gleich neben ihm in einer Mulde hatte sich ein wenig Wasser angesammelt. Er befahl dem Wasser, völlig still zu sein, und sogleich erschien dessen Oberfläche so glatt und klar wie frisch gehärtetes Glas.

Er spürte, wie der Boden unablässig erbebte, doch nicht in der Tiefe wie bei einem Erdbeben, sondern vielmehr wie die Oberfläche eines Bettes, auf dem sich ein nach Schlaf Suchender unruhig hin- und herwälzt. Ein Zauberwort genügte, und schon bildete die kleine Pfütze ein magisches Fenster, durch das er mit Hilfe seiner EinSicht sämtliche Orte in sämtlichen Reichen schauen konnte, und er ließ seinen Blick schweifen, um der Ursache des Bebens auf die Spur zu kommen.

Was er sah, ließ ihn so laut nach Luft schnappen, daß dadurch – wahrscheinlich zu seinem eigenen Besten – der Zauber gebrochen wurde. Was er wissen mußte, hatte er gesehen, und durch jede weitere Beschäftigung mit jenen Geschehnissen hätte er sich womöglich den Sehern seiner Verfolger offenbart, und ein Duell war das Letzte, was er jetzt gebrauchen konnte.

»Geryn, aufstehen«, verkündete er, als er in die Haupthöhle zurückkehrte. Der Pfadfinder war bei diesen im Befehlston vorgetragenen Worten sofort hellwach. Thorns Auftreten war so bestimmt, daß die übrigen rasch verstummten. Er wandte sich an Ryn und fragte: »Liegt Morag irgendwo vor Anker, um Euch wieder an Bord zu nehmen?«

»Ja, warum?«

»Kann sie uns ebenfalls mitnehmen?«

»Was soll das?« protestierte Geryn. »Ich bin Pfadfinder, Drumheller, ich reise nicht per Schiff. Besonders, wenn ich ein gesundes Pferd habe, das mich tragen kann.«

»Großartig, Havilhand – nur, daß wir auf dem Festland nirgends hinkönnen.«

»Habt Ihr etwa Angst vor den Burschen aus der Stadt? Die Prinzessin reitet ohnehin allein, Freundchen, und mit den verfluchten Maizan nehm ich's jeden Tag auf. Außerdem finden die uns nie, darauf schwör ich jeden Eid.«

»Spart Euren Atem, Pfadfinder, sonst müßte ich Euch gleich des Meineids bezichtigen.« Der junge Mann blickte völlig überrascht drein, als Thorn erklärte: »Sie brauchen uns gar nicht zu finden, wenn sämtliche Donnerreiter zu ihrer Unterstützung bereitstehen. Ich habe gespürt, wie der Boden bebt, und den Beweis in einem magischen Wasser gesehen. Sie kommen von Süden her und durchkämmen die ganze Halbinsel von Küste zu Küste. Und das nicht nur mit Männern und Hunden, Geryn, sondern auch mit Hilfe magischer Kräfte. Die Schleierleute haben ihnen Seher zur Verfügung gestellt. Wir müssen einen Ausweg finden. Ob wir nun weglaufen, uns verstecken oder kämpfen – das ist völlig egal. Wenn wir auf dem Festland bleiben, sind wir verloren.«

11. Kapitel

Morag war alles andere als glücklich, und sie hatte auch keine Hemmungen das zu zeigen.

»Das hättet Ihr doch wissen müssen«, sagte sie mit einem Akzent, der genauso breit war wie ihre Schultern. Dabei kniff sie wegen der starken Brise die Augen zusammen.

Als sie über die Berge auf die zur Bucht hin gelegene Seite der Halbinsel gelangt waren, war es noch windstill gewesen. Doch das hatte sich, je mehr sie sich dem Meer genähert hatten, gründlich geändert. Der Wind war kalt und böig wie sonst nur in in arktischen Breiten, und ihre Umhänge boten den Reisenden kaum Schutz. Deshalb zitterten sie am ganzen Leib, als sie schließlich die Küste erreichten.

Das Wasser in der Bucht war bemerkenswert ruhig, und zwar hauptsächlich dank einer Landzunge, an der die Brandung sich laut tosend brach. Hier und da spritzte wegen des heftigen Windes sogar die Gischt weithin sichtbar auf. Die ganze Szenerie wirkte überaus freudlos. Selbst das ruhige Wasser wirkte irgendwie grimmig und vervollständigte den bedrohlichen Eindruck, den auch der düstere Himmel erweckte. Thorn wußte genau, wo die Sonne jetzt stehen mußte. Normalerweise wäre es an diesem Sommernachmittag in dieser Region angenehm warm gewesen. Doch unter den gegebenen Umständen brauchten sie sogar Laternen, und zwar nicht nur zur Beleuchtung oder um anderen Reisenden ihre Position anzuzeigen, sondern aus dem schlichten Bedürfnis nach etwas Wärme in der Dunkelheit, die sich über ihnen wölbte.

»Wie schlimm steht es?« fragte Thorn sie.

Morag schnaufte und verbarg ihr Mißfallen und ihren Abscheu hinter einer sarkastischen Bemerkung.

»Guter Ankerplatz hier, Drumheller – im Schutz der Bucht. Nur ein Vollidiot setzt bei einem solchen Wetter die Segel, wenn es nicht unbedingt nötig ist. Wir sollten besser hier warten, bis es sich ausgetobt hat und ein schönerer Tag kommt.«

»Und wenn ein solcher Tag nie mehr kommt?«

»Verdammt, Ihr redet wie Maulroon. Ohnehin wärt Ihr an Land besser aufgehoben.«

»An Land sind wie so gut wie tot.«

»Ist vielleicht sogar die angenehmere Lösung«, sagte sie freudlos grinsend, »wenn man bedenkt, was uns noch bevorsteht. Ihr seid also fest entschlossen, Drumheller?«

»Glaubt mir, wenn es eine Alternative gäbe ...« Er wandte die Augen nach Norden, als ob er durch die grauen Wolken hindurch in der Ferne den Silberglanz des verfluchten Angwyn erkennen könnte. »Aber hinter alledem steckt eine Absicht – und kalte Berechnung.« Er lachte traurig. »Denkt nur einmal – seit der Zerstörung von Tir Asleen ist Angwyn die offizielle Hauptstadt der Daikini gewesen. Inzwischen ist es dahin und zugleich damit auch die herrschende Klasse der Schleierleute. Die ganze Welt, wie wir sie kennen, Morag, ist jetzt dem Zugriff neuer Mächte preisgegeben. Wir haben nur gesehen, was geschehen ist, aber wir wissen weder, warum, noch, wer hinter alledem steckt.« Seine Augen und seine Stimme waren jetzt düster wie die See. »Unsere einzige Hoffnung in diesem ganzen Unterfangen ist Elora, Schiffsführerin.«

»Ihr seid Euch doch darüber im klaren, daß Maulroon nicht allzuviel von ihr hält.«

»Das ist jetzt egal, sie ist unser einziger Trumpf. Wir müssen Zeit gewinnen, um unseren Feind besser kennenzulernen, um uns auf den Tag vorzubereiten, da wir ihm zu gleichen Bedingungen gegenübertreten können.«

»Ihr seid ein Dummkopf, ja, das seid Ihr, Drumheller. Und ich dazu, weil ich mich auch noch Eurem Willen beuge. Shando!« Sie brüllte aus Leibeskräften gegen den Wind an und mußte den Namen ihres Maats zweimal rufen, bevor dieser sie hörte. »Bring unsere Passagiere anständig unter. Und gib Ihnen Ölzeug und Gurte.«

»Warten wir die Flut noch ab, Morag?« schrie er zurück.

»Verdammt, nein, Mann. Du redest genauso blöde daher wie der Nelwyn. Der Sturm läßt das Wasser doch steigen, so daß wir auch so genug Tiefgang haben. Besser, wir gehen das Risiko ein, glaub ich, als in der Dunkelheit um die Landzunge rumzufahren.«

Shando kam jetzt ebenfalls schwer keuchend an Land. In seinem dicken Pullover und seiner Öljacke wirkte er so groß wie ein Bär. Wenn er sprach, entblößte er, ohne es selbst zu merken, grimmig die Zähne – wie ein Mann, der in eine Schlacht zieht, deren Ausgang höchst ungewiß ist.

»Alle Luken dicht, Morag«, meldete er. »Alles Bewegliche sicher verstaut. Rettungsleinen bereit. Mannschaft verpflegt. Wir können jederzeit ablegen.«

»Tut mir leid«, sagte Thorn matt.

»Ha«, lachte Morag. »Dieser verdammte Taksemanyin, er ist an allem schuld, weil er uns überredet hat, hier anzulegen, dieser verfluchte Charmeur. Wir bringen euch die Küste runter, wenn wir es schaffen, fahren nach Süden, während die anderen nach Norden ziehen, und versuchen euch vor den Maizan in Sicherheit zu bringen. Aber ich kann für nichts garantieren, Drumheller – nicht an einem Tag wie diesem mit Sturmböen aus dem Nichts, wie ich sie noch *nie* erlebt habe.«

»Ich verstehe.«

Sie sah ihn direkt an. »Nein«, sagte sie, »das tut Ihr nicht. Aber Ihr werdet schon noch sehen. Holt Eure Leute an Bord, wir legen ab.«

»Morag.« Ein Schrei voller Panik aus dem Mastkorb. Das Gesicht und der Arm des Mannes dort oben waren landeinwärts gerichtet, genau in die Richtung, aus der sie gekommen waren.

Die übrigen schauten auch dorthin und verengten die Augen in dem fast vergeblichen Versuch, sich einen genaueren Eindruck von den Gestalten zu verschaffen, die sich vor dem bleiernen Himmel wie kleine dunkle Punkte ausnahmen. Mit bloßem Auge konnte Thorn lediglich diffuse Bewegungen ausmachen, aber er wußte, was das bedeutete.

Eine Schrecksekunde lang erstarrten die Mitglieder der Mannschaft und die Flüchtlinge und machten sich mit dem Gedanken vertraut, daß man sie entdeckt hatte. In diesem Augenblick stieß Elora Danan mit aller Macht ihre Fersen in die Seiten ihres Pferdes. Das Tier bäumte sich auf, wobei die Zügel Ryns Händen entglitten, und raste dann in vollem Galopp los. Das Mädchen konnte zwar nicht reiten, aber das war auch gar nicht nötig, denn es gab nur einen einzigen Weg, und das Pferd war erfahren genug, ihn allein zu finden. Elora mußte nur sehen, daß sie sich irgendwie oben hielt.

Der Wyr war ihr im Nu auf den Fersen. Er gab seine aufrechte Haltung zugunsten einer vierbeinigen Fortbewegungsweise auf und kletterte mit beängstigendem Tempo an der nackten Klippenwand hinauf. Geryn war kaum einen Herzschlag langsamer und ignorierte ganz einfach die stechenden Schmerzen, die ihm noch immer jede Bewegung bereitete. Er sprang in den Sattel und nahm mit seinem Pferd die Verfolgung auf. Elora war ein wenig schneller. Sie hatte ihr Roß so erschreckt und es mit ihrer Angst derartig angesteckt, daß das arme Tier in völliger Auflösung fast übernatürlich schnell dahingaloppierte. Aber Geryns Erfahrenheit machte diesen Nachteil mehr als wett. Er wußte genau, wie er die Kurven und Biegungen zu nehmen hatte, wann er zu galoppieren und wann er sein Tier zu zügeln hatte, so daß der Abstand zwischen ihm und Elora sich rasch verringerte. Unglücklicherweise kamen die Maizan in ähnlich halsbrecherischem Tempo angeritten. Geryn würde Elora zwar erwischen, soviel war klar, doch stand zu befürchten, daß die beiden dann wiederum von den Maizan überwältigt würden.

Doch in dieser Rechnung war der Wyr nicht enthalten. Ryn tauchte plötzlich vor Elora auf, als sich die Maizan noch ein ganzes Stück weiter oben befanden. Ihr Pferd bäumte sich so abrupt und so steil auf der Hinterhand auf, daß Elora sich nicht halten konnte und in hohem Bogen aus dem Sattel geworfen wurde. Thorn schlug das Herz bis zum Hals, als er dies beobachtete. Er atmete deshalb erleichtert auf, als Geryn rechtzeitig von hinten auftauchte, um Elora aufzufangen, bevor sie auf dem felsigen Untergrund aufschlagen konnte. Es war ein unglaublicher Anblick: Der Pfadfinder pflückte sie buchstäblich aus der Luft, indem er sie bei ihren Kleidern faßte. Ohne sein Pferd auch nur anzuhalten, warf er das Mädchen mit dem Gesicht nach unten vor sich quer über den Sattel – offenbar rechnete er damit, daß der Schock sie wenigstens während der ersten kritischen Augenblicke außer Gefecht setzen werde – und raste dann auf seinem Pferd denselben Weg zurück, den er gekommen war. Thorn konnte Ryn nicht mehr sehen und dachte schon voll Entsetzen, der Wyr sei noch weiter die Klippen hinaufgeklettert, um sich den Maizan entgegenzuwerfen. Gewiß würden die Männer sich durch eine solche Dummheit nicht lange aufhalten lassen. Gleichzeitig rief Morag all ihre Leute an Bord und befahl, mit Ausnahme eines Taus sämtliche Leinen zu kappen. Thorn kniete derweil nieder, hob eine Hand und wollte schon einen kleinen Erdrutsch den Hang hinuntergleiten lassen, um den Maizan den Weg zu versperren – doch sein Instinkt riet ihm, noch zu warten und lieber erst mit Hilfe seiner EinSicht zu überprüfen, ob sich der Betrüger unter ihnen befand.

Geryn konnte reiten, das war nur zu deutlich zu sehen, als er in halsbrecherischem Tempo von dem Weg auf den Strand einbog und fast zeitgleich mit dem Wyr bei dem Schiff eintraf.

»Der reinste Wahnsinn war das«, schimpfte er, als er Elora ohne das geringste Zeichen von Ehrerbietung auf die Füße stellte. Er war zu erregt, um an zeremonielle Pflichten überhaupt zu denken.

»Ich komme nicht mit euch«, kreischte sie und sah dabei hauptsächlich Thorn an. »Ich will nach Hause.«

»So schlimm du es bei uns auch finden magst, Elora«, sagte er nüchtern, »wo du hin willst, ist es noch viel schlimmer.«

»*Lügner!* Ich bin die Heilige Prinzessin. Du hast mich aus meinem Palast entführt. Sie kommen, um mich zu retten.«

Plötzlich weiter oben ein Schrei, als ein Pferd auf dem schlüpfrigen Pfad ausglitt und mitsamt seinem Reiter abstürzte. Der Aufprall weit unten auf den Felsen war wegen des Windes nicht zu hören, und die weite Entfernung erschwerte es überdies, etwas zu erkennen. Doch Elora starrte in die fragliche Richtung, als ob sie das Geschehen in allen Einzelheiten sehen könnte.

»Drumheller«, rief Morag, die bereits am Ruder stand, so laut, daß alle die Köpfe umwendeten. »Entweder jetzt oder nie!«

»Bringt sie her«, sagte er seufzend, weil er wußte, daß es eigentlich falsch war, sie zu zwingen, und weil er fürchtete, sie durch sein Verhalten vielleicht für immer zu verlieren.

Elora suchte sich Geryns Zugriff zu entziehen, und der Pfadfinder war hin- und hergerissen. Doch solche Zweifel konnte sich Thorn jetzt nicht leisten.

»Bringt sie her!« befahl er mindestens so barsch wie zuvor Morag, und Geryn zog das widerstrebende Mädchen auf das Schiff. Ryn folgte den beiden. Thorn ging als letzter an Bord und warf noch einmal einen prüfenden Blick auf ihre Verfolger. Dann löste er die letzte Leine und schwang sich über die Reling, als das Schiff vom Ufer ablegte.

Thorn warf einen verstohlenen Blick zum Ufer zurück und war sich bewußt, daß die niedrige Reling selbst ihm kaum Schutz bot, aber die Maizan schossen nicht auf sie. Dann entdeckte er weiter seitlich eine Bewegung und sah wie ein kleiner Reitertrupp Hals über Kopf zu der Landzunge hinüberjagte. Angeführt wurden sie von einer athletisch gebauten Gestalt, die Thorn sogar aus dieser Entfernung identifizieren konnte. Anakerie war bald den übrigen Reitern ein ganzes Stück voraus und verlangsamte ihr Tempo auch nicht, als die anderen zurückfielen. Schließlich machte sie in der Gischt der Brandung halt. Ihr Pferd war genauso furchtlos wie sie selbst und ließ sich weder durch Wind noch Wellen aufhalten.

»Ist die total verrückt geworden?« sagte Morag und

schaute abwechselnd zum Horizont und zu den Segeln hinauf, während ihre Hand leicht auf dem Ruder lag und das Schiff in Wind und Wellen auf Kurs hielt.

»Verrückt mag sie ja sein«, räumte er ein und zog die silberne Spange aus seinem verfilzten Haar, »aber auch großartig.«

»Anakerie, nicht wahr?« Er nickte, doch Morag schaute ihn gerade nicht an, so daß er ihre Frage laut bestätigte.

»Die Königliche Prinzessin, ja.« Und dann: »Schade, daß wir sie nicht mitnehmen können.«

»Redet keinen Schwachsinn«, blaffte Morag ihn an. »Wenn wir sie an Bord lassen, sind wir geliefert. Selbst meine besten Männer können es nicht mit ihr aufnehmen.«

»Es ist falsch, sie bei den Maizan zu lassen.«

»Das Wetter ist falsch. Die ganze Welt trägt ein falsches Gesicht. Warum sollte ausgerechnet sie sich anders entscheiden?«

»Meint Ihr, daß ich mit Elora einen Fehler begehe?«

»Ich kenn weder Euch noch sie gut genug, um das zu beurteilen. Maulroon traut Euch und hat mich gebeten, das ebenfalls zu tun, das ist auch schon alles. Aber die Kleine da drüben, ich hab nicht unbedingt den Eindruck, sie könnte Berge versetzen. Macht auf mich eigentlich überhaupt keinen Eindruck, um ehrlich zu sein.«

»Das ist ja gerade das Problem. Wir haben einen völlig unbekannten Weg eingeschlagen und tappen nun im dunkeln. Niemand weiß genau, wohin das alles führt und was uns unterwegs noch begegnen wird. Wir können nur hoffen und uns immer wieder klarmachen, daß wir diesen Weg beschreiten *müssen*.«

»Zu dumm. Wenn Ihr nicht wärt, Drumheller, hätte ich die Göre nicht an Bord genommen.« Aus einer Kajüte unter Deck war wütendes Geschrei zu hören. Elora ließ sich nicht besänftigen. »Und in die Mannschaft würde sie auch nicht passen – *kreuzen!*«

Morag war wieder vollauf beschäftigt und schob alle sonstigen Gedanken beiseite, als sie sich nun der Landzunge näherten. Das Schiff stöhnte und ächzte, als immer wieder

Brecher das ganze Deck überspülten. Shando und zwei Seeleute zogen an den Leinen, um die Segel in Position zu bringen, und seitlich stob immer wieder Gischt auf, als das Schiff seinen Kurs änderte.

Die Schiffsherrin hielt ihm einen mit Schlaufen und Schnallen reichlich ausgestatteten Schutzanzug unter die Nase.

»Wir haben genügend von dem Zeug an Bord«, sagte sie entschuldigend, »aber nicht Eure Größe.«

»Kein Problem«, entgegnete er. »Meine Kleider sind gegen Wasser gefeit.« *Und gegen Schnee,* dachte er, *und Graupeln und Hagel und Sand und sogar gegen normalen Verschleiß. Schließlich muß es ja manchmal auch auszahlen,* sagte er zu sich selbst, *ein Magier zu sein.*

»Aber den Gurt könnt Ihr immerhin tragen, solange Ihr Euch noch nicht so völlig ungezwungen im Wasser tummeln könnt wie die verdammte Bisamratte dort drüben.«

»Keine Sorge, Schiffsherrin«, entgegnete Ryn, der seinen Gurt bereits angelegt hatte, gutgelaunt. »An einem Tag wie heute ziehe selbst ich die Schiffspassage vor und natürlich die erlauchte Gesellschaft.«

Thorn schnallte sich die Apparatur wie einen Rucksack um die Schultern und befestigte sie dann mit einem quer über die Brust verlaufenden breiten Riemen. An dem Schloß war ein Schäkel befestigt, durch den man eine Rettungsleine hindurchziehen konnte.

»Wenn wir den Wellenbrecher da drüben erst mal hinter uns haben«, sagte Morag zu ihm und betonte jedes einzelne Wort, damit ihm keine Silbe entging, »müßt Ihr Euch *unbedingt* an eine Rettungsleine anschnallen. Wann immer Ihr an Deck seid, müßt Ihr stets an einer solchen Leine festgehakt sein. Solltet Ihr nämlich über Bord gehen, seid Ihr ohne diese Sicherung rettungslos verloren.«

»Verstanden.«

»Könnt Ihr den Wind und das Wasser besänftigen und dafür sorgen, daß auf unserem Kurs klare Sicht herrscht?«

»Ich werd's versuchen.«

»Verdammt noch mal«, fauchte sie wütend, »warum sind

Leute wie Ihr nur niemals sicher, was sie eigentlich tun können, während die Gegenseite sich ins Fäustchen lacht?«

»Weil denen die Folgen egal sind.«

»Kommt mir eher so vor, als ob Ihr nicht genug Mumm in den Knochen hättet.«

»Morag«, rief ihr Maat jetzt, »ein bißchen mehr nach Luv, wir kommen sonst zu nahe an die Felsen ran!«

»Wir kommen schon klar, Shando«, lautete ihre Entgegnung. »Wenn ich noch mal kreuze, liegen wir quer zur Hauptströmung und dann haben wir auf der anderen Seite nicht mehr genug Raum zum Manövrieren und nicht genug Fahrt, um heil zwischen den Riffen hindurchzukommen.«

»Schaut nur!«

Thorn folgte mit den Augen Ryns ausgestrecktem Arm und war gar nicht überrascht, als er Anakerie am äußersten Ende des Wellenbrechers entdeckte. Ihr Pferd stand direkt hinter hier – beide reglos wie Statuen, als ob sie wie die Felsen ringsum zu Stein erstarrt wären. In der kurzen Zeit, die es gedauert hatte, die Bucht zu durchqueren, hatte der Sturm deutlich zugenommen, und die Landzunge wurde inzwischen immer wieder von der Brandung überspült. Es war nur mehr eine Frage der Zeit, bis die ansteigende Flut den Wellenbrecher ganz unter Wasser setzen würde. Die Prinzessin wirkte wie von einem inneren Licht erleuchtet – einer Variante jenes Silberglanzes, der auch von Elora Besitz ergriffen hatte.

Thorn wußte, daß Anakerie ihn gesehen und für niemanden sonst an Bord Augen hatte, und er hatte das sichere Empfinden, daß – wo immer sie einander auch wieder begegnen mochten, ob in irgendeinem Geplänkel oder in offener Schlacht – dies auch in Zukunft stets der Fall sein würde. Es war fast so, als fordere er sie heraus, indem er aufrecht und reglos dastand, obwohl er auch so kein großes Ziel abgab, während sie den Pfeil auf die Sehne legte, den Bogen in einer einzigen Bewegung, geschmeidig und tödlich zugleich, voll durchzog und den Pfeil fliegen ließ.

Wind und Regen, der großen Entfernung und aller sonstigen Schwierigkeiten zum Trotz wußte Thorn in dem Augenblick, als sie losließ, daß der Pfeil für sein Herz bestimmt war. Sie glaubte, daß er für die Verzauberung ihrer Stadt, den Verlust ihres Vaters und das Ende all ihrer Friedensträume verantwortlich sei. Und als kleinen Ersatz für all dies wollte sie wenigstens sein Leben in die Waagschale werfen. Und er, dieser arme noble Narr, hegte dank des Bandes, das sich in dem Kerker zwischen ihnen gebildet hatte, soviel Verständnis für ihre Gefühle, daß er ihr wenigstens eine faire Chance bieten wollte.

Der Pfeil flog über die Reling …

… und Khorys Hand pflückte ihn aus der Luft.

Thorn blinzelte. Er hatte weder bemerkt, daß sie in seiner Nähe war, noch ihre Handbewegung gesehen. Auch Ryn war beeindruckt. Das Dämonenkind übertraf selbst ihn an Reaktionsvermögen und Präzision, was er zuvor nicht für möglich gehalten hatte.

»Bist du völlig verrückt geworden?« fragte Khory.

»Sollten wir nicht in Deckung gehen«, schlug Ryn vor, »bevor sie es noch mal versucht? Wir sind noch immer in Schußweite.«

Neben der Prinzessin war noch eine weitere Gestalt aufgetaucht, und es war leicht zu erkennen, daß weder der Mann noch sein Pferd sich in dieser Situation sonderlich wohl fühlten. Der Kastellan ergriff Anakeries Arm und riß sie herum. Den Schwung des Schlags, den sie ihm mit der anderen Hand versetzen wollte, nutzte er geschickt aus, um ihr den Arm auf den Rücken zu drehen. Thorn hätte am liebsten selbst einen Bogen zur Hand gehabt, um dem Befehlshaber der Donnerreiter Manieren beizubringen.

»Geht nach unten«, sagte Morag, die der See an Unerbittlichkeit kaum nachstand, »ja, ihr alle. Und sollten euch die jenseitigen Mächte noch eine Gefälligkeit schulden oder falls es irgendwelche Götter gibt, die eure Rufe hören, dann könnten wir diese Hilfe bestens gebrauchen.«

Die Kajüten waren viel geräumiger, als Thorn nach einer ersten Inspektion des Rumpfes gedacht hatte. Die größte der Kabinen war eine Art Aufenthalts- und Speiseraum, und weiter vorne gab es noch ein paar Schlafkajüten. An Bug und Heck und weiter unten befanden sich Lagerräume.

Thorn stieg als letzter die Treppe hinunter, als sie gerade die Landzunge passierten und einen Vorgeschmack von dem bekamen, was sie erwartete. Die schweren Wellen, die gegen den Bug schlugen, erinnerten mehr an feste Objekte als an flüssige. Sie schüttelten den Schoner auf ganzer Länge mit solcher Gewalt, daß Thorn den Halt verlor und einen Sturz gerade noch verhindern konnte, indem er sich mit letzter Kraft irgendwo festhielt. Er hing wie ein Kletteraffe da und hatte einige Mühe, wieder sicher auf die Füße zu kommen. Er konnte nicht stehen, ohne sich an einem auf Deck oder an einem Schott vertäuten Gegenstand festzuhalten (denn die Decke konnte er nicht erreichen). Inzwischen schaukelte das Schiff nämlich immer bedrohlicher hin und her.

Jede Welle, auf die sie trafen, prallte mit mörderischer Wucht gegen den Bug – offenbar fest entschlossen, das Schiff endgültig in Stücke zu schlagen. Und so dachte Thorn immer häufiger darüber nach, wie lange das stabile Holz des Rumpfes diesem gnadenlosen Ansturm noch standhalten werde. Sie konnten hören, wie Wasser, das so wütend wie auf einem heißen Backblech zischte, über das Deck gepeitscht wurde. Überall ächzte und quietschte das Holz, als der Rumpf immer wieder brutal gerüttelt und geschüttelt wurde. Oben herrschte ein ebensolcher Tumult, denn bei jedem Manöver wurden die Spieren krachend zur anderen Seite gedreht. Sofort anschließend hörte man, wie die Leinen wieder festgezurrt und die Ketten eilends gestrafft wurden. Der Wind heulte nicht, er brüllte und ließ die Takelung qualvoll jammern.

Es gab kein Licht. Das Schiff wurde derart machtvoll und unberechenbar von allen Seiten attackiert, daß selbst eine geschützte Laterne zu riskant gewesen wäre, und die Luft wurde ohnehin rasch so feucht, daß eine Flamme gar nicht hätte brennen können. Doch noch gab es genug natürliches Licht, um oben auf Deck zu sehen; allerdings würde sich das bei Einbruch der Dunkelheit ändern. In der Kajüte war es dagegen kaum heller als in einer Höhle. Elora und Geryn saßen zusammen, und der Pfadfinder gab sich redlich Mühe, das Mädchen zu schützen und seine eigene Angst zu zügeln. Einzig Khory schien durch das Geschehen völlig unberührt, ja, sie fand das Geschaukel offenbar sogar faszinierend – wie alles Neue, womit sie konfrontiert wurde. Thorn, der selbst mit Hilfe logischer Analyse seiner Angst Herr zu werden versuchte, mutmaßte, daß ein Kind des Chaos sich in einem solchen Inferno natürlich wie zu Hause fühlen mußte. Die arme Elora hingegen zitterte und bibberte am ganzen Leibe und wollte gar nicht mehr zu schluchzen aufhören. Sie alle froren erbärmlich, und die Luft war klamm von dem Wasser, das durch die Ritzen der Luken eindrang.

»Gar nicht gut«, bemerkte Ryn.

»Ist das eine allgemeine Feststellung, mein Freund, oder aber bezieht Ihr Euch auf etwas Bestimmtes?« fragte Thorn.

Der Wyr antwortete mit einem hustenähnlichen Bellen, das Thorn als ein Lachen interpretierte, und kletterte vorsichtig aus seiner Koje im vorderen Teil der Kajüte. Die Aufmerksamkeit, mit der er jede seiner Bewegungen ausführte, sprach deutlich davon, wie ernst und gefährlich ihre Situation war. Seine Schritte waren von einem eigenartig platschenden Geräusch begleitet, und Thorn beugte sich deshalb vor, um herauszufinden, was das zu bedeuten hatte. Gerade diesen Augenblick wählte das Schiff, um eine schlingernde Drehbewegung auszuführen, so daß er zunächst nach vorne und dann abwärts geschleudert wurde, als der Bug in ein Wellental stürzte und dann wieder steil nach oben hinaufstieg. Für den Bruchteil einer Sekunde fand er sich plötzlich in der Luft wieder, bis Khory ihn mit sicherem Griff an seinem Haltegurt zu fassen bekam.

»Wasser«, krächzte er, weil er sein körperliches und geistiges Gleichgewicht zurückgewinnen wollte, während sein Magen noch auf- und abhüpfte. Er schmeckte Galle und mußte mehrfach schlucken. Elora krümmte sich zusammen und erbrach sich heftig. Es war ein schrecklicher Anblick, als das Kind hustete und schluchzte und weiter würgen mußte, obwohl ihr Magen bereits völlig leer war. Der die ganze Kajüte erfüllende Gestank des Erbrochenen war überwältigend: Auch Geryn mußte daraufhin den Elementen seinen Tribut zollen.

Ein Luftzug fegte durch eine der Luken herein, als Morag mit quietschenden Gummistiefeln die Sprossen heruntergestiegen kam. Als sie den Zustand der Kajüte sah, verzog sie das Gesicht, jedoch mehr wegen des eingedrungenen Wassers als wegen des darauf schwimmenden Erbrochenen. Ein Blick genügte ihr, um die Situation und den Zustand der Passagiere einzuschätzen.

»Ihr da« – sie wies mit dem Daumen auf Taksemanyin und dann auf Khory –, »Zeit, daß ihr euch 'n bißchen nützlich macht. Ein Pumpe auf dieser und eine zweite auf der anderen Seite des Schotts dort. Und pumpt, so kräftig ihr könnt, bis euch das Herz zerspringt oder ich etwas anderes sage. Ryn, zeig ihr, wie's geht.«

Dann wandte sie sich an Thorn.

»Wir können nicht weiter, Drumheller«, sagte sie entschieden, und hinter ihren Worten steckten derart wüste Beschimpfungen, daß er errötet wäre, hätte er noch ein bißchen Farbe im Gesicht gehabt.

»Vielleicht kann ich ...«, begann er, doch sie winkte ab.

»Seht's Euch meinetwegen an und probiert Eure Kunst, Magier, aber Ihr müßt schon entschuldigen, wenn ich keine große Hoffnung in Euch setze. Ihr könnt oben auf Deck sehen, was ich meine.«

»Und die andern?«

»Die bleiben, wo sie sind. Das ist sicherer, glaubt mir.«

»Geryn ...?«

»Ich werd sie mit meinem Leben beschützen!« gelobte der Kavallerist. »Verdammt sollt Ihr sein, Drumheller, weil Ihr sie in solche Gefahr gebracht habt.«

Thorn wußte nicht, was er Elora hätte sagen können, und sie hatte ihm außer Schluchzen offenbar ebensowenig mitzuteilen, als sie sich wie ein nasses Kätzchen in Geryns Arme schmiegte.

Khory hakte sich bei ihm ein.

»Paß auf dich auf«, sagte sie.

»Das tu ich schon«, beschied er sie barsch. »Wichtig ist einzig Elora.« Dann faßte er sich wieder und fügte besänftigend hinzu: »Tu, was Morag dir sagt, Khory. Wenn das Schiff sinkt, sind wir alle verloren.«

»Keine Sorge«, beruhigte Morag Khory. »Ihm geschieht nichts.«

Schon viele Jahre kannte Thorn allerlei magische Tricks, um die Wirkung des Wetters abzuschwächen. Er blieb trocken im Monsunregen, fand Kühle in der Wüste und hatte sich gegen die Wechselfälle der Natur stets optimal zu schützen gewußt. Doch einen solchen Sturm hatte er noch nie gesehen.

Der Wind tobte schlimmer, als Thorn es je erlebt hatte, und wütete mit solcher Macht, daß der Nelwyn lediglich die schlimmsten Folgen für sich selbst ein wenig abmildern konnte. Doch den übrigen oder auch dem ganzen Schiff konnte er keine Erleichterung verschaffen. Die Männer sahen aus wie nach der Schlacht. Überall hatten sie Schnittwunden und Prellungen, und einer von ihnen preßte eine Hand auf die Brust, wo ihn eine wildgewordene Leine fast bis auf das Brustbein aufgeschlitzt hatte. Die Wellen hatten keine Kämme, sie kamen vielmehr mit rasendem Tempo flach daher – das Wasser schwer wie Öl und dunkler als der Himmel. So unerträglich laut ihm der Sturm auch unter Deck schon erschienen war, hier oben herrschte die reinste Hölle. Es kam ihm vor, wie wenn sämtliche Drachen, die es je gegeben hatte, sich zu einer einzigen schrecklichen Bestie zusammengeschlossen hätten, die nun so wild herumbrüllte, daß die Erdkruste gerissen war.

»Könnt. Ihr. Helfen?« Morag legte ihren Mund an sein Ohr und schrie mit heiserer Stimme.

Er aktivierte seine EinSicht, um sich einen Eindruck von dem Unwetter zu verschaffen. Das dauerte nicht lange, doch die Antwort war nicht erfreulich.

»Es ist der Wind und das Meer«, sagte er. »Reine Naturkräfte, absolut nichts Magisches. Und ich kann kein Ende erkennen.«

»Das hab ich befürchtet.« Morag nickte zustimmend. »Der

Wind ist gegen uns, das Wasser ist gegen uns. Und nicht nur die Wellen werden vom Sturm aufgewühlt, auch die Ozeanströmung selbst verändert ihre Richtung. Wenn wir in das Zentrum des Unwetters geraten, dann zerschlägt es uns den Rumpf. Vorne am Bug geben die Planken ohnehin bereits nach, Drumheller, lockern sich mit jedem Ansturm der Wellen mehr. Wirklich erstklassig gebaut, mein Schiff, aber das hier ist, als wenn man das arme Ding wieder und wieder mit dem Rammbock bearbeiten würde. Einer von uns muß nachgeben, und das sind ganz sicher nicht die Wellen. Die einzige Möglichkeit ist, mit dem Wind zu segeln.«

»Klingt auch nicht verlockend.« Schlimmer noch, denn wenn sie vor dem Wind fuhren, segelten sie auf direktem Weg dorthin zurück, woher sie gekommen waren, nach Angwyn. Aber das brauchte er nicht zu erwähnen, denn Morag wußte es ohnehin.

»Ich hab Euch ja gesagt, Magier, daß wir an Land sicherer sind. Wir müssen die Segel reffen, so straff es nur eben geht, und dann einen Treibanker auswerfen, der uns stabilisiert.«

»Ich werde tun, was ich kann.«

»Wir müssen irgendwie vor den Wind kommen, das ist das Problem. Wenn wir das heil überstehen, haben wir vielleicht 'ne Chance. Aber was auch passiert – Ihr dürft nicht zulassen, daß wir unter die Wellen geraten, sonst haut es uns schneller zusammen, als Ihr denken könnt.«

Sie hielten den Kurs bei, bis alles bereit war. Das Schiff schaukelte weiterhin wie eine Nußschale auf den Wellen, während Thorn mit dem Ruder kämpfte und Morag und Shando ein Segel aus einem Kasten zerrten und eine Ankerkette durch seine Ösen zogen. Die Kette wiederum wurde mit der dicksten Trosse an Bord verbunden, einem Tau, das fast so dick war wie Thorns Handgelenk, und dann an zwei Pollern am Heck befestigt.

»Noch ein Grund, keinen Fehler zu machen«, sagte Shando zu Thorn, als er den Nelwyn am Ruder ablöste. »Möchte nicht, daß es uns den Heckbalken wegreißt.«

Das Deck stand jetzt pausenlos – für Thorn – knietief unter Wasser, was dem wesentlich größeren Daikini nicht allzuviel ausmachte, ihm dagegen um so mehr. Denn es kostete ihn unglaubliche Kraft, die für seinen Zauber notwendige Konzentration aufzubringen und sich gleichzeitig auf den Beinen zu halten. Angesichts der emsigen Aktivität auf der Brücke blieb es zudem nicht aus, daß er immer wieder im Weg stand. Er dachte schon daran, in die Kajüte zurückzukehren, und hörte das rhythmische *kalumpa, kalumpa* der Pumpen, deren Vibrationen er auch in den Füßen spürte. Doch dann schüttelte er den Kopf: In das Loch konnte er nicht wieder hinabsteigen.

Doch dann bezwang er seinen Stolz und wollte gerade um Hilfe bitten, als ihn ein Paar triefend nasse Arme von seinem Platz wegzogen und ihn über das Steuerhaus zum Großmast hinüberbugsierten.

»Danke, Morag«, keuchte er, durch seine Vorbereitung so atemlos, als hätte er einen Berg erstiegen. Der eigentliche Zauber war noch um ein Vielfaches anstrengender, und das hatte die Frau offenbar geahnt.

»Hab der jungen Dame unten mein Wort gegeben«, sagte sie, während sie ihn an seinem neuen Platz festband. »Macht Euch also keine Sorgen. Solange der Mast noch da ist, seid Ihr sicher. Allerdings müßt Ihr schon selbst dafür sorgen, daß der Mast stehen bleibt, okay?«

»Wenn es eine Möglichkeit gibt, uns hier heil rauszubringen, dann finde ich sie.«

»Wär verdammt gut. Aber nehmt es mir nicht übel, Drumheller, wenn ich noch mal frage: Ist die Kleine das alles wirklich wert? Hab den Eindruck, daß die Welt auch ganz gut zurecht gekommen ist, bevor Elora Danan die Bühne betreten hat.«

»Bavmorda ...«

»Liegt 'ne ganze verfluchte Welt zwischen Nockmaar und Angwyn, und die Frau hat mich kein bißchen interessiert.«

»Vielleicht 'ne ganze verfluchte Welt, Morag, aber trotzdem nur *eine* Welt. Es ist ein weiter Weg von Eurem Fuß bis zu Eurem Herz. Aber wenn Ihr den Wundbrand im Zeh bekommt, wie lange dauert es, bis er Euch tötet? Wir können uns nicht länger voneinander abschotten, wir müssen lernen, *zusammen*zuleben, sonst werden etliche von uns schon bald überhaupt nicht mehr leben.«

»Und Ihr glaubt, das kann *sie* bewirken?«

»Ich habe Tir Asleen gesehen, Morag. Ich habe sämtliche zerstörten Orte der Welt katalogisiert.« Er wies mit dem Arm auf das tobende Meer hinaus. »Das hier ist die Alternative. Chaos und Krieg und dunkle Schatten, die über dem Land und den Seelen liegen.«

»Morag«, rief Shando jetzt. *»Wir sind bereit.«*

Aber ungeachtet seiner tapferen Reden und der aufrichtigen Überzeugung, hinter der sich sein Mut verschanzt hatte, stürzte Thorn zunächst in so abgrundtiefe Zweifel, daß er sie beinahe alle der Vernichtung preisgegeben hätte.

Er war ein Nelwyn und gehörte somit der kleinsten jener Menschenrassen an, die (anders als die Brownies) dem Schleiervolk nicht untertan waren. Und der höchste Wert im Dasein der Nelwyns war Schlichtheit im Denken und Handeln. Sie wollten lediglich in Harmonie mit der Welt und den übrigen Wesen ihrer Arbeit nachgehen. Die typische Arroganz der Daikini lag ihnen ohnehin völlig fern. Und das war ja auch nicht weiter verwunderlich, da sie wegen ihrer geringen Größe meistens von den Stärkeren ausgebootet wurden. Deshalb hielten sie sich an die Regel: Tue nichts Böses und denke nichts Böses. Und vervollständigt wurde dieser Grundsatz durch das von einer Generation an die nächste weitergereichte Prinzip: Fall unter gar keinen Umständen auf.

Er hatte beschlossen, sich auf das Spiel der Welt einzulassen und zu handeln, wo jeder halbwegs normale Nelwyn sich schleunigst aus dem Staube gemacht hätte. Und für einen solchen Rückzug hatte sein Volk sich tatsächlich entschieden, wie er nach seiner Rückkehr aus dem zerstörten Tir Asleen hatte feststellen müssen, als er das Tal und das Dorf verlassen vorgefunden hatte. Denn alle seine Angehörigen, Freunde, Nachbarn hatten inzwischen einen sicheren, geheimen Ort aufgesucht. Und ihn ganz allein in der wachen Welt zurückgelassen. Er begriff zwar nicht, warum. Aber die Sehnsüchte, Träume und die Wünsche, die ihn damals angetrieben hatten, bewegten ihn bis heute und waren ihm letztlich immer völlig rätselhaft geblieben. Wann immer er etwas unternahm, hoffte er inständig, es werde ihn seinem ursprünglichen Leben wieder näherbringen und den Freuden, von denen er schon so oft befürchtet hatte, daß er sie auf immer verloren habe. Jeden Augenblick dachte er an Elora Danan, und die Liebe, die er ihr entgegenbrachte, war durch die Wut darüber entstellt, daß diese Liebe, diese Hingabe ihn einen so hohen Preis gekostet hatte.

Er wollte, daß das alles aufhörte.

In diesem Augenblick wäre es fast passiert.

Er verschmolz mit dem Wind und der See, sein Selbstgefühl weitete sich so unendlich weit aus, daß es alle Kräfte einschloß, die ihn durchpulsten. Er stand auf dem Grund des Ozeans – in solchen Tiefen, daß nichts von dem, was dort umherschwamm, auch nur im entferntesten einem der Fische glich, die er bis dahin gesehen hatte. Die Lebewesen hier unten erzeugten ihr eigenes Licht, weil dort eine Dunkelheit herrschte, die nie durch einen Sonnenstrahl erhellt wurde. Er stieg hoch oben in den Himmel auf, an einen Ort unerträglicher Extreme, wo es nachts so eiskalt wie tagsüber glühend heiß war – schwebte hoch über der Atmosphäre, die alles Leben auf Erden schützt, und gelangte in eine Sphäre, die so unermeßlich groß war wie die Sterne an Zahl. Schwindel erfaßte ihn und ein erstickendes Gefühl des Entsetzens, daß er irgendwie wieder in das Reich des Dämons geraten sei, als er unter sich die Erde als eine große Kugel sah, die durch das unendliche Nichts dahinschwebte.

Und tatsächlich war in alledem etwas Dämonisches, und auch das Wetter hatte einen scheußlichen Beigeschmack, der ihm irgendwie sagte, daß der Sturm selbst zwar ein natürliches Geschehen, jedoch in seinem Ursprung von den Kräften des Bösen gesteuert war. Mit einem Blick überschaute er jetzt die ganze Welt – sah Wolken, Wind, Regen, Meer und Land –, doch schon in der nächsten Sekunde schaute er die Elementargewalten, die all diese Wirkungen erzeugten. Ein ewiger Wechsel von Hitze, Kälte und labilen Druckverhältnissen, die das Wasser und die Luft hoch oben in Bewegung setzten.

In jenem blitzartig aufzuckenden Augenblick der Transzendenz verstand er plötzlich die Gesetzmäßigkeiten der physikalischen Welt, begriff, wie er die Energien des Unwetters hätte umlenken und schwächen können. Er hätte die Macht bloß zu ergreifen brauchen, wäre er dazu mutig genug gewesen.

Er zögerte und hörte plötzlich ein Lachen, die Stimme des Betrügers, in der die Erkenntnis mitklang, daß Thorn der Situation nicht gewachsen sei, und gleichzeitig das Befremden darüber, daß er über solche Macht verfügte.

»Wer bist du?« schrie Thorn mit der Stimme des Windes. *»Warum tust du das alles?«* brüllte er mit der Urgewalt der Wellen.

Morag warf das Ruder hart herum, und ihr Schiff drehte sich wie eine Wetterfahne im Wind. Shando und seine Männer schleuderten den Treibanker achtern über das Heck und zogen wie verrückt an den Leinen, um das Segel möglichst weit zu öffnen. Von weit oben erkannte Thorns Geist sogleich, daß das Manöver nicht rasch genug ausgeführt wurde, daß die Wellen zu nahe zusammenkamen und das Schiff keine volle Drehung vollzog, bevor es abermals in ein tiefes Wellental sackte. Der Schoner trieb fast quer zu den Wellen dahin und wurde seitlich von riesigen Wassermassen überspült, so daß alle an Deck sich verzweifelt an irgend etwas festhielten, als sich das Schiff steil aufbäumte. Er hörte, wie unten in der Kajüte das Geschirr aus den Schränken flog, und dann ertönte ein langer Schrei, der nur von Elora herrühren konnte.

Der Augenblick, in dem er die Oberhand gehabt hatte, war vorüber, das wußte er selbst. Sein eigenes Zaudern und der Spott des Betrügers hatten ihn um die Chance gebracht, den Sturm ganz zu besänftigen. Jetzt konnte er nur mehr an Ort und Stelle handeln und Morags Schiff retten, und das tat er, indem er die Wellen für kurze Zeit beruhigte, so daß die Schiffsführerin den Schoner wieder unter Kontrolle und vor den Wind bringen konnte.

Er war dankbar für die Gischt und den Regen, hinter denen er seine Tränen verbergen konnte.

»Gut gemacht«, beglückwünschte ihn einer der ahnungslosen Seeleute, als er Thorn vom Mast losband.

»*Gar nichts* hab ich gemacht«, lautete die bittere Antwort, und als er zu Morag hinüberblickte, sah er, daß auch sie genau wußte, was geschehen war. Trotz alledem lag kein Vorwurf in ihrem Blick. Er hatte sein Bestes gegeben, und mehr erwartete sie von niemandem.

Er fiel auf die Knie und dann vornüber, eine einsame Figur am Fuße des Mastes, die kaum jemand wahrnahm, als Shando und seine Leute die Segel einholten und die Spieren festzurrten. Der Großmast war nun nackt und das Segel verstaut. Nur am Fockmast flatterte noch ein kleines Stück Tuch, das gerade ausreichte, ein wenig Fahrt zu machen.

»Wenn man auf einem Pferd einen Hügel hinaufreitet, gibt man dem Gaul freien Kopf«, erklärte Morag, als er ins Ruderhaus kroch und fragte, was sie dort machten. Shando überwachte die Leinen und Segel, während sie das Ruder hielt. Ein Seemann war nach unten gegangen, um seinen verletzten Freund zu versorgen. »Kann so schnell gehen wie er will, der Gaul, weil er ja gegen die Schwerkraft ankämpft. Beim Abstieg dagegen liegen die Dinge ganz anders.«

Sie wurden von einem Wellenkamm hoch hinaufgetragen, und wer dumm genug war, über die Reling zu schauen, konnte die Kurve vom Bug bis zum Kiel erkennen. Morag bediente das Ruder, und Thorn japste nach Luft, als sie eine fast senkrechte Wasserwand hinabglitten. Noch kurz zuvor hatte er den Himmel gesehen, doch nun war auf beiden Seiten nichts als der schwarze Ozean zu erkennen, und zwar so nahe, daß man das Wasser hätte berühren können. Morag faßte ihn beim Kragen und hielt ihn solange fest, bis er sich selbst an der Reling festgeklammert hatte. Dann kettete sie ihn wieder an seinem Sicherheitsgurt fest. Sie wirkte, als wäre sie täglich in solchen Stürmen unterwegs, aber Thorn wußte auch ohne seine EinSicht, wie besorgt sie in Wirklichkeit war. Sie hatte tiefe Falten auf der Stirn, und auch ihrem übrigen Gesicht waren die Strapazen der letzten Stunden deutlich anzusehen.

»Wenn man zu schnell ist«, fuhr sie dann fort, als ob es

sich um ein zwangloses Gespräch in einer gemütlichen Taverne in irgendeinem Hafen handle, »kommt man in Biegungen zu leicht vom Weg ab und landet schließlich irgendwo im Graben. Ganz ähnlich verhält es sich auch hier. Wenn man gegen den Wind kreuzt, kann man das Schiff zwar leicht kontrollieren, ist aber dem Seegang viel stärker ausgesetzt. Segeln wir vor dem Wind, setzen uns die Wellen zwar nicht so hart zu. Aber wir müssen versuchen, mit der Dünung zu gehen, sonst bohrt sich das Schiff in die Wellen, oder es passiert noch was Schlimmeres. Der Anker wirkt wie eine Bremse und verhindert, daß wir zuviel Fahrt machen, so daß ich besser manövrieren kann.«

»Und wie lange?«

»Solange es eben dauert, was meint Ihr denn?«

Thorn wollte wieder unter Deck gehen, doch dort stand das Wasser ungeachtet der Pumpen jetzt noch höher als zuvor, und es stank inzwischen schlimmer als auf jedem Abort. Aber der Schoner bewegte sich jetzt gleichmäßiger voran und ritt die Wellenberge langsam ab, während er vorher unentwegt von harten Stößen geschüttelt worden war. Der Wind freilich hatte von seiner Kraft nichts eingebüßt. Ganz im Gegenteil. Er drückte beständig auf sämtliche Teile des Schiffes und strapazierte sie bis zum äußersten.

Er hörte ein *Schnapp*, das an das Brechen eines gefrorenen Astes erinnerte, und Shando warf ihn nieder, als ein Drahtseil an seinem Kopf vorbeisauste. Morag hatte nicht soviel Glück, als das ausgefranste Ende mit der Leichtigkeit einer Rasierklinge ihr Ölzeug und ihren Pullover durchtrennte. Sie stürzte mit einem Schrei zu Boden, wobei sie das Ruder noch um eine halbe Drehung mitzog, so daß sie fast wieder quer zu den von hinten anrollenden Wellen lagen. Shando packte Thorn im Rücken und schleuderte den Nelwyn buchstäblich durch die gesamte Kabine, bis er mit dem Ruder zusammenstieß.

Niemand brauchte Thorn zu sagen, was zu tun war. Er griff in die Speichen, und stieß einen Fluch aus, als er sich an dem eisglatten Holz ein paar Finger aufriß. Gleichzeitig aber warf er das Ruder in dem verzweifelten Versuch herum, das Schiff wieder auf Kurs zu bringen.

Der Schoner stürzte mit einem Irrsinnstempo in ein Wellental und auf der anderen Seite schlingernd wieder hinauf. Ein gewaltiger Wasserschwall ergoß sich in die Kabine und floß dann durch die Speigatts wieder ab. Shando ignorierte die Flut und hielt seine Frau fest, während er gleichzeitig ihr Ölzeug öffnete, um nachzusehen, wie schlimm sie verletzt war.

Als er sich wieder zu Thorn umdrehte, sah er aus wie ein Schlächter und war an Händen und Armen, Bauch und Brust über und über mit Blut beschmiert. Thorn fürchtete schon das Schlimmste.

»Zum Glück keine Knochen gebrochen«, sagte Shando. »Aber es hat sie fürchterlich aufgeschlitzt. Verbinden und wieder zusammenflicken können wir sie hier nicht. Aber vielleicht könnt Ihr ja was tun?«

Sie tauschten die Plätze. Thorn befestigte seinen Gurt seitlich an der Reling und hockte sich so gut es ging neben Morag. Ihre Haut fühlte sich so eiskalt an wie das Wasser, ihre Augen starrten ins Leere, und ihre Lippen und Fingerspitzen waren von der Kälte und dem Schock blau angelaufen. Sie versuchte, ihn zu fixieren, aber diese Anstrengung überstieg ihre Kräfte, als er ihr Ölzeug öffnete und sich an ihren Wunden zu schaffen machte. Ihm blieb keine Zeit, besonders sanft zu Werke zu gehen, und er hoffte, daß sie ihm die Narben verzeihen würde, die er wegen des Zeitdrucks an ihrem Körper zurücklassen mußte. Er schickte durch seine Arme eine Energieladung in ihren Körper, die so stark war, daß Morag sich aufbäumte und einen Schrei ausstieß, der jede Todesfee vor Neid hätte erblassen lassen.

»Donnerwetter, Nelwyn«, sagte sie zu ihm, als er fertig war und sich die Verhältnisse zwischen ihnen so verkehrt hatten, daß sie wegen seiner Erschöpfung jetzt ihn halten mußte, »so einen wie Euch kann man immer brauchen.«

»Verlaßt keinen Hafen mehr«, entgegnete er lächelnd, »ohne so einen. Meine Ohren tun weh, Morag.«

»Schluckt mal kräftig. Der Druck innen ist stärker als außen.«

»So, wie wenn man oben auf einem Berg steht, meint Ihr?«

»Wird wohl so sein, wenn Ihr es sagt. Ich bin keine große

Kletterin, war nie weiter oben als im Mastkorb. Was macht eigentlich der Sturm? Seht Ihr das Glas da drüben?« Sie zeigte auf ein Barometer, das gleich neben der Kajütstreppe hing. »Je tiefer der Zeiger, desto schlimmer der Sturm.«

»Steht sehr niedrig.«

»Was Ihr nicht sagt.«

»Morag.« Shando stand am Ruder und zeigte auf das Meer hinaus, während Burys – der weitgehend unverletzt gebliebene Matrose – das gerissene Fall wieder zusammenflickte. »Siehst du das Glühen da hinten? Ist zu groß für einen Leuchtturm.«

Thorn wollte aufstehen, um besser zu sehen, aber er hatte schon Mühe genug, sich nur festzuhalten. Überdies war ihm klar, daß er ein ganzes Stück den Mast hinaufklettern mußte, um sich überhaupt einen Eindruck von der Situation zu verschaffen. Selbst Morag konnte nur etwas erkennen, wenn das Heck gerade von einer Welle angehoben wurde. Thorn empfand einen stechenden Schmerz bei dem Gedanken an die Adler. Wie hilfreich wäre jetzt ihr gottähnlicher Ausblick auf die Welt gewesen und ihre Fähigkeit, den Wind ihren Bedürfnissen gefügig zu machen. Gleichzeitig wußte er sehr wohl, daß sie viel zu klug waren, sich einem solchen Sturm auszuliefern. Eine Nacht wie diese würden sie gewiß behaglich in ihrem Horst verbringen und dort auf einen angenehmeren Morgen warten.

»Ich glaube, das ist Angwyn, Drumheller«, sagte Morag.

»Ja«, sagte er mit der ihr eigenen Knappheit.

»Wenn wir erst das Königstor passiert haben, dürften wir vor Wind und Wasser einigermaßen geschützt sein.«

»Wir wollen dort nicht hin, Morag.«

»Hab nur laut gedacht, das ist alles. Aber wenn wir an der Nordküste entlangsegeln, das ist die reinste Hölle, dauert mindestens drei Tage.« Keiner von ihnen hatte es bisher ausgesprochen, aber sie wußten beide, daß sie bei anhaltendem Sturm so lange niemals würden durchhalten können. Sie waren kaum eine Nacht unterwegs und schon am Ende ihrer Kräfte. Der Schoner mochte die Strapazen ja noch eine Weile aushalten, aber sie selbst ganz gewiß nicht.

»Kein einladender Hafen«, fuhr sie fort, »wenn uns dieser Sturm dort hineindrückt. Sind schon ganz andere Segler an den Felsen zerschellt, und zwar bei gutem Wetter – bei den *Göttern.*« Ihre Stimme erstarb beinahe, so daß Thorn sich gezwungen sah, die Worte, die er nicht verstehen konnte, zu erraten. Er verstand durchaus, wie sie sich fühlte; seine Reaktion war nicht viel anders.

Der größte Teil der Stadt lag hinter einer Landzunge verborgen, die eine natürliche Barriere bildete, bevor schließlich das Tor sich öffnete, so daß der Eindruck entstand, die ganze Küste sei durch eine solide Bergkette geschützt, die nur an einer Stelle, wie von einer Riesenhand herausgemeißelt, unterbrochen war. Hier und da waren mehr oder weniger stattliche Häuser und Gebäude zu erkennen, die freilich in dem noch weithin unerschlossenen Land kaum ins Gewicht fielen. An klaren Tagen konnte man von weitem schon die Spitzen der großen Paläste erkennen und natürlich Eloras Turm. Doch die wahre Herrlichkeit der Stadt Angwyn wurde erst sichtbar, wenn man mit dem Schiff tatsächlich in die Bucht einfuhr.

Das alles hatte sich gründlich geändert. Die Stadt erschien wie in flüssiges Silber getaucht, oder als hätte die mythische Winterkönigin sämtliche Gebäude Schicht um Schicht mit glitzernden Schneeflocken überzogen, die nun ein funkelndes Eigenleben angenommen hatten. Die Bauwerke strahlten noch immer wie glühende Kohlen in einem Feuer, nur daß sie keine Wärme abstrahlten, sondern sie vielmehr absorbierten. Und zwischen den einzelnen Gebäuden zogen sich wie Spinnweben bizarr geformte Eisgebilde hin, so daß die ganze Stadt wie ein kunstvoller Zuckerguß erschien.

Und dennoch war die ganze Erscheinung eine Täuschung. Thorn spürte die Kälte nicht so sehr als äußere Einwirkung auf seinen Körper, sondern vielmehr im Mark seiner Knochen und noch tiefer in jenem Teil seiner selbst, den er als seine Seele kannte.

»Hab noch nie zuvor das *Böse* gesehen«, flüsterte Morag fast ehrfürchtig, als ob jedes laut gesprochene Wort die Kraft hätte, jene Macht anzuziehen, die Angwyn vernichtete hatte.

»Wir können dort nicht hineinfahren, Morag.«

»Da habt Ihr verdammt recht.«

Taksemanyins Kopf wurde jetzt auf der Kajütstreppe sichtbar.

»Drumheller!« schrie er, »Elora Danan ist weg!«

»Da!« Diesmal war es Shando, der schrie und mit der Hand auf eine Gestalt wies, die gerade unbeholfen die vordere Kajütstreppe hinaufstieg, dann um den Vormast herumging und sich mit dem Rücken dagegenlehnte.

»Verfluchte *Hölle«*, knurrte Morag und stieß dann einen Schmerzensschrei aus, als sie hinter dem Mädchen herstürmen wollte und feststellte, daß ihre Wunde noch lange nicht verheilt war. Durch Morag, die direkt vor ihm stand, und seinen Gurt behindert, hatte Thorn keine Chance, zu Elora hinüberzueilen, so daß es Ryn überlassen blieb, mit Riesensätzen zu dem Mädchen hinüberzuspringen. Der Seegang war jetzt noch stärker als zuvor, so daß Thorn, der gerade damit beschäftigt war, sich loszubinden, innehielt und aufs Meer hinaussah. Ein Blick über die Schulter zeigte ihm, daß Morag ähnliche Befürchtungen hegte.

»Ich bin Elora Danan«, rief das Kind mit dünner Stimme in den Sturm hinein. Thorn schreckte bei diesen Worten völlig konsterniert auf, und in seiner Brust hämmerte sein Herz mit solcher Gewalt, daß es zu zerspringen drohte.

»Sie befiehlt den Naturgewalten!« schrie er, mehr zu sich selbst, weil die anderen ihn nicht verstehen würden. Ohne selbst genau zu wissen, was sie tat, schleuderte sie die ihr angeborene Kraft dem Sturm entgegen – wie ein Fischer, der sein Netz auswirft.

»Elora, nein!« Ein Verzweiflungsakt, eine instinktive Reaktion, ein Netz, das sie einfangen und zum Schweigen bringen sollte, bevor sie zu weit ging. Doch sie entzog sich seinem Zugriff mit derselben Quecksilbrigkeit, mit der sie sich auch dem Betrüger entzogen hatte. Ihre Macht gehörte einzig ihr selbst und war niemandem verantwortlich.

»Ich bin die Heilige Prinzessin Elora Danan«, sagte sie. »Es ist meine Bestimmung, über die Dreizehn Reiche zu herrschen. Und eure Pflicht ist es zu gehorchen! Wind und Wellen hört mich, ich befehle euch, ruhig zu sein!«

Sie war kaum breiter als der Mast selbst, eine plumpe Vogelscheuche in zerfetzten Kleidern, mit zerzaustem Haar, über und über besudelt mit dem, was sie erbrochen hatte, und so schwach, daß sie am ganzen Körper bebte. Dennoch befahl sie dem Sturm zu schweigen, und einen Augenblick lang dachte Thorn, daß dem Mädchen Erfolg beschieden sei.

Plötzlich herrschte ringsum ein aktives *Schweigen*. Thorn dachte an die Augenblicke in der Narbe, bevor die Kräfte des Berges von ihm Besitz ergreifen wollten, und an seine Konfrontation mit dem Betrüger – jene Sekunden, als in der Welt eine absolute Stille geherrscht hatte.

Sie wurden wieder auf den Kamm einer Welle hinaufgetragen.

Und der Zauber brach, als Shando einen hohlen Entsetzensschrei ausstieß.

»Oh, mein *Gott*!«

12. Kapitel

Einen Augenblick lang blieb die Zeit stehen, wie wenn die ganze Welt in Frost erstarrt wäre, zu Kristall geronnen wie Angwyn. Und jedes einzelne Element grub sich in Thorns Gehirn mit der grausamen Klarheit eines Wintertages ein. Vor ihm stand Elora wie ein fleischgewordener Geist, ihre Haut noch reiner als Alabaster und klar wie das gespenstische Silberlicht des Mondes. Er konnte ihr Gesicht nicht sehen, war darauf aber auch gar nicht angewiesen, denn er glaubte, daß er sie gut genug kannte, um sich ihre Züge im Geiste vorzustellen. Sie war von einer manischen Verzweiflung ergriffen und hatte die Grenzen ihres Entsetzens gesprengt und sich dem Mut des Wahnsinns überantwortet, der weder Gefahren noch Konsequenzen kennt. Entscheidend war es zu handeln, sonst zählte nichts.

Alles und jedes hatte das Atmen verlernt, die Welt eingeschlossen, und sämtliche Herzen standen still. In Thorns Kopf überschlugen sich die Gedanken mit einem für ihn bis dahin kaum vorstellbaren Tempo. Doch hatte sein Körper paradoxerweise jede Fähigkeit eingebüßt, Willensimpulse in die Tat umzusetzen. Er konnte das Kind weder durch Zurufe noch durch aktives Eingreifen von seinem Tun abhalten. Hätte ohnehin nichts genützt, denn ihrer aller Schicksal war in dem Augenblick besiegelt, als sie den Mund öffnete.

Sie wurden wieder auf einen Wellenkamm hinaufgetragen, und diesmal ging es noch höher und steiler hinauf als je zuvor. Nur daß die Welle diesmal auf der anderen Seite jäh und völlig übergangslos abstürzte, so daß das Schiff wie von einer Klippe geradewegs in die Tiefe fiel.

Shando war der erste, der sich aus der Erstarrung löste. Er drehte wie ein Besessener an dem Ruder, um noch im letzten Augenblick eine Kursänderung zu erzwingen und das Schiff auf dem Wellenkamm zu halten, bis sie wieder ruhigeres Wasser vor sich hatten. Aber das Ruder griff ins Leere, weil unter dem Schiff kein Wasser mehr war. Der Bug fiel steil nach unten, und Thorn hörte noch, wie Morag – die sich mit dem drohenden Unheil noch immer nicht abfinden wollte – ein letztes Mal aufschrie. Dann schlugen sie auf.

»Festhalten!«

Thorn hatte schon Schiffe erlebt, die gefährlich ins Schlingern geraten oder fast gekentert waren, aber noch nie hatte er eines gesehen, das sich überschlug. Das einzige, was ihm bewußt wurde, als sie abstürzten, war, daß um sie her absolute Stille herrschte. Er wußte, daß die Elemente eigentlich einen Höllenlärm veranstalten mußten. Schließlich hatte der Sturm schon seit Beginn ihrer Reise unentwegt fürchterlich geheult und getobt, Holz war geborsten, das ganze Schiff hatte geächzt und gequietscht, und in der Luft und im Wasser hatte es gedonnert. Er hatte soviel Lärm und Krach vernommen, daß sein Wortschatz nicht ausreichte, sämtliche Abarten zu benennen. Vielleicht war das ja die Antwort: Der Sturm hatte ihn schlicht taub gemacht.

Als das Schiff senkrecht nach unten fiel, klammerte er sich irgendwo an und sah zu beiden Seiten riesige Wasserwände. Dann stürzte der Bug in den Abgrund wie in den weit geöffneten Rachen eines gigantischen Meeresungeheuers – in das schwarze Nichts. Die weiß aufschäumenden Wasserkronen erschienen ihm in diesem Augenblick wie die Zähne, das übelriechende Salzwasser wie der Atem des Monsters.

Er sah, wie der Fockmast mit gewaltigem Getöse brach. Dabei wurde er selbst von der Strebe, an der er sich festklammerte, losgerissen und fiel und fiel, bis ihn schließlich die Rettungsleine mit einem solchen Ruck aufhielt, daß es einem Hammerschlag vor den Kopf gleichkam. Das Deck drehte sich immer mehr, und Thorn begriff nun, daß das Schiff sich überschlug. Mit einer Hand hielt er sich an der Reling fest und steckte den Kopf zwischen den Stangen hindurch, um das Geschehen besser verfolgen zu können. Aus irgendeinem verrückten Grund wollte er unbedingt wissen, was geschah. Er hatte weder für Elora noch für sonst jemand an Bord auch nur einen Gedanken. Im Augenblick beschränkte sich seine Wahrnehmung auf einen einzigen Punkt: *Ich bin* drohte zu *Ich bin nicht* zu werden.

Arme umfaßten ihn, und Morag schützte ihn so gut wie möglich mit ihrem eigenen Körper. Er klammerte sich mit geschlossenen Augen an das Deck und war sich nur zu schmerzlich bewußt, wie nackt und schutzlos er dalag und wie schwach und unbedeutend seine gerühmte Macht sich im Angesicht dieser Elementargewalten ausnahm. In seinem Kopf blitzten und zuckten die Gedanken wie ein Feuerwerk, aber wann immer er sie in Taten umsetzen wollte, fühlte er sich, als ob er kopfüber in ein Teerfaß gestürzt wäre. Keine noch so große Anstrengung schien ausreichend, eine angemessene Reaktion zu bewirken. Und wo er wie Quecksilber hätte reagieren müssen, verhielt er sich zäh wie Sirup.

Von zahllosen Kräften geschüttelt, erbebte der Rumpf, und seine EinSicht zeigte ihm, was seinen Sinnen entging – obwohl er auf diese Informationen durchaus keinen Wert legte –, als der Großmast wie ein Zweig abknickte und den Rumpf in ein Gewirr aus massiven Holzsplittern, reißendem Segelzeug und Leinen einhüllte. Der Schlag traf das Schiff wie einige von einem Katapult verschossene Kugeln, und Thorn unterdrückte einen Schrei, als sich ein gezackter Gegenstand in sein Bein bohrte. Im nächsten Augenblick schon waren sie unter Wasser, und er mußte sich mit aller Kraft festhalten, um nicht davongeschleudert zu werden, während das Schiff seinen Überschlag fortsetzte. Er spürte, wie Morag abrutschte, versuchte sie an ihrem Sicherungsgurt zu ergreifen, konnte aber keinen vernünftigen Halt finden. Er protestierte verzweifelt, als seine Finger sich von ihr lösten und sie davongespült wurde, während ihm eine der Schnallen ihres Gurtes die Kopfhaut bis auf den Schädelknochen aufriß. Sie wurde mit solcher Wucht gegen das Lukensüll der hinteren Kajütstreppe geschleudert, daß sie sich krümmte und dann wie eine zerbrochene Puppe durch die Kabine trudelte, wobei eines ihrer Beine derart nach hinten verrenkt war, daß sie sich die Hüfte gebrochen haben mußte.

Er konnte mit seinen Augen nichts mehr sehen und heulte auf, als seine EinSicht ihm, von Kopf zu Kopf springend, Kunde vom Befinden aller anderen – mit Ausnahme Eloras – gab. Die Lukendeckel und Bullaugen lösten sich unter dem gewaltigen Druck aus ihren Verankerungen, und Wasser drang in gewaltigen Strahlen in die Kabine und knickte die Wände wie Papier ein. Von Burys war weit und breit nichts zu sehen. Thorn erlebte in einem verschwommenen Blitz, wie der Mann zugleich mit dem Mast davongespült wurde. Die Bilder, die er aus der Kajüte unter Deck aufschnappte, machten wenig Sinn. Moragς und Geryns Gedanken bildeten ein ähnliches Knäuel wie die Takelage auf dem Deck und wurden durch immer heftigere Stacheln von Furcht und Schmerz durchdrungen. Die Kajüte selbst war inzwischen wie eine Schüssel teilweise mit Wasser angefüllt, das wild umhergeschleudert wurde. Noch gab es dort genug Luft zum Atmen, aber jeder Versuch, sie zu erreichen, erhöhte die Gefahr, daß man gegen eines der Schotts prallte. Taksemanyin harrte mit grimmiger Miene an seinem Platz aus und starrte Elora an. Die Qualen, die er durchlitt, weil er nicht zu ihr gelangen konnte, waren unverkennbar. Von allen dort unten nahm nur Khory die Katastrophe völlig gleichmütig hin. Noch war dem Dämonenkind das Leben offenbar nicht so teuer geworden, daß es um dessen Verlust schon gefürchtet hätte. Einem Neugeborenen ähnlich, war sie vor allem von Staunen über das Dasein erfüllt, alle sonstigen Erwägungen ließen sie unberührt. Und da das totale Chaos ihr Erbteil war, hatte die Vorstellung des Todes für sie nichts Bedrohliches.

Er wußte später nicht mehr, wie er mit dem Leben davongekommen war, verstand noch weniger, wie das Schiff seine Höllenfahrt überstand, doch genau das geschah. Im ersten Augenblick stockte ihm der Atem, als eine Windbö seinen blutigen Kopf streifte und das Salz in seiner Wunde ihn vor Schmerzen aufstöhnen ließ.

»Wir sind noch am Leben«, sagte er laut, als ob er die Korrektheit dieser Feststellung erst durch den Akt des Sprechens und den Klang seiner Stimme untermauern müsse.

Der Schoner war ein Wrack. Selbst in Thorns unerfahrenen Augen war es ein reines Wunder, daß das Schiff noch existierte. Eigentlich hätte es auf direktem Weg zum Meeresgrund hinabschießen müssen. Sämtliche Masten waren etwa in Mannshöhe abgebrochen, und zusammen mit ihnen war fast die gesamte Takelage vom Deck verschwunden, egal wie fest die Taue auch zuvor verzurrt gewesen waren. In der Bordwand klafften Löcher. Unerklärlicherweise war der Treibanker nicht abgerissen. Er allein erweckte inmitten des allgemeinen Tumultes noch so etwas wie einen Anschein von Ordnung.

Das Deck stand fast gänzlich unter Wasser, und der Schoner lag so tief im Wasser, daß alle Pumpen der Welt die Situation nicht mehr zu stabilisieren vermochten. Thorn hustete Salzwasser, hustete Blut, würgte und erbrach schließlich seinen gesamten Mageninhalt.

Shando schrie, aber für Thorn klang der Mann sehr weit entfernt. Er wollte helfen, als der Daikini zum Niedergang hinüberstolperte, aber es gelang ihm lediglich, sich auf den Rücken zu rollen und sich mit den Schultern soweit an der Reling hochzuschieben, daß er nicht ertrank.

Schließlich schaffte es Geryn, Morag freizubekommen. Beide waren weiß wie Schnee, nur daß seine Blässe auf mangelnde Wärme zurückzuführen war, ihre hingegen auf ein Erlöschen der Lebenskraft. Die Männer mußten ihr weh tun, als sie sie auf das Deck brachten. Sie hatte einfach zu viele Brüche davongetragen. Trotzdem gab sie keinen Laut von sich und verzog noch nicht einmal das Gesicht.

Shando, dem es trotz der wilden Sprünge, die das Schiff vollführte, irgendwie gelang, sich aufrecht zu halten, stand jetzt über Thorn.

»Meine Frau braucht Euch, Zauberer«, sagte er in einem Tonfall, der nur eine Antwort zuließ.

Thorn reagierte in den Augen des Maats offenbar nicht rasch genug, so daß dieser ihn an seinem Gurt packte und ihn neben einer Kiste deponierte, wo auch Morag lag. Der

Nelwyn sackte sofort wieder in sich zusammen. Das wiederum veranlaßte Khory, Shando mit einem so wütenden Blick anzusehen, daß er einen Schritt zurückwich und wieder seinen Platz am Ruder einnahm.

»Wir sind schon ein seltsames Gespann, Zwerg«, bemerkte Morag trocken und mit einer Stimme, die so erschöpft klang, wie sie aussah.

»Wir müssen damit aufhören, uns unter solchen Umständen zu treffen«, entgegnete er.

»Über das Thema brauchen wir uns wohl keine Gedanken mehr zu machen.«

»Schont Eure Kraft, Morag«, sagte er nur und versuchte sein Gleichgewicht zu halten, als das Deck plötzlich steil nach oben zeigte. Bei dem Gedanken, daß sie sich abermals überschlagen würden, wurde ihm so kalt, daß ihn ein Schauer durchfuhr.

»Schon in Ordnung, mein kleiner Freund.« Sie lächelte und versuchte mit zittrigen Fingern seine Hand zu tätscheln. »Mit der Welle werden wir auch noch fertig.«

»Ihr dürft nicht reden.«

»Sonst hab ich ja nichts mehr. Kann nichts mehr fühlen außer der Kälte. Wahrscheinlich sollte ich sogar noch dankbar sein, was?«

Er wischte ihr das Blut aus dem Gesicht und erspürte den Riß, der etwa in Höhe des Haaransatzes ihren Schädel durchzog.

»Was ist mit Toren?« Sie meinte den zweiten Matrosen, der an Bord gewesen war. Thorn blickte Geryn an und sah in der Erinnerung des jungen Mannes ein Bild, das er rasch wieder aus seinen eigenen Gedanken verdrängte. Morag sah das Aufblitzen seiner Augen und preßte schmerzvoll die Lippen zusammen.

»Burys auch«, sagte sie. »Hab gesehen, wie die Takelage ihn mitgerissen hat.«

»Pssst, Morag«, flehte Thorn sie an. »Bitte.«

»Seid selber still, Drumheller.« Sie sprach mit gedrückter Stimme. »Wo befinden wir uns eigentlich im Moment?«

Er brauchte nicht eigens aufzublicken. Denn er spürte

ohnehin, wie die infernalische Kälte Angwyns sich tief in seinen Rücken einbrannte. Sie drückte seine Hand kräftiger, als ihr Zustand es eigentlich erlaubt hätte, und er zuckte heftig zusammen, als sie ihm ihr Wissen über die See offenbarte. Wieder sah er im Geiste die ganze Situation deutlich vor sich und hatte das Gefühl, aus lichter Sternenhöhe und in gottähnlicher Perspektive auf die Welt herabzuschauen. Der Sturm erschien ihm wie ein gigantischer Wolkenwirbel, der auf Angwyn zuraste und es umtobte, als ob die Stadt die Luft wie ein Abflußrohr ansaugte. Und je näher diese kreisenden Bewegungen dem Stadtzentrum kamen, um so rascher drehten sich die Wirbel. Bei dem Unwetter handelte es sich um einen durch die kalten Flammen, die Angwyn vernichtet hatten, erzeugten Zyklon, in dessen Auge die Stadt paradoxerweise unberührt dalag. Er schaute genauer hin, und seine Wahrnehmung schärfte sich, als er nun die Ozeanströmungen in den Blick nahm. Er sah so etwas wie einen großen Fluß, der von Süden nach Norden an der Küste entlangführte und hier und da von kleineren Seitenarmen gespeist wurde, wie dies für die großen Ströme des Binnenlands ja ebenfalls gilt. Einer dieser kleineren Ströme schlängelte sich durch das Königstor.

Zuletzt erblickte er dann den Schoner, auf dem sie selbst fast steuerlos dahintrieben. Sein Kurs wurde nur mehr durch die Einwirkungen des Windes und der Wellen bestimmt. Sie näherten sich einem Zusammenfluß mehrerer Strömungen, so daß sie demnächst entweder die Küste hoch oder scharf nach Osten in die Bucht getrieben werden mußten. Schon wurde der Kiel von Strudeln umkreist, die das ganze Schiff immer mehr in ihre Gewalt nahmen.

Er schrak zusammen, als er wieder in seinen Körper zurückkehrte. Denn in Moragś Augen spiegelten sich das Erstaunen und die Bestürzung seines eigenen Blicks.

Er sprang auf, taumelte ein paar Schritte vorwärts und klammerte sich an das zertrümmerte Kabinendach. Dabei kniff er die Augen zu engen Schlitzen zusammen, als er aufs Meer hinausstarrte, um in Erfahrung zu bringen, was sie hinter der nächsten Welle erwartete. Khory faßte ihn am

Arm, ein lockerer Griff, der aber keinen Zweifel daran ließ, daß sie ihn nur um den Preis ihres eigenen Armes loslassen würde. Sie verfügte noch immer über immense Kraftreserven, und er tat sich an diesem Überschuß mit der Inbrunst eines Verdurstenden gütlich.

»Die Duatha-Landzunge«, sagte er, als er sich wieder neben Morag niederließ. Ihr Nicken war jetzt noch schwächer und zittriger als zuvor schon das Tätscheln ihrer Hand. Ihr Puls war kaum mehr fühlbar, und das Leben entwich rascher aus ihrem Körper als die Wärme aus der Welt.

»Die Landzunge hat die Wirkung eines Wellenbrechers«, fuhr er fort und überließ sich seiner durch ihre Kenntnisse gestärkten Inspiration. »Sie wirkt wie ein Damm und eine Wetterscheide zugleich und halbiert die Kraft des Sturms. Ein Teil geht die Küste hinauf, ein anderer Teil in die Bucht.«

Wieder nickte sie, und der Glanz in ihren Augen strafte ihren wahren Zustand Lügen.

»Die Hauptströmung zieht draußen vorbei, aber der Wind treibt uns hinein. Aber wir müssen im jeden Preis in der Strömung bleiben.« Er begriff, was das bedeutete, und schüttelte den Kopf. »Es muß noch einen anderen Weg geben, der Schoner würde das nicht aushalten.«

»Mit Hilfe Eurer Kraft würde es schon gehen.«

»Meine Kraft ist nur ein Schatten dessen, was notwendig ist. Und wenn ich einen Zauber spreche, könnte ich dem Betrüger unsere exakte Position genausogut direkt mitteilen.«

»Und der hätte nichts Eiligeres zu tun, als uns fertigzumachen, was?«

»Genau, mit aller ihm zur Verfügung stehenden Macht. Und ich bin nicht sicher, daß ich ihm gewachsen bin.«

»Dann seid verflucht!« Sie atmete scharf ein, so tief sie nur konnte. Denn sie wollte mit kräftiger Stimme sprechen. Doch ihre Brust hob sich kaum. »Und er sei noch mehr verflucht! Diese Teufelsstadt läßt uns noch alle zu Schatten verblassen. Brennt alles Wahre aus uns heraus und läßt nur Formen ohne Substanz von uns übrig. Elora ist die Beste von uns, sagt Ihr jedenfalls. Schaut doch nur, was aus ihr geworden ist.«

»Morag …«, begann er an, aber sie gebot ihm zu schweigen.

»Was ist also, Thorn?« murmelte sie ungeduldig. »Könnt Ihr mein Schiff und mich nun retten oder nicht? Ihr seid ein verdammter kleiner Mistkerl. Wenn Ihr das Schiff nicht rettet, braucht Ihr Euch um mich gar nicht erst zu bemühen. Kommt endlich zur Vernunft.«

»Ich hab Euch in all das hineingezogen. Schließlich hab ich Euch gebeten, in See zu stechen.«

»Ihr seid es wert.« Sie wies mit dem Kinn in die Richtung von Angwyn. »Wenn es das ist, was uns droht, Magier, dann kann ich nur hoffen, daß sie es auch ist.«

»Khory«, rief er und wunderte sich, daß seine Stimme in dem allgemeinen Chaos überhaupt noch hörbar war. »Du bleibst bei Morag, verstanden? Was auch passiert, du mußt sie retten. Das ist mein Wunsch und mein Befehl.« Das Dämonenkind machte ein widerwilliges Gesicht, als ob für sie nichts anderes als sein Leben zählte. »Bitte.«

»Verfluchter Zwerg«, sagte Shando, »was ist hier eigentlich los?«

Thorn konnte den Mann nicht anschauen. Er litt ohnehin schon genug, weil so viele Menschen sterben mußten – Freunde, die er nicht retten konnte. Sein Mund verzerrte sich, als riesengroß ein Wunsch in ihm aufstieg, ein Wunsch so gigantisch wie die Welle, die das Schiff zertrümmert hatte. Doch richtete sich sein Verlangen nicht etwa darauf, es möge bald zu Ende sein, das Ende war ohnehin nahe genug, sondern es hätte nie begonnen. »Das Große Mysterium«, hatte der Hohe Aldwyn an einem jener längst vergangenen, in der Erinnerung unwirklichen Tage einmal gesagt, »ist das Lebenselixier der Schöpfung. Und unsere Annäherung an dieses Mysterium, unser Bemühen, mit allem eins zu werden, das ist Zauberei.« Da er ein Nelwyn war, hatte für Thorn die Herausforderung darin bestanden, seinen Finger in jenes mystische Elixier zu tauchen. Und jetzt hatte er das Gefühl, darin zu ertrinken.

Er blickte auf seine Hände und sah, daß sie jegliche Farbe eingebüßt hatten. Es gab kein Licht mehr, das die kleine

Welt auf dem Segler hätte erleuchten können, der auf dem wilden Meer so verloren dahintrieb wie die Erde selbst inmitten der Sterne des Universums.

Der Aufschrei war wie ein Wunder. Er entrang sich einer verborgenen Tiefe, die Thorn bis dahin völlig fremd gewesen war, und sprengte die Grenzen des Fleisches, ja sogar der Vorstellungskraft. Thorn stieß ein so gewaltiges Brüllen aus, daß es schien, als wolle er durch seine Lautstärke den Sturm zu Schweigen bringen. Abermals stieg in ihm das Bild jener schrecklichen Welle auf, nur stand er diesmal ganz allein auf ihrem Kamm, ganz schwindelig vor Freude und Entsetzen zugleich, als er in das Tal hinabblickte, das tiefer war als die tiefste Schlucht. Er tanzte am Rande der Katastrophe dahin, bis obenhin von einer Kraft erfüllt, die er weder verstand noch erfleht hatte. Er wußte nicht, wie er sich festhalten sollte, wagte aber auch nicht, einfach loszulassen.

Khory hatte eine Gefahr gesichtet, die den übrigen entgangen war. Im Heck klaffte ein häßlicher Riß, der sich im Zickzack bis unter die Wasserlinie hinzog. Es konnte nicht mehr lange dauern, bis unter dem Anprall der Wellen und dem Zug des Treibankers das ganze Heck wegbrechen mußte. Dann, das wußte auch Thorn, würde das Schiff in kürzester Zeit sinken.

Unaufgefordert hastete das Dämonenkind zum Heck hinüber, um den Anker auf die einzige ihr vorstellbare Weise loszumachen. Mit ihrem gestiefelten Fuß trat sie fest gegen den gerissenen Heckbalken, bevor Shando oder die anderen auch nur bemerkt hatten, daß sie verschwunden war. Mit einem häßlichen *Plopp* gab der Balken nach, so daß Poller und Klampe noch mehr Druck auszuhalten hatten, als das Holz und das Eisen zu ertragen vermochten. Nach kurzem Widerstand flog die Klampe im hohen Bogen davon.

Der Schoner schoß vorwärts wie ein Pfeil von der Armbrust, und Shando stieß wüste Flüche aus, als er am Ruder mit aller Kraft den Schoner wieder unter Kontrolle zu bringen versuchte. Er stand breitbeinig wie angewachsen da, während das Schiff diagonal den nächsten Wellenberg abritt. Schon knickte die Welle oben um und drohte den Segler unter sich zu begraben, aber sie hatten zuviel Fahrt, so daß sie sicher durch das Tal die nächste Welle hinaufglitten. Thorn wußte, daß ihnen solches Glück nicht mehr oft beschieden sein würde, ergriff jedoch die Gelegenheit, um sie mitten in die Hauptströmung hineinzuschieben. Er konnte zwar den Sturm nicht bezwingen. Solche Elementarkräfte ließen sich nicht herumkommandieren, wie schon Elora hatte feststellen müssen. Der Trick bestand darin, die Elemente zu manipulieren, mit einzelnen Energieschüben ähnliches zu bewirken, wie Shando es mit dem Ruder versuchte. Freilich bestand die Gefahr, daß diese Demonstration von Thorns Macht ihre Position so exakt verriet wie ein Leuchtfeuer. Er hatte keine Ahnung, wozu sonst der Betrüger noch imstande war, und wollte es auch gar nicht wissen. Trotzdem blieb ihnen keine Alternative, und sie mußten das Risiko eingehen.

Der Rumpf ragte jetzt um mehr als ein Drittel seiner Länge aus der Welle heraus und klatschte dann wieder in das hoch aufschäumende Wasser. Es war ein herrlicher Anblick und eine beeindruckende Fahrt. Doch Thorn hätte lieber einen Todeshund am Schwanz gehalten, während er verzweifelt aufs Meer hinausblickte und sich alle Mühe gab, das Schiff sicher am Königstor vorbeizumanövrieren.

»Gute Arbeit, kleiner Zauberer«, sagte Morag mit starren Lippen und kaum hörbarer Stimme. Er bewunderte ihre Zähigkeit, den Willen, der ihren Geist noch immer mit dem Fleisch verband, das eigentlich schon lange seinen Dienst hätte versagen müssen. Er wollte ihr schon etwas von seiner Kraft anbieten, redete sich ein, daß es dazu noch nicht zu spät sei, daß es noch eine Chance gebe, sie zu retten, aber sie unterbrach ihn, bevor er diesen Vorsatz noch richtig gefaßt hatte, als ob sie seine Gedanken erraten hätte.

»Nein.« Ihre Stimme klang kraftlos, aber das war ganz gleichgültig. Sie sprach zu ihm mit der gesamten Autorität einer Schiffsführerin und erwartete von ihm Gehorsam.

»Ich komme schon zurecht«, widersprach er.

»Nein«, sagte sie abermals, und ihr Blick und ihr Gesichtsausdruck ließen nicht die geringsten Zweifel an ihrer Ernsthaftigkeit. »Vertraut mir, Drumheller. Ich kenne mein Schiff. Ich spüre, wie es dahingleitet. Ihr habt Eure Kraft ohnehin schon fast erschöpft, so daß für mich davon nichts übrig ist.«

»Das kann ich selbst am besten beurteilen, Morag.«

»Nicht auf meinem Deck.«

»Wir haben da ein Problem«, sagte Taksemanyin, der inzwischen hinzugetreten war. Sein nasses Fell schmiegte sich so eng an den Körper, daß er wie eine zum Leben erwachte Statue glänzte. Er stand zwar direkt neben Thorn und Morag, doch seine Worte richteten sich an alle. Bei ihm war Elora, die offenbar unverletzt, deren Gesicht jedoch vom Schock gezeichnet war. Ryn hatte ihren Gurt so eng mit seinem verbunden, daß sie stets in seiner Reichweite war. Sie machte ihm keine Schwierigkeiten, tat nichts Eigenmächtiges und bewegte sich nur, wenn sie dazu aufgefordert wurde. Thorn hatte schon lebhaftere Schlafwandler gesehen.

»Ich bin zwar selbst nicht unten gewesen«, fuhr der Wyrrn rasch fort, »aber ich glaube das Wasser steigt. Jedesmal wenn der Bug nach einer Welle untertaucht, liegt er ein wenig tiefer im Wasser und braucht länger, um wieder hochzukommen.«

»Hab ich's nicht gesagt?« Morag lächelte Thorn an.

»Wahrscheinlich ist der Kiel gebrochen, als wir uns überschlagen haben«, erklärte Shando von seinem Ruder aus. »Aber, den Schöpfern sei Dank, wohl kein richtiges Leck, sonst wären wir schon am Schwimmen.«

»Und die Pumpen?«

Morag warf den Kopf ruckartig nach beiden Seiten, der Zustand des Schiffes schmerzte sie mehr als sämtliche Verletzungen ihres Körpers. Ihre Liebe zu ihrem Schiff war konkret, so intensiv, wie Thorn es kaum je erlebt hatte. Dabei mischte sich dies Gefühl mit einem gewissen Bedauern, weil es stärker war als Morags Liebe zu ihrem Mann. Natürlich würde sie ihn vermissen, aber ihren Schoner würde sie mehr vermissen.

»Also dann kein Geplänkel mehr«, sagte Thorn. »Ich werde uns so rasch wie möglich durch die Untiefen schieben und kann nur hoffen, daß der Rumpf das aushält und das Glück uns treu bleibt.«

»Was soll das heißen?« wollte Shando wissen.

Thorn blickte zum letzten Mal in die Richtung, die sie nehmen wollten, und in die, die sie fürchteten. Erschrocken fuhr er herum, als Morag seine Hand so fest ergriff, wie sie es noch nie getan hatte Eine Energieladung durchzuckte ihn, als sie ihm nun ihre letzte Lebenskraft überantwortete. Sie gab ihm keine Chance, Protest zu erheben oder sich zu weigern, und als er sie schließlich ansah, waren ihre Augen bereits gebrochen. Tränen strömten aus seinen Augen, und er hatte das Gefühl, sein Herz werde von heißem Draht eingeschnürt, der ihm eine weitere Narbe neben all den anderen einbrannte, seine private Gedenkstätte für all jene, die er geliebt und verloren hatte.

Ohne sich aufzurichten, ballte er eine Hand und schlug auf die Luft vor ihm ein, wobei sich sein Gesicht zusehends verfinsterte. Der Sturm reagierte, als ob der Schlag ihm persönlich gegolten hätte, und veränderte unentwegt seine Richtung und Intensität. Die See war nicht weniger empört. Aber wegen ihrer Schwerfälligkeit dauerte es länger, bis sich ihr Verhalten änderte. Die Wellenberge nahmen deutlich an Größe und Zahl zu, und Shando, der an seinem Ruder mit letzten Kräften darum kämpfte, den Kurs zu halten, hatte zwischendurch kaum mehr Zeit, sich ein wenig zu erholen. Bis dahin waren sie schlicht vor dem Wind gefahren und hatten sich bereitwillig den Sturmböen und der Strömung überlassen. Doch jetzt hatten sie ein Ziel. Und während der Steuermann darum bemüht war, sie unversehrt durch die Dünung zu lenken, war Thorn damit beschäftigt, die Wellen zu besänftigen, um die Belastung, der das Schiff ausgesetzt war, so weit wie möglich zu vermindern.

Noch nie hatte eine Aufgabe so an seinen Kräften gezehrt.

Es war reine Magie.

Es war nicht von Dauer.

Das letzte, was er bewußt wahrnahm, war ein verdrossenes Murren von Shando. Die Landzunge erschien am Horizont, eine dunkle Masse vor dem trüben Himmel. Und er überlegte, wo genau sie an Land gehen sollten – eine wichtige Frage an einer ungastlichen Felsenküste, die vornehmlich für die große Zahl der an ihr zerschellten Schiffe berüchtigt war. Er spürte noch, wie etwas seinen Rücken durchzuckte, als habe jemand hineingegriffen und verdrehe sein Rückenmark wie einen Korkenzieher. Schon wollte er einen Warnruf ausstoßen, doch der Augenblick zwischen Absicht und Ausführung war zu lang. Das Verhängnis hatte bereits zugeschlagen, bevor er auch nur ein Wort sprechen konnte.

Es handelte sich um einen Auflösungszauber, freilich von anderer Art als jenen, der Eloras Seele zusetzte. Hier handelte es sich um einen rein physischen Angriff, den wütenden Versuch, sie allesamt in ihre Einzelteile zu zerlegen. Vor seinem geistigen Auge sah er eine unermeßliche Zahl gezackter Angelhaken, die sich tief in sämtliche Partikel seines Seins bohrten. Diese Haken zerrten am ihm mit einer Kraft, die leicht ausgereicht hätte, Berge umzustürzen. Er schlug sofort mit aller Macht zurück, umgab sie alle mit einer Schutzhülle, die sie fest umwickelte und die schlimmsten Schmerzen linderte. Denn diese Attacke sollte nicht nur töten, sondern ihnen dabei auch noch so weh wie möglich tun. Zwar hätte er auch Morag nur zu gerne beschützt, doch dazu reichte seine Kraft nicht aus, jedenfalls nicht, wenn er die Lebenden wirksam schützen wollte. Ihr Fleisch stülpte sich auswärts, bis große Löcher darin klafften. Und trotzdem war ihre Haut noch intakt. Der Anblick erinnerte an ein Stück Gewebe, das so weit gedehnt wird, daß man zwischen den einzelnen Fäden hindurchschauen kann. Shando stieß ein heiseres Wehklagen aus, aus dem Trauer und Wut sprachen, vor allem aber Scham darüber, daß er die Entweihung des Körpers seiner Frau nicht verhindern konnte. Zugleich begriff Thorn voll Entsetzen, daß der Maat nicht wußte, daß sie bereits tot war. Er glaubte offenbar, daß er ihrer Ermordung beiwohne.

Den Blicken preisgegeben, wurden Morags innere Organe attackiert. Blut bespritzte sie alle, und das Steuerhaus verwandelte sich in einen Schlachthof, als Muskeln, Sehnen, Bänder und schließlich die Nerven aus ihrem Körper gerissen wurden. Thorn sah, wie sich dies alles zu einem ekelhaften Seil verflocht, eine mit scharfen Zacken bestückte Peitsche, die ihm ins Gesicht und gegen den Körper schlug. Er hatte das Gefühl, bis auf die Knochen gegeißelt zu werden, doch das war nur eine Illusion. Getreu seinem Namen versuchte der Betrüger lediglich, Thorns Konzentration zu brechen, um sich endlich mit der gleichen Wut auf die übrigen Schiffsreisenden stürzen zu können wie zuvor auf Morag. Thorn hörte, wie jemand außerhalb seines Blickfeldes sich erbrach, und hätte am liebsten das gleiche getan, als vor ihm in der Luft eine feixende Erscheinung der Schiffsführerin Gestalt annahm. Zuerst war sie in nichts aufgelöst und dann wieder zusammengesetzt worden.

Wieder entrang sich ihm unverhofft ein gewaltiger Schrei, während er vorwärtsstürzte und mit den geballten Fäusten auf das glänzende Skelett hämmerte, das als einziges von Morag übriggeblieben war. Er schlug auf ihre Brust, doch es war, als habe er jeden Zentimeter von ihr getroffen, so vollständig zerbrach sie. In weniger als einem Augenblick zerfielen ihre Knochen zu Staub, der nun von der heftigsten Windbö davongetragen wurde, die Thorn erzeugen konnte, um irgendwo in ihrem geliebten Ozean niederzugehen, wo der Betrüger machtlos war.

Aber der Schurke hatte noch ein letztes As im Ärmel. Morags Haut fügte sich vor Thorns Augen wie ein hüpfender und tanzender Wimpel wieder zusammen, füllte sich bis obenhin mit Luft an und erschien wie ein lebensechtes Abbild der Frau. Die Gestalt nahm die aus ihren eigenen Sehnen und Muskeln gebildete Peitsche in die eine Hand und vollführte mit der anderen eine krude Parodie sexueller Verlockung. Dabei verzogen sich ihre Lippen sich zu einem Lächeln, das für Morag völlig untypisch war, und aus ihren seelenlosen Augenhöhlen glotzte der Schatten hervor.

Thorn spürte etwas Hartes, Kantiges in der Hand und wußte, ohne hinzusehen, daß es sich dabei um eine Eichel handelte. Er konnte ein kurzes Lächeln nicht unterdrücken, als er an das Geschenk dachte, das ihm der Hohe Aldwyn damals anläßlich seines ersten, schicksalhaften Abenteuers überreicht hatte.

Er lud den Sämling mit Macht auf und schleuderte ihn mit ein und derselben Bewegung dorthin, wo Morags Herz gewesen war. Auf der Stelle verwandelte sie sich in Stein, der so schwer war, daß selbst der stärkste Wind ihn nicht tragen konnte. Und schon ging sie unter, ohne daß auch nur ein Spritzer ihr Eintauchen bezeugt hätte.

Angesichts der Gesamtsituation ein kleiner Sieg, aber mehr war der Betrüger offenbar nicht gewillt zuzulassen. Und so wandte sich jetzt die Kraft, die zuvor die Passagiere attackiert hatte, gegen das Schiff selbst. Inzwischen war der Schoner nämlich dem Ende so nahe, wie es noch kurz zuvor seine Herrin gewesen war. Als der Betrüger zuschlug, war kaum etwas übrig, was Thorn hätte retten können.

Die Nägel lösten sich aus den Planken, wieder ein Angriff, gegen den es abzuwehren galt, und dann riß das Holz selbst auseinander, Stück für Stück, und der Leim verlor ebenso seine Bindekraft wie die magischen Formeln, die das Schiff zusammenhielten. Keine der Planken trennte sich leicht aus ihrem Verbund, denn das Schiff war durch Zauberformeln weit besser geschützt als die, die mit ihm fuhren. Die verschiedenen Belastungen fanden rasch ein Ventil in einer wilden Energieentladung, einer Explosion, die in Gestalt einer bis zum Grund des Ozeans hinabreichenden Lichtkugel fast wie ein Sonnenaufgang erschien.

Als sie erlosch, war der Schoner spurlos verschwunden. Es war, als wenn es das Schiff, die Mannschaft und die Passagiere nie existiert hätten.

Er wußte, daß gerade die Morgendämmerung heraufzog, obwohl am Himmel davon keine Spur zu entdecken war. Die Wolken bildeten am Himmelsgewölbe eine undurchdringliche Wand. Sie wirkten in ihrer Düsterkeit so völlig unkonturiert, daß sie nur Manifestationen des Schattens sein konnten. Der Wind war eisig und wütete hier an Land noch schlimmer als vorhin auf See. Er fegte mit einer solchen Gewalt darüber hinweg, daß man meinen konnte, er kenne kein glühenderes Verlangen, als die Erde bis auf die tragenden Gesteinsschichten hinab blutig zu scheuern. Auch die Wellen griffen mit einer Wut an, wie er es noch nie gesehen hatte. Er blinzelte, um genauer hinzusehen, als eine Klippe draußen vor der Küste nachgab, eine überhängende Felsplatte, die sich wie ein Eisberg von einem Gletscher löste. Der Basalt brach in der Mitte auseinander, bog sich auf beiden Seiten wie ein Blatt Papier auseinander und rutschte dann in dem für überdimensionale Objekte typischen langsamen Tempo ins Meer, das augenscheinlich wild entschlossen war, auch noch den restlichen Sokkel hinabzureißen. Es gab eine natürliche Rivalität zwischen den Elementen. Wind und Wasser und Land bildeten stets Gegensätze in jenem ewigen Kampf, den keiner von ihnen gewinnen konnte. Aber hier und jetzt war diese Schlacht von einem blinden Haß gezeichnet, einem Verlangen nach wechselseitiger Vernichtung, das Thorn den Atem raubte.

Nicht daß er viel zu verlieren gehabt hätte. Er lag mit schmerzenden Gliedern oberhalb der Flutlinie im regennassen Sand. Hier an Land herrschte noch immer der gleiche Lärm wie draußen auf dem Meer, und die Brandung und der Sturm wetteiferten miteinander, so daß man sich selbst schreiend kaum verständigen konnte.

Er rappelte sich auf, obschon er schon bei der ersten Bewegung erkannte, daß er einen großen Fehler begangen hatte. Trotzdem ließ er sich nicht beirren, bis er schließlich auf den Füßen stand. Sein Magen krampfte sich, vermutlich vor Hunger zusammen, obwohl Thorn schon Galle schmeckte, wenn er nur an etwas Eßbares dachte.

Er sah eine Gestalt über den Strand stolpern. Der Mann sah aus wie eine Vogelscheuche, und sein Aufzug trieb Thorn die Schamröte ins Gesicht, weil seine Kleider dank des Schutzzaubers trocken und makellos waren.

Es war Shando, der mit brechender Stimme wieder und wieder Morags Namen brüllte.

»Shando«, rief Thorn, und der Daikini fuhr herum, als ob ihm jemand einen Peitschenhieb versetzt hätte. Dann stand er mit wackeligen Beinen da und versuchte das Gleichgewicht zu bewahren.

»Verfluchter Zwerg«, sagte er mit kummervoller Stimme, »du hast sie umgebracht!«

Thorn hätte den Schlag erwarten sollen. Vielleicht tat er das auch, und irgend etwas drängte ihn, für den Verlust, den sie beide erlitten hatten, zu büßen. Und so ließ er es einfach geschehen, als die Faust des Mannes seine Wange traf und ihn auf einer Düne niederstreckte.

Shando kniete sich auf den Rücken des Nelwyns und drückte mit den Händen dessen Gesicht in den Sand. Er geiferte und sprach Worte, deren einziger Sinn darin bestand, daß sie seinem wahnsinnigen Schmerz irgendwie Ausdruck gaben. Thorn dachte schon, sein Ende sei gekommen, doch sein Gewissen verbot ihm, sich auf diese verlockende Vorstellung einzulassen.

Sand ist bekanntlich weit poröser als Stein. Und so bat Thorn blitzschnell um Erlaubnis, die ihm gewährt wurde, und spürte dann, wie er in der Erde versank, während Shando düster aufheulte, als sein Opfer seinem Zugriff entglitt. Der Mann wühlte mit solcher Wut in der Düne herum, daß seine Fingernägel aufrissen und seine Hände zu bluten anfingen, als er Thorn vergeblich zu fassen versuchte. Doch dieser bewegte sich bereits seitwärts unter dem Sand und versuchte, weitere Überlebende auszumachen. Besonders interessierte ihn natürlich eine Person.

Er dachte schon, er sei auf Elora gestoßen.

Doch das Lebenslicht, das ihn wieder ins Freie zog, war das Khorys.

Er drückte sich mit beiden Händen aus dem Sand und konnte seine Überraschung nicht gleich verbergen, doch das schien sie nicht weiter zu kümmern, ja, zum Teufel, sie *bemerkte* es offenbar nicht einmal. Ihm war nicht ganz klar, ob ihr seine Enttäuschung tatsächlich entgangen war oder ob sie sich lediglich um Höflichkeit bemühte. Sie hielt noch immer das Schwert, das sie dem erschlagenen alten Löwen in Angwyn abgenommen hatte. Und er hatte das komische

Gefühl, daß sich die Waffe dem Mädchen in ähnlicher Weise verbunden fühlte wie Khory ihm selbst.

»Wir müssen die anderen suchen«, sagte er und erhielt ein ernstes Nicken zur Antwort.

Die Suche erwies sich als relativ einfach. Der Wind trug einen pfeifenden Schrei über den Strand, und ein scharfer Blick in die betreffende Richtung zeigte Taksemanyin, der zur Begrüßung mit beiden Armen winkte. Er und Geryn hatten sich gemeinsam um Elora gekümmert, obwohl – nachdem sie einmal im Wasser gewesen waren – der Wyr die Hauptarbeit übernommen hatte. Am Strand hatte Geryn dann schützend den Arm um sie gelegt, obwohl das dichte Fell des Wyr auch hier ganz sicher bessere Dienste geleistet hätte.

Sie versammelten sich an einer Stelle des Strandes, wo Seegras auf den Dünen wuchs und der Sand allmählich in normales Erdreich überging. Shando kam ebenfalls näher, und Khory trat ihm mit gezogenem Schwert entgegen.

Äußerlich hatte er sich ein wenig beruhigt, doch das gefährliche Leuchten in seinen Augen verriet eine Wunde, die niemals verheilen würde.

Thorn wußte, daß die Worte hohl klingen würden, mußte sie aber trotzdem aussprechen.

»Tut mir leid.«

Der Daikini blinzelte. Sein Ausdruck blieb unverändert. Er konnte zwar nicht nähertreten, jedenfalls nicht, solange Khory ihm die Spitze ihres Schwertes vor die Kehle hielt, aber er wich auch keinen Schritt zurück.

»Gut, Euch zu sehen, Shando«, sagte Geryn, der aufstand, um Khory herumging und demonstrativ seine Hand ausstreckte.

Shando blinzelte abermals, atmete tief aus, als ob eine riesige Last von ihm abfalle, und drehte sich dann ein wenig zur Seite, um dem Pfadfinder die Hand zu schütteln.

»Wohin werdet Ihr von hieraus gehen?«

»Es gibt nur einen Weg«, sagte Thorn. »Nach Norden, zum Ende der Halbinsel. Unser Ziel ist das gleiche wie zuvor, nur daß wir jetzt eine andere Richtung einschlagen.«

»Und werden sie Euch nicht folgen?«

»Wie denn? In der Bucht ist das Wetter genauso furchtbar wie außerhalb, so daß Fähren ganz sicher nicht verkehren können. Wenn sie uns schnappen wollen, müssen die Maizan erst einmal um die ganze Bucht herumreiten. Selbst zu Fuß sollten wir also längst über alle Berge sein, bevor sie den Anfang der Halbinsel erreichen.«

»Für die Maizan, an die ich denke, gilt das ganz sicher nicht, Magier.«

»Wir befinden uns hier auf heiligem Boden. In einem uralten Waldgebiet, Shando, das zugleich mit diesem Land entstanden und Cherlindrea geweiht ist. Ich glaube nicht, daß der Betrüger uns hier etwas anhaben kann.« Doch dann mußte er unwillkürlich daran denken, wie diese Feenkönigin gemeinsam mit den übrigen Anwesenden in Eloras Halle im Netz des Betrügers gezappelt hatte, wie ihre vollkommenen Züge sich zu einem blöden Grinsen verzogen und ihre Augen ins Leere gestarrt hatten, während er sie ohne Gegenwehr ihrer Macht, ja der *Essenz* ihres Daseins beraubt hatte.

»Wenn Ihr meint.« Dahinter konnte man den Vorwurf hören: *Aber du hast dich schon mal geirrt, Zwerg.* »Ich selbst werde meiner eigenen Wege gehen, denk ich.« Und allein, daran ließ er keinen Zweifel.

»Seid doch kein Dummkopf!« erhob Geryn vehement Widerspruch.

»Ich bin keine Landratte, mein Junge, ich gehe an der Küste entlang, bis das Wetter umschlägt, und versuch mein Glück mit einem Signalfeuer oder mit einem Kahn. Irgendwie werd ich mich schon nach Hause durchschlagen.«

»Wir werden Euch vermissen.«

»Ist besser so.«

»Können wir Euch irgendwas geben?« fragte Geryn, als er bemerkte, daß Thorn nicht reden wollte.

Shando reagierte mit einem müden Grinsen, das dem Nelwyn galt. An der Oberfläche erschien er fast freundlich, doch darunter verbarg sich ein brennender Haß.

»Jetzt wollt Ihr Euch plötzlich großzügig zeigen, Zwerg, was?«

»Ich hätte sie gerettet, wenn ich gekonnt hätte.«

»Ihr hättet sie gar nicht erst in eine solche Situation bringen sollen.«

»Lebensmittel, Shando?«

»Ich werd schon irgendwo was aufgabeln, Pfadfinder, schlag mich ja sonst auch alleine durch.«

Thorn sah zu, wie er davonschritt – mit dem übertriebenen Gang eines Mannes, der es gewohnt ist, durch tiefen Sand zu gehen. Geryn sagte zwar nichts, aber in seinen Augen blitzte Mißbilligung auf, als sein Blick zwischen Shando und dem Nelwyn hin und herging. Khory steckte ihr Schwert erst in die Scheide, als der Mann hinter einem langgestreckten Gerölldamm verschwunden war. Geryn stand gebeugt da, die Hände um den eigenen Oberkörper geschlungen, und fror offensichtlich ganz erbärmlich. Um Elora war es nicht viel besser bestellt. Sie war nur inzwischen so erschöpft, daß an ihr keine Zeichen auszumachen waren – mit Ausnahme ihrer bläulich angelaufenen Haut. Taksemanyi versuchte die beiden, so gut es eben ging, an seinem Brust- und Bauchfell zu wärmen und schob sie so nahe an die Düne heran, daß sie auf der einen Seite von dem Sandhügel und auf der anderen von seinem Körper vor dem Wind geschützt wurden.

Thorn war der einzige, der von Kopf bis Fuß trocken war und dessen Kleider so frisch wie am ersten Tag erschienen. Ausgesprochen peinlich.

Er blickte in den Himmel über den Klippen.

»Zeit, daß wir ebenfalls aufbrechen«, sagte er zu den anderen.

»Wir brauchen Ruhe, Zwerg!« fuhr Geryn ihn an.

»Einverstanden, aber das hier ist nicht der richtige Ort.«

»Dann könnt Ihr ja gehen.« Der junge Mann war nicht willens, auch nur einen Schritt zu tun.

»Habt Ihr den Verstand verloren, Kavallerist?« Thorn fauchte fast und war über seinen Ausbruch selbst genauso überrascht wie die übrigen, als er all seine unterdrückte Wut und Enttäuschung an Geryn ausließ. Die Worte brachen so vehement aus ihm hervor, daß er sich alle Mühe geben mußte, innerlich die Kontrolle über sich zurückzugewinnen. Der Pfadfinder war ein wertvoller Mann, und Thorn konnte es sich beileibe nicht leisten, ihn versehentlich in einen Molch zu verwandeln.

»Es sind hier Kräfte am Werk, die alle unsere Vorstellungen sprengen. Glaubt mir, ich hab es *selbst* gesehen. Und sie auch.« Er wies mit dem Arm auf Elora, die sichtlich zurückschreckte, was die beiden Männer veranlaßte, ihm warnende Blick zuzuwerfen.

»Es ist mir *egal*« – er sprach bewußt langsam und deutlich, weil er nicht nur sein inneres Gleichgewicht zurückgewinnen, sondern auch ernstgenommen werden wollte –, »was Ihr im Augenblick über mich oder über meine Entscheidungen denkt. Ich verlange einzig Gehorsam. Wenn Euch das nicht gefällt, könnt Ihr Euch Shando anschließen.«

»Was gibt Euch das Recht, hier für die Heilige Prinzessin Elora Entscheidungen zu treffen?«

»Eine Schuld, in der ich stehe. Ein Gelübde.«

»Auch wenn sie es gar nicht will? Das ist doch ihre ureigene Entscheidung.«

»Elora Danan?«

»Sie hört Euch nicht«, sagte Ryn ruhig.

»Ist sie etwa verletzt?« Geryn, dessen Stimme besorgt klang, löste sich aus der Umarmung des Wyr und kniete vor Elora nieder.

Ryn schüttelte den Kopf. »Keine Prellungen oder Brüche«, meldete er. »Ich wette, sie ist dem Wasser in einem besseren Zustand entstiegen als wir übrigen zusammen.« Dann wies er in Khorys Richtung. »Vielleicht abgesehen von ihr dort.« Sie kehrte den anderen den Rücken zu und suchte mit den Augen den – abwechselnd von Bäumen, Dünen und dem Meer gebildeten – Horizont ab.

»Ich mag Euch zwar nicht sonderlich, Magier«, fuhr Ryn dann fort, »aber in einem habt Ihr recht. Wenn wir hierbleiben, fordern wir das Unglück geradezu heraus. Und obwohl ich 'ne anständige Keilerei mehr zu schätzen weiß als die meisten ...« Er verstummte, denn eigentlich gab es nichts Sinnvolles mehr zu sagen.

Durch Talent und Ausbildung am besten dazu geeignet, führte Geryn sie nun über einen schmalen, gewundenen Pfad, der glücklicherweise schon bald in eine Bergwiese einmündete, die Klippen hinauf. Es war ein schwerer Aufstieg, nicht nur wegen des steilen Geländes, sondern auch wegen des weiten Weges, den sie zurückzulegen hatten. Deshalb legten sie häufig Ruhepausen ein. Im Tempo mußten sie sich dem langsamsten Mitglied der Gruppe anpassen, und das war Elora, die auch weiterhin beharrlich schwieg, während das Grasland allmählich von windschiefen Zwergbäumen abgelöst wurde.

Wenn überhaupt möglich, war die Gegend hier noch zerklüfteter als die südliche Halbinsel, so daß sie eine Serie tiefer Gräben durchqueren mußten, die das Gelände wie den Balg eines Akkordeons erscheinen ließen. Als sie so dahinzogen, mußte Thorn an ein Gespräch denken, das er bei seinem ersten Besuch auf den Inseln mit Maulroon geführt hatte. Damals hatte er überlegt, wie weit wohl der Weg von einem der Küstendörfer zum nächsten sein mochte.

»Mit dem Schiff oder wenn du fliegen könntest nicht sehr weit«, hatte der stattliche Mann trotz eines verschmitzten Lächelns in den Augen ganz ernst geantwortet. »Doch wenn du den Küstenpfad nimmst, mindestens hundert Meilen.«

Thorn wußte, daß sie im Lauf des Tages nicht mehr als zwei Meilen Luftlinie zurückgelegt hatten. Trotzdem kam es ihm zehnmal soweit vor, als sie immer wieder mörderische Hänge hinauf- und auf der anderen Seite herunterkletterten. In gewisser Hinsicht wiederholten sie also extrem langsam, was der Schoner auf See hatte durchmachen müssen.

Nachdem sie den ersten Bergzug überklettert hatten, der das Binnenland vor den Widrigkeiten des Meeresklimas schützte, wurde die Vegetation plötzlich zusehends üppiger. Das anfängliche Grasland ging bald in Wald über, als sie weiter nach unten gelangten. Auch wurden die Bäume immer höher und kräftiger, je weiter sie sich von der See entfernten.

Sie hatten einen beeindruckenden Baumbestand vor sich, das war auf den ersten Blick zu erkennen. Thorn und die anderen rasteten kurz an einem mit Gras bewachsenen Hang und schauten zum dem hoch aufragenden Gipfel des Doumhall hinüber. Obwohl dieser stattliche Berg die ganze Bucht überragte, wäre er als Bestandteil einer der kontinentalen Gebirgsketten kaum weiter aufgefallen. Sie blickten auf das unermeßliche Blätterdach der Bäume hin, die das ganze Tal zwischen ihrem Standort und dem Fuß des Berges ausfüllten. Doch erst als sie weiterzogen, bemerkten sie, daß viele der Bäume mehr als dreißig Meter hoch waren und daß ihr eigenes Fortkommen sich bei weitem beschwerlicher gestaltete, als sie es zunächst geglaubt hatten.

Das einzige, womit sie sich trösten konnten, war der Gedanke, daß das Gelände etwaige Verfolger vor ganz ähnliche Schwierigkeiten stellte.

Thorn hatte schon bald für die Schönheiten der Landschaft keinen Blick mehr. Nicht daß er übersättigt oder desinteressiert gewesen wäre, ganz im Gegenteil. Er hatte bereits Nacken- und Rückenschmerzen, so oft hatte er sich weit nach hinten gebeugt, um all die Schönheiten zu bestaunen, die es oben zu sehen gab. Auch die Stämme selbst waren höchst beeindruckend, er sah etliche, die so dick waren, daß der ganze kleine Reisetrupp zusammen sie mit ausgestreckten Armen nicht hätte umspannen können – von einem Durchmesser, daß darauf manch ein nelwynisches Haus Platz gefunden hätte. Äste hatten die Stämme meist nur im oberen Drittel gebildet, denn sie standen so eng, daß kaum Licht durch das Blätterdach dringen konnte.

Hier und da trafen sie auf umgestürzte Bäume – vorwiegend in Hanglagen, wo die Wurzeln der Riesen solange unterspült worden waren, bis sie einem Sturm nicht mehr hatten standhalten können. Von dem Unwetter, das, wie sie alle wußten, noch immer tobte, war kaum etwas zu spüren – sowohl die Bäume als auch die Bergketten boten dagegen einen hinreichenden Schutz. Doch die Kronen der Waldgiganten wurden kräftig durchgeschüttelt. Einen der Bäume hatte der Wind sogar umgeworfen, und der Stamm führte jetzt wie eine Brücke über eine Schlucht, so daß sie sich eine Menge Zeit und Anstrengung ersparen konnten. Als sie dann über den Stamm dahinschritten, stellten sie fest, daß noch zahlreiche frische Äste aus ihm hervortrieben, aus denen im Laufe der Jahrhunderte vielleicht eigenständige Bäume werden würden.

Das Verhalten von Elora und Khory hätte gegensätzlicher nicht sein können. Geryn war ständig damit beschäftigt, in dem unübersichtlichen Gelände nach einer geeigneten Route Ausschau zu halten. Zu seinem Mißfallen mußte er deshalb Elora Taksemanyins Obhut überlassen, und der Wyr war wie ein Wachhund auf ihr Wohl bedacht und sorgte dafür, daß, wann immer er sie für erholungsbedürftig hielt, eine Pause eingelegt wurde. Die Heilige Prinzessin trottete mehr oder weniger wie eine Kuh oder ein Schaf dahin. Wann immer man sie ein wenig antrieb, setzte sie sich in Bewegung. Ansonsten stellte sie keine Fragen, machte keine Probleme und setzte nur stumpfsinnig und mechanisch einen Fuß vor den anderen. Khory wiederum konnte sich selbst kaum bändigen und war fast nicht zu halten. Ihre Vitalität war offenbar unerschöpflich. Häufig ging sie neben Geryn her und sprang dann plötzlich einen Hang hinauf oder hinab, um irgendeine Pflanze näher zu betrachten, die ihre Aufmerksamkeit erregt hatte. Danach rannte sie dann zu Thorn hinüber, um von ihm nähere Einzelheiten zu erfahren. Sie bestand aus lauter Fragen – Was ist das hier, wie heißt das? – und belegte ihn so mit Beschlag, daß er sie wegen ihrer Begeisterung am liebsten genauso fröhlich erwürgt hätte, wie er das mit Elora wegen ihres völligen Desinteresses hätte tun können.

Die Qualität des Lichtes hatte sich bis dahin kaum verändert. Man fühlte sich noch immer an einen dämmrigen Wintertag im hohen Norden erinnert. Thorns innere Uhr sagte ihm, daß es Spätnachmittag sein müsse, als Geryn während einer Ruhepause die Gelegenheit wahrnahm und sich zu einer kurzen Besprechung neben ihm niederhockte.

»Kennt Ihr die Gegend hier, Zwerg?« fragte er.

»Nur vom Hörensagen. Die wenigen Karten, die es gibt, sind allesamt zu oberflächlich, um von Nutzen zu sein, fürchte ich. Aber hiergewesen bin ich noch nie. Weshalb?«

»Der Wald hat irgendwas Besonderes an sich, stimmt's?« Thorn fiel auf, daß der Daikini niemals ganz ruhig dasitzen konnte. In gewisser Hinsicht waren Geryns Sinne nämlich genauso wach wie Taksemanyins, nur daß der Pfadfinder sich hauptsächlich auf seine Augen verließ, wo der Wyr die Ohren vorzog. Und so suchten die beiden die heraufziehende Dunkelheit ab, als ob sie einen lange überfälligen Angriff erwarteten.

»Die Bäume selbst sind etwas Besonderes, sie sind uralt und Cherlindrea geweiht. Angeblich soll sie sie sogar selbst gepflanzt haben.«

»Zu verdammt still hier, wenn Ihr mich fragt.«

»Ist mir auch schon aufgefallen«, pflichtete Thorn ihm bei.

Geryn atmete ruhig und langsam und ließ sich Zeit, bis er wieder zu sprechen anhob, während er den Blick ringsum schweifen ließ.

»Weit und breit kein Lebenszeichen. Weder von dieser Welt, noch von den Schleierleuten. Weder Rotwild und Eidechsen, noch Dryaden oder Nymphen. Man könnte meinen, es hätte hier noch nie irgendwelche Lebewesen gegeben.« Er hob ein Blatt hoch, an dessen Rändern kleine Kristalle zu erkennen waren.

»Eiskristalle«, sagte Geryn, »stimmt's?«

Thorn berührte das Blatt mit der Zunge und nickte.

»Bei all den Wolken, die wir unterwegs gesehen haben, kann es nicht mehr lange dauern, bis es schneit.«

»Und das in einem Land, in dem der Winter bisher völlig unbekannt war.«

»Das sagt ihr. Falls wir uns noch in diesen Schluchten aufhalten, wenn es losgeht, dann sind wir erledigt.« Er dachte einen Moment nach. »Wahrscheinlich sind die Viecher deshalb alle abgehauen, haben sich in ein wärmeres Klima abgesetzt, wie die Zugvögel im Winter.«

»Das erklärt vielleicht, warum die Tiere weg sind. Aber die Schleierleute sind nicht so.«

»Könnt Ihr nicht ein magisches Licht entzünden, damit wir auch in der Nacht weiterziehen können?«

»Ich glaube, wir sollten uns erst mal richtig ausruhen.«

»Ich hab zwei Stimmen in meiner Brust: Die eine sagt, daß Ihr recht habt, die andere schreit, daß es ein schrecklicher Fehler ist, noch länger hierzubleiben.«

Thorn nickte und streckte die Hände aus. »Schließt die Augen«, sagte er dann zu dem Pfadfinder und berührte dessen Augenlider mit dem Zeige- und dem Mittelfinger.

»Ich habe Euch gerade 'ne kleine Portion von meinem Zauberblick gegeben«, sagte er, als sie wieder auseinanderrückten. »Damit seht Ihr in der Dunkelheit besser als 'ne Katze. Ist außerdem viel praktischer als eine Fackel. Ich werd den anderen auch was davon geben, dann ist keiner von uns im Vorteil.«

»Verdammt«, murmelte Geryn voller Erstaunen. »*Verdammt!* Wenn das wieder aufhört, werd ich mir wie blind vorkommen.«

»Tut mir aufrichtig leid, aber es wird wieder aufhören. Eine solche Aufladung ist nur vorübergehend, und ich kann sie auch nur ein paarmal erneuern. Der menschliche Körper hat Grenzen der Belastbarkeit und wenn man ihn überfordert, bricht er zusammen. Übermenschliche Kraft läßt auf Dauer die Muskeln verbrennen, oder aber sie zerstört das Knochengerüst. Eine künstlich verstärkte Sehkraft führt schließlich zur Blindheit. Jede Gabe hat ihren Preis. Je mehr man verlangt, um so mehr muß man zahlen.«

»Aber Ihr macht eigentlich einen ganz munteren Eindruck.«

»Ich hab dafür einen hohen Preis gezahlt.« Er sprach mit einer Schärfe, die er gar nicht beabsichtigt hatte, und Geryn verzog das Gesicht ein wenig, als ob der Nelwyn ihm ein Messer unter die Nase gehalten hätte.

»Ich glaube, 's ist am besten«, sagte der und klopfte seine Hose ab, als er sich wieder voll aufrichtete, »wenn wir oben auf dem Höhenzug dort drüben gehen, bis wir am Doumhall vorbei sind. Besser, wenn wir weiter oben und auf der windgeschützten Seite gehen.«

»Einverstanden. Aber Euch scheint noch immer irgendwas zu bedrücken.«

»Wir werden beobachtet, Zwerg. Und zwar von Augen,

die uns nicht wohlwollen. Je eher wir hier verschwinden, um so besser. Wir sind hier nicht willkommen.«

»Das kann eigentlich nicht sein. Fremde gibt es in Cherlindreas Hainen nicht. Das ist auf der ganzen Welt so. Und nichts Übles kann hier bestehen.«

»Wenn schon die ganze Welt völlig auf dem Kopf steht, warum sollte es hier anders sein?«

Stoff zum Nachdenken, als sich – wie die Schwaden einer Nebelbank – Müdigkeit in Thorns Muskeln und Gliedern breitmachte, obwohl er sich alle Mühe gab, dem Gefühl nicht zu erliegen. Nachdem er einen kleinen Abwehrzauber gegen die Erschöpfung gesprochen hatte, fühlten sich die übrigen sofort wieder recht frisch. Unglücklicherweise galt aber auch hier das Gesetz von Ursache und Wirkung wie bei dem magischen Akt, mit dessen Hilfe er das Sehvermögen seiner Reisegenossen verbessert hatte. Der Zauber erlaubte ihnen zwar, ihre körperlichen Reserven voll auszuschöpfen; ließ jedoch seine Wirkung nach, würde sich bei ihnen ein dramatisches Ruhebedürfnis einstellen. Thorns Problem war, daß er schon ziemlich erschöpft war und einen Großteil seiner Energie- und Geistesreserven verbraucht hatte, während die anderen damit erst anfingen. Seine Sinne waren zwar noch immer scharf, aber seine Augen brannten vor Erschöpfung, seine Glieder schmerzten, und er bewegte sich mit der Behutsamkeit eines Greises. In gewisser Hinsicht bildete er die Achse, um die sich das Rad ihres gemeinsamen Unternehmens drehte, doch gab es immer weniger Fett, mit dem er den Mechanismus hätte schmieren können. Und so knirschte jetzt Metall auf Metall und nutzte sich wechselseitig unerbittlich ab. Daher sah er sich vor die Herausforderung gestellt, für sie alle einen Zufluchtsort zu finden, bevor es zu spät war.

Was Geryn über die Stille gesagt hat, ist richtig, dachte er, als er in dem endlosen Zwielicht nach einem schönen Fleckchen Ausschau hielt.

Er war schon häufig in solchen Wäldern gewesen. Cherlindrea legte sie an, wo es ihr gefiel, und die Bäume gediehen ganz unabhängig von den örtlichen Gegebenheiten. Für gewöhnlich war es schwül in diesen Hainen, da die Sonne die Luft, die kaum entweichen konnte, unter dem Blätterdach erwärmte. Aber auch die organischen Zerfallsprodukte – angefangen von den Blättern bis hin zu umgefallenen Baumstämmen –, die auf dem Waldboden umherlagen, strahlten Wärme ab. Geräusche waren hier meist weithin hörbar, und es geschah nicht selten, daß ein Besucher, der sich leise fortbewegte, die Stimmen der Bewohner dieser Wälder deutlich vernehmen konnte. In vielen Nächten statteten sogar Geister und Elfen, die sich von solchen Orten wie magisch angezogen fühlten, Cherlindreas Hainen ihren Besuch ab. Er hatte schon so manches Tänzchen mit ihnen gewagt, hatte etlichen von ihnen auf die Welt geholfen und das sanfte Dahinscheiden anderer durch seinen Zuspruch erleichtert. Er hegte deshalb auch eine ganz besondere Vorliebe für diese Orte, weil sie ihn so sehr an zu Hause erinnerten. Hier konnte er wahren Frieden finden und jene schlichten Freuden, die ihn an Körper und Seele erquickten.

Hier jedoch erschien ihm alles trostlos. Der Ort wirkte auf ihn wie ein Schatten seiner selbst. Äußerlich betrachtet war alles, wie es sein sollte: Die Bäume waren so kräftig wie nur je, der Waldboden unter seinen Füßen fest und federnd. Und trotzdem fehlte den Dingen ihre Substanz, sie wirkten hohl. Das lag nicht etwa daran, daß die Schleierleute sich vor den Fremden verborgen hätten. Wie Geryn bemerkt hatte, herrschte vielmehr eine Atmosphäre, als ob es die luftigen Wesen nie gegeben hätte.

Er bemerkte erst, daß er eine Melodie pfiff, als die anderen ihm teils amüsierte, teils verwunderte Blicke zuwarfen. Unwillkürlich mußte er lächeln, als er sich so ertappt fühlte. Ja, das war so eine Gewohnheit von ihm: Wann immer er in Gedanken versunken war, fing er an zu pfeifen. Und das wiederum trieb die Brownies zur Verzweiflung, bis sie schließlich selbst mit einstimmten, was wiederum, weil man die kleinen Kerle nicht eben musikalisch nennen konnte, die Adler veranlaßte, sich so hoch wie nur möglich in die Lüfte zu schwingen, bis sie außer Hörweite waren. Es war vornehmlich eine Folge seiner tiefen Müdigkeit, daß diese Erinnerungen an seine verlorenen Kameraden kaum Gefühle in ihm auslösten und daß ihm überdies nichts auffiel.

Zuerst pfiff er eine einfache Melodie; absteigende Terzen. Er hielt einen Moment inne und lauschte den verklingenden Tönen, bis das ferne Echo erstarb und wieder Stille herrschte. Er konnte sich nicht daran erinnern, die Melodie je gehört zu haben, sie war ihm vielmehr damals eingefallen, als er in das Dasein eines Zauberers hineingewachsen war. Genau wie die Zauberei erwuchs auch die Melodie aus dem jeweils vorhergehenden Ton und steigerte sich von Refrain zu Refrain zu immer komplexeren Klangbildern. Und wie jede echte Magie ergab sie sich ganz spontan, war ein Ausdruck reinster Intuition, ein Zusammenklang seiner tiefsten Empfindungen.

Doch heute klang die Melodie schwermütig, spiegelte eine Stimmung wider, die so wenig sonnig war wie der Himmel hoch oben und ihn derart gefangennahm, daß er einen Fehltritt tat und beinahe gestürzt wäre.

Er gab sich einen Ruck, bis er sein inneres und äußeres Gleichgewicht wiedergefunden hatte, und sah jetzt, daß Elora Danan sich vor ihm aufgebaut hatte, eine teigige Landstreicherin mit gehetztem Blick, der so gar nicht zu der Wohlgenährtheit passen wollte, deren sie sich ansonsten erfreute. Offenbar hatte sie nicht die geringste Ahnung, wie sie ihre Kleider anziehen mußte. Vermutlich hing sie normalerweise ihren Gedanken nach, wenn sie angekleidet wurde, stand einfach mehr oder weniger nackt vor ihren Zofen, bis sie perfekt zurecht gemacht war, ohne sich auch nur im geringsten darum zu kümmern, wie ihre glänzende Aufmachung zustande kam. Dennoch hatte sie versucht, es so gut wie möglich hinzukriegen, wenn sie dabei auch nicht sonderlich erfolgreich gewesen war, weder unter ästhetischem Aspekt noch unter dem der Bequemlichkeit.

»Ja, Elora«, sagte er sanft und blickte an ihr vorbei auf Taksemanyin und Geryn, die besorgt herüberschauten. Dies war das erste Mal, daß das Mädchen die Initiative ergriff, seit sie wieder an Land waren.

»Ich kenne die Musik«, sagte sie. Ihr Stimme klang gebrochen und so heiser wie die Shandos; ihr Kehlkopf war offenbar ähnlich böse zugerichtet wie ihr Verstand.

»Ja, das habe ich früher öfter gepfiffen«, gab er zu, »als du noch klein warst.«

»Es ist alles mein Fehler«, sagte sie, und ihre Stimme war genauso trostlos wie ihr Blick. »Ich hätte Willow geben sollen, was er von mir wollte. Wenn ich mich nicht zur Wehr gesetzt hätte, wäre nichts von alledem hier passiert.«

»Hör auf«, sagte er.

»Schau mich doch nur an!« schrie sie. »Ich bin verflucht, die Welt ist verflucht. Ich habe nie etwas Böses im Schilde geführt, ich hatte nur solche *Angst!*«

»Das ist überhaupt keine Schande.« Er faßte sie sanft an den Schultern. Ein Fehler. Sie entzog sich seiner Berührung, als ob seine Hände mit Säure bedeckt wären.

»Was weißt denn *du* schon, Zwerg?« Das letzte Wort klang in ihrem Munde wie eine der schlimmsten Obszönitäten, die er je gehört hatte, so rauh und haßerfüllt, daß er tatsächlich zurückzuckte. »Wage es *nicht,* mich zu berühren«, schrie sie mit einem Gutteil ihrer alten Anmaßung. »*Dir* verdanke ich das alles hier. In meinem Leben war alles in Ordnung, bis du aufgekreuzt bist.«

Nichts war in Ordnung, Kind, dachte er, obwohl er die Worte besser laut hätte aussprechen sollen.

Das wollte er auch gerade tun, als etwas völlig Unverhofftes geschah.

Er hörte hoch über sich einen Schrei und spürte plötzlich, wie sein Blickfeld verschwamm, als er sich unversehens in das Bewußtsein des wutentbrannten Bastian versetzt sah, der mit kalten Augen auf fünf Menschen hinabblickte, die, durch die überraschende Attacke des Adlers konsterniert, wie angewurzelt nach oben starrten.

»Eidbrüchiger«, schrie Rool, der auf Bastians Rücken hockte, wieder und wieder mit sich überschlagender Stimme.

»Verräter.« Das war Franjean, der auf Anele ritt.

»*Dämon!*« schrieen sie dann beide im Chor, ein schlimmeres Schimpfwort als Eloras ›Zwerg‹ gewesen war, ein Wort, das ihn schlimmer treffen sollte als jede Waffe.

Dann teilte sich seine Wahrnehmung. Er starrte auf sich selbst herab, während sich der Rücken des Adlers bog und die großen Schwingen seinen Sturzflug abbremsten. Und mit seinen eigenen Augen sah er Aneles ausgefahrene Klauen, die genau auf sein Gesicht zielten.

13. Kapitel

Thorn ließ sich im Reflex zu Boden fallen und machte eine Rolle seitwärts. Dabei suchten seine Hände instinktiv einen Halt, als er über den Rand des schmalen Gebirgspfades stürzte. Er war ganz sicher, daß die Adler ihn töten wollten, das hatte der Angriff ebenso deutlich gezeigt wie die Wut in ihren Köpfen, aber er wollte ihnen weder diese Genugtuung geben, noch ihnen seinerseits etwas antun. Also faßte er nach einem etwa zweijährigen Bäumchen und riß sich daran die Handfläche auf, als er den Schwung seines Sturzes nutzte, um sich wieder auf den Pfad zu katapultieren, wobei er mit Händen und Füßen wie ein Igel arbeitete, um dorthin zu gelangen, und versuchte sich zugleich einen Überblick über die Situation zu verschaffen.

Geryn sprang auf, um Elora zu verteidigen, doch Anele ließ sich in einem herrlichen Manöver einfach über einen ihrer Flügel seitlich abkippen, während sie mit dem anderen den jungen Burschen beiseitefegte. Ihre Knochen mochten zwar hohl sein, aber an Körpergröße konnten es die Adler leicht mit Thorn aufnehmen, und sie schlugen mit der Wucht einer schweren Keule zu. Anele wollte schon den Daikini angreifen und ihm mit Krallen und Schnabel das Gesicht zerfetzen, doch plötzlich tauchte Khory auf und führte mit ihrem Schwert einen beidhändigen Streich gegen den Vogel. Anele legte – wild mit den Flügeln schlagend – den Rückwärtsgang ein und vollführte dann in der Luft ein weiteres schier unglaubliches Manöver, um dem Hieb auszuweichen. Sie erkannte sofort die ungewöhnliche Behendigkeit des Dämonenkinds und stieg deshalb gar nicht erst in die Lüfte auf, sondern schwebte in die Schlucht hinab, wo sie zwischen den Bäumen verschwand.

Ryn war weniger Glück beschieden. Er zog Elora die Beine weg, um sie zu Boden zu werfen und aus der Gefahrenzone zu bringen – das Kind hatte weder seine Reaktionen noch seine Erfahrung; sie stand, überwältigt von dem plötzlichen Überfall, starr wie eine Statue da. Doch als der Wyr sich von ihr ab- und Bastian zuwandte, traf ihn ein Pfeil von Rools Bogen. Kein gewöhnlicher Pfeil, das zeigte die Wucht, mit der Ryn wie vom Blitz getroffen zusammenbrach. Auch die Brownies hatten ihre Geheimnisse. Im allgemeinen verwendeten sie Waffen, die den Gegner lediglich stachen und irritierten, und begnügten sich damit, Feinde zu piesacken und zu erniedrigen. Aber wenn sie unter Druck gerieten, konnten sie auch tödlich zuschlagen und ein Gift verspritzen, das einen Daikini innerhalb von Sekunden niederstreckte. In diesem Fall aber hatten sie den Geschossen etwas von ihrer eigenen Lebenskraft eingeflößt, so daß die Pfeile viel stärker wirkten, als es ihrem winzigen Format eigentlich entsprochen hätte. Im äußersten Fall aber waren die Brownies sogar bereit, ihr eigenes Leben aufs Spiel zu setzen. Und Thorn zweifelte nicht daran, daß sie mit vollem Einsatz kämpften, als Bastians Klauen blutige Streifen in Ryns Seite schlugen, bevor der Adler zu einer zweiten Attacke aufstieg.

Thorn ließ eine Windbö los, die wie ein Faustschlag wirkte, und Bastian stieß einen überraschten und ärgerlichen Schrei aus, als er von seinem Opfer weggestoßen wurde. Rool, der im Gegensatz zu Franjean ein Draufgänger war, schoß einen weiteren Pfeil ab, den Khory jedoch mit ihrem Schwert abblockte und spaltete, womit der Dorn viel von seiner Wucht verlor. Doch blieb sie nicht etwa stehen, sondern ging unverzüglich zum Angriff über, so daß Bastian sich gezwungen sah, dem Beispiel seiner Gefährtin zu folgen und in die Schlucht hinabzutauchen.

»Verdammt noch mal!« schrie Geryn, der sich mit wackeligen Beinen wieder aufrappelte. Aus seiner Nase floß das Blut in Strömen, und er sog immer wieder schnaufend Luft ein, um die Blutung zu stoppen. »Sind diese Vögel nicht Eure Begleiter, Drumheller?«

»Ja«, lautete die knappe Antwort.

Es sprach nichts dafür, daß die Vögel unter einer magischen Weisung standen. Nein, sie hatten ihn aus eigenem Entschluß angegriffen, von einer Wut erfüllt, die an Haß grenzte und keine Gnade zuließ. Weder für ihn noch für Elora.

»Was ist eigentlich passiert?« fragte er. Aber er hätte sich die Frage genausogut sparen können. Denn dank seiner Ein-Sicht wußte er bereits, daß die Antwort in jenem schrecklichen Wort »Dämon!« enthalten war, das die Brownies und die Adler ihm entgegengeschleudert hatten. Schließlich war er mit Khorys Erzeuger verschmolzen, um die junge Frau zum Leben zu erwecken. Ja, er hatte diese Verbindung sogar akzeptiert und sich damit in den Augen sämtlicher Schleierleute selbst gebrandmarkt und aus ihrer Gemeinschaft ausgeschlossen. Auch von den Daikini war nichts anderes zu erwarten, sollten sie je erfahren, was er getan hatte. Denn wer sich freiwillig mit Dämonen einließ, galt allgemein als böse und verdammungswürdige Kreatur und konnte weder Vergebung noch Erlösung erhoffen. Elora wiederum hatten sie angegriffen, weil sie befürchteten, Thorn habe sie ebenfalls verdorben. Zudem gab es keine Möglichkeit, seine Gefährten vom Gegenteil zu überzeugen, schließlich wußte jeder, daß Dämonen die Kunst der Verstellung meisterhaft beherrschten. Schon um ihres eigenen Überlebens willen mußten sie ihm deshalb jedes Wort als Lüge und jede Tat als Trug auslegen.

Wenigstens waren die Brownies aus Eloras Turm entkommen. Immerhin etwas. Aber ganz ungeschoren offenbar auch nicht, denn einer von Franjeans Armen war an den Körper gebunden, so daß er seinen Bogen nicht benutzen konnte. Und Bastians Rücken war durch eine noch nicht verheilte, böse Wunde entstellt, die übel gestunken hatte. Solche Wunden verursachten häufig schwere Infektionen, die den Körper gleichsam auffraßen.

Er wußte nicht, ob er die beiden heilen konnte. Und was

noch schlimmer war: Wenn er sie zu sich riefe, würde er dazu gar keine Gelegenheit dazu erhalten. Sobald er ihnen unter die Augen trat, würden sie ihn töten.

Inzwischen stieg ein kaum merklicher Brandgeruch in seine Nase. Doch war er im Geiste mit anderen Dingen beschäftigt, so daß er nicht weiter darauf achtete.

»Sehr gut«, sagte er zu Khory, als er an ihr vorüberging.

»Das Schwert wußte genau, was zu tun war«, entgegnete sie. »Ich mußte nur ein bißchen nachhelfen.«

Er blieb stehen und starrte sie an, nahm sie in Wahrheit zum erstenmal richtig wahr. Sie kämpfte mit rechts, und der Ärmel an diesem Arm war völlig zerfetzt. Deshalb hatte sie ihn einfach an der Schulter abgerissen. Ihre Arme waren schöngeformt, und ihr vor Gesundheit strotzender Körper wirkte ungemein athletisch, wie auch das anmutige Spiel ihrer Muskeln verriet. Über ihren Bizeps prangten zwei verschlungene Tätowierungen, die, auf den ersten Blick täuschend einfach, den endlosen Kreislauf von Geburt und Wiedergeburt darstellen sollten. Das Muster oberhalb ihres Handgelenks auf dem Unterarm war so sorgfältig gearbeitet, als wenn der Künstler auf ihrer Haut eine Arbeit in schwarzer Spitze hätte nachahmen wollen. Dieses weibliche Dekor kontrastierte aufs verwirrendste mit der Entschlossenheit und Kraft, die ihre ganze Erscheinung ausstrahlte. Wer immer diese Frau auch früher gewesen sein mochte, leicht einzuordnen war sie gewiß nicht gewesen.

Alles in allem paßten die Frau und das Dämonenkind deshalb geradezu erstaunlich gut zusammen.

Khory sprach aus dem Mundwinkel und wirkte geistesabwesend, da sie ihre Pflichten sehr ernst nahm. Sie lehnte halb sitzend lässig an einem Felsen und hatte ihr Schwert griffbereit vor sich auf dem Schoß. Von hier oben aus konnte sie das Gelände weiter unten gut überblicken, und nach hinten war sie durch eine Baumgruppe vor Angriffen geschützt. Natürlich war auch sie nicht gegen einen Überraschungsangriff gefeit. Doch Thorn konnte sich nicht recht vorstellen, daß sie sich überrumpeln ließ. Und dieser Gedanke erschien ihm überaus beruhigend.

Ryn hatte sich – wohl um Elora seinen Anblick zu ersparen – ein paar Schritte entfernt niedergelegt. Seine flache Atmung deutete darauf hin, daß Rools Geschoß Knochen gebrochen hatte. Auch Bastians Krallen hatten böse Verletzungen zurückgelassen. Neben ihm kniete Elora, das Kleid vorne dunkel verfärbt. Wegen des grauen Zwielichts war die scharlachrote Farbe des Blutes nicht zu erkennen, das deutlich mit der silbernen Reinheit ihrer Haut kontrastierte.

»Er ist verletzt«, sagte sie leise, als Thorn hinzutrat.

»Schmerzen?« fragte der Nelwyn und ließ sich neben Ryn nieder.

Der Wyr hatte noch immer nicht richtig begriffen, was geschehen war. Trotzdem erteilte er Thorn eine klare Antwort.

»Es tut weh, wenn ich atme oder mich bewege – soweit ich das noch kann. Das Bein unterhalb der Wunde ist taub. Außerdem hab ich 'ne Menge Blut verloren. Aber vergiftet bin ich wohl nicht. Scheint so, als ob ich rasch ausblute.«

Thorn legte sanft eine Hand auf die Wunde und schüttelte dann erleichtert den Kopf.

»Er hat Euch zwar scheußliche Fleischwunden zugefügt, aber die großen Blutgefäße hat er verfehlt. Eurer Fell hat Euch vor dem Schlimmsten bewahrt. Daran hat Bastian bei seiner Attacke offenbar nicht gedacht.«

»Glück gehabt.«

»Sehr viel Glück sogar, Ryn. Jeder andere von uns würde jetzt seine Eingeweide in den Händen halten und sich fragen, wie er sie wieder zurückstopfen kann.«

»Nelwyn ...!« zischte Ryn und schaute warnend zu der Seite hinüber, wo Elora kniete.

»Hatten sie es auf mich abgesehen?« fragte sie leise.

»Sieht ganz so aus. Und Anele und Franjean wollten mir ans Leder.«

»Er kennt sie«, sagte Geryn, der sich zu den übrigen hinzugesellte. »Sie waren ständig bei ihm, diese elenden Lammschlächter.« Der metallisch dumpfe Klang von Geryns Stimme sagte Thorn, daß der Mann noch immer blutete, und so kramte er eine Phiole und einen Lappen aus seiner Tasche hervor. Ein Tropfen von der Flüssigkeit, eine eilige Beschwörung, dann reichte er Geryn das Tuch und wies ihn an, es sich gegen die Nase zu pressen und dann tief einzuatmen.

»So was will ich auch haben«, sagte Ryn, dessen schwache Stimme seinen leichten Ton Lügen strafte.

»Warum nicht?«

»Oh, wie schön.«

»Keine Sorge. Ich bring Euch schon durch. Allerdings brauch ich dafür ein bißchen Zeit, das ist alles.«

»Die Frage ist nur, ob wir die noch haben, Drumheller.«

»Was meint Ihr, Geryn?«

»Könnt Ihr denn nicht riechen? Ich habe es wegen meiner blutenden Nase nicht eher bemerkt, aber jetzt hab ich keinen Zweifel mehr.«

Thorn verstand zunächst nicht recht, was der Pfadfinder meinte, als er die Düfte der Pflanzen auf sich einwirken ließ, die ringsum dem fruchtbaren Lehmboden entsprossen. Angereichert wurde dieser Duftcocktail noch durch den Salzgeruch, der vom Meer herüberwehte.

»Irgendwer hat ein Feuer gemacht«, sagte er, ohne weiter nachzudenken.

»Tatsache.«

Thorn stand auf und erbleichte.

»Das ist unmöglich«, sagte er.

»Was ist denn los?« wollte Elora wissen.

»Vielleicht eine Fackel?« sagte er, obwohl er selbst wußte, daß das Unsinn war.

»Ein Feuer, das man riechen kann, ist meistens ziemlich nahe. Aber das hier ist wohl noch ein Stück entfernt.«

»Aber es bewegt sich in unsere Richtung?«

Geryn zuckte mit den Schultern. »Können wir es uns erlauben, etwas anderes anzunehmen?«

»Das ist doch unmöglich«, wiederholte Thorn jetzt, als ob allein seine Worte dafür sorgen könnten.

»Hört endlich auf mit dem Quatsch, Zwerg«, schimpfte Havilhand. »Ich hab gesehen, wie die größte Küstenstadt sich in Eis und Kristall verwandelt hat und wie einer wundervollen Frau vor meinen Augen bei lebendigem Leib die

Gedärme herausgerissen worden sind. Wenn alles in Chaos versinkt, weshalb sollte es hier wohl anders sein?«

»Wovon spricht er überhaupt?« fragte Elora abermals beunruhigt.

»Ich hoffe, er weiß es selbst nicht«, entgegnete Thorn an beide gewandt. »Aber wir sollten trotzdem besser von hier verschwinden.«

»Das kann ich nicht«, bemerkte Ryn ganz sachlich. Seine Sinne übertrafen die jedes Daikini. Thorn brauchte ihn nur einmal anzuschauen, um zu sehen, daß er Bescheid wußte.

»Khory«, sagte Thorn, »sobald ich Ryn diesen Verband hier angelegt habe, mußt du dich um ihn kümmern.«

»Und wenn die Adler zurückkommen, Drumheller?«

»Ein Problem nach dem anderen bitte. Du bist die einzige von uns, die ihn tragen kann.«

»Das Schwert kann ich ja nehmen«, erbot sich Geryn. Als Khory die Klinge heftig in die Scheide stieß und den Gürtel enger zurrte, trat er sogleich mit erhobenen Händen und beschwichtigender Miene ein paar Schritte zurück.

»Bitte um Vergebung, Schwertkämpferin«, sagte Ryn ungewohnt steif, »daß ich Euch Unannehmlichkeiten mache. Und«, fügte er mit einem für ihn typischen Achselzucken hinzu, »daß ich Euch vollbluten werde.«

»Euer Blut, mein pelziger Freund«, sagte sie, während sie seine Arme um ihre Schultern legte, »solltet Ihr besser bei Euch behalten.«

Ryn litt starke Schmerzen, als Khory sich aufrichtete. Sein verzerrtes Gesicht entlockte Elora einen kleinen Aufschrei, als ob seine Wunde in ihr ein Echo ausgelöst hätte.

»Wir müssen uns beeilen«, verkündete Geryn.

»Dann können wir Ryn genausogut an Ort und Stelle eine Klinge in das Herz stoßen«, fuhr Thorn ihn an.

»Ich mein ja nur.«

»Sicher sind wir nur oben – jenseits der Vegetationsgrenze. Führt uns, so rasch es geht, dort hinauf.«

Geryn marschierte im Laufschritt los und bewegte sich in der heraufziehenden Nacht so sicher wie am hellichten Tag.

»Und«, murmelte Thorn fast unhörbar, »bedankt Euch bloß nicht für den Zauberblick.«

»Danke«, hauchte eine Stimme neben ihm.

»Keine Ursache, Elora Danan.«

»Ich habe der See Einhalt geboten«, sagte sie, nachdem sie eine Weile gegangen waren.

»Ja, das hat mich gewundert. Wie bist du denn auf die Idee gekommen?«

»Es war einfach schrecklich dort unten. Ich war so seekrank, und ich dachte, ich spucke meine Eingeweide aus. Mir tut noch immer alles weh.« Sie legte sich die Hand auf den Bauch und lächelte matt. Doch dann fiel ihr plötzlich Moraqs grausames Ende wieder ein, und sie blinzelte ein paarmal schnell, bis Thorn ihr ein Tuch zum Trocknen ihrer Tränen reichte.

»Kann ich mir gut vorstellen.«

»Ich wollte doch nur, daß es endlich aufhört. Plötzlich kam mir diese Idee. Und bevor ich recht wußte, was geschah, stand ich oben auf dem Deck und hab mir die Seele aus dem Leib geschrien. Muß denn die Welt so grausam sein?« fragte sie dann unvermittelt, und es war nicht zu überhören, daß sie den Lauf der Dinge nicht akzeptieren konnte.

»Ich weiß es nicht«, erwiderte er aufrichtig. »Tatsächlich weiß es niemand. Aber es gibt Kräfte und auch Menschen, die es gar nicht mögen, wenn man ihnen Vorschriften macht.« Elora errötete ein wenig, als sie daran dachte, wie sie ihre Diener früher behandelt hatte. »Sie ziehen es vor, wenn man sie bittet. Im übrigen ist Selbstachtung kein Vorrecht der Daikini oder der Brownies oder irgenwelcher sonstiger Lebewesen.« Er lächelte. »Nicht mal der Nelwyns. Wir alle haben unsere durch Erfahrungen und Vorurteile gefärbten Wünsche und Fantasien. Was für den einen richtig ist, braucht dem anderen noch lange nicht zu gefallen. Auch die Magie ist eine Kunst, genau wie die Aufgabe eines Königs. Zunächst ist da nur ein gewisses Talent, das man so selbstverständlich für sich in Anspruch nimmt wie du vielleicht deinen Thron. Entscheidend ist jedoch, daß man lernt, mit diesem Geschenk richtig umzugehen, und begreift, wie sich Energien am besten lenken lassen.« Er schwenkte eine Hand, und aus seinen Fingern sprühten Regenbogenfarben. »Daß man lernt, sich selbst zu beherrschen, und die Menschen durch das eigene Vorbild überzeugt.

Die Zwölf Reiche werden von stolzen Wesen beherrscht, und zwar auf beiden Seiten des Schleiers. Keines von ihnen ist von der Idee angetan, sich einem obersten Herrscher zu unterwerfen, mag der auch noch so heilig sein. Die Probleme mit der Prophezeiung rühren ja daher«, sagte er lächelnd, »daß jeder sie anders auslegen kann.«

»Früher hast du nie geschimpft und geflucht.«

»Du hast mich halt nie schlecht gelaunt erlebt.«

»Ich weiß noch, wie du mich immer zum Lachen gebracht hast.« Sie klang genauso erstaunt wie Khory damals, als es ihr erstmals gelungen war, wenigstens einige ihrer dezimierten Erinnerungsbilder zusammenzufügen. Thorn war über die Mühe, die sie sich gab, ebenso verwundert, wie über das Ergebnis ihres Nachdenkens.

»Das haben wir doch alle getan, du hast es uns ja auch sehr leichtgemacht.«

»Und warum bist du fortgegangen?« Ihre Stimme klang genauso schmerzlich wie seine, als er ihr antwortete.

»Ich dachte« – ein Achselzucken –, »meine Arbeit sei erledigt. Schließlich hatte ich ein Zuhause, eine Familie, Pflichten. Ich bin Nelwyn. Auch wir geraten zwar hier und da in ein großes Abenteuer, aber meist spielen wir dabei nur eine Nebenrolle. Du warst damals, wo du hingehörtest, und von Menschen umgeben, die dich beschützen konnten.«

»Gut, daß du fortgegangen bist, sonst wär es dir wahrscheinlich ähnlich ergangen wie ihnen.«

»Vielleicht hätte ich sie aber auch retten können. Was in jener Nacht geschehen ist, Elora – kannst du dich daran noch erinnern?«

Sie schüttelte langsam und nachdenklich den Kopf. Offenbar gab sie sich redlich Mühe, seine Frage ehrlich zu beantworten.

»Ich lag warm und behütet in meinem Bett, plötzlich

stand ich in Flammen. Das Feuer, in dem Bavmorda verbrannt war, hatte es jetzt auf mich abgesehen, jedenfalls hab ich das geglaubt. Ich konnte mich nicht bewegen, lag völlig reglos da.« Sie streckte ihre Arme aus und betrachtete traurig lächelnd ihre verwandelte Haut. »Meine Haut war wie aus Metall. Ich war stumm vor Schrecken. Dann wurde ich durch die Luft und die See, durch das Herz der Erde und das Sternenmeer geschleudert. Ich war plötzlich selbst ein Stern. Und was ich bis dahin gewesen war, wurde mir entrissen ...«

Ihre Stimme verhallte, und sie schwieg eine Weile. Thorn ließ sie in Ruhe und fühlte sich durch die Schilderung ihrer Reise an die Augenblicke seiner eigenen Verschmelzung mit dem Dämon erinnert. Falls diese Beobachtung stimmte, wenn Elora also tatsächlich mit einer dieser unirdischen Kreaturen zu schaffen gehabt hatte, dann war auch klar, weshalb die Brownies ihr alles Böse zutrauten. Seine Frustriertheit erzeugte einen sauren, galligen Geschmack in seinem Mund. Es war so, als wäre er blind und versuche, sich anhand einiger wahlloser Vorstellungen ein Bild von der Welt zu machen.

Aber warum sollte es mir auch anders ergehen? dachte er. *Schließlich sind wir vernunftbegabte Wesen, wie sollen wir da imstande sein, das Chaos zu begreifen? Schon die Fragen, die wir stellen, sind grundfalsch.*

»Dann«, sagte sie schließlich, und ihre Stimme klang aus der Ferne der Erinnerung herauf, »dann war mir schrecklich kalt, und ich habe geschrien. Ich war hungrig. Ich war verletzt. Ich hatte *solche* Angst. Mein Bett war verschwunden. Tir Asleen war verschwunden. Ich war irgendwo an einem fremden Ort.«

»Im Palast von Angwyn.«

»Ja, genaugenommen im Hof.« Sie nickte. »Sie haben mir ein Haus gebaut und später den Turm. Eloras Turm. Sie waren immer nett zu mir ..., aber sie hatten ständig Angst. Rückblickend muß ich sagen, daß sie dazu auch allen Grund gehabt haben.«

»Quatsch!«

Sie waren schon eine ganze Weile aufwärts gegangen, und zwar auf einem Bergpfad, der so gemächlich anstieg, daß er zunächst viel unproblematischer erschien, als er in Wirklichkeit war. Thorn hatte das Gefühl, seine Beine würden von einem Gummiband zusammengehalten. Elora konnte es kaum besser gehen. Und an Taksemanyin mochte er erst gar nicht denken. Selbst Khory war die Anstrengung anzumerken.

»Deine Freunde sind böse auf dich«, sagte Elora unvermittelt. »Ich hab sie mit dir im Turm gesehen.« Sie errötete, und ein goldener Schimmer überzog wie ein Vorbote des Morgenrots ihre Silberhaut. »Ich hab sie ›Wanzenmänner‹ genannt.«

»›Schreckliche kleine Wanzenmänner‹, um genau zu sein.« Nach einem kurzen Seufzer sagte er dann ernst: »Ich hab sie in Gefahr gebracht und dann im Stich gelassen.«

»Um mich zu retten.«

»Alles ging so schnell, daß ich nicht beides tun konnte.«

»Und warum bin ich so wichtig?«

»Ich wollte, das wüßte ich. Aber ich glaube, daß es so ist.«

»Niemand hat mich je gefragt, ob ich selbst das alles überhaupt will.«

»Ich bin nicht sicher, ob solche Dinge unserer Zustimmung bedürfen.«

»Das find ich nicht richtig, Drumheller.«

Er sah sie an. »Versteh mich nicht falsch, aber das schien die Heilige Prinzessin Elora nie zu kümmern.«

Ein Lächeln umspielte ihre Lippen.

»Nein«, räumte sie dann ein, »das hat es nicht.«

Sie überquerten jetzt einen Höhenzug, der vom Berg Doumhall aus die ganze Halbinsel bis zur Duatha-Landzunge der Länge nach durchteilte. Oben angelangt, hatte keiner von ihnen eine Ahnung, wohin sie sich wenden sollten. Genausowenig wußten sie, ob sie besser eine Weile oben auf dem Grat dahinziehen oder auf der anderen Seite wieder hinabsteigen sollten.

Geryn stand wartend da. Er war auf einen Baum gestiegen und hatte sich dabei an der Borke die Haut aufgeschürft.

Und was er gesehen hatte, hatte ihn nicht glücklicher gemacht.

»Ihr müßt laufen«, sagte er ohne weitere Einleitung und keuchte wie ein Blasebalg. »Um euer Leben.«

Thorn folgte mit den Augen Geryns Blickrichtung und sah in der Ferne eine rosarote Glut, die die Halbinsel auf ganzer Breite durchschnitt.

»Nein«, sagte er ungläubig.

»Es brennt, Zwerg. Und die Glut breitet sich so rasch aus wie ein Buschfeuer. Die Bäume lodern wie Zündhölzer.«

»Nein.«

Vor Angst fast wahnsinnig packte der Daikini Thorn bei den Schultern und hob ihn hoch, bis ihre Gesichter auf einer Höhe waren.

»Hab es doch selbst *gesehen*, habt Ihr denn keine verdammten Augen im Kopf? Und auch wenn diese Bäume angeblich tausendmal *nicht* brennen können, sie stehen trotzdem in Flammen. Und wir bald auch, wenn wir nicht schleunigst von hier verschwinden.«

»Und wohin?«

Geryn wirbelte herum und drehte Thorns ganzen Körper in Blickrichtung des hoch aufragenden Gipfels.

»Wir können die ganze Zeit oben auf dem Grat bleiben«, erklärte er heiser. »Das hab ich selbst abgeklärt. Es ist zwar ein elender Aufstieg, aber es gibt dort oben eine Felsformation, die das Feuer aufhalten kann. Und noch weiter oben wächst kaum noch etwas, was dem Feuer als Nahrung dienen könnte. Wenn wir diesen Felsvorsprung erreichen und die Hänge weiter oben, dann sind wir fürs erste gerettet.«

In den Schluchten ringsum erscholl plötzlich überall lautes Knacken, wie wenn jemand mit festen Schuhen sich durch trockenes Unterholz seinen Weg bahnt. Auch dichter Rauch stieg nun ringsum auf, der Thorn an die Herbstabende daheim in seinem Dorf erinnerte. Der Brandgeruch war inzwischen so intensiv wie Dutzende von Herdfeuern, die die Luft mit ihrem Aroma würzten.

»Reicht deine Kraft, Khory?« fragte Thorn, nachdem er den Pfadfinder abgeschüttelt hatte. Geryn wurde von Augenblick zu Augenblick erregter. Er stand offensichtlich unter einem so ungeheuren Druck, daß sein Körper die Spannung kaum mehr ertragen konnte. Er wollte losrennen, empfand jede weitere Verzögerung als unerträglich.

»Wenn ich laufe«, sagte sie knapp, »dann stirbt er.«

»Dann laßt ihn hier liegen«, fuhr Geryn sie an, »gebt ihm den Gnadenstoß, und laßt uns endlich abhauen, verdammt noch mal!«

»Nein!« schrie Elora entsetzt.

»Er hat sein Leben für uns aufs Spiel gesetzt«, fuhr sie dann fort und eilte zu Khory hinüber, um ihr dabei zu helfen, den Wyrrn zu Boden zu legen. »Ich schulde ihm mein Leben. Wir können ihn nicht einfach hier liegenlassen.«

»Er kann nicht gehen, Hoheit, und wir können nicht hierbleiben, so einfach ist das.«

»Er hat recht«, stimmt Ryn zu.

Thorn kannte sämtliche Gebote und Rechtfertigungen der Vernunft, von denen er sich eigentlich hätte leiten lassen sollen. In seinem Kopf drehten sich die Gedanken und Gefühle wirr im Kreise – offenbar eine Nachwirkung des dämonischen Chaos, ein Widerhall des Heilwahns, der damals in der Narbe von ihm Besitz ergriffen hatte. Er dachte an all die Freunde und Gefährten, die er schon zurückgelassen hatte, und immer aus guten, noblen und einsichtigen Gründen. Doch davon hatte er endgültig genug. Er wollte den Kampf.

»Unsinn«, sagte Elora und hatte das Thema damit für sich selbst erledigt. Nur Thorn hätte sie vielleicht noch umstimmen können. Sie vertraute darauf, daß er seine Gefährten retten und nichts unversucht lassen würde.

Geryn versuchte jetzt, eine Entscheidung zu erzwingen. Er faßte Elora am Arm und zog sie an sich.

»Wenn ihr so blöd seid, dann müßt ihr halt sterben«, sagte er zu den anderen. »Ich werde euch Narren jedenfalls keine Träne nachweinen. Aber ich lasse nicht zu, daß die Heilige Prinzessin mit euch verbrennt.«

Er hatte diese Worte kaum gesprochen und sich gerade erst in Bewegung gesetzt, als Elora – wie sie es einmal bei Khory gesehen hatte – ihm ein Bein stellte und ihn zu Boden warf. Es folgte ein kleiner Ringkampf zwischen den beiden, und irgendwann gelang es ihr, ihn mit dem Fuß wegzustoßen. Zwar stürzte er sich sofort wieder auf sie, doch inzwischen hatte sie aus den Falten ihres Gewandes ein Messer hervorgezaubert, das sie, seit sie wieder an Land war, wie einen Talisman mit sich herumtrug.

»Bitte nicht, Hoheit«, flehte er. »Ich bitte Euch.«

»Faßt mich nie wieder so an. Nie wieder«

»Tut mir leid, ich will Euch doch nur in Sicherheit bringen. *Bitte.*« Gleichzeitig rückte er wieder – wie ein Krebs – ganz langsam gegen Elora vor. Thorn erkannte die Gefahr zu spät, um noch helfen zu können. Er konnte nur noch einen Warnschrei ausstoßen, als Geryn sich auf Eloras Waffe stürzte.

Sie zuckte zurück und hieb wie wild mit dem Messer nach ihm. Er packte sie, zog sich aber bei dem Handgemenge am linken Unterarm einen Schnitt zu. Wäre Elora seine einzige Gegnerin gewesen, hätte Geryn sie wohl überwältigt. Doch jetzt zog Khory ihr Schwert aus der Scheide, und der Pfadfinder trat augenblicklich den Rückzug an und stürzte rücklings in eine kleine Vertiefung.

»Bedeutet sie euch denn sowenig«, tobte er, »daß ihr sie verbrennen laßt?«

»Sie bedeutet ihnen soviel«, entgegnete Elora zur allgemeinen Überraschung, »daß sie sie ihre eigenen Entscheidungen treffen lassen und die Folgen akzeptieren.«

»*Narren!*« Der Pfadfinder blickte Thorn direkt ins Gesicht. Es war leicht zu erkennen, daß er sich immer mehr in einen regelrechten Wutanfall hineinsteigerte. »Wie könnt ihr euer Vertrauen nur in den Zwerg da setzen? Hat er euch bisher etwa nicht von einer Katastrophe in die nächste geführt? Wißt ihr nicht mehr, was mit der Schiffsführerin passiert ist? Und wollt ihr, daß es euch genauso ergeht? Wenn Angwyn tatsächlich einer bösen Macht zum Opfer gefallen ist, dann kann ich euch auch sagen, wer dieses Übel ist – der Zwerg dort. Oder wollt Ihr etwa behaupten, daß nicht Ihr all dieses Elend über das Land gebracht habt, Zwerg? Eine Schande, daß ich das nicht eher kapiert und Eurem bösen Treiben einen Riegel vorgeschoben habe. Ihr behauptet, daß Ihr die Heilige Prinzessin retten wollt. Und ich sage, daß Ihr uns durch ihre *Entführung* erst ins Unglück gestürzt habt. Hätte mir denken können, daß Ihr nicht zufällig in dem Verlies gelandet seid. Und wenn ich klug gewesen wäre, hätte ich Euch dort *verrecken* lassen. Angwyn interessiert Euch doch genausowenig wie sie dort.« Da Khory ihm mit ihrem Schwert den Weg versperrte, mußte er sich damit begnügen, Thorn noch einmal wütend zu beschimpfen und dann zu verschwinden. »Dämon hat Euch mal jemand genannt, und genau das seid Ihr: ein Dämon. Und ich bete, daß Ihr im Feuer schmoren werdet.«

»Ihr täuscht Euch«, schrie Elora, als Havilhand einen steilen Abhang hinaufstürzte. »Er täuscht sich«, sagte sie dann noch einmal zu Thorn und den übrigen.

»Dann müssen wir also nicht verbrennen?« fragte Ryn mit gespielter Unschuld und einem müden Lächeln.

Thorn blickte ihm in die Augen. Er hatte bereits beschlossen, den Herzschlag seiner Gefährten zu stoppen, wenn nichts sie vor dem Feuer schützen konnte.

»Nein«, sagte er nur.

»Gut zu wissen. Und sterben müssen wir auch nicht?«

»Das kann ich nicht versprechen, fürchte ich«, erwiderte Thorn, und diesmal war er es, der lächelte.

»Was Ihr nicht sagt!« Der Wyr ließ dramatisch die Augen rollen.

»In die Mulde dort drüben«, befahl er sachlich. Als Elora an ihm vorüberging, berührte er sie mit den Fingerspitzen ganz sanft am Arm. »Danke«, sagte er. »Von Herzen.«

Inzwischen waren das übliche Geräusch eines Waldbrandes zu hören, wie Trommelwirbel vor einer Formation heranrückender Fußsoldaten, und auch die ersten Hitzewellen machten sich schon bemerkbar. Die Luftfeuchtigkeit sank rapide ab. Thorn spürte, wie seine Gesichtshaut sich spannte. Die Bäume standen noch immer sehr dicht, und die Stämme ragten so hoch auf, daß sie ihnen den Blick auf das näherkommende Feuer versperrten. Wirklich zu sehen bekommen würden sie die Flammen wohl erst, wenn sie bereits über ihnen waren. Die Situation veränderte sich mit dramatischer Geschwindigkeit, als wenn der Wirbelsturm, der die Küste beharkte, sich jetzt voll auf das Land konzentrierte.

Die Mulde war nicht sonderlich tief. Selbst Thorn konnte im Stehen über den Rand blicken, aber eine andere Zuflucht gab es einfach nicht. Khory legte Ryn an die tiefste Stelle und ließ sich dann neben ihm nieder, während sich Elora auf der anderen Seite an den Wyr kuschelte.

In der benachbarten Schlucht ein Stück hangabwärts kam es zu einer Explosion. Thorn erblickte eine schlangenartige Feuersäule, die farblich an geschmolzenes und mit reinem Gold gemischtes Blut erinnerte und so hell leuchtete, daß selbst die Sonne dagegen verblaßt wäre. Diese Säule tauchte von unten her in einen Baumstamm. Thorn spürte, wie sie im Mark des Baumes emporschoß, obwohl zunächst äußerlich nichts zu erkennen war, bis das Holz selbst zu glühen anfing. Sämtliche Blätter flammten auf und bildeten Klumpen reinsten Feuers, die an weißglühendes Eisen auf einem Schmiedeamboß erinnerten. Flammenfontänen schossen aus dem Boden hervor, als jetzt die Wurzeln verglühten. Und dann brannte mit dem gewaltigen *Whuuuff* einer Gasexplosion plötzlich der ganze Baum vom Boden bis zur Krone lichterloh.

»Dreckskerl«, fauchte Thorn in hilfloser Wut, als der Feuerdrache über sein nächstes Opfer herfiel.

Er war schweißgebadet. In den Sekundenbruchteilen, die das Feuer benötigt hatte, um den Baum zu vernichten, war die Temperatur sprunghaft angestiegen. Aus Herbst war Sommer geworden. Er zog aus seiner Tasche eine Flasche hervor und goß den Inhalt über der Mulde aus. Die Flüssigkeit diente jedoch nicht dazu, seine Gefährten oder das Erdreich zu befeuchten, sondern sollte den Dingen vielmehr in Erinnerung rufen, wie es sich anfühlte, naß zu sein. Denn selbst ein ganzer See konnte ihnen nicht helfen, falls die teuflisch heiße Luft in ihre Lungen gelangte, und normales Wasser würde unter solchen Umständen nur zischend verdampfen.

Sein Umhang war nicht groß genug. Deshalb borgte er

sich einen von Elora und breitete ihn über die gesamte Mulde, nachdem er ihn zuvor ebenfalls mit ein wenig Flüssigkeit besprengt hatte.

Einen Vorzug immerhin hatte ein rasch dahinbrausendes Feuer wie dieses hier. So unvorstellbar heiß seine Glut auch sein mochte, dank seiner Geschwindigkeit mußte sie nicht lange ertragen werden. Einerseits waren Geschwindigkeit und Intensität die Kennzeichen eines Buschfeuers; in uralten Wäldern kamen sie nicht vor. Andrerseits brannten Cherlindreas Wälder nicht, Punkt. Das war ein Naturgesetz wie der Sonnenaufgang. Doch genau in diese Lücke stießen offenbar die Feuerdrachen, die fröhlich alles niederbrannten, was man mit einem Streichholz niemals hätte entzünden können. Was im Grunde darauf hinauslief, daß man sich auf nichts verlassen konnte.

Natürlich steckte der Betrüger hinter alledem. Sein Vorgehen wurde allmählich durchschaubar, denn er nahm die Dinge, wie sie waren, und verdrehte sie mit aller Gewalt, bis sie nicht mehr wiederzuerkennen waren. Stürzte die Ordnung ins Chaos, hetzte eine Naturkraft auf die andere los. Die Feuerdrachen gehörten zu den Urkräften der Schöpfung. Eine Legende wollte wissen, daß sie zugleich mit dem Universum entstanden und in dem geschmolzenen Herzen der Sterne selbst zu Hause seien. Eine andere Sage wiederum berichtete, daß sie jene Löcher in das Gewebe des Himmels brannten, durch welche die himmlische Strahlung zur Erde gelangte. Eine weitere Theorie behauptete, sie seien den Drachen verwandt. Doch während die Drachen gemeinhin als Inbegriff der Besonnenheit und Klugheit galten, waren diese Wesen von einer rohen, unbezähmbaren Leidenschaft erfüllt und von ebensogroßer Impulsivität wie wandelbarer Erscheinung. Man wußte nicht, ob sie intelligent waren. Wie bei den Dämonen gehorchte ihr Geist Regeln, die weder für die Daikini noch für die Schleierleute nachvollziehbar waren. Freilich bestand keinerlei Zweifel daran, daß sie äußerst gefährlich waren. Nur ein erstklassiger Magier konnte überhaupt daran denken, es mit ihnen aufzunehmen. Denn es bedurfte mächtiger Abwehrzauber, um ihre gewaltige Hitze in Schach zu halten. Wo immer sie in Erscheinung traten, kämpften sie angeblich wie die Berserker alles nieder, was sich ihnen in den Weg stellte, und hinterließen absolute Verwüstung. Alle Zauberer, denen Thorn je begegnet war oder von denen er gehört oder gelesen hatte, waren sich in einem einig: Diese scheußlichen Kreaturen waren schlafende Ungeheuer, die man nach Möglichkeit in Ruhe ließ – denen man stets aus dem Weg zu gehen hatte und die man unter gar keinen Umständen reizen durfte.

Doch der Betrüger hatte nicht nur eines dieser Scheusale losgelassen, sondern gleich eine ganze Bande.

»Wahnsinn«, keuchte Thorn, der noch immer nicht glauben konnte, was draußen geschah. »Wahnsinn!«

Die Feuersbrunst, die jetzt ringsum tobte, ließ es eigentlich ratsam erscheinen, unter dem magischen Schutzdach Zuflucht zu suchen. Doch der Nelwyn war von dem Anblick wie hypnotisiert. Zwar konnte er nicht weit sehen, dazu waren die Bäume zu hoch. Doch auch was sich direkt vor seiner Nase abspielte, erwies sich binnen kurzem als reinstes Inferno. Der Wind war heißer als der Atem eines Drachen und wäre vielleicht in dem Glutofen einer Wüste am Platze gewesen, wo es weit und breit nur die Feuchtigkeit gibt, die die Lebewesen in ihrem eigenen Körper mit sich herumtragen. Ein Donnern wie von einer Lawine, als ob sämtliche Öfen aller Zeiten beschlossen hätten, die Welt mit ihrer Glut zu verzehren.

Eine Hand zupfte an seinem Hosenbein – Elora. Er hockte sich neben sie, während sie ihm ein paar Funken aus dem Haar wischte, bevor sie ein Unheil anrichten konnten.

»Ich kann euch alle in einen Schlaf versetzen«, sagte er. »Das würde die Dinge etwas erträglicher machen.«

»Wenn es nicht absolut notwendig ist«, entgegnete Ryn für die übrigen, »würde ich lieber zusehen.«

Thorn lag auf dem Bauch und steckte einen Finger in den warmen Boden. Er spürte das Wurzelgeflecht in dem felsigen Erdreich und wußte sogleich, daß die Feuerdrachen sich mit Vergnügen durch dies Geflecht hindurcharbeiten würden, um die Insassen der Mulde zu attackieren. Falls sich ihnen dazu eine Gelegenheit bieten sollte.

Zunächst beschäftigte er sich mit den Kleidern seiner Gefährten und erinnerte sie daran, wie auf Morags Schoner der Wind getobt und riesige Wellen das Deck überspült hatten. Sie waren auf dem Schiff durch und durch naß gewesen, bis jedes Partikel ihres Seins wassergesättigt war. Und so sollte es auch jetzt wieder sein. Erinnert euch, wie ihr naß wart, schärfte er dem Erdreich und den Kleidern ein. An diesem Ort herrschte normalerweise ein wundervolles Klima, anders hätte sich eine so üppige Vegetation gar nicht entfalten können. Die Seeluft führte unablässig Feuchtigkeit heran, und wenn nicht Regenwolken die Landschaft benetzten, dann brachten die Nebel lebensspendenden Tau. Er sang vom Winter, der kühlen Regenzeit, von kräftigen Schauern, die die Erde befeuchten, und von üppigem Grün und der Aussicht auf neues Leben. Er vergaß auch die Luft nicht und erinnerte sie an die Kühle eines Frühlingsmorgens, der noch einiges vom gerade vergangenen Winter in sich trägt, frisch und belebend, weit entfernt von der Gluthitze draußen.

Als die Frontlinie des Brandes über sie hinwegfegte, verstummte er, weil jedes Wort ohnehin vergeblich gewesen wäre. Er hatte Schlachten gesehen, bei denen der Waffenlärm von mehreren tausend Kämpfern mit dem himmlischen Donner konkurrieren konnte. Doch das war nichts im Vergleich zu dem, was sich draußen abspielte. Er hatte in Blitz und Donner hoch oben auf der Kontinentalscheide gestanden und war den Wolken so nahe gewesen, daß er sie fast mit der Hand berühren konnte. Doch nichts, verglichen mit dem hier. Sie standen mitten im Sperrfeuer des entsetzlichsten Terrors, von einer Phalanx von Bäumen umgeben, die von ihrem eigenen Harz, ihrem Lebensblut, unter unvorstellbarem Getöse in die Luft gesprengt wurde.

Er spürte auf dem Rücken ein warmes Prickeln, das ihn an geschmolzenes Wachs erinnerte, und verdoppelte seine Anstrengungen. Er erzeugte Visionen riesiger Wellen, die Morags Schiff zerschmetterten, und sah sich selbst und seine Gefährten verzweifelt gegen die Flut ankämpfen. Er spürte, wie Elora neben ihm – von der Erinnerung an die schreckliche Kälte erfüllt, die sie im offenen Meer empfunden hatte – zitterte und schlotterte. Ihm selbst erging es um keinen Deut besser, als er den magischen Schutz aufhob, der ihn gemeinhin vor Nässe schützte. Das Problem war nur: Wenn er übermäßig mit den Zähnen klapperte, konnte er seine Beschwörungen nicht richtig rezitieren. Ein Fehler, und ihrer aller Schicksal war besiegelt. Sie waren dem Feuer jetzt hilflos preisgegeben und trieben im Herzen des Infernos dahin. Ihr Schicksal stand auf des dünnsten Messers Schneide. Hatte Geryn sich darauf verlassen, daß seine Beine ihn in Sicherheit bringen würden, so hing das Geschick der übrigen auf Gedeih und Verderb von Thorns Willen ab.

Die Anstrengung trieb ihm die Tränen in die Augen, während er so tief Luft schöpfte, daß ein Atemzug für eine Rezitation des Zauberspruchs ausreichte. Und nach jeder Rezitation fühlte er sich leerer und erschöpfter. Die Nelwyns liefen nicht um die Wette, sie waren dafür nicht gebaut; das war eine Marotte der Daikini. Aber er hatte schon derartige Wettkämpfe der Großen Leute gesehen, insbesondere Langstreckenläufer, die erschöpft ins Ziel wankten. Er sah schlimmer aus als sie …

… und dachte an die Zeit, als er die höchsten Gebirgszüge – das Dach der Welt – überquert hatte. Die höchsten Gipfel dort reichten so hoch hinauf, daß Lebewesen dort oben nicht mehr existieren konnten. In seinem Übermut hatte er es trotzdem versucht und war gescheitert. Denn irgendwann erreichte er einen Punkt, da selbst der tiefste Atemzug seine Lungen nicht mehr mit Luft füllte. *Komisch,* hatte er damals gedacht, *daß man das Gefühl haben kann zu ertrinken, obwohl sich im weitesten Umkreis nicht mal ein vernünftiger Tümpel findet.*

Die gleiche Empfindung hatte er jetzt wieder, als seine Bemühungen immer weniger Wirkung zeigten. Binnen kurzem würde sein Zwerchfell nicht mehr die Kraft haben, seine Lungenflügel auszudehnen, oder aber sein Herz würde einfach zu schlagen aufhören. Er hatte darauf spekuliert, daß dieser Punkt erst erreicht wäre, nachdem das Feuer längst über sie hinweggezogen war. Doch im Augenblick schien es so, als ob es auf der Stelle träte.

Er war nicht überrascht.

Elora stieß ihn an.

Gleich unter der Erdoberfläche war jetzt eine schwache Glut zu erkennen. Unwillkürlich mußte er an einen Schmelzofen denken, wo ein Schmied flüssiges Eisen in eine Form gießt. Die Glut flackerte gieriger als jede Lava, denn dieser flüssige Auswurf der Erde erkaltete immerhin an der frischen Luft.

Von der Hitze des Feuerdrachens war nichts zu spüren. Thorns Abwehrzauber taten ihre Wirkung. Der Gegner ließ sie nur seine Anwesenheit spüren.

»Das hier läßt sich mit unserer Situation auf dem Meer nicht vergleichen«, sagte ihm Elora ins Ohr. Sie sprach mit normaler Lautstärke, so daß er sie unter normalen Umständen nicht hätte hören können – schließlich war er kaum imstande, seine eigenen Gedanken zu begreifen –, aber er verstand jedes Wort.

»Ja«, entgegnete er knapp, weil er keine Luftreserven mehr hatte.

»Auf dem Meer, das waren die Naturgewalten, hier handelt es sich um etwas anderes.«

»Ja.«

»Dann steckt Willow dahinter.«

»Nicht Willow, sondern der *Betrüger*, Elora. Egal, was für ein Gesicht diese Kreatur auch zur Schau stellt, er ist weder jetzt Willow, noch ist er es je gewesen.« Er mußte zwischen den Wörtern immer wieder innehalten, um seine Beschwörung fortzusetzen, deshalb klang seine Rede abgehackt und unzusammenhängend. Seine Kraft reichte nicht einmal mehr aus, Elora seine Antworten in Gedankensprache zu übermitteln, weil seine ganze Energie darauf gerichtet war, sein magisches Werk zu verrichten.

»Trotzdem hat er alle getäuscht – mich selbst, aber auch jene, die genügend Macht besaßen, die Dinge richtig zu beurteilen. Cherlindrea vor allem hätte doch eine Lüge sofort durchschaut. Wenn sie ihn für echt gehalten hat, dann muß doch an ihm etwas dran sein.«

»Unmöglich!« Aber abgesehen von seinem Protest konnte er ihre Argumentation nicht widerlegen.

Sie beide beobachteten den leuchtenden Glutteppich unter ihnen, der so hell erstrahlte, daß ein rötlicher Glanz auf ihren Gesichtern lag.

»Du hast meine Frage noch nicht beantwortet, Nelwyn.«

Wieder ein Geheimnis, das keine einfache Antwort zuließ.

»Lohnt sich nicht, darüber Worte zu verlieren. Tut mir leid«, fügte er dann hinzu. *Oder*, dachte er, *kostbare Atemluft darauf zu verschwenden.*

»Wie angenehm es doch sein muß, ein Goldstück zu sein«, sagte sie sinnend. »Wenigstens weiß man dann, weshalb die Leute einen mögen. Glaubst du, das Feuer hier bedeutet, daß Wil...« Sie hielt inne und lächelte ihn entschuldigend an. »Ich meine, unser Gegner« – Thorn sah sie erstaunt an. Zum erstenmal hatte sie sich ausdrücklich auf seine Seite geschlagen. Sie erwiderte seinen Blick mit einem noch strahlenderen Lächeln – »die Idee aufgegeben hat, mich lebend zu ergreifen?«

»Nein«, entgegnete er knapp. »Aber du verstehst hoffentlich, daß ich diese Auffassung nicht unbedingt auf die Probe stellen möchte.«

»Du siehst nicht gut aus, Drumheller.«

Er war sogar zu schwach für ein Achselzucken und erst recht für eine gesprochene Antwort. In seinem Körper spürte er ein Brennen, das nichts mit dem Feuer dort draußen zu tun hatte. Er hatte das Gefühl, daß in Säure verwandeltes heißes Wachs durch sein Herz und seine Nervenbahnen strömte und sich zwischen den Muskelfasern hindurchfädelte, bis jede seiner Lebensäußerungen von einem ganz eigenen Schmerz begleitet wurde. Bisher konnte Thorn ihn zwar noch ertragen, aber seine Situation verschlimmerte zusehends.

»Können wir denn gar nichts tun?« fragte sie.

»›Wir‹?«

Sie blickte ihn an und versuchte gar nicht erst, die Angst

in ihren Augen zu verbergen. Doch von ihrem Angebot nahm sie nicht eine Silbe zurück.

»Ich würde es jedenfalls gerne versuchen.«

»Wie es Euch beliebt, Königliche Hoheit.«

Sie ergriff seinen Arm, und er nahm zunächst an, sie habe es sich anders überlegt.

»Ich bin Elora Danan«, verkündete sie, und er lächelte sie zustimmend an. Dann atmete er ein letztes Mal tief ein, warf den zum Schutzdach umfunktionierten Mantel beiseite und tauchte in die Hölle auf.

Die Welt war Feuer. Ringsum – so nahe, daß man sie fast berühren konnte – loderten Flammen, die über ihnen ein Dach bildeten. Der Boden zischte und knallte wie ein Stück Fleisch in der Pfanne. Von den Bäumen waren fast nur noch gespenstische Schemen geblieben, die von den Feuerdrachen gierig verzehrt wurden. An den Stämmen, die dem Feuer noch nicht gänzlich zum Opfer gefallen waren, zogen sich leuchtende Glutbänder hin, die von einem goldenen Gelb mit scharlachroten Einsprengseln bis zu einer so intensiven Helligkeit reichten, daß ihr keine Farbe mehr entsprach.

Inmitten dieses Infernos vollzog sich auch mit Elora eine Verwandlung. Ihre Haut bildete eine ideale Reflexionsfläche. Und das Feuer ringsum gab ihr die verlorene Wärme zurück und bemalte ihren Körper mit den wildesten Farbkompositionen, so daß Thorn den Eindruck hatte, daß sie selbst aus lodernden Flammen bestand.

In der Gluthölle bewegten sich die Feuerdrachen wie Schlangen im Wasser. Freilich prallten sie immer wieder an den von Thorn gezogenen magischen Grenzen ab. Doch sie ließen sich nicht beirren und kehrten stets zurück und schlängelten sich an dieser unsichtbaren Mauer entlang, um irgendwo einen Schwachpunkt zu finden, durch den sie hineinschlüpfen konnten.

Elora streckte plötzlich wie in Trance eine Hand aus, um den nächsten zu berühren, doch Thorn reagierte blitzschnell und konnte sie gerade noch zurückreißen.

»Du tust mir weh«, sagte sie und rieb sich das Handgelenk, an dem noch die Abdrücke seiner Finger zu erkennen waren.

»Tut mir leid.« In Thorns Kopf wütete ein hämmernder Schmerz. Wie Dolche drang der Feuerschein in seine Augen ein. Er war der Verzweiflung nahe wegen der Arroganz, des *Wahnsinns,* der ihn an diesen Ort, in diesen hoffnungslosen Kampf geführt hatte. Und plötzlich schwirrten ihm Geryns Vorwürfe wieder durch den Kopf.

Zwerg, erklang ein ganzer Chor melodiöser Stimmen, die ihn umschmeichelten, **Zwerg Zwerg Zwerg Zwerg Zwerg**.

Der Katzenchor schwoll an und verebbte wieder. Die Stimmen gossen Hohn über ihn aus, und die Worte trafen ihn wie geschleuderte Steine. Sein ganzes Leben hatte er sich dies Wort anhören müssen. Ein Erbteil seiner Herkunft. Manchmal war ›Zwerg‹ nur ein milder Spott, bisweilen eine böse Beleidigung.

»Hört auf damit!« schrie Elora, und das kakophonische Stimmengewirr wiederholte höhnisch ihre Worte.

Dummer kleiner Menschling. Vor ihren Augen verschmolzen einige der Kreaturen und fügten sich für Augenblicke zu einem – ganz und gar unbegreiflichen – Riesengebilde zusammen, bevor sie wieder ihre normale Gestalt annahmen.

»Was war das?« fragte Elora, die eher bezaubert als verängstigt wirkte.

»Legenden berichten von einem unbegreiflichen Himmelsungeheuer – manche Mythen kennen ihn als Phoenix –, Alpha und Omega, Anfang und Ende und Anfang aller Dinge, das Feuer, das alles verzehrt und wieder zum Leben erweckt.«

»Es ist so schön, *alles* ist so wunderschön.«

Er konnte nicht umhin, ihr beizupflichten.

Daß du es wagst, dich mit den Kräften eines Sterblichen gegen uns zu erheben, erklärte der kichernde Chor.

»Wie recht ihr habt«, sagte er, und Elora blieb die Anstrengung in seiner Stimme nicht verborgen.

»Nein«, sagte sie zu ihm und erklärte dann, an die Flammen gewandt, noch einmal: »*Nein!*« Doch sie sprach nicht im

Befehlston, und es war deutlich zu erkennen, daß sie den Flammen nicht ihren Willen aufzwingen wollte, wie sie es mit den Wellen des Ozeans versucht hatte. Sie machte nur ihren Standpunkt klar. »Das ist nicht richtig«, fuhr sie fort. »Warum wollt ihr uns Böses, wenn wir euch nichts getan haben?«

Das ist unsere Natur.

»Die Welt zu Asche zu verbrennen?«

Ja ja ja ja ja ja ja.

Von Vorfreude erfüllt, tanzten die Feuerdrachen aufgeregt leuchtend durch Thorns Blickfeld. Selbst bei geschlossenen Augen konnte er sie noch erkennen. Auf der Innenseite seiner Lider zeichneten sich rote und goldene Lichtstreifen ab, und die Hitze war jetzt so stark, daß er sie mit seinen Kräften nicht mehr vollständig abzuwehren vermochte. Er kam sich vor wie in einem Backofen und traute sich kaum, daran zu denken, wie der Taksemanyin sich in seinem Fell fühlen mochte. Um sie her bildete das Feuer einen Wirbelwind, einen Strudel von ungeheuren Proportionen, der auf die Hilfe eines Windes von außen verzichten konnte. Vor ihnen tanzte ein Ungeheuer, das sich selbst immer neu schuf, ein von seinem absoluten Zerstörungswillen ganz und gar erfüllter Moloch.

»Dann würdet ihr aufhören zu sein«, stellte Elora fest. »Denn wie wollt ihr euer Feuer am Leben erhalten, wenn es nichts Brennbares mehr gibt? Wenn selbst die Hoffnung auf Leben erloschen ist, worauf soll sich dann das Versprechen der Wiedergeburt gründen?«

Während sie dies sagte, streckte sie abermals die Hand aus, und Thorn mußte sich zu seiner Schande eingestehen, daß er nicht mehr die Kraft hatte, sie davon abzuhalten. Sie durchstieß die Grenzen seines magischen Schutzwalls, ohne dessen Gefüge im geringsten zu verletzen. Mit ihren bloßen Fingerspitzen berührte sie den nächsten der Feuerdrachen und kraulte ihn, als er an ihr vorüberhuschte, wie eine Katze. Das Wesen reagierte auf diese Zärtlichkeit mit reinstem Entzücken.

Ein anderer, der sich zu einer Art Knoten verschlungen

hatte, kam ebenfalls zu ihr hergeeilt und tauchte in den Körper des Kindes ein, als ob Eloras Fleisch zwischen ihnen keine Grenze bildete. Thorns Herz blieb beinahe stehen, da er glaubte, daß sich an ihr jetzt wiederholen werde, was zuvor den Bäumen widerfahren war. Und was noch schlimmer war: Indem der Drache sie als Medium benutzte, war es ihm gelungen, den Schutzwall zu durchbrechen. Und das bedeutete auch für die übrigen Insassen der Mulde den sicheren Tod.

Elora fing von innen her an zu glühen, als der Feuerdrache unter ihrer Haut entlangglitt wie zuvor unter dem Erdboden. Das Kind wiegte sich im Takt einer für Thorn unhörbaren Musik. Ihre Bewegungen waren von einer Grazie und Geschmeidigkeit, die sie ganz offensichtlich dem Wesen verdankte, das von ihr Besitz ergriffen hatte. Ihr Haar flatterte in einer sanften Brise, und man hätte glauben können, daß sie sich unter Wasser bewegte. Plötzlich brachen einzelne Strähnen in Flammen aus, die zwar brannten, aber wundersamerweise nicht verbrannten. Allein Eloras Lächeln, mit dem sie ihn schon als Säugling beglückt hatte, hielt Thorn von einer für sie alle tödlichen Reaktion ab. War sie zuvor wie reines Silber erschienen, so erstrahlte sie jetzt wie das Licht des prachtvollsten Sonnenaufgangs. Als sie ihn anblickte, war das Weiß aus ihren Augen verschwunden, und er sah nur noch zwei kobaltblaue Bergseen, die von Flammen umzüngelt wurden.

Sie betrachtete ihre Hand, als sei es das erste Mal. Sie ballte sie zu einer Faust und öffnete sie wieder. In ihrer hohlen Hand war jetzt eine winzige geflügelte Gestalt zu erkennen, und Thorn wurde von einer Ehrfurcht ergriffen, wie er sie seit der Geburt seines ersten Kindes nicht mehr verspürt hatte.

Jetzt bewegten sich seine zu einer Schale zusammengelegten Hände wie von selbst zu Elora hinüber und luden den winzigen Feueradler dazu ein, von ihrer Hand auf die seine zu hüpfen. Und der kleine Vogel leistete der Einladung Folge. Doch seine Krallen hinterließen auf Thorns Fleisch kleinste Brandmale, als ob das Tierchen den Unterschied zwischen Thorn und Elora klarzustellen wünschte.

Er blickte in die Augen des kleinen Wesens. Das war ganz einfach, obwohl er das winzige Ding – dessen Kopf kleiner war als sein Daumennagel – mit den hohlen Händen umschließen konnte. Und als er es hochhob, hatte er den Eindruck, es nehme sein gesamtes Blickfeld ein. Das eine Auge blickte ihn traurig an, das andere voll Freude, und beide zusammen vergossen reichlich Tränen. Er hielt die Hand seines Vaters im Augenblick von dessen Tod und das Händchen seines Sohnes kurz nach dessen Geburt. Seine Nase war erfüllt von dem Duft der Wildblumen, die er seiner späteren Frau während der Brautzeit geschenkt hatte. Und gleichzeitig spürte er den beißenden Ozon- und Schwefelgeruch, der ihm in Bavmordas Turm entgegengeschlagen war.

Er blinzelte, denn der Vogel war plötzlich nicht mehr dort, wo er zuvor gewesen war. Das Tier war zu Elora zurückgekehrt, starrte ihn traurig aus ihren Augen an und lächelte ihm mit ihren Lippen einen Abschiedsgruß zu. Der Kamm des Vogels schmückte wie eine Krone Eloras Haupt und ließ sie über alles Menschenmaß hinaus würdig und reif erscheinen.

Der Vogel hatte ihn berührt, war aber mit ihr eins gewesen.

Es war dunkel um ihn her, und er glaubte, er sei erblindet.

Elora stand vor ihm, funkelndes Silber in der Nacht, so daß sich seine Befürchtungen als falsch erwiesen. Doch schon wurde er von einer ganzen Schar neuer Schrecken heimgesucht, als er erkannte, daß sie splitternackt war. Mehr nahm er in dieser kurzen Spanne nicht wahr, denn als er instinktiv einatmete und seine Lungen bis zum Bersten mit Luft anfüllte …

… stürzte er zu Boden und kroch auf allen vieren umher. Der Gestank verbrannten Holzes und geschundener Erde stieg ihm in die Nase, und ihm wurde sterbenselend.

Khory hielt ihn fest, bis seine Zuckungen vorüber waren, während Elora in seiner Gürteltasche nach Wasser suchte. Er wollte ihr erklären, daß sie sich gar nicht erst zu bemühem bräuchte, daß allein er die Wunderkräfte der Taschen aktivieren könne. Doch dann spürte er die Flasche schon an seinem Mund, und kühles Wasser benetzte seine Zunge, so daß er sich seinen Kommentar sparen konnte.

»Es ist weitergezogen«, sagte Ryn verwundert. »Ich meine, das Feuer. Einfach so.«

»Elora?« erkundigte sich Thorn mit heiserer Stimme.

»Ich hab keine Ahnung«, entgegnete ihm das Mädchen. Ihre Lippen bewegten sich zwar, und in ihrem Blick lag ein Funkeln, das dem fröhlichen Glitzern in Ryns Augen um nichts nachstand. Sie gestikulierte mit den Händen und gab sich redlich Mühe, ihre Gedanken in Worte zu fassen. Doch dann seufzte sie ratlos auf und sagte abermals: »Ich hab keine Ahnung.« Gleichzeitig mußte sie über ihre eigenen Worte lachen. Sie konnte gar nicht mehr aufhören und war einfach unendlich glücklich darüber, am Leben zu sein.

»Dann sind wir ja schon zu zweit«, wollte er sagen, um sie zu trösten. Doch dann ließ er sich von ihrem Lachen anstecken, brachte allerdings nur ein Krächzen heraus, während er gleichzeitig nach Luft schnappte. Auch Ryn stimmte mit ein, obwohl das Lachen noch weh tat. Nur Khory blieb stumm und sah erstaunt zu, als die drei sich vor Lachen und Erleichterung ausschütten wollten. Thorn hätte ihr die Situation gern erklärt, doch das allgemeine Gewieher ließ ihm dazu weder Zeit noch Luft. Als ihr Gelächter allmählich verklang, erschien zu seinem Erstaunen auch auf Khorys Lippen der Anflug eines Lächelns.

Er streckte die Arme aus. Und als sie zögerte, weil sie nicht genau wußte, was er von ihr erwartete, ergriff er sie und nahm sie in die Arme, während ihm Tränen über die Wangen strömten. Er hatte so sehr gelacht, daß er nun weinen mußte. Doch er war nicht der einzige, dem es so erging. Denn er spürte, daß Elora ihn und Khory ebenfalls umarmte. Und ohne hinzusehen, streckte er Ryn, der sich nicht erheben konnte, ebenfalls die Hand entgegen.

Und so verharrten sie im Hochgefühl des Lebens, der Hoffnung und des Sieges.

Doch dieser Zustand hielt nicht lange an. Mochte Thorns Geist auch noch so willig sein, sein Fleisch war immer noch überaus schwach. Deshalb mußte er Khory ein weiteres Mal bitten, ihm beim Aufstehen zu helfen. Als er sich nun erhob, hielt er beide Mäntel in der Hand und streckte sie Elora entgegen.

»Eigentlich«, sagte Elora, während sie sich in ihren durchnäßten und verrauchten Umhang einwickelte, »hätte ich jetzt nichts gegen die Kleider, die du mir früher angeboten hast.«

Der Blick, der sich ihnen von ihrem erhöhten Platz aus bot, war trostlos und hätte selbst die abgestumpfteste Seele erschaudern lassen. Nur ein paar Stämme hatten die Katastrophe überstanden und ragten wie Grabmäler in der öden Landschaft auf. Thorn verwünschte in diesem Moment seinen Zauberblick und wußte, daß es den übrigen nicht anders erging. Die Vegetation an den Hängen war bis auf den nackten Fels niedergebrannt, und an manchen Stellen lag die Asche knietief. Der Boden war zerklüftet und aufgedunsen und jeder Feuchtigkeit beraubt. Rings um ihre Mulde war die Erde zu Glas geschmolzen, so daß sie auf allen Seiten von einer falschen Eisschicht umgeben waren.

»Weshalb hat es nur aufgehört?« fragte Ryn.

»Eloras Werk«, entgegnete Thorn, der so niedergeschlagen wirkte wie an dem Tag, da er das zerstörte Tir Asleen erblickt hatte.

»Dann müßt Ihr wirklich die Heilige Prinzessin sein«, sagte Ryn zu Elora.

Sie machte sich gerade die Hose zu und schenkte ihm einen Blick, der einen Feuerdrachen das Fürchten gelehrt hätte.

»Ich bin Elora Danan«, erklärte sie. »Was immer das auch bedeutet.«

»Heute abend, liebe Freundin«, sagte Ryn unter Aufbietung all seines Charmes, »bedeutet das unendlich viel, wenigstens für mich.«

»Sie hätten am liebsten die ganze Welt so zugerichtet, Drumheller«, sagte Elora, als sie das ganze Ausmaß der Zerstörung vor sich sah.

»Ganz und gar«, pflichtete er ihr bei. »Bis in den Kern hätten sie die Welt zerstört, soviel ist sicher.« Er mußte daran denken, was die Schlange zu ihnen gesagt hatte. »Das ist nun mal ihre Natur.«

»Und was macht es für einen Sinn«, wollte sie wissen. »Eine Welt zu zerstören, die man erobern will?«

»Na ja«, sagte Thorn nachdenklich. »Sie hätten natürlich nicht von allein aufgehört. Daraus folgt, daß der Betrüger sich stark genug fühlt, sie zu stoppen, oder aber ...«

»Das, meine Freunde«, bemerkte Ryn von seinem Platz am Boden aus, »ist eine höchst bedenkliche Pause.«

»... er hat angenommen, daß *wir* es für ihn tun.«

»Keine schlechte Methode, sich einen Eindruck von den Kräften des Gegners zu verschaffen, Nelwyn, wenn Ihr mich fragt.«

»Unser Feind liebt die Extreme, Ryn. Er ist zwar verrückt, aber ganz und gar nicht dumm.«

»Wir sind hier nicht sicher, Drumheller«, unterbrach ihn Khory.

Er mußte ihr recht geben. »Aber wir können hier nicht weg, solange Taksemanyin noch so schwach ist.«

»Fühlst du dich stark genug, eine Heilung zu versuchen?«

»Immer wenn ich glaube, daß ich völlig ausgelaugt bin, entdecke ich in mir noch irgendwelche Kraftreserven. Im übrigen werde ich nach unserem Marsch zum Gipfel des Doumhall kaum mehr Kraft haben als jetzt, Khory.«

»Glaubt ihr, der Pfadfinder hat es geschafft?« dachte Ryn laut nach und sprach damit die Frage aus, die Elora nicht zu stellen wagte.

»Immerhin haben wir das Feuer hier 'ne Weile aufgehalten«, sagte Thorn, während er aus seiner Tasche Lebensmittel für seine Reisegenossen und Utensilien und Arzneien für die geplante Heilung hervorkramte. »Die Feuersbrunst ist wie eine Flutwelle seitlich an uns vorbeigeschwappt und hat zwischen dem Grat hier und den Südhängen des Doumhall alles Brennbare niedergemacht. Wenn er so gut klettern wie laufen kann ...«

»Oh!« keuchte Elora und umklammerte seinen Oberarm so fest, daß er um seine Knochen fürchtete.

Ein Stück von der mit geschmolzenem Erdreich eingefaßten Mulde entfernt stand ein prächtiger Hirsch, dem Khory bis zur Schulter reichte. An seinen beiden weit ausladenden Geweihstangen prangten je ein Dutzend Enden. Das Tier stand breitbeinig und mit gesenktem Kopf fast reglos da und bot einen majestätischen Anblick. Falls der Wald einen König hatte, so stand er vor ihnen.

»Hiergeblieben«, sagte Thorn zu den anderen, doch er hätte sich die Mühe auch sparen können. Denn wie auf ein Stichwort rannte Elora los und stürmte ihrem Besucher entgegen.

Khory hielt noch das Hemd in der Hand, das Elora gerade hatte überstreifen wollen. Thorn schnappte es sich und ging hinter dem Mädchen her. Er wußte schon, was ihn erwartete. Elora stand aufrecht und stumm wie eine Statue da, oder wie jemand, den ein Peitschenhieb getroffen hatte. Sie weinte. Wenn er noch Tränen gehabt hätte, hätte er mitgeweint.

»Das wollte ich dir ersparen«, sagte er. »Deshalb hab ich dir gesagt, du solltest stehenbleiben.«

Das Fell des Tieres war vom Kopf bis zu den Hufen völlig verbrannt, so daß nur rohes und verkohltes Fleisch zurückgeblieben war. Qualen hatte der Hirsch offenbar nur anfangs gelitten, denn die Nervenrezeptoren waren ebenfalls verbrannt. Diese Situation würde sich freilich rasch ändern, wenn die Muskeln und Sehnen und die inneren Organe von Infektionen befallen wurden. Das Blut des Tieres war gewiß schon vergiftet, und daran konnten auch die Filtersysteme der Leber und der Nieren nichts mehr ändern. Sobald der Schock und die Euphorie ihre Wirkung verloren, würde sich der Hirsch, wahnsinnig vor Schmerzen, in den Tod stürzen.

Als hätte sie seine Gedanken erraten, sagte Elora mit jener ruhigen, entschlossenen Stimme, mit der sie auch auf die Feuerdrachen eingeredet hatte: »Nein.«

»Wir können nichts für das arme Wesen tun, außer es von seinem Elend erlösen.«

»Bist du etwa kein Zauberer?« Sie drehte sich nach ihm um. »Bist du kein Heiler? Wenn du Ryn helfen kannst, warum dann nicht diesem Hirsch?«

Weil ich am Leben bin, wollte er sagen, *weil ich Grenzen habe. Ich bin müde und schwach, und ich weiß nicht mal, ob ich auch nur einen retten kann, geschweige denn beide.*

Doch er sagte nichts, sondern nickte nur langsam mit dem Kopf. Denn im Grunde seines Herzens wollte er eine solche Wahl gar nicht treffen. Er wollte sie beide retten.

Die Morgendämmerung grau, wieder ein grauer Tag, wie man ihn vielleicht in arktischen Gegenden erwartet hätte, nicht jedoch in angwynischen Gefilden. In der Luft lag Schnee, doch Thorn wußte, daß auch eine dicke Schicht von Eiskristallen die Trostlosigkeit des Landes ringsum nicht überdecken konnte. Der heraufziehende Tag rückte die Dinge in kein besseres Licht, er bezeugte nur, wie groß die Katastrophe gewesen war.

Thorn streckte dem Hirsch eine Apfelscheibe entgegen, und seine breite Zunge nahm sie ihm aus der Hand. In seinen Augen war Zorn über die Verwüstung seines Reichs zu erkennen und eine Entschlossenheit, die den dafür Verantwortlichen nichts Gutes verhieß.

Thorn saß, da er zum Stehen nicht mehr die nötige Kraft hatte. Er hatte das Gefühl, sein Körper werde nur mehr wie eine schlecht konstruierte Puppe von ein paar Fäden zusammengehalten. Hätte sich jemand bereitgefunden, die nötige Energieleistung zu erbringen, hätte Thorn vielleicht noch irgendwelche Bewegungsabläufe – gehen beispielsweise – vollziehen können. Aber selbst die Initiative zu ergreifen lag jenseits seines Horizonts.

Der Hirsch schnüffelte an Thorns Ohr herum und kitzelte ihn mit den Flimmerhärchen. Zur Belohnung erhielt er ein weiteres Stück Apfel. Ansehnlich konnte man das Tier wahrlich nicht mehr nennen. Doch kosmetische Maßnahmen wollte Thorn definitiv nicht ergreifen, das überließ er lieber der Natur. Die Körperoberfläche des Tieres war mit Büscheln alter und neuer Haare bewachsen, die Haut darunter war zart und rosa wie die eines Säuglings. Als die regenerierten Nervenenden sich an ihre neue Fleischhülle gewöhnt hatten, mußte der Hirsch anfangs grausame Schmerzen leiden. Wenn er durch die jämmerlichen Überreste des einst herrlichen Waldes streifte, erschien ihm die Berührung mit jedem Zweig, den seine Flanke streifte, wie ein Peitschenschlag. Aber dagegen war nun einmal nichts zu machen, insbesondere hier nicht, mitten in der Wildnis. Und die Schmerzen waren Bestandteil des natürlichen Heilungsprozesses. Thorn hatte dem Tier keine Erfolgsgarantie gegeben, sondern lediglich eine reelle Chance.

Um Ryn war es nicht viel besser bestellt. Seine Knochen waren zwar gerichtet, und die große Wunde hatte sich inzwischen geschlossen. Doch er bewegte sich noch immer mit einer Zurückhaltung, die weder zu seinem früheren Verhalten noch zu der ganzen Anlage seines Körpers passen wollte.

Thorn hörte, wie Khory ihr Schwert zog, und spürte, wie seine Gefährten zusammenzuckten, doch er blieb ruhig sitzen, da er das Geschehen hinter seinen geschlossenen Augenlidern völlig anders wahrnahm. Anele legte den Kopf zur Seite und flog eine kleine Runde, um Thorn einen besseren Ausblick zu ermöglichen, und dann verschmolz sein Atem mit dem ihren, während sie nach unten schauten.

»Wir sind schon ein erbärmliches Häuflein«, sagte er.

»Nicht eine Minute kann man dich aus den Augen lassen«, schimpfte Rool ein Stück weiter unten, »und schon rennst du geradewegs in die Hölle.«

»Du«, erklärte Franjean hochmütig, als Thorn mit seiner Sehkraft in seinen eigenen Körper zurückkehrte, »du riechst.«

»Hatte 'ne Menge zu tun letzte Nacht«, entgegnete der Nelwyn ausdruckslos. »Wir hatten noch keine Zeit für unsere Morgentoilette. Oder für ein Frühstück.«

»Willst du damit sagen, daß wir euch was zu essen besorgen sollen?«

»Vergiß es, Khory«, rief Thorn über die Schulter. »Du kannst dein Schwert wegstecken. Wir haben von meinen Freunden nichts zu befürchten.« Er sah die Brownies fragend an. »Nehme ich an.«

»Haben wir etwa angefangen?« Rool wich keinen Zentimeter zurück. »Du bist es doch gewesen, der uns im Stich gelassen hat – hast du das schon vergessen?«

»Wenn ich mich recht entsinne, seid *ihr* vor mir davongerannt.«

»Was hast du denn anders erwartet? So wie du nach Dämonen gestunken hast.« Franjean kam ein bißchen näher und prustete dann so vernehmlich, daß es einem Elefanten zur Ehre gereicht wäre. »Ich kann es noch immer riechen. Wir riskieren schon unser Seelenheil, wenn wir bloß mit dir sprechen.«

»Dann laßt es doch.«

»Wie du meinst.«

»Dann geht doch.«

Schweigen. Schulterzucken.

»Die Adler lassen uns nicht«, sagte Rool.

»Und warum nicht?«

Rool warf ihm einen beleidigten Blick zu – wie ein gerissener Gauner, der vor Gericht steht. »Offenbar glauben sie, wir hätten dir Unrecht getan. Wir haben beobachtet, wie du dich um den Hirsch gekümmert hast. Und Anele hat sofort bemerkt, daß du völlig erschöpft bist. Keiner von uns hätte es für möglich gehalten, daß du nach dem Kampf mit diesen brennenden Monstern noch eine Heilung durchstehst, geschweige denn zwei.«

»Es gab letzte Nacht Augenblicke, da hätte ich euch zugestimmt.«

»Hättest ihr den Wunsch abschlagen können?« Der Brownie blickte in Eloras Richtung. »Hättest allen Grund gehabt.«

»Das hatte nichts mit Gründen zu tun, Rool.«

»Ja. Das sagen die Adler auch. Du hast deine Seele sprechen lassen. Und wenn die sich nicht verändert hat, behaupten Bastian und Anele, dann hat dir der Dämon keinen Schaden zugefügt.«

»Seid ihr etwa anderer Meinung?«

Die Stimme des Brownies klang jetzt todernst. »Drumheller«, sagte Rool eindringlich. »Wenn du mit deiner EinSicht durch unsere Augen und in unser Herz schaust …«

»Das hab ich schon getan.«

»Dann wirst du erkennen, was los ist. Franjeans Behauptung, daß du den Geruch des Dämons an dir hast, ist noch untertrieben. Du bist mit ihm verbunden und sie mit dir.« Er richtete einen Daumen auf Khory. »Und das schlimmste ist. Sie steht dir im Geiste genauso nah wie jedes natürliche Kind. Was ganz und gar nicht für dich spricht. Um es geradeheraus zu sagen: Bei den kleinen Leuten hast du keine Chance mehr, so sehr du auch bitten und flehen magst – und uns wird es nicht anders ergehen, wenn wir bei dir bleiben. Wenn du glaubst, unsere Reaktion sei übertrieben gewesen, dann hast du noch *gar nichts* begriffen. Du bist in sämtlichen Reichen geächtet und verflucht. Und die Schleierleute würden dich umbringen, sobald sie dich zu Gesicht bekommen. So ist man von jeher mit Dämonen umgesprungen.«

»Sie haben unrecht.«

»Sie werden dich gar nicht zu Wort kommen lassen.«

»Ist dir noch nie in den Sinn gekommen«, warf Franjean ein, »daß deine Begegnung mit dem Dämon kein Zufall gewesen ist? Warum haben sie dich wohl in diese bestimmte Zelle gesperrt, wo der ganze Kerker leer war? Vielleicht hat dich der Betrüger ja ganz bewußt auf einen Weg gestoßen, der dich all deinen natürlichen Verbündeten entfremdet.«

»Daran hab ich auch schon gedacht.« Von Anfang an.

»Vielleicht war es ja seine Absicht, den Keim des Schattens in dich zu legen ...«

»Wir alle tragen den Keim des Schattens in uns.«

»Erspar mir deine Binsenweisheiten, Zwerg, du weißt verdammt genau, was ich meine. Der Schatten eines Dämons ist etwas völlig anderes.«

»Und das gilt auch für dieses Kind, Franjean«, sagte er und wies auf Khory. »Der Impuls, von dem der Dämon geleitet wurde, stammt nicht vom Betrüger, sondern von Elora. Ich bin davon überzeugt, daß die Anteile, die Khory von mir und Elora erhalten hat, stärker und dauerhafter sind als das Erbteil des Dämons.«

»Brownies!«

»Elora Danan«, sagte Thorn, als Elora diesen Freudenschrei ausstieß, »darf ich dir meine ehemaligen Gefährten Franjean und Rool vorstellen.«

Franjean verbeugte sich höflich, Rool nickte. Sie setzte sich mit jener Geschmeidigkeit, die selbst ein wenig pummeligen Kindern eigen ist, auf ihre Fersen und legte ihr Kinn auf die Knie.

»Ich hab euch in meinem Turm gesehen.«

»Wir Euch ebenfalls, Gnädigste.«

»Ich habe böse mit und über euch gesprochen. Ich bitte euch dafür um Verzeihung. Außerdem tut es mir leid, daß ich euch nicht gleich wiedererkannt habe. Ich schulde euch beiden soviel, ihr hättet wahrlich mehr Dank verdient. Aber das gilt natürlich« – ihre Augen umwölkten sich – »für viele Leute in Angwyn.«

»Eins zu null für dich, Drumheller«, erklärte Rool, nachdem er das Mädchen eingehend betrachtet hatte, »vielleicht ist sie den ganzen Aufwand ja doch wert.«

»Danke«, sagte sie mit einem Anflug ihrer altgewohnten Schroffheit. »Ich denke schon.«

»Gehe ich recht in der Annahme, daß die Adler euch rausgehauen haben?« fragte Thorn jetzt.

»Ja, war verdammt knapp damals. Hey!« brüllte Rool plötzlich so laut er konnte und hopste, die Arme wild schwenkend, wie ein Mini-Derwisch in der Gegend herum. »Bleib mir vom Leibe, du verdammter hornköpfiger Trampel!« Der durch diese Attacke leicht verschreckte Hirsch trat mit einem überraschten Schnauben den Rückzug an. Die beiden kleinen Männer hatten seine Neugier geweckt, und so war er nähergetreten, um herauszufinden, ob sie vielleicht eßbar seien. Auch so eine negative Folge einer übereilten Heilung, daß der Arzt wie der Patient hinterher von einem wahren Heißhunger besessen waren.

»Dachte schon, daß wir erledigt sind, als die Nachtreiher aus ihrem Unterschlupf hervorstürzten.«

»Meine steifbeinigen Vögel!« schrie Elora. »Geht es ihnen gut?«

»Die Nachtreiher?« Thorn war nicht sicher, ob er erstaunt oder entsetzt reagieren sollte. »Sie gehören dir, Elora?«

Sie war aufrichtig verwirrt. »Also, sie hatten in meinem Turm ihre Ruheplätze, und offenbar hatte niemand ein Interesse daran, sie zu verscheuchen …« Sie hielt inne, bis der Lachanfall der Brownies vorüber war.

»Dabei hätte ich gerne zugesehen«, erklärte Franjean prustend.

»Husch, husch, du böser Vogel.« Rool sprach mit hoher, übermütiger Stimme und machte eine Handbewegung, als wolle er ein paar Staubkörner wegwischen. »Verschwinde, wir wollen solche üblen Tierchen hier nicht haben.«

»Wie lange waren sie denn schon da?« fragte Thorn.

»Schon immer, solange ich dort oben gewohnt habe, glaub ich – was ist denn daran so komisch, ihr zwei?« Sie erhielt keine Antwort auf ihre Frage, die die Heiterkeit der Brownies noch zu steigern schien. Ryn und Khory sahen sich verwirrt an und beschlossen, sich aus der Sache rauszuhalten. Eine solche Auseinandersetzung überließ man am besten den Hauptfiguren. »Jedenfalls«, fuhr Elora fort und ignorierte die beiden kleinen Störenfriede ganz einfach, »solange ich zurückdenken kann. Wir haben oft in meinem Garten zusammen auf den Ästen gehockt. Ich hab sie dort oben gefüttert. Ich mochte die Vögel recht gerne, weil niemand in meine Nähe gekommen ist, wenn sie bei mir waren.«

»In Eure Nähe hat sich deshalb niemand getraut, Prinzessin«, sagte Rool sachlich, »weil diese Reiher eine besondere Vorliebe für Menschenfleisch hegen.«

»Sie sind Geschöpfe des *Bösen*, Prinzessin«, ließ Franjean in vollendeter Schulmeister-Manier verlauten.

»Meine Vögel nicht.«

»Die haben dabei kein Wort mitzureden, wißt Ihr. Sie werden nämlich so *geboren*.«

»Und deshalb sollen sie auf ewig verdammt sein, Franjean? Hast du Thorn nicht ebenfalls gründlich falsch eingeschätzt …«

»Das werden wir ja sehen.«

»Aber immerhin gehst du in seinem Fall das Risiko ein. Und die Reiher sollen sich nicht ändern können?«

Der Brownie warf sich in die Brust. »Ich traue meinen

Ohren nicht. Ich kann mit dem Kind nicht reden. Sie ist unmöglich.«

»Sie haben mir nie etwas Böses getan, niemals.«

»Ich kenne einige, Gnädigste«, Franjean fuchtelte zur Unterstreichung seiner Worte mit seiner Armschlinge in der Luft herum und erinnerte Thorn daran, daß seine Heilkünste noch gefragt waren, »denen weniger Glück beschieden war.«

»Wer hat sie denn eigentlich versorgt?« fragte Ryn plötzlich.

»Daran hab ich noch nie gedacht«, räumte Rool ein. »Sie sind Raubvögel, und sie leben von der Jagd. Soweit ich gehört oder gesehen habe, fressen sie nur, was sie selbst frisch erlegt haben.«

»Aber nicht in Angwyn«, erklärte Elora. »Nicht die Vögel in meinem Turm.«

»Muß den Angwynern höchst seltsam erschienen sein«, sagte Rool nachdenklich, »daß ihre Heilige Prinzessin sich mit solchen Scheusalen abgegeben hat. Warum hat denn niemand was dagegen getan?«

»Ehrlich gesagt«, gab Elora zu, »glaube ich nicht, daß außer meinen Vizards überhaupt jemand davon gewußt hat. Aus der Ferne oder selbst vom Palast aus betrachtet, erscheinen die Reiher wie ganz normale Vögel. Sie haben mich nur besucht, wenn sonst niemand dort war.«

»Niemand – außer den Vizards«, wiederholte Ryn.

Elora nickte.

»Sie haben es gewußt«, fuhr der Wyr dann fort. »Aber sie haben niemand davon erzählt.«

»Kann man nie wissen«, widersprach Franjean.

»Wenn man bedenkt, welche Position Elora bei Hofe hatte – und was seiner Frau und seinem Sohn widerfahren ist –, hätte der König gewiß bei der kleinsten Bedrohung ihrer Sicherheit sofort reagiert.«

»Ihr sprecht, als würdet Ihr ihn kennen.«

»Nicht unbedingt«, fuhr Franjean dazwischen, so daß Ryn nicht mehr dazu kam zu antworten. »Euer vielgeliebter König hat auch die Anwesenheit der Maizan in Angwyn geduldet, warum sollte er sich da bei den Reihern anders verhalten? Vielleicht hat er geglaubt, die Vögel beschützen sie.«

»Niemand«, entgegnete Rool, »ist *so* naiv. Anwesende natürlich ausgeschlossen.«

»Genug«, sagte Thorn leise und war überrascht, als man ihm gehorchte. Er gab sich redlich Mühe, sich auf diesen unerwarteten Erfolg nicht allzuviel einzubilden. »Wir brauchen ein Dach über dem Kopf, wir brauchen zu essen, und wir brauchen Ruhe. Wenn wir das alles gefunden haben, könnt ihr euch von mir aus nach Herzenslust weiterstreiten.«

Der Hirsch schnaufte, scharrte mit einem Vorderhuf im Boden herum und schob dann Thorn mit dem Geweih soweit herum, bis dieser auf den hoch aufragenden Berg Doumhall blickte.

»Du möchtest dich wohl erkenntlich zeigen?« fragte er den Hirsch, der abermals heftig schnaufte – ob zustimmend oder eher amüsiert, ließ sich so leicht nicht entscheiden.

»Das ist die leichteste Route«, erklärte Thorn.

»Zu einfach, meint Ihr?« fragte Ryn.

Der Nelwyn zuckte mit den Achseln. »Die Klugheit gebietet, das Schlimmste anzunehmen. Vermutlich weiß der Betrüger also, daß wir dieses Inferno überlebt haben. Wir können nicht einfach abwarten, was er als nächstes tun wird, ob er nun persönlich auftaucht oder weitere Helfershelfer auf uns hetzt. Am Meeresufer jedenfalls führt kein vernünftiger Weg entlang, und wenn wir eine andere Route einschlagen, müssen wir ständig durch diese Schluchten klettern. Ist hier jemand scharf darauf?«

Selbst der Wind, der einen Augenblick lang aussetzte, stimmte in das allgemeine Schweigen mit ein.

»Gut. Dann ist es also beschlossen. Wir ziehen den Doumhall hinauf.«

Und majestätisch vor ihnen herschreitend, führte der Hirsch sie an.

14. Kapitel

Sie hatten geglaubt, der Ausblick oben auf dem Doumhall werde ihnen eine genaue Positionsbestimmung ermöglichen. Doch davon konnte keine Rede sein. Schon als sie ein Drittel des Berges erstiegen hatten, begann eine dichte Wolkendecke, und nach dem weiter unten tobenden Sturm zu urteilen, war darüber hinaus an ein Weiterkommen gar nicht zu denken.

Wie sich herausstellte, hatte der Hirsch gar nicht die Absicht, sie hoch hinaufzuführen, sondern wählte vielmehr einen Weg, der sich auf der ausladenden Ostflanke des Berges entlangschlängelte. Thorn hatte ganz richtig vermutet, daß das Feuer in der ganzen Gegend getobt hatte und, wie eine Sturmflut gegen den Strand, durch die Täler gebraust war, obwohl es seine größte Intensität tatsächlich im Umkreis der von Thorn und den übrigen als Zuflucht gewählten Mulde erreicht hatte. Auf die eigene ebenso wie auf die Bequemlichkeit des kleinen Reisetrupps bedacht, schritt der Hirsch gemächlich voran. Bald schon zeigte sich, daß bestenfalls Khory mit dem Leben davongekommen wäre, hätten sie Geryns Rat befolgt.

Sie mußten nämlich immer wieder Ruhepausen einlegen, und lange bevor sie ihr vorläufiges Ziel erreichten, hatte das Dämonenkind Thorn bereits auf die Schultern genommen. Zwar hatte er sich nicht beklagt, aber er hatte auch nichts gegen ihr Hilfsangebot einzuwenden. Tatsächlich hatte er starke Schmerzen in der Hüfte, und selbst Zauberformeln konnten ihn nicht davor schützen, daß seine Beckenknochen sich schutzlos aneinander rieben. Elora sah zu Ryn hinüber, der sich beklagte, daß seine Verletzung ihn daran hinderte, den Marsch auf allen vieren fortzusetzen. Sie selbst war in kaum besserer Verfassung und richtete ihre Aufmerksamkeit hauptsächlich darauf, immer wieder einen Fuß vor den anderen zu setzen. Die Belastungen der letzten Tage waren nicht spurlos an ihr vorübergegangen und sickerten allmählich durch die Risse in den Wänden, hinter denen sie ihr Innerstes verbarrikadiert hatte.

Um die Zeit zu vertreiben, sagte der Wyr irgendwann: »In den Mythen heißt es, daß die Welt entweder durch Feuer oder Eis untergehen wird.«

»Von Untergängen habe ich erst mal genug«, entgegnete Elora, die Ryns Mitteilung gar nicht lustig fand.

»Kein Problem, Hohei« Er hielt inne, bevor sie ihm einen tadelnden Blick zuwerfen konnte. »Ich meine, Elora. Da Ihr bewiesen habt, daß Ihr das Feuer verjagen könnt, könnt Ihr das gleiche doch auch mit dem Eis versuchen.«

»Ich habe niemanden verjagt, Dummkopf, sondern lediglich mit den Feuerdrachen gesprochen.« Während sie dies sagte, zauberte die Erinnerung ein Lächeln auf ihr Gesicht. »Ich wollte, ihr hättet sie so sehen können wie ich. Ihre Flammen waren so reich gegliedert. Es war fast, als ob ein Stück von der Sonne zu uns herabgestiegen und zum Leben erwacht wäre.«

»Und wer sagt, daß es nicht so war?«

»Ja, wer eigentlich? Jedenfalls waren die Drachen nicht von *dieser* Welt, wenn ihr wißt, was ich meine. Sie waren weder Daikini noch Nelwyns und gehörten weder zur Welt des Tages noch zu den Schleierleuten. Wir sprechen häufig so leichthin von Göttern und Mächten, aber als ich die Drachen berührt habe, war da eine Reinheit, von der wir nicht mal träumen können.«

»Eine Essenz, die die Grenzen unserer physischen Welt übersteigt.«

»Ihr habt sie doch gesehen.« Sie klatschte fröhlich in die Hände, verlor den mühsam erarbeiteten Anschein einer erwachsenen jungen Dame und erinnerte sie alle daran, daß sie zu einem sehr großen Teil immer noch ein Mädchen war, das kaum an der Schwelle der Jugend stand. »Ihr wißt doch Bescheid.«

»Vielleicht. Aber wir haben sie ganz sicher nicht so gesehen wie du. Sie sind ein tiefes Geheimnis. Was?« fragte er plötzlich, als er sah, wie ihr Ausdruck sich veränderte, als ob ein Licht in ihr erloschen wäre.

»Du sprichst wie ein Lehrer.«

»Das macht die Erfahrung. Frag nur die Brownies. Sie sind die klassischen Ausnahmen, die die Regel bestätigen.«

»Ich glaube nicht«, krähte Franjean, der auf Thorns Gürteltasche hockte.

»Alles nur Angabe, und in Wirklichkeit keine Ahnung?« fragte Elora. »Das ist nicht sehr nett. Allerdings glaub ich nicht, daß es stimmt.« Rool vollführte eine ausgesprochen rüde Geste, die er offenbar auf irgendeinem Exerzierfeld aufgeschnappt hatte.

»Bleib mal bitte einen Augenblick stehen, Khory«, sagte Thorn.

Sekunden später blickte er hoch in den Lüften durch Aneles Augen und genoß den – trotz der tiefhängenden Wolken – herrlichen Ausblick auf die Welt.

»Die Gegend hier hat irgendwas an sich …«, grübelte er und ließ den großen Adler wie stets an seinen Gedanken teilhaben.

»Gut, schlecht, irgendwas dazwischen?«

»Weiß nicht genau. Was meinst du?«

»Also, ich bin eindeutig gut« – Pause –, »wenn ich nicht gerade schlecht bin. Aber dazwischen – nie!«

»Dein Humor nimmt allmählich menschliche Züge an.«

»Ach. Verzeih mir, Magier. Ich wußte gar nicht, daß Humor ein Vorrecht der Zweibeiner ist.«

»Doch, doch. Wenigstens die eine Variante.«

»Und was ist mit der anderen?«

»Ich bin für neue Erkenntnisse immer offen.« Er seufzte und wurde wieder ernst.

»Offenbar siehst du nicht, was du sehen willst?«

»Stimmt. Die Perspektive ist nicht richtig, ich brauche mehr Höhe.«

»Aber nicht hier, solange diese Stadt noch glüht und dieser Sturm heult.«

»Was glaubst du, wie die Dinge dort stehen, Anele?«

Jetzt war es an ihr zu seufzen, als sie die Kraft ihrer Flügel mit dem Sturm maß. Es widerstrebte ihr zwar eigentlich, ihre Schwäche einzugestehen, aber verstellen wollte sie sich erst recht nicht.

»Franjean sagt, daß du den Geruch des Dämons an dir hast – nicht weil du mit ihm in einem Käfig eingesperrt warst, sondern weil er deine Seele befleckt hat.«

»Ich kann es nicht leugnen, so sehr ich es auch möchte.«

»Soweit ich feststellen kann, riechst du eigentlich wie immer, alter Trottel. Aber natürlich verlasse ich mich hauptsächlich auf meine Augen. Was Bastian und mich anbelangt, so ist der Wind ein Dämon – der alles, was er zu fassen kriegt, in das Herz dieser verfluchten Stadt hinabreißt. Wir haben einige Vögel gesehen« – in ihrer Stimme klang Bedauern mit –, »die vom Wind an uns vorbeigetrieben wurden und laut schreiend um Hilfe, Gnade oder den Tod baten. Wir konnten ihnen von alledem leider nichts bieten.

Der Luftwirbel saugt alles, was fliegt, mit unvorstellbarer Gewalt an. Deshalb kostet es ungeheure Kraft, überhaupt die Position zu halten. Für irgendwelche Manöver bleibt da nichts mehr. Wenn man zur Seite ausweichen möchte, reißt einen der Strudel mit sich fort und der Wind treibt einen wie in einer großen Spirale zum Ausgangspunkt zurück. Schließlich ist man völlig erschöpft und verliert Stück für Stück an Höhe, bis der Wirbel einen voll erwischt und mit sich fortreißt.

Für die Zugvögel ist dieser Sturm die reinste Hölle, Drumheller. Denn eine der großen Vogelfluglinien führt genau hier vorbei.«

»Als ich nach Angwyn gegangen bin, habt ihr euch doch von mir getrennt – Bastian und du. Ist euch während eures Fluges zufällig dieser Gipfel hier aufgefallen?«

»Jeder, der über die Bucht fliegt, sieht den Doumhall – genau wie die Seeleute, die unten vorbeifahren. Der Berg ist der wichtigste Orientierungspunkt an der ganzen Küste.«

»Darf ich mich mal in deiner Erinnerung umsehen, Anele, ob ich dort etwas Wichtiges entdecke?«

Die Adler waren an jenem letzten Sonnentag sehr hoch geflogen, und Aneles scharfes Auge fand sogleich, wonach er suchte.

»Danke«, sagte er, als er in seinen eigenen Körper zurückkehrte.

»Stets zu Diensten. Und sag dem Wyr, daß es Bastian und mir leid tut.«

»Ich glaube, damit warte ich besser, bis er wieder richtig hergestellt ist.«

»Klingt einleuchtend.«

»Gesegnete Braut«, sagte er verwundert, als Khory ihn auf den Boden setzte. Er war so außer sich, daß er schon fast wie Rool redete. »Der Doumhall ist gar kein Berg. Ich meine, kein *natürlicher* Berg, sondern eine Festung.«

»Drumheller?« fragte Ryn ungläubig, »wollt Ihr damit sagen, daß jemand diesen Berg *angelegt* hat?«

»Sieht ganz so aus, ja.«

»Und ich hab geglaubt, das ist nur ein Ammenmärchen.« Ryn schüttelte erstaunt den Kopf. »So 'ne alte Geschichte, die die Könige von Angwyn in die Welt gesetzt haben, um sich wichtig zu machen.«

Sie folgten jetzt wieder dem Hirsch, der als einziger von ihnen ein Ziel zu haben schien. Ryn berichtete ihnen von einer längst vergangenen Zeit, als noch die Götter auf Erden wandelten. Die Mächte, die in jenen fernen Zeiten miteinander rangen, waren noch reine, ungezügelte Urgewalten gewesen. Weder in ihrem Empfinden noch in ihrem Tun durch Skrupel eingeengt, zeichneten sie sich vornehmlich durch rohe Gewalt aus. Wo immer sie erschienen, hinterließen sie ihre Spur. Doch waren sie nicht nur Riesen von Statur, sondern auch in ihren Taten. Die späteren Geschlechter hingegen waren um so vieles unbedeutender, daß sie von den Wundern ihrer Ahnen nichts mehr begriffen.

Die Gegend, in der sich Thorn und seine Freunde befanden, war ein Schauplatz solcher Taten.

»Der Berg Doumhall«, erklärte der Wyr, »ist der Sitz der alten Festung von Angwyn.«

Thorn griff die Geschichte auf und berichtete, was er in der Erinnerung des Adlers gesehen hatte.

»Man kann es allerdings weder von der Landseite noch vom Meer aus erkennen, weil die reiche Vegetation die ganze Struktur überwuchert hat. Aber von hoch oben aus der Luft betrachtet, sieht man es ganz deutlich. Besonders auffällig ist die Symmetrie. Die Hänge fügen sich einfach zu geradlinig zusammen, sie fallen zu gleichmäßig zum Wasser hin ab – und dann erst der Berg selbst. Man muß schon bis zur Kontinentalscheide reisen, wenn man einen annähernd großen Berg sehen möchte. Natürlich unterscheidet er sich auf den ersten Blick nicht sonderlich von den Gipfeln der übrigen Gebirgsketten, die hier die Küste säumen – nur daß er dreimal so groß ist.«

Der Hirsch setzte sich wieder in Bewegung und beschleunigte sogar noch sein Tempo. Sie mußten sich beeilen, um mit ihm Schritt zu halten, während er sie durch einige grabenartige Vertiefungen in dem Felsmassiv führte, die breiter waren, als sie auf den ersten Blick erschienen. Der ganze Berg war eine kunstvolle Ansammlung optischer Illusionen, und Thorn mußte unwillkürlich an eine frühere Reise mit Maulroon denken. Der große Mann hatte ihn damals des öfteren an Stellen geführt, an denen ein Fluß einen scharfen Knick machte, und jedesmal hatte Thorn den Eindruck gehabt, daß das Wasser dort einfach… zu Ende sei.

Als sie nun weiterzogen, ragten Meile für Meile Felswände vor ihnen auf, die eine unüberschreitbare Barriere bildeten. Irgendwann kamen sie um eine scharfe Kurve und stellten fest, daß der Weg sich genauso breit und mächtig fortsetzte wie zuvor. Was ihnen bis dahin wie eine Wand erschienen war, erwies sich jetzt als Trugbild. Die Gräben in den Felsen, die aus der Ferne wie natürliche Deformationen wirkten, entpuppten sich bei näherem Hinsehen als Passagen, Ausfalltore und Festungsmauern, die so hoch aufragten, daß dagegen selbst Cherlindreas Wälder verblaßten.

»Ist das hier eine Tür?« fragte Thorn verwundert und beugte sich so weit zurück, um den Türsturz zu inspizieren, daß er beinahe auf den Rücken gefallen wäre.

»Einen Festungsgraben kann ich nirgends entdecken«,

sagte Ryn, der auf ein hinter hohen Mauern verborgenes Exerzierfeld herabblickte, auf dem leicht die ganze Maizan-Horde Platz gefunden hätte.

»Natürlich gibt es einen Graben, du flauschiger Dummkopf.« Franjean war in Bestform. »Siehst du die Bucht dort drüben – das ist der Graben.«

»Was meinst du, wie alt ist die Anlage, Drumheller?« fragte Elora, als sie hineingingen.

Franjean kam ihm mit der Antwort zuvor – während Rool bei den Adlern blieb, die trotz des gewaltigen Raumes lieber draußen warten wollten – und tat es mit großem Vergnügen. »Genausogut könntet Ihr fragen, Gnädigste, wie alt die Welt ist.«

Als sie weitergingen, wurde der Lehmboden von Steinplatten abgelöst, von denen jede einen mächtigeren Grundriß hatte als ein geräumiges Daikini-Stadthaus.

»Glaubt Ihr, daß der ganze Berg hohl ist?« fragte Ryn.

»Höchstwahrscheinlich.«

»Muß furchtbar schwer zu heizen sein.«

»Ich wette, es ist sogar ziemlich einfach.« Alle Augen richteten sich jetzt auf Khory, die schon länger kein Wort mehr gesprochen hatte. »Man spürt es an den Felsen, daß relativ nahe unter der Anlage Lavaströme fließen.«

»Klingt einleuchtend«, pflichtete Thorn ihr bei. »Wahrscheinlich gibt es hier sogar Thermalquellen.«

»Wollt ihr damit sagen«, rief Ryn aus, »daß das hier ein Vulkan ist?«

»Mit allen Vorteilen, ohne die Nachteile«, erwiderte Thorn fröhlich. »Wenn es hier nämlich in der Vergangenheit Vulkanausbrüche gegeben hätte, dann wüßten wir sicher davon, nehm ich mal an.«

»Wäre nicht das erstemal, daß ein Bauherr sich den falschen Standort ausgesucht hat.«

»Wer immer die Bauherren dieser Anlage gewesen sein mögen, Taksemanyin – sie sind schon lange von diesem Ort hier und aus der Welt verschwunden.«

»Nichts für ungut, Drumheller, aber ich schlage vor, daß wir uns ihrem Beispiel anschließen.«

»Irgendwas Verdächtiges?«

»Vielleicht bin ich ja wie die Adler. Ich hab mich unter Dächern noch nie so recht wohl gefühlt.«

»Aber wir brauchen einen geschützten Platz. Und unser Freund hat uns gewiß nicht ganz zufällig hierhergeführt.« Dabei zeigte er auf den Hirsch, der geduldig ein paar Schritte weiter seitlich stand. »Ich finde, wir sollten uns auf ihn genauso verlassen, wie er darauf vertraut hat, daß wir ihm helfen.« Er nahm in Gedanken Kontakt mit Bastian auf.

»Wetter verschlechtert sich. Im Augenblick ist es noch erträglich, aber die Nacht wird bestimmt fürchterlich.«

»Habt ihr einen geeigneten Ruheplatz?«

Bastian gab ein abschätziges Glucksen von sich. »Jedenfalls nicht hier in der Nähe, das haben wir den Feuerdrachen zu verdanken. Wenn wir in einem geeigneten Baum übernachten wollen, müssen wir ein ganzes Stück die Küste hinabfliegen. Aber dann können wir dir nicht mehr wirklich von Nutzen sein. Wenn es hier in den Felsen – ich meine im Bereich des Doumhall – irgendwo einen geschützten Platz geben sollte, dann oberhalb der Wolkendecke. Aber ich spüre schon, wie die Temperatur absinkt. Wenn wir dort hinauffliegen, erfrieren wir.«

»Bleiben also nicht viele Alternativen.«

»Rool denkt ganz ähnlich.«

»Dann kommt ihr also zu uns herein?«

»Kümmere dich nicht weiter um uns. Vertrau einfach darauf, daß wir dich finden.«

»Seid vorsichtig, mein Freund.«

»Natürlich. Du auch.«

Als er wieder in seinen Körper zurückkehrte, entdeckte er, daß Khory neben ihm hockte und ihn aufmerksam beobachtete. Weiter im Hintergrund waren Ryn und Elora damit beschäftigt, Brennmaterial für ein Feuer zu sammeln.

»Die Adler sind betrübt«, sagte Franjean, der sich an Thorns Seite schmiegte und hoffte, daß das Dämonenkind sich mit dieser Auskunft zufriedengeben und ihrer Wege gehen werde.

»Was ist dein Problem?« fragte sie ihn ruhig, und der

Browni explodierte wie eine Rakete, fuchtelte wie wild mit den Armen und Beinen herum und ging ungeachtet des erheblich Größenunterschieds zwischen ihm selbst und Khory unverzüglich zur Verbalattacke über.

»Du!« krächzte er. »Du, du, du! Ich weiß genau, was du bist, falsche Hexe, und wo du hingehörst – und in Gesellschaft anständiger Leute bist ganz sicher fehl am Platz.«

»Merkwürdig«, mischte Thorn sich ein, »genau das gleiche hab ich auch schon über dich gehört, Franjean.«

»Oh« – der Brownie warf Thorn einen betont mißbilligenden Blick zu –, »wie drollig. Ich bin zutiefst getroffen.«

»Schön wär's – wenn es hier zwischen uns ein bißchen friedlicher zugehen könnte.«

»Du – du nimmst *die da* auch noch in Schutz?«

»Khory braucht niemanden, der sie beschützt, aber sie bedeutet mir genausoviel wie du und hat nicht weniger Achtung und Höflichkeit verdient als du.«

Der Brownie bekam den Mund gar nicht mehr zu, als er nach einer passenden, möglichst vernichtenden Antwort suchte. Und da ihm absolut gar nichts einfiel, öffnete sich sein Mund immer weiter – wie bei einem Fisch, der nach Luft schnappt. Dann klappte er die Zähne vernehmlich zusammen, machte auf dem Absatz kehrt und stolzierte steifbeinig davon, wobei er mit finsterer Entschlossenheit verkündete, daß er sich mit solcher Dummheit und Undankbarkeit künftig nicht mehr abzugeben gedenke.

»Warum habe ich nur den Verdacht, daß ich für diesen Satz noch schwer werde büßen müssen.«

»Ja, wozu sind Freunde denn sonst da, Magier?«

»War selbst überrascht, als mir das rausgerutscht ist«, gestand er ihr aufrichtig, und auf seiner Stirn erschienen ein paar Falten der Verwirrung.

»Hast du es denn ernst gemeint?«

Bevor er antwortete, atmete er erst einmal tief ein, weil er sich seiner Sache selbst nicht ganz sicher war. Und in dieser kurzen Spanne beschloß er – wie er es auch gegenüber dem Hirsch gehalten hatte –, alle Vernunftgründe über Bord zu werfen und sich ganz seinen Instinkten zu überlassen. *Der Hohe Aldwyn,* dachte er, *würde stolz auf mich sein.*

»Sonst hätte ich es nicht gesagt.«

Da keiner der anderen sich darauf verstand, mußte Thorn das Feuer anzünden. Aber der Kamin, in dem sie hier Zuflucht gesucht hatten, war länger als ein Turnierplatz und halb so hoch wie eine Kathedrale. Auch der Raum selbst hatte gigantische Ausmaße. Eloras Turm hätte bei weitem nicht zur Decke hinaufgereicht, und der Palast des Königs hätte leicht in einer Ecke Platz gefunden. Die Wände strebten leicht bogenförmig in die Höhe, aber das ganze Bauwerk war so riesig, daß Thorn nicht zu sagen wußte, ob bestimmte Elemente der Konstruktion bewußt so gestaltet oder durch gewaltsame Einflüsse im Laufe der Zeit verändert worden waren. Ohnehin war es kaum möglich, die ganze Anlage auf einen Blick zu erfassen. Immer wieder mußte er den Kopf hin- und herwenden, um den ganzen Raum auf sich wirken zu lassen. Er hörte, wie Ryn sich einen Spaß daraus machte, laut über die Beleuchtung der Halle nachzudenken, und wie er erklärte, daß dazu schon ein – von einem Feuerdrachen entzündeter – Baum aus Cherlindreas Wäldern ausreichend wäre. Aber in Wahrheit hatten die Erbauer der Anlage dieses Problem zugleich wesentlich nüchterner und brillanter gelöst. Denn der Schein des verhältnismäßig kleinen Feuers, das sie in dem Kamin entzündet hatten, wurde von Kristallstreifen im Gestein selbst aufgefangen. Doch spiegelten die Kristalle das Licht nicht einfach zurück, sondern absorbierten es und leiteten es dann weiter, wie sich in einer Eisenstange, die an einem Ende erhitzt wird, die Wärme fortpflanzt. Die Kristallstreifen spendeten freilich kein direktes Licht, weil das Feuer zu schwach war. Thorn und seinen Gefährten erschienen sie vielmehr wie der gestirnte Himmel, ein unaufhörliches Spiel wechselnder Farben und Helligkeit. Wäre der Kamin richtig beheizt worden, dann hätte der ganze Raum in herrlichstem Licht gelegen.

Thorn hockte inzwischen am Boden vor einem Kochtopf und putzte Gemüse (Fleisch zu servieren, hätte er in Gegenwart des Hirsches doch etwas unpassend gefunden), als Ryn plötzlich rief: »Hey, Franjean, ihr Winzlinge wißt doch immer alles ...«

»Wenn es sich zu wissen lohnt, ja«, entgegnete der Brownie herablassend, der ein Stück entfernt auf einem Bratrost saß.

»Kannst du mir verraten, wo wir uns befinden?«

»Also, zunächst einmal ist unübersehbar, daß die ganze Königliche Küche in Angwyn in diesem Kamin leicht Platz finden würde.«

»Ich würde zu gern wissen«, sagte Ryn, »was uns eigentlich erwartet. Denkt nur mal an die Wesen, die früher hier gelebt haben. Haben sie etwa die Welt erschaffen? Und von welcher Art müssen sie gewesen sein, wenn sie sich in Bergen häuslich niedergelassen haben? Was ist aus ihnen geworden? Und wie wären sie wohl mit der Vorstellung zurechtgekommen, daß sie dereinst einfach vergessen sind? Und wie wird es uns in dieser Hinsicht ergehen, wenn wir erst an der Reihe sind?«

»Brownies, du Blödmann, werden *nie* vergessen. Solange noch einer von uns am Leben ist, leben in dessen Erinnerung alle anderen weiter.«

»Genau das meine ich ja. Was passiert, wenn selbst die Erinnerung stirbt?«

»Trübe Vorstellung, Ryn«, sagte Thorn, »für ein im großen und ganzen so lustiges Völkchen.«

»So lustig waren hier nicht alle Tage, Magier. Früher haben hier doch Leute gewohnt, jetzt ist alles verlassen. Genau wie in Nockmaar und Tir Asleen und zuletzt in Angwyn. Die Welt dreht sich im Kreise, aber wo ist ihr Ziel?« Er zuckte mit den Achseln und wirkte plötzlich in Haltung und Gebärden geradezu entwaffnend menschlich, als ob ein anderer in seine Haut geschlüpft wäre.

»Ich liebe es, zu schwimmen, zu jagen und zu spielen«, sagte er, »und bemühe mich, niemandem etwas zuleide zu tun. Deshalb finde ich es nicht übertrieben, wenn ich das gleiche für mich in Anspruch nehme. Und gewiß haben sich in jener jetzt zerstörten Stadt viele Menschen den gleichen Regeln unterworfen. Warum müssen so viele meiner Brüder unter dem Sturm leiden, der auch Morag dahingerafft hat? Ja, ich bin sterblich, Knirps« – er hatte sich inzwischen Franjean zugewandt, und aus seinen Worten sprach aufrichtige Empörung –, »aber haben Götter und Göttinnen deshalb das Recht, mein Leben in Stücke zu reißen, als wenn ich nur eine Figur auf ihrem Schachbrett wäre? Wenn sie unbedingt Krieg führen wollen, sollen sie sich doch einen dafür geeigneten Ort suchen und uns andere in Ruhe lassen!« Die letzten Worte sprach er so laut, daß sie noch lange von der Decke und den Wänden des riesigen Raumes widerhallten.

»Bavmorda war keine Göttin«, konstatierte Thorn sachlich. »Sie war schlicht eine Frau mit vergifteten Träumen, die von dem Verlangen beseelt und fähig war, diese Träume in die Tat umzusetzen. Und egal wieviel Verehrung ihr entgegenschlägt, auch Elora ist keine Göttin.«

»Keine Göttin«, sagte das Mädchen. »Keine Träume, keine Wünsche, keine Fähigkeiten.«

»Ich weiß nicht«, sagte Ryn fast hilflos und winkte ab, als Thorn ihm einen Teller Gemüse und eine Schale Suppe anbot. Dabei ging er vor dem Feuer auf und ab, als ob er in einem Käfig gefangen sei. »Ich hab die Geschichten gehört. Wenn diese Bavmorda wirklich ein solches Scheusal gewesen ist, warum haben die Großen Mächte dann diesen Nelwyn – wie heißt er noch mal? – ins Spiel gebracht?«

»Willow Ufgood«, antwortete Elora leise. Von ihren Zügen war deutlich abzulesen, daß die Erinnerung an ihren Turm sie quälte, als sie ihre großen dunkelblauen Augen unerbittlich auf Thorn richtete und noch leiser hinzufügte: »Mein Beschützer.«

»Warum brauchen wir denn überhaupt eine Heilige Prinzessin? Warum haben die Mächte nicht einfach Bavmorda erledigt und es dabei bewenden lassen?«

»Warum fragt Ihr sie nicht selbst?« sagte Thorn und leerte seine Suppenschale.

Ryn blickt einen Augenblick lang verdutzt drein, bevor er bemerkte, daß Thorn ebenso wie Khory an ihm vorbeischaute. Selbst Franjean war verstummt. Nur Elora starrte geistesabwesend in die Flammen, als ob sie hoffte, jenen Augenblick der Transzendenz wiederzufinden, den die Feuerdrachen ihr geschenkt hatten.

Die große, mächtig aufragende Halle war plötzlich nicht mehr leer.

Während ihrer ganzen Wanderschaft vom Meeresufer hier herauf hatten sie sich ein ums andere Mal gefragt, wieso weit und breit kein Tier zu sehen oder zu hören war. Fast hätte man meinen können, daß nie ein Lebewesen die Wälder betreten hatte. Und jetzt sahen sie, warum.

Wie in der Arche Noah waren die Tiere vor ihnen aufgereiht – von den kleinsten Käfern und Eidechsen bis hin zu prachtvollen Bergkatzen und Widdern. Vögel und Vierbeiner, Raub- und Beutetiere, entweder nach Arten gruppiert oder gemischt. Manche standen alleine da, andere im Familienverband, alte und gerade erst geborene Tiere gleichermaßen. Sie standen da und blickten geduldig und erwartungsvoll in Thorns Richtung, und dem Nelwyn wollte es fast scheinen, als sei er in einen großen Gerichtssaal geraten, wo eine vielköpfige Jury ihn erwartete.

Das Zentrum des Raumes wie der Versammlung nahm der Hirsch ein, der Thorn entgegenkam, als dieser sich erhob und auf die Versammlung zutrat. Doch die Gestalt des Tieres veränderte sich bei jedem Schritt. Offenbar waren sein Fleisch und seine Sehnen unendlich wandelbar wie Wachs oder Quecksilber, so daß er mal wie ein Fuchs, dann wie eine Eule oder ein Rabe oder wie eine Maus oder Spinne erschien. Als er schließlich vor dem Nelwyn stehenblieb, hatte er in der Zwischenzeit jede der versammelten Tiergattungen einmal dargestellt.

Und zuletzt brachte er sogar eine annehmbare Imitation eines Daikini zustande.

Er war von stattlicher Figur und hatte schon bessere Tage gesehen, und die einzige Konstante, die er durch all seine Metamorphosen hindurch beibehielt, waren seine Wundmale, die er wie ein Ehrenzeichen trug. Von dem Haar auf seinem Kopf waren nur kümmerliche Büschel erhalten geblieben; das gleiche galt für seinen Bart. Der Marsch während des Tages hatte seine ansonsten rosarote Haut ein wenig gegerbt, doch war ihm anzumerken, daß jeder Luftzug ihm Schmerzen bereitete. Er trug noch immer Geweihstangen, die freilich auf seinem jetzt menschlichen Kopf kleiner geraten waren als in seiner Hirschgestalt. Sie wuchsen aus seinen Schläfen hervor und waren mit je drei scharfen Enden bestückt.

»Warum?« fragte er, ohne sich vorzustellen oder ein paar einleitende Worte zu sprechen.

»Ich weiß es nicht«, war das einzige, was Thorn als Antwort einfiel.

»Das hier war einmal ein gesegneter Ort«, sagte der Mann mit rauher Stimme. Und der Schmerz, der aus seinen Worten klang, hatte nichts mit den Wunden an seinem Körper zu tun. »Alle, die hier wohnten, lebten friedlich und harmonisch zusammen.«

»Ich weiß. Tut mir leid.«

»Das Gleichgewicht ist zerstört. Das Land schreit auf, weil sein Geist verschwunden ist.«

Thorn sah Cherlindrea vor sich, die einen ähnlichen Silberglanz ausstrahlte wie Elora. Das Leuchten ihrer Augen war in die Lügen des Betrügers so verstrickt wie ihr Körper in das von ihm ausgeworfene Netz des Bösen.

»Wir sind alle Kinder dieser Erde«, sagte Thorn, jetzt ebenfalls von Leidenschaft erfüllt. »Wir haben alle gelitten. Aber wir werden überleben und Widerstand leisten. Wie Franjean von seinem Volk gesagt hat – solange noch einer von uns lebt, besteht Hoffnung, und aus dieser Hoffnung wird alles neu geboren.«

»*Worte!*« rief der Waldkönig, dessen Hand schneller zuschlug, als das Auge folgen konnte. Aus den Fingern wuchsen Krallen hervor, die Thorn durchs Gesicht fuhren. Er spürte ein Stechen und sah Blut fließen, nahm aber ansonsten keine Notiz von dem Schlag, als der Waldkönig seine wieder ganz und gar menschliche Hand erhob und der Versammlung seine roten Fingerspitzen präsentierte.

»Ist es das, was Ihr wünscht?« fragte Thorn den größeren Mann, nachdem er Khory mit einem Blick beschwichtigt hatte. Sie war inzwischen fast bei ihm angelangt und in dem

Augenblick aufgesprungen, als der Waldkönig die Hand erhoben hatte. Hätte Thorn sie nicht aufgehalten, wäre sie auf den Mann losgestürzt und hätte ihm mit dem Schwert den Kopf vom Rumpf getrennt.

»Daß Krieg sei, wo früher Frieden war«, fuhr Thorn fort und unternahm keinen Versuch, das aus seiner aufgeschlitzten Wange fließende Blut zu stoppen. Falls der Waldkönig sich durch Khorys unterbundene Attacke – inzwischen hatte sich nämlich Taksemanyin in den Weg der Walküre gestellt und drängte sie sanft, beharrlich und unerbittlich an die Wand zurück – bedroht fühlte, ließ er es sich nicht anmerken.

»Wenn das Eure Hoffnung ist«, entgegnete der Waldkönig, »so kommt Ihr zu spät.« Ein Raunen der Zustimmung erhob sich in der Versammlung.

»Wir sind als Freunde gekommen.«

»Was früher freiwillig gegeben wurde, Menschling, muß jetzt verdient werden.«

Er streckte den rechten Arm aus und aus den Fingern schossen Strahlen von Thorns Blut und fügten sich grob geflochten zu einer Peitsche zusammen, die diagonal von der Schulter bis zur Hüfte auf Eloras Rücken einschlug.

»Wenn ihr euern rechtmäßigen Platz unter uns zurückgewinnen wollt«, donnerte der Waldkönig, »müßt ihr euch dessen würdig erweisen.« Diesmal wurde sein Ausruf von einem ganzen Chor flüsternder Stimmen wiederholt, die so zornig und raschsüchtig klangen, daß auf Gnade kaum noch zu hoffen war.

Das Feuer flammte auf und brannte viel heller, als dies nach Menge und Beschaffenheit des Brennmaterials hätte der Fall sein dürfen. Es loderte hoch auf und griff gierig nach den Seiten, als ob in dem Kamin die Erinnerung an die guten Tage seiner Jugend wiedererwacht wäre. Zu spät sah Thorn, daß Elora direkt neben dem Feuer saß; er konnte ihr nicht zu Hilfe eilen; er wagte nicht, dem Waldkönig den Rücken zuzukehren, da er spürte, daß er dann von ihm aufgespießt würde. Gleichzeitig war er sich bewußt, daß auch Ryn oder Khory gegen die Hitze machtlos waren.

Der Peitschenhieb ließ einen bösen Striemen auf ihrem Hemd zurück und hätte sie eigentlich bis auf die Knochen aufschlitzen müssen. Doch vor den Augen der Anwesenden löste sich der Streifen auf, bis auf dem Hemd davon keine Spur mehr zu erkennen war. Der Stoff war wieder wie neu und auch die Haut darunter makellos.

»Sie ist die große Verräterin«, erklärte Cherlindreas Gemahl aufgebracht, in dessen Augen Eloras Unverletzlichkeit die Berechtigung seiner Anklage untermauerte.

»Das ist sie nicht«, entgegnete Thorn genauso leidenschaftlich.

»Alle sind erschienen, um ihr zu huldigen.«

»Und wurden betrogen – genau wie sie selbst.«

»Nichts als Worte.«

»Aufrichtige Worte.«

»Aus dem Mund eines Mannes, der alles sagen würde, um sie zu retten.«

»Habe ich *dich* etwa nicht gerettet?«

»Und dadurch hast du dir das Recht erworben, gehört und gerecht beurteilt zu werden.«

Die Blutpeitsche sauste jetzt auf Thorn nieder. Er sah plötzlich nur noch Rot, als die Riemen sich in seine Augen bohrten und jeden Teil seines Körpers mit Raserei erfüllten. Der Waldkönig stürzte sich auf ihn, faßte ihn unter den Achseln und hob ihn hoch über seinen Kopf, bis der Nelwyn oben auf den Geweihstangen hing. Die Energien der Blutpeitsche sprangen abwechselnd von einem zum andern über, spreizten Thorns Arme und Beine soweit, daß die Glieder sich aus den Gelenken lösten. Auch sein Mund war so weit aufgerissen, die Zähne waren derart gebleckt, daß er glaubte, sein Gesicht müsse zerreißen. Seine Züge waren zu einer Fratze grauenhafter Qualen verzerrt, von denen er freilich wußte, daß sie nur ein Abklatsch jener Schmerzen waren, die der Waldkönig erlitten hatte, als er durch das Feuer gelaufen war.

Thorn und der Waldkönig hatten ihr Blut vermischt, jetzt verschmolz auch ihrer beider Leben, und aus jeder ihrer Körperöffnungen bis hinab zu den Poren ihrer Haut drangen Strähnen der Vergangenheit. Thorn fand sich plötzlich tief in einen Urwald versetzt und schritt – im Bewußtsein seiner Schnelligkeit und Kraft – mit majestätischer Anmut auf vier Hufen dahin, während die tödlichen Enden seines Geweihs ihm Schutz verhießen. Wo immer Cherlindrea einen ihrer Haine angelegt hatte, konnte er umherziehen und sich zwischen diesen heiligen Stätten gedankenschnell bewegen, ganz gleich wie weit sie voneinander entfernt lagen. Zur Sonnenwende und Tagundnachtgleiche vollführte er mit seiner Dame im Mondschein einen feierlichen Tanz und nahm dabei zur Lobpreisung der bunten Fülle des Lebens in ihrem gemeinsamen Reich tausenderlei Gestalten an. Elfen und Feen zauberten Regenbögen in die Luft, die wie das Wasser des Ozeans im Mondlicht funkelten. Selbst im tiefsten Winter war ihr Unterstand mit Girlanden bekränzt, und die elementare Leidenschaft ihrer Liebe, erfüllte die Wälder und die darin lebenden Geschöpfe alljährlich mit der Kraft der Erneuerung.

Als Cherlindrea verzaubert wurde, war es so, als ob ihrem Gemahl und dem von ihm gehegten Land das Herz herausgeschnitten würde. Er war mit letzter Mühe durch die halbe Welt hier in diesen Hain gelangt, als die Feuerdrachen ihr Vernichtungswerk bereits begonnen hatten. Unverzüglich war er den übrigen Geschöpfen zur Hilfe geeilt. Die Schleierleute hatten der Rettung durch ihn nicht bedurft, denn die Dryaden hatten schon lange die Bäume und die Nymphen die Flüsse und Weiher verlassen. Er traf keine Elfen, Feen, Kobolde, Nixen, Brownies oder Trolle mehr an. Nur die Bewohner der Tageswelt, die er mit wachsender Verzweiflung in die Mauern des alten Angwyn geleitete. Die Feuerdrachen hatten sich ihm zwar in den Weg gestellt, denn lebende Beute erregte sie noch mehr als die Vegetation, die sie einfach niederbrennen konnten. Aber hier hatte ihm seine Stärke gute Dienste erwiesen. Und zur Überraschung der elementaren Feuerwesen hatte er sich ihrer mit seinem Geweih so wirksam erwehrt wie körperlichen Gegnern.

Aber die Wälder um ihn her waren jetzt ein Ort des Todes

und der von ihm verehrten Göttlichkeit ganz und gar beraubt. Doch noch mehr schmerzte ihn der Verlust Cherlindreas. Zwar war er nicht der erste, der ihre Laube mit ihr geteilt hatte, doch er hegte die verzweifelte Befürchtung, er könne der letzte gewesen sein.

»Ich«, schrie Thorn mit der heiseren Stimme eines Mannes, der seinen letzten Willen kundtut. »Kämpfe. Für. Das. Woran. Ich. Glaube.«

»Und was ist das, Menschling?«

Der Schmerz verschwand und mit ihm jede Kraft, als der Waldkönig Thorn wieder zu Boden warf. Seine Glieder hatten unter so unglaublicher Anspannung gestanden, daß nichts an seinem Körper mehr zusammenpassen wollte – auch die Kiefer und Zähne nicht. Die Worte, die er hervorstieß, klangen, als ob er Kieselsteine im Mund hätte.

»Elora Danan hat sich für dein Leben eingesetzt«, sagte er jetzt auf allen vieren, als ob er hier das Tier sei. »Ist das etwa nichts wert?«

»Du sprichst voll Inbrunst für die Verräterin, Sterblicher. Hast du nichts für dich selbst vorzubringen?«

»Sie ist genausowenig eine Verräterin, wie ich einer bin.«

»Bedenke deine Worte, damit du dich nicht selbst verdammst.«

»Ob von Feinden oder Freunden erschlagen, macht am Ende keinen Unterschied. Ich bedaure zutiefst den Schaden, der hier angerichtet worden ist. Doch Ihr seid nicht der erste, der zu leiden hat, und auch nicht – der Himmel verzeih mir – der letzte. Und Ihr gehört gewiß auch nicht zu denen, die die größten Qualen erlitten haben. Ich weiß nicht, warum die Ordnung der Welt zerbrochen ist, vielleicht um sie wieder neu und besser zu errichten. Aber es ist nun mal geschehen. So sehr Ihr auch etwas anderes wünschen mögt, die Welt ist, wie sie ist, wir können nur das Beste daraus machen.

Für mich selbst bedeutet das, daß ich kämpfen werde. Für Elora Danan und gegen den Betrüger. Ihr habt mir ins Herz geschaut« – und er erhob sich auf die Füße und blickte dem

Waldkönig voll ins Gesicht, als gäbe es zwischen ihnen keinen Größenunterschied mehr –, »als ich Euch geheilt habe und jetzt vor dieser Versammlung. Und in mir habt Ihr auch meine Freunde gesehen. Die Wahrheit ist, wir sind nicht Eure Feinde, Fürst, und das Kind dort ist die einzige Hoffnung der Welt.«

»Welch edle Regung, Zwerg«, sagte plötzlich die volltönende Stimme des Betrügers, deren Klang Thorn wie ein Dolch traf.

Gleichzeitig sah am Rande seines Blickfeldes eine schemenhafte Bewegung. Er sprang hinüber und kam Sekunden zu spät, um Aneles und Bastians in einem stachligen Fangnetz verwickelte, zerschundene Leiber davor zu bewahren, auf dem Steinfußboden aufzuschlagen. Sofort zog er das Messer, dessen Wirkung er durch einen Zauber noch verstärkte, und durchschnitt in verzweifelter Hast das Netz. Doch er sah nichts als Blut und die brechenden Augen der Adler, und qualvoll durchzuckte ihn der Gedanke, daß wieder zwei Freunde ihm entrissen wurden, auf deren Kraft er in dem drohenden Kampf nicht verzichten konnte. Keinen Augenblick dachte er daran, daß das magische Band, das ihn mit den großen Raubvögeln zusammenschmiedete, ihm selbst und erst recht Rool von dem Angriff hätte Kunde geben müssen. Er sah nur, was er sehen sollte. Ob aus Müdigkeit, Angst oder Liebe, jedenfalls vergaß er völlig, sich mit Hilfe seiner EinSicht einen Eindruck von der Situation zu verschaffen.

Zu spät. Als er das Netz berührte, begriff er, daß er einer Täuschung zum Opfer gefallen war und der Anblick vor ihm nichts als eine grausame Illusion. Die Bänder umschlangen ihn, und die Stacheln kehrten sich um, durchbohrten seine Kleider und seine Haut und jagten ihm ein Gift in den Leib, das seine Glieder betäubte und ihn mit einem Schmerz erfüllte, der selbst das, was der Waldkönig ihm gerade zugemutet hatte, weit überstieg. Gleichzeitig nahmen auch die Adler eine andere Gestalt an. Ihre Beine und Hälse verlängerten sich, ihre Krummschnäbel erschienen plötzlich so lang und spitz wie Degen, ihre Leiber waren jetzt doppelt so groß wie zuvor, und ihre Flügelspanne übertraf selbst die Maße eines großen Daikini.

Nachtreiher erschienen zwar auf den ersten Blick schwarz, doch tatsächlich war ihr Gefieder dunkelblau, was besonders an den Federspitzen zu erkennen war oder im Feuerschein oder Sonnenlicht. Ihre Schmuckfedern waren dunkelrot. Sie waren der Inbegriff fleischgewordener magischer Kraft.

Einer der beiden Vögel stürzte sich auf den Waldkönig, der dem Angreifer die Peitsche quer über den Leib schlug. Der Nachtreiher geriet ins Trudeln, und auf seiner Brust klaffte eine tiefe Wunde. Der Schlag hatte die Peitsche aber auch ihrer gesamten Energie beraubt, und sie löste sich in der Hand des Waldkönigs buchstäblich in nichts auf. Der kurze Aufschub, den er dank der Verwirrung des Reihers gewann, nutzte der Waldkönig, um wieder seine Hirschgestalt anzunehmen. Ohne zu zögern, ging er dann zum Angriff über und traf den Reiher zunächst mit der Krone seines Geweihs am Hals, bevor er ihm mit den Augsprossen den ganzen Leib aufschlitzte. Er ließ ein wütendes Röhren erschallen und schleuderte den Vogel beiseite, doch sein Triumph war nur von kurzer Dauer. Als er sich auf die Hinterläufe erhob, um all die Seinen um sich zu scharen, trafen ihn von allen Seiten so viele Armbrustbolzen, daß er einen gräßlichen Augenblick lang an ein lebendes Nadelkissen erinnerte.

Seine Beine gaben in den Knien und Schultern nach, so daß er neben Thorn zusammenbrach, der sich vergeblich bemühte, dem Hirsch zur Hilfe zu eilen, weil er noch immer damit beschäftigt war, sich von dem Netz zu befreien. Doch irgendwie gelang es dem mächtigen Tier, einen Huf auf den Boden zu bekommen, und es begann sich aufzurichten.

Im Hintergrund der riesigen Halle erhob sich ebenfalls ein Tumult, als ein Rappe und ein Schimmel hereingestürmt kamen, die von einer schwarz- und einer weißgekleideten Gestalt geritten wurden. Die Frau zügelte zunächst ihre Stute, nachdem sie sich einen ersten Überblick verschafft hatte, doch ihr Gefährte gab seinem Pferd sogar noch die Sporen, so daß etliche Tiere, die in Panik flohen, von den Hufen beiseitegefegt wurden. Einige fauchten wütend, andere wollten schon angreifen, wurden jedoch von Heckenschützen, die sich weiter oben hinter Mauervorsprüngen verborgen hielten, mühelos niedergemäht. Mit der verzehrenden Wildheit eines Buschfeuers machte sich Panik in der Versammlung breit, und hier und da in der riesigen Halle stürzten Tiere in wilder Flucht davon.

Thorn stieß nur heulend irgendwelche idiotischen Laute aus. Das Gift hatte die Verbindungen zwischen seinem Denken und seiner Stimme gekappt und ihn der Fähigkeit beraubt, sich zusammenhängend zu artikulieren. Der Waldkönig wußte, was zu erwarten stand, und war entschlossen, bis zum letzten zu kämpfen. Der Kastellan senkte seinen Speer, und sein Hengst kam geradezu herangeflogen. Alles schien so leicht. Der Hirsch stand wieder da wie ein paar Stunden zuvor auf dem Felsen – mit leicht gespreizten Beinen und mächtiger Brust, nur daß diesmal sein Herz mit jedem Schlag ein Stück seines Lebens durch seine Haut pumpte, die mit eisernen Stacheln gespickt war. Aus seiner Nase und aus seinem Mund quollen Blut und rötlicher Schaum – ein Beleg, daß auch seine Lunge getroffen war. Den Körper hatte er von dem Angreifer abgewandt und blickte in diesen letzten Augenblicken Thorn ins Gesicht. In seinen dunklen Augen war kein Bedauern zu erkennen, nur eine grimmige Vorahnung.

Im Augenblick des Zusammenstoßes wirbelte der Waldkönig so blitzschnell und kraftvoll herum, wie niemand es mehr erwartet hatte. Der Speer durchschlug sein vorderes Schulterblatt – beide Lungen und das unbezwingbare Herz des edlen Tieres. Gleichzeitig rammte der Hirsch jedoch sein Geweih tief in die Flanke des Pferdes.

Der Hengst schrie auf wie eine Frau, gab ein verzweifeltes Geheul von sich, das in dem ganzen gewaltigen Raum widerhallte und noch einmal anschwoll, bevor es verebbte. Auch der Kastellan stieß einen Schrei aus, als der Rappe sich noch einmal aufbäumte und dann seitwärts hinschlug und seinen Reiter unter sich begrub.

Der Sturz wirkte wie ein Signal. Die Bogenschützen schossen auf alles, was ihnen irgendwie bedrohlich schien, vor allem die großen mit Krallen und Reißzähnen bewehrten Raubtiere. Aber weder die Katzen noch die Wölfe – und natürlich auch keines der übrigen Tiere – blieben stehen, um sich massakrieren zu lassen. Der Fußboden fing zu schwanken an wie ein Tümpel, der plötzlich einen Abfluß gefunden hat.

In dem allgemeinen Chaos stürmte die Prinzessin Anakerie voran, die ihr Pferd zwar behutsamer lenkte als der Kastellan, jedoch mit unbeugsamer Entschlossenheit. Noch vor den Maizan erreichte sie deren Kommandeur. Der Waldkönig und der Rappe waren tot. Doch inmitten des allgemeinen Brüllens, Fauchens, Quietschens, Zwitscherns, Kreischens und Heulens wild durcheinander flüchtender Tiere blieben Anakeries rauhe Schreie zunächst unbemerkt.

Doch dann herrschte in dem Raum wieder vollkommene Stille. Als sie sich umblickte, sah Anakerie, daß die Reihen der Tiere sich erheblich gelichtet hatten, und schaudernd mußte sie an den Auszug der verängstigten Kreaturen nur ein paar Tage zuvor aus Angwyn denken.

»Ich brauche einen *Heiler!*« brüllte sie, faßte den Kastellan unter den Achseln und stemmte einen Fuß gegen den Sattel, um ihn unter seinem Pferd hervorzuziehen. Der Mann war völlig verstümmelt. Eines seiner Beine war an mehreren Stellen bis auf den Knochen aufgeschlitzt, und auch seine blutüberströmte Seite war so übel zugerichtet, daß wenigstens eines der großen Blutgefäße durchtrennt worden sein mußte. Das andere Bein war ober- und unterhalb des Knies gebrochen. Sie nahm einen der Gürtel, mit denen ihr Harnisch befestigt war, und band seinen Oberschenkel soweit oben wie möglich ab. Dann zog sie die Schlaufe immer enger, bis das Blut zu einem dünnen Rinnsal verebbte.

»Verflucht sollst du sein, Zwerg«, fauchte sie Thorn an und versuchte gar nicht erst die Wut auf ihrem Gesicht zu verbergen, »für das, was du angerichtet hast.«

»Keine Sorge, meine Liebe«, rief der Betrüger aus dem Kamin, »es wird sich bald alles zum Guten wenden.«

»Mohdri stirbt, Magier, könnt Ihr nicht etwas *dagegen* tun?«

»Im Augenblick leider nicht«, entgegnete der Betrüger.

Thorn war wütend darüber, daß er den Kamin nicht richtig sehen konnte, also nicht genau wußte, was dort eigentlich geschah. Das Gift hatte seine EinSicht blockiert, so daß er die Augen seiner Freunde nicht in Anspruch nehmen konnte. Es war das erste Mal seit Jahren, daß seine Gabe sich ihm versagte, und das paßte ihm ganz und gar nicht in den Kram.

»Aber der Zwerg dort drüben ist doch ein Heiler. Schließlich hat er den Hirsch und den Wyr gerettet. Macht ihm ein Angebot, das er nicht ablehnen kann, dann wird er Euch sicherlich einen ähnlichen Dienst erweisen.«

Sie faßte Thorn bei den Fesseln, die ihn umschlangen, zog ihn daran hoch und ignorierte sein schmerzverzerrtes Gesicht, als sich die Stacheln in sein Fleisch bohrten.

»Ein fairer Vorschlag, Zwerg«, sagte sie. »Das Leben des Kastellans gegen Eures.«

Er wollte schon fragen, warum sie soviel Mitgefühl für einen Menschen hege, der eigentlich ihr Todfeind sein müsse, und welchen Wert man ihrem Wort angesichts der überall in dem Raum postierten Maizan beimessen könne. Und so war es wahrscheinlich zu seinem eigenen Besten, daß er nicht sprechen konnte.

Wieder ließ er sich von seinem Instinkt leiten und tat das einzige, wozu sein Körper noch imstande war: Er nickte.

Nachdem man ihn von seinen Fesseln befreit hatte, wollte er – auf dem Fußboden hockend – noch kurz seine Gedanken sammeln, aber eine rohe Hand packte ihn im Genick und stellte ihn auf die Beine.

Es war Geryn Havilhand, der in der Lederkleidung eines Hauptmanns der Roten Löwen steckte.

Khory und Taksemanyin waren zunächst getrennt, dann zu den beiden entgegengesetzten Enden der großen Feuerstelle hinübergeschleppt und dort an dem Gestänge festgebunden worden. Neben ihnen standen Wachen mit gezücktem Schwert. Elora kniete noch immer vor dem Feuer, das jetzt freilich die ganze Breite des Kamins einnahm. Die Flammen schlugen hoch in den Abzug hinein. Vor ihr, im Herzen des Feuers, stand der Betrüger.

So stattlich wie zuvor und genauso schön, das Bild eines Helden – und dennoch … für Thorns Empfinden fehlte ihm irgend etwas. Die Augenpartie wirkte seltsam verschwommen, als ob die Gestalt ihre klaren Konturen eingebüßt hätte, und alle Einzelheiten erschienen etwas undeutlich. Doch an Thorns Augen konnte das nicht liegen, denn die waren (dank seiner Kraft) ausgezeichnet. Der Mangel lag nicht bei ihm, sondern auf seiten des Betrügers. Dessen Augen wirkten irgendwie hohl und die Wangen eingefallen, wie überhaupt seine ganze Haut an Spannkraft verloren hatte. Was immer auch seit seinem Auftritt im Palast geschehen sein mochte, irgend etwas hatte ihn offensichtlich stark mitgenommen.

»Was du auch davon halten magst, Nelwyn«, sagte der Betrüger, »ich habe das hier nicht gewollt.«

»Erwartest du von mir vielleicht Vergebung?« Er redete langsam und bildete die Worte wie jemand, dem es Mühe bereitet zu sprechen. »Sollte mich das interessieren.«

»Immer mußt du mich verurteilen.« Auch in seiner Wut verlor das Gesicht nichts von seiner Vollkommenheit. Und Thorn begriff, daß sein Widersacher mit ›immer‹ mehr meinte als die letzten paar Tage. Ein weiteres Steinchen in seinem Mosaik, das freilich ebensowenig Sinn machte wie die übrigen. »Wie der Waldkönig in deinem Fall. Hüte dich, damit du nicht sein Schicksal teilst.« Dann erschien das Gesicht wieder gefaßt und ruhig. »Erledige du deine Arbeit, kleiner Zauberer«, sagte der Betrüger abweisend, »während ich meine erledige.«

Thorn wandte sich an Anakerie. »Laßt Elora Danan gehen, dann rette ich Euren Prinzen.«

»Spar dir deine Worte, Zwerg«, sagte der Betrüger in Gedankensprache zu Thorn, so daß niemand sonst ihn hören konnte. »Sie hat hier nichts zu melden.«

»Und was habt Ihr hier zu suchen?« fragte Thorn Geryn, als dieser ihn zu dem gestürzten Krieger hinüberführte.

»Ich stehe im Dienst des Königs und habe einen Eid geschworen«, entgegnete der junge Bursche stolz, als ob diese Worte alles erklärten.

»Und was habt Ihr für eine Entschuldigung?« fragte Thorn die Prinzessin, die Mohdri gerade den Helm abnahm.

Geryn knuffte ihn kräftig. »Sie ist königliche Prinzessin«, wies er ihn zurecht, »und Ihr sprecht gefälligst respektvoll mit ihr, Zwerg, sonst werdet Ihr was erleben.«

»Ich bin die Thronerbin dieses Reiches«, entgegnete Anakerie mit einer Förmlichkeit, die Thorn nicht erwartet hatte, »und auch ich habe einen Eid geschworen.«

Sie nahm Mohdri den Helm vom Kopf, und wahrscheinlich – dachte Thorn – war der Maizanchef einer der Gründe für ihr Verhalten. Das Gesicht des Kastellans erschien irgendwie bedrohlich. Es sah aus wie gemeißelt und hatte so viele Ecken und Kanten wie seine ganze Persönlichkeit. Charakterlich und körperlich war er ein Mann, reduziert auf ureigenes Wesen, mit blasser Haut und weißgoldenem Haar. Auch seine Augen wirkten auffallend blaß, selbst wenn man seinen Blutverlust in Rechnung stellte.

Er ist nicht gut genug für dich, dachte Thorn und blickte beide abwechselnd an. Fast hatte er das Gefühl, daß Anakerie seine Gedanken von seinem Gesicht abgelesen hatte, denn sie errötete und wandte ihren Blick ab. *Aber ich verstehe, warum du vielleicht anderer Ansicht bist.* Denn trotz all seiner Grausamkeit und Berechnung war der Kastellan auch von einem aufrichtigen Gefühl, möglicherweise sogar Liebe für diese Frau beseelt, die insbesondere den Maizan überraschte.

»Bitte«, sagte sie, und Thorn wußte, daß ihr das Wort nicht leicht über die Lippen kam, »er stirbt.«

»Kommt endlich zur Sache, Zwerg«, giftete Geryn und verpaßte Thorn einen unsanften Schlag auf die Schulter. »Und auf das hier könnt Ihr verzichten.« Mit einem Ruck seines kurzen Schwertes durchtrennte er Thorns Gürtel und stieß seine Taschen mit dem Fuß außer Reichweite.

Das spielte keine Rolle. Thorn zog eine Hand mit zwei

Eicheln aus seiner Westentasche. Für jeden von ihnen eine. Er trug sie als Andenken an eine Zeit mit sich herum, da sowohl die Macht als auch die Fähigkeiten eines Zauberers hauptsächlich in seinen Träumen existiert hatten. Aber sie dienten auch einem praktischen Zweck. Die Eicheln standen für jene schlichte Magie, mit der ein Widersacher, der diesen Namen verdiente, kaum rechnete. Und genau deshalb bediente er sich auch immer wieder seiner alten Taschenspielertricks. Jeder Wissensfetzen, wie trivial er auch scheinen mochte, hatte seine Nutzanwendung. Weil der Gegner nie so genau wußte, wann solche Tricks zum Einsatz gelangten. Unglücklicherweise hatte Thorn keine Ahnung, was er mit den Heckenschützen oder mit den Wachen anstellen sollte, die bei Khory und Ryn standen. Und vor allem war ihm völlig unklar, wie er mit dem Betrüger umspringen sollte. Ganz sicher wußte er jedoch: Sobald er anfing, sich mit dem Kastellan zu befassen, war es um Elora geschehen.

»Ich freue mich, daß Euer Herzenswunsch in Erfüllung gegangen ist, Geryn«, sagte er. »Und ich hoffe, daß Euer Geist jetzt endlich Ruhe findet.«

Die Klinge des Daikini berührte Thorns Lippen. »Keine süßen Worte«, zischte der Kavallerist, »wenn Ihr nicht die Zunge verlieren wollt – verstanden?«

»Das ist nun mal dein Geschick, Elora Danan«, hörte er im Geiste vom Kamin herüberklingen und wußte, daß wieder einmal die Schlingen des Auflösungszaubers gelegt wurden.

»Die Hand über die Reiche auszustrecken und zu wissen, daß der eigene Wille Gesetz ist, das ist doch nun wahrlich nichts Schlimmes. Den Haß, die Furcht und die Gier wegzuwischen. Das sind stolze Leute, es bedarf eines starken Willens, über sie zu herrschen. Nicht deines Willens, wie ich leider sagen muß« – in den Worten klang aufrichtiges Bedauern mit –, »aber jede große Sache fordert ihren Preis.«

Thorn konnte sich nicht beherrschen. Er dreht sich um und sah die beiden Gestalten, die einzig durch ein Gewebe kalter Flammen geschieden waren. Der Betrüger war nur wenig größer als Elora, doch durch sein Auftreten – das auffällig an den Kastellan erinnerte – schien er um vieles größer. Seine Hand war ausgestreckt und sein Oberkörper in sehnlicher Erwartung leicht vorgeneigt. Elora ahmte jede seiner Gesten, jeden Wechsel seines Mienenspiels nach. Feuer flackerte in den Händen des Betrügers und sprang auf Eloras Handflächen über.

»Ich werde Euch nicht bitten, Nelwyn«, sagte die Prinzessin. »Aber Mohdris Tod wird nicht ungesühnt bleiben.«

Er sah sie an. »Das ist nicht Erlösung, was dort drüben geschieht, Hoheit, das ist Verdammnis.«

»Euer Wort gegen seines, und er ist ihr Beschützer.« Und über die Verbindung, die zwischen ihnen bestand, vernahm er noch: *Und er hat die Macht, Drumheller. Hier und in Angwyn.*

Er blickte abermals zu den beiden hinüber, obwohl Geryn die Klinge so hart gegen seine Kehle preßte, daß er ihm bereits an einer Stelle den Hals aufgeritzt hatte. Elora hatte ihre Arme um den eigenen Körper geschlungen, während der Betrüger sie umarmte, als ob er sie mit sich verschmelzen wollte. Um sie her schwebte ein Flammengewebe, das ganz wie ein eigenständiges Lebewesen wirkte. Thorn hörte Zähneklappern und machte den Mund fest zu, als er begriff, daß er selbst der Urheber war. Dann schürte er mit seiner magischen Kraft das Feuer in seinen erkaltenden Muskeln. Auch Geryn und die Maizan in Thorns Blickfeld wirkten angespannt, weil sie Angst hatten, genauso zu Eis zu erstarren, wie es allem Leben in Angwyn widerfahren war.

»Der Gang der Welt ist überaus schwierig, Elora Danan«, flötete der Betrüger. Fast schien es so, als spreche er mehr zu sich selbst als zu dem Mädchen. Dabei ging mit seiner Stimme eine verwirrende Veränderung vor, und Thorn spürte wiederum das verwirrende Gefühl der Vertrautheit, das ihn auch in Eloras Halle befallen hatte. Er wußte, daß Willows Gesicht nur eine Maske war, und wünschte sehnlicher denn je zu erfahren, was sich dahinter verbarg. »So viele Schmerzen, soviel Kummer. Das ist nichts für dich. Akzeptier das Geschick, das dir bestimmt ist, und laß den Dingen ihren Lauf. Umarme das Feuer, laß es alle Sorgen und Nöte hinwegbrennen. Sei eins, kleiner Geist, mit der Vergessenheit, die schon bei deiner Geburt dein Erbteil hätte sein sollen. Laß uns beide Eins sein.«

Alle schauten jetzt zu den beiden hinüber, selbst Mohdri, der kaum noch bei Bewußtsein war und dessen Lebenskräfte langsam versiegten. Thorn hatte noch nie eine so kunstvolle Verführung gesehen, etwas derartiges einfach nicht für möglich gehalten – als der Betrüger sehnsüchtig und liebevoll alle geheimen Regungen in Eloras Herz beim Namen nannte. Fast schien es, als ob dieses Scheusal das Mädchen besser kannte als sie sich selbst. Und so webte er aus den Fäden von Eloras Seele einen herrlichen Wandteppich des Verlangens. Vor den beiden trat eine dritte Gestalt in Erscheinung, die das Gesicht dem Feuer zuwandte, zunächst nur ein Schemen, dessen Figur und Konturen an Elora erinnerten. Aber mit jedem verführerischen Wort, mit jedem Sehnsuchtsbild, das der Betrüger dem Mädchen entlockte, wurde das Bild wirklicher und faßlicher, bis es schien, als ob das Kaminfeuer sich in einen Spiegel verwandelt hätte.

Erst jetzt bemerkte Thorn, der mit zusammengekniffenen Augen und kopfschüttelnd dastand, daß der Betrüger sich fast aufgelöst hatte. Seine Konturen waren zwar noch erhalten, aber sie wirkten irgendwie leer. Die ganze Figur erschien durchsichtig wie eine gesprungene Glasscheibe, die nur den Blick auf das Inferno freigab, das der Betrüger selbst angerichtet hatte, und aus ihm eine Verkörperung des lebendigen Feuers machte. Dieselben feinen Fäden, die er zuvor Elora entwunden hatte, traten jetzt aus dem Fleisch des Betrügers selbst hervor und tanzten auf und ab wie Schlangen, die zum Todesstoß ansetzen.

Thorn öffnete den Mund, um einen letzten Protestschrei ertönen zu lassen …

… doch es war Elora, die den Bann brach.

Sie sprach mit jener Stimme, die auf Morags Schoner erstmals aus ihr hervorgebrochen war, ein Vermächtnis des Sturms. Und diese Stimme erhob sich jetzt aus ihrem tiefsten Innern mit einer Macht, die niemand – sie selbst zuallerletzt – in ihr vermutet hatte. Ein elementarer Protestschrei, der mit einem gewaltigen Sprung aus dem magischen Kreis des Feuers einherging. Sie kollidierte dabei mit ihrem Ebenbild, das bei der ersten Berührung verpuffte. Dabei verlor sie das Gleichgewicht und stürzte zu Boden. Ein glücklicher Sturz, denn den ausgestreckten Händen des Betrügers entströmten jetzt – wie Höllenfeuer – Flammengebilde, die alles, worauf sie trafen, vor Kälte erstarren ließen. Der leblose Körper des Waldkönigs und Mohdris Pferd gerieten als erste in die Schußlinie des Feuers. Sie waren augenblicklich mit Rauhreif bedeckt – wie froststarrende Objekte unter einem wolkenlosen Wintermond. Dann konnte die zerbrechliche kristalline Struktur das Gewicht der Körper nicht mehr tragen, und sie zerfielen in tausend Stücke.

In der Höhe schrie einer der Heckenschützen auf, den der Feuerstrahl mit solcher Macht durch die Luft schleuderte, daß er weit hinten in der riesigen Halle aufschlug. Im selben Augenblick stürzte Anele mit eng anliegenden Flügeln und schnell wie ein Pfeil auf Geryn herab. Erst in letzter Sekunde breitete sie ihre riesigen Schwingen aus, um dem Pfadfinder ihre Krallen ins Gesicht zu stoßen. Ganz sicher hätte sie ihm die Augen herausgerissen, wäre Anakerie nicht ein wenig schneller gewesen als der Adler und hätte dem jungen Daikini die Beine weggerissen. Anele streifte seinen Helm, und eine ihrer Krallen hinterließ auf seiner Stirn eine blutige Spur. Doch er kam mit dem Augenlicht und mit dem Leben davon. Und mit dem Bewußtsein, daß seine Prinzessin ihm das Leben gerettet hatte.

Er war sofort wieder auf den Beinen, schützte seinen Unterarm mit seinem Umhang und hielt in der anderen Hand das Schwert, um es dem Adler heimzuzahlen, aber der war bereits wieder verschwunden. Dann wirbelte Geryn herum, um Thorn zu attackieren, doch der Nelwyn war Aneles Beispiel gefolgt, und der Pfadfinder hatte ohnehin Wichtigeres zu tun.

Franjean hatte inzwischen Khory losgebunden, während Taksemanyin sich selbst befreite. Geryn blickte zu den Bogenschützen an der Wand hinüber, forderte Feuerschutz an, doch die einzige Antwort, die er erhielt, war das Echo seiner eigenen Stimme.

»Elora Danan«, schrie Anakerie, als – durch die Wände der Halle verstärkt – immer lauter der Schlachtenlärm tobte, »sucht sie. Ganz sicher ist der Nelwyn bei ihr. Ich will ihn *lebend*.«

Thorn, der wie ein Käfer auf dem Boden herumkroch, um sich in dem allgemeinen Durcheinander heimlich davonzumachen, hatte Elora inzwischen erreicht und betete inbrünstig, daß das Eisfeuer sie nicht verletzt habe. Das Mädchen war – einem ähnlichen Impuls folgend – ebenfalls auf allen vieren davongekrabbelt. Keiner von beiden wußte, daß sie einander so nahe waren, bis sie plötzlich aufeinanderprallten.

»Oh!« klang es wie aus einem Munde.

Thorn hatte das Gefühl, als hätte ihm jemand mit einem Hammer den Schädel eingeschlagen. Zudem hegte er den Verdacht, daß Eloras Silberglanz mehr als nur eine Fassade sei. Doch sie strafte ihn Lügen, als sie mit ihrer warmen Hand seine eiskalten Finger ergriff und ihn zu Khory hinüberzog. Den Adlern und den Brownies blieb es überlassen, Ryn Deckung zu geben.

»Du hättest ein Bauer bleiben sollen, Nelwyn.«

Er wußte, was jetzt kam. Der Betrüger sprach mit der Stimme eines Richters, der ein Todesurteil verkündet. Thorn machte eine ruckartige Bewegung, um sich aus Eloras Griff zu lösen und sie dann so kräftig wie möglich aus der Gefahrenzone zu stoßen. Doch sie war schneller als er, ließ ihn ins Leere laufen und warf sich zwischen ihn und ihrer beider Widersacher. Er begriff, was sie getan hatte, und schrie einen sinnlosen Protest hinaus, als aus der Hand des Betrügers ein weiterer Flammenstrahl hervorschoß.

Thorn dachte, sie wären beide tot.

Aber die Flammen zischten an Elora vorbei und verfehlten ihn ebenfalls, weil er direkt hinter ihr stand.

»Bei meiner Seele«, murmelte er. Dann nahm er seine Eichel und schleuderte sie wie einen Ball mitten in das Inferno.

Erst gab es einen winzigen, unendlich hellen Blitz, und dann hörte das Feuer plötzlich auf.

Die magischen Flammen, die noch kurz zuvor in dem Kamin gelodert hatten, verwandelten sich in Stein. Dem Betrüger blieb gerade noch Zeit für einen aufrichtig erstaunten Blick, dann nickte sein Kopf Thorn anerkennend zu, und das falsche Gesicht brach in Gelächter aus. Auch als das Wesen selbst schon lange zu Stein geworden war, hallte sein höhnisches Lachen noch nach.

Das Duell war jetzt vorüber, und Thorn hatte für einen Augenblick das Gefühl, als sei er das einzige Lebewesen in dem Raum. Er hörte kein anderes Geräusch als seinen eigenen Atem und war sich keiner anderen Wirklichkeit bewußt als der seines donnernden Herzschlags.

Zu einfach, dachte er. *Wir sind noch nicht fertig miteinander, du und ich, oder?*

Er hielt Ausschau nach einer Waffe – irgend etwas, das er als Hammer benutzen konnte, um die Statue in tausend Stücke zu zerschlagen. Doch genau in diesem Augenblick stürzte sich Geryn auf ihn, und Thorn hechtete zu Boden und riß den Daikini mit sich. Als geübter Kämpfer war Geryn sogleich wieder auf den Füßen, doch jetzt stand Taksemanyin vor ihm. Der Pfadfinder gab sein Bestes, doch an Geschicklichkeit konnte er es trotz seines Mutes und seiner Ausbildung mit dem Wyr bei weitem nicht aufnehmen. Als er einen Ausfall versuchte, schlug sein Gegner Geryns Schwert beiseite, und der Pfadfinder mußte verzweifelt krabbeln, um dem Gegenschlag auszuweichen, der ihn buchstäblich um Haaresbreite verfehlte. Doch ein glücklicher Zufall sorgte dafür, daß Geryn plötzlich wieder mit seinem Schwert zustoßen konnte, und diesmal mußte der Wyr ein wildes Ausweichmanöver vollführen, um nicht durchbohrt zu werden.

Im Eifer des Gefechtes hatte Geryn allerdings Thorn ganz vergessen. Auch der Nelwyn besaß eine Klinge, aber er brachte es nicht über sich, die Waffe gegen den Jungen einzusetzen, der vor kurzem noch sein zuverlässiger Reisegefährte gewesen war. Geryn sah das Messer und glaubte sich schon verloren, doch dann holte ihn Thorn mit der Faust von den Beinen. Ryn stürzte sich sofort auf das Schwert des Pfadfinders und ergriff es mit der unbeholfenen Eleganz eines Kenners, der so ein Ding jedoch schon lange nicht mehr in der Hand gehabt hatte. Er benutzte es, um damit die Maizan in Schach zu halten, während er gemeinsam mit Thorn nach ihren Freunden Ausschau hielt.

Entweder vor Empörung oder vor Anstrengung hatte Eloras schweißnasse Haut plötzlich die Fähigkeit entwickelt zu leuchten. Sie sah hinreißend aus, als sie sich mit flatterndem Silberhaar einen Knüppel schnappte und mit einer offenbar jahrelang aufgestauten Wut auf den nächsten Maizan eindrosch. Natürlich übertraf ihre Kampfbegeisterung bei weitem ihr Geschick und ihre Erfahrung. Trotzdem brachte sie einen guten Schlag an den Mann, der allerdings an seiner Rüstung abprallte, bevor sich die Peitsche eines zweiten Maizan um ihre Beine wickelte.

Ryn nahm sich seiner an und rammte ihm sein Schwert mit solcher Macht in den Leib, daß es den Mann vom Boden hob. Thorn knöpfte sich den anderen vor, der sich gerade aufrappelte, und schnitt ihm mit dem Messer die Gurgel durch. Anders als bei Geryn kannte er gegenüber den Maizan keine Gnade. Dann sprang er mit Elora beiseite, bevor das Blut zu sprudeln anfing.

Khory sah sich einem Paar von Donnerreitern gegenüber, die sehr gut waren. Beim ersten Schlagabtausch hatte sie alle Hände voll zu tun, die beiden in Schach zu halten. Sie verteidigte sich mit dem Feuerbock und tänzelte zwischen ihren Gegnern hin und her, wobei sie mal die eine, dann die andere Klinge abwehrte und sich, wenn alles andere nichts half, auf ihr Flinkheit verließ. Doch sie lernte schnell und brachte ihre Gegner schon bald mit deren eigenen Tricks in Bedrängnis. Und die Maizan begriffen rasch, daß sie an eine Frau geraten waren, die es schon bald mit ihnen beiden gleichzeitig würde aufnehmen können.

Sie waren tapfer, und sie waren alles andere als dumm. Als sie sich unversehens von zwei Seiten angegriffen sahen, hielten sie nach Verstärkung oder anderen Waffen Ausschau, um den Kampf aus sicherer Distanz fortzusetzen.

Das gleiche Ziel verfolgte auch Thorn. Er ließ die Augen

durch den ganzen Raum schweifen, als die Maizan sich in einer Doppelreihe formierten, die so breit war, daß sie sämtliche Ausgänge versperrte. Einige der Männer hielten Spieße oder Bögen in der Hand. Bisher hatten sie durch Überraschungsangriffe einige Verluste erlitten, doch das sollte nicht wieder vorkommen. Einer von ihnen entdeckte Anele, als sie über den Schauplatz hinwegschwebte. Bevor Thorn einen Warnschrei ausstoßen konnte, zischten schon die Pfeile in die Luft. Sie konnte einen Treffer nur vermeiden, indem sie die Flügel eng anlegte und in einem wahnsinnigen Sturzflug zu Boden schoß. Als sie an Khory vorbeisauste, pflückte das Dämonenkind den Adler – auf ein stilles Zeichen Thorns hin – aus der Luft und preßte den Vogel mit beiden Armen gegen ihren Körper. Anele liebte es nicht, getragen zu werden, aber sie sah ein, daß ihr im Augenblick nichts Besseres passieren konnte, und fügte sich.

»Weg mit den Waffen«, rief Anakerie. »Eine zweite Chance bekommt ihr nicht.«

Um ihren Worten Nachdruck zu verleihen zielte einer der Maizan mit einem Speer auf Khorys Bein, um sie außer Gefecht zu setzen, aber blitzschnell wie stets schlug Ryn den vorbeizischenden Spieß mit seinem Schwert zu Boden. Auch Thorn hatte inzwischen hinter den beiden größeren Gestalten Zuflucht gesucht und Elora mit sich gezogen, bis er mit dem Rücken die Wand berührte. Er hatte keine Ahnung, ob das, was in dem Kerker funktioniert hatte, auch hier möglich war. Überdies hatte ihm in Angwyn der Dämon geholfen. Doch eine andere Fluchtmöglichkeit gab es nicht.

»Elora.« Er schluckte Luft und geriet immer mehr in einen Zustand blinden Schreckens. »Vertraust du mir, Mädchen?«

»Ich glaub schon, ja.«

»Dann tritt hinter mich.« Und als sie das getan hatte: »Leg deine Arme um mich und halt dich ganz fest.«

»Ich habe Angst, Thorn.«

Es war das erste Mal, daß sie ihn beim Namen nannte. Er preßte kurz ihre verschränkten Hände und gab ihr einen

Kuß auf die Wange, die seine eigene berührte. Ihre Tränen benetzten sein Gesicht, als ob es zwischen ihnen keine Trennung mehr gebe.

»Ich auch, kleiner Mondschatten.«

»Und was jetzt?«

»Erinnerst du dich noch an den Turm?«

Ihre Kinnlade fiel herunter, und er faßte mit festem Griff Khory beim Gürtel und Ryn hinten an dessen Fell, und dann zog er sie alle nach hinten mit sich in die Wand.

15. Kapitel

»Sind wir in Sicherheit?« fragte Elora, als sie schließlich in einer der oberen Galerien wieder auftauchten.

In den ersten Sekunden, nachdem sie alle in das alte Gestein eingetaucht waren, hatten sie völlig die Orientierung verloren und waren in Panik geraten, bis Thorn sie durch ein grimmiges Fauchen rasch wieder zur Räson brachte.

»Seid still!« sagte er zu ihnen, absoluten Gehorsam verlangend. »Paßt euch mir in euren Bewegungen an und überlaßt mir die Initiative. Die Steine hier sind viel älter als der Palast und viel schwerhöriger. Sie haben nicht geantwortet, als ich sie gebeten habe, mir den Durchgang zu gestatten. Vielleicht mögen sie keine Eindringlinge. Aber wenn wir nicht zuviel Lärm machen, werden sie uns schon passieren lassen.«

»Und wenn Ihr Euch täuscht?« konnte Ryn sich nicht verkneifen zu fragen.

»Dann können wir nur beten, daß wir nie erfahren, was aus uns wird.«

Sie befanden sich unweit der Felsformation, die die Außenmauer der Festung bildete, und die von draußen hereindringenden Geräusche legten den Schluß nahe, daß sie etwa auf Höhe der Sturmwolken angelangt waren. Es war empfindlich kalt, und diesmal mußte Thorn ohne seine unerschöpflichen Gürteltaschen auskommen, aus denen er sonst nach Bedarf Lebensmittel und Kleider hervorzaubern konnte.

»Hängt ganz von der Perspektive ab«, antwortete Ryn auf Eloras Frage und schüttelte den Staub, den er sich auf dem Spaziergang durch den Felsen eingefangen hatte, aus seinem

Fell. Dann setzte er sich wie ein Bär auf den Boden und zog das Mädchen an sich, um sie zu wärmen. Sie machte sich so klein wie möglich und schmiegte sich so tief in sein Fell, als ob sie darin verschwinden wolle. Aber dafür war sie natürlich zu groß und er, bei all seiner Länge, nicht groß genug.

»Wir sind zwar jetzt frei, Prinzessin«, führte er seinen Satz dann zu Ende, »aber dafür erfrieren wir.«

»Sehe ich nicht so«, entgegnete Thorn, »nicht solange Geryn die Maizan-Meute anführt. Als Pfadfinder ist er nämlich nicht schlecht.«

»Falscher Freund«, sagte Khory zornig.

Überraschenderweise verteidigte Elora den jungen Mann. »Das glaube ich nicht«, sagte sie.

Und Thorn pflichtete ihr bei, was noch überraschender war.

»Hat er nicht gesagt, daß er einen Eid geschworen hat? Schließlich ist er Soldat des Königs. Und gegen mich besteht ein Königlicher Haftbefehl. Unter solchen Umständen ist es doch ganz klar, wie er sich zu verhalten hat, besonders wenn die Prinzessin ihm die Kommandos erteilt.«

»Sie ist ein harter Brocken«, bemerkte Ryn.

»Ja« – Thorn nickte –, »das ist sie.«

»Ist das eigentlich so 'ne Art Hobby von Euch«, fragte Ryn, »so in Felsformationen herumzuspazieren?«

»Ich lerne es, indem ich es tue«, gestand Thorn, »etwa so wie Khory den Umgang mit ihrem Schwert.«

»Dämonenzauber«, schimpfte Franjean, der gerade von Aneles Schulter herabgeklettert war. »Anständige Leute haben damit nichts zu tun.«

»Geht's nicht noch ein bißchen lauter, Kleiner? Kann sein, daß die Maizan dich beim erstenmal nicht gehört haben.«

»Ich brauche keinen Anstandsunterricht von einer überfütterten Babypuppe, der unbedingt die Haare geschnitten werden müssen.«

»Und wie wär's mit ein bißchen gesundem Menschenverstand? Wir sind nämlich auf der Flucht, Winzling, und eigentlich wollten wir unseren Aufenthalt gerade *nicht* preisgeben.«

»Jetzt reicht's«, sagte Thorn, »alle beide! Anele, kannst du bitte mal mit Franjean losfliegen und rauskriegen, wie wir von diesem Felsen wieder herunterkommen?«

»Und dann?« fragte Elora ein wenig wehmütig.

»Das liegt bei Euch, Prinzessin«, schaltete Ryn sich wieder ein.

Franjean zeterte noch ein bißchen herum, weil er angeblich nicht sicher auf Aneles Rücken saß, und verlangte für sich auf dem geplanten Rundflug das Kommando – dann hob der mächtige Adler ab.

»Ich werde Wache stehen«, verkündete Khory, und Thorn nickte zustimmend, ohne die Augen von Elora Danan abzuwenden.

Die letzten Tage hatten Elora arg mitgenommen und ihr körperliche Strapazen abverlangt, die auch Leute in viel besserer Verfassung überfordert hätten. Sie saß mit hängenden Schultern an Ryn gelehnt und war zu müde, um sich aufzusetzen. Die Hände hielt sie nervös zusammengreßt zwischen ihren ausgestreckten Beinen, die sie kaum mehr bewegen konnte.

»Am liebsten würde ich weglaufen«, sagte sie. Unter den Augen hatte sie so dunkle Waschbärringe, daß man fast hätte meinen können, sie sei geschlagen worden.

»Kluges Mädchen.«

»Ach, hört auf.«

»Ich wär fast gestorben, mein Mädchen …«

»Ich bin Euer gar nichts, besten Dank.«

»Nur so 'ne Redensart, wenn Ihr gestattet. Ich wär fast gestorben, als Ihr dieser Flamme entgegengetreten seid.«

»Sie war nicht die einzige«, warf Thorn ein. »Elora Danan, welcher Teufel hat dich geritten?«

»Ich bin immun gegen magische Attacken«, entgegnete sie nüchtern. »Hast du doch selbst gesagt.«

Thorn stieß einen Seufzer aus. »Schon möglich«, räumte er ein. »Aber du hättest es nicht unbedingt bei dieser Gelegenheit auszuprobieren brauchen.«

»Andernfalls wärst du tot. Außerdem«, sie suchte nach Worten, »war es die einzig vernünftige Reaktion. Falls ich für diesen Betrüger so wichtig bin, kann er mich ja nicht gut umbringen. Welchen Sinn würde das alles sonst machen?«

»Ihr Götter«, flüsterte Thorn entsetzt. »Du hast ja keine Ahnung, nicht die geringste Vorstellung.«

Ryn verstand sehr gut, was Thorn meinte. Aber seine Reaktion bestand darin, daß er Elora zärtlich umarmte.

»Aber hat es nicht funktioniert?« fragte sie.

»Ja und nein«, erklärte Ryn, als Thorn ratlos schwieg.

»Deinen kleinen Trick hab ich sofort durchschaut, Drumheller«, erklärte sie.

»Hast du. Verzeih mir, aber das ist, als wenn man ein brennendes Streichholz mit der Sonne vergleicht und sich einbildet, weil man das eine ausblasen kann, kann man es auch bei der andern.« Er hob die Hand und wischte Eloras Einwände beiseite, noch bevor sie überhaupt etwas gesagt hatte. »Mag ja sein, daß du das kannst, aber darum geht es überhaupt nicht. Elora, der Betrüger hat dich zweimal erwischt – in deinem Turm und jetzt unten in dem Kamin.«

»Und ich bin ihm zweimal entkommen!«

»Durch dich hat er einen Drachen getötet. Um solche Heldentaten ranken sich ganze Legenden, und er hat es geschafft.« Er schnippte mit den Fingern so nahe vor den Augen des jungen Mädchens, daß sie zusammenzuckte. »Und zwar so leicht. Er hat die Vertreter sämtlicher Zwölf Reiche verzaubert, und sie haben nicht mal gemerkt, was geschah. Er hat die Feuerdrachen gerufen und auf Cherlindreas Hain losgelassen. Und höchstwahrscheinlich ist er auch die Kraft, die Tir Asleen zerstört hat.« Er neigte sich zu ihr hinüber und flüsterte: »Er verfügt über eine Kraft und ein Wissen und eine Schlauheit, die jede Vorstellung sprengen. Bavmorda wollte dich töten. Der hier möchte dich – deinen Körper und deine Seele – wie einen Anzug überstreifen. Dein Glück ist nur – selbst nach allem, was geschehen ist –, daß er glaubt, daß du nichts bist. Das ist deine Rettung, Kind, und nicht irgendeine geheimnisvolle ›Immunität‹.«

Thorn drehte sich um, als wenn er nach einem offenen Fenster oder der Sonne Ausschau halten oder frische Luft schnappen wollte. Er sprach und benahm sich wie ein Gehetzter, und das Bild rührte Elora und löste einen Widerhall seiner Gedanken in ihr aus. Er dachte an den Tanz auf jener gewaltigen Welle der Kraft am Rande des Abgrunds. Als hätte er sie beim Namen gerufen, löste sich Elora aus Ryns Umarmung und ging zu Thorn hinüber.

»Am entsetzlichsten ist«, sagte Thorn, ohne sie anzusehen, während er Anakeries Haarspange öffnete und sein Haar freischüttelte, »daß wir den Betrüger ganz sicher kein weiteres Mal reinlegen können, selbst wenn wir heute irgendwie mit heiler Haut davonkommen. Du wirst lernen müssen, ihm auf seinem eigenen Niveau gegenüberzutreten, es gibt keinen Weg zurück.«

»Dann mußt du mich halt retten«, erklärte sie. Offenbar glaubte sie, ihm durch diesen Vertrauensbeweis Mut zu machen. Doch er schaute sie nur an, als ob ein Speer sein Herz durchbohrt hätte.

Er lächelte und nickte, und der schmerzliche Ausdruck auf seinem Gesicht war im Nu wieder verschwunden. Das alles ging so schnell, daß sie sich einredete, sie hätte sich getäuscht.

»Was tut Ihr da?« fragte Ryn, als Thorn sich auf ein Knie niederließ, mit der Handfläche sanft den Boden berührte und dabei Staub, Rauhreif und Schnee beiseitestrich, bis er den ursprünglichen Stein spürte.

»Mit der Magie ist es so«, sagte Thorn, der unvermittelt das Thema wechselte, während er mit seiner EinSicht in die Tiefen der alten Festung vordrang, »besonders auf der vom Betrüger bevorzugten Ebene, daß alle Aktionen Reaktionen auslösen. Je intensiver das eine, desto stärker auch das andere. Es ist so, wie wenn man einen Stein ins Wasser wirft. Die Wellenringe treiben ans Ufer und von dort wieder zurück. Ein einziger Komplex von Interaktionen. Aber genauso wichtig ist die Frage, was gerade am Ufer geschieht. Vielleicht gar nichts. Vielleicht aber auch ein Erdrutsch, der den ganzen See mitsamt besagtem Steinchen unter einer Lawine begräbt.

Du hast natürlich vollkommen recht, Elora«, bemerkte er dann plötzlich. »Du hast den Strahlenglanz des Betrügers durchbrochen.«

»Zweimal«, erinnerte sie ihn, und er lächelte sie an. Sie stand mit unter dem Kinn verschränkten Händen und großen Augen sehr aufrecht da und sah sehr jung aus.

»Was hat dich dazu veranlaßt?«

Sie spielte mit den Händen und ließ ihren Blick umherschweifen. Nur ihn sah sie nicht an, während er sie unverwandt beobachtete.

»Beim erstenmal hat es weh getan. Ich hatte einfach das Gefühl, daß es ... *falsch* ist.«

»Und jetzt?«

In ihren Augen standen Tränen, doch sie unterdrückte das Schluchzen.

»Du hast so hart gearbeitet, du hast soviel von dir gegeben, um den Hirsch zu retten.«

»Hast du mich nicht selbst darum gebeten?«

»Du hättest es ohnehin getan.«

»Ja und?«

»Du hast etwas von dir gegeben – es war eben eine *Heilung*. Als ich auf Morags Schiff in dem Sturm an Deck stand, war ich innerlich total geladen. Die ganze Zeit bezog ich Prügel, und ich wollte zurückschlagen und mich für die Ohnmacht meiner Kindheit rächen. Ich war zwar die *Heilige Prinzessin*, aber nichts von dem, was ich gesagt oder getan habe, hat gezählt! Geh hierhin, tu dies, zieh das an, lies das vom Blatt ab, sei unsere Marionette!«

»Du hast deine Diener geschlagen.«

Ihre Augen blitzten wütend auf, und sie stand jetzt noch aufrechter da, als ob es ihr viel bedeutete, auf diesen Vorwurf richtig zu antworten.

»Sie mochten mich nicht«, sagte sie.

Nichts als eine Feststellung. Von Trauer keine Spur. Keine Tränen, kein Schluchzen, kein Zucken der Mundwinkel. Dramatisch – ja. Aber kein bißchen geschauspielert. Sie hatte in sich einen Kern echten Stolzes entdeckt. *Das bin ich,* klang es von dort her, *mit allen Fehlern und Schwächen. Ich habe vieles falsch gemacht, und ich muß die Verantwortung dafür übernehmen* –, einen inneren Schwerpunkt, den sie zuvor nie gekannt hatte.

»Ich hab es getan, weil ich es tun konnte«, fuhr sie fort. »Und weil niemand mir etwas anderes gesagt hat. Im Turm damals und jetzt in dem Kamin, da war *ich* die Schwächere. Der Betrüger hat nicht lange gefragt, was ich wollte. Er sagte nur: Du bist das und das, und das ist deine Bestimmung, also friß es. Ich befehle, du gehorchst. Es war, als ob er mir Ruhm und Herrlichkeit gratis bieten würde. Ich mache den Mund auf, und die Welt erzittert – und das alles kostet mich nichts. Es ist nicht verwunderlich, daß sein Feuer kalt brennt, Drumheller, denn dieses Scheusal kennt keine Wärme und weiß nichts vom wahren Leben.

Kann ich nicht einfach weglaufen und mich irgendwo verstecken?« fragte sie dann in einer Aufwallung von Verzweiflung. Sie glaubte, die Antwort im voraus zu kennen, doch er überraschte sie.

»Natürlich.« Sie wußte, daß er es ernst meinte, wußte, daß er notfalls sein Leben dafür geben würde, weil er genau das früher selbst einmal am liebsten getan hätte.

»Drumheller«, sagte Ryn mit seltsam belegter Stimme und hob die Haarspange auf, die Thorn beiseite gelegt hatte, »wo habt Ihr das her?«

»Sie gehört der Prinzessin«, entgegnete Thorn geistesabwesend. »Anakerie. Sie hat ihn in meiner Zelle zurückgelassen, damals in Angwyn. Wenn sie nicht gewesen wäre, wär ich wahrscheinlich längst tot oder von dem Wandlungszauber des Betrügers dahingerafft worden. Wieso, Ryn?«

»Ich ...«, fing der Wyr an und brach dann ab, als Thorns Gesichtsausdruck sich plötzlich merklich veränderte. Der Nelwyn wirkte beunruhigt.

»Was ist los?« fragte Ryn mißtrauisch und gesellte sich zu den beiden anderen. Er legte Elora schützend einen Arm um die Schultern und stand kampfbereit da. In der anderen Hand hielt er das Schwert.

»Irgendwas ist im Gange.«

»Maizan?«

Thorn schüttelte den Kopf, beugte sich über den Steinfußboden. Dann strich er mit den Fingern so sanft darüber hinweg, als ob es sich nicht um Stein, sondern ein höchst fragiles Blatt Reispapier handle.

»Mit den Feuerdrachen hat es angefangen«, sagte er so leise, daß die anderen ihn kaum verstehen konnten. »Sie sind entfernt mit den Steinsilkys verwandt, die im Erdkern zu Hause sind. Ihr wißt schon, die Resonanzen, von denen ich gesprochen habe.« Und dann an Elora gewandt: »Der Berg gerät in Bewegung.«

Im gleichen Augenblick sah Thorn die Dinge plötzlich mit Bastians Augen. Der Adler hockte zusammen mit Rool mucksmäuschenstill hoch oben unter dem Dach der riesigen Halle. Unten in dem Raum hatte sich kaum etwas getan, seit Anakerie mit den Maizan Hals über Kopf die Verfolgung der Flüchtlinge aufgenommen hatte. Zwar hatte sie Mohdri nur widerwillig zurückgelassen, aber da Thorn der einzige war, der den Kastellan retten konnte, mußte sie ihn unbedingt finden. Sie stellte zwei Wachen zum Schutz ihres gestürzten Kommandanten ab.

Durch Bastians Augen wurde Thorn Zeuge, wie beide Wachen rasch und geräuschlos getötet wurden. Der Betrüger verstand sich auf sein Metier. Eine Stimme, die aus dem Kamin erklang, lockte die beiden Männer an, die ihre Schwerter gezückt hatten. Sie hatten gesehen, wie ihre potentiellen Opfer im Mauerwerk verschwunden war, und erwarteten offensichtlich, daß Thorn samt Anhang auf demselben Weg zurückkommen würde. Harte, selbstbewußte Männer, die nie einen Fehler machten. Und auch jetzt verhielten sie sich vollkommen richtig – jedenfalls nach ihren Maßstäben. Ihr Pech war nur, daß sie es mit einem haushoch überlegenen Gegner zu tun hatten.

Sie machten zwar einen großen Bogen um das versteinerte Abbild des Betrügers, doch nicht groß genug. Zwei eiskalte Flammen schossen aus dem Gebilde hervor und trafen die Männer mitten ins Gesicht, dann folgte ein Schwall arktischer Luft, die ihre Lungen augenblicklich erstarren ließ. Verzweifelt japsten sie nach Luft und mußten, obwohl in dem Raum reichlich Sauerstoff vorhanden war, dennoch elend ersticken.

Mohdri war Zeuge des Geschehens und gab sich trotz seiner Schwäche alle Mühe, die beiden Männer zu rächen. Die Figur hatte sich äußerlich nicht verändert, anders als zehn Jahre zuvor, als Bavmorda sich aus derselben Falle durch Feuer befreit hatte. Was immer darin gefangen war, wurde einfach sichtbar, fast auf dieselbe Weise, wie Thorn und der Dämon durch Mauern gingen. Mit jedem Schritt vorwärts verfestigte es sich immer deutlicher zu einer kenntlichen Erscheinung, bis der Betrüger abermals das Gesicht Willow Ufgoods angenommen hatte.

Anakerie hatte ein Schwert an der Seite des Kastellans zurückgelassen. Mit letzter Kraft erfaßte Mohdri die Waffe und bohrte sie Willow mitten durch die Brust. Doch der Betrüger blieb völlig ungerührt. Er trat nur ein paar Schritte zurück, bis die Klinge nicht mehr in seinem Körper steckte. Dann berührte er die froststarre Waffe nur einmal mit dem Finger, und sie zersplitterte zu glitzerndem Staub.

»Ach, Mohdri«, sagte der Betrüger mit gespieltem Bedauern. Seine Stimme klang kalt wie die ewige Nacht des Universums. Sie schien aus einer Sphäre jenseits des Lichtes und der Wärme der Schöpfung heraufzuhallen, einem unbarmherzigen Reich, dem jedes Mitgefühl absolut fremd war. »Betrüge nie einen Betrüger. Ich hätte Euch für klüger gehalten. Waren meine Befehle etwa nicht eindeutig? Ich wollte – und will – den Nelwyn lebendig. Und zwar körperlich und geistig unversehrt. Habt Ihr vielleicht gehofft, daß Ihr mich ohne ihn leichter kontrollieren oder sogar vertreiben könnt? Ein Rädchen im Getriebe. Sollte ich Euch etwa als Handlanger dienen – so wie Ihr mir? Habt Ihr vielleicht geglaubt, ich würde Angwyn für euch Maizan kampflos erobern? Wahrscheinlich hätte ich Euch an einem kürzeren Zügel führen sollen. Aber genau das« – ein schreckliches Lächeln entstellte sein Gesicht – »gedenke ich jetzt zu tun.«

Mohdri versuchte, um Hilfe zu rufen. Doch der Betrüger legte ihm einfach die Hand auf den Mund. Er verzichtete auf all die Raffinessen, die er gegenüber Elora Danan ins Spiel gebracht hatte, dazu hatte er keine Zeit. Die faserartigen Gebilde schossen wie hungrige Wölfe aus seinem Fleisch hervor und fraßen sich tief in den Leib und die Seele des Kastellans. Der große Mann fing an zu glühen, erstrahlte von innen her. Seine Augen waren schreckgeweitet, als sein Körper emporgehoben wurde, bis er und der Betrüger sich schwebend in die Augen blickten. Und dann miteinander verschmolzen.

Die Zuschauer glaubten zu wissen, was als nächstes kam. Daher einigten sich Bastian und Rool auf folgende Vorgehensweise: Sie würden warten, bis beide Hauptakteure tief in das magische Geschehen versenkt waren; dann sollte der Adler im Sturzflug über die beiden hinwegstreichen, während Rool mit aller Kraft einen Pfeil auf sie abschießen wollte. Und wenn das nicht funktionierte, wollte Bastian den Kastellan entweder mit seinen Klauen töten, um den Betrüger seines Wirtskörpers zu berauben oder ihm zumindest einen verstümmelten zu hinterlassen. Beide machten sich keine Illusionen darüber, welches Geschick sie selbst bei diesem Unternehmen erwartete. Dennoch schien es ihnen ein fairer Tausch zu sein.

Nur verliefen die Dinge anders, als die beiden gedacht hatten. Sei es aus Verzweiflung oder in Vorahnung einer drohenden Gefahr – jedenfalls ging der Betrüger äußerst rücksichtslos vor. Bei der ersten Berührung durch ihn erstarrte Mohdri zu Tode, und schon einen Herzschlag später war von der Gestalt, die sich selbst Willow Ufgood nannte, nichts mehr übrig.

Gesund und munter brach der Kastellan Mohdri in ein zugleich verächtliches und triumphierendes Gelächter aus.

Sein erster Blick traf Bastian.

Flammen schossen aus seinen Augen und trafen auf nackten Fels. Der Adler ließ sich wie ein Stein fallen und schlug jede Vorsicht in den Wind, um der Vernichtung zu entgehen. Wie Rool es schaffte, sich festzuhalten, wußte er später selbst nicht mehr, und noch viel weniger, wie es ihm gelang, den Feind noch im Absturz mit einer ganzen Salve winziger Pfeile einzudecken. Diesmal kam den beiden die Selbstgefälligkeit des Betrügers zugute. Der erste Schuß holte ihn von den Beinen und der zweite ließ ihn gegen die Kristallhülle krachen, in der er zuvor gefangen gewesen war. Das Gebilde brach laut klirrend auseinander, und er stürzte in die Trümmer.

Bastian vollzog eine scharfe Kehre über eine Flügelspitze und verfolgte ihn in den Kamin, während Rool hoch aufgerichtet mit voll durchgezogenem Bogen auf dem Rücken des Adlers stand. Ein schöner Tag, eine schöne Art zu sterben.

Doch es sollte nicht dazu kommen.

Bastian flog so rasend schnell, daß er plötzlich scharf beidrehen mußte, um nicht gegen den kalten Stein zu prallen. Dabei wäre Rool fast von seinem Rücken geschleudert worden, doch er konnte sich selbst und seine Waffen im letzten Augenblick noch irgendwie festhalten.

Der Kastellan war verschwunden – in der Wand, wo er jetzt durch das Gestein tanzte, wie Thorn es zuvor getan hatte.

Nur ging er dabei weniger höflich zu Werke als der Nelwyn, was wiederum dem Berg überhaupt nicht gefiel.

Es war weniger ein Grollen als vielmehr ein tiefes, langgezogenes Stöhnen, das mehr zu spüren als zu hören war. Thorn fuhr auf und stand stocksteif da, sein Gesicht fast so blaß wie Eloras verzauberter Teint.

»Er kommt mich holen«, schrie Elora erschrocken. Dann nahm ihr Gesicht einen Ausdruck der Entschlossenheit an, und sie sagte mit einer viel älteren Stimme: »Ich werde zwar weglaufen, Thorn, aber ich werde nicht fliehen.«

Er wußte genau, was sie meinte, und lächelte sie so aufmunternd an, wie es ihm unter den Umständen möglich war. Dieser Kampf war seine Sache.

Ohne Khorys Aufschrei zu beachten, löste er sich von seinen Gefährten und trat in die Wand.

In diesem Moment traten Geryn und die Maizan auf den Plan.

Der Pfadfinder stürmte wie ein Bulle auf Ryn los und holte ihn von den Füßen. Sofort setzte er nach, offenbar fest entschlossen, das Duell mit dem Wyr diesmal für sich zu entscheiden. Er schlug zweimal mit dem Schwert derart wild zu, daß beim Aufprall der Klinge auf dem Stein die

Funken nur so sprühten. Bevor er weiteres Unheil anrichten konnte, war Elora Danan auf seinen Rücken gesprungen und klammerte sich wie ein Affe an ihn. Dabei brüllte sie, so laut sie nur konnte, und schlug gleichzeitig mit den Fäusten auf ihn ein. Ryn gewann durch die Ablenkung Zeit genug, sich zu bewaffnen, und nahm dann den Kampf mit Geryn wieder auf. Unterdessen geriet Khory mit den ersten Maizan aneinander und lieferte sich mit ihnen ein heißes Gefecht.

Es war ein brutaler, blutiger Kampf – mehr nach Art einer wüsten Straßenschlägerei. Fäuste und Füße kamen häufiger zum Einsatz als die Schwerter. Es war einfach nicht genug Platz vorhanden, als daß man seine Fechtkünste hätte anbringen können, weil alle Angst hatten, ein Mitglied der eigenen Partei zu treffen, und das wiederum wirkte sich vor allem zum Nachteil der Maizan aus. Natürlich war der Gegner zahlenmäßig stärker, aber Khory und Ryn konnten Rücken an Rücken kämpfen – mit Elora zwischen ihren Beinen – und nach Herzenslust um sich schlagen.

Die Adler brachten schließlich die Wende. Bastian und Rool erschienen zuerst auf der Szene, und der Brownie schoß einen weiteren vergrößerten Pfeil ab, der einen der Maizan mit solcher Wucht niederstreckte, daß er etliche seiner Kameraden mit zu Boden riß. Der letzte Anblick, der einem anderen Maizan vergönnt war, waren Bastians Krallen, und wieder ein anderer hörte gerade noch den Jagdschrei des Adlers, bevor ihm der Leib aufgerissen wurde. Auch Anele, die aus der Gegenrichtung attackierte, forderte ihren Tribut.

Von ihrem Unterschlupf aus konnte Elora das Getümmel nicht richtig verfolgen. Sie war hauptsächlich damit beschäftigt, ungezielten Fußtritten auszuweichen, bis Geryn zu Boden ging, weil er in einer Blutlache ausrutschte und gleichzeitig einen Faustschlag von Ryn ins Gesicht bekam. An seiner Hüfte baumelten Thorns Messer und – noch viel wichtiger – seine Gürteltaschen.

Wie ein Frettchen schlängelte sich das Mädchen blitzschnell zu dem Pfadfinder hinüber und beachtete die Stöße nicht, die sie erhielt. Sie wollte nur eines: Thorns Sachen. Ein getöteter Maizan stürzte auf sie. Sie schob ihn einfach beiseite, bis er auf Geryn liegenblieb. Als sie sah, wie der Pfadfinder sich freizumachen versuchte, beschloß sie, den Knoten Knoten sein zu lassen, und machte sich direkt an Geryns Gürtelschnalle zu schaffen, wobei ihr der Nebengedanke kam, daß dem Pfadfinder vielleicht in einem entscheidenden Augenblick die Hose runterfallen möge. Die Schnalle zu öffnen war einfach, der Gürtel hingegen ließ sich so ohne weiteres nicht abstreifen. Elora mußte mit aller Kraft daran ziehen. Doch Geryn selbst kam ihr zur Hilfe. Denn als er den toten Maizan von sich abwälzte, machte er eine Bewegung, die es ihr gestattete, den Gürtel und die Taschen an sich zu bringen.

Während sie mit Geryn herumrangelte, hatte sich das Kampfgeschehen verlagert, so daß sich ein ganzer Maizantrupp zwischen Elora und ihren Freunden befand. Der Pfadfinder erfaßte die Situation und stellte sich ihr in den Weg. Und als sie einen kurzen Blick über die Schulter warf, sah sie Anakerie, die gerade einen weiteren Trupp schwarzgekleideter Krieger heranführte.

In diesem Augenblick wuchsen zwei lederumkleidete Arme aus dem Boden hervor und rissen Elora in das Gestein hinab.

Links von ihr Mohdri, der sie mit einer Hand an ihrem Haar festhielt. Drumheller rechts, aber sie wußte nicht, wie sie zu ihm gelangen sollte. Bei ihren früheren Ausflügen war das Gestein, durch das sie sich bewegte, ein alles umhüllender Klumpen Nichts gewesen. Sie war sich vorgekommen wie unter Wasser, nur daß ringsum vollkommene Dunkelheit geherrscht hatte. Seltsam, daß etwas von außen betrachtet derart Solides innen so gar nichts davon hatte. Sie spürte zwar bei jeder Bewegung einen gewissen Widerstand – der einzige Hinweis darauf, daß sie von einem Stoff umschlossen war, der zäher war als Luft oder Wasser. Doch fand sie zu ihrem Verdruß keinen Widerstand, um sich abzustützen.

In der Dunkelheit zuckten immer wieder grelle Blitze auf, die von den beiden magischen Kombattanten ausgesandt wurden. Fast konnte man den Eindruck gewinnen, daß die beiden bemüht waren, sich durch spektakuläre Lichteffekte gegenseitig zu überbieten. Mohdri ließ ein verschlungenes Gebilde entstehen, dessen Glanz Thorn offenbar blenden sollte, und dieser erzeugte zwischen seinen ausgestreckten Händen einen Lichtkeil, der die Attacke des Kastellans abwehren sollte.

Außen manifestierte sich dieser Schlagabtausch, dessen Auswirkungen Elora als Wellenbewegung wahrnahm, wie sie ein Windstoß auf einer Wasseroberfläche erzeugt, als eine Folge mächtiger Explosionen, die das Gestein oberhalb der kämpfenden Krieger in Wallung versetzten. Sie sahen sich deshalb plötzlich einer ganz neuen Bedrohung gegenüber, als haushohe Felsbrocken aus dem Gemäuer herausplatzten.

Innen schlug Thorn zurück, indem er ein Strahlengebilde erzeugte, das in der hell aufleuchtenden Dunkelheit auf verschlungenem Weg gemächlich auf sein Ziel zusteuerte. Mohdri zeigte sich ungerührt und schickte seinerseits einen weiteren Energieblitz auf die Reise, der nicht so leicht abzuweisen war. Thorn zischte vor Schreck, als ein Teil der Ladung seine Abwehr durchbrach und seinen Körper fast zur Hälfte erstarren ließ. Elora hatte schon früher gesehen, was diese furchtbare Kälte anrichten konnte, und fürchtete, Thorns Körper werde zerspringen. Doch der hielt dem Angriff stand und schüttelte den Kälteschock von sich ab.

Elora spürte, wie ihr Kopf herumgerissen wurde, bis ihr ganzer Körper sich drehte. Die Hand des Kastellans, der daran gewöhnt war, widerspenstige Pferde ebenso zu bezwingen wie feindliche Krieger, zog so unerbittlich an ihrem Haar, daß sie schon befürchtete, ihre Kopfhaut werde reißen.

Als sie gezwungen war, ihn anzusehen, sagte er: »Ergib dich.« Und das mit einer Kraft, die keine Gegenwehr gewohnt war. Es war kein Angebot, sondern ein Befehl.

»Nein.« Sie wollte mutiger klingen, doch der Mut war ihr abhanden gekommen.

»Elora Danan, du weißt nicht, was du tust. Das hier ist zum Besten der Welt, wie sie ist und wie sie sein wird.«

Das Entsetzliche war: In jenem blendenden Augenblick

der Nähe, als sich ihrer beider Atem mischte und zwischen ihren beiden Augenpaaren keine Hand Platz gefunden hätte, glaubte sie ihm. Jedes seiner Worte klang wahr. Maßte sie sich nicht vielleicht eine Rolle an, die ihr gar nicht zustand? Der Kastellan, oder vielmehr der Betrüger, der sich seiner Gestalt bediente, war die personifizierte Macht. Welches Recht hatte sie da, sich ihm zu widersetzen?

Wieviel leichter wäre es gewesen, einfach aufzugeben. Nichts wünschte sie sich sehnlicher, und sie war fast sicher, daß sie nur überleben konnte, wenn sie diesem Impuls nachgab.

Trotzdem konnte sie es nicht. Nicht aus Widerspenstigkeit, oder weil sie genug davon hatte, sich herumschubsen zu lassen. Sondern weil es falsch war. So wie der Betrüger falsch war. Das wußte sie mit derselben Sicherheit wie die Tatsache ihres eigenen Seins. Was sie vor sich sah, war das Böse, und sie wollte sich nicht daran beteiligen. Nicht ein Teil *von* ihm sein.

Und so flüsterte sie kaum hörbar: »Nein.«

Sie stand am Tor ihrer eigenen Seele und wurde von Ehrfurcht übermannt, als dessen Flügel unter dem ersten Ansturm des Betrügers zwar erbebten, splitterten und krachten – aber standhielten. Und wenn das vielleicht auch nicht sehr viel war, es gab ihr Mut, gab ihr Hoffnung.

Der Betrüger bekam keine zweite Chance. Auf diese Gelegenheit hatte Thorn nur gewartet. Von seinen Händen ausgehende Wickelranken umschlangen Mohdris Arme und Beine, und in diesem Moment hatte Elora die Eingebung, daß es in dem durchlässigen Gewebe des Felsens doch etwas Massives gab, an dem ihr Körper sich abstoßen konnte. Und es stand direkt vor ihr.

Ihr Beine schnellten nach oben, und sie war dankbar für ihre Geschmeidigkeit, als sie ihre Füße gegen Mohdris gepanzerte Brust preßte. Er hielt sie noch immer mit einer Hand, mit der anderen riß er an Thorns Ranken, als ob sie wie Säure brennten und sein unsichtbares Sein angriffen, ohne seiner körperlichen Hülle auch nur den geringsten Schaden zuzufügen. Ihr erster Absprungversuch mißlang.

Sie wollte ihn in das Handgelenk beißen, damit er losließ, doch hätte sie sich an seinem Panzerhandschuh die Zähne ausgebissen. Deshalb trat sie ihm beim nächsten Mal mit beiden Fersen in die Augen.

Er war immerhin Mensch genug, um kurz zurückzutaumeln, und das reichte ihr schon.

Sie ruderte wild mit den Armen, ohne genau zu wissen, wo sie sich überhaupt befand. Doch Thorn war zu beschäftigt, um ihr zur Hilfe zu eilen. Elora starrte ihn mit offenem Mund an, als sich seine Züge veränderten und zunächst die Erscheinungsform und dann das Wesen des alten Gesteins annahmen, das sie umschloß. Sie konnte zwar sein Gesicht noch erkennen, aber nur als Furchen im Stein. Gleichzeitig hörte sie einen gewaltigen, schrecklichen Klang, einen abgrundtiefen Baß, der aus dem Kern ihres eigenen Seins herzukommen schien, als ob sie eine Glocke wäre, die soeben angeschlagen worden war. Begleitet wurde dieser Klang von einem matten Glanz, ein sanftes Glühen, wie sie es sah, wenn sie die Hände zum Spaß vor eine Kerze hielt und das Licht zwischen den zusammengelegten Fingern rötlich hindurchscheint. Sie mußte an Thorns Analogie von Zündholz und Sonne denken. Denn wie ein Streichholz fühlte sie sich im Vergleich zu ihm, der jetzt unvorstellbar hell aufleuchtete. Seine Konturen glichen einer mit weißglühendem Gußeisen gefüllten Form. Sie konnte den Anblick ertragen, Mohdri hingegen nicht. Er fauchte und wand sich verzweifelt in seinen Fesseln. Elora wußte, daß sie ihn nicht mehr lange halten konnten, daß das aber auch gar nicht nötig war.

»*Wir* kennen *dich, Betrüger*«, erscholl es aus Thorns Mund in Lauten, die mit menschlicher Sprache nichts mehr gemein hatten. Sie dachte an Felsen so groß wie Kontinente, die sich aneinander rieben, um Worte hervorzubringen. Dann fühlte sie einen Kitzel in ihrem eigenen Kehlkopf, als ein Widerhall jener Macht, die von Thorn Besitz ergriffen hatte, auch sie zum Sprechen brachte.

»*Wie du uns gezeichnet hast, so zeichnen wir dich!*«

Jählings verwandelte sich das Gestein ringsum, und der starre Fels verflüssigte sich, als ob jemand ein riesiges Gitter entfernt hätte, um dem Feuer im Herzen der Erde dieses neue Territorium anheimzugeben.

Elora schrie überrascht auf, trotzdem verspürte sie ebensowenig Furcht wie auf dem Berg, als die Feuerdrachen auf ihr Geheiß vor ihr erschienen waren. Sie schwenkte einen Arm vor dem Körper – in strahlendes Gold getauchter Silberglanz – und freute sich an den Flammenwirbeln, die er wie einen Schweif hinter sich herzog. Sie dachte, daß dies vielleicht ein Ort sei, an dem sie für immer bleiben und spielen könnte ...

... doch dann ergriff Thorn ihren Arm.

Ein gigantischer Gesteinsbrocken löste sich, riß sie mit sich fort und beförderte sie aus einem immateriellen Reich zurück in ein nur allzu materielles. Elora schrie auf, als ein Stück Basalt ihr das Bein aufritzte.

Der Berg hatte inzwischen zu stöhnen aufgehört. Er war mit einem Gebrüll erwacht, das Himmel und Erde erbeben ließ. Der Boden öffnete sich vor ihren Augen, die eine Hälfte raste aufwärts, die andere nach unten, und Thorns und Eloras Stimmen verloren sich in dem Kreischen des Gesteins, als sie voneinander getrennt wurden. Was anfangs wie eine ebene Passage erschienen war, verwandelte sich blitzschnell in eine Folge zerklüfteter Stufen, die jenen Riesen angemessen sein mochten, die diesen Ort erbaut hatten, nicht jedoch sterblichen Menschen. Gleichzeitig brachen riesige Teile der Wand seitlich weg, so daß plötzlich von außen der Sturm hereinbrach und innen der Blick auf einen wütend blubbernden Lavastrom fiel.

Der Großteil der Maizan befand sich tief unten und war durch einen breiten Spalt im Granit, der sich rasch mit Lava anfüllte, von ihren Gegnern getrennt. Jeder Gedanke an Jagd war inzwischen dem nackten Überlebensinstinkt gewichen. Elora befand sich auf einer Scholle, die rasch aus dem Blickfeld verschwand und sich auf die Umfassungsmauer zubewegte. Soweit sie erkennen konnte, war sie allein. Von ihren Gefährten keine Spur – weder von Khory noch von Ryn, den Adlern oder den Brownies.

»Drumheller«, schrie sie, und ihre aufrichtige Angst um

den Nelwyn ließ ihre Mädchenstimme nur um so heller erklingen.

»Hier bin ich«, rief er von weiter oben. Er warf einen Blick in den Abgrund und zuckte sogleich zurück, bis das Hämmern seines Herzens sich allmählich beruhigte. Schon immer hatte er unter Höhenangst gelitten. Nur wenn er auf dem Rücken der Adler dahinflog, hatte er nicht das geringste Problem, aber in eine solche Tiefe zu blicken …

Er schüttelte verärgert den Kopf, nahm seinen ganzen Mut zusammen und schob diesmal zusammen mit dem Kopf eine Schulter vor. Obwohl sie beide die Arme ausstreckten, waren Elora und Thorn durch Körperlängen getrennt.

»Ich werde einen Weg nach oben finden«, schrie sie.

Den Teufel wirst du, dachte er. Und dann: *Warum tue ich das nur immer wieder?* Schließlich rief er laut: »Bleib, wo du bist. Der Felsen, auf dem ich hocke, ist winzig. Deine Scholle bringt uns in Sicherheit. Ich komm zu dir runter.«

Er hatte nicht mehr an den anderen Reiher gedacht. Er hing an den Fingern und suchte mit den Zehen nach einem schmalen Felsvorsprung, den er von oben gesehen hatte. Dabei überlegte er, ob Elora ihn wohl auffangen könnte, wenn er sich einfach fallenließ. Von der Lava weiter unten stiegen dicke Schwefelschwaden auf, so daß er kaum atmen konnte, als ein Paar Messerspitzen sich in seinen Rücken bohrten.

Er war starr vor Schmerzen. Selbst den Luxus eines Schreis konnte er sich nicht leisten, als der Vogel versuchte, ihn von dem Felsvorsprung wegzuzerren. Er traute sich weder loszulassen noch sich zu verteidigen, hatte jedoch bereits nach wenigen Sekunden kaum mehr die Kraft, sich festzuhalten. Die Bestie gab sich alle Mühe, ihm mit dem Schnabel den Hinterkopf aufzuhacken, aber er bog den Kopf blitzschnell beiseite und schürfte sich dabei an den scharfzackigen Felsen das Gesicht auf.

Die Adler waren seine Rettung. Rool war inzwischen die Munition ausgegangen; er konnte sich nur noch festhalten, und wurde seinerseits von Franjean festgehalten, als Bastian und Anele den Reiher mit ihren Schnäbeln und Krallen angingen. Ein Selbstmordkommando. Die verfluchten Vögel waren innerlich so verrottet, daß schon ein Spritzer ihres Blutes einem Todesurteil gleichkam; von ihnen verwundet zu werden, war der sichere Untergang. Aber das Eingreifen der Adler verschaffte Thorn die Handlungsmöglichkeit, die er brauchte.

Er hatte noch eine Eichel zur Hand. Mit einem wilden Grinsen schnippte er sie dem Nachtreiher direkt in den weitaufgerissenen Schnabel.

Der Vogel zerschellte weiter unten auf einem Vorsprung.

Das gleiche wäre wohl auch ihm widerfahren, hätte Elora nicht getan, worum er sie im stillen gebeten hatte. Sie fing ihn zwar nicht gerade auf, denn die Wucht des Falls ließ sie beide auf dem Hintern landen. Trotzdem hatte er keinen Grund sich zu beklagen. Er bedauerte nur, daß er ihre herzliche Umarmung nicht erwidern konnte, als sie ihn vor Freude fast zerdrückte.

»Also«, sagte er trocken, »das war nun wirklich aufregend.«

»Was war hier eigentlich los?« fragte sie. »Was *ist* hier los?«

Er verzichtete darauf, das ringsum lodernde Feuer genauer in Augenschein zu nehmen.

»Genau wie wir haben auch diese Berge eine Seele und ein Empfinden. Der Betrüger ist so sehr ihr Feind wie unserer. Ich habe ihnen gesagt, daß er hier ist, und sie um Hilfe gebeten.«

»Drumheller«, schrie sie entsetzt, »du hast einen Vulkan ausgelöst!«

»Manche Tiger sind halt schwerer zu reiten als andere, kleine Prinzessin.«

»Und ist er tot – ich meine, der Betrüger? Ist es jetzt vorbei?«

Als er schwieg, wußte sie die Antwort.

»Jedenfalls sind wir in Sicherheit«, tröstete Thorn sie. »Das ist ein Anfang.«

»Und das hier nennst du *in Sicherheit?*«

»Wenn wir uns rasch von hier entfernen, wird der Berg

uns nichts antun. Als ich in dem Gestein den Spalt geöffnet habe, hab ich unsere Freunde von unseren Feinden getrennt. Die Maizan können zwar fliehen, aber sie können uns nicht verfolgen.«

»Und ich hab gedacht, die Reiher sind meine Freunde«, sagte Elora leise.

»Das waren sie ja auch, Kind«, entgegnete er. »*Deine*, aber nicht meine.«

Dann hörten sie Geryns Stimme.

»Elora«, rief er mit dünner, angsterfüllter Stimme. »Elora Danan!«

Er war offensichtlich genau wie Thorn in eine Felswand geraten, die zudem von der Hauptplatte abzubrechen drohte, so daß sich inzwischen eine Spalte gebildet hatte, die schon mehr als eine Körperlänge breit war. Als er gemerkt hatte, daß das Gestein unter seinen Füßen auseinanderbrach, war er offenbar in die Felswand gehechtet. Zwar gab es in der Wand ein paar Vorsprünge, an denen er sich festklammern konnte, aber der Aufstieg war ihm versperrt. Und da sich direkt unter ihm träge der Lavastrom dahinschlängelte, war an einen Abstieg noch weniger zu denken.

»*Verdammt!*« zischte Thorn, als er den Pfadfinder erblickte.

»Wir müssen etwas tun, um ihn zu retten«, schrie Elora und wühlte wie besessen in seinen Gürteltaschen herum. »Warum hast du kein Seil dabei?«

Aber natürlich gab es in der Tasche eins, es war sogar mit einem Greifhaken ausgestattet, und weil Elora es wirklich haben wollte, fiel es ihr bald in die Hände.

»Elora Danan«, rief Geryn jetzt schon deutlich schwächer, »helft mir!«

Thorn griff nach dem Seil, aber Elora entwand es ihm wieder.

»Ich bin schuld, daß er in Not geraten ist, Elora«, sagte Thorn. »Ich hätte wahrscheinlich bei dem Erdbeben behutsamer zu Werke gehen sollen, dann wären wir jetzt alle in Sicherheit.«

»Möchtest du herumstreiten, Drumheller, oder dem Mann

helfen? Du hast noch das Gift des Nachtreihers im Körper. Das hier überfordert deine Kräfte. Ist das Seil stark genug für ihn?« fragte sie.

»Deswegen brauchst du dir keine Sorgen zu machen«, entgegnete Thorn, während er den Greifhaken in eine Felsspalte klemmte und Elora die Leine über den Rand warf. »Eher platzt das Gestein, als daß eins meiner Seile reißt.«

Sie konnte nicht klettern und hatte auch nicht die entsprechenden Muskeln. Deshalb glitt sie völlig unkontrolliert an der Leine herab und riß sich dabei die Hände und Füße und die Oberschenkel auf. Immerhin schaffte sie es, nicht weit von Geryn entfernt auf einem Felsen zu landen. Dann hielt sie sich an dem Seil fest und warf dessen unteres Ende Geryn zu, der sich geschickt zu ihr hinüberschwang.

»Seid Ihr verrückt geworden, Mädchen?«

Ihr Lächeln war eine Mischung aus Stolz und Entsetzen. »Sind wir das nicht alle?« erwiderte sie.

»Drumheller«, rief er aus, »ich habe das Seil. Zieht erst die Heilige Prinzessin hinauf, dann komme ich nach.«

»Das kann er nicht«, sagte Elora. »Der Reiher hat ihn verletzt, er ist einfach zu schwach.«

»Und wo, zum Teufel, stecken die anderen?«

»Keine Ahnung. Aber ich weiß, daß dieser Felsvorsprung zu schwach ist, um uns lange zu tragen. Ich dachte, ich könnte es allein schaffen«, gestand sie, »aber ich hab mich getäuscht – tut mir leid. Deshalb müßt entweder Ihr zuerst hinaufklettern, oder wir müssen es beide zusammen versuchen.«

»Dafür wirst du mir büßen, Drumheller«, zischte Geryn, während er das Seil um Eloras Körper schlang, »daß du die Heilige Prinzessin nicht davon abgehalten hast, sich in solche Gefahr zu begeben.«

»Die Entscheidung hab ich ganz allein getroffen, Kavallerist«, stellte sie fest.

»Ihr seid zu wichtig«, entgegnete er streng. »Ihr solltet es eigentlich besser wissen.«

Dann er packte er sie sich auf den Rücken, und sie schlang die Beine um seine Taille und die Arme um seine Schultern.

»Haltet Euch fest«, sagte er.

»Eher reißt Thorns Seil, als daß ich Euch loslasse.« Bei diesen Worten hielt er kurz inne, da er spürte, daß sie die reine Wahrheit sprach.

»Vielleicht seid Ihr ja tatsächlich ›heilig‹«, murmelte er und schwang sich an dem nun straffen Seil in die Wand.

Tief unten ertönten Rufe, als eine weitere Gestalt zu den Maizan hinzutrat. Auf dem perfekt geschnittenen Gesicht lagen Sorgenfalten, als der Kastellan das Tableau überflog, und ein heiserer Schrei war über dem knisternden Grollen des Gemäuers zu hören, als er nach einem Bogen verlangte.

»Wir haben ihn verletzt«, jubelte Elora, als sie über die Schulter nach unten blickte und sah, daß Mohdri torkelte und fast zusammenbrach. Er stand nur noch aufrecht, weil zwei Maizan ihn stützten. »Drumheller, wir haben ihn *verletzt*.«

»Pssst, Mädchen«, fuhr Geryn sie an und ließ jede Etikette fahren, weil ihr aufgeregtes Zappeln das Seil, an dem sie hingen, in Schwingungen versetzte, »sonst passiert *uns* noch was.«

Dann griff er fester zu und stemmte seine Stiefel gegen die Felswand. Doch bevor er mit dem Klettern anfangen konnte, wurde er samt Elora rasch hinaufgezogen. Als er nach oben blickte, sah er Khory und Ryn, die an der Leine zogen, während Anakerie neben Drumheller stand.

Anakerie sah unentwegt auf Mohdri hinab, starr vor Entsetzen über dessen wundersame Genesung. Keiner der Maizan, die bei ihm waren, hatte seinen Sturz in der Großen Halle miterlebt. Keiner von ihnen wußte, wie schwer er sich dabei verletzt hatte.

»Ich sag Euch die Wahrheit, Keri«, flüsterte Thorn der Prinzessin zu.

»Ich verbitte mir diese Anrede, Zwerg, nur mein Bruder darf mich so nennen. Gilt für Euch so gut wie für Mohdri …« Sie brachte den Namen des Kastellans kaum über die Lippen.

»Er ist nicht, was er zu sein scheint, Anakerie. Er ist kein Freund.« Sie wandte ihm ihr Gesicht zu, und er empfand ein irrationales Verlangen, ihr den großen blauen Fleck, der einen Teil davon einnahm, abzuwischen. »Tut mir leid.«

»Ich sollte nicht hier sein.«

»Möchtet Ihr lieber bei denen dort sein?« Thorn wollte das einfach nicht glauben.

»Mein Platz ist bei meinem Volk. Schließlich bin ich die Tochter der Königs, der nicht mehr auf seinem Thron sitzt.« Sie brachte einfach nicht über die Lippen, was sie am meisten fürchtete, nämlich daß ihr Vater tot sei. »Ich muß seinen Platz einnehmen.«

»Thorn«, rief Elora, die gerade gemeinsam mit Geryn über den Rand des Felsens stieg. *»Drumheller!«*

Der zweite Schrei klang unsicher und ängstlich. Denn inzwischen hatte Geryn ihr Handgelenk ergriffen und ihr den Arm auf den Rücken gedreht.

Mit dröhnender Stimme rief er jetzt: »Laßt die Prinzessin frei, ihr Hunde!«

Thorn war der erste, der sich wieder faßte. »Was tut Ihr da eigentlich, Geryn?«

»Fairer Tausch, Zauberer, eine Prinzessin gegen die andere.«

»Ihr habt uns betrogen!« Eloras junge Stimme schnappte vor Empörung über.

»Die List hat funktioniert, oder?«

»Hör mit diesem Blödsinn auf, Junge«, sagte Ryn. »Es gibt nur einen Weg, der von diesem Felsen herunterführt. Ihr könnt ja mit uns kommen. Und was immer Ihr auch glauben mögt, Keri ist nicht unsere Gefangene.«

»Ich dachte, Ihr hättet gelobt, mir zu dienen«, fuhr Elora den Pfadfinder herrisch an. Dann schrie sie laut auf, als er seinen Griff an ihrem Handgelenk verstärkte.

»Ich habe gelobt, Angwyn zu dienen. Und die Prinzessin Anakerie steht für Angwyn.«

»Dann seid Ihr jetzt an der Reihe, Keri«, sagte Ryn. »Sagt dem jungen Hauptmann, er soll sie loslassen.«

In diesem Augenblick versuchte Elora, sich loszureißen, und trat Geryn gegen das Knie, wie sie es Khory schon mit Erfolg hatte tun sehen. Er wehrte ihren Angriff ab und versetzte ihr einen solchen Stoß, daß sie stolpernd voll in Ryn hineinkrachte. Gleichzeitig zog er sein Schwert aus der Scheide und beschrieb damit einen weiten Bogen, um Khory auf Abstand zu halten.

»Ich glaube«, schrie der Pfadfinder, als er auf Thorn losstürmte, »daß *Ihr* die Ursache von diesem ganzen Elend seid. Alles war in Ordnung in Angwyn – und in der Welt –, bis ich Euch dorthin gebracht habe!«

»Geryn, *nein!*« schrie Anakerie, die sich ihm blitzschnell in den Weg warf.

Der junge Mann sah entsetzt, wie die Prinzessin, von seinem Schwert durchbohrt, vor seinen Füßen zusammenbrach.

»Legt Euer Schwert nieder, Geryn«, sagte Ryn mit jener ruhigen, unerbittlichen Stimme, vor der – wie er behauptete – selbst Mörderwale die Flucht ergriffen.

Aber statt zu gehorchen, stürzte sich der Daikini auf ihn und schlug so wild mit seinem Säbel um sich, daß der Wyr eilends an die Wand zurückwich. Der Pfadfinder war stark und behende und führte sein Schwert mit solcher Wut, daß Ryn keine Gelegenheit hatte, seine Abwehr zu unterlaufen und an ihn heranzukommen, ohne sich selbst zu verletzen. Seltsamerweise ließ Ryn sich dadurch nicht weiter beirren.

»Hört auf, Pfadfinder«, bot Ryn ein letztesmal an, »dann können wir alle diesen Ort lebend verlassen.«

»Ich habe einen Eid geschworen«, entgegnete Geryn. »Und Ihr habt dafür gesorgt, daß ich ihn breche.«

Als der Wyr sich schließlich zum Angriff entschloß, erinnerte er an einen rötlich-braunen Blitz. Mit einer Schulter stieß er Geryns Schwerthand beiseite, während er ihm die andere in die Brust rammte. Eigentlich hätte die Attacke den Pfadfinder zu Boden werfen müssen. Doch völlig unerwartet wich Ryn, eine frische Wunde an der Seite, ein oder zwei Schritte zurück. Noch immer schwang Geryn das Schwert, das die Prinzessin durchbohrt hatte. Die Klinge war nicht nur mit Anakeries, sondern auch mit Ryns Blut befleckt, wie auch die Hand, die sie führte.

Der Pfadfinder machte einen Ausfall und versuchte seinen Gegner mit dem Schwert und einem Messer, das er aus dem Gürtel gezogen hatte, noch weiter in die Enge zu treiben. Aber trotz aller Anstrengung wollte es ihm nicht gelingen, einen Treffer zu landen oder Ryns Abwehr zu durchbrechen.

Ryn ging wieder zum Angriff über. Er versetzte Geryn einen Tritt, der diesen zu Boden schleuderte und ihm das Messer aus der Hand schlug. Sofort war Elora zur Stelle und brachte den Dolch in Sicherheit. Der Pfadfinder hielt jetzt nur noch das Schwert in der Hand.

Ryn forderte ihn ein letztes Mal auf, sich zu ergeben.

»Ich bin Hauptmann der Roten Löwen«, lautete die Antwort, »und wir kapitulieren nicht vor Euresgleichen.«

Mit einer Geschwindigkeit, die selbst Ryn alle Ehre gemacht hätte, durchschnitt Geryn das Seil, das noch immer um Eloras Körper geschlungen war, und schnappte sich den Greifhaken. Dann schulterte er die schwerverletzte Prinzessin Anakerie, und ehe die übrigen sich versahen, war er mit ihr über den Rand des Felsens entschwunden. Ryn warf sich sofort zu Boden und schaute über den Rand in die Tiefe, voller Angst, die beiden dort unten zerschellt zu sehen.

Doch Geryn war mit Anakerie auf dem schmalen Felsband gelandet.

»Verdammter Hurensohn«, tobte Ryn, was ihm ein höhnisches Grinsen von Geryn eintrug.

»Ich bin Pfadfinder«, sagte er und schwang das Seil in der Luft herum. »Wir klettern so gut, wie wir reiten.«

»Werft mir das Seil zu, dann zieh ich Euch rauf.«

»Und was sollte das wohl für einen Sinn machen, frag ich Euch.«

»Wir sind nicht Eure Feinde, verdammt noch mal! Gegen die Maizan solltet Ihr kämpfen.«

»Hab meine Entscheidung getroffen. Ich hab einen Eid geschworen. Und daran halt ich mich.«

Er schlang das Seil fachkundig um Anakeries Oberkörper und verankerte dann den Haken in einem Felsspalt.

»Keri«, brüllte Ryn, »Ihr dürft das nicht zulassen.«

»Sie kann Euch nicht hören«, sagte Geryn. »Meine Schuld.

Aber ich werd es wieder gutmachen und ihr das Leben retten.«

»Drumheller ist Heiler. Ihr habt ihn doch selbst bei der Arbeit gesehen.«

»Mag sein. Inzwischen weiß ich schon nicht mehr, *was* ich gesehen habe. Er hat gesagt, Eloras Beschützer ist der Feind, aber meine eigenen Leute behaupten das Gegenteil. Ihr sagt, die Maizan sind der Feind, aber meine Prinzessin reitet mit ihnen. Als uns die Brownies in dem Wald dort angegriffen haben, haben sie Drumheller da nicht ›Dämon‹ genannt?«

»Sie haben sich getäuscht.«

»Das sagt Ihr. Ich hab gesehen, daß die Prinzessin mit dem Kastellan geritten ist. Sie liebt ihn.« Er schlang sich die Leine um den Leib und seilte sich langsam ab. »Der König ist nicht mehr da. Jetzt ist es an ihr, Angwyn zu regieren. Und genau dort ist ihr Platz – bei ihrem Volk.«

Er schwang sich mit Anakerie über die mit brodelnder Lava angefüllte Felsspalte hinweg und kam dabei den unten wartenden Maizan und ihrem Kommandanten immer näher.

»Es gibt eine Ordnung der Dinge, Drumheller«, rief er zu Thorn und dessen Gefährten hinauf. »Und diese Ordnung habt Ihr ins Chaos gestürzt – und die ganze Welt dazu. Was immer Euer Geschick sein mag, Ihr habt es verdient. Wenigstens ist Anakerie jetzt vor Euch sicher, und ich bedaure nur, daß ich die Heilige Prinzessin nicht retten kann.«

Oben auf dem Felsen verlangte Ryn von Thorn ein weiteres Seil.

»Der Felsvorsprung, auf dem sich die beiden befinden, ist nicht groß genug«, entgegnete der Nelwyn, »und viel zu unstabil.«

»Ist mir egal, ich muß ihr helfen.«

»Dann laßt sie in Frieden!« Thorn schaute nun ebenso wütend drein wie der größere Wyr, und keiner von beiden war bereit nachzugeben. »Geryn ist ihre beste und *einzige* Chance. Wenn Ihr uns zwingt hierzubleiben setzt Ihr auch unser Leben aufs Spiel.«

»Er hat recht«, sagte Elora und stellte sich zwischen die beiden. »Der Berg ist erwacht und so wütend, daß auch

Thorn ihn nicht mehr beruhigen kann. Das kann ich spüren. Und Ihr könntet es auch, Ryn, wenn Ihr nur einen Moment darauf achten würdet.«

»Sie haben die Prinzessin«, ließ Khory kühl verlauten.

»Um Himmels willen«, sagte Ryn und fuhr herum, während Elora am Rande des Abgrunds niederkniete.

»Geryn«, rief sie, »werft uns das Seil zu, dann ziehen wir Euch rauf!«

Wieder lächelte der junge Mann wild.

»Das glaube ich nicht, Heilige Hoheit. Aber danke für das Angebot.«

»Drumheller!« rief sie.

»Ich kann leider nichts mehr tun.« Er sah die anderen traurig und müde an. Zaubern konnte er nicht mehr; er hielt sich nur noch mit seinem Willen aufrecht; wie der Betrüger war er mit seinen Kräften am Ende.

Wieder fing die Erde an zu beben, und unter schrecklichem Grollen öffnete sich die Felsplatte, auf der sie standen. Der Lärm ringsum hätte Eloras Schrei eigentlich verschlucken müssen, trotzdem hörten alle sie.

Als ob Elora Geryn von ihrer Kraft etwas mitgeteilt hätte, klang von unten deutlich seine Stimme zu ihnen herauf. Dabei klang sie auf eine Weise fröhlich, daß das Mädchen sich weinend umdrehte und ihren Kopf an Thorns Schulter vergrub.

»Es lebe die Königliche Prinzessin«, schrie der Pfadfinder, als der Fels um ihn her zerbarst.

Und bevor ihn das Feuer verschlang, waren seine letzten Worte: *»Es lebe Angwyn!«*

Der mit dem Untergang Doumhalls verbundene Lärm erinnerte an eine Kegelpartie, bei der mit Kugeln geworfen wurde, so groß wie Berge. Dem Auge hingegen bot sich das Geschehen als ein riesiger glühender, brodelnder Kessel dar, durch den aus dem Herzen der Erde eine ungeheure Fontäne emporschoß. Der Gipfel des Berges war in der Nacht eingestürzt und einem gigantischen Krater gewichen, der sich zur Duatha-Landzunge und dem Königstor – und dem froststarren Angwyn jenseits davon – hin neigte. Aus diesem mehr als eine Meile breiten Kessel ergossen sich riesige Lavaströme und vollendeten das Zerstörungswerk an Cherlindreas Wäldern, das die Feuerdrachen begonnen hatten. Flüssiges Gestein füllte die Schluchten auf, als ob es sie nie gegeben hätte.

Von den Maizan weit und breit keine Spur, was nicht weiter überraschte, da sie sich zum Zeitpunkt der Eruption auf der Südseite des Gipfels befunden hatten. Dort waren sie zwar relativ sicher, konnten aber auch nichts tun, um Thorn und Elora zu erwischen. Thorn spürte, daß auch der Betrüger bisher die Verfolgung nicht aufgenommen hatte und das wohl auch so bald nicht tun würde. Zu vieles war in zu kurzer Zeit geschehen, und der böse Geist selbst hatte ebenso Verletzungen davongetragen wie der Körper, in den er sich eingenistet hatte. Er brauchte zuerst einmal Erholung, bevor er an neue Unternehmungen denken konnte.

Das galt auch für Anakerie.

Und das galt auch für ihn selbst, und er betete, daß keinem seiner Gefährten in naher Zukunft etwas zustoßen möge. Schließlich hatte auch er seine Grenzen.

Ryn war auf die Jagd gegangen, und Khory schob vor der Höhle, in der sie Zuflucht gesucht hatten, Wache. Sie waren soweit nach Norden gezogen, daß sie den Bereich, in dem der Sturm tobte, verlassen hatten. Weit oben sah er einzelne Wolken, die von den Höhenwinden dahingetrieben wurden, doch jenseits davon waren der Himmel und die freundlichen Sterne zu erkennen. Das Land ringsum war weit und leer, und frühestens in einigen Tagen würden sie wieder auf Siedlungen stoßen. Doch sobald sie diese Schwelle überschritten, mußten sie so schnell sein wie der Wind, darüber war Thorn sich im klaren.

Es war ein steiler Weg zum Gipfel, auf dem Elora saß und den weit im Süden glühenden Doumhall betrachtete. Vor Anstrengung schnaufend reichte er ihr eine Schale heißer Suppe, die er gerade gekocht hatte, und sie nahm das Gefäß in beide Hände, um sich daran zu wärmen, bevor sie vorsichtig einen Schluck nahm. Sie saß zusammengekauert mit dem Rücken an einen Stein gelehnt da und hatte die Beine an die Brust gezogen.

»Ich wünschte, ich könnte das hier zurückgeben«, sagte er mehr zu sich selbst und betrachtete Anakeries silberne Haarspange, die er in der Hand hielt.

Elora sah ihn von der Seite an und richtete die Augen dann wieder auf den in der Ferne brennenden Berg. »Hast du keine Verwendung mehr dafür?« fragte sie.

»Natürlich kann ich ihn noch brauchen.«

»Du magst sie, die Prinzessin.« Elora wartete seine Antwort nicht ab; sie kannte sie. Dann fuhr sie fort: »Ich hatte keine Gelegenheit dazu. Sie ist von zu Hause weggelaufen, kurz nachdem ich dort eingetroffen bin.«

»Ihr Vater wollte sie zu deinem ersten Vizard machen.«

Elora verzog das Gesicht. »Ich hätte lieber eine Freundin gehabt. Aber sie ist einfach weggelaufen. Und als sie dann nach Angwyn zurückkehrte, verlief unser beider Leben bereits in festen Bahnen.«

»Damit ist es jetzt vorbei, mit den festen Bahnen, meine ich«, fuhr er fort, als Elora fragend eine Augenbraue hob. »Weder dein Leben noch das der Prinzessin wird je wieder das alte sein.«

»Ihr Schicksal, mein Schicksal, die ganze Welt ist doch aus den Fugen. Erzählen mir jedenfalls alle.«

»Wir alle haben Abstriche machen müssen, Elora. Wir können nur nach vorne blicken. Die Ordnung der Welt – das *Sein* der Dinge selbst – hat sich verändert. Vielleicht für immer. Wir können das entweder hinnehmen oder aber versuchen, die Dinge wieder in Ordnung zu bringen.«

»Ich wette, du wärst jetzt lieber zu Hause und könntest dich um deine Rote Beete kümmern.«

»Mais und Gerste, besten Dank. Und Weizen. Burglekutt hat rote Beete angebaut.«

»Ist sie unsere Freundin, Drumheller, oder unsere Feindin?« fragte Elora, nachdem sie abermals vorsichtig von der Suppe gekostet und anerkennend mit der Zunge geschnalzt hatte.

»Ja.«

»Das ist keine Antwort.«

»Nein.«

Sie sah ihn an, weil sie nicht wußte, ob er sich über sie lustig machte. Sein Blick sagte ihr, daß sie nicht mehr zu diesem Thema von ihm erfahren würde.

»Ich hoffe, es geht ihr gut.«

»Ich auch.«

»Es war mein Fehler«, sagte sie. »Wenn ich nicht versucht hätte, mich loszureißen ...«

Thorn atmete tief ein und ließ die Luft dann langsam wieder entweichen. »Geryn hat sein Schicksal besiegelt, als er uns in den Bergen verlassen hat, bevor die Feuerdrachen gekommen sind. Du hast mir vollständig und einschränkungslos dein Leben anvertraut. Er konnte das nicht. Nicht damals. Und auch später nicht. Er hatte sich für einen Weg entschieden und sich eine bestimmte Vorstellung von der Ordnung der Dinge gemacht. Er konnte da nicht heraus und wußte nicht, wie er nach einer solchen Zerstörung weiterleben sollte.«

»Und wir – werden wir weiterleben können?« fragte sie nach einer Weile.

»Wir werden es versuchen.«

»Und werden wir gewinnen?«

»Weiß ich nicht.«

»Und hast du schon eine Idee, wie wir vorgehen werden?«

Er dachte kurz nach und sagte dann: »Keinen Schimmer.«

Sie lachte laut. »Dann kann ja nichts schiefgehen.«

Ihr Lachen erstarb, und sie verzog die Nase – wieder ganz das junge Mädchen, deren Lebensreise kaum begonnen hatte.

»Ich vermisse meinen Bär«, sagte sie dann ernstlich traurig.

»Wie bitte?«

Sie zuckte mit den Achseln und versuchte ihren Kummer hinter einem Lächeln zu verbergen. »Meinen Bär. Ich hielt ihn in den Armen, als ich nach Angwyn gekommen bin. Das einzige, was ich von zu Hause mitgebracht hatte.« Sie sprach jetzt ganz leise. »War zwar nicht besonders hübsch. Am ganzen Körper versengt, das arme Ding. Hatte ein Auge verloren, und eines seiner Ohren war völlig zerfetzt. Da ich es nicht besser wußte, hab ich immer gesagt, daß er im Krieg gewesen sei.« Sie lächelte. »Ich hab ihn abends im Bett immer angeschaut und bei mir gedacht: Du meinst vielleicht, daß ich schlimm aussehe, Elora, aber du solltest erst mal den *anderen* Typen sehen.«

Wie von selbst griff Thorns Hand in die Gürteltasche. Und während er noch darin herumkramte, sagte ihm seine Ein-Sicht, was er eigentlich suchte. Gleichzeitig fiel ihm sein letzter Wortwechsel mit dem Dämon ein.

»Das Böse ist einfach nicht totzukriegen«, hatte er verzweifelt gesagt.

Gilt das nicht ebenso für das Gute – dummer kleiner Magier? hatte die Antwort gelautet.

Der Bär sah in der Tat furchtbar aus. Elora hatte sein Fell zwar regelmäßig gebürstet und gepflegt, trotzdem war es stark verrußt. An einem der Füße hatte jemand den Stoff geflickt. Auch war an der etwas seltsamen Figur unschwer zu erkennen, daß der Bär irgendwann eine neue Füllung erhalten hatte, und zwar offenbar von einer Näherin, die sich mehr durch Gutwilligkeit als Geschick ausgezeichnet hatte. Tatsächlich fehlte ihm ein Auge, und eines der Ohren war zerfetzt. Auch an der Seite des Kopfes waren etliche Narben zu erkennen. Das verbliebene Auge blickte Thorn trotzdem mit unverwüstlicher Zuversicht an.

»Bär!« sagte Elora flüsternd und traute ihren Augen kaum.

Er gab ihr das Tier, und sie wiegte es in zärtlicher Zuneigung in den Armen.

»Woher kommt er?« fragte sie Thorn.

»Wahrscheinlich hast du ihn Khorys Erzeuger zu verdanken.«

»Dem Dämon?«

»Ich nehme an, er hat ihn vor unserer Flucht noch schnell in meine Tasche gesteckt.«

»Was für eine Welt«, wunderte sie sich, »in der Dämonen Freundlichkeiten erweisen.« Dann sah sie von dem Bären zu Thorn hinüber.

»Er ist von dir, nicht wahr? Du hast Bär für mich gemacht.«

Er nickte.

»Ich konnte nicht bei dir bleiben, deshalb hab ich ihn bei dir gelassen. Ich dachte, alles sei nur ein Traum gewesen.« Er sah zum Himmel hinauf und ließ sich von der Erinnerung wie vom Wind davontragen. »Ich glaube, wenn man es mit Drachen zu tun hat, sind Träume Wirklichkeit und die Wirklichkeit ist nur ein Traum.«

»Weißt du, ich hab mir immer gesagt, daß es Bär war, der mich gerettet hat.«

»Nun, ich hab ihn ja auch gebeten, auf dich aufzupassen.«

»Danke, Thorn. Von ganzem Herzen.«

Sie richtete die Augen abermals auf den neugeborenen, uralten Vulkan in der Ferne.

»Warum ist eigentlich ständig Feuer im Spiel?«

»Das reinigende, verzehrende Element ist von allem Anfang an Teil deiner Geschichte gewesen, fürchte ich. Schließlich bildet es eines der Reiche – das Feuer, meine ich.«

Sie drehte den Kopf ein wenig nach links und schaute vorbei am Doumhall in die Richtung jener Glut, die jetzt von dem Feuer des Vulkans überstrahlt wurde. »Wie Ryn gesagt hat: Die Welt endet entweder im Feuer oder im Eis. Das alte Angwyn ist dem einen und das neue dem anderen zum Opfer gefallen.«

»Die Welt ist noch lange nicht am Ende, Elora. Sowohl das Feuer als auch das Eis dienen der Erhaltung des Lebens ebenso wie seiner Zerstörung.«

»Stimmt es, was der Waldkönig gesagt hat – daß alle gegen uns sind?«

»Höchstwahrscheinlich, fürchte ich. Aber es werden sich neue Allianzen bilden. Allerdings wird es wohl eine Weile dauern, bis der Staub sich wieder gelegt hat und neue Köpfe Anspruch auf ihre Kronen erheben. Dann werden alle sich zu neuen Koalitionen zusammenschließen. Einige von ihnen werden sich bereitwillig mit dem Betrüger zusammentun, andere werden gestürzt werden. Wieder andere werden vermutlich vom Rand des Spielfelds aus zuschauen und sich neutral verhalten. Aber die besten dieser Kräfte werden sich, hoffe ich jedenfalls, auf deine Seite schlagen.«

»Dann kommt es also zu einem Krieg?«

»Ja, zu einem Krieg gegen den Schatten.«

Sie blinzelte mit den Augen, und die ferne Glut des Doumhall ließ ihre Tränen wie die Lava erscheinen, die an den Hängen des Berges hinunterströmte.

»Ich wollte nicht, daß Geryn stirbt«, sagte sie leise, nachdem sie eine Weile geschwiegen hatte.

»Ich auch nicht. Aber so kann es gehen.«

»Wenn ich an ihn denke, sehe ich ihn wie damals auf dem Schiff vor mir, als wir noch Freunde waren, und dann am Strand, als er mich gewärmt hat.«

»Gut. Solange du dich an das Gute in ihm erinnerst, wird es fortleben.«

»Wie die Brownies gesagt haben?«

»Wie die Brownies gesagt haben.«

»Danke, daß du mich gerettet hast.«

Er legte seinen Arm um ihre Schulter und zog sie an sich. Sie schmiegte sich wie eine Katze in seinen Schoß, wie seine eigene Tochter, und er streichelte ihr glänzendes Haar.

»Ich habe meinen Beitrag dazu geleistet«, sagte er, »wie übrigens alle unsere Freunde. Aber als es darauf ankam, Elora Danan, hast du dich selbst gerettet.«

Und dann huschte zum erstenmal seit langer, langer Zeit ein freudiges Lächeln über seine verwitterten Züge, und er sang die Hoffnung der Welt in einen tiefen, sanften Schlaf.